DU MÊME AUTEUR

LA SIRÈNE ROUGE, Série Noire n° 2326 (Folio Policier n° 1)

LES RACINES DU MAL, Série Noire n° 2379 (Folio Policier n° 63)

BABYLON BABIES, La Noire (Folio Science-Fiction n° 47)

LE THÉÂTRE DES OPÉRATIONS, collection Blanche, 2000 (Folio n° 3611)

LABORATOIRE DE CATASTROPHE GÉNÉRALE, collection Blanche, 2001

VILLA VORTEX

MAURICE G. DANTEC

VILLA VORTEX

LIBER MUNDI, I

roman

nrf

GALLIMARD

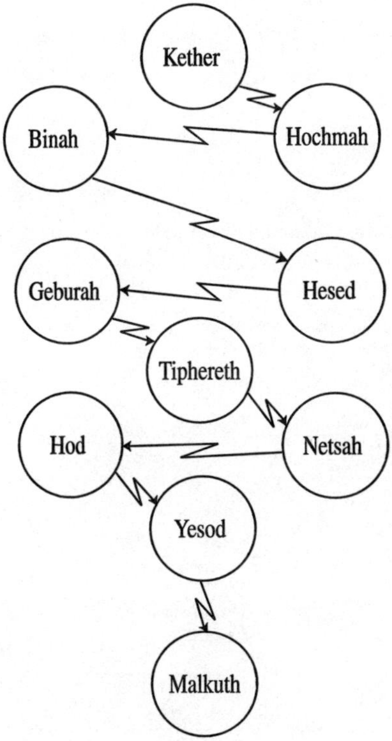

L’arbre des séphiroths

א

La lettre aleph

La nuit fut désormais le sein fécond d'où naissent les révélations.

NOVALIS

Où étais-tu le Jour de la Création ?

Le Livre de Job

I am he as you are me and you are he and we are all together...

JOHN LENNON/ *« I am the Walrus »*

Premier Monde

L'AN ZÉRO-UN

> Il faut se tenir là où la destruction ne se conçoit pas comme point final mais comme préliminaire.
>
> ERNST JÜNGER

Nul n'aurait pu prédire que le siècle commencerait très précisément avec la Fin des Temps. Pas plus moi qu'un autre.

D'ailleurs, qui prédit encore quelque chose ?

Pourtant, certains d'entre nous avaient eu, durant un bref moment, la vision d'une Apocalypse imminente, alors que les festivités de l'An 2000 illuminaient les fuseaux horaires les uns après les autres, dans la féerie télégénique de la culture globale.

La peur, à l'époque, venait d'une banale conversion des systèmes informatiques planétaires au changement de date. Un terrible « bogue » menaçait, peut-être, le système circulatoire cybernétique des sociétés de troisième type.

Les agences de sécurité du monde entier furent mises en alerte, des milliers d'ingénieurs travaillèrent jour et nuit contre le temps désormais cadencé par le quartz des microprocesseurs.

Mais l'An 2000 passa, et rien ne se produisit.

On retourna donc d'un bel ensemble au cinéma.

Cela tombait bien, le cinéma français connaissait alors une formidable embellie. En tout cas, les critiques l'affirmaient. Il y eut même un cinéaste, juste avant que l'Armageddon enfin ne commence, qui crut bon de tourner un film dont le but annoncé était de rendre les gens heureux. On m'a dit que, de plus, il y parvenait. Pour ainsi dire : il tombait à pic.

Ne vous demandez pas comment cela est possible, ne croyez pas ceux qui vous répondent d'avance avec leurs dictionnaires enfoncés dans la glotte depuis leur langage de cuisine, n'ayez aucunement confiance en vous-mêmes et ne vous dites pas que l'on peut apprendre quelque chose d'important sans en savoir trop.

Ne vous posez aucune question qui ne vaudrait pas une cavalcade dans le désert pour fuir la ville qui veut vous mettre à mort, ne vous contentez pas des réponses qui s'incrustent entre deux conserves cérébrées à un dîner mondain, n'écoutez pas ceux qui vous parlent en croyant qu'émettre des mots suffit pour raconter une histoire et épargner ainsi la vérité, ne commencez pas à vous rebuffer parce que je vous parle d'un monde éteint, et mort, ne fermez pas vos écoutilles psychiques parce que le sonar semble indiquer que nous avons entamé la procédure d'immersion, en tout cas ne faites pas semblant de savoir, n'essayez même pas, vous ne pouvez même pas imaginer.

Pas encore. Pas pour le moment. Nous en étions arrivés en fait au degré le plus extrême de la haine de soi. Comme toutes les civilisations avant elles, nous affrontions les forces diaboliques qui désirent la mort de ce qui les fait naître.

Nous semblions ignorer que d'autres que nous dans le monde nous haïssaient plus encore.

La haine est un formidable révélateur de l'amour. Elle en indique le manque tout autant que la forme possible qu'il aurait pu prendre au cœur de nos existences. On sait que dans le cerveau, les zones neuronales activées par le sentiment amoureux et celles de la haine se recoupent presque complètement. La biochimie y est en fait similaire.

Ce n'est pas tant que la haine surgit de la déception d'un amour défunt que le fait qu'elle s'accompagne toujours de l'image de l'amour possible, qui la rend si ardente. Bien sûr cette image nous est masquée, la haine étant précisément le voile qui indique sa présence tout en l'occultant.

Car l'amour est bien plus dangereux encore que la rage, par la pureté de la haine il parvient à sa propre autodestruction, et il peut entraîner un monde entier dans ce cataclysme.

C'est qu'on ne veut plus comprendre depuis longtemps que l'Amour et la Haine sont indivisibles d'un troisième terme qui les englobe, et les annihile. Ce troisième terme se nomme la Puissance Divine. Le rayonnement de feu pur qui crée et qui détruit, sans fin.

Le 11 septembre 2001, vers 8 heures 50 minutes *eastern times*, le cataclysme eut lieu, sur la côte orientale des États-Unis. Quatre sites. Quatre cavaliers de feu, venus du ciel. Tous les signes étaient présents, mais personne ne voudrait les voir avant longtemps.

Deux avions de ligne percutèrent les tours jumelles du World Trade Center à quelques flashes de pub d'intervalle, avant qu'un peu plus tard elles ne s'effondrent sur elles-mêmes, et leurs milliers de victimes, du haut de leurs cent dix étages, sous l'œil désabusé des caméras de CNN, et le regard incrédule de millions de téléspectateurs. Un troisième parvint à atteindre une aile du Pentagone. Le quatrième fut pris d'assaut au-dessus de la Pennsylvanie par les passagers eux-mêmes qui, ayant appris par leurs téléphones cellulaires l'occurrence des trois premiers attentats, décidèrent de se sacrifier collectivement, avec leurs terroristes, afin d'éviter le pire, si l'on peut dire.

Voilà.

Ce fut le Dernier-Jour-du-Monde-tel-que-nous-l'avions-connu.

Nous entrions en fait dans une des fictions qui nous furent on ne sait trop pourquoi transmises il y a très longtemps, et que tentaient de nous relater certains livres sacrés que plus personne ne savait lire à l'époque. Je dois dire que peu de progrès ont été depuis enregistrés de ce point de vue, mais désormais, d'où je parle, tout cela n'a plus d'importance.

Oui, maintenant, d'où je parle, tout cela est devenu dérisoire, je suis depuis longtemps emporté bien loin des tourbillons qui animent les êtres vivants de cette planète.

J'ai traversé la porte du siècle, et je me suis évanoui de la surface du monde.

Homme, je ne suis plus. Le « je » présentement employé est un simulacre de haute précision qui me permet, pour un moment, de recombiner les forces narratives qui me mirent au monde, puis m'en retirèrent pour mieux me transformer.

Ce *je* est le souvenir d'un autre, son écho, son fantôme.

Il faut un secret terrible pour parvenir à quelque vérité. Elle s'immole ainsi d'elle-même, elle n'est qu'un rayonnement, aussi personne ne devrait se vanter de la posséder, et c'est un miracle lorsqu'elle éclaire une âme, de-ci, de-là.

J'ai vécu.

J'ai d'abord vécu dans la banale insouciance qui caractérise la découverte d'un monde depuis longtemps balisé.

J'ai ensuite vécu la dernière décennie du dernier siècle, comme une chute sans fin vers la fin. Puis j'ai vécu le dernier jour, comme un grand pacte destinal avec la mort.

La mort.

J'étais fait pour elle, bien avant ma naissance en ce monde.

LA PRÉFECTURE, 2001

Je suis entré dans la police pour protéger la société de moi-même. Je dois avouer que j'étais terriblement naïf, et sur l'état de cette société, et sur mes réelles potentialités.

Tout indiquait pourtant qu'un jour ou l'autre je serais amené à tuer quelqu'un. Un innocent, de préférence. Je parle de ceux qui clament partout haut et fort leur innocence pour mieux masquer généralement l'étendue de leurs crimes, ou pire, de tous ceux qu'ils pourraient commettre, s'ils avaient un peu de courage.

Leur nombre, en constante augmentation, me laissait pourtant entendre que rien ne serait susceptible d'arrêter la course du monde grâce à un tel meurtre.

J'y perdrais tout, vraisemblablement, et le monde aurait gagné une petite victoire à sa mesure.

La Loi elle-même ne serait pas en mesure de me protéger, puisqu'elle ne pouvait se protéger elle-même, et ne protégeait pour ainsi dire plus personne.

Il fallait se faire une raison : tuer quelqu'un, même un de ces innocents criminels, risquait de ne pas s'avérer suffisant.

Selon toutes probabilités, seul un authentique désastre serait en mesure de sauver quelque chose de la lente extinction qui nous menaçait, quelles que fussent la voie et l'apparence qu'il prendrait, j'étais prêt depuis longtemps à me mettre à son service.

Il ne me restait plus qu'à franchir la limite qui me séparerait alors définitivement de l'humanité.

Le Monde d'ici-bas avait trouvé son régime de croisière : la destruction généralisée enclosait l'homme dans l'éternel recommencement du même, la mort, d'infinie différence, était devenue la finitude équivalente qui se refermait sur l'orbicule où l'homme avait décidé de s'éteindre.

Il fallait peut-être se dire pour commencer que nous n'étions déjà plus tout à fait humains, mais nous nous raccrochions à l'idée qu'un jour peut-être nous l'avions été, ou moins probable encore, à celle que nous pourrions le redevenir.

Bon. Ce n'était, au bout du compte, pas plus stupéfiant que d'apprendre que des millions de personnes, dont une grande proportion de femmes et d'enfants, avaient pu être tuées à coups d'insecticide industriel avant d'être transformées en savonnettes, ni qu'on avait un jour entrepris d'accumuler un arsenal nucléaire capable de réduire à néant toute vie sur terre *plusieurs fois de suite*. Ce n'était pas plus étrange, en fait, que l'apparition de la vie sur ladite terre avant celle d'un tel être vivant, conscient et agissant, capable de commettre toutes ces actions absurdes et indéchiffrables, à l'encontre de sa propre espèce, et en toute connaissance de cause.

Le mystère le plus impénétrable semblait tapi au cœur du grand rêve touristique universel qui avait surgi, on ne savait comment, de tels décombres : d'Auschwitz au Club Aquarius, il apparaissait de moins en moins concevable de conclure en quelque progrès, si le mot eût encore un sens.

Le gémellaire soleil atomique de l'été 1945 n'avait pas forcé l'homme à se tenir droit dans la lumière. Il avait préféré survivre en s'adaptant comme un insecte. Il avait réappris à ramper. On pouvait comprendre son angoisse existentielle.

Le monde tel que l'homme l'avait connu depuis ses origines était mort, et chose curieuse, l'homme tel que le monde l'avait connu était mort lui aussi. Des limbes qui émergeaient de cette longue nuit de l'homme, et du monde, les vérités apparaissaient sous la forme de cadavres exhumés des fosses communes, de collisions entre particules élémentaires et de la géologie savamment destructrice des mégapoles. Ainsi, la Fin de l'Homme ne représentait pas un moment particulier de l'histoire, elle était cette anti-époque où chaque moment de la non-histoire avait pour but de se reproduire au même, à l'infini, sans cesse, et avec tous les apparats de la nouveauté à chacune de ses apparitions, elle était pour nous, petits habitants modernes du parc humain, une frontière à jamais insaisissable, indépassable, et elle allait marquer notre anéantissement, à un rythme qui restait à déterminer.

En d'autres termes, le XXIe siècle serait un siècle de chiottes.

Le décor importerait peu. Il ressemblerait sans aucun doute à celui-ci. Un bureau. Anonyme, fonctionnel, grisâtre. Faisant face à un autre bureau, identique, vide de tout occupant à cette minute. On aurait rajouté au décor quelques fenêtres donnant sur un univers où même le ciel bleu ressemble à une couche de peinture acrylique jetée sur du béton.

Oui, il y aurait un bureau, et des armoires, et des rayonnages remplis de dossiers, et au-delà il y aurait des corridors, des escalators, des ascenseurs, et d'autres bureaux, par myriades, des bureaux dans toutes les directions de l'espace : à l'horizontale et à la verticale, dans un emboîtement géométrique sans cesse recommencé avec, donc, ces fenêtres donnant sur un monde extérieur aux apparences de planète abandonnée, et des portes, toutes semblables, et toutes numérotées, chiffrées, codées, qui donneraient, telle celle-ci, sur un des longs couloirs situés à un étage ou à un autre de la Préfecture de Police.

Il y aurait même la caractéristique odeur d'ozone triste d'après l'émeute urbaine : celle, étonnamment violente, des journées précédentes qui aurait sans discontinuer rythmé de sa samba incendiaire la moitié du secteur sud de la ville, il arriverait encore qu'un léger souffle de vent charrie jusqu'à vous quelques molécules rémanentes de gaz CS qui viendraient alors vous piquer les sinus et irriter vos yeux un bref instant, comme le fantôme d'une guerre qui ne demanderait qu'à être réanimée.

Il y aurait plusieurs dossiers étalés en vrac sur le bureau.

Des photographies, des coupures de presse, des chemises de carton de couleur jaunasse pleines de dossiers reliés par des agrafes métalliques ou des trombones de plastique, des formulaires et des rapports en tout genre, avec leurs cases et leurs colonnes, vides, remplies, ou juste entamées. Des enveloppes de papier kraft, de différents formats, éparpillées dans une corbeille à courrier de couleur indéfinissable-administrative. Un gobelet de plastique beige rempli de café instantané froid datant de plusieurs heures. Il y aurait même un livre, dissimulé sous une couche de paperasse. *Le Livre de la Création,* ou *Séfer Yetsirah*, le traité de cosmogonie hébraïque ancienne. Ce livre dissimulerait à son tour un exemplaire du Code pénal. Il y aurait un paquet de Player's sans filtre, un briquet Bic de couleur noire et tout un tas d'objets aussi utiles aux humains qu'il est inutile de les énumérer, sauf à vouloir s'offrir quelque vocabulaire à peu de frais. Des objets « utiles » en pagaille donc. Gommes, stylos, crayons, règles, cartes, plans, ramettes de papier à écrire, et même un ordinateur, avec son lot de périphériques encombrants, lecteurs de disquettes, souris, câbles, modem, imprimante, scanner, et l'énorme écran trônant au milieu de sa cour comme le Roi des Objets. La Fin du Monde serait alors là pour toujours, en dominatrice absolue.

Il y aurait moi, assis derrière ce bureau et cet ordinateur.

Moi, un simple rouage de la Machine. Un rouage de la Préfecture.

La Préfecture de Police, Créteil, Val-de-Marne, banlieue parisienne, Conurbation d'Île-de-France.

Moi, un flic de la France républicaine de la Fin des Temps.

Voilà, le Monde pourrait commencer ainsi après tout, puisqu'il était capable de se trouver une telle fin. Une genèse bureaucratique, à la fois ordonnée et chaotique, instantanée et toujours recommencée, du pareil au même, pour les éons de l'éternité, Dieu serait Président-Directeur-Général du Cosmos, ou Premier ministre de la République Universelle, ou bien Secrétaire Général du Néant Total, voire peut-être tout simplement sous-fifre de service au département des fournitures cosmiques générales, plus personne en fait ne s'en souviendrait, et tout le monde s'en contrefoutrait éperdument, son dossier aurait été depuis longtemps égaré et lui-même, sans aucun doute, ne saurait plus ni qui il est ni ce qu'il est censé faire, assurer la création de ce monde, et passerait ainsi d'un bureau de la Préfecture à un autre en demandant ses récépissés et ses formulaires à remplir, ferait la queue au guichet numéro trois, puis aux numéros quatre, cinq et six, et suivants, après avoir pris sa petite étiquette au distributeur et se présenterait, anonyme et innocent, devant le visage d'une cerbère de la Machine qui le renverrait à l'étage inférieur parce qu'il lui manque le document GEN/ESIS-5651-bis.

Le monde commencerait donc ainsi, purement limbique, au cœur de ladite Machine, au centre de la Préfecture, Service départemental de Police judiciaire, Nullepart-sur-Marne, par un beau jour d'été. Et Dieu se serait perdu en se rendant aux toilettes.

Je me suis éveillé de ma rêverie alors que Mazarin poussait la porte en achevant son éternelle mauvaise vanne de cul de l'heure du déjeuner à l'attention d'un interlocuteur dont je n'entendis qu'un hoquet mécanique en guise de réponse puis les pas précipités en direction de son propre bureau.

Mazarin est entré en me regardant. Il a refermé la porte avec le plat du pied, d'un coup sec et savamment ajusté, rodé depuis des années. Son sourire jovial se retroussait sur le sandwich jambon-beurre-cornichons qu'il engloutissait avec la froide férocité d'une tronçonneuse industrielle.

Mazarin, Charles, membre de la police judiciaire depuis 1981. Flic depuis l'âge de vingt-trois ans. Fils d'un gendarme tué en 1962 par des gangsters sûrement liés à l'OAS, lors d'un hold-up dans la banlieue lyonnaise, il n'avait pu entrer dans l'armée pour une liste de raisons plus longue qu'un compte-rendu d'audience, dont sa corpulence et quelques autres détails discriminatoires du même genre, mais la Police nationale avait bien voulu de lui. Depuis, les gens de l'espèce de ceux qui avaient tué son père en avaient pris pour leur matricule. Et les autres aussi, il faut le préciser.

Le monde avait en lui son parfait représentant, il semblait une extension même de l'univers tel que notre Dieu perdu au troisième étage l'avait peut-être conçu, dans un moment d'égarement, entre deux guichets.

Photométrie : un mètre quatre-vingts pour cent dix kilos au moins sans la moindre chaussette, le quinquagénat à son mi-terme, une sorte de bonbonne à gaz sur pattes, le teint gris-jaune couleur document de police vieux de plusieurs ministres, une tête en forme de poire avec un nez énorme planté comme un tubercule rougeaud en plein milieu, des sourcils broussailleux couleur foin fané, des yeux gris-vert tirant sur le glauque d'une mare datant du Mésozoïque, une tignasse incertaine cerne une calvitie tenace, en dépit des tonnes de produits capillaires dépensés chaque mois sur son salaire de flicard, et sur son pauvre crâne.

Mazarin était vulgaire, son humour n'aurait pas déridé un camionneur tricard au bord d'une autoroute à putes, il était raciste, misogyne, et violent, et il ne s'en cachait pas, il se dégageait de lui une violente chimie à haute teneur en Pétrole Hahn et en parfums bon marché de toutes sortes, il s'habillait comme il pouvait, pire comme il ne le pouvait pas, avec des costumes trois-pièces trop ajustés et aux couleurs voyantes, des cravates impossibles, et des chemises censées rester blanches au bout d'une semaine d'utilisation prolongée, il ne possédait aucune culture, n'avait aucun goût pour rien de beau ni d'essentiel, il lisait à peine *L'Équipe*, et *Le*

Parisien édition Val-de-Marne, mais les tiroirs de son bureau débordaient de bandes dessinées pornographiques italiennes qu'il pliait vaguement dans un quotidien dérobé sur une table du hall d'accueil pour son aller-retour périodique aux toilettes. L'été, lorsque la chaleur s'abattait sur la banlieue parisienne comme un nuage de gaz toxique expulsé d'un volcan, aussi meurtrier qu'invisible, le rythme de ses allers-retours vers les cabinets du couloir prenait parfois des proportions démesurées.

Il était l'incarnation même de tous les maléfices du monde.

C'était le meilleur inspecteur de police avec lequel j'avais jamais travaillé.

J'ai esquissé un pâle sourire de résignation et j'ai regardé sans entrain particulier mon empilement de dossiers en attente, toutes ces enquêtes ouvertes, la plupart du temps pour rien, en vain, parfois depuis des années, juste pour faire tourner la Machine. Mon expérience d'une décennie dans la Police judiciaire me l'avait confirmé : un crime sur dix est résolu, et encore. Et les habitants du parc humain pouvaient s'estimer heureux. Car ce que nous parvenions malgré tous les obstacles à réaliser, avec comme seule aide la Machine qui nous commande, tenait pour ainsi dire du miracle.

En effet, en ces temps troubles où le Monde venait de naître, tout autant que de disparaître, il n'était pas rare que ladite Machine décide d'interrompre de sa propre décision, souvent pour une simple erreur de procédure, ou un imbroglio bureaucratique interne, voire un mystère politique plus impénétrable encore, les investigations conduites par ses propres agents, qu'elle payait avec la commisération du latifundiaire pour ses péones, et qu'elle considérait avec le même respect qu'un éleveur de volailles pour ses animaux de batterie.

Il fallait en convenir, ce n'était guère brillant, et guère prometteur. Les brutes avaient du bon temps devant elles, et les victimes devaient s'attendre à être piétinées sans le moindre quartier. En tout cas, une chose était certaine, si le crime ne payait pas, la justice, elle, ne rapportait rien à personne.

Pourtant, c'est ainsi que commença le monde, ce jour-là, vers midi, après quarante-neuf jours, en continu, sept semaines sous adrénaline pure.

Vigipirate réactivé de toute urgence. Distribution de gilets pare-balles, de masques à gaz, de consignes de sécurité, CRS dans tous les coins du quadrilatère de la Préfecture.

En l'espace de quelques minutes, les islamistes avaient remis les pendules à l'heure. Le temps des loisirs à la carte était terminé. Celui de la semaine de 35 heures aussi.

Il était midi passé de quelques millénaires lorsque le monde a commencé, donc, et la Préfecture, à cette heure-ci, était en grande partie silencieuse, ses occupants attablés devant leur plateau-repas ou leurs sandwichs à la cafétéria. Seuls quelques échos de voix se faisaient parfois entendre à l'autre bout du couloir, ou alors des sonneries de téléphone qui, interminablement, hululaient dans le vide.

Les talibans même les plus fanatiques auraient du mal à faire oublier l'heure de la bouffe à un peuple comme le nôtre, m'étais-je fait la remarque.

Ainsi, alors que le monde venait de naître, il semblait déjà si vieux qu'une sorte de bilan s'imposait en guise d'acte de naissance.

Assis à son bureau à l'autre bout de la pièce, et me faisant face, Mazarin achevait d'engloutir son sandwich tout en compulsant deux ou trois dossiers en même temps. Au loin, quelque part à l'autre extrémité du couloir de l'étage, une sonnerie de téléphone, puis une seconde s'étaient mises à se faire entendre, avec l'infinie patience des machines, elles se répondaient de leurs stridulations d'insectes digitaux, en un interminable concerto nuptial, et parfaitement infertile.

J'ai observé à nouveau la surface encombrée de mon bureau. Tous mes sublimes échecs, tout autant que mes réussites fatales y étaient condensés. J'avais sorti tous les dossiers chauds en suspens, parfois depuis la décennie tout entière, j'y avais ajouté ceux qui avaient été « classés », dans un geste de pur désespoir comptable.

Au fil des ans, Mazarin et moi nous étions vu refiler tellement de bâtons merdeux que nous aurions pu monter une entreprise de vente de biomasse en gros. La Machine fonctionnait ainsi, sans doute mue par une très puissante nécessité intérieure : ses meilleurs éléments étaient sacrifiés sur l'autel de la routine dès lors que leur cerveau avait, suffisamment sans doute, abreuvé de ses éléments nourriciers l'intelligence collective dont ils dépendaient. S'ils persévéraient dans leur volonté propre, ils se voyaient récompensés par l'attribution des pires tâches que le métier d'éboueur même ne laisse pas deviner.

J'ai commencé à ouvrir les dossiers, les uns après les autres, juste pour le plaisir triste d'entendre le souffle de l'air dégagé par la page de carton, et de voir apparaître des liasses de documents empilés, aux messages hermétiques et secrets, sauf pour les agents de la Machine, comme moi.

Il était étrange de constater que ce n'était même pas ma vie qui était concentrée là, mais celle des *autres*, de plein d'*autres*, et plus important encore, leur vie y était circonscrite par la lumière clinique de la mort, il s'agissait du Grand Livre des Morts, dont parfois je ne connaissais que quelques traces écrites laissées avant moi par un autre rouage anonyme, ainsi qu'une empreinte digitale ou deux. Ma propre vie traversait ces documents comme un fantôme passe au travers des plus épaisses murailles, à bien des égards, ces existences réécrites par les biographes sans visage de l'administration nécropolitaine s'avéraient largement plus réelles que la mienne.

Je devais en convenir avec une forme d'humilité et de déférence : la Préfecture était un laboratoire d'anthropologie appliquée grandeur nature. Que la machine sociale dont elle était l'incarnation fût aveugle, sourde, et même en une certaine mesure muette importait peu en regard de cette découverte qui s'était révélée à moi peu à peu, au cours de la décennie écoulée :

S'il y avait quelque chose à comprendre du crime, c'était dans cet empilement de documents administratifs, dans cette littérature de bureaucrate, au cœur de cette nécropole écrite, de cette géologie aux vitesses de sédimentation incomparables, que nous avions une chance de la trouver.

Autant dire un crâne d'australopithèque affleurant à la surface érodée d'un plateau de l'Est africain.

Tous les dossiers étaient datés, titrés selon le codex en usage, et sans rien à première vue qui puisse vraiment les identifier les uns des autres, à l'exception de ces épigraphes étranges qui en ornaient la couverture.

Seul mon regard habitué à les consulter depuis des années savait d'instinct les différencier, comme si chacun d'eux dégageait un parfum particulier, tel le souvenir d'une femme, en fait c'était tout un jeu de sensations, à la fois visuelles, auditives, olfactives qui se connectait ainsi de façon souterraine à chaque dossier, cela semblait inavouable mais ces chemises cartonnées aux couvertures jaunâtres paraissaient parfois infiniment plus complexes et volumineuses que les vies et les trépas qu'elles étaient chargées de décrire.

J'avais fini par me convaincre que nous étions les archivistes de la mort, sans nous, et sans les hommes mauvais qui, tel Mazarin, œuvraient sans le moindre état d'âme pour la Machine, sans nous et le monstre froid pour lequel nous travaillions, oui, sans tout cela, l'homme se serait éteint dans ses propres déjections depuis longtemps, et il n'y aurait eu personne pour en rendre compte.

C'était selon moi la preuve, si besoin était, que le progrès indiquait plutôt la direction d'une chute, d'une terrifiante plongée dans les abysses, et que si l'homme s'était un jour redressé sur ses deux jambes, libérant son corps, sa main, son cerveau, c'était pour pouvoir tomber de plus haut. Nous avions cru que les machines étaient des prothèses artificielles dont l'homme s'était doté pour mieux dompter la nature. C'était peut-être vrai. Cela n'empêchait nullement le fait que selon toute probabilité l'homme lui-même était une prothèse artificielle dont la nature s'était dotée, pour des raisons inexplicables encore. En d'autres termes, ce monde étonnamment vieux venait vraiment de commencer, tout autant qu'il entrevoyait là sa fin : toutes les créatures ne supplantaient pas leur créateur par une sorte d'effet automatique dont on ne trouve nulle trace dans l'univers, pour que cela advienne, il fallait qu'au préalable le créateur *ait commis l'erreur* de doter sa créature des mêmes pouvoirs de création que lui.

J'avais également fini par établir un certain nombre de vérités à mon propre sujet, et elles n'étaient pas toutes très rigolotes à contempler. De surcroît, j'avais, me semblait-il, circonscrit en dix ans la topologie d'un désastre qui minait peu à peu les fondations de la termitière dont nous avions la charge. Un désastre dont l'actualisation n'avait demandé qu'un peu de temps, un peu de poudre, et une toute petite étincelle.

Les dossiers criminels dont j'avais, ou avais eu, la charge recoupaient en partie cette ligne de fuite vers la catastrophe, ma vie personnelle n'était plus à l'évidence que le prolégomène à un effondrement plus général, j'en avais pris conscience peu à peu, lors de mon lent éveil à ce monde qui venait de naître.

Ces chemises de carton, je les contemplais bien moins comme les ruines d'une vie à moitié ratée, semblables en cela à toutes les autres, que comme la promesse d'un avenir déjà ruiné par l'ensemble de nos actions.

Dix ans, c'était à la fois largement suffisant pour comprendre qu'on pouvait en savoir beaucoup trop, et pas assez pour pleinement assimiler à quel point on n'apprenait jamais rien.

Devant moi l'abîme était gris, si ma vie s'était trouvé une fonction, elle était sur le point de perdre son sens.

Dans l'espace où j'évoluais, les Limbes de la Préfecture,

l'animation caractéristique des humains revenant du déjeuner était en train de reprendre possession du monde.

Les sonneries de téléphone se superposaient maintenant en un ensemble de contrepoints aléatoires, parfois coupées par l'écho lointain d'une voix qui répondait, parfois s'arrêtant d'elles-mêmes au bout de quelques mesures, et parfois non, s'obstinant à hululer dans le désert encore relativement stable de la Machine.

C'est Mazarin qui m'a fait prendre conscience de la chose :

— Kernal, merde, tu ferais bien de décrocher.

Et c'est ainsi que d'un geste machinal, alors que je contemplais l'étendue bureaucratique du crime, j'ai soulevé le combiné moite, chaud, collant de sueur.

J'ai dit allô.

Et la bombe a explosé.

La masse de mon lourd bureau de police m'a projeté contre le mur, les boiseries d'une armoire voisine s'y sont pulvérisées en même temps que mes os et de nombreux objets réduits en miettes. Un fragment de ma colonne vertébrale, sous le choc, a implosé à la rencontre de ma cage thoracique, la totalité de mon muscle cardiaque s'est vue instantanément trouée de cartilages et de pointes de calcium, ventricules et aortes sectionnées, déchiquetées, broyées, l'hémorragie fut immédiate, et générale. La boule de feu se régalait déjà de ce corps disloqué.

Je ne peux pas vraiment parler de souffrance.

J'ai ressenti plutôt comme un ultime soulagement.

Ma disparition brutale du monde d'ici-bas paraissait la seule chose susceptible de donner un sens à ce qui restait de mon existence.

Puis je suis entré dans le monde des morts.

Au cœur des ténèbres, la lumière était enclose.

CRIME SCENE, 1991

L'automne de cette année-là avait commencé avec les premières nouvelles d'une guerre atroce qui éclatait en Europe. Des villes étaient rayées de la carte et le drapeau rouge flottait au-dessus des ruines, le temps qu'un mur s'effondre, un abîme s'était ouvert à sa place. Il ne fallait pas compter sur la civilisation européenne pour qu'elle songe à se sauver elle-même.

Le temps était très doux pour la saison – répétait avec une consternante platitude la météo depuis des jours –, et c'est vrai que le ciel avait ce bleu-vert profond des matinées estivales de l'enfance, chaque rai de soleil tout juste né réchauffait l'air tremblant de septembre et les ondoiements de la brume nocturne survivante, oh, tout semblait si plein de cette promesse de liberté immanente à toute vie, n'est-ce pas ? Oui, ce jour ne commençait-il pas comme l'une de ces belles matinées de l'automne précoce où tout paraît possible, léger, sans résistance, pure représentation détachée de toute volonté ? Un temps, vraiment, à faire de la littérature ?

On l'avait jetée là comme un vulgaire paquet de Kleenex usagés.

Une petite forme blanche écrasée contre les graviers du ballast, à peine recouverte d'une nappe de brume, sous le ciel immense dont elle paraissait être tombée, avec la double énigme du chemin de fer sinuant dans les broussailles comme un serpent gémellaire interrogeant la nature de l'homme, ou ce qui se nomme tel. Les murs décrépis de l'usine. Les énormes réservoirs du dépôt BP qui chauffent au point d'incandescence sous la lumière orange de leurs projecteurs au sodium.

Dans l'aube si pâle qu'elle semblait sortir de la gueule d'un chien malade, je regardais ce petit morceau d'atmosphère fait chair, ce bout de vie comme arraché des cieux et projeté sur la terre, à la distance où il m'apparut, le souvenir d'un ange mort-né ne m'aurait pas semblé moins inconsistant, immatériel. Moi-même, à côté, j'avais vraiment l'air d'un être appartenant à ce monde.

Une fraction de seconde j'ai refusé l'évidence, juste pour me prouver que j'étais encore vivant, que je n'étais pas mort comme l'ange pâle tombé des nues autour duquel s'affairaient de petits zombies en uniformes bleus, qui ne semblaient pas moins morts que lui, et en y réfléchissant un peu, sans doute bien plus. Mais c'était le monde entier qui était mort, n'est-ce pas ? Les milliards de vies qu'il pompait chaque jour dans son système de perfusion pouvaient toujours tenter de résister, sa mort, cette mort clinique désormais devenue le mode de vie indépassable des sociétés humaines, les avalait, nous avalait, nous tous, inexorablement, et par tous les moyens imaginables, afin que l'on conserve une vague pulsation périodique sur l'écran de contrôle.

L'air était rempli des zébrures électriques des radios, des talkies-walkies et des téléphones cellulaires, ainsi que du contrepoint des voix hachurées débitant un langage chiffré aux résonances ésotériques. Une forêt remplie d'oiseaux n'aurait pas agité plus d'air, et dans le cas présent, c'est le croassement des corbeaux que l'on aurait entendu.

Le soleil a pointé un premier rayon entre les cheminées de l'usine désaffectée et, tandis que je m'approchais de la voie de chemin de fer qui traversait la route, les hautes structures métalliques dénudées, offrant au regard la vision d'un immense squelette paléontologique de l'âge industriel, se sont animées d'un frémissement d'or liquide qui, par processus d'analogie, ou par photosynthèse, a ouvert une vieille cellule mémorielle datant de ma prime enfance : lorsque par un matin de juillet mes parents et moi avions pris la route des vacances vers le sud et qu'une aurore identique à celle-ci s'était levée sur la banlieue au moment où nous passions tout près de cet endroit, sous un ciel pur rompu des seules cavalcades en spirales de la fumée crachée à pleins tubes – l'usine était encore en activité –, le soleil avait dardé comme aujourd'hui entre les hautes cheminées d'acier dressées vers le ciel en m'évoquant alors, par la magie d'une imagination primitive frappée au sceau des années 60, d'étranges fusées au design soviétique dans l'attente d'un improbable décollage juste avant l'arrivée de l'astéroïde fatal. Frappé par la beauté de cette image et du souvenir qu'elle avait réveillé, surimprimés tous deux un bref instant à celle de l'ange abîmé qui se cadrait dans mon champ de vision, alors que je m'arrêtais juste de l'autre côté des rails qui m'en séparaient, je n'ai pas vraiment vu l'officier de police judiciaire du commissariat local se diriger vers moi.

— Philippe Normand, je suis l'OPJ de Vitry, c'est moi que la patrouille a appelé quand elle est arrivée sur les lieux, c'est moi qui ai directement appelé le SIC, à la Préfecture.

— Salut, j'ai fait, inspecteur Kernal, du SD de Créteil, vu qu'on est lcs premiers sur les lieux, on va se répartir les tâches.

On s'est vaguement serré la pogne. Il m'a lâché un maigre sourire :

— Si t'es déjà là, je serai détaché de l'enquête dans la journée, et je préfère ça : j'ai jamais vu ça de ma vie, putain. Je croyais même pas ça imaginable.

J'ai laissé l'OPJ en poste à Vitry derrière moi, debout au bord de la route, et je me suis lentement approché de la scène du crime, autour de laquelle les gardiens de la paix en uniformes formaient un corridor de sécurité. La première chose qui s'offrit à moi, en termes strictement matériels, prit l'occasion d'un souffle de vent qui vint me frapper de face : c'était l'odeur. L'odeur de la mort. L'odeur de la chair en état de putréfaction. Une odeur qui marque à jamais les vivants qui l'ont reniflée. C'est pour ça sans doute que je n'ai pas vu notre commissaire arriver. C'est sa mauvaise eau de Cologne et le sentiment d'une présence massive dans mon dos qui m'ont signalé son irruption, à quelques centimètres de mes défenses vitales, alors que j'essayais de prendre contact avec l'innommable réalité, cette image terrible qui retenait déjà toute mon attention, mais qui n'arrivait pas vraiment à y prendre racine, comme si je regardais un objet dont la géométrie était impossible.

J'ai entendu son souffle d'éléphant de mer juste avant qu'une haleine déjà engorgée de Gitanes sans filtre n'accompagne un jet rauque : Évidemment vous êtes sur le coup Kernal et vous en faites votre enquête exclusive toutes affaires cessantes. Vous viendrez à mon bureau lundi matin, je vous affecterai à l'équipe de Clébert et Foudrach, ils reviennent ce soir de leur enquête à Bordeaux et je vais les coller là-dessus en priorité. Je m'occupe de contacter le proc' dès mon retour à Créteil.

Ce qui voulait dire : Kernal, les présentations sont faites, vous pouvez commencer tout de suite, je vous détache des formalités administratives. Parez au plus pressé.

Je ne me suis même pas retourné vers lui, j'ai senti son haleine pourrie aux Gitanes et au whisky de discothèque s'atténuer dans l'atmosphère environnant mon espace personnel, puis le glissement de son corps derrière moi a laissé échapper une fragrance de Fabergé Brut 33 qui m'a fait comprendre qu'il s'éloignait, j'ai d'ailleurs aperçu sa massive silhouette se perdre sur ma gauche dans une nappe de brouillard persistante, en direction d'un car de police de renfort fraîchement arrivé de la Préfecture et dont le gyrophare pulsait doucement, comme une double étoile bleu-orange censée garantir l'ordre et la justice.

Puis j'ai traversé les rails, comme on traverse le dernier cercle des inframondes infernaux, j'ai enfilé mes gants de latex chirurgicaux et je me suis agenouillé près du corps de la jeune fille assassinée.

Voici donc la victime :

Le corps nu, entièrement, à l'exception d'une petite chaussette de couleur rose sale au pied gauche, déchirée au niveau des orteils. Il n'y a pas un centimètre carré de cette chair qui n'ait été meurtri, d'une manière abjecte ou d'une autre.

Le corps est à demi recroquevillé sur le grand sac-poubelle de PVC noir qui avait attiré l'attention des experts venus dans la nuit superviser l'achèvement de la phase « décontamination de l'amiante », le plus dur du boulot à ce qu'on en savait. Ils avaient trouvé le sac-poubelle, éventré sur un côté, et ils n'avaient pas tardé à comprendre quel en était le contenu. Ignorant une règle de précaution élémentaire l'un d'entre eux avait ouvert le sac d'un coup de canif et en avait vaguement dégagé la forme humaine avant de la reposer sur le PVC souillé de sang. Ils allaient sûrement être interrogés vite fait dans la matinée par Normand, qui m'enverrait aussitôt copie de son rapport, et attendrait que la procédure le dessaisisse officiellement de l'enquête, sans doute dans la journée, ou le lendemain.

Identification clinique de base : la mort ne semble pas remonter à très longtemps, soixante-douze heures, un peu plus peut-être.

Observations préliminaires : long et monotone catalogue d'atrocités, brûlures de cigarettes, et peut-être de courant électrique, lacérations multiples et profondes, dans toutes les parties du corps, y compris génitales, traces de coups, hématomes et fractures en pagaille, par différents objets contondants aux diverses empreintes identifiables, plusieurs mutilations, doigts et oreilles coupés, yeux crevés, je n'aurais jamais cru ça possible avant de le voir, un tel acharnement sur le corps d'une gosse âgée d'une douzaine d'années tout au plus.

Taux d'adrénaline personnel : très élevé. Désagrégation partielle du centre solide du « moi » et élan empathique désespéré. Bien sûr je savais qu'il ne s'agissait que d'un acte symbolique, c'est-à-dire inutile, tout cela était peine perdue, et émotion gagnée pour pas cher, un jour ou l'autre, un rhésus sanguin, une carte génétique, un dossier dentaire, un nom, un prénom, une adresse, une généalogie familiale, viendrait compléter de façon dite « rationnelle » le tableau encore indistinct dans le magma primitif de l'émotion. Il était clair, par exemple, que ce serait à moi sans doute qu'incomberait la tâche d'aller expliquer aux parents éplorés par la disparition de leur enfant, que la chair de leur chair, leur ange adoré, avait été retrouvée par la police mais qu'on leur déconseillait de venir l'identifier à la morgue.

Si je voulais conserver la moindre chance de réussite, si je désirais vraiment la ténacité, la rage froide indispensable à l'entreprise, je devais pourtant m'attacher à ce petit bout de chair violentée comme s'il se fût agi de la mienne propre, et en échange je devais sans doute me préparer à perdre la plus grande partie de mon humanité. Je n'avais pas d'enfant, je n'étais pas marié de toute façon, et je ne vivais avec personne. Adopter un cadavre semblait bien le seul comportement raisonnable.

C'est en tout cas le seul que je parvins à trouver ce jour-là.

Je savais que j'avais peu de temps avant que le corps ne soit enlevé pour être confié aux bons soins d'un docteur légiste qui le sonderait en profondeur, jusqu'à la dissection s'il le fallait, afin d'établir les causes et si possible les conditions exactes de la mort.

Il semblait acquis que la dissection en profondeur serait inutile, ce qui m'a paru une nouvelle étonnamment réconfortante, puis, au travers du léger miroitement salé qui se superposait à mon cristallin sans que je le veuille, j'ai regardé en face ce qui restait du visage de la jeune fille.

Ensuite c'est une machine qui parle.

La machine de mon caméscope et son œil bleu-gris électronique. La machine de ma voix, comme abrasée par une meule au tungstène. La machine de ma conscience qui répertorie et classifie les données au fur et à mesure de leurs découvertes.

La machine de la ville, alentour. Voici le plan panoramique, l'usine Arrighi, la centrale EDF, les murs d'enceinte de l'enclos aux transformateurs haute tension, et plus loin encore les gros réservoirs cylindriques marqués de l'emblème jaune et vert de la British Petroleum, le biotope paradoxalement sans vie de cette zone industrielle est désormais le tabernacle du sacrifice, le lieu sacré recelant en son centre un être sans identité anéanti par la décomposition terminale de l'homme anonyme des mégapoles.

L'œil de la caméra saisit tout, sans la moindre pudeur, prothèse technique et froide comme la mort elle me permet d'enregistrer la *crime scene* sans que mon cerveau n'ait réellement à traiter l'information, les capteurs CCD, dont mon nerf optique n'est plus que l'extension à peine vivante, sont pour cette opération très largement suffisants. Ils sont même nécessaires.

Ce que ma voix débite en contrepoint sonore c'est l'antipoésie clinique des descriptions du criminologiste.

C'est, soyons-en sûrs, la seule voix qui peut s'élever du silence qui scelle un tel crime.

Il y a d'abord la simple image de cette pauvre chose qui fut un jour humaine et qu'on a réduite au néant de la matière saccagée, seul mon souffle est audible – puis peu à peu je m'en dégage, je me retire de la grâce inhumaine tombée des dernières étoiles survivantes de la nuit sur cet ange sacrifié, l'œil électronique du caméscope reprend le contrôle et en prédateur d'espaces visuels tente de situer ce corps dans le décor de la zone industrielle selon un jeu de significations secrètes, une heuristique cryptée, mais c'est peine perdue, car il n'y a rien là que le crime et ses pauvres contingences, et dès lors l'œil électronique englobe la scène dans un dernier adieu à la vie détruite puis se met en quête de nouvelles proies, déjà l'objectif se relève et ma voix se fait entendre, psalmodiant le Livre de la Mort clinique :

— Traumatismes vaginaux et anaux évidents, on constate aussi de nombreuses mutilations ainsi que de profondes lacérations sur le thorax et l'abdomen... fractures ouvertes des membres supérieurs... mâchoire brisée, nez cassé en de multiples endroits... les deux pommettes fracturées... énucléation... hématomes et contusions de diverses natures et gravités... Plus étrange : nombreuses scarifications, ligatures chirurgicales en diverses parties du corps... victimologie précise restant à déterminer...

Silence micronique de la bande numérique qui défile sans le moindre parasite, rapport signal/bruit supérieur à 99 %, c'est mon souffle qui seul semble en mesure de nous faire croire que nous sommes encore vivants, la machine et moi.

Ce fut la première, mais pas la dernière fois, que je rencontrai l'enfant mort de la zone industrielle sur le plan physique. J'avais rendez-vous avec lui.

Lorsque je suis revenu vers l'épicentre de la *crime scene*, il était déjà emballé dans son sac de PVC et les portes arrière d'un Samu s'ouvraient lentement, comme à regret, hésitantes, répulsées, ou effrayées à l'idée de faire le groom à l'entrée de cet ascenseur horizontal pour le ciel.

Ma vieille Coccinelle Volkswagen bleu azur m'attendait près de la grille de l'usine désaffectée, juste derrière le car des flics de Vitry qui s'apprêtait déjà à repartir, sirène et gyro en action.

Dans la lumière de ce soleil couleur d'univers en fusion qui apparaissait à l'horizon, de l'autre côté de la haute solitude de l'usine, et dont les rayons frappaient ses chromes et sa peinture lustrée, couleur de ciel, la Volkswagen ressemblait vraiment à un souvenir de vacances des années 60, avec son petit air faussement anglais, et le bloc de densité mémorielle de toutes les campagnes publicitaires qui modelait mes perceptions dans un arrière-plan à peine subliminal se superposa un instant comme un fantôme cathodique sur le film du réel, alors, à mon approche, elle parut comme l'irruption obscène du monde terriblement gai de la marchandise, comme une faute de goût pathétique au beau milieu d'un rituel des plus profonds et des plus silencieux, des plus mystérieux et des plus fragiles, aussi en cet instant où j'ouvris ma portière pour m'installer au volant, dans un mouvement sans consistance, comme au bord de l'épuisement, et que ma main engagea la clé de contact dans le Neimann, puis chercha en vain dans la boîte à gants une musique appropriée aux circonstances dans le lot de cassettes, j'aurais voulu conduire un char de guerre peint aux couleurs de l'enfer, un véhicule de combat armé pour la nuit, pour les ténèbres sans fin qui avaient recouvert le monde.

Et je n'en avais pas à ma disposition.

LE MUR DE BERLIN, 1989

Les assassins ne se reposent pas le dimanche.

Les flics non plus. Eux aussi, ils doivent porter le poids des crimes de la semaine.

Chez moi, je me suis déshabillé et je me suis fait couler un bain chaud, dans lequel j'ai déversé un demi-bocal de sels de bain. Je m'y suis plongé comme dans une enveloppe placentaire, un cocon liquide, maternel, protecteur, océanique, la douceur d'un sein féminin transposée en environnement atmosphérique, voilà quelle fut la vie des origines, le seul Âge d'Or que nous ayons connu, quand nous n'étions pas encore au monde.

En ressortant de la baignoire, j'ai enfilé un peignoir d'hôtel dérobé dans une marina des Cyclades l'année qui avait précédé ma décision de rentrer pour Paris, afin de m'engager dans la Police judiciaire *in extremis* avant la limite d'âge, avec une maîtrise de socio-linguistique à la mords-moi le nœud, un doctorat de psychologie et aucun avenir radieux à me mettre sous la dent. Le peignoir me permettait de me souvenir que j'avais eu une vie avant. Une vie innocente, et stupide.

Puis je me suis mis au travail : *Anthropologie clinique d'un crime psychosexuel à l'encontre d'une jeune adolescente d'origine inconnue : usine Arrighi, Vitry-sur-Seine, septembre 1991.*

Je l'avais enfin, mon étude de cas.

Il existe une balistique de la solitude. Elle peut se découper en une série d'ensembles statistiques dont les variables initiales peuvent être aussi nombreuses que le résultat final unique. La vie, dans certains cas, lorsqu'elle se propage vers cette limite sitôt consumée une fois atteinte, suivait les lois mathématiques des attracteurs chaotiques. En ce qui me concerne, cette balistique montra sa fatale direction lorsque, mon trentième anniversaire tout juste passé, je découvris en quelques mois que tout me prédisposait à attirer, comme une sorte de paratonnerre, la haine que ma société vouait à elle-même, avec raison.

Je sentais en moi se lézarder les vieilles certitudes comme les nouvelles idoles, toutes ensemble, d'un seul coup.

Je commençais à prendre conscience du crime généralisé dans lequel on voulait nous faire vivre. Je commençais à évaluer pour de bon le poids d'une vie, et la légèreté de la mort.

Il existait des motifs cachés à nos existences, de cela je croyais pouvoir établir une relative certitude depuis un certain temps déjà. Mais pendant des années, il faut bien dire que le motif qui était le mien ne m'apparut jamais que sous la forme de séquences discontinues à peine vécues, alors que comme dans le livre d'Henry James, il structurait de ses figures entremêlées le tapis que j'avais toujours eu en face des yeux.

En fait, si un jour j'ai décidé de prendre le plus sale boulot qu'on peut envisager à notre époque, *gardien de l'ordre*, c'est parce que je m'étais finalement convaincu que le crime était essentiel à ma propre existence, il en était *consubstantiel*, j'avais besoin de me confronter à sa face pour trouver un semblant de sensation d'existence, mon anti-vie bureaucratique au service de l'ordre policier me semblait une bénédiction au milieu d'un monde que je devinais prêt à toutes les compromissions, donc à toutes les abjections imaginables.

Lors de ma vie innocente et stupide j'avais eu l'occasion par maintes fois de me rendre compte combien rien ne pesait vraiment face à la forme suprême de volonté qu'avait atteinte l'homme moderne, l'homme de ma génération : la volonté de ne plus rien vouloir, tout en désirant tout. Il lui fallait non seulement le confort, pour lequel des générations entières s'étaient usées contre la diabolique dureté du monde de la Matière, mais, s'il vous plaît, le confort doublé du spectacle du risque et de sa propre contestation, c'est-à-dire l'impossibilité pathogène, et pitoyable, de trouver un quelconque espace où sa propre figure ne lui soit pas constamment renvoyée, telle une ombre sans cesse jetée au-devant de lui, et qui grimacerait son horrible sourire de touriste médusé, ou de médecin humanitaire.

Déjà dans les divers milieux que je traversais comme un neutrino passe au cœur des métaux les plus lourds, je ne trouvais plus guère d'amis, et pire encore, bien moins d'ennemis.

Puis un beau jour, au moment où comme d'habitude on s'y attendait le moins, quelque chose craqua au milieu de l'Europe.

Comme par hasard, on pourrait dire, je passais dans le coin à ce moment-là.

J'avais rencontré Milena et Maroussia en Hongrie, fin juin, sur la route qui menait vers la Tchécoslovaquie, dans la région de Vàc, près d'une boucle du Danube. J'étais parti vers l'Est européen avec peu de bagages, quelques vêtements de rechange, une trousse de toilette, et une poignée de livres, parmi lesquels plusieurs ouvrages sur la Seconde Guerre mondiale, dont une biographie de Rommel, ainsi qu'un petit ouvrage relatant la conquête spatiale soviétique, le tout accompagné de quelques fascicules touristiques glanés chez Intourist ou à l'agence de l'*Aeroflot* du boulevard de l'Opéra.

Les deux filles attendaient au bord d'une station-service désolée, silhouettes apparues au détour d'un virage, devant une forêt de conifères turquoise qui surplombait le fleuve et que la lumière du crépuscule repeignait d'un hydrolat d'orange.

Je ne savais trop à l'époque ce qui m'avait poussé à entreprendre ce voyage en Allemagne de l'Est, puis en Hongrie et en Tchécoslovaquie. J'avais quelques vagues objectifs : Moscou, sans doute, puis peut-être Leningrad, et si je pouvais, Stalingrad et de là, pousser jusqu'à Baïkonour... Je ne savais trop à l'époque ce qui me poussait à entreprendre les choses. Mais j'étais parvenu, par une connaissance, à pré-vendre un reportage photo sur la « perestroïka » dans les républiques populaires de l'ex-Mitteleuropa au magazine *Géo*. Convertie en deutschmarks, l'avance me permettait de largement voir venir, de l'autre côté du Mur.

Sans doute un pressentiment guida-t-il en fait ce voyage. Ce pressentiment prit la forme des deux « M » – comme je les surnommai.

Milena était tchèque, elle venait de Prague, Maroussia était russe, mais vivait dans le nord de la Hongrie. Toutes deux s'étaient rencontrées à la frontière tchéco-magyare, en fait elles allaient dans la direction contraire de celle que j'avais prévue, d'ailleurs elles étaient postées de l'autre côté de la route, et afin de justifier mon demi-tour sur le parking vide de la station-service, j'avais joué au touriste perdu, puis comprenant qu'elles cherchaient à rejoindre Budapest, j'étais parvenu à leur faire croire qu'il s'agissait aussi de ma destination, alors que j'en venais, le tout dans un sabir d'anglais, d'allemand et de russe, avant que je ne comprenne, interloqué, qu'elles parlaient ma langue maternelle avec plus de sûreté que la plupart des journalistes français que je ne côtoyais que rarement. Elles désiraient rejoindre la capitale hongroise afin de trouver des papiers pour se rendre à l'Ouest, en Allemagne fédérale dans un premier temps, Milena y avait des contacts. Peut-être devraient-elles passer par la RDA, Milena connaissait aussi des gens à Berlin-Est, mais l'idée de base serait d'essayer directement par l'Autriche. Peut-être, avait dit un jour Maroussia malicieusement, dans son anglais de jeune prostituée slave, peut-être que les choses vont changer, peut-être que nous n'aurons même pas à nous procurer de faux papiers, peut-être que tout ça va finir.

L'époque était aux peut-être des utopies finissantes, aux incertitudes ceintes de barbelés. Mais elle était aussi sans doute aux intuitions mutantes, poussées par le vent venu de Tchernobyl.

Je ne sais comment, mais nous avions fini par faire un drôle de ménage à trois à Budapest cet été-là. Je ne sais comment, mais je crois que je pourrais avouer pourquoi, sous la torture.

Milena et Maroussia semblaient les produits d'une fiction née de l'autre côté du monde, elles surgissaient dans ma misérable existence d'homme moderne comme des météores qui pouvaient en effet paraître barbares à une civilisation qui vivait le degré terminal de sa longue décadence. Je ne connaissais pas grand-chose d'elles, sinon que le père de Milena travaillait comme administrateur d'une banque d'État, celui de Maroussia était attaché d'ambassade en Hongrie depuis dix ans, elles étaient les jeunes putes de luxe de la bourgeoisie communiste, elles étaient des oiseaux cosmopolites qui vivaient dans la cage dorée de l'ère soviétique et qui, sans le savoir, en dissolvaient déjà les barreaux.

La beauté les irradiait de l'intérieur, elle illuminait leur teint délicat, à la blancheur lunaire, leurs yeux, d'un bleu sombre pour Maroussia, d'un gris un peu vert pour Milena, leurs sourires, ouverture fragile chez la Praguoise, éclair animal chez la Moscovite, la beauté se nichait jusque dans leur chevelure, blonde pour Maroussia, un blond violent, couleur laiton militaire, brune pour Milena, d'une noirceur intersidérale, oui la beauté de leur corps se diffusait jusqu'au grain de leur peau, configuration fractale, secrète, à la limite de la perception, jusqu'aux parfums que sécrétaient leurs organismes, jusqu'à des détails insolites que je saisissais parfois, dans la lumière oblique d'un néon, près d'un des ponts qui traversaient le Danube, une nuque offerte par la grâce de la brise, un poignet cassé selon un angle à la féminité affolante, et bien sûr innocente, un coude posé négligemment sur la portière à la vitre baissée et voilà l'œil qui remonte le long du bras jusqu'à une aisselle dévoilée par le pan d'un tee-shirt qui flotte au vent, une main aux ongles fins enserrant le volant de l'Audi de location et qui se promène négligemment sur les divers accessoires autour du levier de vitesse, avec une grâce pornographique sacrée, un profil découpant l'éclat du soleil dans le pare-brise, capté pendant quelques microsecondes lors d'un geste de Milena offrant une cigarette à sa compagne tandis que nous roulons vers l'appartement de la *Margit Körùt*, la vision furtive d'un sein dans le clair-obscur de la chambre, poire retroussée et mamelon pointant avec insolence pour Milena, globes laqués aux larges aréoles brun-roux pour Maroussia, mais aussi un simple et banal mouvement qui glissait avec sa sonorité spécifique sur les cordes du temps, un abandon, un soupir, une plainte de plaisir. En quelques jours, je compris que la beauté d'un peuple, que la beauté des êtres, tenait essentiellement dans leur rapport à la musique. Milena m'en avait fait la remarque, à sa manière, un soir : nous faisons un joli petit trio, parfait pour de la musique *de chambre*.

Milena et Maroussia, les deux « M » de ma traversée du Mur, étaient juste le chant clair et troublant s'élevant par miracle de l'échec total de nos existences, elles furent sans doute le dernier rêve vivant de ma conscience.

Par elles, j'eus accès à l'expérience de l'amour, sans entraves mais sans névrose. Leur conception du sexe était aussi éloignée du puritanisme psychanalysé que du jésuitisme égrillard. J'avais fini par me dire que le communisme avait bien failli réussir, contre toute attente, et surtout les siennes, à forger si ce n'était un Homme Nouveau, du moins une Femme Humaine.

Les Slaves de tradition orthodoxe ou catholique étaient peut-être parvenus à préserver quelque chose, en secret, dans les souterrains de leur société, qui avait su déjouer l'entreprise des tueurs en série communistes, et mieux encore, m'étais-je dit un soir, devant le spectacle de leurs deux corps reposant dans le sommeil côte à côte, délicatement enlacés aux extrémités, poignets et chevilles, filaments capillaires, le drap défait et humide de sueur les séparant et les liant par le mélange paroxystique de la pudeur et de la sensualité, mieux encore oui, je pouvais voir en elles comme l'aboutissement paradoxal de tout un monde, je m'étais dit que le catholicisme pontifical d'une part, nos sociétés laïques et démocratiques d'autre part, et en tiers inclus le protestantisme industrieux des fourmis calvinistes n'avaient pu survivre à l'accomplissement de l'Occident, la société technique globale. En revanche, et paradoxalement, le totalitarisme foireux des marxistes-léninistes avait peut-être, par une drôle de réaction imprévue et imprévisible, forcé les gens de cette région du globe à transmuter leurs antiques savoirs en une pratique occulte de la vie quotidienne. Milena et Maroussia me semblaient les exemples vivants de cette théorie qui demandait à subjuguer mon esprit.

Milena et Maroussia étaient belles. Elles étaient libres. Elles venaient du froid. Elles avaient droit à un peu de chaleur.

Moi, je ne saurais dire, mais ce qu'il y a de sûr c'est que j'avais des deutschmarks.

Autant dire les clés du Paradis.

Le sexe, pour ces filles sorties du rêve insensé qui allait produire des Magnitogorsk et des Baïkonour, se déplaçait dans une zone nouvelle de mon expérience. Comme les Nordiques, elles y voyaient une activité saine, et joyeuse, mais comme les Latines, elles y voyaient aussi un mystère, et un abandon de soi. En tant que Slaves héritières de l'expérience communiste, j'avais l'impression de voir des Occidentales dont la libération, toute paradoxale, s'appuyait sur les préceptes inverses de ceux de la psychanalyse, ou disons de ce que les psychanalystes occidentaux en ont fait. Jamais, j'en étais sûr, je n'avais rencontré de femmes assumant à ce point leurs limites, tout autant que l'infini qu'elles portent en elles. Leur névrose était encore empreinte de religiosité non feinte, elle était donc vivable. Leur romantisme était vrai, parce qu'il s'engageait pour de bon dans la vie, avec le désir d'en briser les chaînes et de ne reculer devant rien pour le plaisir de son amant, mais leur hygiène de vie aurait cependant fait passer une mannequin suédoise pour une poissonnière d'Aubervilliers.

Elles ne baisaient qu'avec des capotes, même avec moi, sauf parfois lors de l'éjaculation, quand elles me permettaient que j'éclabousse leurs corps de mon sperme, après qu'elles eurent retiré avec une sorte d'avidité vampirique le tube de vinyle autour de mon sexe.

Je ne savais pas ce qui me poussait à faire les choses, mais cela ne m'empêchait pas d'y mettre une opiniâtreté de zélote. Un trait de mon caractère qui me conduirait un jour à prendre une décision fatale entre toutes.

En quelques jours mon existence d'étudiant attardé avait traversé le Mur. Milena et Maroussia, en dépit des différences marquées qui existent entre les deux peuples dont elles provenaient, partageaient cette liberté secrète que le système communiste avait peu à peu instaurée, à son *corps* défendant, à l'intérieur de quelques êtres.

Je ne sais pourquoi, un soir, alors qu'un taxi nous ramenait à l'appartement, longeant le Danube, le souvenir de mon père mort quelques mois plus tôt était venu s'interposer, fragile, entre la vitre et le miroitement des réverbères dorés qui éclairaient les quais.

Mon père était mort, assez vite heureusement, d'un cancer mal diagnostiqué qui s'était étendu sans la moindre rémission. Il avait passé une bonne partie de sa vie à taper sur des machines à écrire dans des pièces enfumées, en premier lieu par lui-même, et ses quarante Gitanes sans filtre quotidiennes.

Mon père avait été membre du Parti, de 1942 à 1968 ; il avait rejoint l'organisation militaire secrète dans le Puy-en-Velay, où il vivait, à l'âge de dix-sept ans : FTP, baptême du feu contre un commissariat vichyste puis avec les armes ainsi dérobées contre un campement local du SOL ; durant l'été 1944, les unités FTP du Massif central et du Dauphiné avaient devancé l'arrivée des troupes alliées dans la vallée du Rhône, après le débarquement en Provence, elles avaient joliment désorganisé les défenses allemandes ; ensuite, après-guerre : école de journalisme du Parti, et détachement permanent à l'Assemblée nationale, il avait vu valser les cabinets de la Quatrième République, il avait vu de Gaulle claquer la porte, il avait vu le socialiste Guy Mollet ordonner à la Garde mobile de tirer sur les grévistes de 47, il avait vu Mitterrand soutenir la politique de répression totale en Algérie, il avait vu le Parti accuser les grévistes polonais, berlinois ou hongrois d'être des agents de la CIA. Puis il avait travaillé au centre même du dispositif du Parti en matière du contrôle de l'information : l'UFI, l'Union Française d'Information, la réplique thorézienne à l'agence France-Presse. Sa carrière avait suivi la dynamique des premiers cosmonautes russes, puis s'était arrêtée brusquement avec l'entrée des chars soviétiques à Prague. Son agence de presse était rapidement devenue un des principaux centres de dissidence antistalinienne dans le Parti. L'Union Française d'Information fut immédiatement sabordée, mon paternel avait été convoqué par Duclos qui avait essayé de se la jouer Djerzinsky de province. Mon vieux lui avait balancé sa carte d'adhérent datant de la Résistance en pleine figure.

La mort de mon père avait suivi de peu mon retour de la mer Égée. Elle semblait connivente – selon le lieu commun classique – à ma possible naissance.

J'avais passé un mois sur l'île de Santorin, dans une solitude de trappiste, à contempler sans fin l'immense caldeira formée par le volcan qui, en explosant il y a environ 3500 ans, donna naissance au cratère, et au mythe de l'Atlantide par la même occasion.

J'avais bien aimé la visite du site d'Akrotiri, la ville qui avait été engloutie par l'éruption de –1800. C'était une sorte de Pompéi protogrec, sauf que les habitants avaient eu juste le temps de se réfugier sur des îlots voisins, et que par conséquent seules les maisons, et leurs objets domestiques, avaient été ensevelies par la braise. On n'y voyait pas ce spectacle désolant des êtres figés pour l'éternité dans leur mausolée de cendres.

J'avais beaucoup apprécié le spectacle de la caldeira, j'étais resté des heures entières à contempler les eaux du ciel et la lumière océanique. Dans ma cervelle tourmentée l'image d'une explosion titanesque recouvrant l'univers de ses nuées ardentes prenait consistance sans trop de peine.

Du haut des falaises, lisses comme du verre, on apercevait un chemin creusé dans la roche et qui joignait le bourg à un débarcadère où les pêcheurs venaient accoster, avec leurs casiers remplis de poissons.

Les vestiges d'Akrotiri se superposèrent en tremblotant aux belles lignes modernistes du pont Erszebèt et sur la vitre battue par une douce pluie d'été, écran d'un film voué à sa propre disparition, Budapest tout entière était une île perdue, une Atlantide en voie d'être engloutie.

La dernière figure de mon père, mort, allongé sur son linceul mortuaire dans la petite morgue anonyme du Mans, sembla vouloir me dire quelque chose.

Puis le taxi s'arrêta, Maroussia paya, nous descendîmes dans le mouvement cotonneux de l'alcool. La vieille Datsun s'évanouit en direction du Danube. Milena et Maroussia me prirent chacune par un bras alors que nous nous dirigions vers l'entrée de l'immeuble de la *Margit Körùt*.

Je me sentis, durant un instant sans mesure, le centre parfait du monde.

Un matin, Maroussia avait ramené une bonne quantité de haschich d'un de ses périples nocturnes. Un soir de fumaison avancée, je lui avais dit qu'elles étaient comme les spoutniks. Vous êtes si belles, lui avais-je dit, c'est comme si le communisme avait par réaction poussé vos peuples au seuil de leurs possibilités existentielles, y compris sur le plan de la génétique.

Milena était alors intervenue : tu veux dire que nous sommes comme les cobayes d'une sorte d'expérience de sélection naturelle ?

Oui, lui avais-je répondu, l'esprit en mode ascension psychotropique. Le monde est je crois une sélection active sans cesse recommencée de simulateurs destinés à produire des êtres humains. Mais les seules réussites surgissent toujours lorsque quelque chose dérape dans le programme.

Maroussia avait éclaté de rire.

La comparaison avec les spoutniks et les cosmonautes russes paramétrait chacune de mes pensées, le moindre de mes mots.

Une nation qui sortait à peine de la féodalité paysanne, une nation qui a pris tout le monde au dépourvu avec sa Révolution, y compris les marxistes eux-mêmes, une nation qui a subi le joug du totalitarisme le plus impressionnant du XXe siècle, une nation qui malgré tout a survécu, une nation comme celle-là, avais-je dit, sous l'emprise verbomotrice du cannabis, ne pouvait en fin de compte que produire des êtres comme vous.

Les yeux de Maroussia brillaient dans le clair-obscur du petit salon chichement décoré, deux saphirs cosaques posés sur le blanc laiteux d'une descendante de Viking. Ceux de Milena, fantômes d'éclat lunaire, se posaient sur moi avec une candeur abyssale, comme venue d'un brouillard où se perd l'ombre du golem.

Ce soir-là, je disparus pour de bon entre leurs mains, je m'évanouis dans leurs corps, dans leur beauté, dans leur sereine liberté.

Je naquis, pour ainsi dire, au monde, ou plutôt disons que par elles je pus me *concevoir*. Dans le même temps, très précisément, le monde aussi accouchait de lui-même, autant dire d'un monstre.

Le lendemain, nous apprîmes à la radio que la frontière entre la Hongrie et l'Autriche venait de sauter. Déjà des milliers de voitures s'entassaient en longues files d'attente aux postes de douane. Des soldats de l'armée hongroise coupaient les barbelés, brisaient les murailles à coups de bulldozers, les miradors étaient jetés bas.

Un tremblement de terre était en train de secouer toutes les fondations de notre continent.

Nous prîmes la route de la frontière dès le lendemain, après avoir réglé en toute urgence le problème de l'appartement avec le propriétaire. L'affaire fut rondement menée : j'en étais pour mes trois mois de loyer en deutschmarks. Le sacrifice en valait la peine – m'étais-je dit en prenant une dernière photo du quartier.

L'ouverture de la frontière hongroise, pourtant détonatrice, fut je crois le moment le plus oublié de ceux qui allaient se conjuguer sous l'appellation « Chute du Mur ».

Il fallut aux Est-Allemands, et par conséquent aux Berlinois, près d'un trimestre avant de voir l'édifice trentenaire s'effondrer sous son propre poids. Pendant ce temps-là, j'avais trouvé un meublé à Hanovre, mais j'avais déconseillé à mes deux *M* de poursuivre leurs activités nocturnes ponctuelles. J'essayais de leur expliquer que la corruption en Occident ne fonctionnait pas de cette façon ouverte et sans hypocrisie aucune qui était la marque des pays d'où elles venaient. J'avais encore assez d'argent pour subvenir à nos besoins, s'ils n'étaient pas trop exigeants, durant quelques semaines.

D'une manière générale nous mangions assez peu, fumions beaucoup d'herbe, et baisions pratiquement sans arrêt. Nous dansions comme des étincelles au-dessus du feu sauvage.

Honecker et sa bande résistèrent comme ils purent à la déglaciation qui tout autour d'eux, à l'est de l'Elbe, faisait s'effondrer le Mur, c'est-à-dire son rêve. Autant dire qu'ils ne purent rien.

Lorsque celui-ci, enfin, commença de trembler à son épicentre, au cœur du béton, un soir d'octobre 1989, cela faisait des semaines, en fait, que le sort en était jeté. Les rêves ont toujours une longueur d'avance sur le réel, ils s'écroulent toujours avant lui.

Le soir même, Milena, Maroussia et moi prenions la route de Berlin.

Nous arrivâmes au petit matin dans l'ancienne capitale du Reich avec le bruit des marteaux-piqueurs s'attaquant au béton telle la bande-son d'une apocalypse mécanique ponctuée des grondements divers de la foule qui, partout, se jetait dans les rues et marchait vers ce qui, déjà, n'était plus une frontière, dans les rues de ce qui, déjà, n'était plus qu'une seule ville, au cœur de ce qui n'était déjà plus un État.

Ce fut sans doute mes dernières journées en tant qu'être vivant, je devrais dire en tant qu'être pas encore né.

Nous suivîmes la foule qui s'agglutinait autour de la porte de Brandebourg et qui convergeait vers le Mur, déjà percé en de nombreux endroits. Toute la journée nous parcourûmes les rues avoisinantes et nous longeâmes le Mur en tous sens, et des deux bords. Les Berlinois allaient et venaient eux aussi en tous sens, et des deux bords, ceux de l'Est comme ceux de l'Ouest s'avéraient presque instantanément reconnaissables et on sentait un magnétisme réciproque et irrésistible les attirer vers ce qui pour eux consistait en l'*Autre Côté*.

Pour nous trois, le problème était plus compliqué, sans compter que nous fumions quasiment sans discontinuer de petits thaï-sticks préalablement roulés avant notre départ. Nous fumions l'herbe mauricienne au milieu de la foule des Ossies et des Wessies entremêlés, croisant des Vopos au regard halluciné, et des gardes-frontières fédéraux à peine moins abasourdis.

Un serpent humain prenait lieu et place du Mur. Tel Orphée accompagné de deux Euridyce je me mouvais dans les limbes qui séparaient les deux mondes, je louvoyais avec elles à la surface de l'écran, je me perdais dans ce carnaval improvisé qui mettait à bas deux siècles d'histoire, de Terreur et de Révolution.

Du côté occidental le mur ressemblait à une vaste rame de métro statique, recouverte de tags. Il était aussi coloré que sa face orientale était grise et uniforme.

Nous finîmes par suivre un groupe de « Wessies » qui passèrent à l'Est, pour nous enfoncer, à rebours de la foule qui en provenait, vers un quartier de vieilles bicoques ouvrières et d'usines que nous autres Occidentaux n'allions pas tarder à considérer comme désaffectées, avant de les racheter pour une brouette d'anciens marks est-allemands.

Et maintenant séquence nuit noire dans le Berlin socialiste au bout de son dépérissement : un coin d'usine obscur, nous y sommes entrés par une vitre brisée, donc sans la moindre effraction, je constate rapidement qu'il n'y a rien à voler, en effet.

Il ne faut pas très longtemps pour que nous dénichions un tas de cartons entassés, contenant de vieux tuyaux de caoutchouc, c'est contre eux que Maroussia me plaque, alors que les yeux gris de Milena rôdent à quelques centimètres de moi, brillants d'une nuit plus sombre que celle qui nous entoure, cette vaste nuit qui nous enferme dans cette bâtisse de l'âge industriel soviétique, comme au cœur d'un château hanté par des spectres encore jeunes.

Oui, elles me prennent, avec une sauvagerie étudiée, toutes les deux, dans cet entresol où par les soupiraux brisés, nous entendons le grondement animal de la foule, et la pulsation sourde des marteaux-piqueurs.

Elles s'emparent de mon corps, comme les Ossies cherchent à s'emparer du rêve capitaliste, comme les Occidentaux cherchent à prendre possession des ruines du rêve communiste. Elles s'en emparent pour mieux s'y perdre.

Elles me pillent, sans vergogne, me dérobent la moindre goutte de sperme, et vident de moi jusqu'à la dernière impulsion vitale. Elles m'engloutissent dans les sombres abysses de leur féminité, mais c'est dans la quête éperdue d'un anéantissement qui serait enfin rendu possible.

Alors que je reprends conscience devant les torses dénudés de mes compagnes, comme un boxeur sonné, et que je contemple leurs seins mouillés de ma semence, reflets d'argent nébuleux irisant l'eau lunaire dont elles semblent faites, je saisis soudainement en quoi ce triolet improvisé dans l'obscurité cryptique de cette usine, à quelques centaines de mètres de la frontière de béton qu'on est en train d'abattre, est l'aube génitrice de notre propre nuit, oui, je prends conscience de tout ce que cet acte dérobé en secret aux vastes mouvements de la société porte d'infini, et dans le même temps, je vois en quoi il se referme sur le monde, et sur nous.

Des larmes perlent à mes yeux. Je vois ceux de Maroussia trouer le clair-obscur comme deux diodes photo-électriques, ceux de Milena restent suspendus dans leur doux métal aux limites du visible et de l'invisible. Mes larmes, je le sais, scellent notre amour du seul enrichissement possible : le sel qui reste lorsque la mer s'est retirée, à cet instant, alors que la beauté des deux filles se dresse devant moi dans sa tragique impossibilité, je comprends qu'au fond de moi quelque chose s'éteint, et donne ainsi le jour à un autre état, à *un autre*, tout simplement.

Je ne suis plus chair ni esprit, non, je ne suis même plus un animal vaguement doué de la parole.

Très vite j'ai compris que je tombais fou amoureux d'elles, je tombais, oui, comme le mur de Berlin, de toute ma hauteur. Je revis un dernier instant les couleurs électriques de la porte de Brandebourg, et la nuit de charbon qui m'engloutissait, avec mes deux compagnes venues de l'Autre Côté.

Puis j'ai laissé agir l'onction bénite qui venait sanctifier le feu.

Puis j'ai laissé se réallumer le feu qui renvoya l'onction vaporisée à la pluie tombée du ciel.

Minéral, combustible et fossile. Je suis une pierre. Un morceau de carbone qui se perd dans les ténèbres de la terre. Je suis à peine un spermatite, je suis à peine conçu et constitué, mais il me semble que j'apparais, même si pour le moment rien ne me distingue encore de la nuit du monde, dans laquelle je me suis perdu, afin d'en provenir.

Les larmes roulent encore alors qu'un sourire inhumain prend possession de mon visage.

Je crois que nous savions tous les trois que l'effondrement du Mur serait corrélatif à la fin de notre relation. Ce que nous étions en train de vivre s'apparentait au sublime crépuscule de la jeunesse. Il s'agissait d'un pur miracle, d'une étincelle, la fin de leur monde annonçait la fin du mien, mais les montres de l'histoire n'étaient pas encore complètement synchronisées. Nos différences, qui s'étaient fait jour alors que le Mur s'effondrait, dans une plénitude de sensualité et d'intelligence mystique, risqueraient bientôt de s'ouvrir sur la répétition du même, et le visage de la mort au travail. La fin du Mur, pour nous trois, signifiait l'émergence de celui qui allait nous séparer.

Il y avait aussi, plus prosaïquement, les deutschmarks qui se raréfiaient, il y avait le fait que je devais bien, un jour ou l'autre, rentrer à Paris. Il y avait le fait que Milena rêvait de se rendre en Angleterre, et que Maroussia désirait partir pour New York. Il y avait la vie, tout simplement, la vie qui un beau jour allait reprendre ses droits, pour nous conduire à la mort.

Nous ne ressentions pas vraiment de tristesse à cette idée. Durant cette semaine folle où Berlin se défit de ce corps calleux qui divisait ses deux hémisphères, nous fîmes comme si nous étions immortels, comme si chaque instant était en mesure de s'étirer jusqu'au bord du monde.

RETOUR SUR TERRE, 1990

Du monde à la mondanité, il n'y avait qu'un pas, qui traversait un abîme, il fallait bien sûr que ce fût à Paris que je le franchisse.

J'étais revenu de la ville que les communistes avaient divisée pendant près de trente ans avec la sensation d'un Paradis qui avait été perdu dès sa création, mais avait en contrepartie produit un Arbre secret, aux fruits plus envoûtants et dangereux encore que la Pomme décrite dans la Genèse, et j'avais assisté avec Milena et Maroussia aux dernières manifestations qui détruisirent d'un souffle ce vestige de pauvre béton est-allemand avec une sourde inquiétude. L'impression de liberté qui flottait dans l'air semblait se conjuguer avec une atmosphère boy-scout particulièrement confondante. La Muraille de la porte de Brandebourg et Check Point Charlie s'étaient semble-t-il évanouis comme par l'effet d'un simple enchantement, par cette *force tranquille* des manifestants impavides qui marchaient dans les rues, une bougie symbolique à la main. Les tautologies fleurissaient, les résistants de la vingt-cinquième heure venaient donner un coup de pioche dans l'éclair d'un Polaroïd. La démocratie, entendis-je, avait gagné la bataille du Mur. Grâce à la non-violence, et aux valeurs humanistes, avait-on surenchéri. Je prenais des photos, je savais que *Géo* apprécierait que je me fusse trouvé là au bon moment. Mon œil ne perdait rien, mais je finis par me boucher les oreilles.

J'entendais déjà, à mon retour sur la route de Paris, des commentateurs imbéciles qui s'extasiaient sur le fait que les « peuples d'Europe de l'Est avaient pris tout seuls en main leur destin et avaient abattu de leur seule initiative les murs de l'oppression ». Les chroniqueurs d'Europe 1 et de France Inter avaient dû se taper l'intégrale des discours de Déroulède et de Clemenceau, et ils manquaient du reste le plus important : le fait que Gorbatchev, donc le Kremlin, donc l'Armée Rouge, n'avaient pas levé le petit doigt pour sauver Honecker et son combinat social en faillite, et qu'ainsi les braves citoyens est-allemands qui avaient manifesté chandelles en main ne s'étaient pas retrouvés devant la masse compacte des chars du pacte de Varsovie, comme leurs confrères moins chanceux de Prague ou de Budapest, vingt ou trente ans auparavant. *Le Mur était tombé.* C'était à prendre sur un mode passif, en effet. C'est par le retrait des Soviétiques et le vide subséquemment créé qu'il s'était effondré. Les démocrates, surtout ceux de l'Ouest, n'avaient pas eu à lever le petit doigt, on comprenait leur soulagement.

La liberté semblait acquise. On paraissait oublier qu'il lui faut toujours être arrachée aux griffes du tyran, les faits, très bientôt, avec Ceaucescu puis Milosevic, n'allaient pas tarder à se rappeler à notre bon souvenir.

Mais en ces dernières journées de 1989, alors que la pénultième décennie du siècle attendait dans l'ombre pour venir crever sur nos têtes, l'atmosphère était à la fête, on inaugurait en effet une ère nouvelle sur le plan de la gestion de la mémoire collective : la commémoration en direct de l'événement. La société, c'est-à-dire l'ensemble des contestations dont elle est faite, trouvait là un succédané durable pour la vérité. La commémoration de la Révolution française, en plein été antirévolutionnaire européen, d'où j'avais assisté, médusé, à ces manifestations de patriotisme savamment déguisées par les couturiers postmodernistes, avait marqué comme l'avènement d'une nouvelle ère, où définitivement le spectacle serait là pour combler ses propres gouffres désolés.

Je ne me faisais guère d'illusion concernant le futur, sur l'autoroute transnationale qui rejoignait Berlin à la frontière française. Il était clair que l'abandon du paradis socialiste signifiait l'entrée dans le monde du Mal, celui de la post-histoire économique. Celui du Capital-global. Les « Ossies » allaient se taper une cure de décadence en apprentissage accéléré. Ils avaient en effet, en dépit de la mascarade des mots, plusieurs *révolutions* à rattraper.

Car vivre à l'abri des mutations du monde n'est qu'un leurre. Il suffit que les murs tombent. Et ils finissent toujours par tomber. Il suffit d'une trompette assez puissante.

Les Tchèques, les Polonais, les Est-Allemands et les Croates, m'étais-je entendu prononcer calmement lors d'un dîner mondain (cela fait longtemps qu'à Paris, les catastrophes s'annoncent au moment de l'entremets le plus raffiné), ne veulent ni plus ni moins que ce que nous avons obtenu, c'est-à-dire la prospérité économique et le confort matériel, quoique inégalement dispensé, comme le talent et les qualités humaines. Ils veulent pouvoir acheter du Coca-Cola *ou* du Pepsi et choisir entre différents modèles de voitures en état de marche. Ils veulent l'eau, le gaz et l'électricité à tous les étages, ils veulent CNN, MTV et McDonald's. Ils veulent IBM, Toshiba et Apple. Ford, Toyota et Kawazaki. Ils veulent des supermarchés remplis de marchandises et des autoroutes bondées à six heures du soir. Ils veulent consommer, polluer et faire du tourisme. Ils veulent éprouver le dégoût, et l'absurdité de l'existence, eux aussi. Ils sont très certainement bornés, et stupides, je veux dire comme la plupart d'entre nous. L'Homme Nouveau était une jolie fable, mais elle n'aura produit que de méchantes fabriques et des conserves périmées lorsqu'on en trouve. C'était couru.

Je passais sous silence le mystérieux, féminin et double secret que j'en avais ramené, je n'étais pas sûr de bien me faire comprendre.

Mais je devais me rendre à l'évidence : le mur qui me séparait de ces pauvres débiles humanitaires, quoique invisible, parce que invisible sans doute, était éternel, il séparerait d'une manière plus terrible encore ce qui restait de l'Occident d'avec lui-même. Ce que les Allemands avaient abattu s'était entretemps érigé, au milieu des tables de dîners mondains. C'était à n'en pas douter une bonne image de la guerre civile à venir.

Puis je me suis concentré sur les entremets, et la tragédie ineffable qu'ils portaient en eux.

Il devenait chaque jour plus évident que je n'avais plus rien à voir avec tout ça.

À l'exception du terrorisme, les voies se restreignaient d'heure en heure.

Je m'inscrivis au concours d'entrée de la Police nationale le lendemain.

L'an mil neuf cent quatre-vingt-dix venait de commencer.

D-DAY

Voilà sans doute la raison pour laquelle je me suis retrouvé un soir sur la plage déserte d'Omaha-Beach, tandis que l'univers basculait doucement vers les ténèbres, et que l'autoradio de la Volkswagen annonçait entre un flash de pub et je ne sais quel jingle débile que l'opération aérienne de l'armada américaine venait d'être lancée au-dessus des sables irakiens.

Plus d'une année avait passé depuis mon inscription à l'ESIPN, et je savais que j'allais réussir mon « bloc OPJ » sans coup férir, mais en cette nuit de janvier 1991 une force irrésistible tout autant qu'imbécile avait voulu s'offrir, par mon intermédiaire, comme une sorte de *confirmation*, celle d'après le baptême.

Je venais ici depuis mon enfance, ma mère louait souvent un petit bungalow dans le VVF de Colleville-sur-Mer. J'ai poursuivi mes visites lors de mon adolescence et ma première année de fac, j'ai toujours aimé les cimetières, et plus encore les cimetières militaires, et parmi eux, bien sûr, les cimetières qui suivent le mur de l'Atlantique, en particulier le long des plages du Débarquement, mais un beau jour j'avais cessé mes visites au village de Colleville-sur-Mer. J'avais déserté la plage du D-Day pendant des années, puis au bout d'une décennie entièrement perdue à des études futiles et des amusements plus stériles encore, à l'exception de ces cruciales semaines passées au-delà de l'autre Mur, qui avait poussé au centre de Berlin en la place de celui qui s'étendait sur le littoral français, j'étais ce jour d'hiver revenu sur les plages où, la pensée m'avait brutalement envahi alors que je contemplais la myriade de croix blanches hérissées au garde-à-vous sur le gazon vert uniforme dans leur insoutenable perfection protestante, des milliers de jeunes hommes qui ne connaissaient rien ou presque du Vieux Continent de leurs lointaines origines étaient venus mourir pour une cause perdue d'avance. L'Europe, justement. La France, celle-là même qu'ils « libéraient ». La Civilisation, celle dont on les assurait qu'ils la « défendaient ».

Nul n'aurait pu leur expliquer que l'Europe était morte parce qu'elle avait voulu se détacher de l'Occident, et que simultanément l'Est s'était détaché d'elle, nul sans doute ne devinait encore les conséquences les plus profondes de cette guerre, personne sans doute n'était en mesure de comprendre en quoi l'alliance contre nature entre la Russie bolchevique et les États-Unis capitalistes renvoyait au régime futur de la vie sur cette planète : la guerre froide, c'est-à-dire à la fois le moment de la tension entre les deux pôles, alors que l'Europe ne serait plus qu'un vaste hypermarché d'un côté, et un sombre laminoir de l'autre, et sa réfraction dans l'inversion potentielle que cette division en deux blocs allait représenter pour quelques milliards d'homo sapiens, le partage effectif du globe entre puissances continentales/orbitales. Quelque chose de l'ordre des dynamiques cosmiques avait été rompu. Quelque chose avait brisé la roue de l'Histoire, sans doute elle-même, sous sa propre inertie. Et le Mur était né, puis il s'était effondré. Nous avions vécu à l'ombre du Mur, quel que soit le côté où nous avions vu le jour.

Nous étions ses orphelins.

Je n'avais guère le cœur à rire devant ces révélations dévastatrices. L'humour, seul, c'est un fait, aurait pu être un exutoire créateur, mais en cette occasion, seule la blague la plus noire d'un médecin légiste juif aurait eu quelque effet hautement libérateur, révélateur, verbomoteur.

Mais ce soir-là, aucun trait d'humour ne me parvint, nul aphorisme à la terrifiante vérité ne surgit à la surface troublée de ma conscience, une douce mélancolie m'étreignit plutôt, tiède et vibrante comme les bras d'une femme aimante que le vent froid venu de la Manche n'aurait même pu rafraîchir un seul instant. En fait, je me dois de le reconnaître bien plus tard, une sorte de feu couvait en moi, mais il n'avait encore trouvé aucune ville à incendier.

Car quelles que furent au demeurant les trahisons qui allaient aussitôt sceller leur sacrifice, les hommes morts ici sur les plages avaient bien été un instant, au milieu des eaux mêlées à leur propre sang et aux rouleaux spongieux d'intestins flottant entre les corps déchiquetés de leurs camarades d'un bref instant, sur le sable troué par des milliers d'insectes au vrombissement divin, sous le ciel d'un matin comme les autres, les défenseurs de ce qu'ils étaient, eux.

Et eux, ils étaient ce moment de l'humanité toujours recommencé, ce moment appelé *Ouest.*

Il ne fallait pas imaginer un seul instant que les nations qui avaient enfanté les pathétiques histrions universitaires dont les poisons avaient contaminé les esprits deux siècles durant, d'une rive à l'autre du Rhin, jusqu'au cataclysme final, allaient le moins du monde construire quelque chose de durable sur les ruines encore fumantes dont elles sortaient, tels de faméliques fantômes étonnés de leur miraculeuse survie. Des vachers venus d'Abilene, d'El Paso ou du Montana, des employés de bureau travaillant à Chicago, Memphis ou New York, des tueurs à gages venus de Sing-Sing, d'Hollywood Boulevard ou de Capitol Hill, des garagistes du Nebraska, du Kentucky ou de l'Ohio, des chercheurs d'or du Klondike, des chasseurs d'ours du Québec, des Irlando-Écossais du Nouveau-Brunswick, et même des descendants de colons allemands du Manitoba ou du Wisconsin s'étaient échoués sur les sables d'une société qu'ils auraient dû laisser aux scorpions, et aux dunes que produit le vent du désert.

Nous y trouvions désormais une race d'humains que jamais je crois le monde n'avait su produire. Une sorte de miracle, en effet. Une antiforme définitive.

L'optimisme pouvait être de mise, mais avec un fusil d'assaut Kalachnikov à ses côtés.

Je ne savais pas grand-chose des jeunes garçons du Texas, du Connecticut ou de l'Indiana qui étaient venus crever sous les falaises de la Pointe-du-Hoc, ou sur la plate et menaçante étendue d'Omaha-Beach, mais cette nuit-là il était devenu clair pour moi qu'ils s'étaient méchamment fait avoir. Si j'observais froidement ce qu'était en train de devenir ma vie, comme les millions d'autres qui acheminaient tranquillement ma société vers le plus mou des désastres, l'apathie générale, je devais en convenir, on les avait largement trompés sur la marchandise. On pouvait éventuellement, dans un accès d'orgueil un peu futile, les traiter de cons.

Ils ne l'étaient sans doute guère plus que les pauvres fantassins germaniques qui se firent hacher menu sur place par les tirs conjugués de l'artillerie de marine alliée et des avions d'assaut de l'Air Force. Les excavations laissées sur le bord des dunes par les obus de 380 mm et les bombes de 500 kilos avaient laissé des empreintes larges de quinze ou vingt mètres, et profondes de six ou huit. Un simple effort d'imagination, plus quelques données de base concernant la balistique et la thermodynamique spécifique de certains matériaux explosifs, et vous pouviez voir s'élever dans l'air une colonne de fumée de débris et de poussière de la hauteur d'un immeuble de dix étages, et vos tympans se contractaient sous l'effet d'une explosion qui faisait trembler la terre sous vos pieds, à des centaines de mètres de distance.

Qui que vous ayez été, en ces moments-là, vous aviez expérimenté la création inhumaine de l'homme, vous aviez testé, par chacun de vos sens, et jusqu'à leur extinction définitive s'il le fallait, la puissance brute de la technique.

Tous autant qu'ils étaient, que ce fussent ceux enterrés ici devant le Mémorial des forces alliées, ou ceux du cimetière allemand de Mont-de-Huisne, tous étaient morts pour quelque chose dont nous n'avions même plus la moindre idée, au cas où elle nous eût un jour effleuré l'esprit.

Ils étaient morts pour que les Temps se terminent. Ils étaient morts dans l'armageddon du dernier siècle historique, ils étaient sans doute morts pour laisser la place à quelque chose qui s'apparenterait plus ou moins au pouvoir de la Parole. Mais en lieu et place de la Parole, vint l'ère des discours publicitaires et des ritournelles citoyennes.

Leur cimetière lui-même devenait un musée.

Je devais en convenir : ils étaient morts pour nous, autant dire pour rien, pire encore : pour pas grand-chose.

Cette nuit-là je dormis dans la voiture, sous un duvet militaire, et en allumant le moteur toutes les deux ou trois heures, à chaque réveil.

En dépit de l'épaisse couverture kaki, le froid finissait par envahir l'habitacle, le vent qui soufflait du nord-ouest balayait la plage comme des tirs de mitrailleuses, la nuit était noire sur la mer. Je mettais en route le chauffage pendant un quart d'heure, à fond, en allumant la radio, je me laissais bercer un moment par les analyses improvisées de stratégie militaire de je ne savais quel trio de commentateurs, puis je ré-éteignais le moteur, et la radio, et je finissais par sombrer doucement dans le sommeil, avant que d'être à nouveau réveillé par le froid, et l'inconfort.

Ce fut la première fois que je fis l'expérience d'une certaine relativité du temps et de l'espace.

Le rythme singulier des réveils et des endormissements, du chaud, du froid, du bruit, du silence, de la radio, du vent, de la mer, du moteur, des embruns fouettant les vitres et l'acier de la carlingue, parvint à déformer durant un moment incalculable mes perceptions du monde.

La mer monta durant la nuit, jusqu'au ras des dunes. La voiture garée à moins d'un kilomètre de l'ancien Village-Vacances-Familles de Colleville où je venais passer mes vacances avec ma mère faisait face aux flots, et au vent.

Tout autour de moi, le sable et les eaux ne formaient plus qu'une masse noire, infinie, aussi profonde que l'univers entier, et plus plate qu'une image de télévision.

La vieille Volkswagen tanguait dans l'univers couleur pétrole.

Au milieu de la nuit, elle participa au Débarquement.

C'est au matin, assez tard, que je repris conscience pour de bon sur la route de Bayeux.

Comme tiré d'une phase amnésique, j'avais dans la même seconde vu s'ouvrir devant moi les étendues enneigées qui bordaient la route, et resurgir le souvenir d'une nuit obscure passée avec les fantômes d'une armée disparue.

La route noire était recouverte d'une fine pellicule de neige amenée par le vent, à chaque souffle, des stries bichromiques apparaissaient et disparaissaient, mouvantes, poudreuses comme l'existence. Les plaines normandes : une pure étendue monochrome, tout autour de moi, sous un ciel couleur de coupole blindée.

Peu à peu la mémoire entreprit son travail de reconstruction de l'événement.

Quelques images jaillissaient çà et là, avec une impression permanente de désolation.

La VW était devenue couleur vert-de-gris, elle s'était campée dans les dunes, autour d'elle le ciel n'était que rayures d'argent sur fond noir et orange. Les plages d'Omaha-Beach faisaient face à un océan de pétrole, au loin on apercevait des derricks en flammes.

Les spectres avaient surgi, de partout.

Des soldats de toutes les nationalités, tous ceux tombés sur les plages et alentour durant ces soixante-douze heures fatidiques. L'équivalent d'une grosse division. Des Américains, des Anglais, des Canadiens, des Français. Et des Allemands, bien sûr. Tous très jeunes. Anges pâles sous l'acier gris de leurs casques.

Ils avaient entouré la Volkswagen et m'avaient montré le chemin à prendre. Droit vers Paris. Droit vers le cœur de l'Europe.

Ils s'en allaient réduire le monde en cendres disaient-ils.

Je leur avais souhaité bonne chance, je me souviens.

Quelle langue parlaient-ils, je ne saurais le dire. Ils usaient du langage universel et primordial qui se tapit dans les rêves.

Des fusiliers écossais s'étaient rapprochés. D'autres uniformes s'étaient mêlés à eux. Des dizaines, des centaines, des milliers d'hommes, aux structures pâles et décharnées sous la lune, comme des androïdes, encore à l'état de conception.

Le son d'une cornemuse sinuait entre les nappes de brume et les ombres de la terre.

J'avais vu un groupe de Panzergrenadiers SS du 736e régiment, des commandos britanniques du SAS et des parachutistes américains de la 101e Airborne se lancer vers l'intérieur des terres. Au loin une bombe atomique explosa, provoquant le plus sublime des désastres dont l'Homme est capable. Son image de champignon de lumière se figea pour l'éternité, éclairant l'humanité en cours d'extinction.

Un jeune caporal américain au visage rempli de plomb s'était enfoncé dans le bunker.

— Nous reviendrons, m'avait-il dit avant de disparaître dans les ténèbres qui avalèrent alors tout l'espace de ma conscience, pour un temps parfaitement indéterminable.

La route filait vers Bayeux sous la neige qui se remettait doucement à tomber. À la radio les nouvelles ne parlaient que de frappes chirurgicales, d'avions invisibles et de bombes guidées au laser. C'était une guerre de robots contre des fourmis. C'est sur cette route que vint se matérialiser le survivant perdu de cette guerre de fantômes qui avait peuplé mon rêve d'Omaha-Beach.

La voiture, noire, était une longue berline décapotable, elle était immobilisée en travers du fossé, sa calandre avant s'était méchamment encastrée dans un arbre au bord de la route.

Le symbole de la Svastika, sur un petit drapeau accroché au-dessus de l'aile avant, flottait dans le vent froid venu du nord-ouest. Il y avait un homme debout sur le bord de la route, en uniforme vert-de-gris de la Wehrmacht. Je reconnus le long visage, le front haut, les pommettes émaciées, le regard sombre de toutes les défaites à venir, c'est-à-dire de toutes les victoires manquées.

Oui à cet instant, sans même pouvoir esquisser le moindre geste, je reconnais le chef du mur de l'Atlantique lui-même, le Feldmarschall Erwin Rommel, debout sur le bord de la chaussée poudreuse et blanche, où virevoltent de petites tornades de glace s'élevant vers le ciel gris du Jour J, le Jour qui depuis n'a cessé de briller, sans qu'aucune nuit ne puisse venir nous protéger de sa destructive lumière.

Le spectre de Rommel avait regardé passer ma Volkswagen sur la route couverte de neige, la neige éternelle de l'hiver nucléaire, et j'avais vu sa silhouette disparaître peu à peu dans le rétroviseur se confondant avec la couleur bunker du paysage. Il scrutait le ciel, gris comme son uniforme, dans l'attente d'avions qui n'existaient pas.

J'arrivai à Paris peu après midi et demi, j'eus le temps de saisir quelques images sur la télévision qui me prouvèrent que la science-fiction était devenue le centre opérationnel de la réalité et que le futur était déjà imaginé et préparé, quelque part dans des laboratoires contrôlés par le Pentagone. Ma pensée consciente envoya un dernier signal avant que je ne m'effondre dans un sommeil sans plus le moindre rêve, ni le moindre fantôme.

Juste avant que mon cerveau ne s'éteigne, je m'étais dit que la division des morts du D-Day devait se trouver quelque part au-dessus des sables d'Irak, en pleine opération « Desert

Storm ». D'une manière ou d'une autre ils participaient à l'événement.

Ils en étaient même sûrement les principaux acteurs.

La Justice n'était donc qu'un monde de ténèbres, parce qu'il s'agissait du monde des humains, c'est-à-dire de nous-mêmes. Il ne fallait rien en espérer, et pourtant tout attendre d'elle.

Si le monde entier entrait peu à peu dans le crépuscule de l'homme, seuls quelques livres, peut-être, projetteraient encore assez de lumière pour une poignée d'âmes égarées, de loin en loin, comme des réverbères le long d'une voie express de banlieue où marcheraient des vagabonds sans visage. Nul besoin d'autodafé pour faire brûler ces livres. Ils apparaîtraient simplement comme des points de lumière à ces êtres perdus et désorientés, des astres que personne ne verrait mais qui serviraient de repères aux navigateurs des ténèbres.

Pour ce qui concernait la vie, ou ce qui se nomme telle, il paraissait évident qu'elle devait se résoudre à devenir un petit carré de défense, un bunker isolé dans le désert qui s'emparait de l'univers. Une vie à la fois sédentaire et nomade, bureaucratique et violente, une vie située aux limites de la sauvagerie, et ayant force de loi, je m'étais très vite dit, en ce début de la dernière décennie du XXe siècle, qu'une telle destinée avait toutes les chances de consumer en moi ce qui pouvait subsister de compassion envers mes congénères.

J'en ressentais un besoin de plus en plus oppressant.

Devenir flic, le pire métier du monde, allait m'assurer de signer un contrat avec sa face obscure, de parapher avec la mort les termes d'une relation assez explicite pour la servir avec déférence, et insolence s'il le fallait.

Je ne cherchais pas vraiment à me rendre utile, j'étais plutôt en quête du moyen de faire le plus de mal possible à cette société qui était en train de naître à l'occident d'un Mur qui avait été démantelé pour rien.

Mais sans doute mon inconscient avait-il sa propre théorie, qu'il cherchait depuis longtemps à mettre en pratique. C'est pour cela sans doute que j'avais fait psycho, avant de m'orienter un peu au pif vers les cas de pathologies psychiatriques criminelles, alors que d'autre part je finissais ma maîtrise de linguistique attendue comme telle par mes professeurs post-marxistes, et que j'étudiais dans mon coin les dernières techniques médico-légales.

C'est pour cela peut-être que j'étais revenu à Omaha-Beach, ce soir-là.

Insensiblement, je me rapprochais de la mort.

Dès la nuit qui suivit la découverte de la jeune inconnue, je lâchai donc les chiens. La meute de dogues qui sommeillaient en moi depuis trop longtemps se lança à l'assaut des ténèbres.

Je ne sais si la pleine lune qui accompagna mon épiphanie nocturne y fut vraiment pour quelque chose mais j'écrivis en quelques heures près d'une vingtaine de pages, assez désordonnées, dans un carnet de notes, le premier du genre que j'établissais ainsi et dans lequel je pris le risque de laisser courir mon imagination, ce qui m'était bien sûr interdit par les procédures policières qu'il fallait suivre au demeurant avec la plus stricte minutie si l'on voulait s'assurer une chance d'obtenir quelque résultat.

La chance, appelons ainsi cette phénoménologie singulière qui mouvait mon existence, la chance, donc, avait voulu qu'on m'affecte directement au SDPJ de Créteil, et qu'on me détache auprès du groupe des investigations criminelles. Je n'avais pas eu à faire jouer de piston particulier, je n'avais aucun oncle au ministère, aucun cousin à la direction de la Sécurité publique, aucun ami bien placé Place des Saussaies ou au Sénat, cette chance, en plus des excellents résultats à l'École de Police, ce fut probablement cette sorte de miracle intempestif dont les grandes machines bureaucratiques détiennent encore le secret : attirer à elles tous ceux qu'elles entendent dévorer, et surtout laisser gentiment venir tous ceux qui souhaitent l'être le plus ardemment possible.

À l'aube, plutôt que me coucher, j'ai regardé la vidéo de la *crime scene* en boucle jusqu'à plus soif.

La topologie de la zone et l'image de l'enfant sacrifié finirent par s'incruster en moi aussi sûrement qu'un code binaire sur une bande magnétique.

Il n'était guère compliqué, à l'évidence, de devenir un appendice de ses propres machines.

J'étais habillé. Je n'avais plus qu'à enfiler mes chaussures pour me rendre au travail.

LA CENTRALE

— Je ne vous ai pas demandé de la littérature, Kernal. Dites-moi concrètement comment vous voyez le truc, sacré nom de Dieu de Bordel !

Desjardins fulminait, cramoisi, en allumant sa troisième Gitane sans filtre consécutive. Il aurait aisément pu se passer de son vieux briquet-tempête, dans sa gueule déjà arrosée par l'essence du whisky matinal, ses mots prenaient forme comme des flammes sorties de la bouche d'une arme à feu.

À côté de moi, les deux OPJ officiellement en charge de l'enquête regardaient maintenant leurs petits souliers. La discussion n'avait pas très bien commencé, une minute plus tôt, lorsque Desjardins me les avait présentés, mais là ils n'en menaient pas large.

— Inspecteur Clébert, inspecteur Foudrach, je vous présente l'inspecteur adjoint Georges Kernal, prenez place tous les trois, avait craché Desjardins en écrabouillant un mégot fumant dans son cendrier déjà bien rempli, alors que nous venions d'arriver ensemble à la porte de son bureau avec une synchronisation digne de piles atomiques.

On s'était salué tous les trois d'un bref signe de tête avant de prendre place sur nos chaises.

Desjardins avait fixé Foudrach, le plus âgé des deux mecs, bien droit dans les yeux, direct.

— Cette affaire n'est pas banale, on va sûrement mettre une bonne partie du service dessus, mais en attendant faudra que vous formiez une jolie petite équipe de travail, vitesse grand V. Je suis clair ?

Foudrach n'avait rien répondu.

— Vous voulez dire avec lui ?

Clébert avait lâché ça sans me regarder tout en dirigeant mollement son pouce dans ma direction. Il observait froidement Desjardins, avec une mimique mauvaise en forme de rictus sur un coin de la bouche. Clébert, dit « le Clébard », faciès de bouledogue malfaisant. Chien Malade. Mad dog. Un gros con de flic, dur à la tâche. Je savais déjà qu'on allait pas pouvoir se piffer pendant un long moment, mais aussi qu'on devinait chacun avec une certaine anxiété à quel point tout montrait déjà que nous étions parfaitement complémentaires.

— Kernal a travaillé en stage pendant six mois à l'Institut médico-légal, il est jeune, mais c'est un enquêteur de haut niveau, il a eu son « bloc OPJ » sans un pli, il est sorti dans les dix premiers au concours de l'ESIPN, ça fait maintenant trois mois qu'il est intégré au SR et il sait conduire une investigation criminelle. Il a bossé avec les gars du commissaire Agostini à Bonneuil. Et je crois que ses méthodes un peu nouvelles feront du bien à notre service.

Clébert était resté suspendu à son geste, mais n'avait su quoi répondre.

— C'est quoi sa spécialité ? avait demandé Foudrach.

— Psychopathologie criminelle, avais-je répondu, très calmement, et en détachant bien mes mots. Faudra que je mette au jour les motivations psychologiques du tueur. C'est pas une fonction vraiment officielle, mais enfin c'est ça, ma *spécialité*.

— Psychologiques... Putain... avait sifflé Clébert entre ses dents, sans m'accorder le moindre regard.

— T'es une sorte de toubib ? avait demandé Foudrach, intrigué.

— C'est ça, avait alors enchaîné Desjardins, puis, entre deux bouffées de Gitane : Comment vous voyez le truc, justement, Kernal ?

C'est là que j'avais bégayé une réponse maladroite et sur la défensive, du genre : l'enquête vient à peine de commencer je n'ai encore aucun élément exploitable, et que Desjardins avait éclaté.

Je commençais à le connaître notre chef de service, j'avais appris à me méfier de ses éclats sanguins, mais j'avais toujours pu me rendre compte qu'ils étaient généralement causés par une chimie fatale où l'incompétence souvent réelle de ses subordonnés se conjuguait à la pression que ses supérieurs lui faisaient subir.

Je comprenais que notre macabre découverte, en pleine banlieue parisienne, allait faire la manchette des journaux pendant plusieurs jours, voire des semaines entières, et qu'en haut lieu, à la Préfecture et au Ministère, on allait demander au plus vite un coupable.

Ça descendrait en cascades de merde jusqu'à lui, et finalement, sur nous tous.

Desjardins, faut que vous retrouviez d'urgence l'enculé de pédophile qui a fait ça, sinon c'est votre tête qui va tomber, et ce ne sera que la première d'une longue liste.

En France, depuis un moment, on sait se faire comprendre avec des charrettes, un panier plein de sciure, et un bon instrument à tranchoir.

À part les petites enquêtes que j'avais conduites avec l'équipe d'Agostini à Bonneuil durant l'été précédent, un adolescent tué près d'une station de RER à la sortie de son lycée par une bande adverse et le meurtre d'une vieille clocharde par un connard aviné et son pitbull, mon score était assez maigre. Les deux gars avec qui j'allais devoir faire équipe, et que je ne connaissais pas plus qu'ils ne me connaissaient, avaient une dizaine d'années de plus que moi, et sûrement déjà quinze ans de bons et loyaux services dans la Police nationale. J'en étais réduit aux méthodes de survie en entreprise.

Ne pas se dégonfler, ai-je pensé, je n'ai rien à perdre. C'est-à-dire tout à prendre, sur la gueule, le plus généralement.

— Bon, primo, il est clair qu'il faut attendre le résultat définitif de l'autopsie avant de nous prononcer, mais on peut déjà établir un certain nombre de choses qui forment le cadre particulier du crime : d'abord, cette enfant n'a pas été tuée à l'endroit où elle a été découverte. Secundo, le corps a été sûrement déposé sur le site *la nuit qui a précédé sa découverte* car le jour, à cause de la démolition prochaine de l'usine Arrighi, le coin est constamment patrouillé d'ouvriers en tout genre, et il aurait été rapidement découvert. D'après mes constatations conduites in situ, la mort remonte à presque une semaine, ce qui par voie de conséquences indique que le cadavre a probablement été caché provisoirement dans un endroit avant qu'on ne s'en débarrasse. L'endroit n'est sûrement pas très animé la nuit tombée, d'après mon propre film vidéo le ou les seuls témoins visuels possibles sont les gardiens de nuit de la centrale EDF, avec leur petite casemate située à moins de cent mètres de l'endroit où le corps a été découvert. Il faudra les interroger le plus vite possible. Pour revenir au corps on peut supposer qu'on s'en est débarrassé, sans doute assez vite, en essayant de ne pas attirer l'attention des vigiles de la centrale, probablement depuis une voiture, le cadavre était localisé à moins de dix mètres de la route, on aurait même pu le jeter au passage depuis la portière en s'engageant un peu dans la friche, bon là aussi faut qu'on attende les résultats des équipes du Labo qui passent tout le périmètre au peigne fin... Et tout cela signifie donc qu'il y a eu enlèvement, et meurtre avec préméditation, et sans doute viol, pré, ou post-mortem, l'autopsie nous le dira, mais probablement pas dans les environs proches... Néanmoins les premières investigations doivent cibler les personnels des centres industriels avoisinants, au moins à titre de témoins potentiels, en particulier : les ouvriers-démolisseurs de l'ancienne centrale

Arrighi, le personnel de la centrale EDF en activité, celui des entrepôts BP, celui de la ligne ferroviaire qui relie tout ce bordel aux gares de Tolbiac et d'Austerlitz. Il y a aussi Air Liquide dans le coin, et Rhône-Poulenc. Non seulement il faut interroger tout ce beau monde en fonction des horaires de travail de chacun lors de la nuit de la découverte, et à la date précise de la mort que nous révélera l'autopsie mais il faut voir si aucun d'entre eux n'a un dossier aux Mœurs, ou aux Stups, ou ailleurs. Il faut ensuite s'efforcer d'identifier cette enfant au plus vite. Je veux dire : en parallèle. On avancera d'autant mieux si on sait d'où elle est originaire, cela nous donnera sans doute des indications sur les conditions de son enlèvement...

Clébert a fait entendre une sorte de rire-hoquet sinistre.

— Merde j'ai jamais entendu autant de « il faut », t'es le roi des « y-a-ka », toi !

— Ta gueule Clébert, a fait Desjardins. Je te le dirai pas deux fois.

— Bon, d'accord, mais en tout cas, soupira Foudrach, faudra voir à augmenter sérieux nos effectifs.

— Le Service m'a promis que le cas allait faire l'objet d'attentions particulières, demandez ce dont vous avez besoin, et je crois que je pourrai l'obtenir. Mais faut pas rêver non plus.

— Ce dont on a besoin, dit Clébert sans m'accorder la moindre attention, c'est juste d'une bonne dizaine de gars *compétents* en permanence sur le truc, vous le savez bien, commissaire.

Clébert était peut-être un sale con, mais je ne devais pas le sous-estimer trop vite, m'étais-je fait la remarque.

Lorsque nous sommes arrivés sur la route qui séparait la centrale EDF en activité de l'ancienne centrale thermique qu'on allait bientôt dynamiter, et que nous sommes sortis de la R19, le gyrophare tournoyant au ralenti, un petit crachin s'est mis à nous tomber dessus, comme pour nous souhaiter la bienvenue. Le ciel était gris-mauve et les deux cheminées oblongues qui nous faisaient face, hautes de soixante mètres au moins, allaient s'y fondre.

C'était le monde entier qui était en train de s'y fondre, me suis-je dit en ouvrant la portière. Il n'avait aucune chance face à ses propres pouvoirs de dissolution.

Clébert avait garé la voiture sur le petit terre-plein de gravier à quelques mètres de la barrière d'entrée de la centrale EDF. Les types de la sécurité avaient été prévenus de notre arrivée, ils attendaient juste devant la porte de leur casemate, et ils semblaient tout excités à l'idée de jouer une petite partition dans ce qui, déjà, était en train de devenir « le crime de la centrale désaffectée de Vitry-sur-Seine ».

D'après Desjardins, des gars de la presse écrite s'étaient déjà pointés sur les lieux et le divisionnaire Le Beffroy lui avait dit que des équipes de la télé débouleraient dans l'après-midi. On a traversé les quelques mètres qui nous séparaient de la casemate en ordre un peu dispersé. Clébert a attendu Foudrach qui s'était arrêté un instant pour regarder le spectacle des deux énormes usines jumelles. Moi, je m'étais aventuré jusqu'au bord de la route avec mon caméscope 8 mm et j'avais refilmé en un lent panoramique toute la scène du crime, encore entourée de son ruban orange fluo, avec la voiture de patrouille postée un peu plus loin, en surveillance, avec deux flicards à l'intérieur, avant de rejoindre mes deux compères qui franchissaient lentement le pas de la porte d'entrée.

Il y avait quatre gars dans la casemate, tel qu'on l'avait demandé. Les deux vigiles de jour qui avaient été présents la veille de la découverte du corps, et les deux gus qui leur avaient succédé, lors de la nuit où le corps avait été déposé. C'était un premier contact, fallait qu'on débroussaille tout ça au plus vite, avait dit Desjardins au directeur de la centrale pour lui expliquer nos desideratas, le directeur ne s'était pas fait prié. La découverte du cadavre sur un terrain appartenant de près ou de loin à Électricité de France n'était sans doute pas très bonne pour l'image de la compagnie d'État, tout le monde allait bientôt être d'accord pour qu'on débroussaille tout ça au plus vite, en effet. Et qu'on déguerpisse encore plus rapidement. Et les gars de la télé avec.

— On a déjà tout dit aux flics de Vitry..., a commencé un des vigiles, et je...

— Eh bien c'est pas grave vous allez à nouveau nous raconter ça bien gentiment, parce que, vous allez pas le croire, les gars, mais on est venu de Créteil rien que pour vous entendre, a lâché Clébert en grimaçant son rictus de sale connard.

Ça a tout de suite créé l'ambiance.

Foudrach a enchaîné, sur le mode sympa, leur numéro classique de duettistes était rodé depuis des années :

— Faut qu'on mette la main au plus vite sur le fils de pute qui a fait ça, je vous remercie de votre coopération. L'inspecteur Kernal va filmer cette interview, personne n'y voit d'inconvénient ? Bien... commençons.

Foudrach, son air de petit fonctionnaire falot, costume gris perle, coupe de cheveux ondoyante, visage fin et doux, silhouette un peu voûtée, fragile, une aura purement nerveuse, mais voilà un garçon qui sait conduire un interrogatoire avec méthode, et grâce à la présence de Clébert, tronche de bouledogue, courtaud, robuste, et mal embouché, ils forment en fait un des meilleurs tandems de la Préfecture.

Allez plein cadre, mon œil derrière l'œilleton du caméscope, un œil pour un œil, le sacrifice de la tension visuelle, la bobine de la mémoire a un goût de métal photonique : les quatre gars de la sécurité se tenaient de part et d'autre d'un vaste plan de travail qui coupait presque entièrement la pièce en deux, à partir des fenêtres qui donnaient sur le nord, là où la voie de chemin de fer longeait la centrale en direction de Paris. Foudrach et Clébert se répartirent les tâches et les attitudes : le premier attrapa une chaise de bureau qui traînait par là et s'y assit en ouvrant un gros carnet relié cuir de la tranche duquel il extirpa un stylo-bille, le second se posta pas très loin, bien en face des quatre vigiles, debout, les bras croisés. Je choisis pour ma part un angle assez neutre, contre un mur, d'où je pouvais voir tous les protagonistes, je filmais la scène en continu depuis mon entrée dans la casemate.

— Vous allez vous présenter les uns après les autres, et vous indiquerez si vous faites partie de l'équipe de nuit ou de l'équipe de jour, d'accord ?

Foudrach n'attendit pas qu'une quelconque réponse lui parvienne pour enchaîner :

— Je conduirai l'interrogatoire, mais il se peut que l'inspecteur Clébert vous pose aussi quelques questions.

À la vue du large bouledogue humain qui leur faisait face, revêtu d'un pantalon de survêtement Adidas, d'un vieux cuir marronnasse élimé et d'un pull-over bleu flic couleur mauvais jours en perspective, on put lire sur le visage des quatre vigiles qu'ils auraient largement préféré qu'il n'en fût rien et que Clébert n'eût été qu'un simple artefact muet, comme moi et ma caméra. Je comprenais en fait la menace voilée, sous-jacente : Clébert sera là pour vous remettre sur les rails, les gars, alors tâchez de bien les suivre.

Foudrach sait qu'il a fabriqué une jolie petite humanité en modèle réduit, tous vont désormais faire preuve d'un impérieux sens de la compétition, aiguisé par la volonté de reconnaissance, de notoriété, et de pouvoir. Et par la peur. Doublée du sentiment de sécurité qu'inspire Foudrach. Le piège est refermé. Il est doux et chaud comme la chair d'une plante carnivore. Les sucs digestifs ne vont pas tarder à entrer en action.

Les langues vont se délier, les neurones s'agiter, les souvenirs remonter à la surface, et si nous percevons quelque part une réticence, une zone d'ombre, une erreur grossière dans les chronologies, un détail bizarre, alors c'est que nous aurons affaire à un vrai témoin, un témoin qui aura vu quelque chose mais qui, pour une raison ou une autre, refusera de donner les détails de son observation. Un suspect, donc.

Foudrach était un flic de première classe, ce jour-là, en l'espace d'une simple entrevue, j'ai presque tout appris.

Voici donc retranscrites comme telles les séquences les plus significatives de l'entrevue conduite ce jour-là sur le site de la centrale EDF, et consignée comme la seconde cassette vidéo du dossier « *Crime enfant non identifiée du site Arrighi, Vitry-sur-Seine, septembre 1991 : Interview personnel sécurité centrale EDF* ».

L'image est à dominante bleutée comme toutes les bandes magnétiques vidéo de l'époque.

Les chiffres de la date apparaissent en un petit codex jaunâtre au coin inférieur droit.

09/30/91, le mode d'enregistrement est « Standard Play ».

Maxime Blondin (M.B.) : Putain, si j'avais vu un truc suspect il y a moins d'une semaine je m'en souviendrais, pour sûr.

Roland Clébert (R.C.) : On te demande pas si t'as vu un truc suspect, ducon, on te demande de raconter TOUT ce que t'as vu.

Il s'écoule dix, quinze, puis trente secondes, dans le silence plein d'ozone de la casemate.

Trente secondes de silence, plus dures qu'un bombardement sur Tokyo. Foudrach consulte des notes, Clébert reste impassible, fixant les mecs à tour de rôle, et moi je continue de filmer, l'œil derrière l'objectif, à ce niveau-là de l'enquête je n'existe même pas, je ne suis qu'un œil semi-numérique/semi-vivant, qui sert de répertoire vidéo.

A.F. : Bon, reprenons, si notre ami Maxime n'a pas de souvenirs précis, peut-être que l'un ou l'autre de vous trois pourrait pallier cette défaillance ?

Putain, je me dis, en deux phrases, il a catalogué Max Blondin comme poivrot à qui on ne peut pas faire confiance et il a fait comprendre à ses trois collègues qu'ils auraient intérêt à nous trouver très vite quelque chose. Sans quoi la question de la défaillance générale du système de sécurité de la centrale EDF pourrait bien être posée. À leurs supérieurs.

Ça s'agite un peu. Maxime Blondin, lui, il se tient tout raide. Il n'ouvrira plus la bouche de toute l'interview.

— Max a raison, messieurs de la police, moi non plus j'ai rien vu de spécial, j'ai même jamais vu une putain de semaine aussi calme. On a fait passer le fret, comme d'habitude. Et moi non plus je me souviens absolument pas d'une voiture suspecte qui se serait garée là-bas en face, même pas cinq secondes.

C'est son collègue Pascal Forstadt, un quadragénaire à moustaches et à calvitie grisonnante qui essaie de relever le niveau, et de sauver ce qui peut l'être de son pote. Il souffle une bouffée de sa Marlboro.

Et il rajoute :

— Ça fait dix ans que je bosse dans la sécurité.

Message subliminal à notre attention : s'il s'était produit un tel incident je l'aurais vu, et si je l'avais vu, je l'aurais notifié, et si je l'avais notifié, je vous en aurais déjà parlé.

Je constate que les mecs sentent qu'ils viennent de ramasser un pli et je vois que Foudrach fait semblant de ne pas s'en apercevoir, je comprends qu'il les laisse maintenant aux prises avec leur propre dynamique. Le troisième témoin, Rachid Boudjekri, entre dans la danse.

R.B. : Ouais, pour nous c'est pareil, on a consigné toutes nos levées de barrière, comme le train, samedi soir, à 2 h 30, enfin je veux dire dimanche matin...

Cinq secondes de silence. On pourrait entendre nos cerveaux se consumer sur place.

A.F. : Quel train ?

R.B. : Ben' un des trains de la STEF, les nouveaux entrepôts frigorifiques de la SNCF, vous savez ceux qui sont là-bas dans la zone industrielle (il pointe du menton un endroit vers le nord-ouest)... Maintenant les trains, ici, on les fait souvent passer de nuit, ou alors le week-end, des fois les deux, pass'que ça gêne moins le trafic routier y paraît... quoique putain, la rue des Fusillés c'est pas exactement les Champs-Élysées !

Sa vanne ne fait rire personne.

A.F. : Quelle heure exactement, dimanche matin ?

Toujours cool, le Foudrach, imperturbable, lui aussi ma parole il sortait d'un entrepôt frigorifique.

R.B. : Heu... vers 2 heures et demie... l'heure exacte est consignée sur notre relevé.

C'est ce moment que choisit le quatrième témoin, Jean-Paul Lasar, pour ouvrir la bouche :

J.P.L. : 2 heures 38. Le train de la STEF, quand il passe le dimanche dans la nuit il traverse la route entre 2 heures 30 et 2 heures 45, c'est ça le temps qui lui est alloué normalement, mais je me souviens qu'il est arrivé avec huit minutes de retard ce gros con de conducteur de la SNCF. J'm'en souviens pass'que c'est moi qui l'ai consigné.

Il a achevé sa phrase avec l'expiration du mec qui a claqué trois records du monde dans la journée.

Jean-Paul Lasar, le héros du jour, ai-je pensé.

A.F. : C'est quoi exactement cette ligne de chemin de fer ?

Plusieurs grommellements et débuts de réponses se chevauchent, Foudrach tente de les calmer d'un geste mais Clébert fait tonner un : VOS GUEULES, PARLEZ PAS TOUS À LA FOIS, qui fait trembler les murs de préfa de la casemate.

P.F. : Écoutez... Tout ce bordel c'est le réseau annexe qui dessert la zone industrielle du Port-à-l'Anglais et qui sert aussi de dépôt et de voies de garage pour la SNCF, au sud de Paris, Austerlitz, Tolbiac... Y'a des chargements de fret pour certaines des grosses usines du coin, comme la nôtre, ou Rhône-Poulenc, ou BP, ou Air Liquide, ou avant, quand elle marchait encore, la vieille centrale Arrighi... pis y'a tout le bazar interne de la SNCF, avec leurs entrepôts et leurs dessertes, leur propre matériel...

A.F. : Les trains passent-ils à des horaires précis, et réguliers ?

P.F. : Ça dépend (grosse bouffée de fumée). Généralement les transports SNCF sont réguliers, top chrono, sauf des fois c'est vrai quand c'est ce gros lard alcoolo qui conduit la locomotive et qu'il déboule en retard. Sinon pour les industries de la zone c'est variable, ça dépend... *ça dépend*.

A.F. : Ça dépend de quoi ?

P.F. : J'en sais foutre rien. Et aucun d'entre nous le sait, c'est pas pour ça qu'on est payés. La ligne de chemin de fer appartient à la SNCF mais ici les terrains appartiennent à EDF. Et c'est EDF qui nous emploie. Nous on lève la barrière pour les trains, les camions, et quelques équipes, et on consigne les entrées-sorties. Point-barre.

A.F. : Vous n'avez pas répondu à ma question.

P.F. (mal à l'aise) : Ben'... je sais pas moi, ça doit dépendre de leur politique d'approvisionnement, toutes leurs conneries de zéro stock et de flux tendus... j'en sais rien, moi, merde.

R.C. : Reste poli ducon. On t'interroge officiellement dans le cadre d'une enquête judiciaire. Va falloir qu'on rapporte vos propos par écrit alors tu restes décent, et gentil.

Clébert inspire la frousse rien que par une aura de méchanceté pure, qui se surajoute à son apparence de force terrienne brutale, un centre de gravité près du sol, une masse qui dégage à la fois puissance et rapidité. C'est vrai qu'il fait vraiment penser à un bouledogue sorti des profondeurs obscures de la terre.

Mad dog. Le Clébard, on sentait qu'il aurait aimé placer quelques baffes pour accélérer un poil la procédure.

Foudrach consulte ses notes sur son calepin couleur bleu-police République française. On voit parfaitement qu'il cogite, mais il reste plus glacial et serein qu'une banquise en hiver.

A.F. : Parlez-moi un peu de ce conducteur de locomotive en retard.

Aïe aïe aïe, là, on sent l'omerta instinctive de tout citoyen gaulois devant l'uniforme, hé, je suis un gars civique, moi, mais pas une putain de balance. C'est le truc de base auquel tout flic doit savoir faire face, immédiatement.

A.F. : Je repose ma question : parlez-nous un peu de ce conducteur de locomotive. Et je ne la reposerai pas une troisième fois.

Clébert semble émettre un grognement, en fait ça dit « eeentravalajustiss' ». Ça précipite le mouvement. Toujours le même, la machine est rodée maintenant, elle avance toute seule, à la pogne de Foudrach et de Clébert. Cours d'initiation vitesse rapide, en conditions réelles.

P.F. : Louis Dumoulin. Un vieux de la vieille. C'est vrai qu'il boit comme un trou et qu'à lui tout seul il doit accumuler la moitié des retards de la SNCF !

Griffonnement de Foudrach sur son calepin.

— Avez-vous pu noter, ou avez-vous entendu parler de faits bizarres se produisant à l'heure de son service ?

P.F. : Non, non, c'est juste un poivrot mal embouché. Il reçoit des blâmes et des rapports depuis des années, mais j'sais pas pourquoi il est toujours là, on m'dit que c'est un vieux protégé du syndicat des cheminots et puis j'crois qu'il a p'us que deux ans à tirer avant la retraite...

Foudrach note tout un tas de trucs dans son calepin.

J'en profite pour changer de place et me caler contre le mur du fond. J'ai tout le monde dans le même cadre en focalisant le zoom au minimum.

Nous percevons des bâillements mal réfrénés, les cernes alourdis sous les yeux, noirs comme la damnation du travail en trois huit, témoignent de la nuit qui a pris possession des corps, en ce bas monde.

Mais Foudrach et Clébert ont à peu près autant de compassion pour leur sommeil de prolétaires de la sécurité qu'ils en ont pour les bottins de téléphone avec lesquels ils matraquent les crânes des connards par trop récalcitrants.

A.F. : Revenons donc à cette semaine. À part le retard du train de 2 heures 30 dans la nuit de samedi à dimanche, est-ce que quelqu'un, en voiture, à pied, ou à vélo, à dromadaire, je m'en contrefiche, et qui, disons, n'est pas un habitué du site, c'est-à-dire soit un salarié de l'EDF, soit un salarié de la SNCF, a circulé sur le site, a demandé l'autorisation d'entrer sur le site, ou s'est aventuré le long des rails entre l'usine Arrighi et l'enclos des transformateurs... ou quoi que ce soit d'autre ?

C'est à ce moment-là qu'un lourd silence s'installe, et que

l'on sent que ça cogite sévère. On verrait presque de petits filaments d'éclairs s'animer sur la bande.

On sent que nous autres, on attend, on attend, on attend, les secondes passent sur le petit carré de contrôle au coin inférieur du caméscope, comme des gouttes d'eau sur le crâne d'un supplicié.

Puis quelque chose s'agite, un frémissement impalpable, oui une pensée est sûrement en train de se former quelque part dans un cerveau, à cette seconde, on pourrait presque sentir sa pulsation périodique sur un moniteur d'hôpital, on pourrait presque voir sa petite forme bleue sous l'échographe.

C'est Lasar. Lasar, le timide, Lasar le héros de la journée.

— Moi, peut-être qu'en fait je me rappelle un truc.

Clébert lui fait une sorte de sourire avenant dont le message ambivalent est : Ben' tu vois Ducon, c'est jamais trop tard, mais qui signifie dans le même temps : pauvre fiotte c'est pas trop tôt, astique-toi donc le manche vite fait.

Foudrach lui jette son regard pâle, et attend, comme un congélateur attendrait ses hamburgers surgelés.

J.P.L. : Je crois que c'est pas grand-chose mais bon au point où on en est...

R.C. : C'est ça Bitembois au point où t'en es tu ferais bien de cracher le morceau, et plus vite que ça, putain.

Deux secondes de silence. J.P.L. inspire un bon coup.

— C'est dans la soirée de samedi juste avant que Max et Pascal ne quittent. Ils étaient en train de se changer dans le vestiaire. J'suis arrivé cinq minutes en avance, Rachid était pas encore là et j'ai klaxonné pour qu'ils m'ouvrent et que je puisse aller me garer sur le petit parking juste derrière. À ce moment-là j'ai vu qu'il y avait une sorte de van, genre Espace Renault, couleur noire, garé devant la grille d'Arrighi. Phares en veilleuse. Je l'avais jamais vu avant, et je me souviens pas l'avoir revu depuis.

Foudrach note, à sa vitesse constante de machine, puis relève ses yeux faussement doux sur sa victime avant de les glacer tout à tour sur chacune des autres.

— D'autres témoins ?

Silence de cinq secondes qui en dit long. Foudrach griffonne quelque chose sur son calepin.

— Quelle heure était-il ?

J.P.L. : Ben'... cinq minutes avant le changement de poste, donc 10 heures du soir, moins cinq minutes.

A.F. : Vide ou occupé, ce van ?

J.P.L. : J'en sais rien, il était équipé de vitres super-fumées. On voyait que dalle à l'intérieur, mais il me semble que le moteur tournait, il me semble que le tuyau d'échappement crachait de la fumée. Sur le moment je me suis dit que c était des gars d'Arrighi.

R.C. : Tes « il me semble », dugland, tu peux te les coller bien profond où je pense.

A.F. : Vous avez pu voir ses plaques ?

On sent que Lasar désire avec intensité répondre du mieux qu'il peut à Foudrach, oui, tout plutôt que subir les assauts de Clébert, le chien malade.

J.P.L. : Ben'... comme j'vous dis j'ai pu le voir que dix secondes maximum, et désolé sur le moment j'y ai pas pensé, comme j'vous ai dit je pensais que c'était un véhicule des gars de la décontamination.

Fallait pas rêver, non plus.

A.F. : Et qu'est-ce qui vous fait croire maintenant que ce n'en est pas un ?

Froid et net, au couteau, Foudrach, c'était une sorte d'ordinateur à forme humaine. Le genre à baiser à sec un champion d'échecs. C'était le flic moderne, humanitaire, et terriblement conscient de sa force.

J.P.L. : Ben'... comment dire... quand je suis arrivé à la casemate après avoir garé ma bagnole, il était plus là, et les grilles d'Arrighi étaient toujours fermées. Si ça avait été une équipe de la décontamination je l'aurais vue rentrer, ou j'aurais vu la grille s'ouvrir, ou se refermer. Le temps qu'il se tire, ça a correspondu au moment où j'ai stationné ma caisse, pas plus de trente secondes. Mais sur le moment j'ai même pas vraiment fait attention à tout ça, c'est parce que vous...

R.C. : Ouais, dugenoux, c'est parce qu'on vous cuisine aux petits oignons depuis presque une heure que ta mémoire se remet à avoir du tonus, tu vois qu'on a bien fait d'insister un peu. Nous remercie pas pour le phosphore, c'est offert par la maison.

Clébert semblait doué pour les conclusions à l'arraché.

Nous avons quitté les gars de la sécurité de la centrale EDF en ayant la conviction qu'ils ne pourraient rien nous apprendre de plus, mais que si on continuait à ce rythme avec les gars d'Arrighi, puis avec ceux des réservoirs BP, de la SNCF, et des autres grands sites industriels alentour, on finirait par remonter quelques morceaux. On avait déjà un van noir d'origine inconnue dans nos filets, et un conducteur de locomotive alcoolo qui arrivait fréquemment à la bourre, c'était toujours mieux que rien.

Personne ne prononça un seul mot alors que nous traversions la route en longeant le chemin de fer sur quelques mètres. On s'est dirigé en voltigeurs vers la grille d'entrée de la centrale en cours de décontamination, et qui n'avait plus que deux semaines à vivre. Au-dessus de nous de hauts cumulus aux contours sombres s'élevaient lentement, comme des champignons atomiques filmés au ralenti.

J'ai changé de cassette.

ÉLECTRICITÉ DE FRANCE

La vieille centrale à charbon au design soviétique se dressait vers le ciel de plomb, le crachin bretonnant avait cessé de flotter dans l'air comme un nuage projeté d'un vaporisateur, il avait fait place à des rafales de vent et à un ciel d'orage couvert de nuées lourdes comme des zeppelins. Ça pouvait crever sur nos tronches en paquet de flotte tiède d'un moment à l'autre.

La grille d'entrée était fermée. Décontamination de l'amiante plus crime d'enfant à proximité, l'antiquité industrielle était désormais une forteresse. Foudrach a enfoncé une touche d'appel sur l'interphone, Clébert a regardé sa montre, j'ai appuyé sur « record ».

Foudrach s'est présenté à l'opérateur de la grille.

Celle-ci couvrait la distance d'une remorque de semi dans sa longueur, sa peinture jaune délavée présentait une constellation de points de rouille, on allait sûrement pas la repeindre quinze jours avant le grand Badaboum, elle a glissé sur le côté en crissant, ses roulettes oxydées branlant sur un rail qui longeait l'enclos de l'usine désaffectée, vers la casemate de béton d'où le gardien de service contrôlait les entrées et les sorties. Une petite caméra de surveillance nous observait de son œil noir, du haut d'un des piliers de la grille.

L'usine tout entière était clôturée par cette haute muraille de béton grise, avec une frise de barbelés rouillés qui courait sur le dessus, entre des lampadaires et des barres de fer orientées vers l'intérieur. Sur le moment, et j'identifiai avec acuité l'origine de la sensation, alors que la grille s'ouvrait en couinant faiblement et que nous avancions vers la haute structure rouge et argent de l'usine qui allait mourir, j'y ai vu comme une réminiscence des photos noir et blanc de camps de concentration nazis que j'avais découvertes un jour dans la bibliothèque de mes parents, vers l'âge de huit ans. L'origine de la sensation : le ciel gris-bleu photo de guerre, la structure de l'usine couleur lave de volcan tout juste refroidie, la plainte mécanique de la grille, les murs d'enceinte de béton gris et nets comme la mort, avec leur frise et leurs réverbères militairement espacés, le silence funéraire de toute la zone alentour.

J'avais eu le temps de me rencarder au cadastre avant qu'on se pointe, je savais que l'usine avait été construite en 1936, à la mode architecturale en vogue durant ces années-là dans la ceinture ouvrière parisienne : celle qui venait de Moscou.

Il faut dire qu'elle en jetait, la vieille centrale à charbon Arrighi, avec sa large esplanade de béton, ses énormes fenêtres de verre dépoli en longs rubans cristallins qui arpentaient sa surface, sa brique rouge bolchevik, ses cheminées incroyables plantées au-dessus de sa structure, les larges hublots qui couraient aux étages supérieurs. Jules Verne revisité par le Congrès des Vainqueurs. Acier-Charbon-Énergie. Stakhanov, Jdanov, et Maurice Thorez en sainte trinité internationaliste et banlieusarde. Le siècle tout entier était là, grâce à la présence jumelle de la centrale EDF en activité, avec son binôme de hautes cheminées oblongues, sa structure abstraite, horizontale plutôt que verticale, ses rangées presque chaotiques de réverbères au sodium, sa friche sauvage, post-urbaine, et les immenses tuyauteries blanches qui s'en dégageaient comme des pattes de centipède, dans toutes les directions. Oui le XXe siècle en un seul shoot de caméscope, comme une saloperie de vidéodrogue. Avant-Guerre. Après-Guerre. Monumental. Géologique. La Fin du Monde. Le Monde de la Fin. Champ. Contrechamp.

J'ai recadré l'usine modèle soviétique et mes deux collègues qui marchaient devant moi.

— Alors ça ira pour la lumière m'sieur Spielberg ? a jeté Clébert, en croassant quelque chose qui aurait pu s'apparenter à un rire, si les habitants de sa planète en savaient l'usage.

On avait demandé une audition préalable des principaux témoins : en clair les gars qui avaient découvert le corps en sortant de l'usine désaffectée, plus les vigiles qui patrouillaient à l'intérieur de l'enclos et les avaient rejoints. Avec les deux-trois renseignements glanés chez les gardiens de la centrale on était en droit d'espérer quelques recoupements primaires.

Fallait qu'on débroussaille tout ça au plus vite, nous avait répété Desjardins des dizaines de fois, voûté sous la masse des responsabilités que la Machine lui faisait désormais peser sur les épaules.

Pour nous, enquêteurs sur le terrain, ça ne signifiait qu'une chose : Fallait y aller au coupe-coupe, façon tonton macoute. Tant pis pour les dégâts collatéraux, on verrait ça lors du prochain briefing. Préparez les bandes Velpeau et le mercurochrome.

Douze témoins. Merde, on se serait cru dans un film sur les jurés d'assises.

Douze témoins plus l'expert en décontamination qui dirigeait les travaux sur le site, à ce qu'on savait. Une reproduction insolite de la Cène m'apparaissait dans le viseur du caméscope. L'expert : un certain Danglevert qui se détache du groupe en nous voyant arriver. Ils nous attendaient à l'endroit convenu, leur poste de repos, dans un coin décontaminé depuis des mois et où une longue tablée avait été érigée sur des tréteaux de bois. On y voyait un vieux frigo écaillé, ainsi qu'une télé portative, un téléphone de Bakélite noir planté sur son socle au-dessus d'une grosse malle vert kaki, et des piles de *Playboy* mal planquées sur un fauteuil jaunasse-marronnasse élimé au fond de la pièce. Il faisait frais dans la vieille centrale désormais vidée de la totalité de ses machines. Ce n'était plus qu'une cathédrale de béton et d'acier qui attendait patiemment sa destruction. Une nef cubique de quarante mètres de haut, des murs où couraient des tuyauteries en phase de décontamination, des piliers énormes se perdant dans l'espace, autour desquels les dynamiteurs viendraient bientôt placer leurs charges d'exogène, pour les scier en deux comme de vulgaires allumettes.

Une ruine de l'âge industriel. Vouée à l'anéantissement dès son origine. Comme toutes les formes de vie inférieures.

À l'exception du réfectoire isolé dans son coin derrière des panneaux de bois et de placoplâtre, et chargé des ondes grégaires propres à l'humanité, tout le reste des lieux imposait une émotion proche du recueillement mystique. On était au cœur de l'Homme, et on y était au moment de sa fin prochaine.

On nous avait dit d'y aller à la machette, Foudrach ne s'est pas fait prier :

— Nous agissons dans le cadre officiel d'une enquête diligentée par le procureur de la République. Vous avez été témoins, à des degrés divers, d'un crime particulièrement grave. Pour des raisons liées à la vitesse à laquelle nous devons recueillir les éléments primordiaux de l'enquête (Foudrach reprenait un de mes principaux arguments qui avait décidé Desjardins à ce qu'on sorte un peu des sentiers battus), nous voulons tout d'abord conduire cette entrevue collective in situ et ce le plus tôt possible après l'événement. Néanmoins, attendez-vous à être convoqués individuellement à la Préfecture dans les semaines qui viennent.

Langage neutre. Et parfaitement létal.

— Mon nom est Alex Foudrach, voici les inspecteurs Clébert et Kernal. Le premier m'assistera pour l'interrogatoire, le second va filmer toute cette entrevue.

Je filme la scène, en effet, et sans le moindre état d'âme ; en m'attardant à tour de rôle sur les treize garçons réunis dans la pièce, je comprends mieux la configuration du terrain : à l'exception des deux vigiles en uniforme vert-milice intérimaire, ce sont tous des ouvriers professionnels, en combinaison de protection au gris anthracite couleur des métaux lourds, casques jaunes ou orange encore sur la tête, masques et lunettes de protection en travers du cou, harnais et ceinturons de cuir les bardent de toutes parts, remplis d'objets et d'outils, lampes de poche, tournevis, piles, pinces, tenailles, gants de travail, comme des guérilleros de l'amiante. Des experts du travail à haut risque. Des mecs solides, durs, avec du tempérament, l'expérience du danger, ce ne sont pas des « prolos » comme les autres, y compris les flicards privés de troisième zone qui protègent le site, ou même les officiels comme nous, qui sommes venus les interroger. Ils forment une sorte d'aristocratie. Comme les gars des plates-formes offshore. Comme les paras vis-à-vis des simples troufions. Oui, il est clair que la plupart d'entre eux ne peuvent pas nous blairer, c'est imprimé sur la bande, il suffit d'observer leurs putains de tronches.

À ce moment-là, mon objectif cadre Danglevert, je m'en détache aussitôt pour saisir Foudrach. Il me jette un petit regard furtif en sortant son carnet bleu marine. Il a perçu le mouvement instinctif de mon œil-objectif.

Faut qu'on leur mette la pression, en douceur. Et faut qu'on se fasse une idée vite fait.

Personne ne dit rien. L'interrogatoire peut commencer. Foudrach se saisit de son stylo et indique, comme avec la baguette d'un chef d'orchestre, que la musique peut commencer. Foudrach sait mener sa partition : il commence par Danglevert. Dans le rapport tiré de notre entrevue vidéo sur le site de l'usine Arrighi nous avons nommé les témoins avec des numéros par ordre d'entrée en scène lors de cette présentation :

T1 : Marc Danglevert, expert en décontamination industrielle, responsable opérationnel des travaux. T2 : Philippe Bergnioux, décontaminateur. T3 : Jean-Pierre Lambertini, décontaminateur. T4 : Karim Djadar, décontaminateur. T5 : Olivier Mongins, vigile. T6 : Daniel Ferrucci, vigile. T7 : Jean-Jacques Verduet, décontaminateur. T8 : Luis Pedro Alvarez, décontaminateur. T9 : William Ferguson, conducteur de véhicules lourds. T10 : Paul de Suffrennes, chef-décontaminateur. T11 : Marc Vizilles, décontaminateur. T12 : Andreï Kourtchatkov, décontaminateur. T13 : Yann Lequimbrec, responsable sécurité du travail.

Puis c'est parti :

Sous-entendu, vous tenez le bavoir, à vous de jouer le solo pour la scène d'ouverture.

Danglevert : un rouquin à l'allure ramassée, un vrai costaud, avec la souplesse d'un gars rodé au travail à trente mètres au-dessus du sol, Roland le Clébard, mais avec un teint de vulcanologue, et une éthique de guide alpin. Il se tient droit comme une trique et il fixe toujours ses interlocuteurs bien net au fond des pupilles. En un exposé bref comme un compte-rendu de bombardement, il expose de façon détaillée et concise les éléments de départ de cette matinée terrible, constitution des équipes, emplacements, circulation et activités de ses hommes. Mon instinct me hurle que le gars a une formation militaire.

Foudrach note, à une vitesse de dactylo, Clébert est étonnamment calme.

A.F. : Continuez, je vous prie.

T1 : Bien, moi j'étais dans mon bureau, la ligne d'urgence a sonné sur mon téléphone, c'était un des vigiles qui appelait depuis la grille (il montre du regard Daniel Ferrucci, notre Témoin numéro 6) me disant qu'il fallait qu'on rapplique, et donc avec Olivier (le second vigile est montré d'un bref geste de la tête) on s'est rendus sur les lieux. Puis la patrouille urbaine de Vitry s'est pointée, puis le fourgon, puis tout le reste.

On connaissait l'histoire, maintenant ce qu'on voulait, c'était *leur point de vue*. Fallait resserrer le cadre, ce que j'ai fait, à l'unisson avec Foudrach.

— Très bien, je veux maintenant entendre la version des gars qui ont pris leur voiture, sont sortis et ont découvert le corps mais...

Un silence de plomb. Il est clair que Foudrach n'a pas complètement fini.

— ... je veux du concret, du visuel objectif, pas des « il me semble », d'accord ?

L'assentiment est à peine sensible.

— Pour commencer, si je comprends bien le tableau d'ensemble, tout s'est produit en trois phases : un, l'équipe sort de l'usine et l'un d'entre vous (il désigne notre Témoin numéro 10) s'arrête un instant pour pisser et découvre le corps, deux : ils avertissent votre poste de sécurité, vous arrivez avec le vigile sur les lieux et trois : les gars d'EDF arrivent, c'est bien ça ? Puis la brigade de Vitry...

Danglevert reste silencieux, il a dressé le tableau général et fait du mieux qu'il pouvait pour ses gars. Maintenant il faut qu'ils assurent. Son message est invisible, mais on a l'impression qu'il s'injecte directement sous les crânes.

Ça commence un poil à s'agiter, mon objectif cherche la proie, oui c'est bien elle, le petit brun à lunettes, notre Témoin numéro 13, le Breton de service :

— Dès qu'on a trouvé le corps devant l'usine on a appelé le boss avec nos talkies, puis il est arrivé avec les vigiles.

— Le « boss », a demandé Foudrach à Danglevert, je présume que c'est vous ?

Danglevert hoche la tête.

— Oui, c'est comme ça qu'ils m'appellent. Des fois ils disent « captain ».

Foudrach fait semblant de s'accorder une pause détente.

— Pourquoi ?

Danglevert rigole.

— J'ai été capitaine dans l'armée de terre. Y'a longtemps. Au Tchad. C'est juste un surnom.

Je ne dis rien, je le cadre un peu plus étroit.

Bingo, je me fais, tout fier de moi.

(Extrait de l'enregistrement du 30 septembre) :

A.F. : Bien, vous étiez donc sortis lors de votre rotation juste avant l'arrivée de l'équipe de remplacement, et là, que s'est-il passé ?

T10 : C'est moi qui ai vu... disons... qui ai vu la « chose » en premier. On est chargés de la décontamination du site, on vient tous les jours à horaires réguliers, disons qu'au départ ça m'a juste semblé... disons... vraiment cradingue, voyez, un gros sac-poubelle jeté là comme au milieu d'une décharge, alors qu'on passe notre temps à nettoyer cette petite usine de toute son amiante pour que, lorsqu'elle explosera dans deux semaines, tout ce matériel hautement cancérigène ne soit pas vaporisé dans l'atmosphère au-dessus de notre belle capitale, voyez ?

A.F. : Je vois. Et j'attends.

T10 : Très bien. Alors j'ai dit : tiens qu'est-ce que c'est que cette saloperie ? Luis a donné un petit coup de pied dedans, il a dit, merde c'est mou, Yann s'est rapproché.

Une, deux, trois secondes de silence, Clébert tonne.

— Faites pas les marioles, on est pas dans une putain de série télé de mes couilles alors astique-toi le manche vite fait l'aristo !

Les répliques de Clébert, faut dire que c'est coton pour les reproduire dans les procès-verbaux.

T10 : Bon, ben j'ai retourné le sac à moitié, on a vu qu'il était déchiré sur un côté, et que ça suintait de partout, en plus ça dégageait une odeur de rat crevé et d'œufs pourris... Seigneur... Luis et moi on a juste redonné un ou deux coups comme ça pour le pousser et Yann, je me rappelle il s'était accroupi et là, seigneur, là... On a vu qu'y avait une main et un petit morceau de bras qui dépassaient. Alors on a hurlé aux autres de rappliquer.

Maintenant j'attends que Foudrach pose la question qu'il faut, je sais qu'il a vu le truc comme moi. Il compulse ses notes avec calme. Je comprends de mieux en mieux son espèce de stratégie personnelle, celle qui consiste à jouer pour de bon aux échecs avec les autres, et à ne s'en cacher nullement. Mais Foudrach esquive l'attaque directe. Il se contente d'avancer un pion.

— Très bien. Je voudrais maintenant que vous me parliez de votre petite caméra de surveillance, au-dessus de la grille. D'après son orientation elle aurait pu enregistrer l'occurrence du crime, ou au moins un détail significatif et...

Danglevert le coupe, à la hache. Il lui tend une cassette vidéo, type VHS, toute noire.

— J'ai pas arrêté de la regarder depuis hier, vous pensez bien. Y'a absolument rien. À part les entrées-sorties du personnel et le train de 2 heures 30. Je vous la donne.

Foudrach la prend sans hésitation.

— Logiquement je devrais avoir une réquisition signée du juge mais de toute façon vous l'aurez dans les 48 heures.

— Je ne veux aucune complication. On fera de notre mieux pour vous aider.

Il y a pause, maintenant, je sens que Foudrach se concentre, il lit ses notes, à toute vitesse, mais sans aucune fébrilité.

Or moi j'ai l'image que j'ai filmée ce matin-là encore présente devant les yeux, cette image je pourrais la réactiver jusqu'à la fin de mes jours, cette image date de juste avant que le corps ne soit enlevé pour la morgue, et cette image ne cadre pas tout à fait avec la description que nous venons d'obtenir.

Je joue le coup sur un va-tout. D'œil numérique, à mon tour de devenir une voix. Une voix humaine destinée à l'estomac sans fin de la bande magnétique.

— Veuillez m'excuser, fais-je, en m'éclaircissant les cordes vocales, et sans abaisser le viseur de mon œil, inspecteur Kernal. Vous me permettrez de vous demander deux ou trois petits détails supplémentaires concernant la question précise du corps, et de la position dans lequel vous l'avez trouvé.

Clébert se retourne vers moi n'en croyant pas ses esgourdes, Foudrach réprime l'ombre d'un sourire. La tablée de témoins semble presque surprise de mon apparition dans le champ de l'expérience. La vieille horloge murale orange style années 70 se serait-elle mise à parler que cela n'aurait pas produit plus d'effet.

Faut bénéficier de l'effet de surprise, j'attaque.

G.K. : Très bien, excusez-nous, mais votre nombre excède les procédures habituelles, donc monsieur de Suffrennes, vous nous avez dit avoir donné quelques coups dans le sac et qu'après l'avoir retourné vous avez vu apparaître une main humaine, c'est bien ça ?

T10 : Des petits coups, monsieur.

(*Message : on est pas des sauvages.*)

G.K. : Mais vous avez un peu remué le sac avec le pied, c'est ça ?

T10 : Oui c'est cela.

G.K. : Vous n'auriez pas dû. Qu'avez-vous fait ensuite ?

T10 : Je... Comme je vous l'ai dit, on a dit aux autres de rappliquer.

G.K. : Et ensuite ?

T10 : Seigneur et ensuite Luis a sorti son couteau suisse de sa poche et il a ouvert le sac, et... et il a écarté les pans du sac...

Ça correspondait maintenant à ce que j'avais filmé. Je resserre un peu le cadre sur Paul de Suffrennes et je me tape un panoramique sur ses voisins, dont Luis-T8, l'homme au couteau suisse prêt à l'usage.

G.K. : Il n'aurait pas dû non plus. Et ensuite ?

Je reviens doucement vers lui. Et là deux cristaux scintillent dans la lumière, deux petits cristaux liquides au coin de ses paupières.

T10 : Et ensuite... nom de Dieu, m'sieur l'inspecteur, moi je suis parti gerber.

L'ombre de la mort en vol plané au-dessus de nous tous. Aviation mentale de l'horreur, cliché photographique invisible s'imposant aux rétines sans qu'elles n'y puissent rien. Foudrach et Clébert n'ont pas vu le corps de la môme sur le site comme nous autres. Ils sont de fait un peu exclus de ce petit cercle d'initiés qui ont approché de près l'abomination matinale. Ce qu'ils connaissent de cette expérience c'est ma propre bande vidéo de ce matin-là, vite regardée, et les clichés du labo. Ils n'ont pas senti l'odeur de pourriture qui se dégageait du sac de PVC ouvert comme un placenta innommable. Ils n'ont pas pu constater comme moi à quel point le ciel était magnifique au-dessus de nous.

Clébert lui-même accorde un répit à tout le monde. Foudrach consulte ses notes, il prend son temps, je sens qu'il compare les options en mains.

A.F. : Ma question s'adresse à tous ceux qui étaient de service dans la nuit de samedi à dimanche, vigiles compris.

Il feuillette encore un moment son calepin, je sais qu'il est en train d'étudier le meilleur angle d'attaque possible pour lui en ce moment.

A.F. : Voilà nous sommes à la recherche d'un véhicule style van, peut-être un Renault Espace, couleur noire, ou très sombre. Et qui aurait stationné juste devant l'entrée d'Arrighi aux alentours de 22 heures. Pour être précis : entre 21 heures 55, ou 50, et 22 heures.

Il y a un mouvement un peu général mais ça s'anime surtout du côté des vigiles. Notre Témoin numéro 5 ouvre la bouche, je zoome sur lui dans un mouvement un peu précipité.

T5 : Si c'est un van Chrysler Voyager bleu nuit, il est bien sorti de l'usine un peu avant 22 heures, c'est moi qui étais à la grille pour lui ouvrir.

Foudrach lui offre son plus chaud sourire, indiquant une température estivale dans le Nord-Groenland :

A.F. : Dans ce cas j'imagine que vous connaissez son propriétaire ?

T5 : Absolument, m'sieur l'inspecteur, c'est le fourgon des types de Turbocom.

Et à ce moment-là Danglevert, qui n'est pas dans le champ

de vision du caméscope, élève la voix, je fais un bougé improvisé pour le saisir :

— Ah putain, c'est vrai je les avais oubliés ces zigotos.

— Turbocom ? enchaîne Foudrach, ce sont les experts qui vont faire sauter l'usine ?

T1 : (un long soupir tout d'abord, qui me laisse le temps de le recadrer plus précisément)... Non m'sieur l'inspecteur c'est plus compliqué que ça...

R.C. : Vous allez pas le croire mon vieux mais maintenant on sait lire dans la police. On devrait même parvenir à vous suivre.

T1 (dans un soupir) : Turbocom, à ce que je sais c'est une boîte de communication d'entreprise qui a un deal avec le Conseil général et des gars de l'EDF de Vitry. Ils ont monté un projet qui est subventionné en partie par le Conseil général du Val-de-Marne, en partie par l'EDF, en partie par la ville, et en partie par je sais plus trop qui. Ils ont filmé l'usine avant, pendant et après sa désaffectation, puis ils filmeront l'explosion. Parallèlement, et ça je le sais par Jacky Weiss, le chef des experts en explosifs, ils vont faire une sorte de show pyrotechnique lors de la déflagration, ils sont en train de régler les détails avec lui.

— Turbocom, siffla Foudrach. Ils sont à Vitry ?

T1 : Ça moi j'en sais foutre rien.

Mais ça frétille sur un siège pas très loin de lui, le Témoin numéro 3 a un truc à nous dire :

T3 : Ouais, ils sont à Vitry, mais en fait je sais qu'ils sous-traitent toute la partie opérationnelle à une bande de fêlés, que les gars de Jacky Weiss connaissent d'ailleurs, c'est l'un d'entre eux qui m'a dit ça un jour.

A.F. : Et c'est qui cette bande de fêlés ?

T3 : J'sais p'us comment ils s'appellent les types, mais je me rappelle que sur leur putain de Chrysler c'est écrit *Destruction Incorporated* en lettres acier.

T6, l'autre vigile, auquel la mémoire revient, s'agite à son tour :

— Ah, mais si, moi je le connais le gars qui vient ici des fois avec le van pour filmer toute la zone... J'ai discuté le coup deux ou trois fois avec lui...

Juste une demi-seconde de suspense involontaire, pendant que le gars cherche un nom dans son rolodex neuronal :

— Heu... Nitzos, voilà. Un putain de nom grec à la con : Paul Nitzos.

On se regarde avec intensité tous les trois : Clébert, Foudrach et moi. Je décolle quelques instants mon œil du viseur et j'essuie la buée qui s'y est collée, j'appuie un instant sur *stand by*, d'un geste qui se veut cool et machinal.

On a un nom.

Le premier nom.

Lorsque nous sortîmes sur l'esplanade d'Arrighi, le baromètre avait encore baissé d'un cran, les rafales étaient devenues de froides bourrasques et il s'était mis à flotter. Dru.

Le ciel était violet et il semblait vouloir écraser de son poids tout l'univers à sa portée.

Foudrach a fait un geste de commisération à l'attention du groupe qui nous entourait.

— Bon, rentrez chez vous maintenant, nous vous convoquerons en temps utile.

On a cavalé sous la flotte jusqu'à la R19 dont le gyro tournait toujours au ralenti près du poste de garde de la centrale, je n'ai même pas cessé de filmer, alors que je balançais la caméra dans tous les sens à bout de bras dans ma course vers notre abri. On s'est engouffré dans l'habitacle, puant le chien mouillé à la pluie acide. Clébert s'est mis au volant, a déclenché les essuie-glaces et a démarré prestement sur le terre-plein de gravillons au moment même où une fourgonnette aux couleurs de TF1 se garait devant la barrière du poste de sécurité. Foudrach a allumé le scanner de bord. Par la lunette arrière, j'ai balancé un dernier coup de zoom à la haute structure de l'usine Arrighi, derrière le miroir dépoli de la pluie orageuse elle tremblotait comme le mirage d'une cité engloutie par les eaux, avant d'être réduite en poussière.

— Bien vue, ta sortie, Kernal, a juste lâché Foudrach en réglant la fréquence du scanner.

Les messages codés du centre de commandement se mirent à jouer leur petit hit-parade du crime en direct.

La vieille centrale thermique disparaissait derrière un mur liquide, tandis que je finissais ma cassette, l'œil du caméscope collé au Plexiglas.

Les hommes acquéraient le pouvoir divin de rayer les villes de la carte. Il ne semblait pas assuré qu'ils en fassent le meilleur usage possible.

LE MONDE COMME PUBLICITÉ ET COMMUNICATION

Il est dans la vie des types de rencontres dont on ne saisit l'essentiel qu'après coup. Après la mort, par exemple. Ce n'est ni un temps trop éphémère, ni une absence de relation, et pas plus la violence phénoménale d'une profonde interaction qui empêchent la *surprise* réelle de la rencontre, que le fait que ces rencontres ne peuvent s'effectuer qu'en dehors d'elles-mêmes. Elles sont les sédiments d'une sorte de narration qui n'a pas encore eu le temps de vivre, donc de mourir sur un livre. Elles sont des « rencontres de troisième type », elles n'appartiennent plus tout à fait à ce qu'on nomme – sans doute abusivement – « humanité ».

À cette époque, ma vie de flic commençait. Sur les chapeaux de roues. Je baignais dans le monde de l'innocent apprentissage, j'étais un enfant, il faut bien le reconnaître. J'étais sûr de moi, c'est-à-dire certain de mes doutes, et je vivais seul, sans la moindre compagne ni compagnon, pas même un animal domestique, à peine un peu d'électroménager. J'avais pris domicile à la frontière d'Ivry et de Vitry l'année précédant mon affectation finale, un pavillon de banlieue du début du siècle, assez joli, mais doté d'un confort spartiate. Situé rue des Carrières, il s'adossait à la zone de jardins ouvriers qui ceinturent le Fort d'Ivry. C'était par un ancien collègue connu lors de mon service militaire au Centre Cinématographique des Armées, situé sur ce même Fort, que j'avais obtenu le pavillon, lui-même le tenait de succession familiale, mais il était en train de gravir les échelons dans le métier du cinéma, et il avait dès lors *besoin d'un appartement à Paris*, mais il voulait quand même conserver son héritage immobilier, et il cherchait un locataire sûr. J'entrais quant à moi dans la Police nationale, et j'allais être affecté au SD du Val-de-Marne, je quittai sans état d'âme mon petit appartement du XVIIe arrondissement, métro La Fourche, pour l'au-delà du périphérique.

Chaque ville d'Europe avait son Mur. À Paris, il était de forme circulaire.

Paul Nitzos.

Inconnu au bataillon en ce qui concerne le Sommier. Pas de casier. Pas d'antécédents judiciaires mineurs. Pas même une broutille. Les RG n'avaient rien non plus selon Desjardins. On connaissait à peine son cursus lorsque Foudrach et moi lui avons rendu visite pour la première fois.

Le soir tombait. Clébert avait eu pour charge de préparer l'arrivée de notre APJ-stagiaire, Julien Bordas, et il lui servait de tuteur improvisé pour sa première journée d'affectation, moi et Foudrach on avait passé l'après-midi à remonter doucement la filière. L'agence de publicité Turbocom – « mettez un turbo dans votre communication » –, située à Alfortville dans un immonde méga-pavillon de banlieue reconfiguré branchouille, ne nous avait rien appris, sinon que Paul Nitzos vivait sur un terrain départemental, pas très loin de l'autoroute menant à Rungis, à l'intérieur de son studio-mobile, grâce à un appui des patrons de l'agence au Conseil général. Sans nous apporter de révélation choc (nous n'en attendions pas, faut-il le préciser), notre visite chez les spécialistes en communication d'entreprise nous avait permis de dessiner la configuration générale des lieux avec un peu plus de précision.

Pour moi, peu à peu, une topologie plus générale du crime comme fait social émergeait de la plane lumière frigorifique que nos regards de flics jetaient sur le monde.

L'enquête se déroulait alors dans le chaos primordial qui précède toute naissance. Elle suivait un plan parallèle à elle-même, par la grâce de l'œil vidéo, et ce dédoublement semblait permettre à ma conscience d'éprouver une sensation *dynamique*, comme si elle entrait dans un processus d'intensification dont elle était elle-même le moteur.

Dans un mouvement encore incertain, je discernais peu à peu comme la trace de rêves enfouis sous la réalité. Étrangement, en ces premiers mois de ma vie de flic, je me retrouvai dans la situation du petit bébé qui apprend tout juste à voir, puis à *regarder*, à effectuer une séparation non seulement entre lui et le monde, mais dans le monde, entre différents objets, et en lui, à une multiplicité d'organes et de sens qui paraissait renvoyer à la mystérieuse unité du corps.

La ville aussi était un corps, la ville aussi, dans toute son ampleur, et toute son intensité, suivait les lois secrètes de l'évolution phénoménologique, la ville aussi était faite de rêves.

Par-dessus la présence massive de la cité s'agglomérait depuis longtemps toute la signalétique qui permet aux humains d'y survivre. Par-dessus cette couche de signaux urbanistiques était née la troisième circonvolution du monde publicitaire. Et par-dessus cet épiderme de papier glacé et de pixels cathodiques était venu gonfler le mélanome terminal, celui de l'arnaque charlatanesque dans sa pure et absurde cinétique, celle qui drainait maintenant ce qu'on osait appeler culture d'entreprise.

Puisque la culture devenait une entreprise de travaux publics comme les autres, il était en effet probable que son retournement dialectique le plus simple conduise à *l'entreprise comme travail public de la culture*.

Il ne fallait plus s'étonner si le langage lui-même devenait ciment, dès lors que les artistes choisissaient d'œuvrer avec les bétonneurs, c'est-à-dire avec les terroristes.

La chaîne d'irresponsabilité joignait de ses maillons l'agence Turbocom, le Conseil général du Val-de-Marne, la ville de Vitry-sur-Seine, l'EDF, et au bout de la séquence : Destruction Incorporated, c'est-à-dire Paul Nitzos et son équipe.

Le Chrysler Voyager était aisément reconnaissable depuis l'autoroute, au milieu de la zone en friche, bosquets minables cernant de vastes flaques boueuses parsemées de débris métalliques.

Au-dessus de nous, s'étendait un voile bleu vaporeux, quelques aiguilles aux pointes métalliques semblaient vouloir le déchirer sans vraiment y parvenir. Tout était d'une cruelle beauté, jusqu'au vert photochimique des pelouses jouxtant l'A86 sous l'éclairage des projecteurs au sodium. Les lumières des automobiles traçaient des fantômes abstraits autour de nous, hululant dans l'effet Doppler-Fizeau. L'air était humide. Il faisait froid pour la saison. On disait que les kilotonnes de poussière de pétrole carbonisée qui s'étaient échappés des déserts koweitis avaient produit – en modèle réduit – la première arme climatique de l'histoire. Les terroristes irakiens étaient loin de deviner que leur tentative désespérée de produire un désastre écologique planifié indiquait un succès potentiel. Ils ne devinaient pas non plus que leur idée allait être reprise, à bien plus grande échelle, par les laboratoires militaires de l'Empire.

Des pylônes haute tension se découpaient sur l'horizon, totems noirs et tragiques. Ils créaient une architecture en total contraste avec la poudreuse fluidité de l'autoroute et pourtant tout ici semblait trouver une harmonie plastique, induite par l'électricité de la ville. Jusqu'aux enseignes criardes des hypermarchés et des centres discounts de la grande zone commerciale de Rungis, glyphes rougeoyants de néon aux irisations anisotropes dans le gaz bleu-vert qui nous entoure. Et jusqu'à cet angle mort de la cité, quelque part en dessous de l'échangeur, sans même un chemin d'accès visible, où rien, sinon un véhicule couleur nuit, et une sorte de baraquement de tôle ondulée planté juste à côté, posé sur des parpaings aux quatre coins, ne semblait indiquer la moindre présence humaine.

Je me suis dit que ce monde était une pure merveille.

La porte métallique s'est ouverte.

Foudrach se tient sur le marchepied qui permet d'y accéder, moi je suis juste derrière, les pieds dans la gadoue, un vieux jerrycan de plastique jaune crée une tache de couleur vive sur le sol vert-de-gris, mon caméscope, en mode *stand by*, pend au bout de mon bras, néoplasme prothétique.

Au moment où l'homme s'encadre devant la lumière bleutée distillée par un écran de télévision je le relève et le colle à mon œil en appuyant dans le même geste sur le bouton d'enregistrement.

Record :

Silhouette longiligne, cheveux noirs tombant en dreadlocks façon rasta, un visage-couteau en pierre de lune, des yeux que je devine noirs et ardents comme un charbon en quête de grisou. Je fais le point. L'homme est entièrement vêtu de noir, un sweat-shirt de coton très large, un pantalon de drap, une paire de Reebok aux pieds. Il n'est pas rasé de plusieurs jours.

Foudrach tend sa carte de flicard devant lui. L'homme la regarde, sans la moindre trace d'émotion, puis son regard vient percuter mes capteurs CCD, il amorce une sorte de sourire.

— Inspecteur Foudrach, de la PJ de Créteil, voici l'inspecteur Kernal. Nous agissons sous commission rogatoire du juge d'instruction. Nous avons des questions à vous poser au sujet de l'usine Arrighi, et du meurtre.

L'homme regarde la carte tricolore de Foudrach, puis moi à nouveau.

Puis le ciel bleu turquoise au-dessus de nous. La caméra suit instinctivement le mouvement de son regard et s'élève pour saisir fugitivement un quadrant de lumière avec la soucoupe métallique d'une antenne parabolique qui semble venir d'en tomber. La tôle ondulée scintille plein écran en un mur de kryptonite.

— Entrez, je vous attendais, fait-il en s'esquivant pour nous ouvrir le passage.

Retranscription de la cassette vidéo « crime Usine Arrighi/interrogatoire 03/Paul Nitzos/01/10/1991 » :

Plan fixe : à droite de l'écran, Alex Foudrach, de trois quarts dos ; à gauche, lui faisant face, Paul Nitzos qui allume une cigarette, en arrière-plan, la moitié d'un écran de télévision ne diffusant qu'une neige cathodique, le mur de machines, caméras, moniteurs vidéo, magnétoscopes, bancs de montage, piles de cassettes vidéo. Nous sommes assis tous les trois autour d'une table au Formica vert pâle, la lumière n'est donnée que par les photons résiduels du jour qui meurt et deux petites lampes à halogène qui éclairent avec précision ce qui semble être une console de montage.

L'image est sombre, avec du grain.

Alex Foudrach : C'est ça, votre studio mobile ?

(Il désigne d'un geste l'environnement saturé de technologie. Puis, sans attendre la réponse, visant du regard un lit de camp replié dans un coin à peine dégagé du réduit et une sorte de mini-gazinière posée sur une caisse de métal) : C'est aussi votre lieu de résidence ?

Nitzos, sans se démonter : C'est provisoire, nous devons filmer l'explosion de l'usine dans quinze jours et je n'ai pas eu le temps de me trouver un appartement digne de ce nom.

A.F. : Ah... Bien... qu'est-ce que vous pouvez nous dire au sujet de la raison pour laquelle nous sommes venus vous interroger ?

Méthode Foudrach, leçon numéro 1 : ne jamais ouvrir les hostilités de façon frontale, du moins en apparence.

P.N. : Le meurtre de l'usine ? J'ai lu deux trois trucs dans la presse, évidemment, mais je ne sais rien de plus. Vous me considérez comme un suspect ?

A.F. (dans un sourire) : À ce stade-ci de l'investigation, monsieur Nitzos, nous en sommes au point où témoins, suspects, coupables et innocents ne font encore qu'un.

(Nitzos ne dit rien, il tire sur sa cigarette.)

A.F. : On nous a dit que vers 22 heures, le samedi soir précédant la découverte du corps, votre véhicule et vous-même avez stationné quelques minutes devant la grille d'entrée de la centrale en cours de démolition. Pouvez-vous confirmer ou infirmer ces dires ?

P.N. (dans une bouffée de fumée) : Je les confirme : à 22 heures, le samedi soir précédant la découverte du corps, je suis en effet sorti de l'usine. Je suis resté en effet garé devant la porte pendant... environ deux ou trois minutes, pour finir ma bande. J'ai filmé la zone environnante. Et ensuite, aussi incroyable que cela puisse paraître, je suis parti. Le vigile à l'entrée pourra vous le confirmer.

Un silence s'installe. Foudrach consulte négligemment son calepin.

A.F. : Je reviendrai sur ce point. Mais, en attendant, est-ce que vous êtes en mesure de me rapporter tout fait ou incident bizarre qui aurait pu se dérouler lors de vos prises de vues ?

P.N. : Un fait ou incident bizarre ? Comme quoi, par exemple ?

Foudrach pousse un soupir, puis renifle, il fixe ses yeux doux et clairs sur ceux de Nitzos, points noirs injectés de vermillon.

A.F. : Comme quelqu'un qui n'aurait rien eu à faire sur les lieux et qui aurait traîné dans le coin. Comme une voiture inconnue ayant stationné à plusieurs reprises dans la zone industrielle. Comme n'importe quoi d'autre dans le genre. À moins, bien sûr, que vous n'attestiez de l'atterrissage d'une colonie d'extra-terrestres.

Un autre moment de silence, Nitzos tire lentement sur sa cigarette et sourit.

L'ironie de Foudrach est à peine perceptible, sa voix est restée neutre, égale, mécanique.

Il griffonne quelques notes sur son carnet.

Autour de nous, la tôle ondulée, les machines d'enregistrement, les bancs de montage, par les lucarnes, la lumière mourante du jour, et celle, électrique, naissante de la nuit. Il y a l'écran de télévision branché sur la parabole et qui ne diffuse que de la neige cathodique. Il y a Paul Nitzos, se détachant de cet univers, et pourtant tout l'y rattache, toute la lumière de nos esprits se condense sur lui.

— Combien de bandes avez-vous tournées de la zone au total ?

La voix de Foudrach est dure, froide, une certaine tension la maintient comme un câble invisible dans l'espace.

— Combien de bandes ?... Oh, environ quatre-vingts. Cela représente autant en heures de rushes. Je filme à partir du van, je monte ici. Mais quand on filmera l'explosion de l'usine, je transférerai mon banc de montage dans une camionnette adaptée.

Foudrach et moi venons d'entrer dans une sorte de boucle télépathique.

Son regard s'est tourné vers moi, c'est-à-dire vers l'objectif de la caméra, je lis dans ce regard toute l'ombre portée par la lumière qui nous relie, j'y lis la même idée nette, claire et précise que dans mon propre cerveau, et je sais que le phénomène est parfaitement réciproque, que le couple d'intensité passe sur le mode *feedback*. Nos yeux brûlent dans le clair-obscur, chacun sur leur propre fréquence, mais elles entrent en résonance.

A.F. : Revenons à la soirée précédant le crime. À part vos prises de vues, avez-vous fait autre chose dans la zone ?

Dénégation tranquille de Nitzos : Non monsieur l'inspecteur, je suis venu en soirée pour avoir une certaine lumière, et lorsque je suis reparti il faisait nuit. Je filme parfois en 16 mm avec une pelloche haute résolution, puis je la fais transférer en vidéo.

Mais nos yeux brûlent toujours.

A.F. : Monsieur Nitzos, je crois honnêtement que pour les besoins de l'enquête nous devrions au plus vite regarder cette cassette.

Mais je sais que nos yeux brûlent encore plus vite, et plus fort, que nos bouches, nos yeux sont des fenêtres ouvertes sur nos consciences de flics survoltées. Je vois, dans la boucle télépathique, Foudrach prendre une profonde inspiration et tâcher de conserver à sa voix son ton égal, froid et monotone comme le couperet républicain :

— Je crois bien qu'en fait, monsieur Nitzos, il va falloir que nous visionnions au plus vite *toutes* les cassettes que vous avez filmées de la zone.

Lorsque nous sortons à l'air libre, un vent froid et humide nous gifle de plein fouet, venu du nord. Le ciel est voilé, une pleine lune montante oscille dans son halo.

Nous marchons dans le plus grand silence jusqu'à l'entrée de la petite voie de service, un simple chemin dont la moitié seulement est à peine goudronnée, où la voiture de patrouille nous attend.

Nitzos a encaissé le coup sans broncher. Il a juste fait remarquer que se trouvant en plein montage il ne pouvait pas se séparer des rushes, il faudra venir ici chaque jour pour visionner les cassettes au fur et à mesure. À part cela il n'a émis aucune objection. Foudrach lui a fait comprendre que d'une certaine manière, ses cassettes devaient être considérées comme des pièces à conviction potentielles, il ne pourrait sans doute pas y faire apposer des scellés, surtout avec vos appuis au Conseil général – avait-il rajouté –, mais à l'exception de vous-même et de l'inspecteur Kernal qui viendra les visionner, je ne veux pas qu'elles sortent du circuit, je suis bien clair ?

Foudrach ne voulait pas prendre le risque de voir une séquence bien choisie diffusée en prime time sur TF1 avant qu'on ait eu le temps de se retourner.

Simultanément j'avais appris par sa bouche, mais était-ce une surprise, que j'étais détaché sur l'opération de visionnage des bandes.

La voie de service désaffectée suivait l'autoroute sur deux cents mètres avant de croiser une route d'accès à une série de grands hangars qui s'élevaient au milieu des friches, dans une théophanie de néon.

Lorsque nous nous sommes engagés sur l'A 86, direction Créteil, nous avons entraperçu le van bleu nuit et le cabanon métallique à travers une trouée d'arbres, autour de nous le sodium rayonnait dans son spectre orange, ma main, reposant sur mes cuisses, était vissée au caméscope.

Nos yeux brûlaient de toute la lumière du monde.

ENREGISTREMENT EN MODE STANDARD

— Bande 63.

Le bruit de la cassette que Nitzos enfonçait dans le magnétoscope était devenu pour moi comme le petit signal de la fée Clochette indiquant de tourner la page et, éventuellement, de s'extirper de cette torpeur qui peut lentement vous miner de l'intérieur, au bout d'heures entières passées devant un écran de télévision.

Comme toutes les autres avant elle, la bande 64 n'avait montré que fort peu de choses vraiment intéressantes, j'entends sur le strict plan policier. J'avais pris beaucoup de notes depuis le début, mais je savais que c'était plus pour tenter de combler ce que les images ne montraient pas, que pour signaler l'occurrence d'un détail significatif. Les vues au grand-angle, les longs panoramiques, les travellings en tous sens sur la zone, la visite interne des lieux, avec les diverses phases de la décontamination, rien de tout cela ne m'avait donné un seul indice sérieux. Parfois, la caméra de Nitzos avait embrassé partiellement un train de la SNCF passant au ralenti à travers la rue des Fusillés, entre les deux centrales. Il avait même filmé un long convoi de wagons-citernes BP qui était passé à une vitesse terriblement lente devant le parc des transformateurs, jouant avec les reflets de la lumière électrique sur les longs cylindres d'acier aux armoiries bicolores. On apercevait aussi par moments l'activité de la casemate de sécurité, dans des rushes qui seraient probablement jetés au montage, m'avait confié Nitzos. Il y avait de magnifiques plans des deux usines, côte à côte, ou en enfilade, le plus souvent de nuit.

— Les projecteurs au sodium font une lumière parfaite, avec un film adapté on a toute la lumière qu'il nous faut.

Oui, c'est vrai, je me disais, alors que la bande 63 commençait à tourner, montrant une énième vue de la vieille usine. Ils avaient à leur disposition toute la lumière qu'il fallait.

Ce n'était pas comme nous, qui marchions dans les ténèbres.

Je n'avais rien vu d'intéressant sur la bande 78, celle tournée la veille de la découverte du corps. Sinon la preuve que Nitzos était bien resté durant trois minutes et quatre secondes à l'intérieur de son van, à filmer depuis les vitres et le pare-brise toute la zone environnante, en se servant des effets étranges de réfraction des gouttes de pluies constellant le Plexiglas. On voyait même notre témoin de la centrale EDF arriver dans sa petite Peugeot 206 rutilante, klaxonner devant la barrière, se ranger derrière la casemate de sécurité, y disparaître quelques instants. Et à ce moment-là la bande virait au noir, les mots TAPE END en filets verdâtres apparaissaient en clignotant au centre de l'écran. Il est 21 heures 57 et quelques secondes sur la petite horloge au lithium.

J'avais regardé Nitzos, puis l'écran avec les mots verts fluo qui clignotaient, et les chiffres indiquant l'heure exacte, à l'instant près. Ma question était cruciale. Sa réponse aussi.

— Qu'avez-vous fait à ce moment-là ?

Nitzos avait hoché la tête comme s'il refusait d'y croire.

— Merde vous savez bien, j'ai entamé une partie de tennis avec les Martiens qui venaient juste de se poser.

Je me suis souvenu du petit échange entre lui et Foudrach, deux ou trois jours auparavant, je me suis souvenu des petits traits d'ironie qui avaient jailli de part et d'autre, je me suis souvenu que j'étais flic et que j'avais une mission à remplir.

Je lui ai fait comprendre d'un regard que je voulais juste une réponse claire, et qu'on n'avait plus de temps pour les bonnes blagues à tonton.

— OK... J'ai tourné la clé de contact, j'ai démarré et je suis rentré directement ici pour visionner. C'est tout. Et si vous voulez savoir, en plus, j'ai passé ici la nuit tout seul, à pré-monter un certain nombre de rushes. Jusqu'à l'aube. Et je n'ai aucun témoin. Et donc pas plus d'alibi.

J'avais poussé un soupir, en faisant pivoter le fauteuil autour de son axe, un panoptique de machines et de diodes a tourbillonné jusqu'à la lucarne bleue où mon regard, avec la rotation du siège, s'est fixé. Son témoignage tenait avec celui du vigile de la casemate EDF et avec les images de la cassette du poste de sécurité. Le temps qu'il démarre et se dirige vers les entrepôts BP, il avait disparu aux yeux du mec qui à ce moment-là prenait son poste en se dirigeant vers l'entrée.

Cependant un détail de la vision du vigile me revenait en mémoire.

— Vous dites que vous avez tourné la clé. Votre véhicule était moteur éteint ?

Nitzos avait tordu une drôle de grimace exprimant plus l'étonnement qu'autre chose.

— Ah... non, vous avez raison, en effet... Je n'avais pas arrêté le moteur, je savais qu'il me restait juste trois ou quatre minutes de bande, et je pensais même pouvoir me servir du bruit de fond pour certaines ambiances, avec la pluie, et les essuie-glaces... J'ai juste eu à passer en première.

Bon, ce n'était qu'un détail. Bien sûr, sur le strict plan matériel, Nitzos aurait pu revenir accomplir son forfait, mais je sentais confusément que ça ne cadrait pas tout à fait. Il se serait au moins arrangé pour disposer d'un alibi solide.

Les jours et les soirées passés ensemble dans son réduit de tôle ondulé avaient fini par engendrer cette empathie forcée que connaissent tous ceux qui ont eu à survivre au fond d'une crevasse, avec quelque camarade d'infortune.

Tout en nous, pourtant, nous différenciait, jusqu'à l'apparence physique. Jusqu'aux feux qui brûlaient dans nos orbites, après des heures passées à fixer les tubes cathodiques. Ses yeux noirs saturés d'une radiation ardente. Les miens, couleur vodka sortie du congélateur. Ses long cheveux anthracite en tresses rasta. Ma coupe en brosse militaire, au blond pâle poussière. Sa silhouette longiligne et dégingandée, ses membres fins et nerveux, aux jointures délicates, ma propre constitution, tout à fait ordinaire, ma musculature taillée pour l'uniforme. Mais pourtant, je le devinais, quelque chose de mystérieux faisait se croiser nos vies, quelque chose voulait les maintenir comme deux pôles opposés, engagés dans une secrète lutte électromagnétique, quelque chose qui faisait de nous plus encore que de simples répliques inverties l'une de l'autre. Comme si en nous, entre nous, une lumière pas encore née voulait se frayer un passage, comme si une sorte d'infini nous disjoignait, et nous forçait à nous rencontrer au-delà de nous-mêmes, comme si nous étions en congruence l'un avec l'autre, par un drôle de phénomène que je ne tarderais pas à identifier comme principe d'inversion de l'inversion.

Un soir, Nitzos m'avait gentiment pris à partie :

— Je vous ai vu avec une caméra le premier jour et vous savez vous dépatouiller avec un magnétoscope, vous faisiez quoi avant d'être flic ?

Je saisissais le message caché. Si vous vouliez faire du cinéma, pourquoi vous être engagé dans la Police ?

Mais je ne voulais pas faire de cinéma, justement. Je ne voulais pas d'autre vie que celle-ci. Je ne voulais rien d'autre que cette partie de la nuit humaine.

Nitzos semblait une sorte de figure centrale invertie, je me souviens m'être dit un bref instant qu'il était peut-être l'ombre incarnée sur terre de l'angoisse divine, qu'il était non seulement mon antiforme, mais comme le double du tueur, son négatif, et que cela témoignait de l'étrangeté de nos vies.

Travelling : la vieille centrale dans la lumière du crépuscule, prise depuis un véhicule effectuant un lent mouvement latéral.

Plan large, fixe : les deux usines, la nuit tombée, jeux de focales pour passer de l'une à l'autre, en enfilade. À ce que je comprends, le point de vue se situe sur la ligne de chemin de fer, pas très loin de l'endroit où le corps a été découvert.

Plan fixe, longue focale : lumière d'après-midi, un train de la STEF s'avance vers l'objectif, la vieille loco jaunâtre semble s'enflammer sous la lumière oblique et rousse.

Travelling avant : caméra sur l'épaule, petit matin, douce lumière, on avance le long de la voie de chemin de fer en direction de la centrale en activité, la caméra épouse alors la cinétique des murs autour de l'enclos des transformateurs, dans une configuration abstraite et monochrome, et après un bougé volontaire suit à l'identique la haute muraille cernant la centrale promise à la démolition.

Gros plans : tuyauteries, grilles d'acier, tubes de néon, verre dépoli, brique, acier chromé des cheminées, rails.

Contre-plongée, plan assez large : les cheminées, vues depuis leurs bases, en forme de trépieds géants, répliques de fusées à la Fritz Lang pointant vers un ciel bleu turquoise, nuance Baïkonour-sur-Seine.

Longue focale : le train de la BP. Lumière orange du sodium. Fond noir. L'acier des wagons-citernes scintille comme de l'or fin. Des ombres accompagnent, mobiles lithographies, le glissement du métal illuminé sur les rails.

Plan fixe : la centrale EDF, prise depuis les quais de la Seine, tubulures blanches des passerelles de communication passant au-dessus de la route jusqu'aux hangars et les divers postes techniques disséminés sur les berges du fleuve. Haute présence hiératique des cheminées de béton jumelles sur un fond de ciel tourmenté.

Plan fixe : cette fois la centrale EDF au premier plan, prise depuis la friche qui la borde, l'usine Arrighi est en arrière-plan, lumière matinale bleutée, jeux de focales pour passer de l'une à l'autre.

Zooms divers : d'un détail rugueux de la brique jusqu'à une vue d'ensemble de la façade, ou l'inverse. Même chose, avec les structures de verre dépoli. Même chose avec le béton, même chose avec les grillages, même chose avec les surfaces de métal.

Prises de vues aériennes : apogée. Déclin. Spirales de toutes natures, descentes, montées, prises à diverses vitesses, selon des rotations concentriques, vues tournoyantes de l'usine rabattue sur le plan urbain comme un graphe de toute sa puissance, blocs de surface rutilants dessinant leur archéologie nécropolitaine dans le tissu spongieux de la ville, sidérurgie dont la musique s'est tue, mais qui, tel un volcan éteint, demande à tout instant à être réactualisée.

Et c'est précisément ce à quoi Nitzos et Destruction Incorporated vont procéder.

Spirales. Centre. Ouverture. Fermeture. Montée vers le ciel. Chute vers la Terre. Incarnation. Assomption.

Il ne m'avait pas fallu une journée pour constater la présence d'un détail récurrent sur les bandes vidéo filmées par Nitzos, un détail dont la signification semblait receler tous les tragiques accomplissements du monde à venir : à l'exception de quelques entrées dans le champ parfaitement fortuites, les images de Nitzos ne comportaient absolument aucun être humain.

Autour de moi : le vaste no man's land des abords de l'autoroute. La nuit tombe. On dirait qu'elle n'en finira plus jamais de tomber sur notre monde.

Je suis sorti du cabanon au milieu d'une cassette à visionner. En moi je sens que l'usine Arrighi est en voie de s'incorporer. Devant moi, justement, le van couleur de nuit, avec les mots « Destruction Incorporated » peints sur ses portières, souligne de façon évidente l'état des lieux, l'état de notre matrice terrestre, épuisée par toutes ses générations humaines, l'état de ma conscience, en voie d'épouser le destin de l'antique centrale désaffectée.

La ville tout entière en moi s'introduit, je ne suis plus un centre autour duquel tournoient des objets séparés dans l'espace et reliés par ma perception séquentielle du temps, je ne suis pas non plus une périphérie, je suis le mouvement sans cesse recommencé qui mène du centre à la périphérie, et de la périphérie au centre, je suis là, debout, sous les oiseaux de glace du crépuscule, sous la haute solitude du ciel, sous la pluie aurifère des réverbères, et je devine alors que je viens de naître, pour de bon.

Brutalement, mon regard ne se porte plus sur les objets mais sur l'infini dont sans cesse ils proviennent et auquel sans cesse ils retournent et ainsi ma vision passe au travers d'eux tout en éprouvant la structure secrète de leur existence.

J'y perçois ainsi les trois dimensions de l'espace qui de leur propre origine rayonnent vers les autres objets du monde, les reliant dans le réseau des connexions phénoménologiques, mais j'y expérimente aussi tout *le temps qu'il faut pour parcourir* ces connexions, et ainsi leur structure globale se déploie en moi.

Non seulement je regarde, mais en plus *je vois* de nouveau.

Je ne suis plus l'œil humain que j'avais connu, je ne suis plus non plus la prothèse bionique du caméscope, je suis leur dépassement renvoyé l'un vers l'autre, dans un mouvement de feed-back où ce qui poursuit la dynamique est ce qui la précède.

Les couleurs chatoient dans le spectre visible selon une fréquence par moi jamais éprouvée auparavant, le temps se déplie et englobe ma mémoire dans l'infini, les étoiles meurent et naissent au-dessus de moi dans le silence sublime du vide absolu, la ville est l'émergence locale d'un réseau cosmique qui sans cesse combat la nature en inscrivant en elle les tensions nées de la confrontation entre l'animal et la surnature, j'entends la terre sourdre comme un corps sous la ville, et la ville au cœur de la terre étendre les ramifications de ses organes, je touche de la main l'enveloppe bleutée dans laquelle je meus à peine ma présence, car mon corps lui-même est en voie d'intégrer, dans un processus digestif aux conséquences incalculables, toutes les polarités dont le grand réseau urbain se constitue.

Autour de moi, *en moi* : l'univers dans son entier, vide de toute apparition humaine, tout entier qu'il est à essayer de me dévoiler une présence supraterrestre derrière chaque chose dont il anime les manifestations. Un avion poudre la haute atmosphère, en descente vers Orly, à l'ouest un autre s'envole auréolé de feu, ils sont des baisers que j'envoie à toutes les femmes que je n'ai pas connues. Les automobiles tracent indéfiniment leurs cinétiques horizontales, elles sont des machines autonomes, elles sont la palpitation cardiaque de la ville-corps, j'aperçois un vol de moineaux qui poinçonne le zénith, et là-bas, sur la voie de desserte abandonnée rôde un vieux chien malade qui depuis quelques jours est venu s'échouer dans le coin et survit grâce à nos restes.

Autour de moi, en moi : les animaux survivants et le béton irradié. En moi et tout autour cela revient au même. En moi les animaux et l'autoroute, en moi la tension qui s'étire vers l'infini, en moi l'intensification générale, en moi l'Électricité de France, en moi les usines abandonnées et les visions panoptiques de la caméra, en moi les crimes de la société, en moi les sociétés du crime, en moi la musique silencieuse des mondes perdus.

Après tout, me dis-je, peut-être sommes-nous les seuls habitants de cette galaxie. Et peut-être suis-je le dernier habitant de cette planète. Et peut-être pas. Peut-être ne suis-je même pas le dernier habitant de cette planète, peut-être suis-je moi aussi un appendice hybride de la ville-corps et du réseau des objets, peut-être suis-je un androïde, peut-être la Terre est-elle précisément la seule planète non peuplée d'êtres vivants de la galaxie ?

Cette pensée me fait éprouver une immense mélancolie.

Une larme embue le paysage, en elle se réfracte l'image fantomatique de toutes les vies que je n'ai pas vécues, mais aussi la perspective sombrement oraculaire de celles que j'aurais pu vivre, et pourtant, je ne sais l'expliquer, mais je sens que tout est bien, que tout est majestueusement à sa place, que tout semble naître avec moi, à cet instant.

LE TABERNACLE

La hiérarchie de la Préfecture avait les meilleures raisons du monde pour s'être accaparé dès son arrivée le dossier de l'autopsie préliminaire.

Ce que le docteur Carole Epstein avait mis en évidence ne correspondait à rien de connu dans les annales de la police criminelle française.

Le secret le plus absolu fut aussitôt décrété sur l'ensemble des « détails » criminalistiques que l'opération médico-légale avait mis au jour. À l'avant-dernière page du rapport du docteur Carole Epstein on lisait ceci, dans une note de synthèse qui précédait sa conclusion demandant *expressément les moyens de conduire une investigation plus poussée* :

1) On note la présence simultanée de plusieurs ensembles distincts de traumatismes. Premier constat : ces traumatismes n'ont pas été occasionnés à la même période, certains ayant été effectués post mortem, d'autres non.

2) Ces traumatismes révèlent la mise en action de plusieurs types très différenciés d'instruments et de modus operandi.

3) Ces modus operandi peuvent être rassemblés en plusieurs phases distinctes :

a) Un certain nombre d'organes essentiels ont été prélevés sur le corps avec des instruments chirurgicaux. La liste des organes manquants est donnée en annexe. Pour ce faire, une méthodologie ad hoc, rompue aux règles médicales de la chirurgie, a été appliquée. Il est à notre avis hautement probable que cette ablation d'organes ait été pratiquée du vivant de la victime, mais sous anesthésie plus ou moins générale (voir en annexe notre rapport détaillé sur les traces rémanentes de produits anesthésiants).

b) Des sévices de types sado-sexuels ont été exécutés sur le corps de la victime, la plupart post-mortem, mais un certain nombre ont été pratiqués avant le décès (voir détails dans notre rapport préliminaire, première partie, paragraphes 2,4,5,8). La strangulation, par exemple, n'est pas la cause directe de la mort de la victime. Le lien de cuir a été utilisé plus de six heures après le décès (voir en annexe II, le rapport clinique détaillé sur les taux d'histamine et de concentration sanguine dans les vaisseaux de la structure faciale).

c) Un procédé spécial a été mis en œuvre par le meurtrier pour découper de façon circulaire et extrêmement précise une portion de la trachée de la victime, quelques heures après la mort, occasionnant un orifice assez profond pour que notre équipe ait pu en extirper un composant électronique, de type puce à mémoire. Pour le moment cette puce est restée indéchiffrable.

d) Un procédé analogue a permis une découpe dans une région voisine pour qu'une disquette informatique enveloppée dans un carré de vinyle ait pu être logée juste sous le larynx de la victime. Cette disquette est restée pareillement indéchiffrable.

e) Un certain nombre d'insertions d'objets plus spécifiques encore nous permettent de penser que les organes manquants ont été oblitérés sciemment afin :

1) de faciliter l'insertion desdits objets ;

2) d'être eux-mêmes d'une « utilité » quelconque pour l'assassin ;

3) d'être l'objet de la substitution ainsi opérée ;

4) toutes ou parties des combinaisons possibles entre les trois hypothèses.

(Voir détails dans notre rapport préliminaire, première partie, paragraphes 7, 9, 10, 11.)

D'après le dossier, l'identité de la victime n'avait pu être établie, on disposait désormais de sa marque génétique, quelques éléments laissaient envisager une origine proche-orientale, ou alors de type Romano.

J'avais dit à Foudrach : Merde, on n'a pas le dixième des moyens qu'il faut pour conduire convenablement cette enquête.

Foudrach m'avait regardé, un pâle sourire aux lèvres, mais les yeux fixes et sévères : *Kernal dites-vous bien que si l'État avait les moyens y'aurait pas besoin de police.*

Je n'avais rien trouvé à répondre qu'un soupir exténué.

J'avais reçu in extremis une copie complète du dossier de Carole Epstein. Alors, j'avais décidé de l'emporter avec moi et je le lisais chez moi chaque soir en regardant en boucle mon propre film de la *crime scene*, la tête pleine des images visionnées des heures d'affilée avec Paul Nitzos, un verre de vodka sur glace à la main.

J'en avais parfois la tremblote.

Le cas de ma carrière. Direct, ou presque, comme une quinte flush vous tombant droit dans les mains dès le troisième tour de table. Un authentique tueur en série, sorti de nulle part-sur-Marne. Ici. Maintenant. Pour moi.

Car plus je lisais le rapport, plus je regardais la vidéo originaire, plus je me remémorais les images compilées par Nitzos, plus j'intégrais en moi les données et les témoignages en notre possession, plus une certitude se détachait de tout ça, comme le venin extrait des crochets d'un serpent.

On était au tout début de la série.

J'avais une chance du tonnerre.

Il n'existe aucune vérité qui ne soit, au fond, un secret.

Il n'existe aucun secret qui, au fond, ne recèle un crime.

Lorsque la vérité concerne le crime lui-même, cette phrase semble prendre une signification transfinie.

La conscience n'est pas un isolat sans substance, impénétrable, même par elle-même. Elle est au contraire le lieu où s'interpénètrent, dans un chaos parfois innommable, tous les mondes et leurs antimondes.

Il faut à la conscience le choc d'une autre conscience pour qu'une quelconque connaissance ait une chance de voir le jour.

Il faut le scalpel du chirurgien pour mettre à nu la vérité.

Le scalpel vint sectionner mon existence à l'occasion d'un coup de téléphone. Foudrach et Clébert s'étaient rendus chez le divisionnaire. Premier rapport officiel, sans compter les bandes, avec tous les témoignages recueillis et ce que les sténos du service avaient pu retranscrire, il pesait déjà son *Vidal*.

— Ouais, j'ai lâché dans le combiné, modèle fonctionnaire blasé-dur-à-cuire, Inspecteur-Kernal-Police-Judiciaire. J'écoute.

Il y a eu un silence, vaguement hachuré de parasites, j'ai compris qu'on m'appelait d'un cellulaire. RÉSEAU SFR – NE QUITTEZ PAS, a fait la voix d'une opératrice de synthèse pour confirmer mon intuition.

— Monsieur Kernal ?

— Oui ?

— Vous êtes bien un des enquêteurs en charge de l'enquête sur le meurtre de la centrale Arrighi, n'est-ce pas ?

— Oui.

— Mon nom est Carole Epstein. Je suis le médecin légiste qui a pratiqué l'autopsie du corps...

— Oui ? j'ai lâché au bout d'une ou deux secondes de battement.

— Vous l'avez lu ?

— Comment ?

— Mon rapport. Vous l'avez lu, inspecteur ?

Merde je l'avais sous les yeux son putain de rapport, depuis des jours, cent pages bien serrées, qu'est-ce que...

La fille ne m'a pas laissé le temps de répondre.

— Si vous l'aviez lu, et compris, vous auriez noté comme nous que cet assassinat sort complètement de l'ordinaire.

— Nous en avons conscience, madame. Nous travaillons dessus depuis plus d'une semaine sans discontinuer mainte...

— Mademoiselle, pour commencer. Ensuite, dans ce cas, pourquoi ne pas nous avoir rendu visite, pour voir précisément ce dont nous parlons ?

J'ai poussé un soupir, avec l'ostentation supposée du pro à qui on ne la fait pas.

— Non seulement j'ai lu votre rapport, *mademoiselle* Epstein, non seulement je l'ai en ce moment même sous les yeux, mais figurez-vous que je fais partie de l'équipe qui est arrivée en premier sur les lieux. Le corps, je l'ai vu. Et non seulement ça, je l'ai filmé.

Il y a de nouveau ce drôle de bruit blanc entrecoupé de silence digital.

— ... vous avez vu, ou filmé, ce n'est que l'apparence de la réalité. Nos photos, comme votre bande vidéo, ont été faites avant la dissection. Il faut absolument que quelqu'un de votre équipe voie ce dont il s'agit vraiment. J'ai pris sur moi cette décision. L'enfant est inconnue. Et nous étions obligés.

— Obligés de quoi ?

Un bruit blanc à nouveau.

— ... pas le temps de vous expliquer ça par téléphone je suis en route pour l'Institut. Il faut que quelqu'un de votre équipe m'y rejoigne au plus vite. Le corps n'est toujours pas identifié, et sans doute ne le sera-t-il jamais. Il sera probablement inhumé sous peu. La place manque.

Alors voilà : l'œil-prothèse de mon caméscope lui aussi avait succombé à l'illusion, peut-être volontaire, peut-être accidentelle, pur artefact du crime. Il n'avait guère mieux œuvré que nos prototypes biologiques. Les CCD s'étaient avérés insuffisants pour répertorier en profondeur la topologie de la vérité.

Et cette vérité, maintenant dévoilée, je me la prends en plein visage, comme un coup de masse.

Carole Epstein me fait face, elle est revêtue comme moi d'une blouse d'hôpital vert amande, d'un masque antiseptique et de gants de latex chirurgicaux. Nous nous sommes à peine adressé la parole, sinon pour les convenances d'usage.

Entre nous il y a le corps.

Ou plutôt ce qu'il en reste. Après la destruction de la science. Après l'opération de décryptage. Après la lecture active opérée par les instruments, et l'activité méthodique du chirurgien.

Livre ouvert, chair faite géomancie, numérologie. Narration.

Je me la prends en pleine face, vraiment, cette vérité, et sa géométrie est indicible, comment procéder en effet ? Le corps parle, mais il parle depuis un endroit innommable qui a succédé à son propre anéantissement. Il nous parle, cela ne fait aucun doute, et son langage ne peut que pétrifier tout être humain, comme une statue de sel s'étant retournée vers la cité qu'il ne fallait pas voir.

Il est là, ce corps, sur la tablette de métal rétractable que Carole Epstein vient d'extraire de son casier numéroté, analogue à tous les autres.

Le plafonnier de néon est sans la moindre pitié, pas plus pour les vivants que pour les morts.

La vérité.

Elle m'apparaissait sous les traits d'un tableau que peut-être Bosch, ou Bacon, auraient pu peindre, au meilleur de leur forme.

Que restait-il de cette jeune fille, sans identité, et désormais sans corps, je veux dire sans corps autre qu'un catalogue d'organes, classifiés, numérotés, auparavant secrets, cachés à la vue des autres comme de soi-même et désormais exposés sous la lumière froide de l'électricité ? Le corps était ouvert en deux du larynx au périnée, codex aux pages plus blanches que la plus blanche des lunes d'hiver, et il donnait à lire le véritable mobile du tueur. Les organes présents, comme ceux qui manquaient, et ce qui les avait remplacés, revêtaient un jeu de significations dont ce corps avait été le processus incubateur tout autant que le réceptacle, ils étaient là, étalés devant moi et, stupéfait, je contemplais ce qu'ils me disaient, comme un message qui m'était personnellement adressé : Vois ce que je suis devenue. Vois ce qu'on a fait de moi. Mais vois aussi pourquoi il a été nécessaire d'en arriver là.

Fais ton travail, mortel.

— Quelqu'un de l'Institut m'a dit que vous aviez un doctorat de psychopatho ?

Carole Epstein venait de refermer le casier. Nous nous tenions devant les armoires métalliques du vestiaire. Je réalisais encore à peine ce que j'avais vu, et compris. Et pourtant j'avais passé deux trimestres pleins en stage ici même, dans ce vieux bâtiment des bords de Seine à observer des dizaines de dissections médico-légales. J'avais même assisté à l'opération sur une môme de huit ans que son beau-père avait noyée dans la piscine familiale.

— Un doctorat de... Ah, oui, en effet.

Carole Epstein se débarrassait de sa blouse vert hosto et j'ai commencé par retirer mes gants de latex, petit clac caoutchouteux dans l'espace métallique, trop bruyant. Trop ostentatoire...

— Et il n'y a rien dans le rapport préliminaire que j'ai transmis il y a une semaine maintenant qui vous a mis la puce à l'oreille... si j'ose dire.

Comment expliquer à la fois les petits chaos internes de la Machine, et les grands désordres de ceux qui œuvraient pour elle ? Oui je l'avais lu son putain de rapport, mais je l'avais lu en seconde voire en troisième main, alors que je passais mon temps à scruter des images sur des moniteurs vidéo dans un cabanon de tôle ondulée, au milieu de nulle part. J'ai enlevé ma blouse et mon masque antiseptique.

— Je suis désolé..., ai-je faiblement marmonné.

— Vous pouvez, en effet.

— J'ai fait ce que j'ai pu.

Au moment même où je prononçais ces paroles je savais que je venais d'offrir le calibre pour me faire flinguer, percuteur déjà relevé. Elle n'a eu qu'à appuyer sur la détente. Elle a ôté ses gants de latex à son tour, d'un geste parfaitement rodé et machinal, schclaclac. Plus doux qu'un coup de feu avec silencieux.

— Alors vous ne pouvez pas beaucoup.

Je ne devais pas me démonter, fallait que je sorte du trou,

d'une manière ou d'une autre. Je n'avais pas d'autre choix en main. La quinte flush avait été suivie d'une paire de sept. Fallait se taper une petite montée au front.

— Vous avez pris des photos précises de... tout ça ?

Carole Epstein a agité son masque de protection le long de son index, une main sur la hanche. Elle me jetait un regard condescendant, comme on jette un os à un chien.

— Incroyable, non ? Nous n'avons même pas attendu que vous fassiez référence à tous ces *petits détails* au juge. J'ai pris sur moi la responsabilité de l'investigation poussée que j'ai demandée en vain. Les clichés ont été envoyés aujourd'hui. Vous les aurez demain.

— Merci, ai-je fait.

— Il n'y a franchement pas de quoi. J'ai juste fait mon boulot.

L'allusion me perçait la cuirasse comme aucun commissaire, divisionnaire ou non, n'aurait pu y parvenir.

Je voyais qu'elle m'invitait maintenant, de par sa simple attitude, à ce que je rentre dare-dare à la Préfecture informer mes collègues de la nature exacte du crime.

J'observais ses yeux noirs, ses longs cheveux noirs, sa longue robe noire. Elle était belle.

J'avais l'air d'un pauvre con qui cherchait à sauver la face.

— Je retrouverai cet enculé, j'ai juste dit avant de tourner les talons.

Desjardins me regardait. Foudrach me regardait. Clébert me regardait.

Ce qui se lisait sur leur visage c'est l'effarement de l'homme devant l'irruption de ce qu'il ne peut comprendre ni même imaginer, parce que cela va à l'encontre de ses présupposés les plus profondément ancrés, ceux qui, même pour des flics endurcis et qui ont vu toutes les faces du crime qui se nomme « homme », appartiennent à l'ordre de l'inconnu. C'est un effarement bien spécifique. Car il consiste à être placé devant un au-delà mystérieux qui dépasse non seulement notre intellect et ses facultés d'abstraction mais surtout tout ce que notre expérience sensible essaie de nous apprendre depuis que nous sommes au monde. Essayez donc d'expliquer que la Terre est ronde et qu'elle tourne sur elle-même, et non seulement cela mais autour du Soleil, alors que l'ensemble des données de notre vie sensible quotidienne nous enseigne tout le contraire. Vous pouvez aisément partir en flammes sur un bûcher. J'étais, oui, je dois le reconnaître, à cette minute, j'étais un peu, à mon humble mesure, Galilée tentant d'expliquer le mouvement des corps célestes à ses contemporains.

Il m'avait fallu tout le voyage du retour jusqu'à Créteil pour bien m'imprégner de la nouvelle configuration. Dire que j'avais eu la carte sous les yeux durant des jours, dire que j'avais même pu disposer d'une archive vidéoscopique de tout le décor. Dire que j'étais en possession d'un doctorat de psychopathologie criminelle.

Oui, je suis là dans ce bureau de la Préfecture alors que le jour décline doucement, comme un doux linceul de mousseline se posant sur la lumière d'un berceau, où gît un enfant mort.

Desjardins me regarde, d'un air hébété, sa Gitane est restée collée à son bec, auparavant il a carrément englouti d'un seul coup une petite bibine-échantillon de Vat69.

Foudrach me regarde, silhouette incertaine, mal à l'aise. Son carnet de notes bleu police reste suspendu au bout de ses mains, comme en état d'apesanteur.

Clébert me regarde, son café brûlant reste immobile dans sa tasse, on ne peut discerner en lui aucun mouvement. C'est comme si le temps s'était arrêté en ce qui le concerne.

Et en ce qui me concerne aussi.

Cet instant fait partie des instants qui, sans annonce aucune, peuvent détruire un univers entier.

Desjardins s'anime vaguement sur sa chaise, je ne l'ai jamais vu aussi pâle, il éteint sa Gitane et en rallume une autre, d'un geste pas tout à fait aussi sûr que d'habitude.

— Vous dites que le médecin légiste est d'accord avec votre théorie ?

La rencontre avec Epstein m'a laissé un méchant goût de cendre dans la bouche. Le goût de la défaite avalée de force, de la honte bue jusqu'à plus soif, le goût du dégoût. Le dégoût de soi-même. Mais maintenant, je peux *compenser*. Je peux expliquer ce que j'ai vu, j'en connais l'importance, et je sais pourquoi Epstein a insisté pour que je me rende à l'Institut. Je peux à mon tour faire valoir une relative supériorité. Je me trouve au même moment grégairement stupide, et sans aucune alternative.

— Il ne s'agit pas d'une théorie. Je l'ai vu, c'est clair et net. La dissection de Carole Epstein a été totale et il n'y aucun doute possible. Et demain vous recevrez ses clichés et son nouveau rapport. Il est parfaitement explicite.

Desjardins a poussé un soupir accompagné d'une grosse bouffée de fumée bleue.

— Je connais le juge Verdier, il est bien, mais très à cheval sur les principes.

J'ai poussé une sorte de soupir à mon tour.

— C'est possible. Notre gars aussi, visiblement, a des principes.

Le silence.

Relatif.

La bande-son des machines à écrire, des téléphones, des ascenseurs, des voix, entremêlés comme sur une table de mixage sans contrôle, est toujours là, en contrepoint.

C'est Foudrach qui reprend le contrôle de la situation et qui essaie de synthétiser l'impensable.

— En fait, si je pige bien le truc, il a essayé de la *rendre vivante après l'avoir tuée* ?

Il essayait du mieux qu'il pouvait d'exprimer l'incompréhensible.

Je l'ai regardé sans ciller. Maintenant, il savait que je venais d'entrer dans la cour des grands. Je pouvais y aller sans complexe.

— Non, il l'a tuée *pour* essayer de la rendre vivante. Je crois fermement qu'il procède à des expériences.

CODEX DES OPÉRATIONS

Thanatologie. Vaudou. Industrie.

Tels étaient les trois mots clés que j'avais écrits avec un gros marqueur rouge sur une feuille de papier A4, avant de la punaiser sur une cloison de liège, juste en face de mon ordinateur, au bureau de la Préfecture. J'en avais ensuite fait une photocopie, puis d'autres encore et plus tard, je les avais scotchées sur le mur près de la fenêtre, chez moi, devant mon petit secrétaire qui donnait sur la rue des Carrières. À chaque fois que je levais les yeux de mon clavier, où que je sois, et que mon regard cherchait à s'échapper au dehors, il ne pouvait manquer de rencontrer les trois mots, et de me renvoyer à l'énigme qu'ils nous posaient.

J'étais l'homme placé devant le Sphinx, nu, sans la moindre sandale pour se protéger du sable brûlant du désert, le crâne livré aux rayons du soleil, et je devais rester debout face à lui, et j'avais le droit de prendre des éternités entières pour lui répondre, des éternités à me consumer sous le feu de l'astre multimillénaire, les pieds comme plantés dans de la braise.

Il apparaissait de plus en plus clairement à ma conscience qu'une anthropologie clinique du crime en tant que phénomène coévolutif à l'humanité restait à entreprendre. L'araignée tisse sa toile selon les déterminismes ontiques qui la font araignée, l'homme avait sécrété ses techniques avec autant de naturel que l'épeire produit son délicat réticule. Ses techniques, et l'ensemble des crimes qui leur sont constitutifs.

Très vite, en fait, dans la journée puis la nuit qui suivit ma terrible découverte à l'Institut médico-légal, les choses s'étaient comme violemment agrégées dans ma tête. Cela avait pris la forme fatale d'une masse critique, comme brusquement obtenue après qu'un simplissime dispositif en eut rapproché les constituants nécessaires.

Alors, sous les trois mots clés, des listes entières furent rajoutées au fil des jours. On y trouve des locutions diverses dans le plus grand désordre, des morceaux de phrases, des bribes, comme des signaux captés depuis un navire en détresse, du milieu de la tempête :

THANATOLOGIE. VAUDOU. INDUSTRIE.

Thanatos, Eros, Logos.

Technique. Expérimentation. Discours.

Techno-logique. Tekhnes : le savoir pratique et empirique de l'artisan. Logique : division du monde en termes antinomiques, d'où procède le clivage pensée/action... Aristote. Platon.

Discours logique sur un savoir-faire. Convergence de techniques autour d'une métaphysique dualiste : Mort/Vie. Être/Non-être. Unité/Multiplicité. Etc., etc.

Bonne synthèse de la métaphysique occidentale, mon prof aurait été content.

Bon, *et alors* ?

Électricité. Électricité et dispositifs électromécaniques comme substitution à l'organique. Électricité comme facteur de douleur-puissance.

Mort se substituant à la vie. Devenant plus-que-la-vie. Puissance. Différentiel. Volonté ? Impuissance ? Élévation à la Puissance. Quelque chose à voir avec l'activité propre des champs électriques ?

Le corps comme laboratoire d'un nouveau type de langage.
Connexion. Connectique. Robotique.
Géographie, géomancie, magie.
Alchimie : séparer, purifier, réunir.
Énergie. Sources d'énergie. Origine.

Symbolique spécifique organisée autour d'une représentation particulière de la zone industrielle.

Carte. Carte et territoire.

Topologie : centrale EDF en activité. Centrale Arrighi désaffectée. Enclos des transformateurs. Trinité : Vie/Mort/Une Forme intermédiaire ?

Circuiterie symbolique : les rails du chemin de fer qui relient les trois formes.

Cercle sacré. Initiation. Passage.

Rituel nécromancien dédié à la puissance industrielle, totems : les usines. Ou plus précisément : les centrales d'énergie.

Le chemin de fer : passerelle. Interface. Le Styx.

Le corps de la victime comme re-création du vivant.

Bricolage. La technique, toujours. Comme activité démocratisée.

Le corps de la fille comme médium ?

Médium, média, médiumnie.

Exploitation du corps humain comme vecteur de communication.

Communication-média-publicité. Terrorisme généralisé de la marchandise. Négation positiviste du Néant.

Production. Productivité. Produit. Les victimes sont localisées au point de convergence.

Opérations. Chirurgie. Biopolitique.
Cybernétique. En grec : science de la navigation.
Navigation : déplacement mais aussi REPÈRES.
La carte, à nouveau.

Substitutions organes-machines : se souvenir que « machine » vient du mot grec signifiant ruse, stratagème.

Diversion ? Transversion, plutôt.

Machine, organe. Se souvenir du Corps sans Organes. Schizophrénie ?

Condensation symbolique : LANGAGE ?

Logos, encore une fois. Connaissance. Transmission. Secret.

Exposition du corps : zone psychologique étrangement limbique. En formation peut-être. Le corps a été révélé au grand jour, mais ENVELOPPÉ dans un sac-poubelle, et les mobiles réels sont *contenus* à l'intérieur du corps. Le corps est donc un réceptacle autant qu'un instrument de communication. Il est fermé-ouvert. Caché-dévoilé.

Incubations successives du message dans le médium, et incubation générale du médium dans le message : le corps en tant que « zone d'impact de la technique » est restitué à sa source première, mais au travers d'un jeu de significations se recouvrant les unes les autres. Mise en scène...

Théâtre. Jeu. Divinité. Se rappeler que pour les Anciens, le Spectacle était une invention des Dieux.

Spectacle : invention destinée à camoufler la vérité du media.

Crime : média destiné à instaurer la domination du Spectacle.

Articulation spécifique du mode Secret/Exposition : cercles concentriques, couches, circonvolutions, retournements paradoxaux.

Courant-circuit-électricité : continu/discontinu. Dialectique ?

Électricité comme procédé d'écriture non métaphorique.

Code. Inversion. Transversion. Oui, déjà dit.

Je me souviens alors de ce que m'a raconté un jour un vieux médecin légiste passionné de taxidermie, quand j'effectuais mon stage à la morgue.

Les empailleurs, m'avait-il dit, se servent des corps d'animaux morts pour leur redonner vie. *C'est cela le but esthétique premier de tout taxidermiste : redonner vie à un corps mort.*

Redonner vie aux corps.

Ne pas oublier le langage strictement non métaphorique du tueur. Le mot EST la chose.

Si centrale EDF = vie, et centrale Arrighi = mort, alors quel est le troisième terme ?

L'enclos des TRANSFORMATEURS.

Cycle de transformation, voilà le troisième « terme ». Mythologie personnelle fabriquée autour de ces figures depuis au moins l'adolescence selon moi.

Dans le même continuum de cette réification absolue, et comme son contre-mouvement, TOUT EST SYMBOLIQUE.

Et selon la ligne de partage dialectique : Usine « morte »/ Usine « vivante ».

Négatif/Positif.

Valence.

Oui encore et toujours : Énergie.

Tentative de relier les deux termes par un acte dc cannibalisme psychique.

Art.

Étymologie : artifice. Proche du « stratagème », de la « machine ».

Production.

Destruction.

Transformation.

Création.

Sacrifice. Le corps comme voie d'entrée vers une nouvelle fusion matricielle/narcissique avec la Déesse-Technique.

Corps de la victime : vecteur objectal CHARGÉ de signes et de techniques/langages permettant la réalisation de la fusion. Véhicule. Navigation, à nouveau. Passage. Le Livre des Morts.

Véhicule : donc acte religieux. Religion-relier-relation. Le lien non métaphorique des rails et de l'électricité. *Relation* devenue totalement *réifiée*.

Circuit fermé. Forclusion en cours. Psychose en développement sur bases sociopathiques refoulées, puis assumées.

Élément déclencheur : destruction programmée de l'usine Arrighi ? Probabilité à ne pas écarter.

Vécu métaphysique du tueur : domination de l'immanence sur toutes choses en ce monde, donc immanence de sa domination sur toutes les formes de vie.

Problème de la Narration. Problème de l'Histoire. Non-Histoire ? Non-Narration ?

Territoire. Géographie. Graphie. Inscriptions. Transcription. Cryptage.

L'industrie comme biotope révélé à sa nature sauvage.

L'électricité comme influx naturel de ce biotope.

La carte et le territoire, encore une fois.

Territoire sacré des usines. Carte sacrifiée des corps. Échange symbolique mais non métaphorique. Pas de métonymie : tout est toujours renvoyé au « réel », donc au Même, à savoir sa volonté de substituer à la chair morte un automate vivant.

Généalogie spécifique à déterminer.

Est-ce vraiment le premier crime ?

Investigations à conduire d'urgence :

Crimes non résolus à caractère psychosexuel s'étant déroulés près de zones industrielles et en particulier près de centrales de production énergétique.

Crimes non résolus à caractère psychosexuel s'étant déroulés à proximité d'anciens centres industriels promis à démolition.

Crimes non résolus à caractère psychosexuel présentant la trace d'insertions d'objets à dominante technique.

Croiser les fichiers.

Nucléaire. Hydro-électricité. Charbon. Gaz. Pétrole.
SE PROCURER LES CARTES DES RÉSEAUX.

Il n'avait guère fallu de temps pour que mon esprit aimante mon corps vers un des livres de ma bibliothèque, ou de ce qui en tenait lieu, à l'époque. Un de mes livres d'adolescence, un de ceux qui avaient en quelque sorte forgé mon imaginaire.

L'Ève Future, de Villiers de L'Isle-Adam s'était donc un soir retrouvé entre mes mains. Je n'avais pas relu ce livre depuis des années, et très vite, au fil des pages, j'avais eu l'impression d'être un *Titanic* rencontrant un iceberg caché sous l'océan arctique de la vie.

Dans *L'Ève Future*, Villiers de L'Isle-Adam accomplit l'exploit littéraire d'inventer un genre, la « science-fiction », en la dégageant d'entrée de jeu des présupposés scientistes courants à son époque, et qui avaient enfanté des Jules Verne ou des Ernest Renan, tout en parvenant à un degré de style et de métaphysique authentique qu'aucun auteur fantastique, ou presque, n'a depuis su réunir.

Dans ce roman, Villiers fait intervenir Edison lui-même, père de l'Électricité, décrit comme une sorte d'inventeur américain à la fois mystique et prodigieusement inventif, en fait une sorte d'Hermès Trismégiste du XIXe siècle finissant.

Pour venir en aide à un ami, inconsolable devant l'absolue beauté de son amour, qui est proportionnelle à sa bourgeoise sottise, Edison en vient à lui proposer l'impossible, et à le décider à en accepter les termes : grâce à la Science, à l'Électromagnétisme comme à la synthèse chimique, Edison va produire, « ex nihilo », une « Andréide », une « Androsphynge », une Femme Artificielle, dont le mérite incomparable sera de n'avoir aucune « conscience » propre, mais plutôt un flux d'énergie épousant sans cesse, voire les devinant, les désirs les plus secrets de son amant.

Ce golem féminin était réalisé par Edison lors d'une expérience qui rappelait très précisément la création de l'homme par Dieu dans les premiers versets de la Genèse. Une longue opération, qui tenait à la fois du grand œuvre alchimique et de la technologie la plus avancée, était engagée par le « Savant Électricien » pour parvenir au prodige. Plusieurs chapitres étaient consacrés à la confection de la chair, des os, des cheveux, des organes, des sens eux-mêmes, puis enfin, il décrivait comment, grâce à une sorte de « double », la créature était animée non pas « d'une conscience, mais d'un esprit – car elle est imbue de nos deux volontés, s'unifiant à elle, elle est pure dualité ».

Et Edison rajoutait : *Hélas ! Il faut un troisième vivant pour que le Grand Œuvre s'accomplisse !*

Au début du Livre cinquième, dans un chapitre intitulé « Première Apparition de la Machine dans l'Humanité », Edison décrit lui-même le processus :

« L'Andréide, dit-il impassiblement, se subdivise en quatre parties :

1° Le Système vivant, intérieur, qui comprend l'Équilibre, la Démarche, la Voix, le Geste, les Sens, les Expressions-futures du visage, le Mouvement-régulateur intime, ou, pour mieux dire « l'Âme ».

2° Le Médiateur-plastique, c'est-à-dire l'enveloppe métallique, isolée de l'Épiderme et de la Carnation, sorte d'armure aux articulations flexibles en laquelle le système intérieur est solidement fixé.

3° La Carnation (ou chair factice proprement dite) superposée au Médiateur et adhérente à lui, qui – pénétrante et pénétrée par le fluide animant – comprend les Traits et les Lignes du corps imité, avec l'émanation particulière et personnelle du corps reproduit, les repoussées de l'Ossature, les reliefs veineux, la Musculature, la Sexualité du modèle, toutes les proportions du corps, etc.

4° L'Épiderme ou peau humaine, qui comprend et comporte le Teint, la Porosité, les Linéaments, l'éclat du Sourire, les Plissements-insensibles de l'Expression, le précis mouvement labial des paroles, la Chevelure et tout le Système-pileux, l'Ensemble-oculaire, avec l'individualité du regard, les Systèmes dentaires et ungulaires. »

En une seule nuit blanche, j'avais compris que la relecture, encore partielle et rapide, de ce livre devait me conduire quelque part. J'avais noté dans un coin de mon carnet de notes, ma naïveté était confondante : « Rechercher dans les bibliothèques publiques du département les prêts récents de *L'Ève Future*. »

Littérature de semi-rêveries nocturnes. Écho de la pensée-radar contre les murs de son propre crâne. Singe-flic cherchant à atteindre l'étage supérieur de la bibliothèque, persuadé que son agilité pour grimper dans les arbres lui sera d'un quelconque secours pour *atteindre* les volumes de philosophie du plus haut rayon. Bribes de ce qui ne peut être dit, ni entendu. Langue fractale. Sabir de la pensée conduite jusqu'au bout du tunnel, et se rendant compte qu'il n'y a pas de bout, comme le rat de laboratoire, cherchant sans fin une sortie au dédale expérimental dont il est le cobaye et devant trouver une forme de langage pour décrire son expérience.

Voilà où j'en étais.

Mais je me souvenais vaguement du mot de Nietzsche concernant les monstres, et leur regard dans lequel on ne peut plonger sans en devenir un à son tour.

En face de moi, j'avais un monstre.

Au sens le plus strict du mot, étymologiquement parlant : celui qu'on *montre*, voire : *celui qui se montre*. Et qui pour cela doit d'abord se dissimuler.

Je devais devenir *monstre* à mon tour, et pas qu'à moitié. Je devais affronter son regard, plonger en lui, y faire mon horrible travail de technicien de la mort, et pour cela le vaincre selon les règles de MON jeu, car en retour, je devais apprendre à me *montrer*, tel que j'étais vraiment, à moi-même.

Je devais lui broyer les couilles. Avec un putain d'étau. Et je devais au préalable assurer l'entraînement sur moi-même.

Ainsi, alors que débute pour de bon mon enquête, en cet

automne 1991, et que déjà les feuilles des grands platanes jaunissent dans le vrai monde, s'ajoute dans mon cube de survie la collection des clichés médico-légaux de Carole Epstein. J'en ai fait des photocopies couleur dans une boutique spécialisée, pas très loin de la Préfecture, un jour tranquille, à l'heure du déjeuner.

Maintenant, non seulement elles se trouvent dans le classeur suspendu d'un des tiroirs de mon bureau, au SDPJ de Créteil, mais elles ornent les murs de mon petit espace de travail personnel.

Les photos.

Leur exposition sur les murs de ma chambre, devenue en vingt-quatre heures musée de la technique criminelle, tout autant que catalogue du crime technicien, ne doit pas être considérée comme l'expression d'une simple fascination pour la mort, pour la chair violentée par l'intrusion objectale des instruments, et deux fois de suite.

Non, observons-les, je vous prie, rien qu'un instant.

Oui, observe-nous, me disent-elles en continu, n'oublie jamais l'âme qui a été violée ici.

Voici ce qu'elles nous disent, contemplez ce qu'elles nous apprennent :

D'abord, l'homme a pratiqué quelques agressions sexuelles de diverses natures sur la jeune fille. Il s'est servi pour cela d'objets cylindriques qui n'ont pu être franchement identifiés. Mais il est clair que ce n'était absolument pas le but final de l'opération. En réfléchissant un peu (c'est-à-dire en fabriquant un miroir mental dans lequel c'est l'Autre qui SE réfléchit en vous-même) vous parvenez à une alternative assez affligeante : soit l'homme a « profité » de l'occasion qui lui était ainsi donnée de s'offrir un petit « extra ». Soit il a tenté un peu maladroitement de brouiller les pistes. Soit, proposition du tiers inclus, il s'est dit que les deux feraient l'affaire.

Ensuite, deuxième phase : le tueur a pratiqué un certain

nombre d'anesthésies locales, puis de larges ouvertures dans le corps, à l'intérieur duquel il a installé son dispositif.

Enfin il a fait fonctionner son dispositif qui a probablement tué la victime (qui de toute façon ne pouvait survivre très longtemps au traitement chirurgical qu'elle venait de subir) pour la transformer en une sorte de poupée robotisée.

Les clichés de la seconde vague sont très explicites : un ensemble de puces électroniques et de petites cartes imprimées sont reliées par une connectique de bric et de broc, protégée par des gaines de Nylon, un peu de fibres optiques, de petits servomoteurs, des circuits logiques, des pinces et des articulations métalliques, le tout logé depuis le cervelet jusqu'aux ovaires.

La troisième série de clichés montre le corps avant que Carole Epstein ait procédé à sa seconde intervention. Il a été nettoyé et soumis à une première inspection en règle.

Et l'on voit nettement, bien plus que sur ma vidéo originelle, ce qui a décidé le médecin légiste à ne pas attendre la réaction de notre bureaucratie :

La plupart de ces ouvertures, opérées avec une précision chirurgicale, et qui ont permis l'ablation des organes et leur remplacement par l'appareillage électromécanique, ont ensuite été recousues avec des agrafes et du fil médical, et avec une grande minutie.

La toute première série de clichés montrait le corps quelques minutes après son arrivée à la morgue, prise par un assistant qui n'avait pas le sens létal du cadrage de Carole Epstein, elle ne donnait à voir rien de plus que ce que mon caméscope avait enregistré ce matin-là.

En revanche, elle permettait de placer un point d'interrogation au terme de l'exposition des atrocités.

Il fallait la remonter à rebours pour y comprendre quelque chose :

Le tout premier jeu de photos montrait que certains organes avaient été ôtés pour être remplacés par des dispositifs techniques bien particuliers. Si elle avait été énucléée, par exemple, c'était pour permettre le placement de deux lentilles optiques tirées d'un autofocus de marque Minolta que je ne n'avais pas pu discerner sur le visage tailladé et ensanglanté de toutes parts, le premier jour, et que la définition de la caméra n'avait pas su saisir.

Les poumons n'avaient pas été enlevés (à la différence des viscères, par exemple, qui eux n'avaient été remplacés par rien), mais on leur avait implanté une mémoire EPROM et un micro-mécanisme asservi fonctionnant avec deux petites piles au lithium qui permettait sans doute aux deux masses pulmonaires de continuer vaguement à « fonctionner ».

Un système analogue avait été monté en direction des muscles de la mâchoire. Une dérivation courait ensuite jusqu'aux lentilles Minolta le long d'un tunnel creusé à la fraiseuse dans les os du cou et par la cloison nasale. Un autre appareil, doté d'une petite pompe visiblement bricolée maison à partir d'un pacemaker usagé avait été substitué au cœur, ou plutôt, là encore on avait tenté de le « greffer » à certaines parties du muscle cardiaque, en échange de quoi on avait pratiqué l'ablation de quelques-unes de ses parties fonctionnelles. On trouvait aussi un réseau de câbles qui se plantaient directement dans la moelle épinière, au niveau de la troisième lombaire. À ce que Carole Epstein comprenait, tous ces dispositifs avaient probablement pour but l'activation post mortem d'un certain nombre d'« organes vitaux » de la victime. Mais aucun membre de son équipe n'était parvenu à refaire fonctionner le mécanisme.

On pouvait se dire avec une relative certitude que les deux composants retrouvés et restés indéchiffrables, sous leurs pochettes de Vinyle, contenaient précisément le programme et les données permettant au mécanisme de se mettre en route.

À l'intérieur du corps sans plus le moindre organe, avait été cachée volontairement une clé, un système de déchiffrage.

Un code.

En revanche, lorsqu'on arrivait à l'autre terme de l'énigme, on ne pouvait qu'être surpris par tant de sauvagerie, après une telle méticulosité scientifique : car on s'était ensuite exténué à mutiler et à frapper le corps de toutes les façons imaginables. Les photogrammes très précis de Carole Epstein le montraient d'eux-mêmes, pour qui savait les lire : la plupart de ces blessures avaient été infligées post-mortem, parfois plus de vingt-quatre heures après la mort, les coups au visage, les traumatismes et fractures aux membres supérieurs et inférieurs, les lacérations diverses, comme la strangulation : le visage ne montrant aucun signe évident d'asphyxie.

L'hypothèse là encore oscillait entre deux centres de gravité possible :

— Le type avait voulu brouiller les pistes.

— Le type n'avait pu contrôler sa rage sado-sexuelle meurtrière et pour une raison ou une autre, il s'était défoulé sur le corps.

— L'hypothèse du tiers inclus permettait de se dire que là encore il avait agi selon les deux principes.

Je penchais personnellement pour la seconde hypothèse dans ce cas-ci comme dans la question précédente. Je ne voyais pas pourquoi le tueur chercherait à « brouiller » des pistes alors qu'au contraire il était évident que nous découvririons son ingénieuse installation bionique pour jeune fille assassinée et que c'était très probablement le but recherché. Si « pistes » il y avait, elles étaient peut-être « cryptées » par les motivations les plus secrètes du tueur, y compris pour lui-même, pas par un brouillage improvisé et mal calculé.

Notre type était un gars à la méticulosité chirurgicale. Un technicien très efficace, patient, intelligent, dont la « rationalité » était en quelque sorte devenue l'expression ultime de sa propre personnalité égomaniaque. S'il avait voulu « brouiller » quelque chose, il n'aurait pas laissé le sac en plein milieu de la ligne de chemin de fer.

D'autre part, ce que je connaissais des psychopathes violents me laissait supposer une occurrence possible : quelque chose, probablement, ne s'était pas passé comme prévu dans le plan de notre joyeux chirurgien amateur. La poupée électromécanique n'avait pas fonctionné selon ses prévisions – elle n'était pas revenue à la vie – et, après l'avoir recousue, comme convenu sans doute selon ses plans, il y avait épanché plus tard sa frustration.

Puis un soir je m'étais demandé si toutes ces oppositions dialectiques ne recouvraient pas un troisième terme, plus impénétrable encore, plus profondément caché sous la mémoire des choses, et la géologie des événements.

DESTRUCTION INCORPORATED

Dans l'après-midi qui précéda la destruction de l'usine Arrighi, je me rendis au studio-mobile de Nitzos, sous l'autoroute, avec le désir d'en finir au plus vite, j'étais en harmonie avec le monde. Il restait quelques cassettes résiduelles à visionner, une petite dizaine en tout, mais je devinais déjà que la vérité se situait dans un pli mystérieux de ce processus de visionnage intensif plutôt que dans le contenu même des images, en fait, sur le plan fonctionnel, je validais un processus de routine servant à protéger la Machine d'une éventuelle procédure ultérieure. Je pouvais en profiter pour en savoir plus sur Paul Nitzos. Je pouvais en profiter pour avancer vers l'abîme.

Une bonne semaine de confinement dans un espace saturé de câbles, de machines, d'écrans, d'ozone, et dans l'odeur caractéristique des lieux clos, chauds et un peu humides, ça finit par créer des liens. Ou par conduire à l'homicide. Les cosmonautes russes en savaient un bout sur la question.

Ce jour-là je m'étais rendu jusqu'à la friche en bordure de l'autoroute un peu après midi. Le temps était pluvieux, le ciel était bas, gris, neutre et d'apparence aussi létale qu'un gaz de combat.

La ville, carcinome plat, a envahi l'horizon, mais en retour l'horizon est venu jusqu'à elle, érigeant une muraille de nuée.

Telle est la vérité du mois d'octobre 1991. Tel est le monde alors qu'il est midi.

J'avais roulé depuis Créteil. J'avais pris la bretelle de sortie menant à la ZAC de Rungis. J'avais tourné sur la route d'accès aux grands hangars. J'avais franchi le caniveau sur le petit ponton de béton. J'avais roulé sur cinquante mètres de goudron. J'avais senti la R19 patiner dans les flaques de boue.

J'étais arrivé en vue du cabanon.

Il y avait un autre van, de couleur bleu pastel, garé juste à côté du Chrysler de Nitzos.

Au moment où je débouchais à leur vue, la porte du studio-mobile s'ouvrit et je vis Nitzos en sortir, suivi de deux hommes que je n'avais jamais rencontrés auparavant.

Ils s'étaient retournés vers moi et avaient attendu, impassibles, que je vienne me garer à leur côté. J'étais sorti de la voiture et j'avais esquissé un sourire à l'attention de Paul Nitzos en m'avançant vers eux.

Nitzos m'avait tendu la main et je l'avais serrée.

— Mes associés, avait-il dit en me présentant d'un geste les deux hommes.

Mon sourire de sale flic était armé. En moi les animaux et l'autoroute, avais-je pensé.

En moi la glace de la vérité, en moi le feu du crime.

— Je suis né sous une bonne étoile.

— Pourquoi dites-vous ça ?

— J'ai quelques questions à leur poser.

J'entre à leur suite dans le cabanon.

Surprise. Il est vide ou presque. Toutes les machines d'importance ont disparu, ne reste qu'un vieux micro-ordinateur Commodore et des câbles, ainsi que le lit de camp, la gazinière, la table de Formica, les deux fauteuils de bureau et les chaises de plastique.

Le cabanon, soudainement, a doublé de volume.

Nitzos devance ma question :

— Tout pète demain, vous le savez, on a déménagé le matériel dans la camionnette de Kris, on passera la nuit sur place, on a jusqu'à l'aube pour installer notre bordel à l'intérieur de l'usine.

Alors j'observe le gus en question, Kris, Kris Novak, puis le second, Willy, Willy Van Dercken.

Mon cerveau est en mode enregistrement-police, j'épouse la nuée grise qui prend possession de la ville-corps.

Je sens en moi une immense distance se creuser avec les êtres humains, comme avec la plupart des choses qui peuplent cet univers. Je ne devine pas encore à quel point le processus en est tout juste à son point d'engagement, je ne devine pas encore tout ce que cette distance est en train de remplir en moi, je ne devine pas encore la présence du Mal.

Alors j'écoute, j'écoute et j'apprends. Je dévore les informations comme une bande magnétique, en une suite d'impulsions :

Kris et Willy viennent de Belgique / Kris est infographiste et vidéaste comme Nitzos / Willy a été pilote d'hélicoptère durant la guerre du Golfe c'est lui qui a piloté l'hélico de location pour les prises de vues aériennes / Kris Novak assistera Nitzos pour la réalisation du film de l'implosion de l'usine / Willy a supervisé les relations avec l'équipe de dynamitage / Kris et Willy vivent à Bruxelles mais en fait Kris partage son temps entre Belgique, Andalousie et Goa / Willy va maintenant se chercher un job sur les plates-formes offshore de la mer du Nord ou du golfe de Guinée / Kris est de l'âge de Nitzos, mon âge, Willy est un peu plus jeune / Non, ils n'ont rien vu de bizarre, oui ils ont des alibis pour la nuit du crime / Oui, ce soir ils travailleront tous les trois à installer les caméras / Non, Kris n'a jamais rencontré Danglevert ni aucun des autres membres de l'équipe de décontamination / Willy a rencontré Danglevert une fois avec Jacky Weiss / Jacky Weiss est le chef de la société de dynamitage Pyrotech, c'est elle qui supervise tout le processus technique de l'implosion / Non, Kris et Willy n'ont rien d'autre à m'apprendre.

Jacky Weiss et sa société sont sous la loupe de Clébert et de Julien Bordas, mais pour le moment rien ne ressort des interrogatoires.

Alors je suspens mon mode *record* psychique pour un instant. Une ombre inconnue vient de s'abattre sur ma conscience. Je constate que je n'apprends rien.

Pour le moment ce n'est encore que l'ombre d'une sensation, à peine un pressentiment, plus vague encore qu'un déjà-vu, juste la persistance rétinienne d'une image qui ne s'est pas encore formée, un petit paradoxe fixé à mes intestins, nématode parasitaire qui ne demande qu'à croître à mes dépens.

Quelque chose d'invisible sabote mon enquête, quelque chose qui vit en moi.

— Quand avez-vous monté votre boîte ?

Nous sommes seuls maintenant, Willy et Kris sont repartis avec la camionnette bleu pastel pour aller prendre des cassettes vierges chez Turbocom, puis ils iront garer la camionnette dans l'enceinte de l'usine, Jacky Weiss les attend.

Mon cerveau semble vouloir à tout instant revenir à ses modes de tension les plus fulgurants. Mais désormais un doute plane en moi, nuage oraculaire en intorsion.

Je suis peut-être en train de faire foirer toute cette enquête. Peut-être suis-je en train de suivre une voie de garage, peut-être suis-je engagé sur la pente de l'échec, peut-être suis-je en train de poursuivre un rêve.

Nitzos allume une Player's sans filtre et m'en tend une, je décline gentiment. Mon regard lui indique que j'aimerais qu'il réponde à ma question, mon sourire traverse mon propre visage comme de la gaze.

Un peu de fumée virevolte au-dessus de nous. Dehors, la lumière est toujours grise.

— Destruction Incorporated ? Oh, il y a moins d'un an. Ça s'est fait en deux phases. Je connaissais un gars de chez Pyro-Tech, la boîte de Jacky Weiss. Un jour, en mai 89, il m'a dit que son patron était sur le coup d'une vieille usine qu'on allait faire sauter dans le nord de la France, et que le Conseil régional du coin voulait archiver le truc, alors je l'ai filmée, puis vu que ça s'est bien passé, Jacky m'a engagé sur d'autres coups, puis l'an dernier, juste pendant la guerre du Golfe...

Plusieurs secondes se sont écoulées sur le moniteur de son Commodore où ne brille qu'un écran noir, et cette horloge digitale qui découpe le temps jusqu'au centième de seconde.

Oui, le temps de plusieurs insufflations et exsufflations de nos poumons, dont les volumes de gaz carbonique se sont entremêlés. Nitzos et moi sommes en cours de synchronisation, et nous nous synchronisons tous deux sur l'afficheur numérique de son ordinateur désormais solitaire.

— ... Ouais... donc l'an dernier pendant la guerre du Golfe, Jacky m'a contacté parce qu'un mec, en ex-Allemagne de l'Est, venait de racheter une vieille usine pour pas un rond, et qu'il voulait la détruire au printemps, ou du moins détruire un des grands bâtiments, trop vétuste, sans toucher au reste, la spécialité de Jacky, le tout pour en faire un complexe discothèque de luxe. Le gars voulait qu'en plus de filmer le truc comme d'habitude, on projette une sorte de vidéo show pour mettre en scène l'implosion. Ce que j'ai fait.

Alors, en l'espace d'un instant incalculable, le temps s'est fracturé en moi. Je me suis revu dans l'usine berlinoise, j'ai revu Milena et Maroussia dans le clair-obscur des sous-sols du rêve est-allemand, j'ai entendu de nouveau le bruit de la foule et du Mur qu'on abattait, et j'ai alors vu l'usine de notre nuit d'amour se transformer en une gerbe de feu, et un tas de ruines fumantes.

Une bouffée de Player's était venue flotter devant le souvenir d'un travelling latéral filmé depuis les voies sur berges. La centrale Arrighi apparaissait en contre-jour dans un ciel assez pur pour me rappeler qu'il lui restait à peine quelques heures à vivre, et elle apparaissait en moi comme une cathédrale intime, comme la figure de toutes les usines démolies.

Je me suis dit que tout allait bien.

— Comment avez-vous procédé ?

— Durant la guerre du Golfe je vivais... disons, de façon très solitaire, je passais mes journées et mes nuits à enregistrer les images de la guerre, grâce à mon antenne parabolique qui captait jusqu'à certains canaux arabes !

— Et alors ?

— Alors j'ai convaincu Jacky de me laisser faire, et j'ai recopié le tout sur un banc de montage numérique puis je leur ai confectionné à l'arraché une sorte de vidéo-clip d'environ trente minutes, qui a culminé au moment de l'implosion. Le show a été un énorme succès, l'Australien qui venait de racheter cette usine de Leipzig a pu ouvrir sa discothèque branchée pour les nouveaux riches du coin et il m'a carrément donné dix mille deustchmarks de rab pour que je monte ma propre compagnie. Sans que je lui demande rien. Et sans qu'il me demande rien en retour. Alors quand je suis rentré en France, j'ai dit à mon pote Kris, qui m'avait aidé pour la projection géante, que j'avais une idée, puis Jacky Weiss m'a dit que je pourrais compter sur lui, et il nous a prêté le complément. Un mois plus tard, même pas, il me branchait sur ce putain de projet de centrale Arrighi et me parlait d'un gars qu'un de ses employés connaissait et qui pourrait se joindre à l'équipe, sans compter que c'était marrant mais le gars avait été pilote d'hélico au-dessus des sables irakiens. Tout s'est enclenché très vite à partir de là. On devait être fin mai-début juin. J'ai commencé à filmer presque tout de suite...

Mais je n'écoutais plus vraiment ce flot d'informations sans consistance. À chaque instant passé je comprenais un peu plus que je n'apprendrais rien, ni sur Nitzos, ni sur rien. À chaque seconde la distance entre moi et le monde se creusait, et pour le moment seul un vide absolu venait combler la béance. À chaque pulsation de mon cœur, s'écoulaient dans mes veines et mes artères les flots sanguins de la vérité, mais il s'agissait d'un acide aux propriétés dont je me préparais tout juste à affronter les terrifiantes conséquences.

Quelques jours auparavant le monde m'avait semblé plein de significations mystérieuses, aujourd'hui il m'apparaissait gris et sans relief, comme si mon cerveau était directement connecté aux fluctuations de la météo.

J'avais fini par me dire que toute naissance impliquait la douleur même de l'arrachement au ventre matriciel.

Nitzos était un leurre, un artefact, un stratagème du monde. Il ne m'apprendrait rien sinon que je n'apprendrais rien. Il me renvoyait directement à mes impossibilités, comme s'il était en mesure, rien que par sa présence muette, ou bavarde, de nier mon existence.

Mes idées s'associèrent pour définir une sorte de triangle où les pointes étaient occupées par Nitzos, moi-même, et le tueur de la centrale.

Nitzos était un artiste expérimental qui faisait de ses négativités une production positive. J'étais un flic obsessionnel qui faisait de l'art sa face sombre et négative.

Le tueur psychopathe était un technicien obsessionnel qui faisait de ses expériences artistiques positives le sommet de la négation de toute vie.

Désormais, une idée s'imposait avec la force d'une image de guerre dans mon cerveau :

Oui, le tueur aussi était un « artiste ». Un artiste high tech. Un artiste cyborg qui transformait de jeunes vierges en poupées électromécaniques. Un artiste de la mort-technique. Un technicien de l'art-mort.

Tous les trois, d'où que nous venions, quelle que fût la destinée qui nous attendait, nous formions une terrifiante complétude.

Voici la triade chromatique du moment : noir-rouge-argent.

Couleurs de l'alchimie. Couleurs d'un nazisme pop. Couleurs des antiques vérités camouflées sous les mensonges de ferraille du XXe siècle.

L'héraldique de la vieille centrale de type soviétique se diffracte en un jeu d'images aux teintes analogues. Drapeaux et étoiles rouges sur fond de fresques réalistes-socialistes, Rodchenko, images accélérées ou ralenties de films de guerre, avec orgues de Staline en boucle, stries furieuses d'un blanc ardent dans l'obscurité de la nuit russe, spoutniks et lunokhods comme des boules glacées sur le fond noir piqueté d'étoiles plus fixes que des boulons de métal.

Noir-rouge-argent.

Trichromie du XXe siècle. Sainte Trinité de la Fin du Monde.

La musique qui accompagne le show est étrange. On a monté en boucle un extrait de l'hymne soviétique et on y a insufflé comme un orgue d'église, une sorte de battement de cœur synchronisé avec un rythme de locomotives et un lointain écho de sonar.

Nitzos, debout à côté de moi, regarde l'aboutissement de son œuvre, et l'œuvre de la destruction attendue.

— Trans-Europe Express, me souffle-t-il, enfin... à peu de chose près. On est allé chercher dans le répertoire Kraftwerk des années 70 et on a voulu y rajouter du pur bruitisme industriel... J'y ai mixé la voix de Gagarine dans son Vostok, en 61.

Je n'ai rien trouvé à répondre qui en vaille la peine.

Je me souvenais de ce vieux cliché que je gardais chez moi comme une relique dans un tiroir de mon bureau, et que je ressortais assez peu souvent de sa vieille boîte de carton. En 1962 mon père avait interviewé le cosmonaute soviétique, quelque part en Russie, dans un parc ensoleillé, entouré de membres de la nomenklatura scientifique locale. Mon père avait trente-sept ou trente-huit ans à l'époque, sur la photo on le voyait penché sur son carnet de notes et le visage facétieux du premier homme de l'espace lui faisait face, avec une bonhomie lunaire.

Les locomotives de l'Agit-prop se démultipliaient à l'infini sur toute la surface de l'usine.

Des fusées décollaient de Baïkonour depuis le toit de la grande structure rouge, surplombée de ses tubulures argent, sur le fond noir de la nuit, de plus en plus prononcé à chaque instant. C'était le bleu abyssal qui précède de peu la disparition des derniers photons.

Je suis dans le Ford Econoline de Kris Novak, le studio-mobile de Nitzos y a été réimplanté. Tout est visualisé sur une douzaine d'écrans enclavés dans une structure d'aluminium en forme de petit échafaudage tubulaire. Kris Novak et Nitzos opèrent devant une console de montage. Les écrans sont affectés à des groupes de caméras, Nitzos passe d'un plan à l'autre en jouant avec une molette.

De grands messages en cyrilliques barrent désormais l'usine de part en part et s'entrecroisent en une farandole cabalistique.

— Le socialisme, c'est les soviets plus l'électrification de la nation, me traduit Nitzos en allumant une cigarette. Une phrase de Lénine, si les mecs du Conseil général le savaient, ils en feraient une apoplexie, direct.

— Ah bon ? Je croyais que c'était encore des cocos ?

— Les cocos n'étaient pas très bons en matière de création, mais ils s'avèrent encore plus déplorables pour la mise en scène de leur destruction ! Ils n'ont jamais aimé qu'on leur rappelle les mauvais souvenirs, et maintenant ils veulent oublier même les bons. Je veux dire le bien que le mal aura malgré tout laissé en héritage. Si on m'avait laissé faire j'aurais aussi projeté des images de grands chantiers sibériens, et quelques phrases de Soljenitsyne.

— Mais vous assurez le garde-manger, ai-je cru malin de rétorquer.

— Non, je me sers de tout ce qui est utile à la survie de ma propre pensée. C'est la fin de leur époque. On peut juste faire en sorte que leur fin soit moins merdeuse que leur règne.

— Mon père a été membre du Parti de 1942 à 1968, il aurait pu vous fournir un point de vue édifiant à ce sujet.

Nitzos ne répond rien.

Puis le visage en noir et blanc de Youri Gagarine s'est imposé, immense, héroïque, sur fond rouge vermillon des photos d'époque, se fondant avec la brique de l'usine. Et une pluie d'éclairs a pris possession de son visage comme si on le perdait peu à peu dans les profondeurs de l'espace.

— Environ dix secondes, maintenant.

J'ai stupidement attaqué une sorte de décompte mental.

À trois, les bombes à hexogène m'ont devancé.

Hexogène. Dit aussi RDX. Formule complète : Cyclotriméthylénétrinitramine.

L'hexogène est un explosif chimique disponible pour des applications militaires ou des activités industrielles très particulières. Il se présente sous la forme classique de cartouches, ou de pains, mais aussi de rubans. C'est sous cette dernière forme que les experts en démolition en avaient entouré les piliers maîtres de l'édifice. L'hexogène ne produit pas tant un effet de souffle qu'un très bref mais très intense choc thermique. Sa déflagration est relativement concentrée dans le temps (donc l'espace) mais elle permet d'atteindre, sur cette petite distance, une très haute pression liée à une libération très brutale d'énergie et de chaleur. Découvert en 1899, ses premières applications datent de la Seconde Guerre mondiale, et ce n'est vraiment qu'après qu'il a commencé à recevoir ses applications spécifiques. Le travail en démolition du monde, visiblement, ne faisait que commencer. Et il avait de beaux jours devant lui.

Lorsque les rubans de RDX ont explosé, nous avons tous aperçu plusieurs dizaines de brefs éclairs orange, et entendu avec un léger délai une série de déflagrations sèches qui ont résonné comme un peloton d'exécution, nous avons eu à peine la possibilité de discerner le rythme très légèrement décalé des diverses explosions dans le temps, réglées à la microseconde près.

Les rubans d'hexogène ont littéralement sectionné chacun des piliers d'acier d'un mètre vingt au moins de diamètre. Le visage de Youri Gagarine avait quasiment disparu sous une pluie d'interférences lorsque l'usine a vacillé sur ses bases, durant le temps d'un bref mirage. Une ultime confession qu'elle avait été là, pendant un demi-siècle, rien à l'échelle géologique, l'équivalent tout juste d'une vie humaine. Elle ne semblait pas moins irréelle que les images vidéo qui l'avaient bombardée durant une demi-heure. Puis, après ce micro-instant de pur suspens frémissant, brutalement soumise aux lois de la gravité, elle s'est mise à dégringoler vers la terre, par pans entiers, les uns derrière les autres, dans une progression diabolique, et un fracas qui couvrit les ultimes échos du sonar de la bande sonore. Les murs de briques, les charpentes et les poutrelles métalliques, les colonnes d'acier géantes, les grandes fenêtres de verre dépoli, les cheminées de science-fiction, il ne fallut que quelques secondes pour tout rendre à la poussière, dans un bruit de ville rayée de la carte. La chute des tonnes de béton et d'acier s'abattant sur le sol a provoqué comme un séisme, dont nous avons senti l'onde de choc sous nos pieds, faisant vibrer l'habitacle de la fourgonnette. Aussitôt, le visage de Youri Gagarine zébré d'interférences argentées s'est déployé en plis et en surplis sur un énorme nuage gris anthracite qui s'est élevé de la zone, avec la grâce d'un champignon atomique. Les projecteurs au sodium braqués sur les lieux y injectaient des reflets d'un orange-feu métallique. La trichromie sacrée était préservée.

Puis tout s'est éteint. La nuit a pris possession des lieux, sans rien demander à personne.

Le nuage a gonflé, gonflé, gonflé dans l'atmosphère, jusqu'à obscurcir un vaste pan du ciel désormais nocturne, masquant les étoiles tout juste apparues. Poussé par un vent capricieux qui s'était levé avec la tombée du jour il prit une ampleur imprévue, envahit et dépassa le périmètre de sécurité, devançant la réaction des pompiers et des gendarmes de service qui disparurent instantanément dans la masse fuligineuse, puis comme une coulée ardente dévalant les pentes d'un volcan, il traversa le fleuve en un rien de temps, nous prenant tous par surprise.

Le titan de poussière s'évapora doucement au-dessus de la ville, et des hommes qui s'ingéniaient à la détruire.

Destruction *Incorporated*. Je comprenais mieux à présent :

Dans le Ford Econoline, Nitzos et Novak avaient comme mission de coordonner le mieux possible tout le bousin, et surtout, plus important encore, d'enregistrer en direct l'effondrement de l'usine depuis l'INTÉRIEUR.

Pour cela, Nitzos avait obtenu l'achat de seize caméras de surveillance noir et blanc d'occasion destinées au sacrifice. Avec Jacky Weiss et son équipe ils ont supervisé le placement des caméras aux endroits stratégiques, sur chaque étage de la structure, et à ses quatre coins. Puis Novak, vidéo-DJ de profession, a mixé en direct les trois ou quatre secondes fatales à partir des images qui lui parvenaient de la catastrophe programmée.

Chaque caméra put envoyer un flash d'une, parfois deux ou trois, et plus rarement encore quatre ou cinq toutes petites secondes.

Après : black-out. Mort en direct de la machine. Bruit blanc cathodique-noir parasité.

À chaque fois, un morceau particulier de la destruction, un morceau de son espace-temps spécifique, avait été découpé par l'objectif et renvoyé en direct au central de Novak, se terminant par la neige cathodique du néant vidéo. Image qualité télé, sans plus, avec la sanction de la seule réalité d'aujourd'hui. L'impression de réel, donnée par la mauvaise bichromie des caméras de surveillance, accentue le paradoxe éminent. Les caméras ont juste le temps d'enregistrer leur propre destruction et elles se relaient ainsi, d'étage en étage, de section en section, selon la logique propre au programme de dynamitage dans une mise en scène d'apocalypse. Les mises en écho et les diffractions numériques en font un ballet de structures abstraites dont l'effondrement semble mis en boucle pour l'éternité. Kris Novak regarde alors Nitzos, dont le visage blanc comme la lune reste dirigé avec intensité vers les images qui tournent sur le moniteur de contrôle.

Les yeux de Novak pétillent d'une excitation que je sais être à la fois naturelle et chimique, pour autant que les deux termes soient antinomiques concernant notre activité cérébrale.

Apercevant quelques traînées crayeuses sur le bord de sa propre console, j'en arrive à la conclusion que la cocaïne peut être apparentée à une Ferrari, ou l'un ou l'autre des autres modèles prestigieux de voiture de sport ultrarapide, avec lesquels elle va d'ailleurs généralement de pair dans certains milieux : comme pour tout ce qui nous rend momentanément un peu plus fort, seuls quelques gars triés sur le volet sont vraiment capables d'en faire quelque chose.

Les écrans brillaient d'une neige cathodique violente, névralgique, comme surchauffés jusqu'à l'incandescence.

JEUNE FILLE X

Je me souviens que la première chose que j'ai faite le lendemain, en me rendant à la Préfecture, fut de bifurquer un peu de mon chemin habituel pour aller voir en pleine lumière du jour ce que nous n'avions qu'entraperçu dans l'artifice de la nuit électrique.

Un trou.

Un vide.

Une absence.

Le ciel bleu naissant et pâle du petit matin ne m'avait jamais paru aussi menaçant au-dessus de ces lieux que je connaissais par cœur désormais. On aurait dit, vraiment, qu'un bombardement venait de s'y produire. Le trou n'était que virtuel, aucun cratère n'avait été causé par l'explosion finement contrôlée. Mais l'absence de l'immense structure semblait paradoxalement installer son fantôme avec plus de réalité que jamais. Le ciel bleu qui à cet endroit n'avait pas été une seule fois visible, hurlait maintenant de toute sa lumière ce qui n'était plus là.

Comme un membre amputé dont on sent toujours la présence bien longtemps après sa disparition.

Ce qui autrefois avait battu des records de production énergétique pour son époque n'était plus qu'un immense amas de gravats vers lequel, déjà, des engins de type bulldozers et pelles mécaniques Caterpillar se rassemblaient et s'apprêtaient à achever le travail.

L'Usine était morte.

Il fallait maintenant enterrer le cadavre.

Et c'est ainsi que l'année 1991 se termina.

Après des semaines d'enquête, Clébert, Foudrach, moi-même et le jeune enquêteur stagiaire qu'on nous avait affecté en « renfort », Julien Bordas, avions épluché des centaines de dossiers. Nous avions enquêté sur les antécédents judiciaires des ouvriers des centrales concernées, des équipes de décontamination, et même des experts en dynamitage de Jacky Weiss.

Nous avions effectué près de cent interviews, toutes filmées ou presque.

Nous avions regardé une seconde fois les soixante-dix-huit bandes vidéo de Nitzos. Je n'avais rien pu y voir de suspect, et Foudrach qui m'assista lors de ce second visionnage de contrôle dut convenir avec moi bien vite que nous n'y trouverions rien. Rien. Rien qui sortait de l'ordinaire. Rien d'autre que le rythme de fourmilière mécanique d'une zone industrielle.

Nous avions procédé à une investigation fouillée du passé de Paul Nitzos comme de celui de ses comparses, Kris Novak, Willy Van Dercken, les patrons et le personnel de Turbocom y étaient passés aussi. Personne n'avait échappé à notre machine de contrôle policière.

Nous avions vérifié et revérifié les alibis du conducteur alcoolo de la locomotive et des quelques « suspects » que parfois nous pointions de notre index, après qu'une information de petit calibre nous eut donné quelque chose à nous mettre sous la dent cariée de l'espoir.

Juste avant Noël, nous étions même parvenus à réinterroger certains des témoins clés de l'équipe de démolition, dans les bureaux de Créteil cette fois-ci. Mais bien sûr, rien de neuf n'en était sorti. Nous leur avions montré des centaines de photos correspondant aux fichiers des tueurs sexuels, violeurs et autres pédophiles reconnus. Que dalle, nada. J'avais pour ma part épluché plusieurs dizaines de cas de crimes psychosexuels correspondant peu ou prou au crible que j'avais conçu. Aucun, en fait, ne correspondait.

Il m'avait fallu un trimestre entier pour parvenir à collecter quelques informations techniques essentielles auprès de diverses équipes locales, flics ou gendarmes suivant les cas, qui avaient conduit des investigations sur des crimes non résolus à caractère psychosexuel et sur certains cas de disparitions franchement suspects. Malgré tous mes efforts je n'avais pas pu remonter grand-chose, je devais bien en convenir.

J'étais quand même parvenu à me procurer les cartes techniques des centres de production, des postes-transformateurs et des principales lignes de courant d'EDF. J'avais croisé et recroisé mes putains de fichiers.

Il n'y avait rien.

Mars 1992 : le divisionnaire Le Beffroy, le juge Verdier et le procureur Kowalsky décidèrent alors, au vu de la paperasse qui menaçait de nous asphyxier d'un jour à l'autre, et du peu de résultats auquel nous parvenions, de redoubler d'efforts. L'équipe spéciale du crime de l'usine Arrighi allait bientôt être renforcée d'un inspecteur qui venait de la banlieue nord et qui prendrait ses fonctions dès le printemps. Un autre enquêteur-adjoint viendrait sans doute le seconder.

Je me souviens avec quelle sorte d'éclat dur et résigné nos regards se sont croisés, Alex Foudrach et moi ce jour-là, alors qu'il venait de me mettre au courant des bonnes nouvelles. Clébert n'était pas avec nous à cet instant, il travaillait au corps un de nos « suspects », un technicien biochimiste travaillant à l'usine Rhône-Poulenc et qui avait été condamné treize ans plus tôt pour des attouchements sexuels mineurs sur une petite fille de son entourage.

— Je sais, lui avais-je dit, il est inutile de se plaindre de nos manques de moyens, *si l'État avait les moyens il n'aurait pas besoin de police* etc., etc., et en plus je suis d'accord, donc ma question portera plus simplement sur : c'est qui le gus ?

Foudrach m'avait regardé, ses yeux plus clairs qu'une brume nordique, un vague sourire avait contraint sa bouche à se tordre.

— Mazarin. Charles. Dit « Gros Charles ». Il a une putain de réputation dans tout le nord-est de la ceinture, je te dis pas. À côté, Clébert, c'est l'abbé Pierre.

L'hiver finissait tout juste, les premiers bourgeons des arbres les plus précoces venaient à peine d'apparaître. Les journées rallongeaient, insensiblement. Les premiers après-midi de beau temps repointaient leur nez. Les emmerdes aussi, visiblement.

La Machine, c'était de plus en plus clair, se fichait de la progression de notre enquête comme du couvent des Ursulines, qu'elle avait un beau jour fait raser sans le moindre état d'âme pour édifier à sa place un commissariat d'arrondissement.

Le problème c'est que la Machine avait aussi peu de considération pour les monuments historiques qu'elle faisait détruire que pour ses propres appendices qui venaient s'y substituer. Elle paraissait ne faire cas ni de la beauté ni de la laideur, ni du passé ni de l'avenir, ni de la Justice ni de la Nécessité, pas plus de la vie que de la mort, autant pour la pensée et la crétinerie, elle ne faisait aucune différence entre le fort et le faible, la folie et la démence, le chaos et le désordre, les libertés et les droits, elle allait bientôt estomper, j'en avais l'intuition, les différences entre victimes et bourreaux, entre les crimes et les châtiments, les hommes et les chiens, la lumière et l'étron.

Elle semblait en fait de plus en plus *indifférente à tout.*

Nous eûmes d'ailleurs l'occasion de le constater assez vite. Fin mars, six mois après la découverte du corps, nous n'avions pas avancé d'un pouce. Ou plutôt, comme l'avait fait remarquer Clébert un jour : Putain, c'est comme si on était une équipe de quatre manchots, avec deux pelles et une pioche pour se taper le canal de Panama. Plus on creuse, plus y'en a à déblayer. Et faut qu'on se relaye pour choisir celui qui met les mains qu'il n'a pas dans la merde.

Clébert était un sale con, mais c'était un bon flic, et visiblement il avait un poil plus de jugeote, et de culture, qu'il ne voulait bien le laisser entendre.

C'était une assez jolie métaphore de notre condition. Une poignée d'hommes pratiquement démunis. Devant des montagnes de roche. L'ensemble du personnel de la zone industrielle. Des milliers de personnes. C'était, comme j'étais parvenu à le faire comprendre sans trop de peine à Desjardins, notre « bassin de population prioritaire », à lui tout seul il nous tiendrait occupés pendant des mois.

Je n'avais trouvé nulle trace d'un cas analogue ou même vaguement ressemblant dans les dossiers qui m'étaient parvenus de toute la France. J'en avais tiré la conclusion que ce meurtre était le premier, l'acte initiateur. Que la série reprendrait un jour ou l'autre. Que comme beaucoup d'assassins maniaco-sexuels, ce premier meurtre était le plus improvisé et se situait sans doute dans son environnement proche, géographique, professionnel, voire familial.

Le problème principal résidait dans le cas de la victime : une étude anthropométrique poussée conduite par Carole Epstein lui avait donné l'âge d'une douzaine d'années. Elle était menstruée depuis peu selon elle. L'adolescente n'était toujours pas identifiée et ne correspondait à aucune des fiches des personnes disparues. Elle ne semblait pas pouvoir être mise en relation d'une quelconque manière avec nos listes de « suspects » potentiels, plus longues que celles d'un Comité de Salut Public.

Je me souviens que ce jour-là je potassais à fond le rapport médico-légal complet de Carole Epstein auquel j'avais pour ma part adjoint les synthèses du labo scientifique de la Police nationale. Je voulais revenir aux sources, au corps de la victime, je savais que ce deuxième trimestre écoulé nous avait éloignés, dans le temps objectif, comme dans l'espace de la mémoire, de la *crime scene* originelle. Tout partait de là. Nœud actif, éternel désormais. Je voulais m'y replonger.

Jeune Fille X.

Oui... Jeune Fille X, parle-moi. Dis-moi qui tu as été, ce que tu es devenue. Comment cela s'est-il produit, *que s'est-il produit* ?

Laisse parler les mystères que ton corps meurtri a su conserver.

Parle-moi, Jeune Fille X.

Or il apparaissait bien que la Jeune Fille Anonyme était dans l'incapacité de dire quoi que ce soit. Les composants informatiques se refusaient à livrer le secret de leur langage. Le tueur des centrales exprimait là toute l'impuissance du monde dont il était une hideuse fractale : en dépit de tous ses efforts pour en faire un média, le corps restait désespérément muet.

N'est pas Edison qui veut, et encore moins celui imaginé un siècle auparavant par Villiers de L'Isle-Adam. Les recherches dans les bibliothèques publiques du département n'avaient rien donné. J'avais pourtant lu et relu l'épais volume, barbouillant ses pages d'accolades, de notes en marge, de soulignages et de symboles divers. Plusieurs autres nuits blanches.

Le Livre Deuxième commence par ce « Principe de Kabbale » que Villiers avait sûrement puisé dans un des nombreux livres sur l'occultisme qui fleurissaient à l'époque :

Prends garde ! En jouant au fantôme on le devient.

Et dès les premières lignes de cette partie qui exposait « Le Pacte » faustien se nouant entre Edison et son jeune ami, Lord Ewald, il faisait dire à celui qu'il nommait l'Électricien : « Il s'agit, simplement, d'une... *transsubstantiation.* »

En toute simplicité.

Et il en exposait sans tarder les termes : Page 109, d'abord, le secret ineffable de toute opération de magie blanche :

l'explication se dégagera d'elle-même, au fur et à mesure que l'œuvre s'effectuera.

Dans un premier temps, Edison va montrer à Lord Ewald le prototype qu'il est parvenu, après des années de travail secret, à mettre au point. Cette créature artificielle, pour l'instant, n'est encore *personne*.

Comme le dit Edison lui-même, à la stupéfaction de son ami : « Ce n'est pas un être vivant. » Et il ajoute : « Je vous affirme que ce métal qui marche, parle, répond et obéit, ne revêt *personne* [...] [ce] n'est encore, *extérieurement*, qu'une entité magnéto-électrique. »

Puis Edison expliquait ainsi sa conception de l'Ève Future : *mue pour la première fois par ce surprenant agent vital que nous appelons l'Électricité, qui lui donne [...] toute l'illusion de la Vie.*

Et pour prouver que ses dires n'étaient pas le fruit d'une imagination délirante née de sa solitude presque parfaite dans un monde de machines, Edison affirmait : « La Science a multiplié ses découvertes. Les conceptions métaphysiques se sont affinées. Les instruments de décalque, d'*identité*, sont devenus d'une précision parfaite [...] Il nous est permis de RÉALISER, désormais, de puissants fantômes, de mystérieuses *présences-mixtes* dont les devanciers n'eussent même jamais tenté l'idée, dont le seul énoncé les eût fait sourire douloureusement et crier à l'impossible ! »

La créature d'Edison, ce prototype qui attend son incarnation finale, c'est, comme il le dit lui-même : *le squelette d'une ombre attendant que l'OMBRE soit !*

Et pour clore le sujet, à cette étape « préliminaire du prodige », Edison s'enflammait presque en expliquant à son jeune ami en quoi allait consister l'expérience :

« Eh bien ! puisque cette femme vous est si chère... JE VAIS LUI RAVIR SA PROPRE PRÉSENCE.

Je vais vous démontrer, mathématiquement et à l'instant même, comment, avec les formidables ressources actuelles de la Science –, et ceci d'une manière glaçante peut-être, mais indubitable, comment je puis, dis-je, me saisir de la grâce même de son geste, des plénitudes de son corps, de la senteur de sa chair, du timbre de sa voix, du ployé de sa taille, de la lumière de ses yeux, du *reconnu* de ses mouvements et de sa démarche, de la personnalité de son regard, de ses traits, de son ombre sur le sol, de son *apparaître*, du reflet de son Identité, enfin [...] Je reproduirai strictement cette femme en une Apparition dont la ressemblance et le charme HUMAINS dépasseront votre espoir et tous vos rêves. Je dédoublerai cette femme, à l'aide sublime de la Lumière. Et, la projetant sur sa MATIÈRE RADIANTE, j'illuminerai de votre mélancolie l'âme imaginaire de cette créature nouvelle... »

Et Edison de conclure ce point en affirmant qu'il pouvait « faire sortir du limon de l'actuelle Science Humaine un Être *fait à notre image*, et qui nous sera, par conséquent, CE QUE NOUS SOMMES À DIEU. »

Quant à moi, mes rêves déjà me commandaient de prendre note de tout cela.

Il était évident, en le reprenant point par point, que notre ami le tueur-roboticien avait littéralement inversé l'architecture interne et le Télos de tout le projet prométhéen promis par *L'Ève Future* de Villiers de L'Isle-Adam. En place d'une figure de projection divine de la machine vers la figure humaine, le tueur de la centrale avait obéi au précepte inverse : introjection égocentrée de la figure humaine vers la machine. Chaos organisationnel d'un côté. Ordre de l'entropie de l'autre. Cela semblait si lumineusement évident que je n'imaginais pas que le tueur ne l'ait point lu.

Je ne me doutais pas encore que le monde, lui, n'avait, précisément, besoin d'aucun livre pour programmer sa propre dévolution.

Ce « monde » de la prolétarisation générale approchait donc insensiblement d'un moment indicible. J'étais au bureau, seul avec Foudrach. La météo était du genre à pouvoir faire napalmer un pays entier dans la journée. Pas le moindre nuage dans toute l'étendue du ciel, qui claque bleu monochrome de Klein.

Foudrach a reçu un coup de téléphone, j'étais en train d'entamer la lecture d'une annexe extrêmement complexe sur les diverses traces rémanentes de produits chimiques, organiques, ou minéraux qui avaient pu être analysées via spectroscopie par le labo scientifique de la PN. Depuis deux ou trois jours, je compulsais des encyclopédies entières pour tenter de dégager de cet amoncellement de formules un comportement, une histoire, un métier, même « l'ombre d'une ombre » m'aurait suffi.

Je l'ai entendu marmonner deux trois trucs, genre okay-okay, vouais-vouais, on fera avec, disons sans. Puis il a raccroché.

J'ai tout de suite constaté qu'il y avait un léger désappointement dans l'air. Je l'ai regardé sans rien dire. Il m'a regardé sans rien dire pendant quelques secondes, puis il a compris que j'allais pas lâcher l'affaire. Il a vaguement haussé les épaules, blasé.

— L'OPJ, Mazarin, dont je t'ai parlé, en fait ils ne le muteront ici qu'en septembre, problèmes administratifs j'sais pas quoi. En revanche, l'APJ qui devait le seconder arrive le mois prochain comme prévu.

J'ai hoché la tête d'un air entendu et je me suis replongé dans la masse des rapports médico-légaux.

— Faudra prévenir Clébert qu'ils nous envoient une pioche de plus pour creuser le Canal.

C'est sans doute ça quand même, au bout du compte, qui m'a fait décrocher le téléphone et composer le numéro du poste de Carole Epstein, à l'Institut.

— Oui, allô ? a fait la voix.

J'ai pris comme une inspiration avant de plonger en apnée.

— Docteur Carole Epstein ?

— Elle-même. Qui la demande ?

— Je... je suis l'inspecteur Georges Kernal, vous vous souvenez ?

Un silence.

— Oui. Et que puis-je pour vous, donc, inspecteur Kernal ?

— Est-ce que le corps a été inhumé ?

— Le corps ?... quel... Oh, vous voulez parler de la jeune inconnue de...

— Oui. Avez-vous encore le corps ?

Un petit rire.

— Pourquoi ? Il vous intéresse tant que cela ?

— L'avez-vous, oui ou non ?

Elle me répondit aussi sèchement :

— Oui, nous l'avons encore, vous avez de la chance, le procureur Kowalsky a accordé un ultime délai jusqu'à la fin de ce mois. Mais nous sommes en surcharge.

Brave procureur Kowalsky, ai-je pensé, il avait lutté durant six mois contre la fatalité et le cours du monde. Pour un procureur de la République, je devais convenir que ça frôlait l'exploit.

— Je suis un gars chanceux, je veux le revoir.

— Pourquoi ? Vous n'avez pas lu tous les rapports ?

J'ai hésité un petit instant avant de formuler ma réponse telle que je la voulais :

— Je crois qu'il y a quelque chose que nous n'avons pas vu. Ou pas su voir.

— Oh ? Vraiment ? Je peux vous assurer pourtant que je connais ce corps jusqu'à la moindre vertèbre, ou ce qu'il en reste.

— Je... je veux dire... pas sur le plan technique, voyez-vous ? Quelque chose de plus... global, un truc, un signe, je ne sais pas... mais il y a quelque chose que nous n'avons pas su... *lire.*

— Oui, je sais, les données contenues dans les composants informatiques.

— Non, non, bon sang, je ne vous parle pas de ça, je vous parle de...

— OK, OK, j'ai compris. Pouvez-vous passer ce soir, vers sept heures ?

— J'y serai, ai-je répondu, avec un aplomb d'une totale fausseté.

Voici donc le corps présenté à moi pour la troisième fois.

Il a encore changé.

Cette fois, l'ensemble monstrueux des électromécanismes a été retiré, les ouvertures béantes recousues, même les yeux, pourtant sans paupières, sont clos par une colle à l'aspect bleu-acier.

Je comprends à la seconde que c'est trop tard, qu'en fait ce corps ne m'apprendra plus rien, tout a été dit, tout a été scruté. Tout a été lu. Puis le livre a été refermé, en attendant sa combustion prochaine.

Devant moi la longue silhouette brune de Carole Epstein se découpe sous le néon sans pitié.

Et quelque chose en moi me somme de connaître ce corps-ci. Oui. De *connaître* ce corps vivant. De délaisser la mort pour quelques instants. De revenir à la vie.

Mais je reste aussi glacé que le cadavre conservé dans son sarcophage de métal.

— Il n'y a rien de plus à *lire*, n'est-ce pas ?

Sa voix résonne un instant dans l'espace métallique.

Je la regarde, troublé par sa beauté atypique. Cette intelligence rieuse, ce regard noir plein de brûlures possibles, puis j'observe le corps mort, encore une fois.

— Je ne sais pas, consentis-je à dire. Nous ne connaissons pas le langage qu'il emploie.

L'amour semble impossible à priori parce qu'il s'oppose à tous les déterminismes, ou plutôt parce qu'il les dissout dans une suprême indifférence. La vérité est ce qui reste indifférent aux différences, l'amour semblait donc ainsi le tout premier, et sans doute le seul déterminisme acceptable.

Sans quoi le monde allait ressembler bientôt à une décharge

géante, ce qui était en train d'advenir, sans que nous nous en doutions vraiment. Les mots « décharge géante » renvoyaient à priori à un univers de science-fiction déglingué où les déchets de l'industrie auraient envahi la planète entière, devenant la première ressource naturelle. Avenir tout à fait probable, au demeurant.

Mais ces mots recouvraient un monde plus ténébreux encore, à l'intérieur de ma tête.

Quelque chose déjà me soufflait que ce qui se profilait, en cette dernière décennie du siècle, et du millénaire, ferait passer le Monde de la Décharge Universelle pour un doux paradis tropical.

Le Faiseur de Poupées Vivantes par exemple.

Monsieur le roboticien général.

Robot : de RÒBOTNIK, travailleur. Prolétaire.

La prolétarisation de l'univers était en marche, des humanoïdes d'un genre nouveau en étaient les pionniers. Tout déjà semblait pouvoir être réduit à sa dimension d'objet.

Il se tapissait quelque part, ce robot/robotiseur de la pleine lune, dans la nuit urbaine qui m'entourait, je commençais peu à peu à me pénétrer de ses propres motivations ou ce qui pouvait en tenir lieu.

J'imaginais parfois le décor, une sorte de labo personnel, dans une cave, un garage, une dépendance bien isolée. J'entrevoyais parfois un réseau flou et changeant de mobiles qui s'éparpillaient aussitôt pour se reformer et se dissoudre sans cesse, insaisissables.

Écho parasitaire de l'époque, le Faiseur de Poupées Vivantes semblait attendre son tour. Plus de six mois avaient passé, et il ne se décidait pas à frapper de nouveau.

J'en ressentais une impatience non feinte.

Ce n'est que le lendemain matin que j'ai pu constater l'étendue de mes dons : si je formulais un souhait, il avait toutes les chances de tuer quelqu'un.

Foudrach et Clébert m'attendaient, j'étais un poil en retard comme toujours.

Leur expression m'a comme submergé de l'intérieur, l'empathie à son degré absolu, je savais déjà ce qu'ils allaient me dire.

Foudrach a tordu un petit rictus, Clébert fixait un point situé à des années-lumière derrière moi.

— Les pandores ont retrouvé un nouveau corps, ce matin, vers Nevers, près d'une centrale nucléaire. Belleville-sur-Loire, c'est dans le Cher.

Foudrach avait lâché ça comme s'il m'avait parlé du résultat d'un petit tiercé.

Je n'ai rien répondu. Tout était dit en une seule phrase. Et le parfum de désastre administratif en perspective n'échappait à aucun de nous trois.

Julien Bordas est entré avec des cafés qu'il a distribués à Foudrach et Clébert.

Je me suis assis à mon bureau. J'ai regardé mes acolytes, en silence.

Foudrach a trempé ses lèvres dans le café brûlant puis s'est fendu d'un faible sourire à mon endroit :

— Desjardins est en train de discuter le coup avec le divisionnaire. Ils veulent raccorder les wagons avec la gendarmerie.

Clébert a avalé d'une grande rasade sa mixture à la caféine concentrée – l'expresso automatique de neuf heures du matin.

— Putain, a-t-il dit. Putain de putain.

J'ai essayé de jouer au dur-à-cuire :

— Faudra qu'ils lâchent l'affaire, les schmidts. Si les deux crimes sont liés on était les premiers sur...

— Mais ta gueule putain de nom de Dieu ! a tonné Clébert, surprenant jusqu'à Foudrach. Qu'est-ce que tu crois Dugland, que les pandores vont nous laisser faire mumuse avec les nouveaux joujoux de leur labo d'anthropométrie ? Tu crois même qu'ils vont nous refiler un rogaton d'info ? Mon pote, tu vas vite comprendre comment ça marche.

— Ouais, a rajouté Foudrach, Clébert a raison, faut pas se faire d'illusion, ça fait un moment que les pandores ont la cote. Ils vont nous chier dans les godasses, tu peux nous croire.

— Va quand même falloir qu'on se rende sur les lieux, merde.

— C'est ce dont Desjardins discute avec Le Beffroy, ils passeront voir le juge tout à l'heure et ils ont mis le proc' au courant. Nous, faut juste qu'on attende que les rouages se soient mis en place.

— On perd du temps.

— Fais pas chier, on est au courant, a grondé Clébert.

— C'est toujours comme ça, a sanctionné Foudrach.

5 avril 1992. *Record Mode : Standard Play.*

La caméra filme depuis l'autoroute. Le rosolique carburant des réverbères vient de s'allumer, alors que le soleil a disparu sous l'horizon, quelques kilomètres auparavant, à l'ouest, sur notre droite. La centrale nucléaire apparaît alors le long du fleuve, entre deux rangées de peupliers. En fond sonore, une cassette d'Alex Foudrach, fan de country and western. La voix nasillarde de Hank Williams et les sonorités texanes se superposent aux forêts du Nivernais, les images du désert viennent trembloter devant le souvenir de la Loire.

Je me trouve sur la banquette arrière. Clébert conduit. Foudrach tient une carte routière à moitié dépliée sur ses genoux.

Nous sortons de l'autoroute, la bretelle de sortie vers Belleville-sur-Loire nous conduit directement sur le large fleuve où un pont nous attend. De l'autre côté, une ville. Et au-delà de la ville, la centrale.

Trois énormes cônes s'élargissant à l'embouchure et crachant leurs nuages de vapeur d'eau que la lumière rasante vient iriser.

Lumière : filtre orange naturel, ombres des cheminées s'étendant sur les carrés des terres cultivées ou en friches alentour.

Ma mémoire : bloc de silicium en attente de la conflagration sémantique terminale.

Boîte noire.

Ce que nous savons du crime nous l'avons obtenu de Desjardins, et ça ne tient à presque rien.

Le corps d'une adolescente d'environ quatorze ans avait été retrouvé la veille au soir dans une friche bordant la centrale. D'après Desjardins, seules quelques fuites en provenance de la gendarmerie avaient permis qu'on puisse si vite établir un lien.

— Notre contact chez les pandores nous a dit que les gars de leur labo n'ont jamais vu ça. Ils en reviennent pas. Il a parlé d'une sorte de système robotique...

On avait tous compris.

Il avait remis ça.

J'en ressentais une forme d'excitation qui n'était pas sans m'inquiéter.

Le capitaine de gendarmerie Le Frayssac exhalait, par tous les pores de sa peau, par le moindre de ses regards, le plus petit de ses tics, le mépris du militaire en uniforme pour la flicaille en civil.

— Le juge Saint-Clair est désormais en charge de l'investigation, nous dit-il, glacial. C'est la section de recherche de la gendarmerie de Bourges qui aura en charge la conduite de l'enquête.

En clair : les glandus de la flicaille, rentrez chez vous y a rien à voir, les pros de la gendarmerie nationale sont là.

C'est à cet instant, je crois, que j'ai vu pour la première fois Foudrach faire preuve d'une autorité étonnante, assortie à son flegme de jeune tueur à gages légal.

Nous étions dans les locaux de la brigade de pandores qui avait découvert le corps. Je savais qu'il avait déjà été observé sous toutes les coutures par le labo régional des schmidts. Et Foudrach aussi le savait. Et même Clébert, qui ruminait doucement dans son coin.

Foudrach joua d'abord le jeu de la chèvre. Pauvre petit animal prêt à être égorgé.

— Bien sûr capitaine, il est clair que cette investigation est sous votre juridiction, mais si nous avons fait le voyage de Paris, mes collègues et moi, c'est pour être certains qu'il ne pourrait pas être corrélé avec un autre assassinat, survenu il y a six mois dans des circonstances... disons... similaires.

Le capitaine se rengorgea, sûr de sa supériorité. Derrière lui, un lieutenant et quelques brigadiers nous fixaient d'un air goguenard. L'un d'entre eux, qui tentait de réparer un four à micro-ondes, marmonna quelque chose qui déclencha chez ses collègues une vague de petits frémissements sarcastiques.

— Ce crime n'est en aucun cas similaire à aucun autre. Et notre investigation n'en est qu'à ses débuts, lâcha sèchement Le Frayssac.

Message explicite : on est sur un gros coup. On se fera pas doubler par des connards de la PJ.

Foudrach offrit alors un sourire parfaitement innocent au pandore, en faisant glisser doucement son regard sur les épaulettes et les insignes.

— Je suis sûr que ça va vous paraître dingue, capitaine, mais notre crime à nous, lui non plus, n'est similaire à aucun autre.

Le capitaine lui renvoyait directement un message implicite du genre : « mon vieux, tu peux pas savoir à quel point je m'en contrefous de tes similitudes », mais Foudrach a fait le petit geste que j'attendais dans ma direction.

Je me suis approché de lui et lui ai discrètement remis la copie des deux rapports complets de Carole Epstein, qui n'avaient jusque-là été vus que par nous et quelques pontes de la hiérarchie policière avant d'être immédiatement classés comme confidentiels. Un des trucs que les flics savaient déjà à l'époque, au milieu de toute leur ignorance, c'est que divulguer ce type d'information empêchait de faire le tri entre les innocents et les coupables, et entre ceux qui auraient bien voulu être coupables, et ceux qui l'étaient vraiment et ne cherchaient surtout pas à le clamer sur les toits.

Ça permettait également de ne pas divulguer de renseignements d'importance aux ministères rivaux.

— On m'a dit que votre laboratoire d'anthropométrie était le plus pointu de France.

Le pandore gonfla d'orgueil et crut déceler chez Foudrach une marque de déférence, comme l'aveu d'une vassalité de fait.

— Oui. Et nos analyses resteront confidentielles, mis à part pour les autorités compétentes.

En clair : pas pour vous les glandus. Mais pour le juge et le procureur qui commanditeront notre enquête, pas la vôtre.

Foudrach, en dépit de ses trente-cinq ans bien sonnés, donnait l'air du mauvais élève qu'on rectifie. Il posa doucement la chemise de carton jaunasse sur la table.

— Mon capitaine, je crois qu'il serait bon que vous consultiez ce dossier quelques instants avant de vous faire une opinion définitive.

Le pâle sourire de Foudrach avait à peine changé. On devinait juste comme une force contenue aussi froide qu'une géométrie, et un éclair un peu dur dans les pupilles, mais la voix gardait ce calme serein, trempé à l'azote liquide de cette belle journée de printemps.

Le capitaine eut comme un haussement d'épaules, hautain, et il se saisit d'une chaise pour consulter le document à la va-vite.

Foudrach me jeta un bref clin d'œil, lâcha un regard appuyé à Clébert puis observa avec le plus grand calme le capitaine qui nous tournait le dos et feuilletait notre dossier.

À la page 10, là où commençaient les premières photographies de Carole Epstein, son rythme de lecture diminua substantiellement, et de plus en plus, alors que son souffle prenait une vitesse inversement proportionnelle.

Foudrach attendit quelques secondes, les pages tournaient au ralenti, le mouvement finit par s'arrêter, la respiration du capitaine était tendue, il nous aurait volontiers collés à un peloton d'exécution. Foudrach récupéra son dossier des mains devenues lâches de l'officier de gendarmerie dont le regard se perdait dans les limbes des occasions ratées. Son visage était blême, ses lèvres n'auraient pas laissé passer un fil dentaire. Les brigadiers goguenards se taisaient maintenant, vaguement inquiets. Le gars qui tripotait le micro-ondes n'émettait plus un seul bruit.

Foudrach se planta alors face à l'officier, qui avait perdu de sa superbe :

— Il est probable que votre propre labo découvre quelques détails supplémentaires, capitaine, mais ce dont je peux vous assurer, c'est que votre affaire est reliée à la nôtre comme le fil au point de suture, aussi certain que deux et deux font quatre. Et nous allons donc demander officiellement votre dessaisissement de l'enquête, et son retour immédiat sous le giron de la Police nationale. Merci de bien vouloir nous faire parvenir au plus vite le résultat de vos analyses. Le juge Verdier et le procureur Kowalsky vous feront savoir officiellement dès demain de quoi il retourne.

Et sur ce, d'un geste invisible, il nous fit sortir d'un bel ensemble des austères locaux de la Maréchaussée, laissant derrière nous encore un peu plus de haine à notre endroit, même chez des gardiens de l'ordre.

Surtout chez des gardiens de l'ordre.

Cette fois, chez moi, l'excitation était à son comble.

Sur la route du retour, j'avais regardé les images filmées lors de notre arrivée sur les lieux, près des trois cheminées coniques.

Il faisait nuit depuis longtemps, nous arriverions à Paris un peu avant l'aube.

Les images de la centrale nucléaire et de la friche où on avait découvert le second corps s'enclavaient dans l'habitacle moite de la R19, je les regardais, moins fasciné par leur beauté spécifique que par l'éclat secret qui s'en dégageait.

Il y avait bien un tueur en série. Une série qui ne faisait que commencer.

Et c'était à nous que reviendrait le soin de le serrer.

La Machine est parfois d'une somptueuse intelligence, ou alors sa bêtise est telle qu'elle surpasse toute tentative de raisonnement logique.

Vers la fin avril, nous fûmes convoqués par le juge Verdier qui ne manqua pas de nous reprocher notre piétinement dans l'enquête.

Je savais pertinemment que ce n'était pas avec deux OPJ et demi et un APJ tout frais émoulu qu'on pouvait stimuler notre propension naturelle à opérer des miracles, mais Foudrach, qui avait du nez, nous avait mis en garde dès le lendemain de notre visite chez les pandores :

— On a gagné le premier round, mais ils vont mettre la pression, croyez-moi. Le nombre d'enquêtes qui ont foiré à cause de ça, ça remplirait tous les bottins de France et de Navarre, alors croyez pas que c'est gagné, Kernal.

J'avais effacé mon sourire triomphant et con.

Clébert avait juste dit : putain de putain, en avalant son troisième expresso consécutif.

Au-dehors, des giboulées de mars tardives s'étaient mises à tomber.

Créteil disparut pour quelques minutes sous des trombes d'eau qui vinrent fouetter les larges baies vitrées de la Préfecture.

Le cyclone des éléments apaisa momentanément notre colère rentrée.

Ce jour-là fut aussi le jour de l'arrivée du second APJ de renfort. Un type massif, au visage carré, avec des lunettes carrées, et un cerveau carré.

Desjardins nous l'amena et fit les présentations d'un seul geste et d'une proposition laconique : voici votre équipe, Luc Da Costa.

Nous, on marchait à l'adrénaline, version Von Paulus dans le chaudron de Stalingrad, on le briefa en quelques jets d'informations bien condensées que son cerveau carré avala sans souci. Dans l'attente de l'officier de PJ venu de la banlieue nord il assisterait un peu tout le monde et se familiariserait ainsi avec les différentes techniques et méthodologies.

C'est moi qui avais sorti ça, avec un total aplomb, à la grande surprise de Foudrach et de Clébert.

La culture d'entreprise semblait bien un des produits les plus contaminants du moment.

À cette seconde, le monde nous montra à quel point il était décidé à poursuivre son œuvre.

Desjardins venait d'entrer, une Gitane en suspension entre ses lèvres.

Le temps lui-même semblait suspendu autour de lui.

— On peut mettre toutes nos belles théories à la poubelle. Les pandores du SR de Bourges ont fait savoir au procureur Kowalsky qu'ils possédaient des éléments d'information radicalement nouveaux.

— Ah, fit alors Clébert, ils ont réparé leur four à micro-ondes ?

Desjardins lui adressa le regard glacial du fonctionnaire mis dans le secret des dieux :

— Non, messieurs, leur laboratoire vient de déchiffrer une grande partie du code contenu sur la disquette.

J'ai regardé Foudrach en coin, mais je n'ai pas soufflé mot. Le deuxième round n'était pas en notre faveur.

Le gong nous a sauvés, le commissaire a regardé ostensiblement sa montre avant de sortir, comme il était entré.

On s'est rapatrié dans notre coin de ring. Il nous fallait au plus vite l'éponge miracle.

LA POUPÉE QUI CHANTE

Durant le long règne de Mitterrand, il n'est pas impartial de dire que la Gendarmerie nationale eut droit à son Printemps des Mille Fleurs. Les groupes de télévision proches du pouvoir diffusèrent sans compter nombre de reportages plus ou moins bidonnés sur les « interventions » spectaculaires des gendarmes d'élite. Et il est vrai qu'au vu des moyens dernier cri dont ils disposaient ils faisaient bien meilleure figure que les brigades anti-gangs des années 70. Disons-le tout net : c'était Terminator contre l'Inspecteur Moulin !

Jamais les moyens techniques mis au service des pandores n'avaient connu un tel effort budgétaire. En l'espace d'une petite décennie les centres d'analyses médico-légaux et anthropométriques de la Gendarmerie prirent une bonne longueur d'avance sur les équipements similaires de la Police nationale. Informatique à grande puissance de traitement, microscopes dernière génération, dépistage ADN alors à son ébauche, chimie analytique de haut niveau. Les labos de la Gendarmerie française devinrent rapidement une référence dans toute l'Europe occidentale.

Il est clair qu'en ce début des années 90, non seulement nous faisions figure de parents pauvres, mais plus encore d'enfants misérables.

Tout cela doit rester bien en tête si l'on veut comprendre ce qui se produisit durant ces semaines décisives entre toutes.

Le film nous fut projeté à l'École de la Gendarmerie de Fontainebleau. Centre d'entraînement mais aussi cellule de spécialistes, l'ensemble des bâtisses rassemblait les aspirants et l'élite locale des officiers en charge de la région, ainsi que les gars de leur SR de Bourges qui avaient décrypté la disquette et étaient venus faire démonstration de leurs talents. Tout ici évoquait la splendeur passée de la nation, architecture napoléonienne rehaussée de quelques « modernismes » Second Empire ou IIIe République, le tout s'élaborant autour de ce qui avait dû être, à l'époque de l'Ancien Régime, l'emplacement d'un régiment à cheval de la Maréchaussée.

Mais si les murs donnaient à voir les lustres passés de la République, l'intérieur de plusieurs bâtiments aurait fait passer le Pentagone pour l'ambassade de Zambie au Paraguay, si jamais il en existe une.

La salle où les pandores nous réunirent, nous : Desjardins, Foudrach, Clébert et moi-même, plus le juge Verdier et le procureur Kowalsky, était un petit auditorium doté du nec plus ultra en matière de projection audiovisuelle. On se serait cru au Rex ou au Kinopanorama. Fauteuil au confort ministériel, écran géant à rétroprojection dernière génération, système de son japonais.

On ne pouvait pas dire, les pandores avaient la classe. Et surtout les moyens de l'obtenir.

Un capitaine de l'école a d'abord exécuté en toute rigueur militaire un rapide speech de présentation destiné à introduire le colonel qui nous a longuement fait part de la tradition de la Gendarmerie nationale dans la criminologie scientifique.

Le sommeil allait nous gagner lorsque enfin, un des gars du SR de Bourges, un certain Béranger, prit possession de la petite chaire, fit s'éteindre les lumières d'un geste et dans la foulée indiqua à l'opérateur de faire tourner la bobine.

Film vidéo Bétacam SP. Haut standard pour l'époque. Le grain de l'image est d'un parfait piqué.

Nous n'allons pas tarder à le regretter.

La marionnette est humaine. Ou plus précisément elle l'a été. Son corps est devenu la prothèse organique d'un ensemble de composants technologiques dont la topologie exacte a été reconstituée par les laborantins de la Gendarmerie. Dès son introduction, alors que le plan fixe de ce qui fut le corps d'une jeune fille de treize ou quatorze ans s'expose à nos yeux, le lieutenant Antoine Béranger nous explique de quoi il retourne :

— Les composants principaux, ainsi que la disquette insérée dans la gorge de la victime étaient cryptés par un logiciel très trapu, qui cachait un programme très sophistiqué écrit principalement en Logo, mais avec un certain nombre de routines en assembleur, voire en langage machine pur, il a fallu dix jours pleins à notre équipe pour tout décoder... Ensuite, un certain nombre de constituants comme les réseaux de fibres optiques ont été abîmés, sans doute lors du transfert du corps, mais d'autres ont vraisemblablement été sciemment arrachés. Mais nous avons recomposé la plupart des circuits.

Alors voilà.

Maintenant la caméra, très lentement, recadre un peu plus étroitement la chair suppliciée allongée sur la table de dissection. Nervures-tubulures, fibres optiques et carnées, l'hybridation est parvenue à son point d'absolu. C'est-à-dire à sa finitude.

Et la marionnette humaine se met à bouger, ce qu'il reste de ses membres, de ses organes, tout cela s'active, dans la nette logique des machines qui s'éveillent à ce qui leur tient lieu de vie.

Un électromécanisme fait alors s'ouvrir et se refermer les mâchoires, selon un rythme particulier. Un autre actionne ce qui subsiste des poumons.

Les bras bougent, exécutent des mouvement étranges, à la fois mécaniques et incertains. Nous apercevons des diodes qui passent du vert au rouge et réciproquement, sur la plupart des articulations.

Aucun de nous ne bouge, ne souffle un mot, c'est à peine si notre cerveau limbique nous ordonne encore de respirer.

Béranger reprend, comme s'il décrivait un nouveau type de rotor à turbine :

— Ce que nous voyons présentement à l'écran n'est qu'une version incomplète de ce que le tueur a entendu réaliser. C'est ici que les compétences de notre laboratoire informatique sont entrées en jeu.

Sous-entendu : les flicaillons de la PJ, vous repassez dès demain en cours de calcul élémentaire.

Béranger reprend, alors que l'image inhumaine continue d'exposer la marionnette de chair et de métal à notre vue :

— En fait, le composant Eprom contenait toutes les données nécessaires à la mise en action des servomoteurs, ce dont nous nous doutions, mais la disquette, quant à elle, avait une fonction très particulière, qu'il a été plus difficile d'élucider.

La caméra zoome lentement sur la trachée, là où la disquette de type $3/^{1/4}$ est insérée, une main gantée de latex blanc surgit d'un bord de l'écran et la désincruste délicatement avant de sortir du champ. On sent une coupe dans le montage du film. Le corps est toujours exposé sur la table de dissection, mais un certain nombre de dispositifs ont changé de place et surtout, toutes les diodes sont au vert.

— Ce que nous sommes parvenus à comprendre c'est que la disquette contient un fichier de type « MIDI », qui signifie *Musical Interface for Digital Instruments*, c'est un langage adopté par les fabricants d'instruments de musique pour synchroniser leurs machines entre elles, vous me suivez ?

À cet instant précis, non seulement je suis, mais je précède la meute de mes propres pensées en courant de toutes mes forces, mon cœur battant comme si mon effort physique était réel, alors que je m'enfonce, recouvert d'une mauvaise suée, dans le fauteuil de cuir.

Je sais déjà ce qui se va se produire, les quinze jours passés avec Nitzos m'ont permis d'en comprendre assez. Je serre les dents alors que le visage inconcevable voit ses orbites énucléées briller du vert fluo de deux diodes mises en action, que la mâchoire recouverte de ses muscles mis à nu se met à bouger en rythme, et que venue de nulle part, l'atroce bande sonore que je refusais même d'imaginer fait entendre les sonorités d'une agonie en direct, montée en boucle.

La voix de la fillette qui meurt a été enregistrée, « échantillonnée » rectifie Béranger, ses hurlements, ses suppliques, ses plaintes, et tout cela a été tout simplement superposé à une sorte de rythme de bossa-nova.

La nausée, je crois, est au bord de toutes les lèvres. Nous pourrions embrasser un cadavre et nous sentir l'haleine fraîche.

La caméra passe sur une focale plus large et nous fait découvrir un amoncellement de plusieurs claviers électroniques et de racks de différentes couleurs connectés entre eux, et au gros composant principal du corps-machine.

La voix de la fillette, crucifixion de nos âmes au chant de souffrance, les hurlements inhumains comme modulés par une succession de notes, toute cette impossible musique, venue du dernier cercle des enfers se tait brusquement, on-off, aussi brutalement qu'elle était apparue. Électricité, Discontinuité.

— Chaque marque et chaque modèle d'instruments MIDI possèdent son code d'identification, en les mettant au jour nous avons pu savoir avec précision quel type de matériel avait été nécessaire pour que l'ensemble du système fonctionne. Nous avons établi la liste et reconstitué au plus près la configuration utilisée par l'assassin lui-même. Nous pensons que si ses composants étaient cryptés c'était précisément pour nous empêcher, le plus longtemps possible en tout cas, de connaître son équipement particulier... Mais maintenant nous le connaissons. Et c'est un pas décisif dans l'enquête que nous menons...

J'écoute ce que dit Béranger, certes, et même avec un certain intérêt, mais en fait, je n'entends plus rien.

Je regarde les dernières secondes du film du laboratoire

scientifique de la Gendarmerie nationale avec l'image de Paul Nitzos qui envahit tout mon écran mental.

Le trajet de retour de Fontainebleau fut pénible pour toute l'équipe, qui n'émit que quelques constats amers, de loin en loin, stations-service verbales, dans le long contrepoint chuintant de l'autoroute.

Nous comprenions que la Gendarmerie marquait un point décisif et que l'idée de nous voir superviser les deux affaires pouvait être enterrée vivante. Il faudrait huiler les deux administrations, les deux enquêtes, les deux juges, les flics et les pandores, chiens et chats, nitrate et glycérine, matière et antimatière, les circonstances laissaient peu de place au doute : nous étions dans la merde la plus noire.

D'autre part, tandis que les plages de silence n'étaient coupées que de nouvelles en provenance de France Info – menaces imminentes de conflagration en Bosnie-Herzégovine, l'ONU propose un « plan de paix », temps orageux pour demain, bouchon sur l'A6 en provenance de Mâcon – le puzzle psychologique s'était agrégé dans ma conscience. Le dessein anthropologique, ontologique même, du tueur se dessinait dans ma tête au rythme des réfractions du sodium de l'autoroute sur les vitres dégoulinantes de pluie.

Métonymie évacuée au profit d'un réalisme totalisé et d'un aplatissement de la forme et du contenu. Confusion support-surface devenue schème de production universel.

Mon idée, que j'étais parvenu à faire rentrer dans les crânes de 1) Foudrach 2) Desjardins 3) Clébert, par ordre de difficulté croissante, tenait en quelques associations qui étaient sorties miraculeusement de mon placardage de notes murales, et de mon petit calepin :

Le gars est un informaticien/artiste frustré dont les crimes sont en relation avec les zones industrielles, ou disons plutôt les « centres de production énergétique ». Mais les deux crimes peuvent être également reliés à la présence active, à un moment donné ou à un autre, de Paul Nitzos sur les lieux. Nous savons depuis la veille, grâce aux gendarmes, que les sociétés Pyrotech et Destruction Incorporated se sont associées il y a un an tout juste pour un grand show spectaculaire et commémoratif se déroulant précisément dans la centrale nucléaire où les pandores ont trouvé le cadavre il y a deux semaines. Nous savons aussi que ni lui ni aucun membre de son équipe ne se trouvait dans les parages lors des deux ou trois jours cruciaux où le corps a sûrement été déposé dans la friche. Partis en Belgique, ils ont participé à la préparation puis à l'implosion filmée d'une vieille tour d'habitation, près de Mons. Julien Bordas, qui a surveillé toute l'affaire avec un autre enquêteur, est formel, nous savons qu'ils ont été sur le coup vingt-quatre heures sur vingt-quatre.

Si ce n'est pas Paul Nitzos ou un gars de son équipe, il n'y a guère d'alternative.

Conclusion ? avait demandé Desjardins, en écrasant une Gitane dans son immense cendrier Ricard. Conclusion : le gars avait peut-être connu Paul Nitzos dans un passé plus ou moins lointain, et peut-être voulait-il lui envoyer une sorte de message.

— Quel genre de message, merde ? avait demandé Clébert, comme un dogue réclame sa part de testicule humain.

C'est sur ce coup-là, je ne saurais dire pourquoi, ni comment, que j'ai remporté le morceau avec Roland-le-Clébart, que je suis parvenu à entrer une fois pour toutes dans ses bons offices, exploit qu'il jugerait plus tard fort méritoire.

— Un truc con. Et vieux comme le monde. La jalousie. L'envie. La volonté de reconnaissance. Portée à un point absolu. Et le message serait : tu vois, mec, je peux faire encore mieux que toi.

Foudrach, Clébert et Desjardins n'avaient rien répondu, durant de longues minutes. Le commissaire avait eu le temps de s'avaler sa dose horaire de nicotine.

— D'accord, avait-il lâché, au terme de sa réflexion hautement cancérigène. Vous interrogez Nitzos sur sa carrière professionnelle, depuis ses débuts.

— Ouais, avait alors fait Clébert, de son jappement de brute. Serre-lui les roustons un bon coup. Y a un lien avec lui. Même si c'est pas lui.

Le mois de mai commençait sous les meilleurs auspices. J'avais mis le bouledogue de la Préfecture de mon côté.

Ça ressemblait quasiment à du bonheur.

MULTIPLEX

Et maintenant voici l'homme, face à moi.

J'ai frappé à la porte de son domicile, il vient juste d'y emménager, délaissant la friche de l'A86 pour un vaste deux-pièces du XIIIe arrondissement, ma Coccinelle garée juste devant son numéro, quelque part à deux pas de la mosquée de Paris. Il n'a pas tardé à m'ouvrir, les yeux embués de fatigue, je n'avais pas à regarder ma montre, je savais en toute quiétude qu'il était 9 heures du matin, passées de quelques minutes tout au plus. La plus mauvaise heure pour un noctambule.

— Merde si c'est pour m'interroger repassez donc vers 14 heures, et si c'est pour m'arrêter vous auriez pu profiter de l'heure légale, généralement à 6 heures je suis juste sur le point de me coucher.

J'ai souri, le sourire qui n'allait plus me quitter durant des années, je sentais qu'il rentrait, comme le sceau du prophète dans la chair des hommes.

— Si j'avais de quoi vous arrêter vous seriez déjà en pyjama dans une cellule. Avec Clébert comme somnifère.

Sa tenue de nuit consistait en un caleçon gris veiné de noir et un tee-shirt type camouflage.

Le nom de Clébert sonnait comme une taloche de flic professionnellement assenée.

— Qu'est-ce vous venez foutre alors ?

Mon sourire ne me quittait pas. Il devenait comme le double de moi-même, j'aurais disparu, il serait resté suspendu dans l'air comme celui du Chat du Cheshire.

— J'ai besoin de vos lumières, Nitzos. Nous sommes en présence d'éléments nouveaux et vous seul sans doute pouvez nous aider.

— Merde, a-t-il fait d'une voix enrouée de sommeil coupé en son pire moment, bon, rentrez alors...

Tandis que je prenais place dans son petit salon donnant sur la rue Daubencourt, et qu'il préparait du thé dans sa kitchenette, j'en ai profité pour observer et détailler les lieux, juste histoire de me faire une réplique mentale et éventuellement y trouver un indice qui nous aurait échappé jusque-là.

Mais le deux-pièces assez modeste, tout juste rénové, ne présentait que des surfaces blanches, avec un parquet de bois ciré couleur chêne doré, le bar de la cuisine à l'américaine se déroulant en une courbe de métal anodisé gris, chaque côté de la pièce flanqué d'une imposante bibliothèque aux armatures de métal anthracite et devant la fenêtre, son ordinateur posé sur un bureau de verre et d'aluminium brossé. C'était presque aussi agréable qu'un bloc opératoire. En allant aux toilettes, alors que sa bouilloire chauffait sur la cuisinière à halogène sortie d'un épisode de *Star Trek*, je me suis permis de me faire une idée de la configuration de l'appartement. Il y avait une chambre, la porte en était ouverte : un lit constitué d'un futon japonais avec une couette blanche jetée en travers, pratiquement pas d'objets, sinon un réveille-matin Sony en forme de parallélépipède couleur alu brossé, et quelques bouquins éparpillés sur le sol. Plus loin dans le couloir, la salle de bains juste en face des chiottes, je fais semblant de me tromper de porte et j'aperçois un cube de carrelage blanc, et des tuyaux métalliques chromés, comme nettoyés à l'instant par un invisible robot domestique.

Les toilettes sont blanches, elles aussi, comme tout le reste de l'appartement, je pisse face à une affiche d'*Orange mécanique*.

Tout indique, d'une certaine manière, que Nitzos pourrait être l'auteur des crimes. Notre équipe sait depuis septembre-octobre qu'on ne peut pas vraiment le suspecter dans l'affaire de l'usine Arrighi, pourtant, tout en lui le désigne comme le coupable idéal. Je sais que Verdier aimerait bien que je le secoue un peu, Clébert est de cet avis aussi, évidemment. Foudrach hésite. Seul le vieux procureur Kowalsky sent que ça ne colle pas, que l'évidence est trop grossière, le tueur cherche à obtenir des gratifications symboliques et une notoriété qu'il n'a pas, et Nitzos tout au contraire commence à les obtenir.

Néanmoins, il est clair pour tout le monde, y compris pour moi, qu'un doute subsiste.

— Vous voulez du thé ?

— Non merci, vous n'allez pas le croire mais en ce moment je commence mes journées au cyclotriméthylénétrinitramine.

Nitzos hausse les épaules en émettant un petit hoquet amusé.

— Le nom savant du RDX, vous vous préparez pour Questions-Pour-Un-Champion ?

— J'ai déjà gagné l'année dernière.

— J'avais plutôt tendance à *finir* mes journées avec ça il y a peu comme vous le savez, mais là où je vais, la pyrotechnie urbaine a fait d'énormes progrès depuis peu.

Sur le moment je ne saisis pas très bien l'allusion, je devine à peine l'existence d'un sens caché, mais c'est comme un mouvement à l'extrême périphérie de la vision, on ne le voit pas vraiment, et pourtant on ne voit que lui.

— Qu'est-ce que vous voulez dire, et je prendrais bien un verre d'eau, merci.

Coupure dans le temps-mémoire. Trente secondes tout au plus.

Me voici avec le verre d'eau fraîche dans la main, les glaçons que Nitzos vient d'y jeter craquent encore sous le choc thermique.

Au-dehors, par la fenêtre, c'est une vraie belle journée d'été précoce, ce début du mois de mai est plus dangereux qu'une adolescente prépubère pour un pédophile en liberté.

Nitzos se ressert une tasse de thé. Dans un coin de la pièce, une petite télévision marche sans le son, devant un divan vide. C'est l'heure des infos, la télé est branchée sur la 2, j'aperçois la figure sémillante de Claude Sérillon, puis des images de bombardements et de maisons en flammes.

Nitzos pointe l'écran du menton.

— Vous tombez à pic... voilà précisément mon prochain camp de vacances.

Je regarde un instant les images en provenance de ce coin des Balkans dont tout le monde parle depuis des jours. Bosnie-Herzégovine.

Sarajevo.

La seule référence mentale disponible dans mon catalogue personnel est celle d'un vieux livre d'école, avec l'illustration d'une calèche et d'un homme surgissant de la foule un revolver en main. Ce que je sais c'est que le siècle a commencé à Sarajevo, en ces heures il apparaît tout aussi clairement qu'il s'y terminera.

Je regarde les séquences tournées au caméscope par un journaliste britannique de la BBC dont la 2 a repris les images. On ne va pas se faire de cadeaux dans le coin. Les vendettas corses, à côté, vont faire figure de concours de pétanque.

Nitzos avale une gorgée de son thé matinal en fixant son regard sur l'écran cathodique, mais aussi sur un écran purement intérieur.

— Destruction Incorporated, a-t-il fait. 1991-1992. Juste le temps qu'il a fallu au monde pour s'engloutir entre deux guerres.

Il lève sa tasse chinoise comme pour porter un toast et en achève le contenu, je lui redemande un verre d'eau, et ça signifie aussi des explications.

— J'ai créé la compagnie à la fin de la guerre du Golfe. Elle est morte au début de celle-ci. Dans moins d'un mois tout sera nettoyé. On aura mis la clé sous la porte douze mois tout juste après la formation officielle de la boîte. Il paraît qu'on fait partie des 90 % qui statistiquement ne survivent pas à la fin de la première année d'exercice. Pour une fois, c'est rassurant, je peux me dire que j'appartiens à une majorité.

Je laisse passer un sourire.

— En France la sélection naturelle a toujours très bien marché. Darwin aurait pu élaborer sa théorie rien qu'en traversant la Manche, il n'avait pas besoin de se taper les Galápagos...

— C'est exact. Le seul problème c'est que le processus s'est inversé : ici ce sont les meilleurs qui crèvent.

Sur l'écran luminescent de la télévision un char serbe fait feu sur une petite école de campagne, quelque part dans la Libeljina, nous apprennent quelques mots genre télétex.

— Non, je rétorque plus doucement que je m'y attendais, ça a toujours été comme ça. C'est *partout* comme ça.

Puis j'enchaîne :

— Qu'est-ce que vous allez foutre dans ce merdier ?

— J'ai besoin de travailler, Kernal. Je reprends mes anciennes activités.

J'expire une sorte de hoquet. Rien dans nos fichiers ne nous avait notifié une carrière de mercenaire.

— Merde, me dites pas que vous allez partir vous battre là-bas ?!

Nitzos esquisse un vague sourire.

— Je suis exempté P4. J'ai même pas fait mon service dans un burlingue.

Je regardais le reportage de la 2 prendre fin sur la séquence d'un groupe d'irréguliers serbes, où des teen-agers armés jusqu'aux dents tiraient au Kalachnikov sur une cible invisible.

— C'est pas sûr qu'on y voie beaucoup d'inconvénients dans le coin, la plupart des ses mecs ont même pas dix-huit ans.

Nitzos a laissé passer un petit rire assez mordant.

— Exactement. En Yougoslavie, chaque foyer possède au moins un fusil d'assaut AK47 et un lance-roquettes portable de type soviétique dit « zolia », et comme dans tous les régimes cocos, on suit une carrière paramilitaire de l'enfance jusqu'au « vrai » service national.

— Merde, j'ai fait, vous voulez dire que ce serait comme le Texas plus Tito ?

Nitzos m'a regardé comme si j'étais un drôle d'objet étranger égaré sur la planète.

— C'est le Texas plus deux guerres mondiales, m'a-t-il répondu. Tito n'était qu'un minable fusible, il est mort, voyez-vous, et dix ans plus tard, tout ce beau monde va s'entretuer. Croyez-moi, ça va pas être beau à voir.

J'ai regardé l'écran avec un peu plus d'attention. Des balles traçantes déchiquetaient une maison en contrebas d'une colline ensoleillée.

— Ça a l'air bien parti pour ça en effet. Sur qui vous miseriez, personnellement ?

Nitzos a rangé sa tasse et la théière puis s'est saisi d'une petite mallette noire en allant s'asseoir dans le divan face à la télé. Il a ouvert la petite mallette et en a extirpé un caméscope Hi8mm Sony, le dernier modèle tout juste sorti des chaînes du constructeur.

Il a posé le caméscope sur ses genoux, s'est emparé du zappeur qui traînait à ses côtés et a éteint la télé alors que Sérillon enchaînait, silencieux comme un poisson dans son aquarium, sur les résultats sportifs de la ligue de l'UEFA : petits flashs de football micronisé. Puis black-out.

— Je crois pas me tromper si je vous dis que ça va être la télé qui va gagner cette guerre. La télé et l'ONU. On sera encore mieux payés que les tueurs à gages des milices yougoslaves.

— Quand partirez-vous ?

— Dans un mois, pile-poil, je dois régler toutes ces conneries de formulaires. Les banques, tout ce machin de faillite. Ensuite j'ai le contrat avec Sygma.

Nitzos était rayé de la liste des suspects depuis un petit moment déjà en tout cas par moi, il allait falloir le retirer de notre liste de témoins.

— Combien de temps ?

Là encore, le pâle sourire.

— Dans ce genre de voyage, on ne sait jamais à l'avance combien de temps ça peut prendre. Des fois c'est quarante-huit heures, et retour dans une caisse en sapin. Sinon, si ça dure, eh bien, ça durera le temps du conflit !

Il a jeté un coup d'œil à l'écran éteint, opaque, enfin libre.

— Je parierais un compte en Suisse que ça va durer quelque temps. Le temps de plusieurs massacres, et de plusieurs ministères.

J'ai poussé un soupir, j'ai avalé ce qui restait de mon verre d'eau et je suis allé me poster près de la fenêtre.

Mes idées avaient la fâcheuse tendance à se réaliser mais...

— Voyez, a fait Nitzos, mes idées ont la fâcheuse tendance à se réaliser, mais de façon complètement invertie.

J'avais émis un bruit bizarre en signe de réponse, troublé par la coïncidence qui avait fait se chevaucher mes pensées et sa phrase.

Devant moi je ne voyais rien d'autre qu'un beau ciel de printemps, à la bichromie flamboyante, bleu et jaune, or et azur, sans me douter qu'elles étaient les couleurs annonciatrices du désastre.

J'avais une liste bien précise de questions à poser à Nitzos. Toutes s'articulaient sur son passé de musicien rock, dans les années 80.

Je voulais en connaître plus sur lui, mais je me doutais déjà que par cette connaissance je cherchais à éclairer le futur déploiement de la pensée du tueur. Je commençais à esquisser un diagramme opératif entre nos trois figures.

Je lui avais demandé, sans ambages :

— Pourquoi avez-vous interrompu votre carrière dans le rock ?

Son rire avait résonné clairement :

— Je n'y ai pas fait carrière, précisément, je sais que je suis sur une phase de transition, puisque j'ai fait un peu de journalisme pour survivre il y a quelques années, je vais assurer ma pitance en allant couvrir les abominations de la fin du XXe siècle.

— Vous avez un plan pour la suite on dirait.

Son sourire s'était réglé sur une fréquence mystérieuse.

— Oui. Si j'en reviens vivant, j'écrirai.

Puis sans attendre une réponse de ma part, il s'était levé en direction de son gros ordinateur Macinstosh qui trônait sur la vaste table Ikéa de son salon. L'ordinateur était raccordé à un moniteur vidéo supplémentaire, ainsi qu'à un système de son Harmann-Kardon, la classe. Il avait mis en route les machines et d'un geste m'avait invité à m'asseoir à ses côtés, sur un petit tabouret tournant.

— Je dois vous montrer un certain nombre de choses sur les logiciels dont je me sers si vous voulez comprendre quelque chose aux procédés numériques de création et de gestion du son.

J'avais dit : Allons-y.

Et en une heure environ de travaux pratiques, j'avais pu expérimenter plusieurs programmes contenus sur ses énormes disques durs. Le premier s'appelait Cubase, c'est par lui que Nitzos m'expliqua ce qu'était le système MIDI. Le second, Notator, lui permit de compléter le cours accéléré. Ensuite il chargea un énorme logiciel d'origine américaine, qui prit plusieurs minutes pour remplir la mémoire vive de la machine.

— J'ai un contrat de bêta-testeur avec la firme qui fabrique ce truc. Ça s'appelle Pro-Tool. C'est à mon avis voué à un succès foudroyant. Il y a tout en un. C'est le studio numérique du futur.

Sa main a volé au-dessus du clavier comme une machine simplement plus fluide, plus organique. La musique a vibré dans les haut-parleurs.

C'était un mid-tempo assez lent, genre T-Rex façon Hot Love, mais les séquences de synthétiseurs entrelaçaient avec la guitare une tubulure glacée qui s'harmonisait sur la boucle échantillonnée de l'hymne soviétique. La basse était plomb fondu, roulement des infrasons divins, Nitzos avoua : j'ai pompé ça sur un riff de Bill Laswell, une tuerie non ? *USS Youri Gagarine*. C'est ainsi qu'on a appelé ce morceau, Kris Novak et moi. On se connaît depuis douze ans, la fin de l'époque punk, on a essayé plusieurs groupes ensemble, ou séparément, il m'a même rejoint pendant deux ans à Londres, vers 83-84.

Je trouvais le morceau rudement bon. Nitzos avait chargé le suivant. Longues mains blanches pianotant sur le clavier de l'ordinateur, indépendantes de lui, autonomes, libres, mais asservies à la machine dont elles exécutent les ordres avec célérité.

J'avais instantanément reconnu le riff. Lucifer mis en boucle dans l'antimonde digital, se consumant à chaque instant de sa danse terrible au-dessus des brasiers et des carnages, un woo-woo ironique et glacial accompagne l'effrayante ritournelle chargée d'électricité, gospel d'apocalypse qui s'élève d'une chorale de castrats humanoïdes.

Sympathy for the Devil, les Stones, années 60. Revisité par l'électronique mutante de Nitzos.

Le vieux refrain des Stones est à cette version cryogénique ce que la guerre du Viêtnam est à celle qui vient de commencer en Europe, et où Nitzos va partir.

— Ce n'est qu'une maquette, là-dessus on n'a pas encore les voix, mais c'est à cause de vous que je l'ai composée.

— Ah oui ?

— Oui. C'est votre tueur de l'usine, j'ai voulu faire quelque chose autour de ça et sans le faire exprès les accords de base ressemblaient franchement à ceux de la chanson des Stones. Je me suis dit que plutôt que de les plagier, je me servirais de l'échantillonnage pour faire une reprise, puis vous allez voir, avec Kris ça nous a conduits à imaginer une sorte d'album de *covers* électroniques de grands titres du rock des années 60 et 70. On voulait appeler le groupe Dead Astronauts Theory... écoutez...

Il avait chargé un autre fichier.

J'avais reconnu le riff mais sans pouvoir l'identifier. Quelque chose de mes années lycéennes voulait reprendre forme, les mid-seventies, la fin de la glose hippie, l'interlude punk. Le beat est presque funky mais avec le transect d'un automatisme machinique, la pulsion est binaire, un arpège de pur platine tournoie comme une hélice.

Puis une voix féminine électrise l'air autour de nous, *en nous*, mais elle semble faite de plusieurs voix raccordées ensemble par le miracle de l'échantillonnage numérique, un multiplex vocal digital attaque les premiers mots de la chanson : *This ain't rock'n'roll, this is genocide.*

Les mots parlent d'eux-mêmes.

— Oh, *Diamond Dogs*, non ? Bowie, 1974.

— Exact, avait répondu Nitzos, merde comment ça se fait que vous êtes flic ?

— Vous m'avez dit vous-même qu'il n'y avait plus aucun avenir dans la musique, ça ne doit guère être plus brillant dans le cinéma, ou la peinture à l'huile, et une carrière de publicitaire ne me tentait pas. Dites-moi, qui chante exactement là ?

Et le rire de Nitzos, clair comme le feu, avait résonné à mes oreilles.

— C'est ce que je voulais vous faire entendre, et vous faire comprendre. Ce n'est PERSONNE. Je veux dire ce n'est personne en particulier. En fait, Kris Novak a enregistré la piste des voix à Amsterdam, avec quelques-unes de ses copines, puis ici on a tout ré-échantillonné, tout harmonisé, tout recalé, synchronisé, retraité, équalisé, bref on a tout *recréé*, pour parvenir à cette androïde femelle. On voulait faire la même chose avec *Sympathy for the Devil.* Avec cette histoire du tueur ça prenait un sens très particulier... dommage qu'on n'ait pas pu la finir.

Je n'avais rien répondu, *Diamond Dogs* tournait en boucle à nos oreilles.

— Vous me demandiez pourquoi j'ai arrêté la musique ? Ou plutôt ma carrière dans le rock, non ? Eh bien je vais essayer de vous répondre. En quelques mots : le rock est mort, avec le grunge c'est sa dernière grande émulsion, et quelque part c'est déjà une reprise du punk-rock des années 1976-1977. La techno ne va guère plus loin que les grands machins planants façon Tangerine Dream, la cold wave de 1980 était largement plus passionnante, et le rap est déjà une simple marchandise. À Londres, j'ai pu me rendre compte de près que la musique était en voie d'intégration corporative dans les machines bureaucratiques et financières. C'est pour ça que je suis revenu en France pour faire de la vidéo, et que je me suis branché sur ce truc de destruction d'usines. Ça me permettait de faire la musique que je voulais en parallèle, avec qui je voulais, et pareil pour les images. Mais je savais que ce n'était qu'un feu de paille, c'est le cas de le dire. Je pensais juste pouvoir réunir assez de fric pour finir la production du projet avec Kris.

— Pourquoi partir en ex-Yougoslavie *avant* de vous mettre à écrire ? Vous voulez vous la jouer Hemigway du postcommunisme ?

Son rire résonne, mais plus sèchement.

— Merde, vous y allez pas par quatre chemins, vous. Non, il faut que j'assure ce coup, parce qu'il y a beaucoup de fric à la clé, et au bout du compte des risques aussi supportables que de vivre dans le nord de Londres avec des junkies. Si je veux me mettre à écrire, il me faut de quoi tenir au moins deux ans, je connais la chanson, c'est encore le cas de le dire.

Je n'avais rien à répondre, alors je lui ai demandé de nous refaire du thé. Puis j'ai essayé de mettre un peu d'ordre dans mon esprit et de passer au jeu de questions factuelles, telles que la Préfecture voulait qu'elles fussent posées.

Diamond Dogs s'est arrêté. Le silence de l'appartement a de nouveau rendu perceptible la lointaine vibration des automobiles, la lumière obscure de la ville.

Je n'ai pas appris grand-chose du passé de Nitzos. J'ai pris des notes, dans un état proche de la conduite automatique.

Études dans la banlieue sud de la région parisienne, dont deux années en fin de second cycle au lycée Romain-Rolland de Vitry-sur-Seine, tiens, à moins de cent mètres de là où j'avais emménagé dès mon affectation à Créteil. La coïncidence me fit dériver sur mon propre travail, ma propre vie. Mes propres vies. Ma vie d'étudiant, puis de photographe amateur, avec mon service militaire au Centre cinématographique des Armées, mes amis à *Géo*, mes premiers films tournés durant les cours de dissection, puis mon engagement dans la police.

Nitzos avait vaguement poursuivi ses etudes en France tout en jouant de la musique, puis en 1981 il était parti vivre en Angleterre. Il y avait poursuivi une carrière d'artiste rock typique des années 80, pleine de gloires furtives et d'alcaloïdes addictifs, avant que, de retour en France, il ne fonde sa compagnie, qui comme son objet social, n'était désormais plus que ruines.

Nos vies, tout entières, ressemblaient à un champ de ruines. Et pourtant, nous n'avions pas encore connu la guerre.

ZÉROPA-LAND

Si vous ne croyez pas en la science-fiction, c'est, bien sûr, que vous n'avez jamais vécu en banlieue. Je veux dire la vraie banlieue. Je ne parle point là du faubourg désuet situé aux limites du périphérique (frontière urbanistique et psychosociale qui a fait de Paris la caricature muséale d'elle-même), ni de la zone pavillonnaire pittoresque sur les hauteurs de Meudon, des petits ponts-au-dessus-de-la-Marne, ou même de la vieille école républicaine sentant bon les encriers et les livres d'histoire de la IIIe République, encore moins de la cité vachement multi-ethnique et hyper-cooool de mon enfance, tous ces trucs de prestidigitateurs verbeux qui encombrent la littérature contemporaine. Non, je vous parle de la vraie banlieue, celle que personne ne voit, celle dont personne ne se souvient, celle qu'on traverse, celle des spectres, celle qu'on atteint avec une seule et mystérieuse petite clé : la clé de *contact.*

La ville où je vivais en cette fin de XXe siècle ne trouvait sa réelle dimension que dans les lieux où l'homme, enfin, avait disparu. Les autoroutes en particulier.

Dans ce monde laissé à la beauté glaciale des machines, les humains n'apparaissaient que sous la forme de simulacres cinématiques, parfaitement anonymes, à l'exception de leur identité mécanisée par le flux publicitaire global. Sur l'autoroute on ne croise la plupart du temps que des voitures. Bon, sinon des camions. Le motard lui-même n'est qu'une trombe furieuse qui épouse totalement l'anima particulière de sa machine.

Vous pouvez en plus ajouter les séries de couleurs, et les plaques minéralogiques. Du code, toujours. Rien que du code.

Si vous y rencontrez un humain, il ne peut être que la source d'un ennui : un flic. Ou alors un accidenté de la route qui gît sur la bande d'arrêt d'urgence.

Quelque chose qui menacera la grâce purement cinétique d'une existence réduite au pur mouvement.

Ainsi nous apparaissait la ville à Nitzos et à moi alors que nous roulions en silence sur l'A86, en direction de Bonneuil.

Un vaste territoire étranger à l'humain, qui bientôt fonctionnerait pour lui seul, automatisé, avec une population de robots chargés de le maintenir en fonction.

Ce serait, sans doute, presque aussi beau que les Grandes Pyramides, ou le temple de Machu Picchu. Nous n'avions sans doute pas encore les mots pour le décrire, et donc le faire vivre en nous-mêmes, quoique certains soirs, comme celui-là, semblaient être en mesure de produire cet enchantement.

La nuit tombait sur le monde et le jour polaire du sodium se constituait peu à peu, autour de nous, alors que les immenses échangeurs s'allumaient, les uns après les autres, rubans de lucioles orange, comme autant d'explosions à l'hexogène fixées dans le Polaroïd du temps réel.

Là-bas au loin, dans le clair-obscur gris-bleu qui tombe sur nous, je discerne les rougeoiements caractéristiques des braseros près d'un chantier de construction, des silhouettes se distinguent à peine de l'atmosphère, alors que des engins aux formes indiscernables circulent sur une piste, dans un nuage de poussière.

Au premier plan : le balayage orangé en stries stroboscopiques sur les méplats de son visage, pâle comme celui d'un mort ; sous le néon dur et métallique, il apparaît alors comme celui d'un des anges venus établir leur rapport sur les cités de Sodome et Gomorrhe.

Le ciel est couleur Dernier Jour. Colonnes célestes s'élevant dans une trombe de sang vaporisé.

L'apocalypse à portée de main, mais de l'autre côté du Plexiglas.

Ce soir-là, nous fîmes le trajet sans prononcer un seul mot sur l'autoroute, Nitzos et moi, en direction de la capitale. De l'A86, je bifurquai en direction des quais de la Seine, puis je longeai les voies sur berge jusqu'à l'Institut médico-légal.

Nous n'allions pas desserrer les lèvres de tout le voyage, accompagnés par le débit vocal ininterrompu de France-Info et les nouvelles en direct des massacres balkaniques qui, chaque heure, semblaient prendre plus d'ampleur.

C'était une magnifique soirée de printemps.

Nous descendîmes de la voiture sous un ciel noir, pur, parfaitement nettoyé, comme par miracle, de tout parasite. Même le dôme orange-pourpre du rayonnement électrique citadin avait comme voulu nous accorder un moment de grâce, nous percevions nettement les étoiles au-dessus de nous.

Il annonçait à la fois le décor clinique de l'Institut, et le programme d'extermination que, visiblement, un pool de psychopathes avaient mis au point, quelque part en Europe.

Nitzos et moi nous étions juste regardés, de part et d'autre de ma Coccinelle avant de nous diriger vers l'entrée.

Rien n'aurait pu être plus différent que ces deux regards, se croisant par-dessus le capot bleu et arrondi, du moins au premier abord. Car je crois que si un observateur extérieur avait pu en analyser les profondeurs, et bien sûr il y en avait un, il y aurait lu la même acceptation fataliste des désastres à venir.

Carole Epstein nous attendait dans le hall de l'Institut. Nous étions convenus que nous entreprendrions cette discussion dans un petit bureau, vide à cette heure, jouxtant le service d'accueil.

En fait pour moi, la séquence commence ainsi, plan d'ensemble :

Nous voici tous les trois dans cette petite pièce à l'odeur de chlore, de part et d'autre d'un bureau banal et fonctionnel comme une machine de mort.

Le plafonnier fait tomber sur nous une lumière blanche, venue d'un glacier électrique.

Même sous cette terrible lumière de l'éternel midi de la bureaucratie, Carole Epstein rayonne d'une beauté dont la tranquille sérénité vous exaspère d'autant plus. En tout cas, moi.

Plan rapproché :

Elle est toute de noir vêtue, sa peau à l'éclat alfénide comme une pâle lumière en halo, une robe longue lui tombe jusqu'aux pieds, découvrant le cuir d'une paire de bottines qui luisent en secret, un large pull-over la couvre jusqu'au bassin, avec de petits motifs en losanges d'un rouge sombre, une montre de premier prix genre Swatch qui ceinture d'un jaune fluo son poignet, un petit collier d'ivoire au style asiatique serré autour du cou, tous les détails me sautaient à la face, une bague de communion en or blanc qui se distingue tout juste de la structure laiteuse de l'annulaire qu'elle ceint, une cicatrice ancienne, là, sur le dos de la main que j'entrevois comme une prolongation nervale de la grosse veine qui palpite en son centre. Un ange qui se serait abîmé au passage, en tombant un soir sur la Terre.

J'osais à peine poser les yeux sur son visage, et il m'arriva d'avoir à les détourner d'une courbe que je devinais périlleuse, à chacune de ses inspirations.

Sa bouche s'entrouvrit sur une pluie de mots, ourlés du rose de ses lèvres :

— Êtes-vous certain d'obtenir l'appui du juge ?

— Oui, avais-je répondu, comme d'un autre monde. Il nous appuiera.

Le silence devenait partie intégrante des êtres, des choses et de leur apparent mouvement. Il gelait nos langues comme une banquise enserre un navire aventuré au-delà du pôle du langage. C'est pour cela qu'il faut concevoir cette série de dialogues comme autant de tentatives désespérées pour nous sauver du grand froid.

— Je ne suis pas sûre que votre plan marchera. Que pouvons-nous faire en un mois ?

— Moi non plus je ne suis pas sûr que le plan marchera. Ce que nous pouvons faire en un mois ? Essayer qu'il marche.

Putain, j'ai l'impression d'être le boxeur sonné sur son coin de ring et qui mâchonne des mots qu'il comprend à peine à l'intention de son soigneur, qui en retour lui prodigue un concert de paroles se noyant dans le chaos ambiant.

Pourtant, ici, le seul bruit audible c'est le lointain grésillement du plafonnier de néon, comme l'écho d'un spoutnik.

— Le juge vous détachera provisoirement de votre poste à l'Institut. Je ne vous propose pas un séminaire à Ibiza sur les dernières techniques de méditations transcendantales néo-kabukis. On bossera à Créteil. Et chez nous. Bref, on bossera sept jours sur sept.

Carole Epstein avait émis son rire, clair, et affûté comme un rasoir.

— Heureusement que vous n'êtes qu'un flic, si vous bossiez dans le privé, vous feriez un entrepreneur de choc !

— Ouais, j'ai rétorqué, dans une sorte de froide et cotonneuse colère, en ce qui me concerne, je suis partisan du « slave labour ». Je veux dire, pour moi-même. Pour le reste, ça ne dépend plus que de vous.

Le plafonnier et sa musique électrique. La caméra bouge comme pour fuir la lumière aveuglante. Le cœur de la caméra bat trop vite pour ses piles au lithium.

— Qu'est-ce que vous voulez dire ? Quel reste dépend de moi ? dit la bouche d'où pleuvent les mots ourlés de rosée.

— Le reste ? j'ai fait depuis mon sous-marin embrumé, le reste c'est de retrouver l'enculé qui se prend pour un petit artiste-roboticien de génie. C'est ça le reste.

— Et c'est ça qui dépend de moi ?

Là je me suis vu dans l'obligation de hisser le périscope et de faire le point sur la cible, gros plan :

Ce visage adorable, ces yeux noirs, plus vifs en fait qu'un volcan s'éveillant dans la nuit, sa bouche, très délicatement sensuelle, rose pâle d'une grâce classique, ces longs cheveux noirs, aux anglaises naturelles.

Je me sentais mal. J'aurais voulu boire des millions de mètres cubes de flotte.

— Oui, j'ai répondu, le bruit d'un cliquet qu'on armait résonnant dans mon crâne. Tout seul, je ne peux arriver à rien.

À quel point cette assertion était vraie, je ne saurais le dire, mais sur le moment c'était bien le seul authentique mensonge que j'étais en mesure de proférer !

Carole Epstein a dit d'accord, j'ai joint Desjardins avec le cellulaire de Nitzos, puis j'ai clairement entendu Carole Epstein décliner notre invitation à la reconduire chez elle.

Nous sommes néanmoins sortis ensemble de l'Institut. La lune s'était levée. Pleine. Elle apparaissait au sud-ouest, juste au-dessus du pont de Tolbiac, et des Grands Moulins de Paris, désaffectés et promis à une démolition prochaine, eux aussi. La silhouette de Carole se détacha des eaux mordorées de la Seine.

Sous la lumière de l'astre, dans le clair-obscur du parking, elle m'apparut si belle que je sentis mon muscle cardiaque passer pour de bon en zone rouge : réaction nucléaire à portée. Compteur Geiger bloqué en position maximum. Click-click-clickclickclickclick...

J'ai proféré une ânerie afin de masquer le trouble grandissant, puis je l'ai regardée se diriger vers sa propre voiture, une petite Honda Civic gris métallique.

Nitzos ne disait rien. Il m'attendait près de la VW.

— À moi aussi, vous proposeriez de me ramener ?

Un rictus de pâle ironie éclairait ses traits, laqués par les reflets bleutés de la voiture.

— Ma compassion ne connaît aucune limite, lui ai-je répondu en ouvrant ma portière, et mon sourire de pute.

J'avais pompeusement dénommé notre groupe « Cellule Provisoire de Profil Psychologique », ou C3P.

Les mots « profil psychologique » produisaient leur effet. En cela j'initiais à mon humble mesure de fonctionnaire de police français un mot que les auteurs de best-sellers américains allaient utiliser avec fortune.

Je n'allais pas avoir la même chance. En anglais, dans « profile », il y a « file » ; il y a « fichier ».

Je croisais toutes les informations en ma possession avec les données tirées de mes notes, puis avec les rapports de Carole Epstein, qui faisait de même de son côté, Nitzos m'aidait à fabriquer le modèle informatique. Desjardins nous avait trouvé un petit burlingue provisoirement inutilisé à l'étage supérieur.

Pendant ce temps-là, Nitzos compilait la somme de nos informations, chez lui la plupart du temps, alors que son appartement se dégarnissait peu à peu, en vue de son départ prochain pour les Balkans, et ses guerres.

Tous les soirs, nous faisions une synthèse de nos travaux et nous nous suivions, Carole Epstein et moi, chacun dans notre voiture, jusqu'au domicile de Paul Nitzos que nous retrouvions, infatigable, assis derrière son ordinateur.

J'avais fini par me dire que nous étions les prothèses des machines et non l'inverse. Nous les servions bien plus que nous nous en servions. Sauf, comme toujours, une poignée d'êtres d'exception pour lesquels la servitude volontaire est plus déshonorante encore qu'un esclavage forcé. Je comprenais, quoique de façon encore embrouillée, qu'il fallait d'abord accepter leur domination sans partage si nous voulions ensuite retourner le mouvement dans son ensemble. Les machines n'avaient pas d'âme. Dans ce monde sans Dieu, c'était sans doute leur plus grande chance. Peut-être serions-nous susceptibles alors d'en faire quelque chose.

Quelque chose d'autre que des artefacts de poupées mécaniques.

En ces quelques mois j'avais gravi un premier barreau rougi au feu de la lumière du monde. Si je voulais me plaindre et gémir, il existait de par le globe des centaines d'associations civiques et charitables qui auraient pu se servir de mes éventuels talents de pleureuse.

Mais devenir un enculé de flic, ça demandait précisément de foutre ce type de pensées au fond d'une boîte plombée, d'en jeter la clé dans un caniveau, et la boîte dans l'obscurité d'un gouffre. Ensuite on priait pour que le gouffre soit recouvert par toute la cendre du monde.

C'est Nitzos qui, la toute première fois, un soir que son ami et ex-associé Willy Van Dercken était passé le voir, nous a montré, à Carole Epstein et moi-même, l'étape protohistorique de l'Internet.

Ils appelaient ça BBS, lui et Willy, et à ce que j'avais compris tandis que Paul raccompagnait le Hollandais Volant à la porte en échangeant quelques propos acerbes, le temps de cette technologie était compté : des « navigateurs » logiciels allaient bientôt arriver, avec des « interfaces grand public », « dans deux ou trois ans on pourra se promener sur la Toile comme un vulgaire touriste, ce sera la fin des haricots » – disait Willy. « Je sais – avait répondu Nitzos – on va se taper les boulistes, les clubs new-age et les hackers du dimanche, qu'est-ce que tu veux, c'est la contrepartie nécessaire au processus d'hominisation ! »

J'avais entendu le rire glacial de Paul Nitzos alors qu'il refermait la porte :

— T'inquiète pas Willy, d'ici là, nous on sera passés à autre chose, comme d'habitude !

À l'autre coin du salon la télévision tournait, sans le son, réglée sur CNN, via une antenne parabolique.

Carole Epstein était assise à côté de moi, devant l'écran de l'ordinateur. Une page de codes informatiques nous présentait comme les rudiments d'un langage, et le diagramme d'un monde à venir.

Elle était bien trop près de moi pour que son parfum un peu lourd ne finisse par engloutir tous mes sens dans un tourbillon purement olfactif.

Les codes d'adressage BBS auraient tout aussi bien pu se répliquer sur les murs de l'appartement, comme du papier peint, ou sur le restant de l'univers, comme pur logos créateur, le parfum de Carole Epstein serait demeuré le point zéro de tout big-bang potentiel, il aurait été à l'origine de cette explosion initiale, il aurait été l'Instant T à partir duquel la Chute s'élabore.

Il fallait que je me rende à l'évidence : cette histoire de « Cellule de Profil Psychologique » n'avait été qu'un prétexte, à peine inconscient, un moyen, une ruse, un stratagème. Une *machine*.

Chaque jour, durant ce mois de juin 1992, et alors que la date de départ de Nitzos pour la poudrière balkanique se précisait, je pus constater que quelque chose était en train de pourrir. Quelque chose situé juste sous nos pieds. Quelque chose qui finirait par nous avaler, et nous dévorer, tous, inexorablement. Mais si je ressentais le tremblement de l'onde de choc tectonique qui faisait vibrer les fondations de l'édifice, j'étais dans l'incapacité d'en comprendre la véritable signification. Privé de tout instinct, dont même l'insecte le plus primitif dispose, je possédais des facultés d'analyse élaborées, mais encore aucune soif de destruction suffisante.

Il me restait beaucoup à apprendre.

Pourtant, à la fin du mois, nous étions parvenus à établir une première configuration.

Cette configuration « virtuelle » n'était pas un gadget à forme humanoïde. C'était un programme, donc un corps sans organes formé de sa seule codification, secrète, invisible, y compris pour lui-même.

Il s'agissait d'une entité abstraite, une matrice mathématique – élaborée par Nitzos grâce à un logiciel d'origine militaire que Willy avait « craqué » quelque part – et qui croisait et recroisait nos données, présentant des tableaux synthétiques, des « maps » disait Nitzos, des *cartes*, oui c'était bien cela.

Or les cartes ne sont pas une simple « re-présentation » du territoire. J'en avais la preuve : *elles produisaient le territoire*, elles engendraient le processus par lequel celui-ci se mettait à tracer sa topologie propre dans le monde.

En fait, je comprenais que sans la carte, le mot même de « territoire » n'avait aucun sens.

Et là-dessus, il était clair que le tueur des centrales était en tout point d'accord avec nous.

D'autre part, une étrange amitié, qui n'en était pas une, mais plutôt comme son ombre, oui, quelque chose de mystérieux semblait pouvoir se nouer entre moi et Paul Nitzos. Au-delà même de nos connivences étranges autour du vieux monde du communisme oriental en train de mourir, de notre fascination pour Youri Gagarine, ou des centrales hydroélectriques bolcheviques.

Nous partagions cette maladie de l'œil, cette nécrose du regard qui faisait de nous des enregistreurs de la vie. Lui aussi avait été photographe et vaguement journaliste, qui ne l'avait pas été à cette époque ?

Il avait souri, le décor de l'autoroute de Créteil crénelait l'univers tout autour de nous. Visionique du quotidien activée : la lumière est celle où le jour disparaît, le moment où tout s'éclaire enfin dans la nuit, le moment où celle-ci définit le point de dissolution de la clarté diurne, et propose un point de fuite vers l'infini, dont elle recouvre l'existence sans jamais, justement, l'exposer.

Je m'étais contenté de perdre mon regard dans la contemplation du vaste désert hyperurbain qui nous cernait. Les lumières électriques crépitaient à la périphérie de ma vision, je traquais des angles de vues et mon œil sans cesse les agençait en carrousels qui défilaient sur l'écran du pare-brise, c'était en fait un miracle si la reconstruction optique par mon cerveau engagée recouvrait à peu près la physique de l'univers.

— Je suis sûr que vous auriez fait un très bon photographe, avait dit Nitzos en m'observant avec une certaine ironie.

Je lui avais offert un visage impassible.

Pare-brise en télescopage devant un rideau d'arbres.

— Je suis en train de relire toutes nos données, le profil s'affine. Mais je dois aussi penser à vous, Nitzos.

Nitzos éclate de rire. Nitzos allume une cigarette. Nitzos me regarde, son expression est intensément neutre, *il me sonde au plus profond de moi-même*, me dis-je :

— Qu'avez-vous trouvé dans mon passé qui en vaille la peine, Kernal ?

Allumage des réverbères sur l'autoroute, étoiles de sodium en alignement zodiacal :

— Je n'ai rien trouvé justement. C'est ce qui m'inquiète.

Nitzos sourit, tire sur sa cigarette, jette un coup d'œil par la fenêtre. Nervures vif-argent à l'horizon. Ciel d'orage audessus de nous.

— Mais si je n'ai encore rien trouvé, c'est que je n'ai pas accès aux informations.

Nitzos se retourne vers moi, un sourcil vaguement froncé indique une curiosité non feinte.

— Comment ça, pas accès aux informations ?

Bretelle de sortie venue d'un nuage bleu outremer. Direction Paris-Centre.

— Vous m'avez dit avoir suivi une carrière de musicien pendant la majeure partie des années 80...

— Exact, mais je ne vois pas...

— Or vous étiez en Angleterre à ce moment-là, je suis parvenu je ne sais comment à obtenir une poignée de renseignements, mais je préfère vous passer sous silence les problèmes que nous rencontrons pour ne serait-ce qu'obtenir le poste de police de votre quartier.

— J'ai habité plusieurs quartiers.

— Justement. C'est pourquoi il faut que vous vous creusiez les méninges, il reste moins de deux semaines maintenant avant votre départ, et je ne crois pas que je pourrais vous empêcher de quitter le territoire national.

— Vous m'en voyez ravi.

— Mais j'ai besoin de votre mémoire vive, Nitzos, au moins pendant le peu de temps qu'il reste. Il faut que vous vous souveniez d'un musicien, spécialiste du code « MIDI », sans doute d'origine française, et qui aurait vécu à Londres, et que vous auriez rencontré ou même avec lequel vous auriez travaillé ne serait-ce qu'une journée... Il me faut quelque chose pour faire bouger les Angliches à distance, ou pour que la Préfecture accepte de me payer un hôtel à King's Road.

— C'est hors de prix, maintenant.

Je souris à moitié à la vanne.

— Il faut que vous agitiez sévère vos neurones Nitzos, sans quoi je n'arriverai à rien.

Nitzos éclate de rire, Nitzos éteint sa cigarette, et maintenant il me regarde en se contentant d'effleurer ma surface, comme *s'il m'avait en effet sondé en profondeur,* et qu'il s'attachait un peu à mon épiderme.

— Vous me faites penser à ces pathétiques auteurs de romans policiers, qui déterminent les conditions du crime avant même qu'il ait eu lieu, *avant qu'ils l'aient écrit ! Il faut que vous vous souveniez*... mais précisément Kernal, et je crois vous l'avoir déjà dit à deux ou trois reprises ces derniers jours, je ne me souviens de rien. Je veux dire de rien qui correspondrait aux cases prédéterminées par vos « il faut ».

Voies express sur berges, le palais néo-maya de Paris-Bercy, le zeppelin échoué du centre commercial.

Ma respiration mécanique, le glissement de la voiture de patrouille, l'eschillon qui apparaît au-dessus du treizième arrondissement, la pluie, violente, compacte, qui s'abat sans ultimatum sur la ville, le coup de timbale du tonnerre.

La météo se chargeait de pallier mon silence, absolu, et plein des déluges à venir.

Voilà pourquoi je passai ces quelques semaines d'avant la venue de Mazarin, d'avant ma pleine entrée initiatique dans le monde du Mal, flottant au-dessus de la planète, dans un état de pur émerveillement enfantin. J'aurais pu réussir n'importe quoi, je pense, ce jour-là. J'aurais pu faire naître des millions d'étoiles, j'aurais pu désintégrer des mégapoles surpeuplées.

Voilà pourquoi je dansais sur l'abîme.

Ce matin-là, dès l'heure de l'ouverture de la Préfecture, je posais les deux dossiers côte à côte sur le bureau de Desjardins.

— Nous avons une approche. Une grille cohérente. Maintenant nous devons filtrer tous nos suspects à travers ce tamis. Logiquement il en ressortira un nom. Ou une liste de noms. Nous aurons circonscrit le problème.

Desjardins a ouvert son dossier jaune, d'un air absent, il l'a feuilleté sans lui accorder vraiment un coup d'œil.

J'ai senti que quelque chose ne collait pas.

Desjardins était loin d'être un imbécile, il a allumé une Gitane et il m'a regardé, son visage alourdi d'une fatigue centenaire.

— Foudrach est hospitalisé pour un bout de temps, m'a-t-il fait. Ils ont diagnostiqué une leucémie. Et je dois mettre Clébert sur le coup du bar d'hier soir.

— Quel coup ?

— Un certain Gregorian s'est fait buter. C'est la saga arménienne d'Alfortville qui continue. Et les vacances commencent.

Je comprenais les préoccupations du commissaire. Sans Foudrach, ni Clébert, plus d'OPJ dans l'équipe autre que moi.

— Je tiendrai l'affaire, commissaire, vous le savez bien.

— Oui, Kernal, et vous avez intérêt nom de Dieu, sinon je

ne sais pas comment on va faire pour pas se faire niquer par ces messieurs de la Gendarmerie nationale.

— Et ce type, là ? Mazarin ? Il va arriver à la fin de l'été. Même si Clébert est occupé, et même si Foudrach est encore à l'hosto, on sera deux OPJ sur le coup. Faudra nous faire travailler ensemble c'est tout.

L'expression de Desjardins : une mimique étrange où je perçois comme une forme secrète d'ironie, et aussi un peu de pitié, toute paternelle, à mon égard.

Il lâche comme un rire, avec une bouffée bleue.

— Ouais, précisément, ça va être ça le problème, Kernal.

— Oh, merde, commissaire, arrêtez votre film, je suis bien arrivé à me faire accepter par Roland... Bon ça a mis un peu de temps mais...

— Vous n'y êtes pas Kernal. Mazarin c'est pas Clébert. Clébert c'est pas Mazarin.

Bon d'accord, me suis-je dit, avec des tautologies comme celles-là, on allait entrer dans le Panthéon de la pensée française.

— OK, j'ai répondu sans me démonter. *Lui c'est lui, moi c'est mo*i. Et ça veut dire quoi ça en clair ?

Desjardins a longuement pompé sur sa putain de clope matinale, il en a goûté le parfum létal et âcre avec une sorte de jubilation. Puis il a recraché le plus long dragon de fumée de cigarette que j'ai vu de toute mon existence.

— Mazarin est muté ici parce qu'il est grillé dans la Seine-Saint-Denis. Ce n'est pas comme Clébert. Mazarin, lui, c'est vraiment un gars... *dangereux*.

— Dangereux ?!

Je sentais que Desjardins avait comme avalé une patate chaude avant de prononcer l'adjectif. Un adjectif qu'entre flics on ne destine généralement qu'à ceux que nous sommes chargés de mettre en cage.

— Écoutez, Kernal, dites-vous bien que des gars comme ça, dans la police on en a besoin. Des fois, à cause de la pression ambiante ils pètent un boulon. Et ils commettent une bavure.

Alors, si c'est pas trop grave, on se contente de les changer de département.

J'ai pris une bonne inspiration. J'ai fermé les yeux un petit instant, je crois.

— Très bien. Quel genre de bavure ?

Desjardins continuait de tirer sur sa Gitane. À la vitesse où il la consumait, je ne fus guère surpris de le voir s'envoyer une dernière bonne taffe avant de l'écrabouiller dans son cendrier, entamant la pile qui s'y retrouverait à la fin de sa journée de travail.

— Il a tué un môme. Enfin... un môme, disons un petit caïd qui a voulu jouer au plus malin avec lui, dans une cité de Sarcelles. Le coup est parti. C'était il y a deux ans. Le temps que l'IGS et la justice le déclarent innocent et nous le mettent dans les pattes. Et en effet vu les circonstances, je vais être obligé de vous associer. Et dites-vous bien, Kernal, que ça va pas être une sinécure.

Bon d'accord, me disais-je, on allait me coller un cow-boy venu de Sarcelles avec son Manhurin .357 magnum et j'allais devoir en tirer le meilleur parti. Il était clair que les gendarmes de Bourges allaient nous la mettre sévère.

Mais j'avais le dossier de synthèse. J'avais ces putains de soixante pages dactylographiées qui indiquaient où, comment, qui chercher, pourquoi, et à quel endroit de la carte commencer.

Oui. Sauf que tout le monde allait partir en vacances. Je veux dire, tous ceux qui ne l'avaient pas déjà fait.

Certes, la République continue de fonctionner durant les mois de congés payés estivaux. Mais elle n'évolue plus que par sa propre inertie, qui est déjà lourdement sensible les autres mois de l'année. Là, il ne s'agit plus que d'une forme vaguement sphérique qui roule doucement sur le pan incliné, tel qu'il s'est présenté à elle. La Machine roule, pour elle seule, lugubre cinétique de l'inertie, vers la rentrée de septembre, là où le « travail » va reprendre.

D'abord j'avais appris, en essayant de la joindre à l'Institut médico-légal, que Carole Epstein avait donné sa démission courant juillet et qu'elle partait vivre à l'étranger, dès le mois de septembre, où ça j'avais demandé, au Canada, je crois, m'avait-on répondu.

J'avais juste ressenti le poids infini d'une possibilité s'évanouir.

La légèreté terrible d'un monde disparu avant terme.

Le compteur Geiger connut quelques semaines de mélancolie mais j'avais peu à peu effacé les belles boucles noires de mon paysage mental, quoique avec une forme d'angoisse presque sacrée, je m'étais dit que je les reverrais dans une autre vie. Et j'avais repris le cours de la mienne.

C'est-à-dire sa chute.

La veille du départ de Nitzos pour l'ex-Yougoslavie en explosion générale nous étions allés boire un verre, dans un bar de la place du Panthéon. Je crois me souvenir que c'était le lendemain de la fête du 14 juillet, une myriade d'objets à cocardes tricolores, de toute nature et de tout format, constellaient encore les rues de Paris. Nitzos m'avait expliqué de quoi il retournait : un avion jusqu'en Italie du Nord, puis il arriverait par train depuis Venise à Zagreb. De là un autocar le conduirait jusqu'à Zadar, sur la côte dalmate, où le point de passage était solidement tenu par les rebelles serbes de la Krajina depuis des mois, et où une délégation de l'ONU viendrait les escorter jusqu'à Split. Après quoi ils traverseraient la frontière bosniaque. Aller simple pour Sarajevo. Moyen de transport : inconnu à cette date.

Il était envoyé par l'agence Sygma avec quelques autres allumés du ciboulot qui couraient d'une guerre à l'autre avec un Leica en bandoulière, et le fantôme de Robert Capa et d'Albert Londres comme simples passeports pour un rêve inhumé depuis longtemps. L'agence comptait sur ses photos et ses vidéos. Et accessoirement, disait-il, je tiendrais un carnet de notes. Cela intéressera peut-être un éditeur, un jour.

Jamais la sensation de proximité avec cet homme ne fut

aussi intense qu'au moment où il s'éloignait de mon univers. Mes souvenirs du « reportage photo » que j'avais entrepris durant l'été 1989 venaient se télescoper avec les images aperçues à la télévision, ces images d'une ville bombardée, où le Mur précédemment écroulé était en train de creuser un abîme.

Il avait fumé une ou deux cigarettes en buvant son demi. Puis, très vite, en fait, il m'avait fait ses adieux.

Je l'avais regardé disparaître sur le trottoir, en direction du boulevard Saint-Germain. Il ne fut plus qu'une ombre dès qu'il eut poussé la porte et parcouru quelques mètres vers la station de métro, au-delà de la lumière qui éclaboussait le macadam.

Cette ombre se perdit parmi les ombres de la ville, vague silhouette qui s'évanouit définitivement au coin de la rue, mais accompagnée d'un étrange phénomène de persistance rétinienne. Ma mémoire continuait de l'inventer alors que mes sens ne le percevaient plus.

Puis j'ai regardé la nuit qui enveloppait la ville, et Paul Nitzos est sorti de mon existence.

J'aurais dû me douter que le monde, qui à chaque seconde se crée et se détruit, ferait peu de cas de mon avis sur la question.

Deuxième Monde

GÉNÉTIQUE DES LIMBES

> Après donc qu'il eut permis à la nuit d'exister, afin de laisser paraître les étoiles, Dieu se tourna vers l'ombre qu'il avait faite, et il la regarda pour lui donner une figure.
>
> ÉLIPHAS LÉVI, *Le Livre des Splendeurs*

Voici l'homme.

Je le vois, je le connais, je suis lui, au moins en partie, disons qu'il est mon frère.

Le voici donc, prêt à naître.

Il est tel un nourrisson laissé à la garde de la couveuse automatique. Monitoring :

Cartographie, échographie, il est un réseau de signes et de codes, de diodes et de graphiques en mouvement, nombre avant même que d'être chair.

Que cherche-t-il, cet animal tremblant, frémissant de peur devant ses propres origines, dès l'instant où le voilà laissé au monde ?

Rien.

Car il ne peut rien chercher. Il est désespérément seul, sans la moindre faculté motrice, et d'une faiblesse inouïe. Il ne peut que mourir.

Alors il pleure, il crie et se débat pour attirer l'attention éventuelle d'un de ses congénères, sa mère, peut-être, viendra-t-elle à son secours. La couveuse, en tout cas, analyse son métabolisme en temps réel.

C'est à peine si on peut définir cela comme un appel de la vie, c'est la mort qui gémit déjà dans ce corps-conscience-monde encore terriblement monodésique, et dont chaque cellule sait qu'elle est vouée à la disparition.

Mais le voici maintenant prêt à découvrir l'univers, il marche, il mange, il apprend. Il se sent libre. Il s'est d'une quelconque façon redressé. Son cortex est alors dans une phase d'évolution supercritique, que nul autre animal vivant sur cette planète, même le plus évolué, ne peut connaître. Son cerveau semble lui permettre des prodiges. Il produit en premier lieu une série incessante de catastrophes, que le véhicule humain en question est le premier à éprouver.

La Connaissance est la ligne parallèle et hélicoïdale qui s'enroule autour de la Chute. Comme dans une chaîne d'ADN aux évolutions coextensives.

Sans la Chute de l'homme vers les abysses froids et terrifiants de l'inconnu, hors du monde matriciel et nourricier de l'origine perdue, sans cette course absurde dans l'entropie de la Matière jusqu'à la mort, aucun savoir de l'esprit n'a en fait la possibilité d'émerger.

Mais sans la Connaissance qui initie et précipite la Chute, celle-ci ne se produit pas, et l'homme reste tout au plus un animal doué de raison, un automate vivant dans l'éternité naturelle du programme.

L'homme est confronté à cette mâchoire de la cosmogenèse depuis que les conditions furent réunies pour son émergence. La question s'entend aussi bien sur le plan phylo- qu'ontogénétique. Elle est notre problème, à nous, nous, ceux qui se nommèrent un jour Hommes.

La conscience nécessite un effort, voilà le plus difficile et le plus dérangeant des indices que cette conscience laisse négligemment dans le cerveau qui s'ouvre.

La conscience prévient son habitacle provisoire que tout

ceci appartient à l'ordre de l'évolution naturelle, mais que l'homme ainsi fait n'est rien d'autre qu'une espèce animale un peu spéciale, celle dont la chute hors du paradis de la nature est la condition singulière, c'est-à-dire la contrepartie nécessaire à sa singularité.

Que se passe-t-il ensuite ?

La conscience n'est pas un état, mais une dynamique, un processus qui s'engage à contre-courant de l'entropie générale. Elle nécessite la mise en action paradoxale d'une véritable économie secrète du langage, dans laquelle l'attracteur est donné par un mot unique qui vaudrait toutes les images possibles.

C'est cela que mon frère m'apprend.

Cet automate onirique qui prend possession de ma réalité, qui prend possession de moi.

Il m'apprend comment peu à peu les désirs se dérèglent, telles de pauvres machineries laissées à l'abandon dans une friche du réel, ou bien s'épanouissent à la faveur d'une promesse surnaturelle, comment les rêves sont trahis et les actions sacrifiées, comment l'effort n'est pas soutenu, comment la conscience s'avilit ainsi tranquillement dans un système où enfin elle trouve la paix.

Je comprends alors, dans cette course au-delà de tout ce que je pourrais être, que la conscience est en fait une guerre que le cerveau se mène à lui-même.

Je sais que ces journées passées à écrire m'ont comme subtilement transformé de l'intérieur, il m'arrive de ne plus distinguer vraiment les nuits des jours, le rêve de la réalité.

Une généalogie étrange s'est recombinée dans mon esprit. Des limbes de ce protomonde sans forme je me sentais parfois en mesure d'esquisser un dessin, un assemblage dont la cohérence proviendrait de son dysfonctionnement originel, mais parfois aussi je me perdais dans les méandres de son propre processus, mis à nu, étalé devant moi, en moi, autour de moi, comme un réseau dont je n'étais qu'un quantum d'énergie.

J'étais/je suis devenu comme lui, comme ce frère ennemi dont en quelque sorte j'assurais l'existence tout autant qu'il produisait la mienne. Moi aussi je fabriquais des machines, des stratagèmes, des pièges, moi aussi j'apprenais à aimer la férocité, j'appréciais chaque jour de plus en plus la violence que me donnait le pouvoir légal, j'éprouvais peu à peu une empathie vivante avec mon arme, et ma plaque, je commençais à envisager avec calme la possibilité de tuer un être humain, je faisais des progrès, et je commençais à ressentir les premiers assauts de la plus douce des émotions, la haine, froide comme de la vodka laissée au congélateur durant des siècles, comme l'eau tirée d'une sonde glaciaire dans les profondeurs du Groenland.

La haine, enfin.

Le tueur-roboticien n'était pas que mon ennemi, cela eût été trop simple, et donc insoluble. Il était aussi mon ami, mon semblable, il était le prototype d'une humanité dont j'étais le gardien. Ma fonction paradoxale était de le mettre sous les verrous, et de veiller dans le même temps à ce que les conditions de son apparition fussent maintenues.

Il y avait une forme de fatalité tragique dans cet ordonnancement des choses, en tout cas j'essayai fortement de m'en convaincre.

AU NOM DU CORPS

Voilà donc comment débuta ma nouvelle vie, et comment le monde allait s'abîmer pour toujours.

En cet automne 1992, l'éblouissement me rendait aveugle, mais sans doute fut-ce la dernière fois que je perçus quelque clarté ici-bas.

Desjardins nous présenta l'un l'autre, Mazarin et moi, sans trop de formalités.

J'avais compris dans l'instant que le commissaire se la jouerait froid, à la dure. Briefing sec comme un coup de cravache.

Son seul moment de tendresse fut peut-être lorsqu'il évoqua la structure un peu inédite de notre équipe.

— Kernal est jeune, c'est un enquêteur brillant qui vient d'être nommé officier de police judiciaire, il connaît les méthodes modernes d'investigation et il n'a pas froid aux yeux. Vous, Mazarin, vous êtes un vieux de la vieille, vous avez bourlingué dans toute la RP, vous connaissez les us et coutumes du milieu, vous avez vos contacts et vos sources, et vous savez comment faire parler un dur-à-cuire. Voilà, en quelque sorte, vous formez l'équipe la plus complémentaire à laquelle j'aurais pu rêver.

— Ça va consister en quoi notre boulot principalement ? avait demandé Mazarin en louchant vers moi un œil de caméléon.

Desjardins m'avait regardé, puis Mazarin, puis moi de nouveau.

Il avait poussé un soupir puis s'était tourné vers le nouvel arrivant :

— Mon vieux, pour commencer votre boulot principal ça va être de niquer la Gendarmerie nationale sur cette putain d'enquête. C'est Kernal qui vous va briefer en détail, pas plus tard que tout de suite.

Mazarin n'avait rien répondu. Il avait observé Desjardins de son regard vitreux. Il s'adaptait vitesse grand V à la situation. Il y avait une enquête. Une *putain* d'enquête. Et il fallait mettre les pandores à sec.

On allait le briefer en détail dans la minute.

J'ai vu une ombre de sourire planer un instant devant le visage de Mazarin, oui, l'ombre portée par une menace invisible.

Ça me va parfaitement, disait le sourire.

— Vous voulez un café, inspecteur Mazarin ?

L'énorme tonneau humain s'était retourné vers moi et m'avait offert un sourire épouvantable.

— C'est pas de refus, merci. Sans sucre pour moi.

J'avais rapporté deux expressos de la machine.

Il m'avait vaguement regardé alors que je m'approchais puis avait jeté un coup d'œil alentour, le bureau où désormais les dossiers de Clébert avaient été retirés, alors qu'on le mutait avec Leflamand sur le cas Grégorian, le bureau de Foudrach, qui resterait désormais vacant jusqu'à sa mort, le bureau que Bordas partageait avec Da Costa, vide à cette heure, le mien, où s'amoncelaient déjà des piles de documents et de disquettes en tous genres, et vers lequel mes pas nous avaient attirés.

Il prenait ses marques. Détaillait calmement les lieux où désormais il passerait une bonne partie de son existence.

On s'était regardé mutuellement, comme deux êtres que tout sépare et qui se font face pour la première fois.

Rencontre de troisième type.

Collision anthropologique. Différenciation immédiate. Et sans rémission possible.

Je lui ai tendu son gobelet brûlant de café synthétique. Il l'a saisi et ce geste a scellé une poignée de main qui ne se concrétisa jamais.

Je me suis dit que c'était le moment ou jamais de synchroniser nos montres.

— On va devoir faire équipe sur un cas pas banal. Je sais que je suis un bleu. Vous savez que vous êtes un vieil ours. Et on en sait assez l'un sur l'autre pour savoir ce que l'autre sait à notre sujet. J'ai des diplômes, une carrière qui s'ouvre et des idées originales, je suis brillant, et rapide, bref, le citron qu'on va presser jusqu'à la pulpe. Vous êtes un flic vieille école qui en a vu des vertes et des pas mûres, bref un citron déjà pressé jusqu'à la pulpe à qui on donne une seconde chance de l'être. Je crois que ce serait bien si on jouait pas les jésuites pour commencer.

Il m'a regardé, a bu un petit coup de café brûlant, m'a regardé de nouveau.

J'ai pris ça pour une invite à continuer.

J'ai repris :

— Notre cas est constitué pour l'instant de deux crimes séparés dans le temps, l'espace et... l'administration. Notre dossier propre est constitué de la découverte faite l'an dernier d'un corps encore non identifié sur le site de l'ancienne usine Arrighi, aujourd'hui détruite. Le dossier concurrent, servi par le SR de la Gendarmerie nationale à Bourges, concerne un second cadavre découvert ce printemps près d'une centrale électronucléaire du Cher... À ce que nous savons, et nous en savons peu, ils seraient sur le point d'identifier leur victime. La plupart des informations capitales sont restées inconnues du grand public.

Il y eut un silence. Maintenant pour lui, c'était quitte ou double, il fallait qu'il embarque, ou jamais plus sans doute. La perche était tendue, il lui suffisait d'un seul mot.

Il avala un peu de café puis retroussa les lèvres sur ses moustaches en une sorte de tic, que je verrais souvent par la suite.

— Pourquoi ?

J'ai regardé l'inspecteur Charles Mazarin qui savourait son instantané industriel en concentrant son attention sur le mouvement du bâtonnet de plastique faisant office de petite cuiller. Il avait dit le mot. Il avait ouvert la porte. Il avait posé la question.

Il était paré pour l'embarquement, me suis-je dit.

— Ce que nous allons faire dans un premier temps va vous paraître terriblement ennuyeux, mais je crois qu'on n'a pas d'autre choix.

— Il n'y a que dans l'armée qu'on se fait plus chier que dans la police, m'avait-il répondu.

Ça pouvait passer pour une sorte d'assentiment.

J'ai continué, en lui montrant mon ordinateur, et le bureau jonché de disquettes de toutes les couleurs.

— J'ai pu créer une petite équipe informelle hors les murs, ils m'ont aidé à concevoir un logiciel et à y entrer un grand nombre de données de base. C'est avec ce logiciel qu'on va travailler.

J'avais allumé le Macintosh.

— Je ne me sers pas du matériel réglementaire, les gens qui ont pondu ce truc l'ont fait pour ce type de machines.

Il n'a rien répondu. Je devais convenir que ça n'avait qu'un intérêt anecdotique, mais ça permettait de tuer le temps, pendant que les divers systèmes d'exploitation se configuraient dans la machine.

L'ergonomie de la chose était extrêmement austère. Rien de fascinant sur le plan graphique, rien de spectaculaire, aucune animation tridimensionnelle, on n'aurait pu le vendre à personne.

Rien que des listes. Du code, quelques cartes, des diagrammes.

À première vue, c'était pire qu'une pierre de Rosette.

J'avais prévu le coup.

— C'est moi qui m'occuperai des recherches avancées sur le logiciel, mais vous devez savoir comment ça marche. De la même façon je vous suivrai dans les enquêtes conduites sur le terrain. Nous devrons constamment veiller à partager nos infos. Enfin, le tronc commun en tout cas, si vous me suivez...

Je voulais qu'il s'imprègne bien du diagramme C3P : chacun garde ses sources, tout le monde partage le puits.

— Je vous suis. Ça me va, fit-il.

— Nous avons des listes. Ces listes concernent des personnes ayant travaillé sur un certain nombre de sites industriels, dont la plupart appartiennent en fait à EDF. Nous pensons que le tueur entretient un lien très étroit avec les formes d'énergie, l'électricité en premier lieu. Nous passons au crible toutes les données, les parcours professionnels des personnes listées, etc., et nous les croisons avec ce que nous savons des crimes, ou des victimes.

— Et en ce qui concerne la nôtre, si je comprends bien, on n'a rien.

Je m'étais vaguement redressé. Fallait que je défende mon bifteck.

— Pas tout à fait quand même, on a un rapport d'autopsie très complet et plusieurs dossiers d'analyses psycho-comportementales qui ont d'ailleurs servi à établir certaines grilles du logiciel. Le seul problème en effet, c'est que nous ne savons rien d'elle.

Mazarin a reniflé et a produit son tic avec sa lèvre supérieure.

— Si le commissaire vous a dit que les gendarmes sont sur le point d'identifier la leur, alors c'est qu'il a un tuyau à son service quelque part. Et cette fuite lui a juste dit ce que les gendarmes veulent qu'on sache, à l'heure où ils veulent qu'on le sache. Mon père était pandore...

Je n'ai pas fait allusion au fait que je connaissais tout de son dossier personnel, mais j'ai enchaîné, pour avoir une précision d'importance :

— Vous voulez dire qu'ils savent déjà ?

Mazarin m'avait regardé, il avait soufflé sur son café, avait aspiré une petite gorgée et tout en remuant son bâtonnet de plastique, il avait tordu une espèce de rictus et ses yeux couleur d'urine avaient roulé dans leurs orbites.

— Non seulement ils savent, mais ils en savent bien plus long que tout ce qu'on peut imaginer.

J'ai regardé Mazarin sans rien dire durant un instant.

Je savais que la course contre le SR de Bourges ne serait pas facile. Nous bricolions.

En face, c'était l'armée.

Nous n'avions pour nous que l'audace du guérillero. Autant dire toutes les faiblesses de l'État.

— Nous aussi, ai-je fait, il y a pas mal de choses que nous connaissons, et je suis sûr qu'on en sait plus qu'ils veulent bien se l'imaginer de leur côté.

Mazarin avait juste hoché la tête en m'offrant une expression emplie d'un fatalisme serein.

— Bon, fit-il, pour commencer, je vais me taper le rapport d'autopsie.

Je lui avais montré l'énorme pile de dossiers jaunes entassés sur le bureau de Foudrach.

— Prenez le bureau d'Alex. Et prenez votre journée pour tout lire. Nous n'avons pas le nom, mais nous avons tout le reste.

Mazarin s'étais assis au bureau d'Alex Foudrach sans rien dire. Il s'en était emparé comme une simple extension naturelle de son propre organisme. Mazarin s'adaptait à la vitesse d'un prédateur.

La matinée s'était écoulée. J'avais rentré la liste des employés d'un fournisseur de la centrale de Belleville-sur-Loire dans la gueule du logiciel. La journée s'était écoulée. J'avais croisé plusieurs dizaines de listes en attente avec les divers cribles en fonction.

Julien Bordas, l'enquêteur de seconde classe qui avait pris sa journée, m'appela pour me prévenir qu'il serait le lendemain au bureau comme convenu, et qu'il reprendrait la saisie des données venues d'un groupe d'intérim informatique de la région de Grenoble. Pour ma part, j'allais devoir enfourner des fichiers en provenance de la SERNAM, qui m'arrivaient sous la forme de bandes perforées datant de l'invention du tube à vide.

La nuit était tout juste tombée lorsque la masse de Mazarin s'ébroua dans le néon jaune. Les vitres donnaient sur une masse compacte de carbone noir. Le ciel était sans étoile.

Il s'était levé, sans un mot, et s'était dirigé vers la machine à café. Il s'était servi un expresso sans sucre, puis pesamment, avec une réserve étrange, il s'était approché de mon bureau en tournoyant le bâtonnet avec méthode dans son gobelet.

— C'est le meilleur rapport d'autopsie que j'ai vu depuis longtemps, Kernal...

J'ai pris mon inspiration.

— Mais ?... ai-je dit.

Je comprenais qu'il y avait un mais.

— Mais tout cette débauche de détails techniques ultrapointus ne nous sert à rien tant que nous n'aurons pas l'essentiel. Comme les gendarmes.

Mon regard s'était perdu dans sa vision trouble, ces deux globes d'eau stagnante qui luisaient dans leurs orifices.

Je savais qu'il avait raison. Je savais qu'il percutait directement le défaut de la cuirasse.

— Il faut que nous identifions ce cadavre, Kernal. Il nous faut un nom. Il faut un putain de nom pour commencer.

CONSIGNES DE SÉCURITÉ EN CAS DE BLACK-OUT

Mais jamais nous ne pûmes identifier le cadavre de l'usine Arrighi. Il resta pour toujours une énigme. Et je le savais, cette énigme me tuait peu à peu. Bientôt, le cadavre serait pour de bon inhumé en fosse commune, voire incinéré. Une jeune fille anonyme sortait du néant de la vie pour entrer dans celui de la mort, et il n'y avait même pas une trace tangible de ce qu'elle avait été dans un rapport de police.

L'automne roussit l'univers et Mazarin s'était un peu familiarisé avec le logiciel. Nous allions interroger la plupart des témoins en tandem, moi avec ma caméra, lui avec sa masse d'haltérophile bulgare. Ensuite j'entrais les informations recueillies dans une base de données. Pendant ce temps-là, nos enquêteurs stagiaires entraient des paquets de listes qui nous provenaient de la France entière, et qui demandaient des semaines avant que d'être enfournées au complet dans la machine.

Un jour, j'avais réalisé que le binôme Clébert-Foudrach, désormais pulvérisé par l'existence, s'était trouvé un doublon en moi-même et Mazarin. Un double encore plus monstrueux.

Une année après la découverte du corps de la centrale Arrighi, cinq mois après celle de la centrale de Belleville-sur-

Loire, les deux enquêtes conduites en parallèle par les deux services concurrents n'avaient rien donné.

La seule chose tangible dont purent se vanter les gendarmes fut leur identification du corps, une certaine Sarah Vakari, une jeune camée qui fréquentait les bars et les restaurants d'autoroutes pour tapiner. Orpheline. D'origine irano-belge, elle avait fugué de son orphelinat de la région de Bruges huit mois auparavant. Elle avait officiellement quatorze ans plus quelques jours au moment de sa mort. Mais aussi étrange que cela puisse paraître, cela ne les conduisit à rien, sinon à redoubler la pression pour se voir confier la responsabilité de l'enquête.

Et au bout du compte, comme l'eau salée finit par dissoudre la roche, y parvenir.

Il fallut pour cela la complicité inconsciente de notre propre machine bureaucratique. Il fallut la complicité de la mort, et de l'entropie.

Des mois furent néanmoins nécessaires pour que l'organisation secrète du chaos ne l'emporte. C'est le temps qu'il faut à une mer pour ronger une falaise, à l'échelle humaine.

Un soir d'octobre, Mazarin et moi avions fini de compiler les dossiers du jour, on s'était offert un café, la nuit était tombée depuis longtemps.

Le téléphone avait sonné sur son bureau.

C'était un de ses contacts, il m'avait envoyé une petite mimique significative et, en silence, il avait articulé les mots en ouvrant largement la bouche devant le combiné : C'EST CARNAVAL.

Carnaval était le pseudonyme qu'utilisait un de ses amis journalistes, indicateur de première main pour tous les dossiers sensibles. Mazarin m'avait expliqué qu'ils s'échangeaient des informations depuis des années. Carnaval était un reporter d'extrême-droite qui avait travaillé pour *Le Méridional*, à Marseille, ainsi que pour *Minute*, ou *Rivarol*. Ce journaliste avait visiblement ses entrées dans nombre de clubs informels qu'on trouvait chez les forces de sécurité. Mazarin m'avait juste dit un jour : c'est un ancien officier de marine, il a fait l'Indo et l'Algérie.

Je n'avais pas osé lui demander s'il pensait que le gars avait trempé dans l'opération qui avait coûté la vie à son père, mais il avait devancé l'éventuelle question.

— Il était avec les gars qui ont failli faire le coup d'État en juin 1958, puis qui ont mis de Gaulle au pouvoir... Carnaval lui est resté fidèle, y compris pendant la crise d'Alger. Mais quand de Gaulle est sorti de l'Otan en 1966, et que la France a adopté une politique très conciliante avec les Soviétiques, les Arabes et les Viets, il a commencé à ruer dans les brancards. Il a quitté l'armée en 1968, c'est sûrement pas un hasard.

Lorsque Mazarin avait reposé le combiné, d'un geste à la douceur maternelle, ses yeux s'étaient perdus un moment dans un endroit situé au cœur de sa tête. Puis ils s'étaient accrochés à moi, comme par accident.

— On est dans la merde, Kernal, avait-il dit.

Lorsqu'à l'aube de cette même journée, une patrouille de la Sûreté urbaine de Marignane découvrit le corps de Catherine Traussner, près d'une usine pétrochimique de l'étang de Berre, elle se signala tout de suite, il faut le dire, par une première série d'incompétences.

Enquêteurs formés à la va-vite, les deux suppléants furent conduits sur le site par un groupe d'enfants ayant trouvé le cadavre dans un grand sac de PVC, au beau milieu d'une aire en friche parsemée de petites décharges improvisées. Les enfants eux-mêmes avaient bougé le corps. Les deux suppléants le changèrent de place à leur tour, parce qu'il se trouvait au milieu d'un amas de détritus particulièrement dégoûtants, et d'étrons de toutes natures. Le sac de PVC avait été déchiré. La scène du crime avait été foulée, contaminée, le SR de Marseille ne fut vraiment informé de la singularité du crime que plus tard dans la journée, alors que le corps était déjà livré à la morgue, bref, un travail de salaud.

C'est dans l'après-midi que tout se sut à l'Évêché, et que

l'information commença à suinter un peu partout, ce qui nous avait valu l'appel de Carnaval.

Catherine Traussner était une jeune prostituée qui tapinait sur les autoroutes de la région, avec une petite camionnette transformée en baisodrome mobile. Elle était connue des services de police de la région, les flics de Marignane avaient conclu d'office à un crime crapuleux. Personne n'avait signalé sa disparition. Sa camionnette fut retrouvée au cours de la nuit par des motards de la Gendarmerie nationale, au bord d'une petite route départementale, aux environs de Miramas.

— La fille de l'étang de Berre, ah ça, putain pour sûr, ils l'ont rapidement identifiée, et ils ont donc rédigé une série de conclusions à la sauvette, ces cons. À ce que je sais le commissaire divisionnaire Banzetti est méchamment en pétard, autant dire que les flics de Marignane sont en train de se faire salement souffler dans les bronches. Mais le mal est fait.

— Quel mal ?

— L'enquête est complètement salopée. Sur le plan des analyses médico-légales c'est un désastre, rien n'est valable, tous les indices sont contaminés.

Tout était prêt pour la scène finale de confrontation entre les deux services.

J'ai baissé la tête, comme prêt à recevoir la couronne d'épines du sacrifié.

La plupart des guerres se gagnent ou se perdent dans l'ignorance de ceux qui sont sacrifiés sur le terrain. Il en est mieux ainsi, je pense. À la souffrance et à l'immédiateté parfois relative de la mort, le sentiment de défaite ou de victoire apporte soit trop de réconfort illusoire, soit une douleur supplémentaire, et terriblement vaine.

En fait, comme la plupart du temps, tout était joué d'avance. Quiconque aurait pu faire s'animer tous les acteurs en place comme dans un kriegspiel aurait pu deviner sans le moindre problème le cours que prendraient les choses. C'est-à-dire le monde. Le monde de la matière.

Il faut parfois des siècles avant que les lourdes machines pour lesquelles nous œuvrons ne se mettent en branle. En revanche, une fois lancées, elles semblent impossibles à arrêter. Et leur vitesse s'accroît d'autant plus vite qu'elles écrasent avec toujours plus d'aisance les obstacles rencontrés sur leur chemin. Ou ceux qui se trouvent à l'intérieur même de leurs rouages.

Pour les machines sociales, il n'y a ni extérieur, ni intérieur, ni centre ni périphérie. Elles sont des espaces impossibles à décrire avec une géométrie euclidienne et des nombres dits « réels ».

Elles avalent tout parce que tout ce qui vit en elles est externe, puisqu'elles sont les agents du monde, et tout ce qui fait objet leur devient aussitôt matière interne, puisqu'elles sont chargées de le dévorer.

Pendant vingt-quatre heures nous appelâmes nos collègues des Bouches-du-Rhône pour rassembler un premier lot d'informations disponibles. Il nous fallut négocier au couteau pour que quelques mauvaises photocopies nous soient faxées en fin d'après-midi.

Dans la foulée ou presque, les gendarmes révélèrent publiquement l'identité du cadavre dont ils avaient la charge, un fax nous arriva de Bourges, un peu avant les éditions du soir, le SIRPA fonctionnait comme une véritable agence de publicité.

Voici pourquoi j'ai parlé plus avant de ces moments qui n'en formaient qu'un seul, et qui s'engloutirent dans le néant minable des relativismes humains.

J'aurais dû pressentir comment, et pourquoi, je devrais être dépossédé de tout, afin d'entrer dans la Maison du Mal.

Les journées de l'automne 1992 s'écoulèrent donc comme sur une première aire de désolation, un tarmac d'où vraisemblablement je décollerais vers d'autres désastres en série.

Chaque jour, et presque toutes les nuits, je compilais et recompilais les fichiers, j'interpolais de toutes les façons possibles les matrices à entrées multiples qui crachaient des listes sans discontinuer. Je me suis même mis à visionner de nouveau mes cassettes des *crime scenes* ainsi que les copies des rushes tournés par Paul Nitzos l'année précédente.

Un soir, novembre venait de commencer, Mazarin m'avait pris à part, lors du déjeuner, une habitude qui allait peu à peu s'installer entre nous prenait forme, en ce prolégomène d'histoire.

— Nous devons élargir notre crible, Kernal. L'élargir et surtout l'approfondir.

— Qu'est-ce que tu veux dire par là ?

— L'élargir dans l'espace, l'approfondir dans le temps. J'ai repensé souvent à ce que tu m'as dit un jour. Un des tout premiers jours.

— Qu'est-ce que j'ai pu dire un jour qui te mette dans cet état-là ?

— Tu m'as juste dit que ces meurtres n'étaient peut-être pas les premiers. Plus j'y pense, plus je me dis que c'est plausible. Le gars a pu tuer de façon plus désordonnée et bien moins sophistiquée avant, puis un jour il a décidé d'assumer tous ses fantasmes à la fois. Il faudrait se pencher sur tous les cas de disparitions suspectes, quels que soient l'endroit, ou l'activité de la victime, quel que soit son rapport, ou non, avec une de ces zones industrielles, par lesquelles nous passons tout au crible. Si nous ne parvenons à aucun résultat, c'est le crible, peut-être, qui est en cause.

Les fenêtres donnaient sur la noirceur de l'hiver qui approche, chaque nuit de novembre.

Il faisait froid, le temps était humide, Paris ressemblait à une ville piégée sous une coupole de cendres, pour l'éternité.

Mazarin me montrait chaque jour à quelle vitesse il s'adaptait. À quelle vitesse il aurait pu de nouveau tuer un être humain, et sans doute beaucoup d'autres.

Mazarin avait raison, m'étais-je dit. J'avais commis une erreur de débutant, ou pis sans doute, une faute d'orgueil.

C'est-à-dire le moment où le génie se perd, par manque de talent.

J'avais focalisé mon enquête sur ma propre proie, l'assassin.

Je n'avais pas pensé à traquer les victimes.

Je n'avais pas donné assez d'attention aux morts.

Je m'étais laissé aveugler par les feux du présent, je n'avais pas cherché dans les lointaines brumes du passé. Je m'étais laissé prendre au jeu de ma propre pensée. J'avais sans doute oublié un point essentiel, stratégique : mon crible de base en effet, était faux, et dans le meilleur des cas fort incomplet.

— Comment tu vois ça ? avais-je demandé, cachant ma misère et mes manques de moyens du mieux que je le pouvais.

Les dents jaunes de Mazarin étaient apparues alors qu'il découvrait le premier vrai sourire que je lui voyais depuis qu'on travaillait ensemble.

— Je vois ça sous la forme de l'inspecteur Wolfmann.

LE LOUP DU PONT DE TOLBIAC

La nuit qui tombe sur la ville est une forme humide de l'obscurité primitive. Paris est une caverne, une ville souterraine, cryptique, en tout cas elle l'était à ses origines, et quelque chose sans doute a survécu de cet inframonde, en dépit des hautes tours de verre tentant d'imiter platement, et sans la moindre grandeur ni impétuosité, la verticalité impériale des villes américaines.

Ici sur les quais d'Austerlitz, au niveau du pont de Tolbiac, toutes les villes dont Paris est constitué semblent se focaliser en un espace où chaque fois que le regard bute sur une limite, c'est pour s'engouffrer dans le vide qu'elle recouvre. Il n'est rien dans cette cité qui ne se soit édifié sur un cadavre.

Nous sommes ici au carrefour du temps pour la grande ville-lumière.

Nous voici à l'aube de la dernière phase de sa destruction.

Les anciennes halles aux vins de Bercy viennent d'être transformées en un immense complexe ultramoderne de spectacles, à l'architecture de bunkers militaires, recouverts de gazon artificiel dont le vert hurle sous la lumière électrique. Des concerts de Prince, Johnny Hallyday, des compétitions de motocross, voire de planche à voile s'y sont tenus.

En face, les vieux Moulins de Paris dressent leurs silos comme des cathédrales Art nouveau sous un ciel que la lune nimbe d'une lumière douce, fragile, et trouble. Mésas crayeuses vouées à l'érosion urbaine, à la destruction incorporée dans la vie même de la cité, elles tremblent sur elles-mêmes, dans une oscillation invisible du temps, de toute la fragilité d'un siècle qui va mourir. Un peu plus loin vers l'ouest, les anciens entrepôts frigorifiques de la SNCF, sorte d'improbable château fort industriel sorti de l'imagination délirante d'un ingénieur du rail, servent désormais d'abri pour des compagnies de danse, des studios de répétition, des groupes de rock et des plasticiens subventionnés par la Ville de Paris. Il veille de sa hauteur médiévale, et improbable, sur un réseau de chemin de fer, un lot de hangars abandonnés, et les illusions de la culture.

La culture a peu à peu raison de la vie. Le musée urbain gagne sur la ville. Bientôt, selon les dires de la presse, surgiront les premiers étages de la Très Grande Bibliothèque, Moloch quadrilatéral en forme de livres qui viendra s'élever sur le quartier de vieilles bicoques et de bistrots à prolos que je vois s'étendre encore jusqu'au métro Nationale, avec sa ligne aérienne traversant la Seine vers l'Institut médico-légal, où chaque jour, chaque nuit, convergent des dizaines de corps.

Tout semble lié sous la lumière de la lune, comme dans l'attente d'un grand sacrifice.

Les rails qui passent ici desservent toute la banlieue sud, certains d'entre eux vont se perdre dans la jungle industrielle d'Ivry et de Vitry-sur-Seine. Ils conduisent au crime inexpliqué de l'usine.

Ils conduisent à ma pitoyable faiblesse.

Devant moi à travers le plexiglas fissuré de la cabine téléphonique j'aperçois en arrière-plan les hautes flèches de Notre-Dame, et à mes côtés, le vieux fleuve chante doucement les jours de pluie, et les aubes brumeuses, que traversent des péniches transformées en goguettes à touristes, entre les sablières de Bouygues qui attendent patiemment le grand bétonnage de l'industrie culturelle.

Dans la cabine de téléphone, la massive silhouette de Mazarin fait entendre quelques bruits, des borborygmes, des phrases chuchotées, des interjections, le tout laissant à mes oreilles la sonorité d'une langue perdue, ou sur le point de l'être.

Mazarin sort de la cabine. Sa présence est une sorte de révolte incongrue de la réalité dans la stase poétique qui m'avait envahi.

— Wolfmann habite tout près, un peu plus haut sur la rue de Tolbiac, il nous attend.

— On a bien fait de venir alors.

Je n'étais ni de méchante humeur ni même en quête d'une petite cruauté, c'est juste sorti comme ça.

Mazarin n'a rien répondu, il en avait vu d'autres, il s'est contenté de hausser les épaules. En fait, j'étais plein d'entrain. Je devais certainement chercher à le masquer par un comportement de sale con.

J'y parvenais bien, de toute évidence.

On est retourné à la R19 banalisée. Puis on pris la rue de Tolbiac en direction de Patay.

Une fois traversé l'autopont surplombant les rails du réseau sud, Mazarin m'a touché l'avant-bras :

— Prends la première à droite et gare-toi dès que tu peux.

Je me suis garé en créneau devant un immeuble gris qui faisait le coin, un de ces immeubles typiquement parisiens, post-haussmanniens, datant de la prétendue « Belle Époque », et qui dominait les miroitements entrecroisés des lignes de chemin de fer.

D'ici, la ville évoquait ce qu'elle avait été, un bref instant, dans quelques romans, et une poignée de films. Le dernier Paris avant l'indifférenciation économétrique. Celui qui s'était en gros édifié entre Gustave Eiffel et le palais de Chaillot, juste avant la fin.

Industrie lourde, Art déco, fer forgé, acier, béton armé des guerres à venir. Opacité moderniste et mystère des vitraux que les ouvriers socialistes et libres penseurs plaçaient aux endroits névralgiques de leurs temples productivistes, dans la continuité des maçons chrétiens du Moyen Âge. La transparence humanitaire et postmoderne de la Très Grande Bibliothèque aurait bientôt raison de toutes ces archaïques survivances.

— Wolfmann est une vieille taupe grincheuse, il a un sale caractère, mais je crois qu'il est content de voir du monde. Je veux dire qu'il est content que du monde s'intéresse à lui.

Mazarin a tordu sa bouche et a ouvert sa portière, alors que je faisais de même.

— Ça a toujours été son problème à Wolfmann, il a toujours voulu qu'on s'intéresse à lui.

Mazarin a hissé ses cent dix kilos hors de la R19, je l'ai rejoint sur le trottoir. Il s'est dirigé de son pas lourd vers la porte du numéro 100.

On était juste en face de l'entrée de l'immeuble. La voiture ventouse d'une production cinématographique invisible avait gardé la place pour notre arrivée.

— Et évidemment, a-t-il conclu presque joyeusement en appuyant sur le bouton de l'interphone, comme je te l'ai dit, tout le monde en a toujours strictement rien eu à foutre. C'est pour ça qu'il va nous dire tout ce qu'il sait. Il en a rudement envie.

Mazarin avait connu Wolfmann dix ans auparavant, lors de sa première affectation en tant qu'inspecteur de la Police judiciaire, à Montreuil. Wolfmann connaissait alors depuis un moment sa traversée du désert, qui durerait jusqu'à sa retraite, l'année où j'étais entré à l'École de police.

Wolfmann était déjà un vieux briscard à l'époque où Mazarin l'avait rencontré. Cela faisait des lustres que, dans une solitude absolue, il avait traqué des chimères dont les traces étaient invisibles, ou tout comme. Il n'avait jamais obtenu le moindre moyen, ni la moindre promotion. On avait fini par le considérer comme un flic obsessionnel et dépressif.

On avait attendu qu'il s'épuise.

Il ne s'était pas épuisé, alors on l'avait rangé dans un placard, à Montreuil, jusqu'à ce qu'il y termine sa carrière.

Lors de notre trajet en voiture vers la cabine téléphonique des quais, Mazarin m'avait tracé les grandes lignes de l'histoire de l'inspecteur, mais comme il me l'avait à plusieurs reprises souligné, le mieux c'est quand Wolfmann raconte lui-même tout ça.

Marc Wolfmann avait vingt-sept ans lorsqu'il s'engagea dans la Police. On était en 1957. La IVe République agonisante enrôlait alors à tour de bras.

Il fut immédiatement affecté à divers services de la banlieue sud et durant ses premières années passées sur le terrain il fut considéré comme un « élément brillant et prometteur » par l'ensemble de la hiérarchie policière. Ses talents d'enquêteur furent rapidement remarqués par la Ve République commençante et il fut nommé inspecteur de police judiciaire en 1962, il fut illico envoyé au charbon, sur les cas d'homicides les plus difficiles à l'époque.

Wolfmann était un excellent officier de police, mais ce n'était pas un faiseur de miracles. Pendant cinq années pleines il était néanmoins parvenu, grâce à sa forme d'intelligence obsessionnelle, à faire arrêter de nombreux meurtriers. Dans la plupart des cas, des crimes crapuleux, ou bien passionnels, des règlements de comptes entre truands, des histoires de vendettas familiales. On restait dans le rationnel, dans l'Humain.

Comme il nous l'avoua plus tard, ses talents naturels de mécanicien, sa logique maladive, sa pugnacité toute germanique, voilà quels furent ses atouts principaux, lors de cette première existence de flic.

Il croisa la route fatale qui devait le conduire à une carrière ratée, et à une vie impossible, en octobre de l'an 1967. Il venait de fêter sa première décennie au service de l'État républicain.

Cette année-là, le mois d'octobre fut très doux. Le 14 du mois, une petite fille âgée de neuf ans disparut des abords de son domicile, sur la Nationale 7, alors qu'elle sortait de l'école. Le dernier témoin attestant l'avoir vue, vers 17 heures, est un boulanger de Villejuif chez lequel la petite fille, dénommée Gabrielle Dulac, avait acheté des bonbons peu avant sa disparition. Une vieille dame qui prenait sa baguette viennoise quotidienne au même moment avait confirmé ses dires.

La famille Dulac était une famille pauvre, qui vivait dans une vieille bicoque du plateau de Villejuif, en bordure de la nationale, au milieu d'une vaste zone de friches et de jardins maraîchers en voie d'être avalée par la floraison des barres en béton des cités HLM. L'hypothèse d'un enlèvement crapuleux, vu les ressources de la famille, paraissait peu probable.

Wolfmann n'entendit parler de cette affaire que par un collègue, alors qu'il enquêtait lui-même sur le meurtre d'un vieil homme dans le garage de son pavillon de banlieue, à Choisy-le-Roi, la première investigation qu'il ne conduirait d'ailleurs pas à son terme, puis le corps de la petite fille fut repêché dans la Seine, prise dans l'écluse du Port-à-l'Anglais, à Ivry, une semaine plus tard. L'enquête conclut à une noyade accidentelle, la petite fille fut inhumée dans un cimetière de L'Haÿ-les-Roses.

Sans trop savoir pourquoi à l'époque, Wolfmann s'était vaguement intéressé au cas, pour aider son collègue dans un premier temps, puis, après la découverte du corps et le classement rapide de l'affaire, parce qu'il avait mis le nez sur deux ou trois détails qui ne collaient pas vraiment avec l'hypothèse retenue.

En déchiffrant les rapports médico-légaux il s'était rendu compte que le corps de la petite Gabrielle Dulac n'avait pu séjourner dans l'eau plus de quarante-huit heures. D'autre part, on trouvait fort peu de liquide dans ses poumons. Enfin les nombreuses blessures résiduelles constatées par les légistes ne semblaient pas s'inscrire vraiment dans le scénario d'une « chute accidentelle dans le fleuve, à un endroit encore indéterminé ».

En d'autres termes, la petite fille était morte, ou presque, avant que de toucher la surface de l'eau.

Mais les semaines avaient passé, l'enquête était close, Wolfmann fut affecté sur d'autres homicides, d'autres crimes crapuleux, d'autres meurtres passionnels, d'autres actions de l'humanité. Il y avait du pain sur la planche.

Pourtant, en parallèle, il continuait de s'intéresser à l'affaire Dulac. Il était retourné sur les lieux, et au début de 1968, il avait interrogé les parents. Un père alcoolique, manœuvre dans une société faisant de la sous-traitance à l'aéroport d'Orly, et la mère, pauvre loque déjà morte, n'attendant plus que la mort, dans le vide absolu laissé par une vie privée de tout futur, de toute incarnation possible, de tout retournement, même minimal, de l'esprit dans la matière.

Les parents n'avaient rien pu lui apprendre. Il avait alors enquêté dans le voisinage de l'école, il était allé voir le boulanger, et la vieille dame qui achetait des viennoises.

Finalement quelque chose avait heurté le soc de la charrue.

Deux témoins différents lui parlèrent d'une voiture noire. Le premier, une voisine de la vieille dame de la boulangerie, et à peu près du même âge, avait vu passer une grande voiture noire ce jour-là peu après cinq heures. Elle était passée une première fois devant chez elle, puis une seconde fois en sens inverse, puis dix minutes plus tard, encore une fois en direction de Paris. Si elle ne pouvait identifier le modèle du véhicule, l'autre témoin, un vieux bonhomme qui cultivait son jardin maraîcher à trois cents mètres de la maison des Dulac, s'était souvenu avoir aperçu à plusieurs reprises une « DS noire » dans les environs, durant les journées qui avaient précédé ce que Wolfmann était déjà convaincu d'appeler « meurtre ».

Aucun de ces deux témoins n'avait été interrogé par les enquêteurs de Villejuif.

La DS noire était un indice. Mais quel pouvait être le mobile ?

DS noire renvoyait à l'image de voitures présidentielles, ou de limousines diplomatiques.

Pour Wolfmann cela évoquait éventuellement des services secrets, comme durant l'enlèvement de Ben Barka, ou alors une filière de gangsters d'élite. Les attentats de l'OAS, les ultimes soubresauts de la guerre d'Algérie, les affaires de barbouzes étaient à l'époque encore tout frais imprimés dans les cervelles. Surtout les cervelles de flics.

Pourquoi des gangsters ou des services secrets s'en prendraient-ils à une petite fille rentrant de l'école ?

La première question qu'il se posa alors fut : Se pourrait-il qu'elle ait été témoin de quelque chose, quelque chose qui nécessitait qu'on la supprime, sans la moindre pitié, avant de camoufler le crime en « accident » ?

Wolfmann avait retenu cette hypothèse et avait commencé à enquêter sur les agissements des divers gangs de la banlieue sud, alors en pleine expansion, dans la foulée de l'économie gaulliste.

Wolfmann était alsacien. Né en mars 1930, il s'était retrouvé, peu après son dixième anniversaire, citoyen du Reich ; il avait rejoint les lignes de la VIIe armée de Patton après la défaite de Von Rundstedt dans les Ardennes, afin d'éviter les enrôlements forcés dans les divisions de Jeunesses Hitlériennes en déroute qui allaient défendre Berlin jusqu'au sacrifice de leurs vies.

Des morts, alors qu'il venait de fêter ses quinze ans, il en avait déjà vu son compte. Il faisait partie de cette dernière génération d'hommes pour lesquels, en Occident, les mots « vie », « mort », « peur », « courage », « liberté », « déshonneur », avaient revêtu encore un sens, du moins au cours d'un bref instant de leur existence. Son parcours scolaire ne fut guère brillant et s'interrompit dans le chaos de l'après-guerre, dès la fin de son certificat d'études, obtenu à l'arraché. Il avait alors travaillé comme garagiste-mécanicien chez un de ses oncles à Colmar, puis à dix-neuf ans il avait voulu voir du pays et il s'était engagé dans la marine, il s'était retrouvé mécano sur un croiseur de ligne tout juste rénové, il avait participé au corps expéditionnaire français pendant la guerre de Corée, puis pendant celle d'Indochine, il avait été démobilisé en 1954 juste avant le début de l'engrenage algérien, avec un petit diplôme de la Royale, ensuite il avait travaillé un couple d'années en Allemagne, chez BMW, pour profiter du deutschmark intronisé roi de Bavière, avant de revenir en France, s'installer à Paris, et de devenir flic.

Au printemps 1968, parallèlement à ses enquêtes officielles, il commença à mener en secret une double vie, une autre vie de flic recouvrait la première. Inspecteur de première classe depuis deux ans, une brillante carrière s'ouvrait devant lui, il s'estimait en mesure de tenir le glaive jour et nuit.

Il recueillit une première documentation, cherchant dans les archives des crimes bizarres ayant mis en cause une DS noire.

Il ne trouvait rien, mais il continuait sa traque solitaire, sans en parler à personne.

Puis il y eut les événements de mai-juin 68.

L'appartement était une tanière. Et l'homme qui y vivait était bien un loup. Il était devenu son nom, au fil du temps.

Du trois-pièces, à l'exception du petit vestibule de l'entrée, je ne verrais que le salon, donnant sur les voies de chemin de fer de la gare de Tolbiac. C'était un parallélépipède légèrement biscornu, au plancher recouvert de vieux tapis aux teintes délavées, dont les murs étaient tendus d'une tapisserie aux dominantes beiges, avec des meubles encombrés de livres, et deux couples de chaises visiblement réservées aux quatre chats avec lesquels il vivait.

Sur le plan morphologique, le loup était grand, décharné, ses épaules se voûtaient sous le poids des crimes irrésolus, une barbe grise de plusieurs jours ombrait des joues creuses, ses yeux d'un vert froid et métallique étaient enfoncés dans leurs orbites, derrière de fines lunettes d'acier, mais comme prêts à s'en extraire à chaque seconde. Ses cheveux gris, parsemés, étaient néanmoins portés longs, ils tombaient en effilochements cendrés jusqu'au bas de sa nuque. Son nez était oblong, et tombait vers l'avant en dessinant une légère courbe, pour dégager deux fines et grandes narines, d'où sortaient quelques poils à la couleur indéterminée. Son teint était pâle, crayeux, il était à tout point de vue une créature de la nuit.

Il avait d'un seul geste libéré deux chaises de ses occupants félidés, qui semblaient lui obéir comme au chef d'une meute, puis après que nous nous étions assis sur nos couches de poils, il avait pris place derrière un bureau de style Empire, tourné de quinconce et qui le maintenait de trois quarts arrière par rapport à sa fenêtre.

— Je ne t'avais pas vu depuis mon départ à la retraite, Charles.

— Non, en effet. C'était lors de ton pot d'adieu à Montreuil. Merde, il y a plus de trois ans.

Wolfmann avait reniflé d'un air hautain, ses yeux verts s'étaient emplis de tout leur éclat métallique.

— Oui. Triste journée. Mais au fond, ce fut la plus belle journée de ma vie. Je n'en avais pas conscience sur le moment, c'est tout.

Mazarin ne répondit rien. Il m'avait dit : laisse-moi faire. Je le connais. Faut savoir le prendre. Faut suivre les règles qu'il impose. C'est comme un jeu.

Wolfmann a poursuivi, de sa voix terne, neutre comme un rapport balistique, et pleine de la même violence froide.

— Depuis que j'ai pris ma retraite, avec cette année d'avance gracieusement offerte par l'État républicain, je ne me suis jamais senti aussi libre de travailler. Comme un fou. Dire que ces cons vont en clubs de vacances pour cartes vermeilles. Moi, je fais enfin ce que je n'ai jamais vraiment pu faire durant soixante ans, ou presque : lire. Et travailler. Je veux dire *vraiment* travailler.

Mazarin m'avait dit : et tu verras son bureau ce n'est qu'une annexe de sa bibliothèque. Et sa bibliothèque c'est la cave de

Barbe-Bleue, on n'y entre pas sans lui. Et je n'y suis entré qu'une seule fois, en dix ans.

Sous-entendu : boucle-la jusqu'au moment où il t'adressera la parole.

— Tu ne peux pas imaginer, Charles, ce qu'on peut faire une fois que la vieillesse est là. Une fois que la mort, brusquement, te rend libre. Bien sûr, pour cela il faut au préalable avoir su la domestiquer... Mes chats me le rappellent très souvent.

Laisse faire, hurlaient en silence toutes les ondes de Mazarin à mon attention.

— La mort... poursuivait Wolfmann, en se tournant vers sa fenêtre. C'est par notre incapacité à entreprendre quelque chose avec elle que nous sommes si mortels. Nous n'osons même pas la regarder bien en face, et nous prétendons la combattre ! Du coup elle gagne peu à peu, et nous remplaçons nos vies par des ersatz à la mode qui offrent moins d'espoirs que les saints bûchers de l'Inquisition !

Puis, se tournant vers nous, sa silhouette coupée nettement en deux par l'éclairage oblique tombant de la fenêtre, il avait regardé Mazarin, moi, et un de ses chats qui se roulait en boule près de lui, sur un coin du tapis.

Il s'était levé et sans un mot s'était dirigé vers un meuble à alcools d'où il avait extirpé une bouteille de cognac. D'une autre commode, au style bizarre, sorte d'imitation victorienne de coffre chinois, il avait extirpé trois verres à la forme bulbeuse, qu'il fit étinceler dans la lumière, en y servant le liquide ambré.

Il n'avait rien dit en nous tendant nos verres, il s'était rassis, face à nous, avait trempé ses lèvres dans le cognac. Nous l'avions imité, Mazarin et moi, dans un synchronisme de dessin animé.

— Ce que tu m'as dit de ton cas est très intéressant. J'ai étudié tes rapports. Il est clair que c'est parti.

J'avais tressailli, mais les ondes en provenance de Mazarin hurlaient : silence total, zone rouge. Je venais de comprendre avec effarement que Mazarin avait déjà envoyé copie de nos rapports à son pote à la retraite, contre toutes les consignes en vigueur. Je comprenais que Mazarin était l'homme du fait accompli. Je comprenais qu'il n'y avait rien à faire, en effet.

— Je saisis d'autant mieux la complexité de vos problèmes actuels que c'est ceux que j'ai affrontés pendant plus de vingt ans. Il est évident que nous sommes en train de passer à une nouvelle phase, une phase terminale avancée. Et que l'État est moins prêt qu'avant, moins prêt qu'il ne l'a jamais été.

Il y eut une pause, durant laquelle le grésillement du réverbère nous fut apporté par le vent s'insinuant par la double-fenêtre entrouverte, j'avalai une petite lampée de cognac, Mazarin en fit autant, avec plus de générosité pour son organisme, certes bien plus volumineux. Je fus heureux de constater que nous agissions désormais avec un léger décalage dans le temps, et selon nos propres dispositifs sensoriels et corporels dans l'espace alentour. Assis devant l'homme-loup, nous commencions à prendre nos marques, à respirer de façon autonome, nous cessions d'être un miroir inconscient l'un pour l'autre. L'alcool nous désinhibait.

Wolfmann ouvrit un des nombreux livres qui traînaient sur sa table et entreprit de le feuilleter, comme s'il cherchait une page particulière. Mais en fait, il ne s'arrêta sur aucune, et nous n'eûmes droit à aucune sentence ou maxime tirée du recueil de Cicéron dont j'aperçus brièvement la couverture orange. Il reposa le volume et se leva pour se diriger vers la fenêtre. Sa silhouette se découpa devant le vaste entrelacs horizontal des rails. On apercevait la Seine au-delà, une bande grise et menaçante. La flaque de lumière découpait une ligne vif-argent autour de lui. J'aurais dû emporter ma caméra.

— Il est possible que votre théorie soit la bonne, dit-il. Peut-être a-t-il déjà eu une première vie d'assassin auparavant, et que devant l'impunité de ses crimes il se soit décidé à franchir un cap décisif.

J'ai entendu le souffle de Mazarin devenir plus lourd.

— Ma documentation remonte désormais jusqu'au début des années 60, tu le sais. J'ai même depuis peu une piste qui me conduit jusqu'à l'année même ou j'entrais dans la police !

Les ondes en provenance de mon coéquipier étaient toujours sur le mode : silence total. Écoute absolue. Je me suis calé le plus profondément possible sur l'austère chaise Empire, histoire de lui faire comprendre que j'avais reçu le message cinq sur cinq. Ça commençait à m'intéresser.

Wolfmann s'est retourné et nous a observés, à tour de rôle. De lui, je ne percevais plus qu'un éclat métallique, vert, dansant derrière deux disques translucides.

— Que sait-il de *ma* théorie ? demanda-t-il sans la moindre variation de ton à Mazarin, dont l'énorme structure tressaillit dans toutes ses dimensions.

Son souffle devint plus lourd encore. C'est un son rauque et à peine humain qui sortit de sa gorge :

— Rien. Rien du tout.

Puis, après un silence peuplé du grésillement électrique du réverbère, Mazarin s'ébroua :

— Tu m'as toujours dit de rien dire à personne.

Wolfmann fixa son regard, cyanose viride, sur l'immense ours qui débordait de sa chaise.

L'ours, pensai-je. L'ours, le loup et...

Quelle était mon anima, à moi, au fait ?

La révélation me saisit au moment où je vis Wolfmann sortir de l'encadrement de la fenêtre pour venir se rasseoir à sa place, et avaler une gorgée de cognac.

— Oui, siffla-t-il, surtout la *théorie*. De cela jamais rien ne doit être dit à personne ! Sauf cas de force majeure.

Mon anima était encore en formation. Ce qui se passait ici, j'en avais peur, était de l'ordre du processus initiatique. Quelque chose me serait révélé. Ça ne faisait plus aucun doute.

— Et nous sommes devant un cas de force majeure, souffla Mazarin, son imposante structure tentant de se redresser du mieux qu'elle pouvait. Tu m'avais justement dit : appelle-moi en cas de force majeure. Alors je t'ai appelé.

Les yeux de Wolfmann bondirent sur moi, sans que son corps ne bouge d'un centimètre. Ils me scrutèrent, mais avec la froideur d'un scanner, sans la moindre émotion visible, l'éclat métallique ne brillait pas, en fait c'était plutôt comme s'il absorbait la lumière.

Au loin, j'entends un train qui passe, suivi presque aussitôt d'un second, à la sonorité plus profonde.

Wolfmann regarde sa montre. Une antiquité à gousset qu'il extirpe d'une poche de son veston sans forme ni couleur déterminable.

— Le RER C, et sûrement le Paris-Orléans de 20 heures 31. Ils coïncident souvent.

J'ai commencé à réaliser à quel point tout chez Wolfmann, y compris certains détails de son ameublement, évoquait sa passion secrète pour la mécanique. Il y avait plusieurs machines à écrire dans la pièce, dont au moins une Royale, une Remington, une Woodstock, et une autre de marque allemande que je ne connaissais pas. Toutes en parfait état de marche. Il y avait aussi deux anciens téléphones de bakélite noire, le premier posé sur un coin de son bureau, l'autre, les fils coupés, était placé comme un bibelot sur le rayonnage d'une des bibliothèques, entre deux vieux atlas géographiques. Je me suis souvenu que mon attention, alors que j'étais entré dans la pièce, avait été attirée par de très anciennes boîtes de Meccano empilées sur l'étagère d'une des hautes bibliothèques disposées dans mon dos.

Il y avait une horloge franc-comtoise en état de marche juste derrière Wolfmann ainsi qu'une pendule murale de style années 50, sorte de trapèze jaune citron, synchronisées à la perfection. Pas très loin de moi, à côté d'une mappemonde à l'ancienne, sur un petit socle de bois clair, un très vieux réveil mécanique à demi rouillé trônait, avec Donald et Mickey en guise d'aiguilles, tel un jouet ayant survécu aux guerres et à l'enfance.

Ses mains étaient longues, fines, au mouvement précis et

calme. On sentait l'homme qui aime les pièges ingénieux, les machines implacables.

Je commençais à prendre conscience qu'une sorte de groupe se formait autour de cette dévoration du monde par ses créatures. Moi, Mazarin, le tueur des centrales, et maintenant ce vieux flic, que tout prédestinait à ce métier.

Les yeux de Wolfmann revinrent sur leur proie, moi.

— Comment expliquez-vous qu'une invention aussi inouïe que le tube cathodique, née des prodiges de la mécanique ondulatoire, ne serve au final qu'à abrutir des masses de consommateurs passifs et ignorants à coups d'émissions de variétés et de débats de société ?

Son regard, jade neutre inactinique, brille d'un feu très secret, très ancien. Il faut que je réponde quelque chose de valable.

J'essaie déjà de ne pas bafouiller.

— Eh bien... Je commencerais par émettre l'hypothèse que le régime de la servitude volontaire est concomitant à la démocratie technicienne. Si demain on inventait une machine à remonter dans le temps il faudrait impérativement en interdire l'accès aux touristes. Et aux journalistes. Ainsi qu'aux astrologues. Et je ne parle pas des artistes modernes, ou des fonctionnaires de la culture. Bref, pas loin de 99 pour 100 de la population humaine. Sous peine de voir le primate originel s'interdire toute mutation susceptible d'engendrer une telle espèce. Remarquez que ça pourrait être aussi bien considéré comme une sorte de solution à la plupart des problèmes actuels.

Il y a comme un instant de suspens.

Bien sûr je n'ai pas répondu à la question, enfin pas directement. J'ai essayé d'esquiver le coup, et de trouver une parade. Disons que j'ai joué au fou, ma stratégie était oblique, aucune autre n'avait la moindre chance de réussite.

Le très lointain et très ancien feu qui couve sous la neutralité apparente de son regard lance une flammèche. Une grimace tord ses lèvres et un bruit mécanique sort de sa gorge.

Je comprends qu'il rit.

— J'aime bien ton nouveau collègue, Mazarin ! Il a l'air beaucoup moins con que le dernier que tu m'avais amené, comment s'appelait cette andouille déjà ?

Mazarin poussa un long soupir.

— Je ne te l'ai amené qu'une seule fois. Son nom n'a aucune importance.

— Oui, eh bien, ce jeune homme me semble autrement doué. Bon, la question reste : peut-il entendre la théorie, peut-il vraiment avoir accès à toute la documentation ? Peut-il en faire quelque chose ? C'est encore une question ouverte. Disons même trois questions.

Mazarin souffle un bon coup et, le visage rougi par l'effort, il monte à l'assaut.

— Kernal est très malin, ses méthodes sont parfois brouillonnes mais il apprend très vite. Et il sait se servir des techniques modernes. Il est motivé, et il bosse dur. Il fera l'affaire.

J'ai regardé Mazarin, puis Wolfmann, puis Mazarin de nouveau.

Il n'envoyait plus le moindre signal, plus d'ondes, black-out, ou en tout cas je ne les sentais plus, je comprenais qu'il était temps que je reprenne les choses en main.

— Quelle affaire, si ça ne te dérange pas, Mazarin ?

C'est Wolfmann qui intervient, son regard est étonnamment doux :

— Ne vous emportez pas comme ça, mon garçon, l'affaire remonte à des années. Et elle est d'une affreuse complexité. Et la théorie qui l'explique est encore plus affreuse.

— Vous n'allez pas le croire, je suis bonne d'enfants à La Salpêtrière. Arrêtez un peu votre cirque, et dites-moi donc ce que vous savez.

Ouh la la. Les vibrations en provenance de Mazarin se sont brutalement réveillées, s'il s'était agi d'ondes gravitationnelles proportionnelles à son poids, la lune se serait effondrée sur Paris.

Alors pour la première fois, j'ai vu comme la trace d'un sourire humain se dessiner sur le visage de l'homme-loup, un voile d'une très, très grande humanité en fait, mais qui paraissait sortir d'un grenier dont la clé avait été jetée au loin depuis des années.

— Je sais beaucoup de choses, mon garçon. Beaucoup de choses sur le problème qui vous tracasse et sur lequel vous ne savez presque rien, mais je ne vous en veux pas, personne ne sait rien, personne ne veut savoir, personne ne voudra savoir même lorsque les preuves seront éclatantes. C'est pire que les petits hommes verts notre affaire, hein Charles ?!

Son rire mécanique était venu ponctuer sa phrase.

Ses traces d'humanité, visiblement, étaient très fugitives.

Ses yeux verts, comme deux lames d'obisidienne dans le clair-obscur de la caverne primitive.

— Charles vous a raconté pour l'affaire de 1967 ?

J'ai opiné du chef.

— Il vous a dit pour la suite ?

J'ai fait non de la tête.

Un instant de silence s'est vu troublé par le passage d'un train dans la nuit. Wolfmann m'a observé comme si j'étais quelque minéral digne d'intérêt. L'effet Doppler-Fizeau du train était une illustration acoustique de nos passages dans l'existence. Elle faisait froid dans le dos.

— En 1968 j'ai commencé à recueillir des indices disparates, je savais pas où aller. Puis y a eu le grand chambardement, la chienlit comme disait le Général...

Je n'ai rien répondu, j'ai changé de position sur ma chaise. Je comprenais que j'en avais pour un moment.

— À partir de mai-juin, même la Police judiciaire fut affectée à des opérations de sécurité. Ça a duré un bail, le mai rampant ils appelaient ça en Italie. Avec les maoïstes, ici, en 1970-1971, on savait que c'était prêt pour se déclencher trip bande à Baader, ou Brigades Rouges, ils avaient noué des contacts avec des Palestiniens, des mecs de l'IRA, et des putains de truands de la banlieue sud. Je me suis retrouvé à bosser en équipe avec des mecs des RG, voire des gugusses de la DST !

Il poussa un soupir, acheva son verre de cognac, se resservit aussi sec. Et proposa la bouteille à la ronde. Mazarin s'en saisit. J'acceptai l'offre à mon tour.

— En 1969, pourtant, durant l'hiver, deux jours après Noël, j'ai été attiré par un fait divers aux apparences à la fois troublantes et anodines. Troublantes pour celui qui chasse la vérité. Anodines pour celui qui s'occupe des grands problèmes du monde. Pas très loin de la station de ski de Chamonix, dans les Alpes, en Savoie, une gamine de onze ans, un peu retardée mentalement, avait disparu de son centre spécialisé. On fit quelques fouilles. Il y avait beaucoup de petites rivières dans le coin, souvent gelées, des escarpements rocheux, des ravins, on était à 1500 mètres d'altitude, il neigeait. On ne retrouva jamais son corps. On conclut à un accident... Ça paraissait logique.

Wolfmann avale une lampée de cognac. Mazarin avale une lampée de cognac.

Je termine mon verre.

— J'ai réussi à obtenir dix jours de vacances en février 1970. Je suis allé à Chamonix. J'ai enquêté auprès des autorités du centre et dans les environs. J'ai demandé une semainc de rab', je l'ai obtenue, mais au bout de trois jours les gens du centre ont téléphoné aux flics d'Annecy, qui ont été très fâchés d'apprendre qu'un branleur de Parisien en vacances venait jouer les inspecteurs Columbo sur leurs plates-bandes alpines. Mes patrons m'ont appelé, furibards, et m'ont demandé de rentrer à Paris. Mais j'avais eu le temps d'obtenir un témoignage. *Le* témoignage.

Nouvelle pause cognac. Mazarin le suit. Du coup il vide son verre. Wolfmann l'invite à se resservir. J'en profite pour suivre.

— Un agriculteur du coin se souvient avoir vu passer plusieurs fois une voiture sombre pas très loin du centre, situé à quinze kilomètres en aval de la station de ski. Je l'ai un peu cuisiné. Il a identifié une DS, ou une ID de couleur sombre, peut-être noire. Mieux encore, il s'était souvenu avoir jeté un coup d'œil sur la plaque, la fois où elle était passée à l'aube, sur une départementale où il se rendait vers un de ses hangars à foin. « Tiens, une voiture de Parisien », s'était-il dit. Mais c'était déjà l'époque du tourisme alpin en pleine ascension – si vous me passez l'expression –, on commençait à en voir de plus en plus des voitures de Parisiens durant l'hiver... Mais pour moi, c'était une avancée extraordinaire. Je commençais à resserrer mon emprise. C'était une DS noire, ou de couleur foncée, immatriculée 75. Et le type était certainement passé par la station de ski de Chamonix, et un de ses hôtels... Évidemment le seul problème, c'était qu'il ne s'agissait nullement d'une enquête officielle. C'était le seul problème. Mais comme tu le sais, Charles, pour les vraies affaires de police, c'est le principal !

Nouveau rituel du cognac. À ce rythme les inhibitions vont tomber à une vitesse météorique.

Wolfmann a de nouveau tourné ses yeux dans ma direction, sans mouvoir son corps.

— Je n'étais pas un bleu-bite. Je savais que j'avais encore trop peu d'indices. J'étais pris par le boulot, je n'ai pas pu vraiment conduire d'investigation complémentaire en bonne et due forme mais un jour j'ai appelé les hôtels du coin, en me faisant passer pour un flic d'Annecy, putain je sais pas comment j'ai fait pour imiter leur putain d'accent de Genevois de mes couilles... J'avais un oncle jurassien, peut-être bien... quoi qu'il en soit, j'ai pu avoir confirmation d'un truc : aux alentours de la date de la disparition de la petite Michelle Servine, il y avait trois possesseurs de DS dans les hôtels de Chamonix : deux noires, une rouge bordeaux. Les trois automobiles appartenaient à des pères de famille venus d'excellentes familles de la société parisienne. J'ai tout de suite compris que j'étais dans la merde.

Il se ressert un troisième verre, aussitôt avalé d'un coup sec comme le précédent, il commence à nous distancer, je ferai la lanterne rouge, c'est sûr.

— Mais la merde, c'est pour ça qu'on est payés nous les flicards, pas vrai Charles ? Payés pour la ramasser, comme les motos de la Mairie. Alors, clandestinement, j'ai poursuivi mon enquête. J'ai identifié les trois pères de famille. Ils étaient venus avec femmes et enfants en vacances de ski. L'un dirigeait une entreprise papetière de la région, un peu plus bas, dans l'Isère, mais avait conservé un domicile parisien, avec son automobile, la DS bordeaux, immatriculée en fonction. Un autre s'occupait de commerce international d'amiante pour la filiale d'une grande entreprise canadienne ayant des locaux dans le VIIIe arrondissement. Le troisième était le sous-directeur de l'agence France-Presse. C'était très chaud. Très très chaud. Surtout que toute la perspective de mon investigation s'en trouvait chamboulée. Les mobiles qui jusque-là m'avaient paru plausibles étaient partis en fumée. Ce n'était pas des tueurs à gages, des barbouzes, des maffieux, des criminels de droit commun. C'était autre chose. Quelque chose qui avait l'apparence d'un bon père de famille. Plus j'avançais, plus je m'enfonçais...

Cette fois, son regard m'indique que je pourrais sans doute poser une question, et qu'en retour aucun coup de croc ne me sera donné.

— Vous avez commencé à penser à des crimes sexuels, c'est ça ?

Il y a le silence.

Le sourire presque ingénu de Marc Wolfmann.

Puis un train hulule à la fenêtre qui donne sur le monde des vivants.

LA THÉORIE DU CRIME ABSOLU

À partir de 1970, Wolfmann avait enquêté clandestinement sur le passé des trois pères de famille. Des hommes âgés de quarante à cinquante ans. Des casiers judiciaires vierges comme des carmélites tout juste cloîtrées. Des études généralement brillantes, grandes écoles, des carrières assurées, des familles stables, un peu moins de 2,5 enfants en moyenne à eux trois, des icônes vivantes de leur classe sociale, la technocratie alors en pleine expansion. À l'exception de quelques crimes passionnels que Wolfmann avait eus à traiter, ils ne correspondaient pas à l'image type du suspect numéro un dans une affaire impliquant un ou plusieurs homicides.

Il n'avait rien trouvé qui puisse donner prise à une quelconque escalade, même ardue, jusqu'aux neiges de la vérité.

Il était resté au bas de la montagne. Sans moyen. Sans stratégie. Sans rien, sinon une folie qui ne demandait qu'à se convertir enfin en quelque démon actif.

Alors, imperceptiblement, au fil des heures, des jours, des semaines, des mois, des années, la présence de cette montagne était devenue une obsession.

Pire encore, en cherchant par tous les moyens à vaincre ses hauteurs, il avait découvert d'autres sentiers, qui conduisaient à d'autres montagnes.

Il avait d'abord compilé des centaines de dossiers traitant de meurtres non résolus et de disparitions suspectes, il était remonté très exactement jusqu'en 1960. Il avait trié, sélectionné, hiérarchisé, il avait établi des jeux de correspondances.

Sans le savoir, il ne le découvrirait que plus tard, il étudiait quasiment en parallèle ce que quelques flics américains hors normes commençaient eux aussi à mettre en évidence. En France, rien ne se produirait. Aux USA, cela donnerait un jour naissance à des programmes fédéraux centralisés dans une petite bourgade alors anonyme de Virginie.

Wolfmann établissait des « patterns ».

Vers 1972-1973, alors que la menace maoïste, du moins en France, était mise sous contrôle, et que la PJ fut délivrée de ses missions supplétives, Wolfmann avait commencé peu à peu à délaisser ses enquêtes officielles pour se consacrer entièrement à sa « seconde vie ». Les conséquences sur sa carrière furent dans un premier temps limitées, mais son mariage s'y brisa.

En 1974, il s'en souvenait parce que c'était juste après l'élection de Giscard, il avait expliqué à son patron, un divisionnaire nommé de Lacornières, qu'il avait rassemblé en quelques années une documentation solide sur de nombreux crimes et disparitions suspectes et qu'il était sur la piste de plusieurs « tueurs » potentiels.

De Lacornières lui avait ri au nez et lui avait intimé l'ordre de se remettre au boulot sur les enquêtes qu'on lui donnait à traiter. L'État républicain n'a que faire de vos délires alcooliques, avait dit ce connard de descendant goitreux d'aristo d'Empire de mes couilles.

Il était devenu dépressif, mélancolique, et il s'était mis à boire pour de bon. Son couple, déjà sur la tangente, explosa. Sa femme le quitta en décembre 1976, trois jours avant le réveillon, pour un entrepreneur de pompes funèbres !

Wolfmann rigolait en essayant de mettre de l'ordre dans son passé chaotique.

En 1977, sa situation avait empiré : il avait commis l'erreur de se rendre aux États-Unis, pour une des toutes premières conférences tenues sur le sujet, à l'université de Columbia, New York City, pendant sa période de vacances, en août. Là-bas le phénomène commençait à être observé avec le plus grand sérieux, le « Fils de Sam » avait frappé dans la métropole américaine durant tout l'été, Ted Bundy n'allait pas tarder à entreprendre sa sanglante cavale d'un littoral à l'autre. Gerard Schaefer, flic de la route de son état, avait torturé, violé et tué au moins trente-quatre jeunes filles selon la justice de Floride (cent soixante-quinze selon ses dires) pendant plus de dix ans sans être – pour sûr ! – le moins du monde inquiété, avant que d'être pris sur le fait à cause d'une fatale, et parfaitement inhabituelle, *erreur* de sa part. Le Zodiaque courait toujours dans la nature depuis 1968. La conférence réunissait des criminologues, des psychiatres, des flics, des sociologues. Il en était ressorti que la police américaine, constituée de plus de trente mille corps différents, était dans l'incapacité de faire face à la situation et qu'il fallait d'urgence développer un programme fédéral adéquat. Un des conférenciers, un flic, s'appelait Robert Ressler. Ce n'était encore qu'un policier anonyme parmi des milliers d'autres. C'est lui qui, trois ans après cette réunion publique, allait donner consistance à ce fameux programme fédéral appelé de ses vœux lors de la conférence, mais à l'époque Wolfmann ignorait tout cela, il ne le découvrirait que plus tard.

Il était néanmoins revenu des États-Unis avec la conviction que le phénomène connaissait un développement analogue en Europe, avec quelques années de différence tout au plus, et que déjà sans doute, un grand nombre de tueurs actifs s'agitaient un peu partout sur le Vieux Continent. Le problème, c'est qu'en Europe on ne pouvait pas compter sur un programme fédéral. Mais il y avait tout de même Interpol. Il s'en était donc ouvert à sa hiérarchie.

L'année suivante, il avait été muté à Montreuil. On l'avait

rangé dans un placard, style fournitures générales, et on avait calmement attendu de pouvoir lui donner sa retraite.

Il avait quarante-huit ans.

Sa carrière était finie.

Sa vie était brisée.

Son avenir sans lendemain.

Il avait peu à peu constitué sa bibliothèque secrète.

Wolfmann avait laissé errer son regard sur la pièce tout en dégustant son cognac.

Mazarin ne disait rien, il faisait tourner le liquide doré dans son verre, et en observait la rotation par le dessus, comme si le monde était contenu dans cette boule de cristal à haute teneur éthylique.

J'ai attendu que le vieil homme reprenne la parole.

— C'est parce que Mazarin m'a parlé de vos méthodes que j'ai accepté de lire certains de vos rapports. Je dois reconnaître qu'ils sont excellents. De plus vous commencez à disposer aujourd'hui d'outils qui n'existaient pas de mon temps, je parle des ordinateurs et des réseaux. Mais, bien sûr, vous devez vous attendre à ce que ces mêmes réseaux et ordinateurs soient utilisés par vos ennemis, je veux dire nos proies. D'autre part, il faut que je prenne une décision concernant votre exposition, ou non, à *la théorie*. Il n'est pas certain qu'un simple contact préliminaire soit suffisant pour ce faire.

J'avais entrevu la masse de Mazarin se tortiller sur sa chaise. Je comprenais très bien qu'il était pris entre le marteau et l'enclume. Le confort devait être relatif.

Tant qu'à jouer les métallurgistes – ai-je pensé – essayons de fournir quelques étincelles.

— Monsieur Wolfmann, ai-je dit, vous êtes resté plus de trente ans dans la Police. Vous savez donc comme moi qu'on déteste perdre notre temps avec des contes pour enfants et des suspenses de romans de gare. Je vais donc être extrêmement clair avec vous : Mazarin m'a dit que vous étiez en possession d'une documentation abondante et d'une théorie susceptible de m'intéresser. J'aime beaucoup l'atmosphère qui se dégage des lieux et les horaires de trains me passionnent au plus haut point, mais soit je sais ce que je suis venu apprendre ici dans les dix minutes, soit je m'efforcerai de survivre et d'avancer dans mon enquête sans vos inestimables lumières.

Wolfmann ne m'a pas quitté des yeux une microseconde durant ma tirade. Il n'a pas cillé. Ses traits sont restés d'une neutralité absolue. Il a trempé ses lèvres dans le Courvoisier.

Mazarin s'était immobilisé, comme à l'écoute du sifflement d'une bombe.

— Je perçois en vous une forme très pure d'orgueil ainsi que de ténacité, inspecteur Kernal. Voilà des sentiments très utiles dans le cas qui nous occupe, mais je dois m'assurer qu'ils s'appuient sur des fondations solides.

— Mon père était à moitié breton à moitié auvergnat et ma mère une ch'timi avec des ascendances polacks. Dans le genre tête dure je crois que le ciment a bien pris.

Wolfmann a émis le hoquet mécanique qui lui faisait office de rire.

— Voilà en effet de fort bonnes prédispositions génétiques, inspecteur. Mais les fondations dont je parle sont à la fois bien plus terrestres, et bien plus immatérielles.

J'ai décidé de soutenir son regard, sur le mode le plus neutre que j'avais à ma disposition à ce moment-là.

— Je suis certain qu'une discussion sur la phénoménologie transcendantale d'Husserl serait la bienvenue, monsieur Wolfmann, et dans le même registre, pour appuyer vos dires, peut-être pourrait-on faire appel au *concept de nature* selon Whitehead, mais comme je vous l'ai dit tout à l'heure, et quoique de façon officieuse, j'agis ici dans le cadre d'une enquête de police judiciaire en bonne et due forme. J'ai un assassin psychopathe à mettre sous les verrous et je n'ai pas encore dîné. J'apprécierais beaucoup que nous passions le plus vite possible au plat de résistance.

Wolfmann n'a rien répondu. Il a trempé de nouveau ses lèvres dans son verre de cognac, a jeté un coup d'œil vers

Mazarin qui regardait ailleurs puis il s'est tourné lentement vers la fenêtre, en faisant grincer le cuir et le bois de son fauteuil.

J'ai attendu. Je voyais devant moi une pure abstraction faite chair, on ne savait par quel miracle, une succession de décisions analysées à toute vitesse, dans un ordre à la pureté automatique, par un cerveau de joueur d'échecs. Il calculait si oui, et comment, je pouvais être intégré à sa mécanique, huilée par deux décennies de fonctionnement.

Il n'existe pas de pires victimes que les gens dont le talent n'a jamais été reconnu. Ils sont de la race des pires bourreaux que la terre engendre.

Je comprenais que Wolfmann, à ce titre, me serait d'une grande utilité, je priais en fait intérieurement pour que mes stratégies kamikazes obliques aient été gagnantes, j'espérais très fort avoir quelque peu brisé ses défenses.

Mais je comprenais aussi que la nuit serait ou très longue, ou qu'elle s'écourterait dans la minute, et que le véritable gain de temps pouvait résider en une perte initiale, comme toute chose ici-bas.

C'est le moment qu'a choisi Wolfmann pour reposer son verre vide sur son bureau.

Le pied de cristal a épousé le cuir du sous-main avec un petit bruit de ventouse.

— Que savez-vous des crimes sexuels ? a-t-il dit, sans détacher son regard de la fenêtre.

J'ai regardé par la fenêtre, à mon tour. Pourquoi n'aurais-je pas eu droit à la sérénité que procure la distante observation des choses, moi aussi ? Les rails en lignes bleutées sous l'éclairage froid des tubes de néon. Les structures de mésas lunaires des Moulins de Paris et des anciens entrepôts frigorifiques de la SNCF, la gare de Tolbiac, déserte, avec ses rampes de lumière blanche et sa passerelle dont les rambardes métalliques accrochaient les rayons en octopodes aux durs contours.

— J'en sais ce que les programmes du VICAP disponibles

sur Internet, ou ailleurs, m'apprennent. Mes connaissances en psycho et en techniques médico-légales font le reste.

— Mazarin m'a dit que vous étiez également un cinéaste fort doué.

— Vidéaste, ai-je corrigé. Je me sers de caméras vidéo. C'est pratique. Je compile, moi aussi.

— Vous avez diablement raison, si j'avais disposé de tout ça dans les années 70 et 80 j'aurais sans doute pu avancer bien plus vite. Et encore, je ne me suis mis à l'informatique qu'après ma retraite, sans doute bien trop tard. Remarquez, c'était pas avec le Minitel du service à Montreuil que j'aurais pu aller bien loin ! Mais en attendant vous ne m'avez pas dit ce que j'attends de vous, vous ne m'avez pas dit ce que vous savez du sujet qui nous préoccupe.

J'ai pris mon souffle, bien profondément. Je ne devais pas céder d'un pouce.

— OK... Si je vous dis ce que je sais des meurtriers sociopathes, est-ce que oui ou non vous nous parlerez de votre théorie, et est-ce que oui ou non, vous nous laisserez accéder à votre documentation ?

— Cela dépend, dit-il, cela dépend précisément de ce que vous savez.

Je comprenais que je n'avais parcouru que la moitié du chemin. Le plus dur restait à faire.

L'autre moitié du chemin, celle qui me conduirait jusqu'aux secrets de l'homme-loup, jusqu'à la documentation titanesque de ce policier sans police, allait durer des heures.

Elle s'étendrait jusqu'à minuit.

Jusqu'au milieu d'un marécage de mots et de cognac, de trains qui passent dans la nuit, de lumière de néon, de grésillements électriques, et de la respiration bruyante de Mazarin dont les variations de rythme épousaient les flux et les reflux de la conversation.

Les questions de Wolfmann étaient concises, mes réponses souvent remplies de digressions. Mais je parvenais toujours à mettre en pratique ma stratégie oblique, je lui laissais peu de prises sur mon propre comportement, et d'une façon ou d'une autre, si je n'apportais pas vraiment de réponse, je montrais que j'avais parfaitement compris la question.

Notre dialogue était souvent entrecoupé de pauses cognac, je commençais à tanguer, fallait que je tienne mon rythme, sur tous les plans.

Parfois il se permettait un bref commentaire, comme : leur bureau des personnes disparues est un truc tout récent, sans véritables moyens, et sans méthodologie, ils n'ont pas le dixième des infos en ma possession, et ils ne sauraient pas comment les utiliser.

Le questionnaire de Wolfmann évoquait la magistrature d'une thèse de doctorat. Avec tous ses pièges. Et toutes ses compromissions. À lui seul il constituait un aréopage multicéphale, une gorgone dont les têtes repoussaient sans cesse, à chaque échange.

— Quelle différence fondamentale voyez-vous entre le cas Ted Bundy et le cas Herbert Mullins Jr ?

Ou :

— Et entre Harvey Glatman et Ed Gein ?
furent par moi assez vite tranchées, les *patterns* entre tueurs organisés et tueurs désorganisés remplissaient mes bases de données, j'en connaissais maintenant tous les détails.

En revanche :

« Savez-vous quel est le nombre de disparitions non élucidées qui sont classées dans les archives de la Police nationale ? » pouvait précéder un : « Avez-vous une idée des statistiques en cours chez nos pays voisins, ceux qui feront partie du même euromachin très bientôt ? », et je me trouvais souvent pris en défaut sur des chiffres que j'aurais dû savoir depuis longtemps par cœur.

Les références au référendum sur Maastricht, remporté sur le fil du rasoir deux mois plus tôt, pouvaient alors s'intercaler au milieu de mon explication de texte. La guerre qui désormais faisait rage dans les Balkans apportait le tamis d'une lointaine harmonie d'arrière-plan, constante, et comme maintenue aux limites du silence.

« Ces pauvres ramollis du cortex qui siègent à Bruxelles veulent nous faire abandonner nos souverainetés nationales pour le compte d'un machin qui n'est même pas foutu d'aller faire un peu de ménage entre Sarajevo et Banja Luka ! » fut de sa part la seule véritable interprétation des événements en cours. Mais juste avant que la décision fatidique par lui ne fût prise, il lança comme une silencieuse mise en garde à de lointaines et inattentives oreilles, dispersées au-delà de ses fenêtres :

Il tendit son verre en direction du ciel noir, et le vida d'un seul trait, avant de se resservir aussitôt.

J'en fis autant.

Je soupçonnais que nos complicités se forgeaient à jamais lors de cette nuit fatidique.

Au fil des jours, et de nos échanges, alors que le conflit balkanique virait déjà à l'horreur totale, j'allais constater que nos vues en bien des points se croisaient. Pour Wolfmann les choses étaient assez claires, quoique teintées de la complexité inhérente à la bêtise des hommes : La déroute du communisme menaçait la petite URSS yougoslave, tant prisée par les intellectuels de l'Occident qui avaient pu à la fois y passer des vacances de rêves sur la côte dalmate présentement bombardée, et y satisfaire quelque fantasme de socialisme autogestionnaire non-aligné et à visage humain. Les communistes serbes, en charge du machin, avaient à leur avantage l'indifférence d'une Europe de consommateurs-contestataires, leur armée fédérale, des milices de crétins surarmés, et la complicité des socialistes français. Par leurs crimes, dont on ne voyait que le début, ils forceraient sûrement l'OTAN à intervenir un jour ou l'autre pour sauver les Croates et les Musulmans de Bosnie, mais en attendant le carnage aurait eu lieu. Les communistes de Belgrade, afin de s'assurer le rassemblement du peuple derrière leur entreprise démentielle, ressortaient des combles de l'histoire truquée quelques vieux uniformes tchetniks, et dire que c'était précisément la même bande de criminels qui avait assassiné le général royaliste Mikhaïlovic durant la Seconde Guerre mondiale ! Dire que des intellectuels français tombaient dans le panneau ! Mieux encore, affirma-t-il un jour, alors que les premières réactions indignées commençaient à se faire jour dans la presse, ceux qui d'ici peu vont prendre les patins du gouvernement bosniaque vont nous parler du « nationalisme » serbe, comme s'il ne s'agissait pas tout simplement de la dernière mascarade du socialisme yougoslave ! Et le pire dans tout ça, voyez-vous, c'est qu'à cause d'eux, les Serbes reculent d'autant leur retour vers l'Occident. Et ils reculent celui de toute la zone slave orthodoxe. Et ils nous obligent à prendre parti pour les Musulmans des Balkans. Tout cela va déboucher sur une catastrophe. Nous interviendrons trop tard, trop peu, et pas au bon endroit. Entretemps, le monde aura une nouvelle fois basculé.

Mazarin avait résumé ça d'un de ses aphorismes :

— Sûr. Faire confiance à des communistes pour restaurer le christianisme, autant demander à des Corses ou à des Arabes de respecter la République. Tout ça, c'est juste que des gangsters, des maffias qui dirigent des bandes de hooligans.

— Exactement, avait appuyé Wolfmann, un peu trop fortement.

J'avais demandé des explications. Le monde, il faut le dire, en cette fin d'année 1992, n'était pas avare d'explications. Et de règlements de comptes. Il était déjà plein, comme on dit d'une chienne sur le point d'accoucher de ses petits monstres roses.

— Observez bien ce qui se passe en Algérie. Les cocos du FLN viennent d'interrompre le processus de démocratisation dans leur pays, ils ont annulé, comme vous le savez, les élections municipales gagnées par le FIS ! Ils sont par ce simple fait en train de créer une vague islamiste bien plus proche de nous que ne le sont les Iraniens, et bien mieux implantée ici que ne le seront jamais les Libyens ! Pendant ce temps, les Serbes sont en train d'exterminer les Musulmans de Bosnie, et Dieu sait ce qu'il va advenir de l'Albanie ! L'Europe sera prise dans l'étau. D'ailleurs je suis sûr qu'une intervention occidentale dans le coin, c'est-à-dire, vous l'avez compris depuis la guerre du Golfe, une intervention conduite par les Américains, n'attirera sur elle que haine et mépris de la part de nos élites intellectuelles, toutes tendances confondues. On nous prépare une suite de Paix sans Justice, autant dire de retours à l'esclavage. Et les islamistes vont profiter à mort de tout ce bordel, croyez-moi !

Je le croyais d'autant mieux que déjà à cette époque nous parvenaient les tout premiers rapports d'implantation de réseaux proches du FIS algérien dans les banlieues, ça provenait des RG principalement. Mais il ne s'agissait encore que de microscopiques groupuscules, quelques mollahs isolés qui fuyaient les bouchers de la Sécurité militaire algérienne. Je ne mesurais pas bien l'importance du danger. Wolfmann finirait par me dire que j'étais aussi aveugle sur ce sujet que le reste des bureaucrates de la police concernant notre problème.

J'aimais bien les talents prospectifs teintés de pessimisme intégral de notre ami l'inspecteur lycanthrope à la retraite, mais au bout du cinquième cognac, je commençais à flancher.

Je comprenais aussi que c'était le dispositif principal de sa méthode de sélection.

Je devais tenir, impérativement.

Alors j'ai tenu.

Jusque vers minuit. Moment où les choses se sont déclenchées. Après deux ou trois longues minutes de silence qui avaient ponctué ma réponse à notre dernier échange : – Avez-vous lu *La Fosse de Babel* de Raymond Abellio ? – suivi de ma réponse qui avait fusé, nette : Non –, il s'était levé et d'un pas lent mais plein de sa tension nerveuse singulière, il s'était dirigé vers une des bibliothèques dispersées le long des murs de son salon. Il en avait sorti un livre épais, à la coupe un peu inégale, sans doute exécutée au coupe-papier.

— Vous m'avez parlé de Husserl, je crois, tout à l'heure, je ne sais ce que vous avez lu à son sujet, mais si vous n'avez rien lu de Raymond Abellio alors autant dire que vous n'avez rien lu du tout !

J'avais laissé mon sang refluer calmement de mon visage.

— J'ai lu Husserl. Ça m'a semblé suffisant.

Wolfmann n'avait rien dit, il avait soupesé l'épais volume avec un petit rictus au coin de la bouche.

Il vint s'asseoir avec le livre en main, et cette fois-ci il ne chercha pas la page mais la trouva instantanément, son index la barrait sur le coin supérieur, il se mit à lire, d'une voix égale, une mélopée monotonale qui semblait sortir d'une pure intelligence artificielle, mais pourtant pleine d'infimes variations aux limites de l'audible, comme le souffle du vent :

— *« Sous les ciels brouillés de mes nuits australes où fourmillait un chaos d'étoiles exactement annonciateur des immenses massacres à venir, j'étais bien obligé de me dire que le sens d'une civilisation se mesurait désormais beaucoup moins à la quantité de ses victimes qu'à la qualité de ses tueurs. »*

La phrase avait pris place dans le temps et l'espace comme un train lancé vers sa fatale destination. Il paraissait logique que le passage d'un RER, après un instant de suspens, la ponctue.

Puis, alors que le hurlement mécanique se perdait dans la nuit, il se tourna dans ma direction, planta ses yeux verts dans les miens et hocha légèrement la tête :

— Nous allons passer aux choses sérieuses.

La théorie de Wolfmann s'exposait ainsi :

Pour qu'il y ait homicide, il faut un cadavre. Pas de cadavre, pas de crime.

Si la victime n'avait pas ou que très peu de liens familiaux, des mois, des années pouvaient s'écouler avant que l'occurrence de la disparition ne parvienne à la surface, comme un lointain écho de sonar. Entre-temps, indices matériels, éventuels mobiles, mémoires des témoins, tout avait été altéré, effacé.

La théorie disait d'abord ceci :

Pas de système rationnel et centralisateur. La théorie ne peut se fonder que sur l'absence initiale de tout système régulateur produit à priori. Elle doit prendre en compte une fois pour toutes que le problème est anti-organique, donc acéphale. Il s'agit d'un cancer, il n'y a plus de centre, que des périphéries.

Ensuite : le crime absolu est un mode de vie. Il est le moment où la vie ne devient plus qu'un mode de mise à mort.

Enfin, le crime absolu est la conséquence d'une liberté sans ordre, et la cause d'un ordre sans liberté.

Puis venait l'hypothèse centrale, *l'hypothèse de travail*, appuyée selon lui par tous les dossiers en sa possession :

Il existait, ou avait existé, rien qu'en France, près d'une centaine de tueurs sexuels qui avaient certainement officié depuis 1960 sans jamais être inquiétés. D'après lui on pouvait estimer sans risque de se tromper le nombre des victimes à environ deux mille.

La plupart des « pistes » ne conduisaient à aucun nom, plutôt à des catalogues de signalement. Wolfmann avait établi une courbe de croissance : il était clair qu'elle épousait tout à fait le cours de l'évolution moderniste générale. Une ascension quasi exponentielle. Il existait probablement plusieurs dizaines de tueurs encore actifs dans le pays à l'heure actuelle me disait-il. Et leur nombre augmentait sans cesse. Le tueur des centrales n'était pas une figure isolée, il n'apparaissait pas ex-nihilo par on ne savait trop quel tour de passe-passe de l'histoire. Il était la figure émergée d'un mouvement social beaucoup plus vaste, et plein d'avenir.

Certains d'entre eux avaient semble-t-il arrêté leur activité à cette heure. Wolfmann disait : je ne pense pas qu'ils puissent vraiment stopper d'eux-mêmes une fois le processus lancé, mais ils peuvent déménager à l'étranger, tomber malades, aller en prison pour une tout autre raison, et mourir eux aussi, personne n'est immortel, pas même nos petits rigolos.

Quand un tueur était assez organisé pour posséder une méthode sûre et pratique de faire disparaître les cadavres, et s'il s'assurait au préalable que ses victimes n'avaient aucun lien de quelque nature que ce soit avec lui, ou entre elles, les chances d'être identifié par un corps de police disparaissaient littéralement en fumée.

Pour peu qu'on dispose de certains moyens financiers, ou de la possibilité professionnelle de voyager dans toute l'Europe par exemple, on avait face à soi des centaines d'institutions policières différentes, sans plan de cohérence aucun avec votre activité, dans l'ignorance totale que cette activité ait même la moindre réalité.

La théorie du crime absolu mettait d'emblée en évidence deux ou trois principes fondamentaux :

1) Un tueur absolu l'est rarement du premier coup. Il commet souvent quelques erreurs initiales. C'est généralement à cette période qu'il est le plus vulnérable. Mais s'il parvient à corriger le tir et à passer sans encombres ce premier stade, il devient alors à contrario pratiquement invulnérable. Le phénomène est une illustration directe de la théorie de la sélection naturelle.

2) Un tueur absolu est un individu intégré socialement. Mieux il s'intègre, mieux ses crimes restent insoupçonnés. S'il se désintègre, comme Ted Bundy, Ottis Toole, ou d'autres, il finit par se faire prendre.

3) Cette assertion n'est vraie que dans le cas où une institution policière ad hoc est constituée pour lutter contre cette forme de criminalité. En son absence, des meurtres sériels, quoique désorganisés, et alors que le tueur est en phase de désintégration, peuvent toujours se perpétrer sans que des liens soient établis entre les crimes.

D'autre part, disait Wolfmann, sur le plan de la topologie, le crime absolu est par nature multiforme, beaucoup plus que ses congénères du « droit commun ». D'une certaine manière il les englobe tous : rapt, meurtre, actes de barbarie, viol, agressions de toutes natures en formaient les constituants principaux, mais il fallait y ajouter bien souvent la fabrication et l'usage de fausses identités, l'extorsion de fonds, le vol de voiture, le cambriolage, l'escroquerie, l'effraction de domiciles, la violation de la vie privée, jusqu'au braquage de banques...

Il devait selon lui échapper aux canons du fameux « droit commun ». Pour Wolfmann, le meurtre en série correspondait à la phase de privatisation primordiale de l'anarchisme intégral. Primordiale et terminale tout à la fois, car elle aplanissait tout à son image. Terroriste sans cause, et sans idéologie, le tueur absolu correspondait au stade ultime de l'homme libre, libre de tout. Il n'avait plus ni Dieu, ni Maître, pas même des esclaves. Il avait des objets. Et des fantasmes. Il cherchait le pouvoir absolu, à son image, pour lui-même. C'était la phase individuelle du *Nacht und Nebel*.

La théorie disait : le crime absolu est le moment de dissolution morale du crime même. Il se situe au-delà, ou plutôt *en deçà* de tout processus d'accumulation primitive de capital, puisqu'il ne fonctionne plus que sur le régime de la dépense performative.

Crime rituel, oui, mais sans véritable sacrifice, puisqu'il n'était accompli que pour lui-même, et les figures qu'il voulait se donner.

Il était l'immanence dans toute son horreur, avait dit Wolfmann.

La plupart des pistes suivaient le *pattern* central : un ou deux crimes inexpliqués au départ, avec la découverte subséquente des corps, puis généralement, très vite, le passage à la stratégie de la disparition. Il arrivait que le déguisement en accident fasse partie des méthodes utilisées, quoique beaucoup plus rarement.

D'après Wolfmann, dont les recherches sur la question étaient étayées par de solides arguments, il existait, grâce aux techniques acquises au XXe siècle, des dizaines de moyens fiables permettant de s'assurer de la disparition totale et définitive d'un corps humain. Des produits chimiques dissolvants, des combustibles modernes, des instruments de coupe et de broyage en tous genres. On pouvait les brûler jusqu'aux cendres, les plonger dans plusieurs types d'acides industriels au choix, en faire des boîtes de conserve. On pouvait aussi les enterrer profondément dans 50 kilos de chaux vive, ou les couler dans du béton. On pouvait les concasser. On pouvait disperser les morceaux de corps dans la nature, les donner à manger à ses animaux domestiques, ou bien les manger soi-même. Les solutions étaient innombrables.

Wolfmann avait dit ceci, à un moment donné :

Ce qui se passe aux États-Unis est toujours le signe avant-coureur d'un phénomène qui envahira le reste de l'Occident, et le monde entier, car l'Amérique est le laboratoire du monde. Les tueurs savent depuis longtemps que les cadavres recèlent plein d'enseignements pour les équipes de *forensic analysts*, c'est pourquoi ils essaient le plus souvent d'en faire disparaître toute trace. Ils savent aussi qu'une victime retrouvée mais non identifiée, et surtout non identifiable, est à peu près aussi utile à ceux qui sont chargés de l'enquête qu'un chausse-pied à ressort, ou une promesse électorale. N'oubliez pas : sélection naturelle. Ceux qui se font prendre ne sont que les plus faibles d'entre eux... Votre cas est un peu spécial dans le sens où pour lui l'exposition des corps revêt un sens particulier. Fortement chargé symboliquement, comme certains tueurs à tendance psychotique non organisée, mais par d'autres traits il correspond au modèle du sociopathe parfaitement structuré. Il est polymorphe. Il existe en effet quelques cas de ce type.

Pas de cadavre. Pas de crime. Et donc aucune victimologie possible. Et donc pas d'enquête.

Voilà ce sur quoi reposait la stratégie du criminel absolu.

Wolfmann retrouvait la trace d'au moins trois tueurs actifs en France selon lui simultanément dès 1960. Une disparition d'enfant hautement suspecte. Quatre meurtres de femmes non résolus, deux paires suivant chacune un *pattern* singulier... Aucun de ces trois assassins-là n'était plus en activité depuis lors, mais entre-temps, chaque année, il fallait ajouter plusieurs nouveaux arrivants dans le peloton. Cela avait vraiment commencé à prendre de l'ampleur au moment où il s'était penché, par inadvertance, sur le phénomène, à la fin des années 60. Il en avait suivi toute l'évolution. Et ça ne faisait que commencer.

Wolfmann disait que le crime absolu apparaissait dans les sociétés livrées à une liberté technique et sexuelle sans restriction, ou plutôt, disait-il, d'une certaine manière il les annonce... Le sexe devenait une simple opération technique, la technique elle-même en retour ne devenait plus que l'appendice de nos libidos, là-dessus, convint-il, j'avais mis le doigt sur quelque chose.

Ce qu'il fallait admettre, me dit-il ensuite, c'est que le crime absolu, le « meurtre en série », comme disent les Américains, était une figure coextensive du développement actuel de l'humanité. Ou plutôt de son non-développement.

— Ou plus exactement de son développement métastatique, m'étais-je permis de corriger.

Wolfmann m'avait regardé, un peu surpris tout de même, il avait hoché la tête d'un air pensif.

Puis il avala encore un peu de cognac.

— Oui, dit-il en s'éclaircissant la gorge. Oui, le sommet de l'ennui c'est de tuer pour le plaisir.

Je comprenais l'allusion : lorsque la vie fait défaut, la réplication carcinomique l'emporte. Toute simulation est de l'ordre de la métastase. La cellule cancéreuse est une cellule qui ne veut plus mourir, et qui pour cela tue l'organisme, ce qui la relie aux autres, en l'englobant. Je ne savais trop pourquoi, mais je comprenais que j'avais passé le test. Peut-être le relâchement sensible de toute la tension accumulée par le corps de Mazarin.

Wolfmann avait en effet pris une décision et nous le fit savoir, en se servant une dernière rasade de cognac : les dossiers nous étaient ouverts à la condition que nous gardions un secret absolu sur la chose. Si jamais nous remontions notre tueur dans nos filets grâce à ses fiches, et dans le cas où nos soyons dans l'obligation de citer nos sources, il consentirait peut-être à apparaître au grand jour, mais à cette condition seulement.

Pour poursuivre les ombres, il faut soi-même être une ombre, avait-il expliqué.

La rencontre avec Wolfmann eut sur moi toute une batterie d'effets, imbriqués les uns dans les autres dans la trame du temps. Je n'en avais pas conscience sur le moment, et pourtant je devinais les contours d'une réalité demandant impérieusement à prendre forme.

Je dois dire que le quart d'une bouteille de Courvoisier avait baissé nombre de mes défenses personnelles. Pour la première fois de ma vie, j'entrevoyais comme une lumière, à l'existence certes fragile, dans le monde de la matière qui nous dirige vers la mort.

Lorsque que je m'étais retrouvé chez moi cette nuit-là, vers 2 heures du matin, je n'avais pu trouver le sommeil, en dépit de la fatigue, et de l'abrutissement alcoolique.

La théorie de Wolfmann ouvrait brutalement le champ des possibles à une échelle par moi jusque-là insoupçonnée.

Le tueur des centrales n'était plus un point solitaire sur une carte sans repères. Il se plaçait au sein d'une vaste configuration générale, une constellation de figures qui chacune formait un déplacement vectoriel singulier selon ses propres abscisses et ordonnées dans le temps et l'espace. De tout cela, ce qui émergeait c'était une forme tridimensionnelle, voire *quadridimensionnelle*. Une forme encore purement potentielle dans nos cerveaux, mais qui, si nous la mettions en lumière, nous assurerait une grande avancée dans notre enquête particulière.

Elle nous permettrait enfin de présenter un modèle global d'analyse qui tienne la route, avec une théorie sans cesse solidifiée par les expériences.

Et donc, elle nous permettrait de baiser les pandores. Chose essentielle, s'il en fut.

C'est ainsi que l'année 1992 se termina. C'est ainsi que j'entrais dans l'aurore de mon existence. J'avais trente-trois ans.

Tour à tour, presque chaque jour, Mazarin et moi nous rendions à l'appartement de Wolfmann. Nous compulsions ses fichiers, effectuions des tris, et parfois, nous amenions le dossier à la préfecture pour en faire des photocopies, avec l'autorisation rapidement accordée par le maître des lieux.

Wolfmann habitait au troisième étage, assez haut pour surplomber sa rue, perpendiculaire à la rue de Tolbiac et aux voies de chemin de fer qui allaient se perdre sous les tunnels en direction de la gare d'Austerlitz.

J'aimais vraiment l'atmosphère feutrée de ce vieil appartement de célibataire, haut de plafond, aux tapisseries passées de mode depuis la naissance de mes grands-parents, dont les moulures usées par le temps étaient recouvertes d'une patine huileuse de crasse, avec ses quatre chats silencieux, deux blancs, deux noirs, qui sinuaient entre nos pattes comme des fantômes à poils. L'odeur des litières mixée à l'arrière-parfum d'humidité et d'ozone formait une fragrance qui s'accordait parfaitement avec l'endroit, comme la signature du Paris de la fin du siècle. Une rémanence de chlore en provenance des escaliers venait nous rappeler combien la civilisation était dure et sauvage.

L'appartement de Marc Wolfmann allait être ainsi durant des mois – des années devrais-je dire ! – le théâtre d'une conspiration sans nom, et de tous les instants. D'une certaine manière, par la conjugaison de nos échecs respectifs nous parvenions à produire une méthode, nous étayions chaque jour la Théorie, nous étions des moines, réunis en secret dans une crypte, investis d'une mission incompréhensible pour le commun des mortels.

Nous travaillions dans le salon. Wolfmann nous amenait ses dossiers au fur et à mesure de nos demandes, et des ramifications de l'enquête.

Nous croisions alors les données ainsi recueillies avec les nôtres. Nous effectuions un épouvantable et fastidieux travail d'archivistes. Jamais je crois je ne me suis senti aussi bien de toute mon existence.

Alors que Noël approchait, je m'étais dit un soir, me rendant chez moi par les quais de la Seine, qu'enfin mon esprit rayonnait vers son point de culminance. Je volais dans les airs, littéralement. Je flottais au-dessus du monde, dans un état de béatitude absolue.

Il m'arrivait presque de m'en inquiéter. J'aurais probablement dû le faire.

Mais le plus souvent, je ne connaissais que cœur en turbopompe à haut régime, sueur froide de la découverte, chaleur paradoxale de la chair frémissant devant l'inconnu, embellissement permanent du regard, ouverture des infinis jusqu'aux tréfonds de la Terre. Tout semblait plein de la faculté de procréer directement des êtres de lumière. Quelque chose voulait sans doute me dire de bien en profiter.

Je ne savais absolument pas comment expliquer ce trouble qui prenait racine en moi.

Je me rendais compte que le sentiment de la découverte absolue permettait ce drôle de cataclysme intérieur, par lequel toute rencontre avec l'autre ouvrait sur une nouvelle découverte, parce que l'amour de la connaissance pure actualisait précisément cette dimension jusqu'alors cachée, et qu'un processus étrange vous la rendait accessible, en même temps que l'autre, cet Autre Sujet, la découvrait, ou plus précisément : était réinventé par ce mécanisme de production.

Mais dans le même temps, je savais qu'aucune explication rationnelle n'était en mesure de cadrer avec précision ce qui, par nature, échappait à tous les cadres.

L'amour rend aveugle, dit un dicton. Il a raison. La vérité, aussi, éblouit.

Je me souviens que ce soir-là, en passant le long des Moulins de Paris et de la gare de Tolbiac j'avais ressenti une forme d'empathie singulière avec ce petit morceau du monde. Toute ma vie pouvait s'y déployer. Les lignes de chemin de fer traçaient un vecteur entre différentes apparitions de mon existence dans l'univers. Elles reliaient le meurtre originel de 1991, le deux-pièces ultramoderne et provisoire de Nitzos, la morgue où convergeaient chaque jour des dizaines de corps, l'antique appartement de Wolfmann où s'entassait la bibliothèque du crime. Chaque électron qui vibre ici m'a formé, me forme, ou me formera, chaque atome de mon corps formera un jour, forme ou a formé les molécules d'acier des rails de la SNCF, où circuleront, circulent, ont déjà circulé le long des caténaires électriques les locomotives qui chaque jour roulent ici.

Le passage de 1992 à 1993 se décanta dans l'enchantement en mode mineur des jours gris de l'hiver parisien.

Quand je compulsais les dossiers de Wolfmann, assis à son bureau (il nous laissait disposer de cette pièce et s'enfermait alors dans sa bibliothèque), il arrivait à mon regard de se perdre par la fenêtre, dans une pluie de neige fondue qui rayait le paysage, j'éprouvais alors une tempête d'émotions que je n'avais jamais connues auparavant.

J'entrais dans le monde des ténèbres au moment où la lumière de la connaissance me pénétrait, autant dire au moment le plus inattendu.

Je voyais cela comme la figure de la double nécessité surpliée à l'infini sur elle-même, impanation tragique rythmant la faim jamais assouvie de nos existences. Quelle autre force aurait pu me maintenir ainsi éveillé des jours durant au milieu d'antiques fiches de police et de coupures de presse ?

Chaque jour, je découvrais dans les dossiers de Wolfmann les traces d'un lent et patient assassinat de masse perpétré dans le silence absolu, au cœur même de mon propre pays.

Chaque nuit, mon esprit se délivrait en violentes secousses dans des corps devenus pures numérologies, et ils se donnaient ainsi du plaisir réciproquement, autant que faire se pouvait, comme si leur incarnation même en dépendait. À chaque fois, dans cet épuisement somptueux des sens, apparaissait un abysse, un puits sans fond qui ouvrait sur un au-delà de la chair, terrifiant, enfantin et séducteur.

Je ne me rendais absolument pas compte de ce que j'étais en train de faire.

C'est à cette époque que les premiers grands best-sellers sur le phénomène firent leur apparition aux États-Unis et qu'Hollywood s'en empara.

Wolfmann m'avait un jour lancé un commentaire, alors que *Le Silence des agneaux* et le personnage d'Hannibal Lecter prenaient figures de mythologies modernes, et que nombre de mauvais romans, et de films pitoyables allaient proprement cannibaliser le bon docteur, dans un étrange retour des choses.

— La mode passera. Le mode de vie se perpétuera, il s'en trouvera même renforcé. On le confondra avec le mythe. On dira que c'est un mythe. Sans deviner comment les mythes ne sont que les images transvaluées de la vérité. Vous savez ce que disent les kabbalistes ? Puisque le diable, en tant que double inverti de la création divine, est une négation de l'être divin qui contient toutes les vies et tous les possibles, *il ne peut tout bonnement pas exister*. On dira donc que la stratégie du diable, pour parvenir à l'existence, c'est bien de faire croire qu'il existe. Mais comme il n'existe pas, il lui faut faire croire à une existence *occulte*. Or son existence n'est pas. Et donc ce qui est clair c'est que c'est l'homme qui commet tous ces crimes en son nom, et fait accéder son mythe au rang d'existence première dans le monde.

Un soir il avait affiné d'un trait son idée, il avait fait allusion à un Livre sacré, au nom mystérieux que sur le moment je ne retins pas :

— *Dieu s'est fait homme pour empêcher le diable de se faire Dieu.* Voilà ce que savent les vrais sages.

Un autre jour, une de ces fins d'après-midi au bleu électrique orageux qui présagent la venue imminente du printemps, du soleil, et des emmerdes, Wolfmann m'avait pris à partie, alors que j'étais tombé sur un dossier où se trouvaient compilées plusieurs disparitions bizarres étant survenues depuis une bonne dizaine d'années dans l'Yonne.

— J'ai établi cette liste à cause de la seconde disparition avec l'Homme-à-la-DS-Noire des années 60 : l'handicapée mentale, prise en charge par ce centre médico-pédagogique. Les disparitions que j'ai pistées dans l'Yonne recouvrent ce *pattern*, comme vous dites. Elles se sont déroulées entre la fin des années 70 et il n'y a pas si longtemps. Évidemment aucune investigation officielle n'est conduite.

— Une des victimes a disparu pas très loin d'un centre industriel de pétrochimie. Comme vous me l'avez un jour fait remarquer il est probable que les lignes, parfois, se croisent.

Il en était convenu.

— Vous voulez photocopier ce dossier, avait-il constaté.

J'avais répondu par l'affirmative.

— Le crime absolu est une figure à la fois centrale et invisible de l'humanité parce qu'il est l'expression occulte de sa tendance lourde, me dit-il. Il est donc soumis à des hiérarchies établies par les lois de la sélection naturelle. Dans ce monde-là, plus encore que dans tous les autres, les plus faibles n'ont aucune chance. Je veux dire à condition qu'ils puissent rencontrer quelque prédateur sur leur chemin.

Pour l'instant, constatait-il, sur le plan des prédateurs, les tueurs sexuels n'ont pas trop de mouron à se faire.

Wolfmann me disait que d'ici peu les premiers crimes en série apparaîtraient au grand jour en France, et dans le reste de l'Europe occidentale, et ailleurs encore. On découvrirait très vite que le phénomène était universel, me confia-t-il.

Mais comme pour le reste on allait considérer chaque cas comme autant d'occurrences isolées. Nous n'aurons su en fait qu'intercepter les plus faibles d'entre eux. Les moins organisés. Les moins intégrés.

Les moins dangereux.

Nous n'aurons toujours rien compris.

AURORE

Alors la lueur contenue dans les ténèbres vint percer l'horizon de ma mémoire.

Tous les mots que nous employions étaient faussés par un relativisme d'autant plus virulent qu'il était doucereuse liqueur létale. Nous ne parvenions même plus à distinguer l'ombre de la lumière, nous ne risquions pas de faire de sitôt la différence entre des poulets de batterie et des êtres humains.

Puisque le nazisme avait entamé la première phase du processus, il était logique que l'anarchisme intégral continue son œuvre, *dans l'autre sens*.

Dans cette perspective, le tueur en série me semblait la figure la plus accomplie du *nazi inverti*.

Ce que le tueur en série engageait avec sa ou son « partenaire » n'avait tout simplement rien à voir avec l'amour, et encore moins l'érotisme. C'était un rituel mécanique, un filtre magique et immédiat, ou plutôt la phase terminale de la mécanisation de tout rituel, une consomption sans risque, une activité de recyclage permanent de la libido par elle-même, un *larsen* du moi qui ne supportait pas la comparaison avec la beauté tragique du narcissisme, nécessaire à l'authentique sadomasochisme. Car le moi ainsi constamment évaporé ne trouvait refuge ni dans sa propre image ni dans celle de l'autre, mais dans la destruction toujours recommencée, et sans cesse plus infinie, de la source du désir même, dans une quête absurde qui ne cessait d'augmenter l'addiction. Le paradoxe se focalisait instantanément sous la loupe de la réflexion : l'ego ainsi pris au piège perdait ses frontières avec le dehors, et tout s'indifférenciait, le monde et le moi, le soi et le ça. Il n'y avait plus ni distance, ni contact, ni dehors, ni dedans.

D'une certaine manière l'appellation même de « tueurs sexuels » n'était pas la bonne. L'idée de la « série », mise en avant par les spécialistes américains, prouvait leur pragmatisme, mais aussi les limites quantitatives de leur pensée. Le terme de « crime absolu » de l'inspecteur Marc Wolfmann restait encore le plus approprié, mais risquait de provoquer un peu de confusion, car il nous apparaissait clairement, à tous les deux en tout cas, que son apparition était un avatar du relativisme dans lequel nos sociétés avaient basculé.

Un jour j'avais dit à Wolfmann : Nous devrions les considérer comme des *relativistes absolus*.

Wolfmann n'avait rien répondu, il avait hoché la tête en émettant une sorte de bourdonnement, tout en extirpant une lourde encyclopédie d'une des bibliothèques du salon.

J'avais pris ça à juste titre comme un assentiment.

Il ne s'agissait pas de sexualité en effet.

Car dans ce rapport, l'autre, précisément, était à la fois nié dans sa différence, et dans sa proximité. Il était *absolument relativisé*.

Ce n'était même plus une pulsion de mort qui s'exprimait ainsi par le biais d'une sexualité transgressive.

Non, c'était la réification absolue de toute relation. L'anéantissement même de tous les possibles, tout autant que l'avortement de toutes les impossibilités. La négation de la mort par la suppression de la vie. La perte de l'humanité, non pas pour le compte d'une souveraineté supérieure, exigeant alors une liberté conquérante, mais pour celui de la prothèse fantasmatique à une libido en perdition, réduisant le cerveau en esclavage.

Je comprenais alors mieux le postulat numéro deux de la Théorie : Le crime absolu est un mode de vie. Il était l'expression secrète d'une économie du désir qui virait au désastre.

On pouvait affirmer sans crainte du ridicule qu'à partir du moment où les sociétés parvinrent à découpler techniquement la sexualité de la reproduction, dans le courant du XXe siècle, une nouvelle époque s'était ouverte pour ce qui restait d'humanité sur cette terre.

La perte de soi dans la sexualité n'équivalait plus à la naissance d'un enfant, né de cette perte mutuelle de l'identité dans la recombinaison du déterminisme chaotique. Cette perte de soi ne visait plus qu'à la satisfaction de nos libidos. On nous assurait depuis un bail qu'il s'agissait d'un grand progrès social.

Je n'y voyais pour ma part qu'un contrepoint assez tragique à notre seconde chute, celle dont Heidegger parle quelque part, me semble-t-il, celle de notre *chute dans la banalité*.

Un matin, alors que la douce lumière de l'aube glissait sur la peau du jour, je vis le corps de la femme comme une machine. Une machine de lait et de méta', de sang et de carbone, en quelques instants, la vision de la Poupée Vivante vint s'intégrer comme naturellement aux corps que je ne connaîtrais pas.

Un processus de désintégration singulier.

Voilà quelle était la tendance lourde. Un processus terrifiant d'autodissection de l'humanité.

Après l'isolation des fonctions reproductrices et sexuelles, on pouvait imaginer que chacune des catégories se verrait alors soumise à l'exercice plus libre encore de l'expérience mutilatoire ainsi lancée.

La reproduction elle-même, comme nous le promettaient les auteurs de science-fiction, et les chercheurs en biologie moléculaire, ne serait bientôt plus qu'une série décomposable d'actes techniques qui ne seraient liés en aucune façon à l'expression du désir sexuel, de ce terrifiant désir qui nous anéantit dans l'autre, mais à celle de l'ego, cette confortable satisfaction de nous-mêmes.

Cela avait comme conséquence parfaitement inattendue de menacer la reproduction en elle-même, car le clonage, par exemple, voire certaines méthodes de reproduction in vitro, allait selon toute vraisemblance réduire considérablement la biodiversité des types humains. La reproduction monoclonale, et le génotype à la carte, supprimait à la base tout risque inhérent à la biodiversification humaine, et toute continuité de sa complexe généalogie. On se reproduirait soi-même, sans avoir une seule fois à passer par l'autre. Il finirait par ne plus y avoir d'*autres*.

Le désir sexuel, de son côté, pouvait se fragmenter à son tour en autant de concepts et de discours techniciens, en autant d'actes purement opératifs, de gestes mécaniques, de degrés hyperconscients et discursifs de l'amour, de pornographies universalisées et indifférenciées, bref en autant de menaces pour le désir sexuel lui-même.

C'était cela qu'expérimentait à son niveau le tueur des centrales.

Il avait trouvé une réponse personnelle à ces doubles contraintes en cascades dans lesquelles le monde nous avait enfermés.

En transformant les femmes en machines, en leur ôtant la vie biologique pour lui substituer un artefact informatique, il paraissait en mesure de vivre à la hauteur de sa prise de conscience : la sexualité elle-même n'était plus qu'un appendice virtuel de l'appareillage technique.

On n'avait retrouvé aucune trace de sperme sur les victimes.

Cela signifiait ou l'impuissance, ou, peut-être, une sorte de délai entre l'acte et sa transformation en énergie sexuelle. Oui, et ce délai, à son tour, pouvait signifier la mise en action d'un dispositif technique dévolu à cette tâche.

Pour le tueur des centrales, c'était clair, l'inconscient lui-même était plat et transparent comme l'eau d'une piscine. Il savait se situer à l'interface des nouveaux modes de vie des sociétés humaines et de leur point de dissolution.

Je devais en convenir, il était l'incarnation même du *progrès*.

Je ne comprenais pas encore à quel point tout cela était vrai, je ne me rendais pas compte à quel point était juste la théorie de Wolfmann. À quel point il était dangereux.

À quel point nous étions tous en train de devenir des dangers les uns pour les autres.

Il y eut pourtant un moment précis où la lumière apparut au cœur des ténèbres.

Je veux dire : un nœud de l'espace-temps où pour la première fois toutes les vérités se conjuguèrent, et s'annihilèrent les unes les autres, comme autant de particules et d'anti-particules en masses égales jetées dans le chaos primitif d'un univers en expansion.

Il y eut un moment où la justice et l'amour entrèrent en conflit, atteignant l'état de masse critique.

Il y eut un moment où aveuglé par l'intensité du rayonnement de la connaissance, je ne vis pas l'obscurité du monde ronger patiemment mes pâles espérances.

Il y eut un moment où la lumière fut si haute, en ce midi de ma vie, que tout semblait pris pour toujours dans la silice translucide d'un printemps éternel.

Il y eut un moment où je connus le bonheur.

MIDI

Ce jour-là, j'avais grimpé l'escalier sans attendre l'ascenseur, comme d'habitude.

J'avais sonné à la porte et j'avais guetté le pas lent et méthodique dont je connaissais le rythme par cœur maintenant.

Comme à chaque fois que je me rendais ici, après une heure passée à la Préfecture pour donner le change, je ressentais l'émotion de l'écolier se rendant en secret dans une bibliothèque interdite, ou un cinéma porno, à l'heure où la classe commence.

Wolfmann m'avait ouvert, emmitouflé dans sa miteuse robe de chambre verte à carreaux écossais.

Comme toujours, il n'avait rien dit, j'étais entré, il avait refermé la porte derrière moi et je l'avais suivi jusqu'au salon donnant sur le pont de Tolbiac et les voies de chemin de fer. Comme d'habitude, il s'était alors rendu dans sa cuisine pendant que je m'installais au bureau. Il s'y était servi un grand bol de café, m'avait gentiment préparé une tasse de thé et était revenu avec le petit plateau d'étain qu'il avait posé sur un coin du bureau encombré.

Tout avait commencé comme d'habitude ce jour-là, donc, mais au bout d'un court moment de silence, alors que nous avalions nos tisanes matinales, j'avais noté une fermeture supplémentaire sur le visage de Wolfmann, son regard absorbait encore plus de lumière qu'à l'accoutumée, il devait y avoir quelque chose.

Il s'est posté près de la fenêtre, son regard regardait les vieilles bicoques qui s'étendaient de l'autre côté des rails, jusqu'au métro aérien.

— Tout sera rasé l'été prochain. Leur foutue Bibliothèque Mitterrand s'élèvera ici même, dans un peu plus de deux ans. Il est plus urgent de financer ce Très Grand Tromblon que d'aider les Croates et les Bosniaques, et je ne parle pas des Serbes, à se débarrasser de ces enculés de communistes.

Je n'avais rien dit, c'était un des grands sujets de l'actualité, juste avec les élections qui s'annonçaient mal pour la gauche. Je veux dire Mitterrand et sa Pyramide.

Les ministères pouvaient valser. Les Bosniaques pouvaient crever. Le Président aurait son mausolée.

— J'ai accédé au plan général d'urbanisme. Vous ne savez pas la meilleure ?

— Non, avais-je fait, en trempant mes lèvres dans le darjeeling. On élèvera aussi une statue à Jack Lang ?

— Le pont de Tolbiac, putain de nom de Dieu. Le pont de Tolbiac : lui aussi ils vont le détruire.

— Quoi ?

Ma stupéfaction n'était pas feinte. Je m'intéressais peu aux délires mégalomanes du Tonton de ma génération, je connaissais déjà la mocheté exemplaire du projet retenu, mais le pont de Tolbiac, tout de même.

Je m'étais dit que ni Dominique Jamet, ni François le Deuxième, ni l'architecte débile en charge du programme ne devaient avoir lu ne serait-ce que le célèbre roman de Léo Malet. Même pas la version BD par Tardi. D'après Wolfmann, tout le site serait chamboulé. Une énorme dalle recouvrirait les voies de chemin de fer, le pont deviendrait une sorte de greffon bétonné de la gigantesque machine qui viendrait dominer le quartier, du haut de sa futile et laide prétention.

À terme, les Moulins de Paris seraient réduits en poussière, eux aussi. Il ne donnait pas cher des entrepôts frigorifiques.

Il manifestait un mécontentement visible.

Je le comprenais. Nous étions de plus en plus désemparés devant un monde qui avait pris la décision de se détruire lui-même.

— Il y a autre chose, finit-il par dire, alors que j'ouvrais un dossier qui compilait des disparitions suspectes survenues entre 1975 et 1982 dans les Pyrénées.

J'avais suspendu mon geste. Mais je n'avais pu proférer qu'une bulle de silence interrogative.

— Carnaval. Mazarin vous en a parlé. Il voudrait vous rencontrer.

J'avais tendu l'oreille. Mon regard s'était perdu dans le décor qui, bientôt, n'existerait plus qu'à l'état de cartes postales vendues par les bouquinistes des quais.

— Pourquoi ?

Wolfmann avait poussé un soupir et s'était assis sur la chaise que j'avais empruntée le jour de notre première entrevue. Il avait penché son buste en avant et posé ses joues entre ses mains, les coudes appuyés sur la table.

Son regard vert aspirait la lumière derrière le verre devenu phosphore de ses lunettes.

— Il est en possession de différentes informations susceptibles de vous intéresser.

— Concernant cette enquête ? avais-je demandé sans trahir la moindre émotion.

— Concernant cette enquête, ses ramifications, et quelques autres informations d'importance. Il veut parler à un flic actif. Il veut vous parler, à vous et à Mazarin. Il a des choses à vous dire.

Le silence fut rompu par le passage d'un train.

J'avais cru lire dans le regard de Wolfmann à quel point il jouissait de son petit effet. Je devais maintenir ma trajectoire oblique, je ne devais pas céder à ses mises en scène secrètes, je ne devais pas lui faire voir à quel point j'étais intéressé.

— Quand veut-il nous rencontrer ?

Trop tôt. Trop tôt, même si j'avais gardé un semblant de ton égal et détaché.

Wolfmann m'avait toisé, authentiquement surpris, ou alors dans un grand moment d'acteur.

— Voyons, inspecteur Kernal, le plus vite possible évidemment. Lorsqu'un informateur veut vous dire quelque chose, c'est généralement dans les vingt-quatre heures que son tuyau est vraiment exploitable.

Leçon de travaux pratiques du vieux routier de la flicaille.

— J'imagine que vous êtes plus ou moins convenus d'un rendez-vous, ou au moins d'un modus operandi ?

— Votre locution latine est juste. Il veut vous voir demain. Il va m'appeler ce soir pour me dire exactement quand, où, et comment l'entrevue se déroulera. Il va de soi que vous accepterez ses conditions.

J'avais laissé un train se décomposer dans l'espace acoustique. Carnaval était le contact par lequel Mazarin et Wolfmann avaient pendant longtemps eu accès à divers renseignements venant de nombreuses sources occultes, mais qualifiées. Il s'était fait connaître à Wolfmann alors qu'il prenait sa retraite, et c'était donc trop tard pour le vieux nyctalope bibliomane traqueur de pédophiles, mais par la suite il avait balancé des infos très sûres à Mazarin. C'est Carnaval, par exemple, qui l'avait branché sur la bande de Sarcelles, là où Mazarin avait buté un petit caïd dans une cité. Carnaval avait dit : gros arrivage d'héro. De la turque, pure. Ce soir. Mazarin s'était pointé avec ses mecs de la BRB, doublant les Stups, et ça s'était mis à tirer. Mazarin avait vidé son barillet sur le jeune connard qui avait essayé de se la jouer Butch Cassidy sans le Kid, avec un pompe calibre 12 scié.

Un jour, il m'avait dit : Ce con, ç'a été comme sur le champ de tir. J'ai vidé le barillet sans même m'en rendre compte.

Cet après-midi-là, après l'étude monastique des crimes dans l'appartement de Wolfmann, j'avais rejoint Mazarin à la Préfecture. J'avais croisé Desjardins, je m'apprêtais à lui opposer toute une batterie d'arguments taillés sur mesure, mais il passa sans me voir, ou à peine, un vague hochement de tête alors qu'il compulsait un épais dossier en marchant de son pas lourd, qui résonnait rythmiquement dans le couloir.

J'avais dit quatre choses à Mazarin. J'avais dit les quatre choses importantes de la journée. Quatre phrases, et parmi les quatre, j'avais dit quelque chose que je n'aurais pas dû dire.

Carnaval veut nous voir. Nous devrions accepter. Nous devrions visiter l'enclos des transformateurs du site Arrighi. Je voudrais vérifier un truc de ma théorie.

Mazarin avait opiné du chef en attrapant son manteau.

« Ça va nous faire prendre l'air », fut sa seule assertion.

À l'extérieur le jour est un carnabot recouvrant le candélabre de la mégaville pour l'éteindre de tous les feux qu'elle pourrait produire à l'avance. Le jour, déjà, semble porter toute la nuit qu'il contient, comme dans la parabole de saint Jean, sauf qu'il s'agit de la nuit du jour sans fin, et donc du gris éternel de la vie mécanique.

Nous roulons dans la voiture de service sur l'A 86, direction Vitry-Zone industrielle, échangeur, embranchement, autopont, rue des Fusillés.

Nous voici de nouveau au centre de la quadrilatérale entablure qui fait pivoter le monde. Unichroïque jonction entre tous les univers. Anamorphose sans cesse recommencée des quadrats s'enfantant les uns les autres, et se dissolvant les uns les autres. Svastika dextrogyre/lévogyre dont l'espace plat représenté par l'emplacement de feue la centrale Arrighi renvoie au régime invisible qui meut toutes les productions de l'âge industriel.

La centrale EDF voisine, qui semble si vivante aujourd'hui, ne résistera sans doute pas plus d'une ou deux générations aux progrès de la mécanisation dont elle est un des plus puissants facteurs locaux. L'autre partie du quadrilatère est formée par le toboggan sous lequel passe le réseau des voies de chemin de fer, c'est la partie ouverte de la structure, elle préfigure le fait que cette structure est reliée au tissu urbain selon une phénoménologie spécifique, celle que le tueur des centrales y détecte.

Enfin l'enclos des transformateurs représente le point quaternaire de la figure, c'est dans ce lieu, ou à partir de ce lieu, que le crime s'est produit, si ce n'est concrètement alors mentalement : il est le point d'origine de l'invention créatrice du tueur, de toute la force de son psychisme, de toute la force de son sacrifice, de toute la force du Moi qu'ainsi il peut produire.

Depuis peu mes notes primitives s'étaient ramifiées en un réticule de graphes et de glyphes ésotériques, que j'étais le seul à pouvoir décrypter, et je sentais qu'en cela ma méthode n'était pas si mauvaise. À partir du savoir numérique j'essayais maintenant de produire une connaissance analogique : mon cerveau semblait pouvoir épouser, par un étrange effet d'identité, la topologie mentale de l'assassin, car il paraissait en mesure de produire des *cartes* très similaires.

L'enclos des transformateurs est une figure essentielle, avais-je dit à Mazarin. Dans cette figure, la topologie mentale de l'assassin voyait un espace totémique par lequel sa transfiguration s'avérait possible. Je crois qu'il se compare à une sorte dc demi-dieu électrique. Ou peut-être un mutant de l'âge nucléaire.

Mazarin avait vaguement opiné du chef en garant la voiture près de l'endroit où on avait découvert le corps.

— Tu crois vraiment que ce gars se prend pour un personnage de bandes dessinées ?

Je savais que la chose semblait invraisemblable, c'est pourquoi elle m'apparaissait comme de plus en plus plausible.

— Oui, j'avais répondu, il est le moment où le capital se concentre au point de donner une image, puis plus loin encore au point de faire se correspondre totalement image et identité, tout en les dissociant à jamais. Notre gars est le réificateur absolu, une sorte de Midas qui transforme tout en *chose*, en objet indistinct de la Machine-Nourrice, y compris et surtout, dirais-je, le *langage*. Pour lui les mots sont les choses par nécessité ontique, les cartes sont toujours, et à jamais, le territoire. Il y a quelque chose dans la génétique de son esprit malade que nous ne savons pas encore lire.

Mazarin se marre. Nous sommes à l'extérieur de la voiture de part et d'autre du capot avant et nous regardons la muraille grise, analogue à celle de l'enceinte de l'ancienne centrale disparue, qui clôt le périmètre des transformateurs.

— Je comprends pas toujours ce que tu dis Kernal, mais je suis en effet d'avis qu'on aille inspecter cet endroit.

— L'État nous paye pour ça. Allons-y.

J'allume le caméscope, nous traversons la route, j'appuie sur *record*, je colle mon œil au viseur, Mazarin apparaît une fraction de seconde dans le champ, puis la bande uniforme du béton gris, les petites rayures du crachin d'hiver, la porte de métal écaillée, ma main qui prolonge la machine-œil pour aller appuyer sur la sonnette.

Record Mode : Standard Play.

Nous sommes attendus. J'ai prévenu les responsables locaux d'EDF de notre visite. J'ai joué au flic dur-à-cuire en leur disant que ce serait mieux si on nous ouvrait les portes sans qu'on demande un mandat de perquisition à un juge, avant d'en parler à un de nos amis journalistes.

Ma main, extension du viseur, indiquant dans sa perspective l'angle du mur et de la ruelle qui s'en va se perdre vers le centre Rhône-Poulenc en longeant les énormes réservoirs de la British Petroleum.

Mon doigt qui s'écrase sur la sonnette, phalange livide et impatiente.

La vieille porte d'acier grise roule sur ses gonds en grinçant. Le cri de l'oxyde résonne dans les longues allées désertes. L'œil-machine pivote. Un vieil ouvrier revêtu d'une blouse bleue nous offre un visage peu amène.

— Voilà, voilà, c'est pas la peine de s'énerver...

Mazarin entre dans le champ. Mazarin bouscule le type

pour pénétrer d'un seul coup dans l'enceinte. Le type recule, effrayé par la masse et le visage d'ogre. L'ogre montre ses dents :

— Dis donc ducon t'apprendras que pour la police le temps c'est de l'argent, et bitembois en plus c'est ton argent. Alors maintenant tu la boucles et tu nous laisses bosser.

— Je... excusez-moi inspecteur.

— Allez... calte !

Le vieil ouvrier disparaît à toute vitesse en direction d'une petite bâtisse adossée à la face nord du mur. Devant elle sont alignées des structures de métal, de verre et de matériaux aux reflets huileux sous le haut soleil de midi. Machines à nu dans l'opalescente lumière du jour éternel, du jour des flics, du jour de l'œil-machine.

Il faisait beau. Un vent frais soufflait, chassant les nuages. La lumière était blanche, et comme poudreuse. Elle se déversait sur le vaste enclos qui jouxtait l'espace vide où la vieille centrale Arrighi s'était un jour élevée. Le souvenir de sa présence, et surtout du moment de sa destruction, ne voulait pas quitter mon esprit, ni ma caméra au bout de laquelle je retenais ma respiration.

Ce que je voyais dans l'œilleton du caméscope correspondait au plan de l'EDF que Mazarin dépliait devant lui. Un vaste périmètre de cent mètres de long sur quarante de large. Ici, de nombreux circuits de transformation à haute puissance convertissaient les sources d'énergies très brutes délivrées par la centrale en activité, dont nous devinions les structures d'insecte géant tapi juste derrière la muraille.

Un croissant de lune, diaphane, voulait persister au zénith. Le ciel était d'un bleu pâle, presque translucide, quelques nuages aux formes tourmentées jouaient dans la haute atmosphère.

Devant moi, des alambics de verre aux couleurs glauques s'enroulaient autour de boudins anthracite et de structures métalliques aux reflets huileux, à perte de vue.

Mais le monde ne prend sens qu'au travers de l'œil-machine.

Le découpage du viseur est le mode opératoire par lequel ce simple paysage peut être vu différemment. Il permet, mieux, il oblige, une certaine *sélection*. De l'enclos, le toboggan au-delà des réservoirs BP, la centrale en activité, et ce qui fut la centrale Arrighi se conjuguent pour indiquer une sorte de rythme ternaire, dans lequel l'enclos des transformateurs joue le rôle de clé tonale.

À l'est, en direction de la Seine, le mur d'enceinte se dresse au-dessus de la ligne de chemin de fer qui, autrefois, longeait la centrale Arrighi, et d'où nous sommes nous pouvons voir qu'une sorte de passerelle devait relier l'usine et l'enclos avant sa destruction. Il y a une tourelle, et une sorte d'avancée coupée net, deux moignons d'acier qui témoignent qu'il existait un point de passage entre l'usine et l'enclos.

Zoom sur la tourelle. Gros plan sur les tubulures d'acier qui surplombent la ligne de chemin de fer, oui-bon-Dieu, gros-plan sur *le point de passage*.

Mon cœur, déjà, bat plus fort.

Alors je filme tout en marchant entre les postes de transformateurs, comme dans les allées d'une nécropole, la caméra dévastant tout sur son passage, œil froid et implacable. Je cherche à saisir les bribes du langage de la Machine que les vents du désert urbain amènent jusqu'à moi. Je cherche à comprendre la musique tapie sous les hurlements. Je touche de mes doigts gelés le corps-ville des victimes, et la folie urbanistique du tueur.

Voici ce que dévoile l'intrusion des capteurs CCD branchés à mon cerveau contaminé par la Théorie : la subjugation de la ville par la ville, ou plutôt de la ville par l'urbanisme s'opère en moi, comme une ligne de subduction tectonique. Le mot juste, en biologie, est *intussusception* : sur le plan pratique et chirurgical, il signifie l'entrée d'un segment d'intestin, organe de *sélection digestive terminale*, dans un autre segment du même intestin. Sur le plan de la chimie organique, on le dit pour un *accroissement moléculaire résultant de l'absorption de matières nutritives par un être vivant.*

Alors, mon mouvement s'arrête, au moment même où mon esprit vient de heurter l'os dur d'une vérité. Je pivote, un long panoramique, nous sommes presque au centre de l'enclos, au centre de ce que je nomme illico la « Chambre des Transformations ». Et là, en direction de ce que fut l'Usine, qui n'apparaît donc que sur l'écran mental de la représentation, là je recadre ce qui fut le « Point de Jonction ».

Oui l'œil-machine avale l'univers à sa portée et permet à mon cerveau de nommer, donc d'extraire les choses de leur magma, de ce simple isolat nouménologique par lequel elles se confondent avec le reste du monde objectif et je sais alors – transe vidéo-intensificatrice – que je ne fais que reproduire le geste accompli environ deux ans auparavant par Paul Nitzos, en plein jour, qui est aussi le même que celui du tueur des centrales, sans doute à la même époque, ou presque, en pleine nuit. Et moi je suis venu le faire dans le midi paradoxal que la nuit, contenue dans le jour sans fin de l'œil-machine, projette sur le monde.

— Il est venu ici. Il a filmé. Il a filmé comme je le fais en ce moment, dis-je.

Mazarin ne répondit rien tout d'abord, il a mordillé son morceau de réglisse, avec un bruit de tronçonneuse, puis il s'est tourné vers moi, auréolé d'une pâle et laiteuse lumière orangée, j'ai vu son visage à la placide animalité s'encadrer dans le viseur comme traversé d'un doute, d'une ombre, d'une anxiété douloureusement concrète :

— S'il a filmé, comme tu dis, *alors qu'est-ce qu'il a fait des cassettes ?*

En moi les anges de la perplexité, en moi la lumière de tous les Hiroshima, oui, en moi les animaux et l'autoroute, en moi l'homme, ses crimes, ses lois.

La question de Mazarin s'emboîtait parfaitement dans le mystère de l'échange sacrificiel conduit par le tueur.

L'équation était si simple qu'elle me hanta des nuits entières, que je passais à regarder en boucle le film de cette journée :

Le tueur exposait les corps. Il n'avait jamais laissé de cassettes vidéo à proximité. Il n'en avait jamais envoyé aux médias. Pourtant j'étais certain que son ontogenèse spécifique demandait expressément qu'il soit bien un *producteur multimédia*, ou plus exactement un *monomaniaque de la multiproduction.* En tout cas il faisait des films, la certitude devenait axiomatique.

Il exposait les corps. Les corps devenaient le média.

Que faisait-il donc des cassettes ?

La silhouette orangée de Mazarin qui s'intromisse dans le champ de la caméra pour poser cette question rythme mes insomnies, car je sais que résoudre cette énigme me permettrait de parfaire mon étude structurale analogique de la personnalité malade du tueur des centrales, je devine qu'elle s'ouvre sur une figure dédoublée du mystère. Son inversion.

Mais la fatigue eut je pense très vite raison de mes facultés de raisonnement, tout autant que de l'énergie nécessaire à l'intuition définitive.

Et puis, le lendemain même de notre visite à l'enclos des transformateurs, nous avions rencontré Carnaval.

Je ne me doutais absolument pas des conséquences que cette entrevue allait avoir sur nos destins.

DÉCLIN

Voici la voiture. Gris métallique. Mercedes, haut de gamme, toutes les options plus le cuir et la ronce de noyer. Il y a une silhouette à l'intérieur, derrière le volant.

Double appel de phares. Puis un autre. Et un troisième.

Traits longs, traits courts. Du morse.

Mazarin me regarde et me dit : « C'est OK. » Je le regarde et je lui dis : c'est super.

Nous sortons de la R19 à la même seconde.

La pluie est mauve dans la lumière des réverbères. La pluie zèbre doucement de sa lumière le paysage. La pluie s'infiltre, froide, sous mon col.

Voici le paysage, novale suburbaine toujours recommencée : le pont de Nogent en forme d'aqueduc romain qui surplombe les grandes bâtisses XIXe, la route mouillée qui laisse une trace noire et luisante entre les arches, les hauts cubicules des cités HLM en carrelage luminaire loin devant dans le norois des friches obscures, la structure monochromatique de l'autoroute, coupole extraterrestre qui vacille à l'horizon, la lourde Mercedes gris métal, couleur service secret de luxe, la pluie qui donne à la nuit sa translucidité.

Bienvenue à Nogent-sur-Marne.

La Mercedes roule sur l'autoroute, séquence chuintement

des pneus sur l'asphalte en contrepoint de la discussion, séquence néon-sodium en alternance sur nos visages.

Carnaval.

Tout un programme.

Vrai nom : Pierre Carnay de Réval. Né le 30 janvier 1932 à Avranches. Ancien officier dans les commandos de marine. Fils d'un officier de la Royale : son père, en poste au Maroc, fut d'abord attentiste et vaguement pétainiste, comme tous les cadres de la nation, mais avait rejoint de Gaulle lors du débarquement américain en Afrique du Nord. Son surnom provient de ses années passées sur le terrain, en Corée, en Indo, en Algérie. Fit partie des unités d'élite envoyées à Suez en 1956. Fut lié au cartel de militaires qui remirent de Gaulle au pouvoir en 1958. Faillit rejoindre les putschistes d'Alger en 1961, mais resta loyal au Général jusqu'en 1968, date à laquelle il préconisa l'envoi de la troupe contre la « chienlit » communiste. Quitte l'armée française en décembre de la même année. Fricote avec d'autres gars de l'extrême droite, fait plusieurs séjours en Espagne, ainsi qu'en Italie, rencontre Bob Denard, devient mercenaire pour diverses factions en Afrique, dont l'Unita de Savimbi, séjourne en Rhodésie, puis au Liban, où il disparaît durant quelque temps avant de revenir en France au printemps 1981. Devient correspondant de guerre pour *Paris-Match* et Reuters. Pendant les années 80, il couvre l'Afghanistan, le Nicaragua, la Colombie, le Liban, la Palestine, la Birmanie, le Cambodge, le Liberia, tous les points chauds. En septembre 1989, il saute sur une mine antipersonnelle quelque part à la frontière du Liberia et du Sierra Leone, perd sa jambe gauche, rapatrié d'urgence en Belgique par des amis mercenaires, il reste hospitalisé un trimestre à Bruxelles puis revient s'installer en France, à Nogent-sur-Marne, le jour de Noël, dans la demeure léguée par son père, décédé deux ans plus tôt. La perte de sa jambe l'empêche désormais de courir le monde. Il a juste eu le temps de rencontrer Wolfmann, par un ami commissaire de police ancien marsouin en Algérie, alors que le vieux flicard vient de prendre sa retraite, dans la foulée il a aussi rencontré Mazarin. Travaille depuis comme journaliste et essayiste pour des maisons d'édition liées aux réseaux de l'extrême droite européenne.

Très vite, il avait fait ses preuves en tant qu'indicateur de première main.

Identité tracée par les rapports des Renseignements généraux, complétée par de nombreux détails de Mazarin.

La Mercedes roule sur l'autoroute. Carnaval conduit. Mazarin est installé derrière, dévorant un sandwich camembert-cornichons arraché à un bar-tabac sur le chemin jusqu'à Nogent.

Je vois les mains de Carnaval actionner son système d'embrayage automatique spécial handicapé, juste au-dessus de sa belle canne à pommeau d'argent, placée entre nous. Des mains longues, à la beauté troublante dans le frémissement argyrique de la lumière, des mains aux veines apparentes, avec une chevalière d'or à chaque annulaire, des mains étrangement autonomes, douées d'une vie propre, et qui respirent encore la puissance d'étranglement qui pouvait en surgir, dans le noir.

Je sais que Carnaval est devenu un journaliste sédentaire travaillant à la pige pour quelques feuilles de la droite dure. Je connais les tarifs syndicaux en vigueur dans le milieu. Je connais le prix d'une Mercedes de luxe.

Je sais additionner deux et deux. Même deux millions et deux millions.

— Mazarin m'a parlé de vous. J'aime bien. Vous avez l'air d'être dur à la tâche. Et Wolfmann m'a dit que vous étiez « supérieurement intelligent », ce sont ses propres termes.

— Wolfmann veut que nous nous rencontrions. Il sait être bon vendeur, quand nécessité oblige.

Carnaval esquisse un sourire, on vient de s'engager sur une bretelle de sortie, direction Lagny-sur-Marne, juste après un long tunnel de feu froid. Rotation en hélicoïdes floralies du sodium-néon sur nos visages, sur le pare-brise et sur les vitres de la Mercedes.

Il allume une cigarette, une Player's Navy Cut, sans filtre. Le paquet est en évidence sur une avancée du tableau de bord, au-dessus du cendrier et de l'allume-cigares, visage du marin dans sa pastille centrale en forme de bouée.

Je ne sais pourquoi, j'éprouve tout à coup le désir de fumer une cigarette, une habitude que j'avais perdue sur les bancs de la faculté.

Je sais que Mazarin ne fume pas, ça lui est interdit par son toubib question aorte et myocarde. Évidemment, je n'ai pas de clopes sur moi.

— Vous permettez ?

Je me saisis délicatement de son paquet de cigarettes et mes doigts extirpent déjà le fin tube de poison, sensation ouatée et ronde sous ma peau.

— Je vous en prie, attention c'est du raide.

— Merci. Je ne suis pas contre une certaine forme de raideur.

Et j'allume ma cigarette maintenant que les grappes de lumière orange ou bleues laissent place à l'éclat répétitif et blanchâtre des réverbères de la nationale. La première bouffée est quasiment hallucinogène, je ne tousse pas, j'ai été prudent sur le volume aspiré, mais la tête me tourne, et je sens une drôle de chaleur se diffuser en moi alors que j'observe le décor qui défile par la vitre de la portière, comme sur un écran, point de fuite en constant délitement, bruissement des mouvements sur le mode visuel. Nous longeons la Marne, plaque de lumière noire, au calme impavide, ne laissant paraître à sa surface que des ondes sans histoires, dans la répétition fractale de la nature.

Les berges, ombres tracées au cordeau, apparition de quelques peupliers, en silhouettes vert-de-gris sur le fond pourpre du ciel urbain.

— Mazarin m'a fait comprendre que vous étiez débordés. Wolfmann m'a expliqué que vous tentiez l'impossible dans cette bureaucratie de merde, avec des moyens de merde. Mazarin m'a fait comprendre que vous aviez besoin d'informations.

J'aspire la fumée avec un peu plus d'assurance à chaque fois. Je regarde le petit tube blanc entre mes doigts. J'aime bien les Player's Navy Cut, me fais-je la remarque.

— Quel genre d'informations êtes-vous en mesure de nous donner ? À moins qu'il ne nous faille s'entendre sur un prix, évidemment.

Rire de Carnaval. Il quitte la nationale pour une petite route qui semble conduire droit vers le fleuve.

— Je vous aime bien, Kernal. Vous avez remarqué la quasi-homonymie ? Kernal, Carnaval, ouais je crois que je vous aime bien.

— Vous auriez tort de croire qu'une simple analogie phonétique pourrait me laisser aller à de bons sentiments.

Il lâche un sourire froid en me regardant un instant, qui me semble très long.

— Je ne crois pas que vous soyez capable de bons sentiments. Sinon je n'aurais pas demandé à vous rencontrer.

La Mercedes quitte maintenant la route secondaire pour une petite voie d'accès bordée de peupliers, sans autre lumière que le dôme urbain qui voile la nuit au-dessus de nous.

La voiture roule lentement à quelques mètres de la surface moirée de la rivière.

Carnaval stoppe devant un ponton protégé par une barrière de bois. Il coupe le contact. Je tire sur ma Player's Navy Cut. Mazarin s'ébroue en finissant son sandwich.

— Tout a un prix en ce bas monde. Mais vous n'allez pas le croire, je ne vous propose rien d'autre qu'un échange.

Carnaval se détache de l'ombre comme une ombre plus dense encore, seule l'incandescence de ma cigarette projette quelques infrarouges dans l'espace. J'aurais bien besoin d'un binoculaire de combat.

Description de l'Ombre Humaine dans le souvenir de la lumière :

Yeux bleu outremer, regard de marin, portant au loin, ascendance familiale indubitable. Visage carré, menton volontaire, crâne quasiment chauve, poudre de cheveux résiduels cendrés, il ressemble un peu à Robert Conrad dans *Les Têtes brûlées*, croisé avec un Haroun Tazieff lunaire. Il porte un costume simple, de couleur gris perle, un chandail en shetland, il ne fait pas ses soixante ans passés. Sa prothèse et ses blessures, apparentes, comme cette cicatrice laissée à la base du cou, à un centimètre de ses régions vitales, par une munition soviétique tirée par un fellagha du FLN, ou indécelables y compris par lui-même, non, rien ne semble pouvoir entailler cet homme fait de roc pur.

Sa prothèse l'a rendu moins mobile, il n'en semble que plus dangereux. Son rayon d'action s'est réduit, mais son intensité s'est accrue proportionnellement.

Je n'ai pas le choix. Ou du moins il me semble.

— Quels sont les termes de l'échange, je veux dire : qu'est-ce vous croyez que je sache qui vaille ce que vous croyez que je veux savoir ?

Le sourire de Carnaval, demi-lune dans le rougeoiement de ma cigarette.

— Ce que je crois que vous savez : rien ou à peu près. Ce que je crois que vous voulez savoir : tout, ou presque.

Mon sourire qui semble s'étirer en connivence avec le sien. Il se saisit à son tour d'une Navy Cut. Deux rougeoiements se font face maintenant, et s'éclairent l'un l'autre.

— Êtes-vous en mesure de garantir les termes d'une telle tractation ? Parce que si vous me dites oui je vous réponds que je m'appelle Faust et que vous êtes Méphistophélès, on rigole un bon coup, et vous nous ramenez à la voiture.

Le sourire se durcit, cristallisation imminente.

Le mien suit le même cours.

Points rouges dans la nuit.

— Vous n'êtes pas Faust, je ne suis pas Méphistophélès. Mais il se trouve que je connais des gens, beaucoup de gens, dans des milieux très... disons... *très fermés*. Des gens qui sont eux-mêmes très... *informés*. Et je ne parle pas là de vulgaires donneuses, que l'on soit clair, ça c'est un autre aspect de la question.

Mazarin grommelle un assentiment appuyé, la bouche pleine de camembert-cornichons, ce sera sa seule initiative verbale lors de la rencontre.

J'aspire une bonne goulée de la Player's. Je réalise que je viens de repasser en mode addictif à la nicotine. Je réalise que j'aime ça.

Je réalise que je suis en train de passer une épreuve.

Points rouges dans la nuit.

— Très bien, admettons. Et le peu que je suis censé connaître, à votre avis il consiste en quoi ?

Carnaval tire longuement sur sa cigarette. Mazarin entrouvre les deux vitres arrière pour faire courant d'air. Je regarde un instant la rivière, calme, sans le moindre chaos, semblable à un haïku, à un signe tracé dans le sable par le doigt furtif d'un moine zen.

— Ce que vous connaissez importe peu. Ce qui compte pour moi c'est ce que vous serez *amenés à connaître*.

Alors je regarde le point rouge dans la nuit, en face de moi, et le sourire qui s'y accroche.

Je regarde avec la fluide sérénité du samouraï ce qui à l'évidence s'impose.

Je suis bien Faust, en tout cas son apprenti sorcier. Il est bien, sinon Méphistophélès, quelque chose qui ressemble à Son Envoyé. Ce qu'il nous demande ce n'est ni plus ni moins qu'une trahison terminale de notre serment de flic, ce qu'il nous demande, c'est de lui fournir des infos de *première main* en retour des pistes et tuyaux qu'il nous fourguera, ce qu'il nous demande c'est de jouer un double jeu avec l'État.

Et s'il nous le demande, c'est parce qu'il sait que je vais accepter.

Je comprends qu'à cet instant je scelle mon destin, je comprends que rien ne pourra m'en empêcher, je comprends que je vais accéder à la connaissance.

Points rouges dans la nuit.

Alors pour nous ici-bas, l'hiver passa comme un printemps précoce. Le froid fut vite remplacé par le plafonnier gris sur gris, coutumier de la région parisienne. Les journées monotones du travail les jours de pluie. On aurait tué pour un rayon de soleil. On aurait tué pour une journée de deuil lumineux. On se serait tué à la tâche pour cet âge de fer.

Pour moi s'inauguraient les plus belles journées de ma vie.

Les plus illusoires, et les plus inoubliables.

Ce furent de vraies journées grises, sans la moindre fin, ni le moindre commencement.

Je vivais trois vies en même temps.

Le jour j'enquêtais sur le tueur des centrales, en toute officialité, nos maigres progrès avaient stimulé quelque peu la grande Machine – je vous laisse la bride sur le cou si vous ramenez quelque chose qui baise à sec ces enculés de pandores – nous avait lâché Desjardins, en guise d'encouragement. La nuit je la partageais entre mes enquêtes secrètes dans le repaire du Loup de Tolbiac, et là où, dans l'intermonde qui venait de naître, je rejoignais Mazarin de l'autre côté de la Loi, dans son ombre : au cœur même de la Préfecture.

Je compris que toute morale participait d'un authentique dédoublement biologique. Donc d'une trinité invisible. Que l'inversion était une constante de la perception des choses, car sinon, sans ce traitement cortical de l'information, notre rétine nous ferait voir le miroir inversé de l'univers. Il y avait le monde, son inversion rétinienne, sa double inversion cérébrale.

Le pacte avec Carnaval avait bien été scellé cette nuit-là :

— Comprenez bien ce que je vous dis là, inspecteur Kernal. Sachez que je pense que Wolfmann a raison pour sa Théorie. Mais sachez que moi, je suis plutôt dans les *Travaux pratiques*. Mazarin est au jus. C'est lui qui servira d'intermédiaire pour les affaires courantes. En cas de besoin, on réorganise un rendez-vous, mais en ce cas seulement.

Et il m'avait tendu une enveloppe de papier kraft, elle m'avait paru infiniment plus légère que ce à quoi je m'attendais, avec le poids de ma trahison qui s'éleva alors dans l'atmosphère ténue de ma conscience, comme un zeppelin résigné à ne plus jamais pouvoir redescendre des hautes couches ionisées.

— L'enveloppe contient trois clichés, monsieur Kernal. Il s'agit de trois jeunes filles âgées respectivement de douze, treize et quatorze ans, et ayant disparu pour la première il y a trois ans, pour les deux autres ensemble l'année dernière. Elles habitaient Tourcoing, ou Valenciennes. J'ai un contact sérieux qui me dit qu'il faut concentrer ses efforts sur la Belgique wallonne. Il y a au moins un, et peut-être deux ou trois réseaux de pédophiles très actifs qui passent par la Belgique. Sachez que votre tueur n'enlève peut-être pas lui-même ses victimes. Sachez qu'il existe un circuit sur le marché noir, un circuit qui a pour tâche de revendre de jeunes enfants ou des adolescents à des pervers sadiques. Il y a des kidnappeurs professionnels, branchés avec ces réseaux, et ils les fournissent en chair fraîche, même Wolfmann a du mal à intégrer cette idée, mais c'est une certitude.

Le papier kraft me paraissait désormais une sorte de nuée céleste. Il était clair que le crime, comme tout le processus d'hominisation au seuil du XXIe siècle, avait atteint les limites de la mécanisation. Taylorisation et fordisme avaient conduit aux vastes abattoirs idéologiques, disons pathologiques-collectifs, issus de la pensée rationaliste.

La société en réseau promettait la criminalité du troisième type, la criminalité des idolâtries marchandes en stase de nécrose avancée, le crime comme processus économique, le crime comme réticule souterrain, dont les abattoirs seraient atomisés dans des pavillons de banlieue, ou des barres HLM. *Le crime comme culture populaire*.

— D'autre part, je vous ai joint une liste de petites arsouilles capables de faire des indics de premier choix. Mazarin a déjà entendu parler de certains d'entre eux, cela fait longtemps que nous les pistons. Nous pensons qu'ils sont mûrs ou sur le point de l'être. Selon moi, avec les infos en votre possession, dès la première opportunité vous pourrez leur broyer les burnes. Ce que je veux, vous l'avez compris, c'est être branché sur le circuit.

Cela fait longtemps que nous les pistons.

Les points rouges avaient cloué la vérité sur son cercueil de nuit. Carnaval n'agissait pas uniquement pour lui-même. Il travaillait de concert avec d'autres. Il faisait partie d'une sorte de police secrète, d'une police non étatique, d'une police de la fin des temps, d'une anti-police. Je comprenais qu'il agissait sans doute comme une sorte d'électron libre au sein de plusieurs réseaux, et qu'il était en mesure de traverser ainsi, par hasard ou par insistance, plusieurs « membranes » poreuses s'activant à leurs frontières. Je comprenais que moi aussi, dès lors, je faisais partie du réseau de la nuit, je comprenais, bouleversé, mais comme par l'apparition d'une sainte lumière, que j'allais devoir faire mon métier de flic des dernières heures du Monde, et donc d'œuvrer avec l'anti-police. De coopérer avec Carnaval.

Je ne sais pas pourquoi, mais cette nuit-là, alors que je n'arrivais pas à trouver le sommeil, une pensée n'avait cessé de s'imposer à moi : le crime était une écologie.

Au-delà de notre petit homme à nous, responsable à ce jour de trois assassinats, il y avait les ténèbres.

Les ténèbres que depuis plus de vingt ans Wolfmann parcourait en tous sens. Les ténèbres où s'agitaient des milliers de spectres. Les milliers d'enfants assassinés dans le silence, l'obscurité, et l'anonymat total.

Or l'atomisation chaotique des nouvelles sociétés ne signifiait pas l'abandon du processus d'hominisation, du terrible processus de la mécanisation et de l'intelligence, de l'émergence de l'organisation. L'information principale que m'avait donnée Carnaval résidait en ceci que je pouvais voir un schème historique et phénoménologique prendre corps dans l'histoire du crime au XXe siècle.

La vision de Carnaval dévoilait le secret enfoui dans la bibliothèque de Wolfmann : à la simple anthropologie, à la simple victimologie, il fallait substituer une économie générale de la criminalité comme mode de vie terminal de l'humanité. Nos vies étaient entremêlées autour de ce grand fleuve de mort, comme le réseau de la jongle dans le bayou. Il était difficile d'y démêler les branchages, et y déceler les racines propres à chaque arbre une tâche presque impossible, mais on pouvait quand même entrevoir une sorte de dynamique, on pouvait quand même cartographier certains des biotopes. Carnaval, sans doute, représentait un grand arbre aux nombreuses et secrètes ramifications.

Ma traque personnelle ne trouvait tout son sens qu'à l'intérieur du cadre que formait la Théorie.

En retour, pour Wolfmann, la Théorie ne trouverait le sien que le jour où un acte concret, une arrestation, une enquête conduite à son terme, viendrait la sanctionner.

Carnaval permettait à chacune de nos deux figures de se trouver elle-même grâce à l'autre. Mais c'est par cette interaction que lui-même pouvait songer à parvenir à l'existence.

Nous étions complémentaires.

Comme deux crochets vipérins, et l'échidnine de leur venin.

C'est sans doute la raison qui poussa un jour Wolfmann à m'ouvrir la porte du Saint des Saints, ce double battant de chêne constamment fermé à clé, et sur lequel il veillait avec le zèle farouche d'un gardien du Temple.

Il y avait là comme le geste qui scellerait définitivement notre dangereuse complicité. Grâce à lui j'avais maintenant accès à un informateur hautement qualifié. Grâce à lui je faisais se rejoindre la police de l'état des lieux et l'anti-police des non-lieux de l'État.

En me faisant pénétrer dans sa bibliothèque, je n'ignorais pas que Wolfmann entendait m'engager dans sa propre entreprise.

Et il savait que je ne désirais que cela.

La bibliothèque n'était pas de très grande taille.

Ou plutôt dès la porte passée, vous ne pouviez même pas

deviner la taille de la pièce. Non seulement les quatre murs étaient couverts de rayonnages jusqu'au plafond, mais l'on sinuait en fait entre des piles de livres qui s'entassaient à hauteur d'homme et qui se voyaient de part et d'autre appuyés par des contreforts de lourds ouvrages reliés cuir, ou des encyclopédies illustrées que l'on devait contourner, ou enjamber pour cheminer dans le labyrinthe.

Au bout de la pièce, les travées conduisaient à une austère table de travail formée d'un simple plan sur tréteaux et surchargée de dossiers. Tout autour de la table, des systèmes de rangements métalliques à suspensions, avec des milliers de chemises de carton.

— Bienvenue dans la bibliothèque du crime, dit Wolfmann en passant à mes côtés.

Et, voyant mon air un peu ahuri devant ce chef-d'œuvre de chaos dans lequel tout classement bibliographique semblait impossible, il ajouta :

— *La beauté du rangement sert de justification au despotisme*. C'est de M. Aldous Huxley.

Ce jour-là, je n'eus droit qu'à une sorte de visite préliminaire, un flirt poussé si l'on peut parler ainsi d'un stock de livres.

Wolfmann avait rassemblé des milliers d'ouvrages, en plusieurs langues, il lisait couramment l'anglais, l'italien et l'allemand, et comprenait l'espagnol, l'hébreu et le russe.

La Police républicaine savait se servir de ses meilleurs éléments, le doute n'était plus permis.

Il s'agissait principalement d'ouvrages criminologiques, ou alors de biographies de tueurs, ou de flics, ou bien des analyses psychopathologiques. On y trouvait des récits documentés sur les *snuff-movies*, les réseaux pédophiles, les sectes sacrificielles, les clubs satanistes. Des revues spécialisées consacraient leurs pages à des entrevues avec des victimes survivantes, des psychologues, des experts en investigation criminelle, avec certains tueurs eux-mêmes. Comme je pus le constater, la documentation remontait à plus de cent ans !

Wolfmann avait vu mon air ébahi devant une pile de livres remontant au début du siècle. J'avais entre les mains un vieil ouvrage datant de 1911 et qui narrait, en langue anglaise, les sinistres exploits d'un certain H.H. Holmes, à Chicago, dans les années 1890. Escroc invétéré et séducteur malade, il était parvenu à faire fortune on ne savait trop comment et s'était fait construire une sorte de château médiéval en plein centre de la ville. Dans les sous-sols du château, en 1896, on avait découvert les restes de vingt-sept femmes.

Le plus fort dans tout ça c'est qu'au moins une de ses victimes avait pu s'échapper du souterrain de la mort, mais il avait fallu des mois à la police de Chicago pour croire ses dires et diligenter une enquête, et finalement arrêter le tueur psychopathe.

— C'est pour ça que je vous ai parlé des soucoupes volantes et des petits hommes verts, un jour. Imaginez cette pauvre femme, sans doute terrorisée et en proie à l'hystérie, tentant d'expliquer aux policiers de Chicago, en 1896, que monsieur Holmes, qui habite le fameux château, est en fait un tortionnaire sadique qui joue avec ses victimes dans son souterrain truffé de pièges mortels ! Elle est bonne pour l'asile n'est-ce pas ? Ou dans le meilleur des cas c'est une romancière qui s'ignore !

Je n'avais rien répondu. Je m'efforçais d'imaginer la scène, et de la replacer dans le décor de l'époque.

— Ceux qui affirment que Jack l'éventreur est une anomalie victorienne sont de petites salopes lettrées, avait dit Wolfmann. Ça voudrait dire que Landru est une anomalie de la IIIe République, et le docteur Petiot une anomalie de la Collaboration. Ils en sont plutôt des révélateurs exemplaires.

— Qu'est-ce que vous voulez dire par là ? avais-je demandé en reposant l'ouvrage sur sa pile.

— Je veux dire que le phénomène est pratiquement aussi vieux que les sociétés humaines. La comtesse Bathory, qui se baignait dans le sang de ses jeunes victimes choisies pour leur virginité, Gilles de Rais, qui a très certainement occis et dévoré des centaines d'enfants, certains gnostiques dévoyés cités par saint Épiphane, évêque de Constance, qui se livraient à la prostitution divine, aux sacrifices humains et à une eucharistie cannibale, les adorateurs de Satan ou des divinités telluriques de l'Antiquité, qui pratiquent de même, c'est une *constante*, Kernal, il faut bien vous rentrer ça dans le crâne. C'est un problème lié au rapport qu'entretient l'homme avec sa liberté et sa puissance. Vous remarquerez à la longue que la plupart de ces tueurs ont un QI assez élevé, souvent au-dessus de la moyenne. C'est pas comme vos pauvres crétins dégénérés des clapiers à lapins, qui s'entretuent pour une pute de quatorze ans ou un paquet de hachisch. Non. Ce sont des types généralement éduqués, alphabétisés et cultivés. Je dirais même que c'est ça leur principal problème : la culture. Il n'y a rien de pire qu'une connaissance dont on ne sait rien faire. D'inutile, elle devient vite nuisible.

Il m'avait gentiment dirigé vers la sortie, en posant sa main protectrice sur mon épaule.

Durant cette période de ma vie, je dois dire que je dormis peu chez moi. Sauf, parfois, quand après quarante-huit heures de veille ininterrompue, voire plus, je m'effondrais à cet endroit de mon parcours dans l'espace, et le temps.

Mon domicile, peu à peu déserté, ressemblait à une de ces maisons des zones de guerre balkaniques, après le passage d'une troupe de miliciens ou d'une autre : une désolation chaotique y régnait, comme figée dans le temps. Une vaisselle qui n'était pas faite depuis des semaines s'était vu envahir de moisissures jaune-vert qui s'étendaient maintenant sur toute la surface de l'évier. Le sol, plancher ou tapis, était recouvert de poussière et des moutons gris y flottaient au rythme des oscillations naturelles de l'univers. Mes fiches, les photos, mes diagrammes, les cartes, toute cette documentation criminelle accrochée au mur du bureau jouxtant le salon avait été subtilement dérangée par les lois de l'entropie : quelques courants d'air, la gravité, l'usure des choses, des punaises s'étaient décrochées, deux feuilles maintenues par un ruban de scotch avaient atterri au centre de la pièce.

Dans la salle de bains, le robinet principal de la vieille baignoire gouttait à son rythme implacable. Dans un million d'années il aurait érodé l'émail et le métal, percé un trou à deux centimètres de la bonde, et il attaquerait le plancher, puis un million d'années plus tard, le crâne de mon voisin du dessous.

Je venais rendre visite à mon petit pavillon de la rue des Carrières une fois tous les dix jours en moyenne, mais parfois trois semaines s'écoulaient sans que je vienne y ramasser les factures qui débordaient de la boîte aux lettres avec les prospectus de papier glacé qui se répandaient souvent sur le trottoir, vomi pelliculé quadrichromie voletant en follicules rutilants dans le soleil matinal.

Je vivais dans le rêve sublime de la liberté absolue.

Lorsque l'hiver s'acheva, une cartouche de neige dans le crâne du temps délavé, il était devenu clair que j'éprouvais pour la Théorie un amour sans limite, dont je n'avais jamais soupçonné l'existence, et auquel pour ainsi dire je m'étais jusqu'ici refusé à croire, mais qui cristallisait chacun de mes gestes, chacune de mes pensées, le moindre de mes battements de cœur dans un minéral aux propriétés plastiques étonnantes, puisqu'il parvenait à dévorer l'ensemble de l'univers tout en s'y substituant.

J'avais même fini par me détacher de l'enquête, Mazarin pourvoyait à la conduite des opérations quotidiennes. Je me rendais chez Wolfmann, mais désormais j'épluchais des dizaines de dossiers qui n'avaient plus aucun rapport avec notre investigation initiale.

La Théorie me digérait, m'ingérait, me dévorait, avec le raffinement délicieux d'une très pure cruauté. Je commençais à voir les choses comme un officier, et non plus un simple troufion. Je constituais la carte du théâtre des opérations. Je prenais de l'altitude.

M'était alors revenue en mémoire la scène du *Troisième*

Homme, où le personnage joué par Orson Welles explique à son acolyte, depuis le haut d'un building, combien il est facile d'exterminer de simples points qui grouillent tout en bas.

Je me dégageais de la Machine, et de ses rouages invisibles, je me libérais de la Préfecture, et de son univers concentrationnaire, mais j'avais appris entre-temps à penser comme un tueur.

Je me souviens très bien de la sensation paradoxale qui me faisait saisir comment ma vie individuelle était à lire en contraste total avec l'évolution particulière du monde, juste à côté de nous.

J'avais voulu tendre ma volonté contre le cours des choses, et pour cela j'étais devenu un flic.

Ma volonté n'avait rien à y faire. C'était de l'ordre de la chimie organique. La lumière sourdait enfin, alors que les ténèbres peu à peu recouvraient l'univers.

1993 fut la première grande année de totale dépression psychologique en France. La récession économique atteignait alors des chiffres records, la guerre civile dans les Balkans rendait chaque jour notre inaction plus criante, et nos protestations plus silencieuses que la bouche d'un poisson mort collée à l'aquarium. Peu à peu, les visages s'allongeaient, les mines se creusaient, la courbe du chômage suivait le même régime.

Dans les cités, le climat général était à la forteresse sous le siège. Les guerres de clans avaient de l'avenir : le business était en phase d'accumulation primitive. Suvrini, à la BRB, et Chambeau, aux Stups, nous parlaient des stocks de shit qu'ils remontaient désormais à chacune de leurs descentes souvent conjointes. Ça arrivait par quintaux. Du Maroc, de Turquie ou d'Algérie, directement. Par l'Espagne, l'Italie, la Hollande, l'Allemagne, de manière détournée. La poudre aussi était de la partie maintenant, avec le crack, la coke, l'ecstasy, quoique en moindre quantité que le pollen nord-africain qu'on importait par semi-remorques entiers depuis Marseille. Mais on sentait la tendance. Elle s'affirmait de jour en jour.

Un soir, peu de temps après notre rencontre avec Carnaval, Suvrini m'avait lâché, entre deux cafés :

— Ce sont les parents eux-mêmes les chefs de gangs maintenant. Les mômes de dix ans font les fourmis, encadrés par les ados de quatorze ou seize. Au-dessus, les grands frères de plus de dix-huit balais organisent la gestion de tout le bordel au quotidien, et papa et maman encaissent à la fin du mois ! Et crois-moi, ça sera bientôt la même chose pour le trafic d'armes, ou pour le tapin !

Quelques semaines plus tard, lors de la tentative d'arrestation d'une famille de dealers dans une cité de L'Haÿ-les-Roses, l'équipe de Suvrini s'était fait recevoir avec des marmites d'huile bouillante et divers objets du même ordre, dont de l'électroménager en masse, balourdés depuis le septième étage. Il y eut même un stock de pneumatiques enflammés, et une baignoire remplie de ferraille. Puis une cinquantaine de lascars, avec des parpaings. Les deux voitures de patrouille et le fourgon cellulaire avaient été détruits. Deux flics avaient été gravement blessés. Suvrini avait eu un poignet cassé. On avait dû appeler une compagnie de CRS en renfort et la moitié des BAC du département pour enfin disposer du gang familial.

Deux ou trois jours après cette arrestation mouvementée, qui avait fait les manchettes, Suvrini nous avait dit, son poignet emplâtré retenu par une attelle :

On a du bol qu'ils se soient pas servis des trois fusils à pompe qu'on a trouvés dans l'appartement. Et je parle pas de la demi-douzaine d'autres qu'il y avait dans leur cave. Avec une caisse entière de cartouches de calibre 12.

Les prix du marché étaient alors encore assez fixes, la demande croissait, mais l'offre parvenait à suivre. Mille à mille cinq cents francs pour un simple deux coups type Manufrance, avec un petit lot de munitions. Convenablement scié, cela faisait une arme redoutable, une sorte d'arrosoir à chevrotines, parfait pour les bagarres de rue ou les règlements de comptes à la sauvette. Il fallait compter au moins le double pour un pompe cinq ou six coups, un peu plus encore s'il s'agissait d'une marque réputée, genre Remington, ou Winchester, là on entrait dans le domaine du vrai gangstérisme, du grand banditisme : braquages de banques, ou de stations-service, attaques de convoyeurs, agressions diverses...

Depuis le début de la décennie que ça durait – disait Suvrini, que le phénomène se généralisait, et il allait prendre une ampleur démesurée si rien n'était fait : on dealait désormais en grosses quantités, on créait alors des gangs qui dépassaient largement le cadre du marché noir coutumier aux cités, il fallait assurer la protection du territoire et le capital client donc s'armer, on volait les flingues d'abord pour la bande, puis si jamais un talent spécifique se faisait jour on l'exploitait. Et les armes accompagnaient les savonnettes de shit et les sachets de poudre lors des échanges nocturnes.

L'arsenal de L'Haÿ-les-Roses était une sorte de première. Neuf fusils de chasse Remington calibre 12 flambant neufs, plus quelques coutelas, ça impressionnait encore en ce début des années 90.

Mais Suvrini disait que depuis l'année précédente il n'était pas rare de serrer de petits caïds avec un Astra 80, un 9 mm espagnol très fiable qui se vendait aux alentours de deux mille cinq cents francs au noir et qui commençait à faire fureur dans les banlieues chaudes. Suvrini n'était pas optimiste. Comme beaucoup de flics il avait voté contre Maastricht. Il disait que dans les années à venir un espace commercial sans frontières allait être créé, sans aucune contrepartie policière, et que les mafias allaient se régaler.

Là-dessus, c'était clair, aucun poulet un tant soit peu conscient ne pouvait s'empêcher de sourire aux mots d'espace de Schengen, et autres Europol.

Là aussi, comme on disait avec Mazarin, « on sentait la tendance ». Mais on ne se doutait pas encore des évolutions à venir des lois de l'économie.

Le printemps était arrivé ; le monde entier avait frémi.

En Bosnie-Herzégovine, la guerre semblait partie pour un moment, on soufflerait bientôt la bougie de son premier anniversaire, en pleine coupure d'électricité. Des reportages de la télévision britannique indiquèrent que des individus avaient dû revenir à l'usage du cannibalisme durant l'hiver. Je m'étonnais que ce ne fussent pas des populations entières. Satan avait décidé de commencer par l'Europe.

Chez Wolfmann j'avais fini par m'attacher à ses mystérieuses disparitions du département de l'Yonne. L'une d'entre elles, survenue en 1986, pouvait correspondre aux motifs et au modus operandi de mon tueur-roboticien, c'était une excuse extrêmement valable à mes yeux.

D'autre part, sa propre piste du nord de la France croisait sûrement l'affaire des disparitions dont nous avait parlé Carnaval.

Les travaux de démolition préalables à l'instauration de la Grande Bibliothèque avaient commencé. Plusieurs maisons des bords de quais, quelques vieux bistrots abandonnés, des hôtels miteux furent rasés en l'espace de quelques jours, dès les premières belles matinées.

Les bourgeons florissaient.

La gauche perdit les élections.

Ses électeurs avaient perdu leurs illusions.

Il me restait à perdre les miennes.

CRÉPUSCULE

Un beau matin la décision était tombée, de tout en haut de la pyramide théocratique républicaine. Comme pour la guillotine, il y a deux moments : le moment où le bourreau actionne le levier. Le moment où la lame tombe. La guillotine est une invention éminemment moderne, puisqu'elle offre une *discontinuité mécanique* entre l'acte de donner la mort, et la mort donnée par l'acte.

J'aurais dû deviner ce que le mot *sursis* voulait dire, sous administration républicaine.

Un beau jour de mai, peu de temps après la fête du Travail, Verdier nous convoqua dans son bureau, avec le commissaire Desjardins. La venue du commissaire en notre présence signifiait que des décisions importantes avaient été prises, et qu'on allait devoir se conformer aux consignes.

J'avais compris que c'était la croisée des chemins.

On s'était préparé, la veille, tout le jour durant, Mazarin et moi, comme pour le match de notre carrière.

Il s'agissait de ne pas lâcher d'un pouce.

Les pandores n'avaient rien eux non plus, ils n'avaient plus ramené un indice à la surface depuis des mois, leur avantage initial s'effritait avec le temps. En revanche, avais-je dit, le temps a été notre meilleur allié, en un an et quelque on a mis en place une base de données opérationnelle, avec des moteurs de recherches adéquats, des compilateurs spécialisés, nous disposons de milliers de données, et d'une méthodologie désormais scientifiquement fondée. On a une théorie. La théorie du Loup de Tolbiac. Et on a notre Informateur de l'Ombre. On va les baiser, Charles, avais-je dit.

Je ne savais pas ce que je disais.

J'étais devenu un combattant de la Théorie, un moine-soldat, le guerrier d'une armée secrète, sans nom et sans visage, le réseau de la nuit, l'armée des morts.

Mon cerveau : une usine à cartes, un monstre machinique qui s'étoilait tel un réseau par-dessus le monde en son entier, une gigantesque toile d'araignée qui traçait et retraçait les parcours virtuels d'auteurs probables de crimes qui n'existaient pas.

J'étais devenu un appendice de la bibliothèque de Wolfmann. Un appendice qui se nourrissait de ce qui le dévorait, c'était assez paradoxal tout ça, mais je m'y étais fait, aux paradoxes.

Depuis des mois, je vivais comme dans une forteresse isolée du reste du monde. Il y avait le Crime, il y avait la Théorie, et il y avait l'Enquête.

Le monde était bien sous la garde d'une sainte trinité, m'étais-je un jour fait la remarque.

On était entré dans le bureau du juge Verdier, les uns à la suite des autres, comme des élèves dans la classe le premier jour d'école, Desjardins, puis moi, et Mazarin qui fermait la marche. Bienvenue sur le Golgotha.

Ambiance : dîner interconfessionnel à Sarajevo.

Le juge Verdier avait refermé un dossier, attendu qu'on prenne place puis il avait levé un sourcil en regardant le commissaire.

— L'an dernier vous m'aviez promis monts et merveilles avec votre fameux logiciel de profilage psychologique, mais depuis, je dois constater que vous n'avez pas avancé d'un demi-pouce.

L'attaque était directe. J'ai vu que Desjardins accusait déjà le coup, ce n'était pas très bien parti, tout ça.

Le juge a reniflé. Je lui aurais volontiers collé une baffe.

Un demi-pouce, ai-je pensé, ça devrait être suffisant pour faire une balle de bon calibre dans ta petite gueule de fouine.

— Nos enquêteurs travaillent chaque jour à la fois sur le terrain et sur leur système d'investigation psychologique, ils me disent d'autre part avoir accès à un informateur très sûr, et je crois que...

— Ce que vous croyez ou non n'a strictement aucune importance, commissaire. Cela fait des mois que ça se bagarre en haut lieu pour savoir qui doit conduire cette investigation, je ne nie pas les compétences de votre équipe, mais les résultats sont là. Ou plutôt leur absence.

Desjardins a tenté une esquive, ça s'est traduit par une excuse minable et pas très compréhensible. Il n'était pas en forme, ce jour-là, c'était bien notre chance.

L'heure n'était plus aux feintes de corps. Fallait que je lui rentre dans le chou à ce con de juge.

J'ai pris une bonne inspiration et je l'ai laissée doucement filer dans l'air ambiant. Cool, cool, je me disais, reste cool.

— Notre programme est un prototype, monsieur le juge, la cellule de l'an dernier fut une entreprise expérimentale qui a duré tout juste un mois, et qui n'a pas été reconduite faute de moyens et de volonté, nous n'avons encore aucune structure adaptée à ce genre de crime, nous n'avons pas de méthodologie éprouvée et guère de données exploitables, je veux dire un ensemble de données policières classées et archivées avec méthode. En plus de ça, cette guéguerre interservices paralyse à l'avance toute coopération. On ne risque pas d'avancer de sitôt d'un demi-pouce.

Bon, cette guéguerre j'y participais de plein gré, mais il était hors de question que l'on m'en tienne responsable, d'autre part, il fallait impérativement niquer les pandores. Ou plutôt ne pas se laisser niquer par eux.

Le juge a poussé un soupir.

— Cela fait depuis le début de l'année que nous sommes en sursis. Les problèmes politiques ont fait reculer les échéances. Mais les élections sont passées. Un nouveau gouvernement est en place. Les décisions vont se prendre avant l'été.

La fin du mois, m'étais-je dit. Ça nous laissait un peu plus de trois semaines. On pataugeait depuis un an et demi. Les bureaucrates sont des amateurs invétérés de miracles.

J'ai vainement avancé une argumentation d'ailleurs foireuse puis je me suis tu. Le silence du palais de justice était effroyable.

J'ai regardé Mazarin, imperturbable monstre à mes côtés. Desjardins, qui ne mouftait pas. Puis le juge, qui n'avait prêté aucun intérêt à ce que j'avais dit. Je voyais très bien qu'il pensait à autre chose, un rendez-vous avec sa maîtresse des éditions Gallimard, je me suis dit.

— Nous devons créer une structure interservices dévolue à ce type de crimes, ai-je haché d'une voix mécanique tout en jetant un coup d'œil furtif à Mazarin, qui ne broncha pas.

Il était bien sûr hors de question que j'expose au juge les éléments cruciaux de la Théorie, Wolfmann ne me l'aurait pas pardonné, mais j'étais en droit de me servir de tout ce que j'avais sous la main. Une batte de base-ball m'aurait parfaitement convenu, par exemple.

Je me suis un peu lâché.

— Nous devons partager nos informations, remonter dans le temps, et l'espace, regrouper les crimes suspects et les disparitions non élucidées, il existe vraisemblablement toute une structu...

— Il existe désormais un Bureau des personnes disparues, coupa le juge.

J'ai réfréné mon sourire. Je ne devais pas jouer l'insolence, cela ne risquerait que d'aggraver notre cas.

— C'est une institution toute récente et elle ne couvre pas

en tant que telle les diverses juridictions à l'œuvre. Surtout à l'échelle européenne.

— Vous êtes en train de me parler d'un projet de réforme général des institutions policières républicaines, jeune homme, cela ne va pas nous mener bien loin.

Quel pauvre con, me suis-je dit, j'ai conservé un calme apparent, mais ça bouillonnait juste sous la surface.

— En ce cas, qu'on nous laisse travailler, que l'on admette la complexité du problème et qu'au moins les pandores arrêtent de nous casser les couilles. Le tueur, lui, il est en train de se préparer à faire mumuse avec son nouveau jouet.

Mes métaphores me semblèrent dérisoires. Mazarin avança quelque chose au sujet du gâchis de Marignane, puis après un reniflement, le juge avait refermé son Dalloz, ouvert en son milieu par simple souci décoratif. Le fort volume avait provoqué un bruit somptueux en se refermant.

— Il me faut une inculpation, une « mise en examen » comme on doit le dire maintenant. Avant le 1er juin, minuit. C'est ma dernière offre.

Offre – avais-je pensé. Le silence s'imposait, comme devant un monument aux morts. Ou le Temple des marchands.

J'ai compris que notre problème ce n'était pas tant que la justice voulait un coupable à tout prix, que le fait qu'elle ne désirait compromettre l'innocence de personne.

Ce qui comptait ce n'était pas qui avait commis tous ces crimes, c'était comment on allait pouvoir créer un fusible suffisant pour couvrir tout le monde en cas d'emmerdes. Ce qui comptait ce n'était pas le sort des victimes passées et futures du tueur des centrales, c'était qui allait avoir la responsabilité de faire foirer l'enquête.

On est sorti du bureau du juge sans rien se dire.

On est monté dans la Safrane de Desjardins, le temps s'était couvert, de grosses nuées orageuses arrivaient de l'ouest.

— Faites au mieux, avait juste dit Desjardins en démarrant sur le parking.

Mazarin et moi n'avions rien trouvé à répondre.

La pluie s'est mise à tomber alors que nous arrivions en vue de Créteil. Le lac qui bordait la préfecture était aussi noir qu'un morceau de nuit que le jour ne serait pas parvenu à dissoudre.

Nous nous sommes mis au boulot avec l'acharnement de mineurs coincés au fond du puits et tentant de trouver un peu d'air et un conduit vers la sortie, sans la moindre lumière, et sans pouvoir différencier la lumière des ténèbres.

Wolfmann apporta sa collaboration avec l'entrain d'un vieux baroudeur remis en selle pour un coup d'État tout frais. Une cellule de crise permanente fut mise en place. Nous travaillions quasiment vingt-quatre heures sur vingt-quatre. Je détachai Julien Bordas d'une enquête qu'il menait depuis le mois dernier sur le meurtre d'une vieille femme dans son pavillon de banlieue, à Créteil, les suites classiques d'un cambriolage ayant mal tourné, et je lui demandai d'enfourner au plus vite les listes qui restaient en attente, parfois depuis des mois. Des listes d'employés venant de dizaines de sociétés d'intérim spécialisées en informatique et robotique. J'avais été surpris par le volume des données recueillies en un an. Et par le volume qu'il restait à traiter.

L'industrie de l'informatique connaissait son second grand essor, grâce aux interfaces graphiques de type Macintosh, désormais copiées en grande série par son concurrent IBM. Le tueur des centrales surfait sur la vague, à tous points de vue. Il avait un raz de marée d'avance.

Si Dieu gouverne nos destinées, alors j'imagine qu'il est encore un petit enfant, cruel, et méthodique. Et vu que cela semble peu probable, cela veut donc dire qu'il ne les gouverne point. Wolfmann, durant ces trois semaines de travail intensif, nous aida du mieux qu'il put. Je me souviens qu'un soir, alors que j'avais fait allusion un peu à la blague à cette absence d'intervention divine dans nos destinées, il m'avait convié à me rendre de nouveau dans la bibliothèque avec lui et il m'avait tendu un livre, un ouvrage à la couverture jaune pâle et au lettrage rouge : *Le Livre des splendeurs*, avais-je lu.

— Vous connaissez ?

— De nom seulement, avais-je répondu en prenant le livre.

— Je vous en ai déjà parlé. Les kabbalistes savent que Dieu est double, et évidemment pas comme le pensent les dualistes manichéens. Dieu est double parce qu'il est unique et que pour cette raison sa vérité est voilée par lui-même. Il est à la fois ombre et lumière, et il est l'ombre cachée dans la lumière, et il est aussi ce qui sépare la lumière de l'ombre, car sans l'ombre n'est-ce pas, la lumière ne peut pas se distinguer, et ouvrir un chemin à la vie. Il faut donc un dieu obscur qui voile la lumineuse vérité du Dieu unique. Et c'est dans cette ombre que se manifeste la lumière invisible du dieu caché. Comme il est dit dans ce livre : « c'est un voile fait à l'image de l'humanité dont Dieu daigne voiler Sa gloire ».

— Je n'y comprends rien, avais-je sèchement laissé tomber.

— Cela signifie que le Dieu révélé est le Dieu de l'ombre, qu'il existe un Dieu qui s'est voilé à notre image, de par Sa propre volonté, un Dieu chargé de conduire la destinée humaine, mais donc un Dieu fait à l'image de l'homme : ce qui signifie que parfois il nous gronde, quelquefois nous dirige, mais le plus souvent il s'endort, ce qui fait dire au Prophète : « Éveille-toi ! Et porte sur nous Tes regards, pour que règne enfin la Justice ! » Mais il existe aussi une autre « tête » de Dieu, le Dieu pur, inconnaissable, le Dieu incréé et créateur continuel des mondes, parfaitement impénétrable, ce Dieu-là n'est que miséricorde et justice éternelle, il a certes besoin de son « ombre » dans l'état actuel de l'évolution humaine, mais à la Fin des Temps, lorsque le Messie sera devenu Roi de ce monde, alors ombre et lumière ne feront qu'un, c'est-à-dire lumière. Vous me suivez ?

— Pas du tout.

— Pour simplifier, les kabbalistes rejoignaient les présocratiques, dont Héraclite. Ils s'opposaient à tout dualisme. Certes le monde est *parfois* mû par le hasard. Le hasard n'est qu'un des constituants dynamiques du Jeu suprême.

— Vous croyez sérieusement que cela va nous mettre sur la piste de notre petit roboticien du dimanche ?

Le visage de Wolfmann s'était durci mais ses yeux envoyaient un éclat ironique.

— Ne vous faites pas plus borné que vous n'êtes, j'ai lu votre dossier de synthèse, et son chapitre sur les articulations psychiques du tueur. Je sais parfaitement ce que vous savez. Je sais donc aussi toute l'étendue de votre ignorance.

— Je suis devenu flic parce que j'en avais un peu marre des discussions oiseuses sur l'injustice de ce monde. Votre livre sur la Kabbale m'intéresse, mais c'est il y a six mois que vous auriez dû me le proposer. Comme vous le savez on nous demande du concret, et pour avant-hier, bien entendu.

— On vous demande l'impossible, Kernal, vous le savez bien. C'est d'ailleurs fait exprès.

— Je dois faire tout mon possible alors.

— Allons, tout ceci n'est qu'illusion. Nos vies sont des fils d'illusion rongés par le temps. Ce qui compte, Kernal, c'est la connaissance. Ce qui compte c'est la poursuite de la Théorie.

Je n'avais rien répondu, je savais que je risquais de me retrouver en accord en tous points avec ce qu'il disait, alors j'ai pris le livre pour le lire tout de suite, dans le salon.

Wolfmann n'aurait de toute façon jamais fait sortir un seul de ses bouquins hors de sa maison. C'était déjà un luxe hors de portée que je m'offrais en le lisant assis au bureau, devant les bulldozers qui patiemment rasaient le quartier.

La lecture du livre ne me fut évidemment d'aucun secours sur le plan concret entendu comme tel par nos supérieurs, ce n'était pas ce qu'escomptait Wolfmann au demeurant, sans doute voyait-il déjà plus loin que ce qui nous pendait au nez.

Mazarin, Wolfmann et moi avions bossé comme des dingues pendant près de trois semaines d'affilée lorsque la catastrophe survint, anéantissant d'un seul coup tous nos efforts.

Ce fut le second moment de la thermodynamique républicaine, celui où la lame tombe.

Le 23 mai, au petit matin, un petit détachement de chasseurs alpins qui manœuvrait à proximité de la centrale nucléaire de Creys-Malville découvrit un quatrième corps, en tous points analogue aux précédents. Il se trouvait en amont de la centrale, à moins de cent mètres de la clôture de sécurité, au bord d'un petit sentier que la section avait emprunté au retour de sa patrouille nocturne.

Évidemment, le commandement local des chasseurs alpins appela directement son homologue de la gendarmerie. Les pandores se retrouvèrent avec le cadavre dans leur labo dès l'heure du déjeuner. Il fut identifié peu après, grâce à une bague de communion catholique : Nadia Russo. Ils découvrirent dans la foulée qu'il s'agissait d'une petite orpheline bosniaque, de la région de Vitez, qu'une organisation humanitaire avait dépêchée jusqu'à un camp de jeunesse en Suisse. Elle avait disparu environ dix jours auparavant, avec d'autres petits Croates de Bosnie, dans les mêmes conditions. La fugue avait été dûment constatée par les responsables du centre de réfugiés. La police helvétique informée. Ensuite, des quatre enfants, on n'en retrouverait que deux. Je veux dire vivants. Le quatrième ne fut jamais découvert je crois, il est probable qu'il vit maintenant sous une identité factice ou une autre, dans un pays d'Europe ou un autre.

La petite Nadia n'eut pas la même chance. Sa route avait croisé notre génie de l'informatique personnelle.

Le soir même la cause était entendue, à ce que je sais.

Desjardins nous en informa le lendemain, à notre arrivée à la préfecture. La presse venait d'être mise au courant, on nous évitait de justesse l'humiliation d'apprendre la chose en lisant les manchettes des journaux.

Nous étions dessaisis de l'enquête. Un pool spécial de la Gendarmerie nationale allait être créé dans les jours à venir. On pouvait se la mettre sur l'oreille.

Ce jour-là, je m'en souviens, je n'ai strictement rien fait, sinon dans l'après-midi regarder un orage violent crever sur la Préfecture et ses alentours, puis parcourir la distance qui me séparait de la machine à café, et retour.

La pluie tombait en cascades contre les vitres, l'univers était une nuée grise, la tour voisine de la Préfecture civile disparaissait presque complètement, le lac était plus noir que jamais, Créteil était englouti.

Le café avait un goût dégueulasse.

Alors, constat : sous la lumière éblouissante de la ville, la nuit s'était glissée.

Le dieu-ombre dont m'avait parlé Wolfmann et dont témoignait *Le Livre des splendeurs* était, semble-t-il, sur le point de se réveiller d'un très long sommeil.

Désormais je n'avais plus qu'à laisser agir en moi la glace qui prenait possession de mon esprit.

Quelque chose s'était dissous.

La grande lumière monodésique des premiers et purs instants se voyait désormais divisée, et rendue au régime général de l'existence.

Un rat me rongeait le cerveau. Un rat féroce, et sans la moindre pitié pour mes neurones.

Ce rat ne connaissait pas le repos, il ne connaissait que la faim. Il rongeait alors mes cellules et dans le même mouvement mes cellules le brûlaient de l'intérieur.

Ce rat demandait impérieusement que je mette un terme à ces espèces de vacances indéfiniment prolongées que j'appelais mon existence, à mon apitoiement sur moi-même et à toute forme de vie qui ne combattrait pas la nuit sur son terrain.

Toutes ces *journuits* sans plus la moindre discontinuité avaient formé une bulle située hors du continuum social, telle une ligne de coupe dans la trame même de l'univers, elles avaient permis à mon être de se voir relié sans médiation à tous les points de l'espace, à toutes les lignes du temps.

Mais cette force avait été brisée dans son élan.

Je me devais de le reconnaître : pendant près de deux ans le tueur des centrales avait satisfait la faim du rat qui me rongeait le cerveau.

Désormais privé de sa nourriture, il hurlait à la mort, dévorait tout sur son passage, et promettait d'être insatiable.

NUIT NOIRE

Le rat vit dans les souterrains, il se reproduit dans les tunnels qui hantent notre monde, dont les verticalités emmurantes s'effondrent avec régularité.

Avant qu'elle ne trouve mieux pour se sustenter, la créature chthonienne qui avait pris corps dans mon esprit eut un ultime sursaut d'orgueil.

L'enquête m'avait été retirée.

Mais pas la Théorie.

Au fil des semaines, puis des mois, j'eus souvent l'indélicatesse de demander à ma hiérarchie où en était l'investigation conduite par les gendarmes. Les visages se creusaient chaque fois un peu plus, on me fit comprendre sèchement de me mêler de mes affaires, mais de toute façon, Mazarin me confirmait, grâce à ses tuyaux, que les pandores n'avançaient franchement pas des masses.

Alors le rat devint scribe nyctalope et il couvrit des carnets de notes entiers. Les schémas phénoménologiques du tueur se succédaient les uns aux autres, les annexes et les développements de mes premiers dossiers prirent un volume démesuré.

La nuit est le terrain de jeu des vrais prédateurs, parce qu'eux seuls sont en mesure d'y voir clair.

Souvent, avant de noircir du papier pendant des heures je me rendais sur les lieux de la scène du crime originel. L'usine disparue, son double positif, l'enclos des transformateurs. La sainte trinité industrielle prenait chair en moi.

Puis un soir, le rat des tunnels me guida vers la Voie d'Entrée.

Il me guida vers le souterrain.

Les secrets les mieux gardés sont les évidences. Je veux dire par là que ces évidences sont si énormes, si fondatrices qu'elles occupent tout notre espace de vision sans même qu'on puisse les discerner, en fait elles forment la trame même de cet espace de vision. Une de ces évidences, partout répétées, consiste à faire croire que le meilleur moyen de cacher une épingle est de la jeter dans une meule de foin. C'est faux. Le mieux est de la cacher dans un tas d'épingles.

Mes schémas, mes notes, mes carnets insomniaques, mes relevés vidéo, voilà ce qui formait le tas d'épingles.

L'épingle qui de tout temps y avait été cachée était présente sur toutes mes cartes, tous mes graphiques, écrite en toutes lettres sur la plupart de mes notes, elle faisait partie intégrante de la *crime scene*, mais justement je n'avais pu, su, voulu la discerner du reste.

Il y avait l'usine Arrighi, aujourd'hui simple fantôme, il y avait la centrale EDF, il y avait l'Enclos des Transformateurs, là où je savais que le tueur avait filmé comme moi la scène.

Et il y avait l'autopont.

Une simple anecdote dans la magie urbanistique des trois lieux sacrés de la trinité.

Mais c'est parce que je n'avais pas su voir, je n'avais pas su lire, je n'avais pas su décrypter le corps de la ville.

À l'ouest du point d'impact, la rue des Fusillés longe les réservoirs BP puis se relève en passant par-dessus le réseau de chemin de fer qui suit une trajectoire nord-sud, jusqu'au complexe ferroviaire Tolbiac-Bercy-Austerlitz.

Sous l'autopont, plusieurs voies de chemin de fer parallèles s'engagent vers les zones industrielles, elles traversent d'abord un vaste chantier de véhicules empilés les uns sur les autres, cette casse automobile est un peu spéciale, elle est attenante aux ateliers de réparation de la SNCF, bref c'est tout un petit écosystème, relié à la STEF, à l'EDF, à la compagnie ferroviaire d'État. Deux ans auparavant on avait passé au crible tout le personnel de la zone.

Mais le rat des tunnels ne cherchait pas un être humain. Il cherchait une trace. Il cherchait la Voie d'Entrée, il cherchait la connexion secrète.

J'avais garé la Volkswagen le long d'un hangar, puis j'avais marché en direction de la casse. Une barrière de sécurité aux motifs rouges et blancs était posée sur deux petits plots de béton coniques, elle ne semblait là que de façon purement symbolique. Un peu plus loin, sous la lumière pâle d'un réverbère solitaire je voyais plusieurs voies de garage sur lesquelles stationnaient des wagons et des locomotives en réparation.

Il était minuit, c'était l'heure parfaite, celle où le jour contenu dans la nuit est à son point de densité accomplie.

J'ai marché le long des voies de chemin de fer, entre des pelles mécaniques au repos, des piles de voitures compressées et des locomotives qui rouillaient doucement sur leurs rails.

La nuit était un feu noir qui couvait la terre, le feu une nuit de lumière qui couvait sous elle. J'ai marché. J'ai marché le long des voies de chemin de fer dans le paysage lunaire de la zone de fret. Lignes monochromatiques en réseau quadrillant le visage du monde. Lumière pâle de la fin de la civilisation urbaine, là où ses extrémités s'enfoncent vers le feu de la terre, obscurité des tunnels ouverts sur la nuit sans étoiles, j'ai marché dans l'odeur d'ozone et le frémissement électromagnétique des caténaires.

J'ai marché et j'ai trouvé la Voie.

La Voie d'accès.

La Voie d'Entrée vers le tabernacle.

C'était un simple puits de béton, de forme carrée, à claire-voie, disposé en bordure d'une voie de garage et d'une vieille BB qui rouillait sur ses freins.

Il y avait une échelle de fer.

Je l'avais descendue, pur sonar instinctif. J'avais allumé ma Maglite.

Au fond il y avait une sorte de vestibule cubique à peine plus vaste que le puits de descente. Sur l'une des faces du cube s'ouvrait un immense tunnel noir avec, tous les vingt mètres, un maigre éclat jaune donné par une mauvaise ampoule crasseuse.

Le tunnel semblait parallèle aux voies de chemin de fer, orienté nord-sud. J'avais commencé ma marche, le faisceau blanc de la torche en balayage sur un long couloir sans fin.

Je fis rapidement la découverte suivante : toutes les cinq ampoules, soit tous les cent mètres, s'ouvrait un vestibule de béton analogue à celui où j'avais abouti, avec un puits d'accès en tous points similaire. J'avais compris que j'avais trouvé la voie d'accès au tunnel de service souterrain des ouvriers de la SNCF. J'avais marché. Ampoules jaunâtres, puits d'accès, ampoules jaunâtres.

J'avais marché environ une heure dans le tunnel jusqu'à un puits d'accès terminal que j'entrepris de remonter par une échelle.

J'avais tout de suite reconnu les lieux : je me trouvais à moins de cent mètres du vaste souterrain ferré qui conduisait à la gare d'Austerlitz. J'apercevais la gare de Tolbiac au sud, et les hautes structures des Moulins de Paris et des entrepôts frigorifiques. Je pouvais même discerner l'immeuble de Wolfmann qui surplombait les rails.

Le tunnel de service courait depuis ici jusqu'à Ivry.

À chaque puits d'accès correspondait un nœud ferroviaire.

J'avais repris ma marche dans le sens opposé.

Mon cerveau train dans la Nuit de Tolbiac. Mon cerveau rail de chemin de fer connectant la ville et la carte du crime.

Mon cerveau adrénaline furie qui déjà trace la topologie des possibles.

Chaman du souterrain rat des tunnels posturbain regardez-moi donc courir maintenant sous les ampoules jaunes du boyau des profondeurs, mon cœur bat comme une sainte locomotive remise en marche, mes tempes cognent frémissantes d'électricité vibrionne, mon poing sulfure de sueur autour du cylindre noir de la torche, sa lumière est à peine en avance sur mon esprit. Oui matez-moi cette ombre qui danse sur les murs et qui n'est que moi-même, bon Dieu je suis bon à enfermer, et c'est dans l'enclosure du tunnel que je trouve ma liberté.

Le tunnel n'est pas univoque. C'est l'interface. Il est voie d'entrée, et voie de sortie.

Alors au fil des kilomètres mon cerveau s'engage dans la lutte contre l'entropie, au fil des kilomètres il redéfinit de nouveaux contours, de nouvelles possibilités, de nouvelles questions.

C'est ainsi que ma deuxième vie prit le dessus sur la première.

Le double, sans la moindre pitié, entreprit de cannibaliser sa créature d'origine. Je ne vis pas sur le moment tous les éléments qui permettaient de tracer une sombre analogie entre Marc Wolfmann et moi-même. Je ne vis pas comment l'échec allait me tarauder plus encore que quelque réussite. Je ne vis pas s'ouvrir le piège du monde sous mes pieds.

Je ne vis pas que j'entrais dans les faubourgs de la nuit la plus profonde, même si au demeurant je ne souhaitais plus que cela. Il arrive souvent que l'on se rende compte bien trop tard que l'on est parvenu à son point de destination. Les destins se ratent le plus souvent comme ça. Ce n'est pas tant qu'on n'a pas pris le train, mais que l'on est resté assoupi au passage de la gare où il fallait descendre.

Tout d'abord il fallut que j'apprenne à vivre avec ce double, ou plutôt à ne plus vivre pour le laisser exister.

Afin de nous changer d'office les idées, Desjardins nous attacha à tout un tas de meurtres non résolus, souvent des règlements de comptes entre petits truands de la banlieue sud, comme ceux que Clébert, associé à Leflamand, un ancien des Stups, traquait désormais, saga arménienne, polyphonies corses, contes des mille et une nuits de la vie en sous-sol.

Mazarin et moi éprouvions chaque jour la solidité de notre tandem, assistés de nos enquêteurs et, à défaut d'autre chose, nous étions parvenus ces derniers mois à remonter quelques sardines dans nos filets.

Après tout, nous avait un jour confié Desjardins, c'est tout ce qu'on nous demande. Faire tourner la baraque. Il faut dire que Da Costa et Bordas s'adaptaient bien mieux à cette vraie vie de flic qu'aux deux années passées derrière nos ordinateurs, ou le nez collé à nos fiches.

Une sorte de groupe professionnel naissait, uni par les froids automatismes de la Machine.

C'est ainsi que mon identité diurne se modifia au point de n'être plus que le masque, l'ombre de la vraie lumière qui m'habitait. Et si cette ombre était diurne, alors la lumière, de fait, était nocturne.

Elle se partageait désormais entre mon appartement et la rue de Tolbiac.

Wolfmann s'était habitué à ma présence et me proposait régulièrement de dormir sur le canapé du salon. Je m'y effondrais après des heures de lecture. Le lendemain j'allais travailler et je passais alors la nuit chez moi, à compulser mes notes, mes rapports, à relire tous les dossiers, à regarder encore et encore les vidéos en ma possession.

Puis le cycle reprenait.

Peu à peu l'être du jour devint un robot.

L'être de la nuit ne pouvait que devenir un démon.

Je réalisai un soir à quel point tout cela était d'une totale cohérence, dans l'absurde. Je commençais à me rapprocher pour de bon du tueur des centrales.

C'est au moment où la société voulait me détacher de lui que j'apprenais enfin à lui ressembler !

Dès octobre, je me rendais chez Wolfmann ou à la Préfecture dans un état de fatigue qui confinait à l'hallucination.

J'errais moi-même entre deux mondes.

Je me souviens de cette fin d'année 1993 comme d'un long tunnel sans aucune aspérité, un pur tunnel de lumière noire. En fait, si je relis mon dossier de l'époque je me rends compte que durant quelques mois je parvins je ne sais comment à conduire mes enquêtes officielles et, lorsque je ne passais pas mes nuits à compulser de vieux dossiers oubliés chez Wolfmann, elles se déroulaient devant l'écran de mon ordinateur, à collectionner les adresses BBS des premiers clubs de ballets roses. Nitzos, avant son départ, avait bidouillé une connexion avec mon Minitel. Je passais des nuits sur les réseaux de messagerie à compiler des pseudonymes, à discuter avec les catins de passage, et les branleurs en goguette. J'essayais de raccorder tout ça à la bibliothèque de Wolfmann et aux premiers tuyaux de Carnaval.

Le Nord, avait-il dit, le nord de la France, la Belgique. Cherchez par là.

Mon cerveau alignait en continu des numéros 3615, des codes d'adressages, des images de filles à gros seins sur le bord d'une plage ensoleillée venaient côtoyer la noirceur des ténèbres que j'essayais de percer.

En quelques jours j'avais comme balisé la protoforme d'une théorie qui ne semblait pouvoir trouver de limites qu'à l'intérieur d'une autre théorie, pour l'instant inconnue à mon propre cerveau.

Cette théorie initiale prenait en compte quelques points par moi désormais acquis, et que *L'Ève Future*, sa structure tout autant que son contenu, son énigme tout autant que son mystère, avaient pu mettre en lumière :

Depuis la mort du monde chrétien, la métaphysique avait été séparée du monde physique, ou plutôt toute apparition du suprasensible dans le sensible avait-elle été réifiée dans l'hypostase de la physique, la domination générale de la marchandise en avait accompagné l'exode hors de la sphère du sens, du coup le vide laissé à l'angoisse des hommes devenus adorateurs d'eux-mêmes se devait d'être comblé par des « métaphysiques » de rechange, simples simulacres spiritualistes qui défaisaient de son sens et de sa perturbante réalité cette projection de l'esprit humain au-delà de lui-même.

Au cœur de ce processus, un dispositif bien particulier avait été mis en place pour – non plus hypnotiser les masses – mais subjuguer les égos par eux-mêmes, autant dire leur vide, et il était en passe d'installer son régime de servitude d'un bout à l'autre du globe.

Au début du siècle, son émergence avait été signalée : elle était devenue *la forme vivante de l'échange-marchandise*. Dans un texte trop peu connu, Klossowski parlait de la « Monnaie Vivante ». Je m'en étais procuré un exemplaire sur les quais, une manie que, subrepticement, Wolfmann m'avait inoculée, et qui prenait peu à peu possession de mes habitudes, comme le virus qui s'introduit dans un corps n'attendant que lui.

Grâce au texte de Klossowski, tout avait tendu vers l'explosion d'une masse critique, en quelques jours, ce texte me permit d'élaborer cette protothéorie personnelle.

Car par la très sainte activité neurale qu'il produisit en moi, je comprenais que c'était le processus même de cette désagrégation qui devenait visible, supravisible, jusqu'à devenir la seule positivité pensable, et pensée. Le monde n'était plus qu'une circuiterie aléatoire de valeurs d'échanges, tout se valait, la Publicité et la Technique s'occupaient de faire disparaître toute possibilité d'invisible. Tout, toujours, tout le temps, et partout était vrai, tout était semble-t-il dévoilé, tout était transparent, même la nuit.

Cette nouvelle transformation du capital ne passait plus par la marchandise comme *matérialisation* cyclique des échanges, mais à travers une sorte de prototype d'*homo universalis*, comme sa dés*incarnation* absolue.

L'Électricité d'Edison n'avait produit aucune Ève Future, mais plutôt une myriade de petits Adam en perdition. Des anti-Adam. Protoformes dont la vacuité cherchait à s'incarner dans leur propre image, et qui y parvenait, en se reproduisant en chacun des exemplaires « humains » comme autant de reflets du flux de néant autour duquel désormais, sans cesse, ils s'occupent.

L'*homo universalis* n'était ni homme, ni femme, ni enfant, ni adulte, tout au plus une sorte de « jeune » permanent, parfaitement androgyne, c'est-à-dire une troublante forme d'ange invertie, métapublicitaire, vouée à la mort permanente et cosmétisée, en constante recherche d'une impossible incarnation.

Il ne fallait pas voir dans cet *homo universalis* autre chose qu'une typologie émergente de l'humanité, et même plutôt le moment où l'humanité pouvait se réduire à une typologie, elle était l'espèce de métaphysique qui désormais faisait *lieu commun* pour tous les individus de la société mondiale, qui n'était plus une société, ni même un monde.

D'une certaine manière le tueur des centrales vivait jusqu'à son aboutissement téléologique une telle déconstruction du réel.

L'*homo universalis* n'était au fond que l'extension androïde du Monde comme Publicité et Communication. En ce sens, il était l'arme de séduction transparente du Spectacle, comme mise en forme souriante de la destruction indéfinie, fragmentation ontologique terminale qui permettait à tous les secteurs désormais séparés de la vie de se trouver un « sens ». Dès lors, parce qu'elle n'était pas qu'une image, mais le rapport inverti qui subjuguait toute vie réelle à cette image, elle s'avérait l'instrument que la Mort avait inventé pour exterminer l'amour de la façon la plus parfaite qui soit.

De suprasensible et invisible la métaphysique de la mort technique était devenue supravisible, et insensible.

Le tueur des centrales n'était que la paradoxale contre-figure incarnée de la Jeune Fille Androgyne et Universelle publicitaire, puisqu'il en entreprenait désormais la destruction physique terminale, grâce à la fonction technique devenue supravisible.

Je ne me souviens même pas du réveillon de l'an 94, l'hiver se termina alors sur le même rythme implacable qui était devenu le mien.

Je dois dire que depuis peu, une nouvelle donnée me permettait d'ainsi multiplier mes facultés vitales.

Un soir, alors que je n'en pouvais plus et que je m'étais effondré dans le sommeil sans bouger du bureau de la rue de Tolbiac, la tête entre mes coudes repliés, Wolfmann m'avait réveillé pour que j'aille m'allonger sur le canapé. J'avais ouvert un œil et j'avais parcouru les quelques mètres qui me séparaient du canapé dans un état d'hypnose.

Le lendemain, au petit déjeuner, et alors que j'émergeais difficilement d'un sommeil lourd, noir et sans aucune image, il m'avait pris à partie, en me préparant une tasse de thé au jasmin.

— Vous n'êtes pas habitué. Vous manquez de discipline, m'avait-il dit.

— Je le reconnais, avais-je soufflé. Ça viendra.

Il avait sorti de sa poche un petit sachet de Cellophane dans lequel luisaient de petits cristaux gris-jaune.

— Vous devriez essayer ça.

J'avais regardé le sachet avec un peu de méfiance.

— De quoi s'agit-il ?

Wolfmann avait souri.

— Une substance illégale. Certains livres, aussi, sont illégaux.

Je l'avais fixé bien droit dans les yeux.

— Passez-moi vos euphémismes : de la drogue, c'est ça ?

Il avait fait tournoyer le sachet dans la lumière.

— Oui, c'est ça. Ce sont des amphétamines.

— Vous prenez de cette saloperie ?

Wolfmann éclata de rire.

— Une saloperie bien plus efficace que vos litres de café, et bien moins nocive que vos quarante cigarettes par jour.

J'avais laissé passer un pâle sourire.

— Merde Wolfmann, pour un flic, même à la retraite, vous poussez le bouchon drôlement loin, c'est hors concours.

Il m'avait tendu le sachet et je n'avais même pas été étonné de me voir m'en saisir, presque machinalement.

— Essayez. C'est de la méthédrine. Ça se sniffe, comme de la coke. On peut aussi la fumer. Quand vous avez besoin de tracer plusieurs journées en continu, ça aide drôlement, croyez-moi. L'effet est bien plus puissant et plus durable que la meilleure coke colombienne qui circule en ce moment.

Je n'avais rien répondu. J'avais même ressenti un doux frisson. Le frisson de celui qui passe derrière les lignes ennemies dans le noir.

Le soir même, j'attaquais mon premier rail de méthédrine.

1994, du coup, passa très vite.

Si vite que je ne vis rien venir.

L'ACCÉLÉRATION DU TEMPS, 1995

Un jour je m'étais souvenu que Foudrach était mort et que j'avais même assisté à son enterrement trois mois plus tôt, dans le cimetière d'Ivry, au milieu d'une nuée bleu police, mais c'est comme si l'information n'avait pas été lue par mon cerveau sur le moment, elle avait été stockée provisoirement dans une cellule-mémoire qui un beau matin, sans que je sache pourquoi, s'était réveillée sous une coupole de ciel froid, avec l'image déjà vieillie d'hommes en uniformes autour d'une tombe à la simplicité touchante, raidis dans le vent glacial de décembre.

Je m'étais alors souvenu des arrestations de l'année précédente. Elles s'étaient succédé sur un rythme de vidéo-clip. Plan de montage à la méthédrine. Cut-ups d'une année placée sous le signe de la mise à feu des turbines.

Février-mars 1994 : premières traces des amphétamines dans mon organisme, accélération notable de mon rythme d'acquisition des données, et intensification du processus qui me dégage de l'humanité. Moi, le Robot. Le robotnik de l'ordre bleu. Avec Mazarin, Da Costa et Bordas, on s'organise comme une véritable équipe de tueurs à gages, on serre en flag des petits connards de dealers ou d'apprentis maquereaux, le plus souvent listés préalablement par Carnaval, et on les déroule méthode commissariat des droits de l'homme avant de les obliger à travailler pour nous. Hocine Bendjaoui, par exemple, petite frappe, dealer, maq' à ses heures. On le serre un soir sur l'autoroute de Trappes, sachant qu'il trimballe un demi-kilogramme de shit planqué dans son siège avant, une heure du mat', personne, et Mazarin nous fait une petite démo en direct de la mise sous influence façon escadron de la mort. Le flingue sur la tempe, une savonnette de shit dans la bouche Hocine Bendjaoui devient plus docile qu'un mouton et Mazarin lui fait comprendre qu'on a sa petite frangine tapineuse dans le collimateur et qu'on pourrait fort bien avoir un jour envie de se vider les couilles sur elle. Le message passe cinq sur cinq.

Avril 1994 : grâce à un tuyau de Hocine, on serre deux connards de Drancy qui étaient venus buter un jeune de seize ans sur le bord des quais, à Ivry-sur-Seine, un trimestre plus tôt, pour une obscure histoire de vendetta familiale, du genre on couche pas avec ma sœur espèce d'enculé bang-bang-bang... On les pogne dans leur putain de cité : on déboule tous les quatre flingue au poing, Da Costa et Bordas en couverture, moi et Mazarin en avant, ses cent dix kilos percutent la porte qui cède sous le choc les gonds explosent on entre les calibres pointés en avant dans l'appartement qui pue la merde et la moisissure et voilà les deux trous du cul en train de baiser deux putes black au milieu de leur salon dégueulasse où traînent des restes de pizzas dans de vieilles assiettes en carton et où l'on marche sur les canettes de bibine. L'un des gars esquive je ne sais quel geste, Mazarin l'emplafonne direct d'un revers de son Manhurin dans la gueule les gonzesses piaillent – vos gueules bande de putes hurle Mazarin l'autre lascar crie : J'ai rien fait moi m'sieur et il met les mains en l'air au-dessus de sa tête je lui défonce le bide d'un coup de pompe méchamment ajusté il se plie en deux et la crosse de mon flingue de service lui gicle en pleine gueule de bas en haut si t'avais rien fait ducon tu chierais pas dans ton froc je lui fais remarquer.

On les embarque, avec les filles, des mineures qu'on relâchera dans la journée.

Juillet 1994 :

Méthédrine plein pot. Désormais, Wolfmann m'en procure régulièrement. Le quart de mon salaire y passe chaque mois, puis le tiers. J'économise sur la bouffe. Je me tape un régime minceur estival du feu de Dieu. Vers le 15, on apprend par un vieil indic de Mazarin que le responsable d'une fusillade s'étant déroulée au début du mois précédent lors du braquage d'une station-service à Bonneuil, et qui avait laissé le pompiste raide sur le carreau, se planque avec trois de ses potes dans un petit pavillon discret de Choisy-le-Roi. On déboule en force. Non seulement notre quatuor déjà bien rôdé, mais avec quatre mecs de la BAC en renfort, irruption au petit matin, une minute après l'heure légale, dans le pavillon de banlieue : deux beurs, un black, un petit blanc. C'est United Colors of Benetton version Val-de-Marne. On défonce la porte tandis que les mecs de la BAC passent par les fenêtres, on est deux pour chaque gugusse, on y va à la crosse et à la matraque, Mazarin balance un bon coup de gaz CS dans la gueule du premier venu, les menottes claquent, les mecs nous insultent, on les déroule sévère sur place, à coups de pompes, rébellion à agent de la force publique dans l'exercice de ses fonctions sac-à-merde. Dans l'appartement, on trouve deux 9 mm automatiques Astra 80, un fusil à pompe Sfas, un Police Python 357. Après les tests balistiques les balles d'un des Astra correspondront à celles trouvées sur le corps du pompiste, les deux Arabes vont se renvoyer la balle jusqu'au procès. Le 357 magnum provient d'un lot d'armes de flics volées l'année précédente à Bastia. Desjardins nous félicite chaudement.

Septembre 1994 :

Méthédrine en surmultipliée. Le jour est une nuit blanche sans plus la moindre discontinuité. Avec Mazarin et nos deux enquêteurs-adjoints, on est devenu en quelques mois la nouvelle équipe des durs à cuire du SD. Même Clébert et Leflamand n'en croient pas leurs yeux et leurs oreilles. Du muscle, des burnes et des neurones. On est en passe d'entrer dans la légende lorsqu'on débusque un trio de braqueurs spécialisés dans les attaques de convoyeurs, alors qu'il préparait un nouveau coup. Un tuyau de Carnaval. Les lascars sont de solides truands du Var, des quadragénaires endurcis sortis de prison deux ans auparavant et qui ont chacun déjà passé la moitié de leur vie derrière les barreaux. De la fleur de centrale. On a appris par Carnaval qu'ils montaient une équipe avec deux jeunes dingos d'une cité d'Orly. D'après nos renseignements, les trois Varois sont vraisemblablement les responsables de l'attaque d'un transport de fonds de la Securicor, il y a tout juste un an, au Kremlin-Bicêtre, un des vigiles s'est pris une bastos en pleine tête et est mort sur le coup. Cette fois arrestation sous meth' – violence froide et cerveau en mode terminator on rentre dans cet appartement de Juvisy comme une meute de bêtes féroces hurlements dans la chambre d'écho de ma mémoire coups portés au visage ma main et sa crosse d'acier qui vont et viennent sur des pommettes qui éclatent je m'entends dire au mec dont je défonce la gueule : il ne fallait pas tomber dans l'escalier fils de pute.

Novembre 1994 :

Mazarin apprend qu'un petit merdaillon ayant déjà purgé de la taule à Fresnes pour divers délits est revenu vivre dans sa cité d'origine, à Créteil. Pietro Romesco. Vingt-quatre ans et dcs barreaux. Une source des Stups lui souffle que le gars fréquente tous les dealers du coin, et qu'en fait il est probable qu'il fasse partie d'un réseau d'approvisionnement en chichon de la prison. On le piste tout le mois et on le photographie avec des dizaines de dealers, dans quasiment tout le département. Nous, on se branle de la came comme de l'an 40. Quand on l'aura grillé on le refilera aux Stups, ce qu'on veut c'est des infos, pauvre tapette – lui gueule Mazarin alors qu'on le tatanne gaiement sous un pont désert, dans une zone industrielle de Villeneuve-Saint-Georges, on veut tout savoir sur les connards qui montent des opérations armées ou qui préparent des homicides, on lui fait, on veut tout savoir et si on sait pas ce qu'on doit savoir, lui rajoute Mazarin avec une taloche sèchement assenée du revers, on va revenir te voir avec des vrais enculés de première, des qui ont fait l'Indo et l'Algérie, ça te dit encore quelque chose ça, trou-du-cul ?

Généralement, ça disait quelque chose.

Ça disait : stage à l'électricité génitale, puis bloc de béton à dimension humaine, et à prise rapide, 100 % waterproof.

La méthédrine accompagnait mes dérives nocturnes avec Mazarin, elle décuplait ma sauvagerie, et me rendait supportables les beuglements de bêtes des quelques humains qu'on prenait dans nos filets.

La méthédrine fixait sa loi, plus inflexible qu'un châtiment de la Rome antique.

Noël 1994 :

Déesse Méthédrine. Nome à l'intoxication confinant à l'Eucharistie quotidienne. Je vis dans une zone blanche polaire où l'humanité enfin est immobile. J'ai l'impression de danser sur une ligne de temps parallèle au reste de mes congénères. Seul Mazarin est au courant, tu devrais relâcher un peu, me dit-il. La moitié de mon salaire de flicard passe dans la meth'. Mais en un an, grâce à la dope, j'ai pulvérisé mes records.

Je comprends de mieux en mieux le problème du dopage chez les sportifs. Un anabolisant ne fera jamais un athlète, mais si un véritable athlète en use, il devient un surhomme, il devient un « problème de société ».

Wolfmann a observé nos progrès et ma transformation d'un œil ironique. C'est bon que vous en passiez aussi par là, me dit-il.

Ça va vous rendre mauvais.

Il faut des hommes mauvais pour combattre les ordures.

On est les derniers vrais flics, m'avait dit un jour Mazarin, après un passage à tabac, au fond d'une ruelle, un con d'indic corse qui ne balançait plus assez d'infos depuis trop longtemps.

Ensuite l'image d'une autoroute sous le soleil d'hiver, pâle comme un condamné à mort, je me souviens du périphérique, je me souviens des voix de mes trois collègues dans l'habitacle alors que la radio passe le dernier tube de U2.

La Guépéou du Val-de-Marne.

Dans le nuage blanc de la méthédrine, ces moments-là sont mixés selon des lignes de coupe qui désossent la mécanique habituelle du temps :

Je ne sais comment expliquer cela, mais au cours de cette année, après avoir abandonné par force l'investigation sur le tueur des centrales, un mouvement positif s'était par contre déclenché en moi. Je me rendais compte, derrière le mur blanc de la méthédrine, que les pandores ne ramenaient plus rien à la surface concernant cette enquête qu'ils étaient probablement en train de saloper avec leurs gros godillots et je rendais régulièrement visite à Wolfmann, à sa bibliothèque, et ses dossiers, et surtout chaque nuit ou presque, grâce au speed, je naviguais sur l'Internet naissant, à la recherche d'informations, et plus simplement pour rester à la disposition de la Théorie.

Désormais le rat qui me rongeait le cerveau, et qui devenait chaque jour un peu plus mon *deuxième cerveau*, était grassement nourri à la meth', il s'en régalait, demandait sa dose, exigeait son dû.

Il courait dans le labyrinthe de mon esprit, à la recherche d'une sortie qui n'existait pas.

Je savais qu'il finirait par ronger les murs.

Si 1993 avait été l'année de la dépression, 1994 fut celle de l'implosion.

Une implosion en douceur : l'événement fut silencieux, invisible, inodore et pratiquement indolore pour la grande masse des citoyens.

Ce fut le moment je crois où l'Europe cessa d'exister, même dans les rares esprits qui savaient vraiment ce que le mot recouvrait d'efforts avortés et de massacres réussis.

La campagne d'extermination ethnique conduite par les Serbes de Bosnie était encore passée à une phase supérieure, le siège de Bihac réduisait des dizaines de milliers d'hommes et de femmes à une famine dûment orchestrée, pendant ce temps-là, en Algérie, les islamistes de l'AIS avaient cédé la place à des gangs d'égorgeurs sans foi ni loi et le pays était en cours de désintégration. La France restait plus immobile qu'un navire pris dans les glaces de cette banquise qu'était devenu le continent tout entier. En comparaison, le glacis communiste des années 80 évoquait une discothèque branchée un samedi soir. Le pronostic de Wolfmann s'avérait chaque jour plus tristement réaliste.

Un jour, on apprit par la radio que des Croates de Bosnie, travaillant pour une société d'État algérienne, avaient été assassinés par des gangsters du GIA. Wolfmann m'avait juste dit, en commentaire de l'événement : les mâchoires se resserrent.

Notre rythme d'arrestations violentes se déroulait comme une sorte de film électrique, vision de nuit, autoroutes désertes, les mecs la gueule en sang le nez écrasé contre le pare-brise puis Mazarin leur expliquant le marché en leur demandant de répondre par oui ou non de la tête alors que le canon cannelé de son 357 s'enfonce dans leur glotte.

Alors l'année 1995, l'année de l'effondrement terminal, avait commencé dans ce tunnel de pure blancheur créé par la méthédrine.

Chaque instant était intensifié et dépassait la crête généralement admise par les normes de la régulation sociale. Je me disais alors qu'être flic demandait sans doute ce type de sacrifice.

Wolfmann m'avait dit un jour, citant une fois de plus Raymond Abellio, donc quelque enseignement tiré des anciennes Écritures : *la loi est l'ombre de la liberté.*

J'avais compris que comme la parabole du Dieu Unique à la tête blanche ou noire, le dieu de lumière se faisant dieu-ombre, la liberté projetait son ombre sur les hommes, et cette ombre était la loi.

Il était donc du plus naturel que les hommes chargés de la maintenir soient eux aussi des créatures de la nuit.

Mais selon les lois de la relativité, l'accélération des mobiles joue directement sur leur relation avec le temps.

Deux ans avaient passé depuis que les gendarmes s'étaient fait refiler l'enquête sur le tueur-roboticien.

Résultat : néant.

Plus étrange, le tueur ne repassait toujours pas à l'action.

Wolfmann m'avait conseillé de vérifier si des meurtres analogues ne se déroulaient pas depuis lors dans des contrées voisines, voire plus loin encore.

J'avais passé des nuits entières à remonter le long des communiqués de presse et à fouiller dans les premières archives de presse qu'on trouvait sur Internet.

Désormais le Web et ses technologies avaient surpassé les prototypes genre BBS dont Nitzos se servait, en 1992. Je m'étais offert la première version de Netscape. J'apprenais à « surfer ».

J'avais commencé à tracer plus nettement le dessin de certaines pistes que Wolfmann remontait depuis des années.

Il y avait bien un tueur en série qui officiait dans le département de l'Yonne depuis près de quinze ans. Il s'en prenait à des handicapées mentales. J'avais fini par établir que la plupart de ces handicapées mentales provenaient d'un seul centre, situé près d'Auxerre. Auxerre, l'Yonne, ce n'était pas très loin de Belleville-sur-Loire et de la centrale nucléaire où le second corps avait été retrouvé.

D'autre part, des disparitions suspectes se concentraient en effet dans le nord de la France et en Belgique wallonne, recouvrant un de ces « spectres » que Wolfmann traquait sans relâche depuis des années et dont Carnaval disait qu'il impliquait en effet un réseau très consistant d'individus de différentes natures, aux multiples activités.

Enfin, cette année-là fut le premier moment où dans le sillage de l'affaire Paulin et du tueur Francis Heaulme, les autorités policières républicaines commencèrent à se pencher sur la question.

Je m'étais dit que l'heure était proche où Wolfmann pourrait sortir de sa tanière, où il pourrait exposer au monde entier les abominations répertoriées dans sa bibliothèque.

Le problème c'est que 1995 fut la dernière année du règne de François Mitterrand.

C'est-à-dire le moment où la Très Grande Bibliothèque fut terminée et inaugurée, juste avant que le crabe ne l'emporte.

Ce fut donc l'année où Wolfmann déménagea, et quitta Paris pour la province.

Il avait revendu son appartement au début de l'été, et avec quelques économies avait pu s'offrir un vieux mas provençal dans la région de Sisteron. Il n'y connaissait personne. On y trouvait des moutons, quelques hippies, et de vieux paysans pour lesquels l'étranger était encore l'habitant du village voisin.

La perfection, avait-il dit.

Ce combat entre la Très Grande Babel transparente et ce laboratoire obscur où trente-cinq années de crimes inconnus avaient été enregistrées et classifiées tenait pour ainsi dire d'une mythologie en cours d'actualisation.

Désormais les guerres à venir seraient des guerres conduites entre des bibliothèques rivales, nous dit-il un soir, peu avant son départ.

Il nous fit ses adieux fin juin.

On descendit une bouteille entière de Courvoisier pour fêter dignement l'événement, puis, alors qu'à 3 heures du matin bien sonnées nous nous étions dirigés, Mazarin et moi, d'un pas mal assuré vers la sortie, il m'avait tendu un paquet de taille rectangulaire et enveloppé de simple papier kraft.

— De quoi commencer une bibliothèque digne de ce nom.

C'était *La Fosse de Babel,* son titre se révéla sous mes doigts qui ouvraient fébrilement le paquet, alors que Mazarin nous ramenait gyro en action, en parfait style cow-boy, vers la banlieue sud.

Le livre avait scintillé dans mes mains au rythme de sodium de la nuit urbaine.

La Machine poursuivait son œuvre, dont elle ignore tout.

La transmission nocturne de ce livre scellait à tout jamais la fin d'une étrange amitié de trois ans tout juste, mais à travers laquelle, je ne le devinais encore qu'à peine, une porte avait été ouverte dans mon esprit.

Une porte qui s'ouvrait sur l'inconnu, sur les noirs abysses d'où la fibrine de la vérité suinterait peu à peu. Wolfmann concevait ses relations humaines comme des dispositifs de jeu d'échecs, il était plus que probable que chaque action dépendait d'une série de combinaisons passées, et futures.

Deux ou trois semaines après cette entrevue nocturne, Wolfmann avait pris la décision, sans doute essentielle à ses yeux, de me confier un de ses secrets.

Il avait sûrement depuis longtemps mûri sa décision, et elle n'était pas étrangère au fait que la Très Grande Babel était en train de gagner la bataille, voire la guerre, et que sa bibliothèque de la nuit était dans l'obligation de faire retraite jusque dans les Alpilles. Il ressemblait à un vieux général allemand, un soir de janvier 1943, pris dans le « chaudron » de Stalingrad.

Comme d'habitude j'étais placé de trois quarts devant la fenêtre du salon, assis au bureau, je compulsais sans trop y croire je ne sais plus quel rapport de police en provenance de Belgique.

Wolfmann était venu se poster près de la fenêtre, une tasse de café fumante à la main.

Il n'avait rien dit jusqu'à ce que son Pur Colombie à l'arôme d'aventures picaresques ne soit dégusté jusqu'à la dernière goutte.

Alors, sans détourner les yeux des tours de chantier qui

élevaient les hautes structures de la nouvelle Bibliothèque nationale, il m'avait demandé, de sa voix égale :

— Mazarin vous a raconté pour l'histoire de l'Homme-à-la-DS ?

J'ai relevé les yeux du dossier de police. Deux fillettes d'une dizaine d'années avaient disparu à quelques jours d'intervalle dans une petite ville de merde de la Belgique wallonne. Datas télex glyphes en remous sur le clinamen de ma conscience, en douce chute vers le silence.

— Non, j'ai fait, Mazarin est un homme très discret. Surtout en ce qui vous concerne.

Wolfmann avait laissé échapper son petit hoquet de rire réflexe.

— Mazarin a toujours su jusqu'où il pouvait pousser la limite. Puis un jour il l'a poussée un poil trop loin.

— C'est une tentation bien compréhensible.

Wolfmann avait figé son faible sourire dans un peu d'azote liquide :

— Oui, et nous finissons tous par y succomber. Il ne vous a donc rien dit. C'était très raisonnable de sa part.

Je comprenais confusément que Wolfmann cherchait à mettre la discussion sur des rails. Mais quels rails ?

— En dépit des apparences, Mazarin est un homme raisonnable.

Wolfmann s'était alors tourné dans ma direction et une paire d'étoupilles vertes avaient fulguré en se fichant sur moi.

— Désirez-vous savoir ?

J'avais soutenu son regard, dans ma tête c'était branle-bas de combat tout le monde sur le pont, les couleuvrines chargées.

— Oui.

L'éclat de son regard n'avait pas faibli, son maigre sourire était venu ourler un zygomatique. Je crois qu'il était content de ma réponse.

— Alors je vais vous raconter.

Il lui avait fallu plus de quinze ans pour comprendre, m'avait-il dit.

La solution, lorsqu'elle lui était apparue, n'était plus qu'une luciole sur le point de mourir. Il était déjà dans son service de merde à Montreuil. La révélation lui avait fait comprendre que l'État français était loin d'être prêt ne serait-ce qu'à entendre une minuscule incise de la vérité. De là était née son projet de bibliothèque du crime. De là était née son aversion pour la lumière du jour.

La DS immatriculée 75 et qui appartenait au sous-directeur de l'Agence France-Presse avait été verbalisée, en 1967, à Villejuif, pour excès de vitesse suivi d'un délit de fuite caractérisé, après un accrochage avec une deux-chevaux conduite par une quinquagénaire de la Poste.

L'affaire était venue jusq'au tribunal de grande instance civile. Le propriétaire de la voiture, âgé de cinquante et un ans à l'époque, avait expliqué aux policiers et au juge qu'il n'était pas responsable du petit accrochage et du délit de fuite occasionné ce jour-là, il était en effet en voyage d'affaires en Suède au même moment. L'alibi tenait, on découvrit vite la vérité.

La vérité, monsieur le juge, avait dit l'homme, est que c'est mon fils qui a emprunté la voiture, avec un permis en état, mais sans assurance légale, il a pris peur devant les conséquences de son geste et il s'est enfui, sans prendre conscience que cela constituait un autre délit. L'avocat familial en avait rajouté une tonne, le jeune Jean-Pierre Desclouzeaux venait d'entrer à Centrale, élève brillant et prometteur selon sa hiérarchie universitaire, la famille paierait les pots cassés, dont la vilaine blessure au pied de madame Caspar, la victime de l'accrochage sur la Nationale 7. Tout était rentré dans l'ordre, la justice avait fait son travail, madame Caspar toucha vingt mille francs de l'époque, c'était royal.

Wolfmann avait lu et relu ce vieux récépissé de police ce jour-là. Lu et relu, des heures entières.

Il était daté du jour même de l'enlèvement de la petite Dulac.

Alors il avait compris. Névralgie secrète conservée au congélateur des cérébellites nocturnes. Hideuse image qui se superposait à la société naissante de la jeunesse sans fin commémorée.

Ce n'était même pas un bon père de famille modèle années 60.

C'était son fils.

Son fils prodigue.

Il avait rétabli tout l'état-civil et plus encore, lieu et date de naissance, cursus scolaire et universitaire, après Centrale, un institut réputé d'urbanisme et d'architecture à Karlsruhe, déménagements, voyages, petits délits divers, rien de bien grave, mais quelques incidents avec des prostituées avaient été notifiés par la police du Wurtemberg à l'époque de son passage, des coups, des jeux morbides, des simulations de strangulation, par un individu parlant bien l'allemand, mais avec un accent français, l'enquête des fridolins n'avait rien donné.

Une carte avait fini par se faire jour, il avait désobéi à ses supérieurs, il avait retrouvé quinze ans plus tard la trace d'un brillant architecte travaillant pour un cabinet en vue et possédant des bureaux à Paris, à Bruxelles, à Milan. Il avait épluché les bilans, avait dérobé des agendas sur des comptoirs, des bordereaux dans les corbeilles, de vieux papiers dans les poubelles de l'immeuble.

Il était parvenu à mettre une douzaine de meurtres assez récents ou de disparitions suspectes en relation avec un séjour de Desclouzeaux dans la région en question. Trois à Milan et en Italie du Nord, cinq un peu partout en France, deux en Belgique, un au Pays-Bas, deux en Catalogne et deux autres en Allemagne de l'Ouest. Ça correspondait aux agences du cabinet d'architectes, ça correspondait à son emploi du temps, c'était précis comme un plan d'urbanisme.

La vérité intromissait ses dures solives au cœur de son être, comme des coins sous la lame de la hache, elle avait dissous momentanément jusqu'aux plus élémentaires réflexes de survie.

Il avait pris des photos de Desclouzeaux rendant visite à des putes, au Bois de Boulogne, ou sur l'avenue Foch, il l'avait vu embarquer des minettes de rencontre dans son appartement du XVe arrondissement, le tout premier loft aménagé dans d'anciens locaux industriels qu'il verrait de sa vie, situé tout près des quais de Javel, mais il n'était jamais parvenu à le serrer en flagrant délit d'agression ou quoi que ce soit d'approchant. Il n'était ni dans ses moyens ni dans ses attributions de parcourir l'Europe occidentale aux trousses d'un tueur non officiellement recherché.

Alors – m'avait dit Wolfmann, pendant des mois j'ai dû me contenter de sa gueule de petite fouine narquoise prise au téléobjectif. Pendant des mois j'ai rongé mon frein, ma dépression s'est accrue, la Police nationale m'a accordé un premier congé d'un trimestre.

Évidemment, au lieu de partir aux Baléares j'ai suivi Desclouzeaux jour et nuit, nuit et jour, et très vite je me suis rendu compte qu'il préparait quelque chose.

Il y eut un long silence, un train de nuit passa, la lune montait. C'était l'heure des loups.

— Un meurtre ?

Wolfmann avait soupiré et fixé son regard vers la fenêtre, un sourire sarcastique menaçait de prendre forme à tout moment sur son visage.

— Non. Une nouvelle vie. Il a fêté son quarantième anniversaire avec ses collègues, puis il a liquidé ses affaires, vendu son appartement, et ses parts dans le cabinet d'avocats en pleine expansion, il s'est retrouvé avec une fortune personnelle d'un peu plus de 5 millions de francs, ce qui n'était pas rien, on était en 1986, il avait placé environ 50 000 francs dans l'entreprise dix ans plus tôt, le ratio était plutôt impressionnant : communication, finances, publicité, télévision, c'était l'époque du gros fric facile et rapide, il fallait de nouveaux locaux, de la décoration, du luxe, les cabinets d'architectes tournaient rond. Desclouzeaux en avait bien profité. Je suis parvenu à apprendre qu'il avait pris un billet pour l'Argentine.

J'entendais le souffle de Wolfmann devenir de plus en plus court au fil du récit, comme si sa respiration suivait, haletante, un chien qui courait droit mais ne conduisait à rien. Ça ne pouvait pas se finir ainsi, n'est-ce pas ? C'était impossible.

Pas par cette articulation terminale, morne et sans espoir.

— Un vol Aerolineas depuis Madrid, avec un transit depuis Roissy via Air-France, arrivée à Buenos Aires le 30 décembre 1986. Juste à temps pour le réveillon.

— Et ensuite ?

Wolfmann m'avait regardé, de son air le plus tranquille, le plus serein, celui de la glace parvenue au zéro absolu.

— Ensuite rien.

— Comment ça, rien, c'est tout ?

— Oui. C'est tout. Depuis je n'ai plus jamais entendu parler de lui. Il doit poursuivre sa brillante carrière quelque part en Amérique du Sud.

D'après les estimations les plus sérieuses de Wolfmann, Desclouzeaux avait au bas mot soixante-dix meurtres à son actif lorsqu'il quitta la France à la fin de l'année 1986. La tendance avait suivi une courbe caractéristique des tueurs les plus organisés : une montée en puissance, puis une stabilisation du rythme, lorsque le meurtre est vraiment intégré au mode de vie, lorsqu'*il est le mode de vie*. Son travail d'architecte lui donnait accès à des centaines de milliers de fiches compilées par les agences immobilières, son propre cabinet en possédait pas loin de deux mille en archives, il pouvait accéder à tous les cadastres des villes où il se déplaçait pour affaires, il pouvait visiter les maisons, y compris en l'absence de leurs propriétaires, il pouvait se faire remettre copie des plans de fabrication des immeubles, il était comme un poisson dans l'eau. De l'espèce piranha.

Il avait tué sans être inquiété le moins du monde durant près de vingt ans.

Wolfmann n'avait rien pu faire.
Les livres avaient envahi sa maison.

Le problème le plus difficile pour moi fut de me dire qu'il allait falloir me trouver dare-dare un supplétif à mon approvisionnement mensuel en méthédrine, mais la bonté maléfique de Wolfmann ne souffrait aucune limite.

Voici un numéro de compte au Luxembourg, une petite société-écran que j'ai montée depuis peu pour quelques affaires. Vous y transférerez chaque mois vos six mille balles, et en retour chaque mois vous aurez un colis FedEx. Avec tout ce qu'il faut, au gramme près.

Je ne savais ni où ni comment Wolfmann se procurait la meth et je n'avais pas envie de le savoir, mais vu qu'il déménageait à sept cents kilomètres de son ancien domicile, je m'étais dit que ses fournisseurs disposaient de relais dans toute la France.

Cela n'avait au demeurant strictement aucune importance.

Ce qui comptait c'était que la ligne d'approvisionnement n'était pas coupée.

Le pays, cette année-là, s'enfonça plus avant encore dans le chaos, je ne faisais que devancer la dissolution permanente instaurée comme régime général de l'existence.

La prise d'otages des soldats de la Forpronu puis les massacres en série dans les enclaves de Zepa et de Srebrenica dégagèrent l'ultime souffle du mourant. Si l'Europe était décédée l'année dernière, alors on allait pouvoir l'enterrer, à peu près au moment où Attali et Mitterrand dévoileraient au monde stupéfait la grandeur de leur boîte à livres.

L'Europe avait décidé que rien ne pourrait la forcer à intervenir, d'ailleurs comme me l'avait fait remarquer Wolfmann un jour, il est très possible qu'en fait elle n'ait même pas les moyens d'intervenir, alors la *volonté*... Conclusion, avait-il dit, c'était juste avant son départ, et alors que les troupiers du général Mladic entraient dans Srebrenica, nous allons encore une fois être obligés d'appeler les Américains à l'aide. Et après, évidemment, de s'en plaindre.

La Paix de Dayton allait arriver, à peu près selon ses prédictions, l'intervention de l'Otan sous contrôle américain aurait lieu selon ses dires.

Mais selon ses dires aussi, la deuxième mâchoire qui allait broyer l'Europe était désormais à l'œuvre. Attentats du métro Saint-Michel, opération Vigipirate, le jeune Khelkal pète un boulon et se la joue taliban de banlieue, le *wargame* grandeur nature est stoppé net par une bastos du GIGN, puis l'imam Sarahoui se fait trouer en plein Paris, deux tueurs super-pros qui s'évanouissent dans la nature, l'Algérie n'est que chaos, la Yougoslavie est en ruines, l'Europe une mauvaise fiction, la France un pur néant, et tout cela semble bien procéder d'une seule volonté, encore invisible.

Wolfmann avait dit : Nous ne saurons pas lire les signes.

Ce jour où je quittai l'appartement de la rue de Tolbiac, je ne me suis pas retourné alors que la porte se refermait sur moi presque aussitôt. Je n'ai pas attendu l'ascenseur, j'ai emprunté l'escalier, comme saoul, le pas lourd, saccadé, et mal assuré, les yeux embués de larmes, la méthédrine travaillant à me montrer un monde à la pureté effrayante.

Je suis sorti dans la rue, il faisait beau, j'ai marché jusqu'à ma voiture.

J'ai pris la route de Créteil.

Je ne revis jamais Marc Wolfmann.

Troisième Monde

ANTHROPOLOGIE DE LA NÉCROPOLE

Dieu calcule, le monde se fait.
LEIBNIZ

Alors voici le tunnel. Le tube de lumière blanche qui se déroule comme un long intestin de béton et de radiations. Je vis le long d'une ligne cinétique à l'état le plus pur, dans une Volkswagen dont la couleur est celle des ciels disparus.

L'autoradio diffuse une cassette de U2, *Achtung Baby* tourne dans l'habitacle, pop parano-critique illustrant dans sa propre chair surexposée le régime de destruction de masse opéré par la publicité totale, voici ce que je constate :

Le ciel est devenu une coupole électromagnétique où nos vies sont enregistrées par les réseaux de satellites en orbite et retransmises de faisceau en faisceau sur toute la surface du globe. Une caméra du Pentagone sera bientôt capable de lire l'étiquette de mon maillot de corps depuis ses 400 kilomètres d'altitude.

Les ordinateurs s'accouplent désormais en une machine métaorganique qui oscille entre tous les futurs que l'humanité a mis en jeu, du cerveau planétaire collectif et dévolutif à la déconstruction continuelle comme horizon absurde d'individus vivant dans l'incubation de leurs propres identités.

Nos gènes sont clonables, nos biochimies des prothèses de la Matrice, nos neurones des connecteurs.

Et moi je suis un gardien de l'ordre, c'est-à-dire que désormais la tâche m'incombe de propager le chaos.

Voici la ville, la mégapolis de Grand-Paris, celle qui désormais s'étend en tous sens à cinquante kilomètres du point zéro gravé sur le parvis de Notre-Dame : c'est le Paris que personne n'ose encore décrire. C'est le Paris du siècle qui s'en vient, et qui est déjà là.

Roissy.

Ma dérive nocturne m'a conduit jusqu'aux abords de l'aéroport. Ses lumières blanches et ses structures sont la continuité architecturale de l'autoroute et de ses tunnels, de ses lumières, de son béton gris militaire.

L'acier blanc corail des fuselages qui claque de tout son acrylique sous les projecteurs en grappes aveuglantes, les avions alignés sur le tarmac, ou se préparant au décollage sur leur piste d'envol, ceux qui disparaissent dans les nuages violines du crépuscule, en laissant une traînée de poudre aurifère dans leur sillage, ceux qui dessinent leurs cercles en altitude dans l'attente du couloir d'atterrissage, la vibration de l'air qui renvoie le réel à un simple mirage du désert à la sortie des turbines, le vert à l'absolue photosynthèse des pelouses qui jouxtent le béton des pistes, les tours de contrôle illuminées comme des stations spatiales, les pulsars bleus de la police de l'air et des frontières.

Matière brute et lumière pure.

Il fallait envisager le territoire mégapolitain de nos existences comme une sorte de fantastique simulateur chargé de sélectionner de nouvelles formes de vie. La ville, jusqu'il y a peu construite et élaborée contre les principes du monde naturel, se voyait désormais propulsée dans un au-delà de la nature et de l'artifice, elle laissait alors apparaître les flux parfaitement schizoïdes d'un cerveau dont les centres de commandement disparaissaient au profit de périphéries autonomes.

Au quadrillage urbain se substituait le biotope réticulaire.

La ville devenait à son tour une machine cybernétique, elle présupposait la mise en circulation constante de signaux et de paquets d'informations au service desquels les humains s'agitaient. Dans cette ville rendue au régime sauvage de la jungle, quelque chose pourtant s'agençait comme caché dans un pli secret à la beauté plastique fulgurante, quelque chose qui faisait de cette ultime terminaison de la maladie un spectacle autrement plus poignant et tragique que toutes les Très Grandes Bibliothèques du socialisme universel.

Roissy n'avait pas été fait pour être beau. En cette époque où la beauté ne revêtait plus qu'un sens culturel, c'était sa plus grande chance, la seule sans doute, capable de donner un éclat esthétique au milieu de la disparition de toute esthétique, de toute exigence vitale de la beauté.

Cela indiquait en tout cas quelque chose : la beauté ne pouvait naître désormais que de sublimes désastres agencés dans quelques cerveaux solitaires, elle ne pouvait surgir que d'une vision, une vision supraterrestre née de machines perdues dans la nuit, en compagnie des derniers hommes.

Je comprenais peu à peu que Paris n'existait plus, que la ville de Paris, ce musée métropolitain qui ne rassemblait désormais plus qu'un sixième de la population de toute la conurbation, n'était pas plus réelle que le Village du Prisonnier. L'idée en vogue prenait corps : Paris ressemblerait peu à peu à un village médiéval de téléfilm régionaliste, ou bien à la capitale du XIXe siècle style Balzac joué par Depardieu, le tout reconstitué façon Hollywood-le-Pont. Autour du parc à thèmes pour touristes s'étendraient les territoires en imblocation de la réalité, un monde d'échangeurs géants, de lignes de TGV et de RER, de tours de bureaux, d'espaces posturbains en friche, de centres commerciaux, de zones industrielles, d'usines, de centrales, de souterrains, de tunnels, de cités à jeunes délinquants et à réseaux terroristes.

Le futur de la ville lui échappait. Aucun plan d'urbanisme ne serait en mesure de rendre compte de la grâce d'un aéroport à la tombée de la nuit, lorsque chaque avion devient un ami qui ne vous attend pas. Aucun programme politique ne serait en mesure de prévoir le cataclysme qui un jour s'actualiserait par ici, comme un épisode sans doute conclusif de ce processus de sélection naturelle.

Ni moi, ni personne n'avait encore la capacité de mesurer l'exacte étendue des dégâts.

LE MANUSCRIT TROUVÉ À SARAJEVO, « AN ZÉRO »

Si vous ne croyez pas au destin c'est que vous n'avez jamais vu le crâne d'un enfant de six mois exploser sous l'impact de la balle d'un sniper.

Cette phrase ne sortait pas de mon esprit engagé dans une lutte à mort contre lui-même.

Cette phrase figurait en exergue d'un document que je reçus un beau matin, le tout premier jour du mois d'août, contenu dans un colis de fort volume, où des timbres en langue slave attirèrent immédiatement mon attention.

Je ne savais pas à quel point la phrase m'était en fait destinée, j'ignorais encore tout du monde qui se défaisait sous mes yeux.

Mais je n'allais pas tarder à comprendre.

Il est difficile d'admettre que ce que nous apprenons de plus important sur nous-mêmes ne nous est délivré qu'au dernier instant. Il est encore plus stupéfiant de se rendre compte que cela peut survenir *après* ledit instant.

Le colis comprenait trois plis : deux lettres sous enveloppe simple, et un gros paquet de documents dans une enveloppe de papier-bulle. Ainsi qu'un petit sac de plastique où se trouvaient quatre livres : *Le Meurtre du Christ* par Wilhelm Reich, *Le Gai Savoir* de Nietzsche, un recueil de textes inédits de

Léon Bloy, et les *Hymnes à la nuit* de Novalis dans l'édition bilingue franco-allemande de chez Aubier.

La première lettre m'était directement destinée, mon nom et mon adresse y étaient inscrits à la main, d'une encre violette, à l'aide, c'était visible, d'un antique porte-plume, elle était très sobre, écrite en bon français, elle m'était adressée depuis la ville de Sarajevo, par un certain docteur Yossip Shapin, et elle disait en substance ceci :

Cher Monsieur,

Nous ne nous connaissons pas. Il est très malaisé pour moi de vous écrire cette lettre. Nous avions un ami en commun : monsieur Paul Nitzos. Cette personne a vécu chez moi pendant plus d'un an et m'a un jour confié une lettre ainsi qu'un document que je devais vous remettre, « in the worst case scenario ». Ce scénario s'est produit. Je vous fais suivre donc les divers documents que votre ami voulait vous faire parvenir. Ainsi que les livres qui lui appartenaient.

Nous avons appris qu'il a été tué dans une zone de combat située entre Sarajevo et la ville de Gorazde, qui depuis a été détruite comme vous le savez sans doute.

Avec toutes mes condoléances,

Docteur Yossip Shapin

Tous mes organes frémissaient comme l'eau d'un lac où vient expirer une bise venue des montagnes les plus froides.

Mes mains déchirèrent, fébriles, la seconde enveloppe, dont la surface était vierge de toute inscription.

La lettre de Paul Nitzos, manuscrite, s'adressait à moi, directement, en ces termes :

Cher Georges Kernal,

Si vous avez cette lettre devant les yeux c'est que je suis mort.

Je suis mort, donc.

C'est une expérience étonnante de pouvoir l'énoncer en sachant que c'est vrai avant même que cela ne se soit produit.

Il est probable que si l'occurrence survient, ce sera lors de ma prochaine expédition vers les « zones censées être *sous la protection des Forces de l'ONU ». Je dois m'y rendre dès que possible, en juillet sûrement. Tout le monde me le déconseille, sauf quelques branleurs qui viennent d'arriver ici et qui ne comprendront de toute façon jamais ce qui est en train de s'y passer.*

Je vis à Sarajevo depuis l'été 1992, trois années pleines donc, si l'on excepte quelques séjours dans diverses zones de guerre, et je ne saurais comment TOUT *vous expliquer. J'ai vécu de reportages et de divers trafics, désormais tout montre que la guerre va atteindre son seuil limite puis que le conflit va momentanément être mis au congélateur. Des amis généralement bien renseignés me parlent d'une contre-offensive croato-bosniaque pour cet été et d'un plan de paix américain qui s'ensuivrait, mais ce genre de rumeurs courent dans la ville depuis le début du siège, qui vient de fêter son troisième anniversaire.*

De toute façon, si je suis mort, je n'en saurai sans doute jamais rien, et peut-être est-ce mieux ainsi.

Je ne vous écris pas pour vous demander quelque chose, ni pour essayer de vous transmettre l'indicible sous la forme d'un « reportage ».

Nous dirons que vous êtes la seule personne à laquelle j'ai pensé comme « lecteur ».

Vous avez bien lu. Si vous ouvrez la grosse enveloppe et que vous feuilletez le document qui s'y trouve vous comprendrez très vite qu'il s'agit d'un manuscrit.

En effet, ces derniers mois, après trois ans ou presque d'incubation, un projet de livre a commencé à prendre forme dans ma tête, puis sur un ensemble de carnets de notes, que j'ai synthétisées ici.

Le roman ne porte pas encore de titre définitif, quoique pour l'instant mon choix se soit porté sur un probable « Livre des Morts », ou « la Ville des Morts ».

Si je suis mort, et que vous lisez cette lettre, c'est que le roman n'aura pu être achevé, et qu'il restera ainsi pour toujours sous cette forme prototype, avortée, mort-née.

Mais en le lisant vous comprendrez pourquoi il vous faut le lire. Oui, vous comprendrez pourquoi je n'ai pu penser qu'à vous comme lecteur possible.

Si jamais l'idée vous venait de présenter ce manuscrit en l'état à un éditeur, gardez-vous-en bien.

Je préférerais de loin que vous osiez peut-être le porter en vous, et qu'un jour vous puissiez en faire quelque chose, par vous-même. Notifiez l'existence du Manuscrit, ou disons de son brouillon actuel, certes, et pourquoi pas, essayez de l'éclairer de sa propre vérité, qui est, comme le dit Wilhelm Reich : le contact immédiat entre la matière Vivante qui perçoit et la Vie qui est perçue.

De là où je suis désormais, cette vérité prend certainement une signification infinie.

Avec mes amitiés,
Depuis la Ville des Morts,
Sarajevo, fin du XX*e siècle,*

Votre dévoué
Paul Nitzos.

Je ne peux vraiment m'attarder à décrire la sensation que j'éprouvais alors que j'ouvrais la grosse enveloppe de papier-bulle et que, telle une relique sacrée, ou maudite, je me saisissais du manuscrit que Paul Nitzos m'avait envoyé, depuis la mort.

C'était une suite de documents, à peine classés, et dont on sentait bien qu'ils n'avaient pu être mis au monde, leur auteur en ayant été retiré avant terme.

Il y avait en fait deux types de documents.

Il y avait l'ébauche d'un récit, sous forme de fragments, et de quelques citations.

Il y avait des notes, avec leurs propres citations.

Le Manuscrit de Paul Nitzos ne faisait pas trente pages au total. Mais je compris en le lisant cette nuit-là qu'il formait comme le cristal harmonique d'un Livre-à-Écrire, comme son cœur vivant, au-delà même de la mort de son auteur.

Voici donc, dans l'ordre dans lequel je l'ai trouvée, la documentation du « Manuscrit » de Paul Nitzos :

(LE LIVRE DES MORTS)
manuscrit provisoire & notes
par Paul Nitzos

Sur la Terre nous voyons l'Invisible par le Visible. Après la mort, nous verrons le Visible par l'Invisible.
JEANNE BLOY, citée par son mari.

Les prophètes sont des témoins qui se souviennent de l'avenir.
LÉON BLOY

Il ne nous appartient plus de faire quelque chose séparément, ni d'être quelque chose de séparé.
NIETZSCHE

Si le Christ avait pris la fuite, s'il avait fait de grands discours sur ses convictions et son Dieu, s'il avait hurlé sa peine et sa souffrance, il n'y aurait pas eu de christianisme.
WILHELM REICH

C'est toi l'Enfant qui, dès l'aube des âges
Rêves, plongé dans tes pensées, sur nos tombeaux,
Symbole consolant qui luit dans nos ténèbres,
Prémice bienheureux d'une race meilleure.
Le mystère qui nous plongeait dans la tristesse
Nous attire vers l'au-delà, d'un doux désir,
La Mort est le chemin de la Vie éternelle.
Tu es la Mort, Enfant, et tu nous guériras !
NOVALIS

Un matin, dans le Cimetière au Lion, un des tout premiers jours de mon arrivée dans la ville assiégée, une force invisible m'avait obligé à prononcer à haute voix ces quelques mots :
Nous décrétons l'abolition de l'homme.
J'avais alors été comme foudroyé par le paradoxe éminent qui

résultait de cette élocution originelle : Nous, c'était l'Humanité. Et cette Humanité avait décrété que le temps de l'homme était terminé. Et c'était ici que cela se passait, entre Rome et Athènes, entre Paris et Moscou, entre Berlin et Jérusalem. Dans les limbes de la fosse commune de l'Histoire.

À l'époque, j'ignorais jusqu'à quel point le Diable pouvait encore parler par ma bouche.

Mais s'il parlait ainsi, c'était pour délivrer, sans doute, quelque enseignement. Car qu'avait-il besoin d'énoncer quelque chose, lui, le Prince de ce Monde ?

Sous la parole, il y avait un secret, comme dans toute vérité. Ce secret, c'était que la destruction générale était bel et bien entamée, qu'un supramécanisme dévorateur de singularités dénommé Humanité avait décidé de renvoyer l'homme à l'état de collection d'organes animaloïdes, et pourtant il était stipulé par toutes les morales en charge du camp de concentration mondial que nul, jamais, en aucun lieu de l'espace ou du temps terrestre, n'aurait le droit de proférer une telle parole.

En tuant Dieu, l'homme s'était à la fois décapité lui-même, et proclamé Roi du Monde.

Or de cette coronaire usurpation était née une folie à double face par laquelle cette humanité auto-déclarée sombrait chaque jour un peu plus dans la bonde sans fin de la médiocrité planétaire.

D'un côté, les actives et continuelles commémorations de lui-même et de ses droits le conduisaient à oublier toute singularité, et renvoyaient donc une fois de plus l'homme à ces ensembles d'abstractions idéales qui l'avaient mené à sa perte, sous la forme de la Terreur ; de l'autre, la volonté malade du nihilisme, poussée à ses limites, promettait jusqu'à la suppression de l'espèce : anéantissement de tout différentiel entre lui-même et les animaux, voir la pure minéralité de la planète, et jusqu'à la création, dans l'Occident terminal, de « sociétés pour l'extinction de l'espèce humaine », déclarées associations loi de 1901.

La Terreur avait semble-t-il trouvé sa ruse ultime : la Tolérance.

Je comprenais alors pourquoi le Diable avait choisi ma bouche, et ce lieu, pour proférer de telles paroles.

Comme le dit Spinoza, plus nous connaissons de choses singulières, plus nous connaissons Dieu.

Les sociétés pour l'extinction de l'espèce humaine avaient non seulement l'avenir devant elles, comme cette Ville me le montrait chaque jour, mais tout l'espace du PRÉSENT, comme moi-même j'en apportais la preuve paradoxale en offrant ma bouche à l'indicible.

La destruction de l'homme par l'homme, tant de fois corroborée par le siècle, n'avait ni le droit d'être clairement signifiée à l'espèce qui s'était ainsi vautrée dans son propre néant, ni celui, corrélatif, d'être topographiée pour que de cette Mort constatée on essaie d'entreprendre une quelconque Renaissance.

La faillite des Utopies avait conduit à l'Utopie de la faillite. Dans les deux cas, le monde, l'homme, toute singularité était niée.

J'avais eu raison de venir ici.

Car ce Nous, c'était moi qui, ici même, le prononçais. Je n'étais, je devais me rendre à l'évidence, qu'un véhicule très provisoire de la conscience.

Ce Je étrange, comme le négatif imprimé en moi par la cervelle générale de cette Humanité désirant s'exterminer par tous les moyens possibles, ne faisait que constater les dégâts, et s'apprêtait en quelque sorte à présenter la note.

Car la voix qui avait jailli n'avait pas dit : « *Je* décrète l'abolition de l'Homme », ou même « Nous décrétons la *destruction de* l'Homme », phrases tant de fois répétées, avec toutes les variations dont leurs élocuteurs sont généralement capables, et avec le bonheur vrombissant que l'on sait, au cours du siècle qui alors s'achevait dans ses propres ruines.

Qu'aurais-je donc eu à décréter une destruction éprouvée si souvent par les faits, et à chaque fois plus encore, comme si cela ne suffisait jamais pour contenter l'estomac insatiable de je ne sais quel monstre en forme de fabrique dont nous étions les gardiens, tout autant que la nourriture ?

Non, me suis-je dit, je ne vois pas comment le Roi d'Auschwitz, du Goulag, et de la Guerre Nucléaire, ou Bactériologique, et demain tout cela atrocement mixé dans le terrorisme métalocal, pourrait échapper à la sanction promise depuis des millénaires. Il doit être aboli. Aboli en tant que Souveraineté autocentrée et acéphale. Descendre de son trône immonde érigé sur les charniers dont l'odeur épouvante chaque matin mon réveil, car je vis, autant l'avouer, en héritier du carnage, dans l'atrocité du dénuement le plus total, puisqu'on a tout fait pour que les cimetières eux-mêmes semblent, non, SOIENT bien plus vivants que les sociétés dans lesquelles, paraît-il, s'élabore consciencieusement la libération de l'homme par lui-même, et il m'arrive, dans mes rêves, de traverser d'immenses fosses, à peine descriptibles par Dante, ou Bosch, images en noir et blanc de l'armée américaine ou soviétique imprimées à jamais dans ma petite cervelle imperméable en effet à tous les « humanismes », bourgeois, prolétarien, postmoderne, ou autres.

Et c'est ainsi que j'ai commencé à écrire.

Trop longtemps j'avais laissé la mort jouer à mes côtés sans vraiment oser partager un instant avec elle ; trop longtemps j'en avais parlé sans en avoir le goût en bouche, trop longtemps j'avais souri à son image sans une seule goutte de sang au bord des lèvres.

Or, où je suis, ici, maintenant, la Mort est partout.

Cette Ville, c'est la Sienne, c'est Sa Capitale.

Toute sa géographie est désormais ordonnancée par Sa géométrique ténèbre.

Nécropole géante et terminale, cette Ville distribue la Mort avec constance et équité, dans la cinétique majestueuse des munitions soviétiques, et l'infernale logique qui préside à la rencontre d'un projectile atteignant la vitesse de 600 mètres/seconde à l'éjection de la bouche-à-feu et la paroi osseuse du lobe pariétal droit d'un nourrisson dormant dans son berceau. La mort, étonnamment, ne se gêne absolument pas pour mélanger l'horreur et la sainteté, le crime et la justice, l'ordre et le chaos. Elle s'insinue au contraire dans leur interface, et y propage sa Peste. Elle parvient même à être belle, tragique, absurde.

Sarajevo, Ville des Morts, Nécropole de l'Europe, Jérusalem impossible, et donc à la fois circonscrite, divisée, défaite et éternelle.

Ici, le prix d'un enfant s'évalue au coût de fabrication du chemisage blindé de la balle que le sniper professionnel fera exploser dans son jeune crâne, frais comme la fleur s'ouvrant sous la rosée matinale.

La Ville des Morts. Le Dernier Cercle. Ici même. Dans ce vaste cimetière gardé par un lion austère, repu de tant de corps frais amenés à la fosse chaque jour, comme s'il n'en demandait pas tant, et qui regarde de son œil de pierre, impassible, mais légèrement incrédule, les vivants qui parfois s'effondrent, abattus par le tireur embusqué savourant son safari humain, autour de la tombe de leurs parents encore grande ouverte, parée pour l'enterrement.

Je sais que cette Ville des Morts est le visage même de la Ville du Futur.

Par exemple, les banlieues mégapolitaines où Kernal-le-flic et ses collègues sont confrontés à la dévolution générale de la Cité, et donc de la Politique.

Ici, je suis dans les limbes de l'Anti-Polis de l'avenir, et son avenir est assuré.

Sarajevo, fractale détonatrice du Monde à venir.

Ici, la Ville des Morts se construit sur les décombres du Mur.

Il est clair que c'est MA VILLE.

Avant même d'entreprendre l'écriture véritable de ce livre, j'ai vécu plus de deux ans dans la Ville des Morts en y officiant – comme tant d'autres – pour les machines à « informer » les populations qui regardent une mère se faire flinguer en pleine rue en portant secours à son enfant, préalablement atteint de plein fouet par le hooligan en uniforme, entre une publicité pour une marque de cosmétique et le dernier bouquin de Marie-Chantal Laturlutte, chez Bernard Pivot.

Il serait fallacieux de ma part de ne pas dire qu'au moins deux vivants, et près de deux cent mille morts, m'ont permis de tenir, en ce moment même, ce qui m'apparaît comme le codex de la mémoire de mon propre futur.

La première rencontre eut lieu ici même, dans ce cimetière. C'était au début de l'été, il y a deux ans très exactement.

Un matin comme les autres, avec le bruit diffus de la mort mécanique en pointillés sonores dans l'air ambiant. Je m'étais posté près du Lion, une des toutes premières fois où je prenais cette place, qui deviendrait coutumière, et j'avais vu un gars de mon âge ou à peu près qui venait vers la statue, lui aussi, un livre en main, ou quelque chose comme tel.

Il s'était arrêté en me voyant. Je l'avais vaguement reconnu.

Pierre Chambard était un journaliste français qui avait très vite gagné ses lettres de noblesse dans la Ville des Morts. Comme beaucoup d'entre nous, qui nous étions jetés sur cette chair livrée au sacrifice comme des insectes attirés par le sang, Chambard ne cachait pas son intérêt pour la mort, et sa fascination pour cette ville.

Il était connu comme le loup blanc à l'Holiday Inn, pour ses nuits dc poker avec d'autres demi-fous que les agences de reportage engageaient comme mercenaires, afin de ramener quelques scoops, quelques images de l'Enfer Brut, dans notre Cauchemar Climatisé.

Chambard s'était très vite fait connaître pour son absolu dédain de la mort. Je crois qu'il disait qu'il ne lui faisait pas vraiment confiance, et qu'en se faisant délibérément connaître d'elle, on parvenait à la repousser loin de soi. Lors des premiers mois de la guerre, alors que je venais d'arriver, on pouvait le suivre à la trace dans une Lada de location où un immense écriteau barrait la lunette arrière : DON'T WASTE YOUR BULLETS – I'M IMMORTAL.

Pour ma part, Sygma commença à m'envoyer sur diverses zones de front autour de la ville, je quittai l'Holiday Inn pour louer une chambre chez une vieille professeur de français, une juive serbo-croate, qui fut l'intermédiaire par lequel je connus le Second Vivant de cette ville.

Ce matin-là, dans le Cimetière au Lion, alors que je reconnaissais Pierre Chambard, sous une espèce de machin en forme de treillis d'une armée inconnue, j'avais délaissé ma propre lecture, *Le Meurtre du Christ*, par Wilhelm Reich, et j'avais laissé mon regard se poser sur le seul autre être vivant du lieu à cette heure.

Il m'avait regardé, je l'avais imité, il était venu vers moi, j'avais fait quelques pas dans sa direction.

Il m'avait tendu la main.

J'avais tendu la mienne. Le Lion du Cimetière regardait à peine la scène.

— Je crois que je vous connais, nous nous sommes vus ?...

— Moi, je vous connais. Mon nom est Paul Nitzos. Je bosse pour Sygma.

— Ah, oui, vous viviez à l'Holiday Inn il y encore deux ou trois mois, non ?

— Je ne suis pas un grand amateur de poker, et depuis cet hiver on se tape tous les « colporteurs de la liberté » du Ve arrondissement, ai-je fait en agitant le livre de Reich, où j'avais puisé cette locution.

Je pensais à BHL, à Sontag, et aux autres, qui commençaient à se pointer pour donner leurs conférences de presse.

C'est à ce moment-là, je me souviens, que j'ai remarqué deux fils qui sortaient de la poche de son treillis et remontaient vers son cou, où j'apercevais la forme caractéristique de deux écouteurs pour walkman. De l'autre poche je voyais dépasser les pages froissées d'un antique carnet de notes, ayant survécu à plusieurs guerres.

Nous nous étions assis sous le Lion, après le dialogue de présentation mutuel il y avait eu un blanc, le bruit blanc de la Ville des Morts, avec son arrière-plan de tuerie mécanique, staccato constant ; même s'il fait mine de disparaître, aux limites de l'inaudible, c'est pour mieux préparer le tonnerre du tir de mortier, ou de l'obusier de 150.

Je m'étais raclé la gorge et j'y étais allé, en apnée :

— T'écoutes quoi comme musique ?

J'avais vaguement pointé le walkman.

En fait je savais par ouï-dire que Chambard était un fan des Rolling Stones, mais il fallait bien que je commence par quelque chose.

Chambard m'avait offert ce drôle de sourire ingénu que j'allais revoir quelquefois, avant qu'il ne quitte la ville, une balle de mitrailleuse dans la jambe, la Mort se contentant de le fiancer le temps d'un coma, comme s'il avait vraiment su se faire respecter de cette veuve insatiable.

Ce matin-là il m'avait dit :

— *Sympathy for the Devil*, évidemment, je ne vois pas ce que je pourrais écouter d'autre quand je viens ici.

Je n'avais rien répondu, mais une sorte de très puissant rire intérieur voulait s'emparer de moi. Et si ce n'était pas le rire du Diable, je n'oserais prononcer le nom de celui à qui il appartenait.

Le seul bagage que j'avais amené de France avec moi, à l'exception d'une trousse de premiers soins, de quelques fringues, de ma caméra vidéo 8 mm, d'un carnet de notes, et de mon vieux Nikon F1, tenait en quatre livres et une unique cassette audio, Sonychrome, 120 minutes.

L'enregistrement des titres que j'avais composés avec l'aide de Kris Novak lors de la destruction de l'usine Arrighi, à Vitry-sur-Seine, plus d'une vie auparavant.

Il y avait notre reprise inachevée de *Sympathy for the Devil*, justement, ainsi que notre « Digital Dogs », sur la base d'un sample tiré du *Diamond Dogs* de Bowie. Il y avait notre « USS Youri Gagarine », qui avait servi lors de la destruction de la vieille centrale à charbon. Il y avait aussi mes propres titres emblématiques, ma petite bibliothèque mobile du rock'n'roll de combat.

Final Solution de Père Ubu. *Fat Chance Hotel* de Public Image Ltd. *Search and Destroy* des Stooges. *Trans-Europe Express*, de Kraftwerk. *Interstellar Overdrive*, de Pink Floyd, je veux dire le Pink Floyd avec Syd Barret. *Venus in Furs* du Velvet Underground. *World of Destruction*, de John Lydon et Afrikaa Bambaata. *I Am the Walrus*, des Beatles. *Love Will Tear Us Apart*, de Joy Division.

Mon zodiaque personnel. Mon zodiaque de la Fin de Monde.

Ma Table des Ténèbres.

C'est à la morgue de Sarajevo que je croisai une seconde fois Pierre Chambard. Lui en sortait, j'y entrais. Je savais par quelques langues indiscrètes qu'il aimait se rendre régulièrement dans ce lieu de transit des corps pour le Cimetière au Lion. Moi, je complétais mon énième reportage, alors qu'en cet été 1993 les bombardements sur la ville avaient atteint un degré de cruauté imbécile dont même l'Europe moderne n'était pas coutumière, battant ses propres records haut la main, et que, chaque jour, des crânes d'enfants explosaient, sous le tir précis, ou alcoolisé, des snipers payés à la tête, en liasses de deutschmarks.

La Mort m'avait donné rendez-vous dans cette ville. À la Morgue, les légistes bosniaques ne se gênèrent pas pour me faire pénétrer dans le Tabernacle, mon caméscope au bout du poing. Je venais tuer ces corps une dernière fois, alors que leur chair pourrissait lentement dans les chambres mortuaires surchargées, disséquée par la chaleur suffocante du crime de masse estival. Je venais les tuer pour les immortaliser dans la mémoire électronique universelle.

Membres, torses, ventres, épaules, mains, pieds, visages sans regard. Tout cela déjà voué à l'entropie de la biologie la plus pure, lorsque la vie ne la retient plus. Pur chaos de la chair sans le souffle qui la remplit et la vide.

Pourrissement gazeux des organismes, vibrionnante dégradation des tissus, éclosion de la vie microscopique au sein de ces laboratoires de chair, accélérant le processus de dislocation et d'avachissement des matières anciennement organiques, et qui désormais se précipitent vers la paix infinie du minéral.

En me croisant à l'entrée de la Morgue, Chambard m'avait vaguement souri en me donnant rendez-vous « un de ces quatre » au Cimetière au Lion.

La plupart du temps, les journalistes professionnels évitaient l'endroit. Certains vinrent y faire un saut rapide, histoire de livrer quelques cadavres encore frais à l'estomac vorace des ménagères occidentales de moins de cinquante ans. Mais très vite, on leur fit comprendre que ce genre d'images avaient le don fâcheux de susciter manque d'appétit, dépression, voire vomissements ou diarrhées. La Morgue de Sarajevo restait totalement indifférente à nos petits problèmes d'hommes modernes venus faire un peu de tourisme aux côtés de la Mort Vivante, et encore plus à ceux des systèmes digestifs des téléspectateurs de Channel 4 ou de France 2. En 1993, il ne restait plus qu'une minuscule poignée de rescapés de la première heure qui, périodiquement, venaient voir ces tas de petites filles et de petits garçons empilés à même le sol, chairs dévastées, déjà bleuies, boursouflées par les gaz, s'écoulant lentement dans leur propre pourriture.

Ici, nous le savions, nous pouvions contempler NOTRE visage.

Aucune chaîne de télévision ne voulut de mes images. Trop violent, trop dur, trop ceci, pas assez cela.

Je comprenais que ce qui terrifiait tout ce beau monde, là-bas, de l'autre côté de l'Abîme, c'était justement de se confronter à sa propre mort, à son propre visage, à ce moment de vérité.

Un « de ces quatre », je me retrouvai donc sous le Lion du Cimetière avec Chambard, l'été au plus haut point de chaleur, la guerre au plus haut point de la barbarie, les hommes au plus bas degré de l'échelle de l'histoire.

Il écoutait *Sympathy for the Devil* des Stones, comme toujours. Moi j'avais emporté un des quatre livres qui m'avaient accompagné jusque dans la Ville des Morts. Mes quatre cavaliers de l'Apocalypse :

Le Meurtre du Christ de Wilhelm Reich.

Le Gai Savoir de Nietzsche.

Une série d'inédits de Léon Bloy, réunis en seul volume, dont les *Lamentations de l'Épée*.

Les *Hymnes à la nuit*, de Novalis.

Le reste de ma petite bibliothèque avait trouvé refuge chez un ami musicien à Paris. Ces quatre livres, je les avais choisis sans l'ombre d'une hésitation, j'avais même trouvé cela étrange, cet intransigeant appel à faire le voyage avec moi qu'ils semblaient dicter à ma conscience.

En m'approchant de la statue léonine, j'avais pu me rendre compte que Chambard écrivait sur son large carnet de notes, étendu sur ses genoux.

J'avais entamé sans mot dire ma énième lecture du *Meurtre du Christ*, à mes oreilles j'avais placé les écouteurs de mon walkman. Ma version de *Diamond Dogs* tournait en boucle, métallique, froide comme le Diable, comme en provenance d'une station spatiale inconnue.

Nous nous vîmes ainsi plusieurs fois au Cimetière, avant ce funeste mois d'octobre.

Un de ces petits matins très calmes, juste avant l'heure des snipers et des enterrements, Chambard m'avait tendu une page de son carnet, toute froissée, qu'il avait extirpée de sa poche. Il me l'avait remise sans dire un seul mot. Il se contenta d'éteindre son walkman, le riff de Keith Richards s'interrompit net, le silence ici était si intense que le son en provenance de ses écouteurs avait, durant de longues minutes, empli l'air bleu de stridulations métalliques. Son arrêt laissa à nos imaginations le soin d'entendre le Lion du Cimetière respirer doucement derrière nous.

« La Morgue de Sarajevo révèle les frontières des expériences intérieures des journalistes. Les précieux, méfiants à l'égard du linceul, ne franchissent même pas la porte du bâtiment. Ils demandent à un des employés le nombre de pensionnaires en transit qui attendent de traverser la rue pour s'enfermer définitivement dans les tombes creusées à l'avance du cimetière "au lion". Ces journalistes, engoncés dans leur grande pitié, les pieds dans la frousse, incapables d'explorer leurs extrémités, prudents même face à l'immobilité et au silence, se veulent dignes, s'honorent de leurs peurs, de leurs déguisements, et n'ont jamais vu un cadavre au repos.

Les audacieux se risquent à moitié à l'intérieur. Sur le seuil. Par peur d'une souillure intime, du sceau de l'infamie, hantés par une prétendue vengeance des morts, ils se contentent d'un survol pudique et gêné de la pièce, sans jamais s'attarder sur cette majestueuse soumission qu'ont les morts de la guerre. Surpris par tant de culot récent, ils tournent très vite les talons. Avides de fuite et d'oubli, pressés de propager dans leurs médias la grande légende de la mort. Ceux-là aussi, si peu capables de digérer du cadavre, de sublimer leurs répulsions, sans souci de l'offense faite aux victimes, parleront bien mal de la guerre.

Ils évoquent la mort sans jamais vouloir l'identifier. Par cette cécité volontaire, ils piétinent l'unique vérité d'un conflit armé. La finalité de la guerre, c'est de tuer. La réalité de la guerre, c'est le cadavre, le macchabée, la viande froide, la chair morte. La mort et rien d'autre. Dans une guerre, la vie n'est pas un argument[1]. »

Je m'étais retourné vers Chambard qui regardait un point situé à l'infini. Depuis ma visite à la Morgue, moi aussi, j'avais commencé à prendre des notes, éparses, constellant de pointillés graphomanes quelques pages volantes au pied de mon lit, chez madame Yaacovic.

J'avais observé Chambard sans rien dire pendant de longs instants, le souffle en suspens. Je comprenais qu'il avait écrit ce passage juste après notre rencontre à la Morgue. Sans doute m'avait-il épié en train de filmer les cadavres allongés dans la *rigor mortis*, déjà menacée par l'imminent écoulement des chairs en putréfaction. En tout cas, il avait compris. Il avait compris pourquoi j'étais venu ici.

— C'est magnifique. Et tu le sais. J'espère que tu arriveras à le publier un jour, ton bouquin.

Je lui avais tendu la page toute froissée.

— Garde-la. J'en ai un double sur le carnet principal. Je réécrirai sans doute tout ça plus tard. Je me contente de faire des coups de sonde dans la réalité. Tant que je serai ici, je dois rester à l'écoute de la Sympathie-pour-le-Diable.

J'avais ri, malgré moi.

Nous avions tous, ici, nos folies, heureusement, pour survivre.

— Oui, et moi comme je te l'ai dit un jour, je suis un *sampler* vivant. Je suis le Digital Dog. Peut-être écrirai-je moi aussi mon putain de livre, va savoir. C'est comme si tout tendait depuis toujours à ce que je vienne ici pour pouvoir m'y mettre.

— Tu crois au destin ? – m'avait-il demandé, une nuance de ténèbre s'était glissée dans son regard.

1. Voir la *special dedicace* en fin d'ouvrage.

— Écoute, on ne peut écrire qu'en sur-vivant à sa propre vie. On ne peut écrire ni en vivant, ni en mourant, bien sûr. C'est un travail de zombie. Un travail de Mort-Vivant. C'est pour ça en fait que nous sommes là, toi et moi. Nous avons décidé de passer le Styx, et de n'en revenir qu'à la condition de pouvoir parler au Nom des Morts.

Chambard s'était alors retourné vers le Lion du Cimetière, comme pour se mesurer à son impassibilité millénaire et, peut-être, tenter de le consulter, tel un oracle se repaissant des crimes de l'Homme.

Il avait plié son carnet de notes à une page bien précise, l'avait séparée d'un coup net de ses attaches à spirales et me l'avait tendue.

Il n'y avait qu'un petit paragraphe sur cette page :

« L'horreur, ça se ressent, ça se visite, on s'en imprègne, mais elle ne se raconte pas. La décrire est un exercice perdu d'avance. Les mots justes n'ont pas encore été imprimés. L'horreur se raconte à travers un vocabulaire qu'il reste à inventer. L'abomination, l'abject ont devant eux un avenir radieux, plein de promesses. Les témoins ne pourront jamais vraiment témoigner. Ils sont condamnés à conserver à la lisière de leurs bouches le terrible fardeau. L'horreur est une épreuve secrète qui ne se transmet pas. C'est une blessure que seule la mort peut atténuer. Quelquefois, comme un trop-plein, une purge, l'ineffable, par bribes, est évacué [1]. »

Je n'avais rien pu dire. Ma glotte, bloquée devant l'évidence de sa contraction, avait cherché un peu d'air.

Chambard s'était levé et, en allumant un de ses cigares, alors que j'écrasais mon premier joint de la journée à mes pieds, il avait embrassé d'un geste plein de vénération la vaste étendue du cimetière.

Puis il s'était retourné vers moi.

— Je crois que je vais rentrer à hôtel. Y'a cette espèce d'Australien qui vient d'arriver. Il y aura sûrement une table de poker en route.

Je n'avais répondu que par un geste amical et un vague sourire, les deux petites pages arrachées à son carnet de notes tremblaient un peu dans ma main sous l'effet d'un vent déjà chaud qui se levait, à l'unisson avec le soleil, et le tir des snipers.

Chambard disparut de mon champ de vision, à contre-jour.

Le 29 octobre, nous apprîmes tous plus ou moins en même temps

1. Voir note précédente.

qu'il s'était fait descendre par une balle de calibre .50, quelque part sur un sentier sinuant entre deux lignes de front, au nord de la ville. Il avait été rapatrié vers la France dans le coma. La mort avait tenu à lui faire l'amour, en récompense pour le respect paradoxal qu'il lui vouait, mais elle avait pratiqué le coïtus interruptus, en punition pour le dédain trop ostentatoire qu'il affichait envers ses terribles pouvoirs. On sut plus tard qu'il avait survécu à sa blessure. Le jour où j'appris le rapatriement sanitaire de Pierre Chambard, des bribes de conversations échangées au Cimetière s'étaient cristallisées dans ma mémoire, alors que je tentais de m'endormir en essayant de localiser mentalement l'origine des tirs d'armes automatiques qui se télégraphiaient dans la nuit. Une question, semble-t-il nous hantait, lui, moi et quelques autres êtres perdus ici, dans l'Antimonde.

Et nous y répondions par une inversion des mots de David Bowie samplés dans *Digital Dogs*, et cela donnait :

This ain't genocide,
This is rock'n'roll.

Je m'étais dit que les officines de presse avaient sans doute perdu un employé. Mais il était probable qu'en retour, la littérature avait gagné un écrivain.

C'est durant l'hiver qui suivit que madame Yaacovic me fit savoir qu'elle était parvenue à se faire enregistrer comme réfugiée auprès du HCR et qu'elle partirait dès que possible pour la Belgique, où vivaient sa fille et son gendre, un jeune étudiant hollandais.

L'hospitalité des victimes de la guerre n'est pas un mythe. Évidemment il faut avoir couché ailleurs qu'à l'Holiday Inn pour s'en faire une idée.

Afin de ne pas me laisser dans l'embarras, madame Yaacovic contacta de sa propre initiative un vieil ami à elle, un ancien professeur de langues orientales à l'université de Sarajevo, déjà à la retraite bien avant le début de la guerre.

Yossip Shapin, me dit-elle. C'est un de mes meilleurs amis ici, nous nous connaissons depuis les années 60. Il se fera une joie de vous recevoir, dans des conditions analogues, et pour un prix équivalent.

C'est ainsi qu'au début du mois de mars 1994, j'emménageais dans cette haute maison de style austro-hongrois, criblée de balles de tous calibres, et située juste avant l'emplacement du check-point de l'ONU qui verrouillait les entrées-sorties pour la ville de Hrasnica, banlieue de Sarajevo sous contrôle gouvernemental, mais placée juste au-dessous des artilleurs serbes, et point de passage obligé vers le mont Ingmam, verrou stratégique des Bosniaques depuis le début du siège. Pour entrer et sortir de Sarajevo, afin de se rendre à Hrasnica et retour, ou bien l'inverse, il fallait passer le check-point, et donc avoir les accréditions en règle. Les accréditations en règle, c'était pour les gens importants. Monsieur Shapin n'était pas un homme important.

Sa maison se configurait sous mes yeux telle l'icône dévastée de cette guerre. C'est bien toute l'Europe qu'on assiège ici. Et c'est bien l'Europe qui s'assiège elle-même – m'étais-je dit en arrivant devant le porche.

Mon hôte était un septuagénaire juif, voûté, vêtu d'un costume de ville grisâtre, informe, sans doute acheté pendant les années cinquante dans un supermarché à Belgrade.

C'était un rabbin, docteur en théologie, mais aussi un ancien universitaire, professeur d'anthropologie et de linguistique.

Sans lui, jamais je n'aurais vraiment pu commencer à mettre en forme ces quelques notes.

Dans l'appartement de Yossip Shapin, la bibliothèque occupe une place prépondérante, pour ne pas dire *stratégique*. La guerre fait des universités locales et des bibliothèques publiques de véritables déserts, peuplés de quelques fantômes pour lesquels le prix d'une bonne lecture vaut largement celui d'une balle de calibre 7,62 mm.

Ils ne sont pas si nombreux. Shapin en est un.

Cet ancien rabbin devenu anthropologue avait descendu la majeure partie de sa bibliothèque personnelle à la cave dès le début du conflit, afin de la sauver des bombardements. Quelques livres de moindre importance sont rangés dans un réduit du rez-de-chaussée.

La guerre paraissait moins intéresser le téléspectateur occidental depuis quelques mois. On ne nous demandait plus que des reportages sans surprise. L'ennui s'installe rapidement, même au milieu des massacres.

Peu à peu, les demandes de Sygma se firent moins pressantes, puis au cours de l'été 1994, on me fit savoir par télex que mon contrat était terminé.

J'avais alors ressenti une impression terrifiante d'absolu. J'étais désormais ici, seul, dans la Ville des Morts, et sans plus aucune attache professionnelle ou autre avec le Monde d'où je venais. Les Croato-Bosniaques, réunifiés sous les auspices de Washington après une année de guerre fratricide, dont les Serbes avaient largement profité pour achever leur entreprise de nettoyage ethnique, lancèrent une offensive sur le plateau de Kuprès et je parvins à me débrouiller pour intégrer momentanément l'équipe de reporters plus ou moins attachés à la 7e brigade bosniaque.

Au même moment ou presque, les Serbes lancèrent une vaste opération contre la poche de Bihac, à l'extrême-ouest du pays, où le conflit avait franchi un degré de plus dans l'absurde, avec ces musulmans renégats d'un certain Abdic, ancien entrepreneur de la région, qui s'étaient alliés avec leurs ennemis et assiégeaient désormais sans la moindre pitié leurs coreligionnaires.

J'avais alors compris que cette guerre échapperait à tout jamais aux âneries débitées par ces « colporteurs de la liberté » dont Reich avait su, dès les années 20, tracer le hideux portrait avec une redoutable précision. Ce n'était pas la guerre d'Espagne, comme le débitait aux médias complaisants cette pauvre truffe de BHL. Ce n'était même pas une guerre de religion, au sens classique, car TOUS les Yougoslaves sans exception avaient été, en cinquante ans de communisme, fortement laïcisés, socialisés, démocratisés. Ce n'était même pas une guerre « politique ». Plutôt une guerre « antipolitique ».

C'était pour ainsi dire la première guerre « postmoderne » de l'Histoire. Disons de l'Anti-Histoire. Une guerre qu'on couvrait, voire qu'on faisait avec des écouteurs de walkman enfoncés dans les oreilles, un truc de rock à réveiller les morts, justement, vous insufflant directement l'adrénaline nécessaire pour mouvoir votre corps dans le film que vous êtes en train de réaliser en direct, le caméscope au poing, sous le pointillisme diabolique, et fluo, des balles traçantes dans le petit matin.

This ain't genocide,
This is rock'n'roll.

À partir de l'automne 1994, ma mise en chômage de l'industrie de l'information commença à porter ses fruits.

Après quelques semaines d'apprivoisement mutuel, et à mon retour de Kuprès, Yossip Shapin et moi pûment entamer une relation digne de ce nom.

Plus le temps passe, plus nous nous retrouvons dans sa bibliothèque souterraine, à entreprendre de longues discussions qui, de la guerre actuelle, remontent insensiblement le cours du temps, et s'étendent autour de nous dans l'espace historique.

Shapin insiste pour me montrer à quel point les Balkans sont comme une source de lave qui, sans fin, reprend naissance au cœur de la faille tectonique de l'Europe.

La bibliothèque est une sorte d'incarnation cryptique du Cimetière au Lion. Là-bas des tombes, sous la lumière du jour. Ici des livres, dans la nuit troglodyte.

Et cette bibliothèque semble comme un modèle réduit de celle de Sarajevo, sauvée on se sait comment d'un désastre analogue à celui d'Alexandrie : la richesse cosmopolite de ces peuples magnifiques, désormais rayés de la carte par l'agitation futile et les névroses de masse, c'est la richesse perdue de la civilisation d'où je viens, et qui se laisse ainsi corrompre, pour les siècles des siècles.

On y trouve des livres dans à peu près toutes les langues de ce qui fut un jour l'Europe, dans les rêves de quelques-uns. Des ouvrages en français y côtoient leurs homologues allemands, tchèques, serbo-croates, russes, anglais, italiens. En matière de langues dites improprement « mortes », des documents en hébreu, en grec classique, en latin, en arabe, et même en araméen occupent tout un pan de mur. Philosophie, théologie, anthropologie, philologie, littérature classique, auteurs connus et moins connus, voire inconnus, défilent devant mes yeux.

Shapin et moi avions alors laissé s'installer l'automne, très vite froid à Sarajevo, en consommant des livres pour nous chauffer l'âme, en brisant quelques meubles, et en dérobant des tonnes de journaux aux divers centres de presse, pour se fournir en combustible et en bois de chauffage. Les deutschmarks et les francs que j'avais accumulés pendant deux ans de bons et loyaux services pour Sygma et quelques autres médias occidentaux nous assuraient le couvert. Et même quelques extras. Shapin réussit je ne sais comment à dégotter un beau jour une bouteille de champagne, sans doute oubliée après je ne sais quelle libation dans un réfrigérateur du check-point de la Forpronu et négociée à la va-vite avec le planton de service.

Ce soir-là nous avions discuté littérature en savourant ce petit Veuve-Clicquot, je lui avais parlé des livres que je trimballais depuis plus de deux ans dans mon sac, je lui avais parlé du roman que je voulais écrire, je lui avais parlé de mon passé de musicien et de destructeur d'usines.

— Vous cherchez une structure, m'avez-vous dit ? Or à vous entendre, j'ai comme l'impression que vous prenez le risque de vous diriger vers une stricte articulation dualiste. Votre figure du « double », présente aussi bien chez Kafka que chez Dostoïevski, ne se boucle pas sur elle-même, dans leurs œuvres. Vous devriez essayer, si vous souhaitez entendre mon humble avis, de fonder votre récit sur une organisation plus complexe, celle de l'Un et du Multiple, pour tout dire : celle du Néant et de l'Infini.

— Création/Destruction ? avais-je avancé.

— Encore votre dualisme, répondit Shapin en riant à moitié, c'est à croire que toute l'Europe occidentale est sous l'influence du zoroastrisme ! Si vous voulez mon avis vous avez toutes les chances de trouver ce commencement ici, dans mon humble bibliothèque.

Je savais par madame Yaacovic que Yossip Shapin avait élaboré sa bibliothèque de plus de six mille volumes en l'espace d'une grosse trentaine d'années. Quand il le pouvait, m'avait-elle dit un jour, il achetait un livre par jour. Il considérait cela comme une sorte d'obligation.

— Donnez-moi un point d'appui et je soulèverai le monde, avais-je répondu à Shapin.

— Il vous manquera encore un levier.

— Non. Le levier, je le connais, il est en moi désormais, et c'est cette Ville qui me l'a confié. Les Morts de cette Ville, avais-je corrigé.

— Alors vous devriez reprendre par le début, ou plutôt par la fin, c'est-à-dire... Je ne saurais trop vous conseiller de parcourir les livres sacrés de nos religions monothéistes. Je possède de nombreux ouvrages sur la Kabbale juive, mais aussi des textes patristiques en français, et en latin. Je vous conseille aussi, puisque je crois que vous parlez l'anglais, de jeter un coup d'œil sur les divers ouvrages que je possède sur les Gnostiques.

— Gnostiques ? Vous parlez de ces sectes comme les Cathares ou les Vaudois ?

— Les Cathares furent influencés par le gnosticisme, cela ne fait aucun doute. Saviez-vous que c'est ici, en Bosnie, que la première grande hérésie de ce type s'installa et prospéra, dès le IXe siècle ? Ils se nommaient Bogomiles, ils furent aussi présents dans l'actuelle Bulgarie.

Je fus dans l'obligation d'avouer mon ignorance. Et je sentais chez Yossip Shapin une forme de fascination, non dénuée d'une authentique répulsion pour le sujet.

— Saviez-vous que le croissant lunaire et le pentagramme sont des symboles gnostiques par excellence ? Le vert, dans l'Antiquité, était la couleur de Vénus, autant dire de leur « Sophia », leur espèce d'idole philosophique ; et l'islam choisit l'argent, contre l'or christique, pour métal symbolique.

J'attendis la suite.

— Saviez-vous aussi qu'un théoricien crypto-nazi comme Hörbigger avouait clairement l'influence des écrits de Marcion, de Basilide ou de Valentin sur sa vision du monde ?

Quatre noms pour moi parfaitement inconnus, je ne faisais que commencer à mesurer l'étendue de mon ignorance. Je ne répondis que par un silence lourd de significations.

— Et devinez-vous quelle fut la population locale qui, coincée entre l'Église de Rome à l'Ouest, et l'orthodoxie byzantine à l'Est, choisit de se convertir à l'Islam lors des invasions ottomanes dans les Balkans ?

Le silence seul, creusé non plus de mon ignorance, mais d'un doute abyssal, avait alors répondu aux tirs lointains des snipers.

Les vendus de la politique, les bavards de la libération des peuples, les libérateurs mystagogues ne portent pas seuls la responsabilité de la misère humaine. On ne peut leur reprocher de colporter la « liberté », le « pain », la « démocratie », la « paix », la « volonté populaire » et tous les autres slogans de leur répertoire. On peut par contre leur reprocher de persécuter tous ceux qui se donnent la peine de définir la liberté, de mettre le doigt sur les obstacles se dressant sur le chemin de l'auto-gouvernement et de la paix.

Page 265 du *Meurtre du Christ*. Écrit vers 1950, c'était à se demander si Reich n'avait pas vécu à l'avance mai-68, la chute du mur de Berlin, et la guerre abominable qui m'avait attiré ici.

C'était à se demander si les humains valaient vraiment tous ces efforts incommensurables, dépensés pour les sauver d'eux-mêmes et de leur crasse stupidité. C'était à se demander même s'ils valaient l'énergie nécessaire à les maudire, les damner jusqu'au dernier jour.

— Vous lisez Wilhelm Reich et Friedrich Nietzsche, me fit remarquer Yossip Shapin, plus tard. Je peux vous dire qu'il était impossible de se procurer leurs œuvres jusqu'à la mort de Tito. Et même après, d'ailleurs. J'ai des éditions allemandes, principalement, qu'on nous faisait parvenir clandestinement par l'Autriche et la Hongrie. Le livre de Stefan Zweig, sur Nietzsche, l'avez-vous lu ?

— Oui, mais en français.

— Et ce livre de Reich, *Le Meurtre du Christ*, celui que vous avez emmené avec vous, j'en ai une très ancienne édition du Reich Infant Trust Fund, figurez-vous que je m'en suis servi lors de la présentation de mon programme de chaire basé sur ma réfutation des « gnosticismes » et des systèmes métaphysiques et phénoménologiques alors prêchés en cours.

— Je comprends mieux vos problèmes. Il est clair qu'un type qui découvre à la fois la fonction biophysique de l'Amour et qui ensuite tire à boulets rouges contre les « colporteurs de la liberté » qui allaient faire de ses découvertes des manuels pratiques pour ballets roses ou des cours de sexologie ne pouvait pas se faire une place au soleil durant le XXe siècle. Il est encore plus mal vu chez les psychanalystes français ou américains, vous savez. La seule chance, de ce côté-ci du Rideau de fer, c'est qu'il était franchement interdit. Chez nous, ses pires ennemis, de vulgaires pornocrates de salon, osent s'en réclamer ouvertement. C'est bien plus pathétique, à mon sens.

Et je devais convenir que si une chose pouvait réunir ces quatre auteurs, un scientifique, un philosophe, un « écrivain-mendiant », et un poète, c'était tout ce que ces caractérisations ne permettront jamais d'élucider, car elles ne pénètrent pas l'ombre portée par leur génie propre, et c'était cette irrémissible liberté, ce don tragique, quasi divin, qui les faisait à l'avance repérer le troupeau des porcidés cultivés et les moyens que celui-ci allait prendre pour piétiner, dans le simiesque bavardage des opinions « personnelles », tout ce qu'ils avaient dit, écrit, fait, tout ce qu'ils avaient été, tout ce qu'ils avaient osé devenir.

Nietzsche, philosophe « nihiliste », avait été sans la moindre pitié pour les nihilismes de son époque, autant dire de la nôtre.

Bloy, catholique, propagea son verbe enflammé en direction, précisément, des catholiques de son siècle, qu'il considérait à peine comme des chrétiens.

Reich avait commis l'impardonnable en osant réinvestir la biologie dans l'étude de la psyché humaine, et pire encore, en osant dénoncer tout autant les aberrations de certaines contraintes sexuelles que les « idéologies de la libération » qui commençaient à fleurir sur les divans des psychanalystes bourgeois.

Novalis, pour sa part, avait été un poète « vivant » hors de l'espace et du temps qui avait su exprimer les indicibles paradoxes de l'existence en montrant comment la vie n'était pas la vie, puisqu'on y meurt, pas plus que la mort n'était la mort, puisqu'elle est l'aurore d'une nouvelle vie, éternelle, un poète proprement *christique* donc, et qui, on ne sait comment, fut assimilé par la plupart des historiens de l'art aux « romantiques », autant dire à Schiller, ou à Lamartine.

Ici à Sarajevo, le Colportage de la Liberté était devenu une industrie à part entière, la première industrie du pays, une sorte d'import-export en flux tendu, dont les maquignons venaient de toutes les capitales de l'Europe des Démocrates Éclairés, et qui savaient y faire pour pérorer indéfiniment sur le sens des Droits de l'Homme sans avoir même vu un seul cadavre, et sans avoir senti l'odeur, presque grisante d'horreur, d'un charnier fraîchement découvert.

J'imaginais Nietzsche, Bloy, Reich ou Novalis, face à cette civilisation de petits commerçants, désormais reconvertis dans la communication de masse et la culture, et dont les larges bouses de niaiserie empestaient toutes les âmes de ce continent, les rendant aveugles, sourdes et bavardes comme des pies, alors qu'il suffisait de VOIR et de LIRE en silence les événements, pour s'offrir une vision de l'Apocalypse qui s'en venait.

Mais les épiciers des droits de l'homme n'aiment pas qu'on leur rappelle qu'à la fin tout se paie, selon le taux d'usure contracté, et il est vrai qu'en ce qui les concerne, les intérêts du siècle écoulé seront salés.

— Pourquoi êtes-vous venu ici ? m'avait alors demandé Yossip Shapin.

Mes Quatre Cavaliers de l'Apocalypse avaient souri, sur leurs chevaux de feu, quelque part à la lisière de ma mémoire, pleine des orages passés, présents et à venir.

— Il n'existe pas d'autre endroit dans le monde, avais-je répondu.

Je voyais de plus en plus comme une structure secrète à ma vie : ici, à Sarajevo, mes rencontres avec Pierre Chambard, puis avec Yossip Shapin, semblaient un miroir inverti de mon retour en Europe, depuis l'Angleterre affairiste, une double réfraction de ma rencontre, ô combien mystérieuse, avec Kernal, Kernal-le-flic-de-la-banlieue-sud.

Cette structure, je la vois prendre *corps* dans le *corps* mutilé de cette ville, comme si elle formait le modèle des villes-corps à venir. Cette structure, je le sais, c'est celle que je dois donner à mon Roman-Monde sur l'Antimonde, à mon Livre des Morts.

Partir du micro-local vers l'universel, au sens cosmique du terme. Puis retranscrire l'universel dans le micro-local. Au sens génétique du terme.

Suivre les indications données par Shapin, en configurant le livre dans un aller-retour constant entre l'Un et le Multiple. Oser reconfigurer un roman noir transgénique et zombie, le Livre venu de la Ville des Morts, un livre où la narration naturaliste oserait se laisser corrompre par le Langage des Morts, qui est aussi celui des Nombres, comme me le confirma Shapin un soir, alors que je consultais un livre en anglais sur le gnosticisme, écrit par Lawrence Durrell dans les années 40, et que je commençais à prendre la mesure du désastre général que ces idées avaient lentement propagé dans tout le corps de l'Europe : Nommer quelque chose, c'est déjà le CHIFFRER, tout véritable langage possède une relation indicible avec la Mort, car il est la vie qui est contenue en elle, mais aussi, il est la mort qui S'INSCRIT dans la vie.

Bien sûr, si la plupart des Bogomiles se convertirent à l'Islam, il n'en reste pas moins, m'expliqua plus tard Yossip Shapin, que leur influence continua de s'exercer, de façon plus ou moins occulte, dans toute la chrétienté de l'époque, c'est-à-dire dans toute l'Europe.

Ils ont largement contribué à la renaissance du dualisme dès la fin du Moyen Âge, ce dualisme avait pénétré tous les esprits un siècle plus tard.

En 1966, lorsque Shapin avait présenté sa thèse sur les sectes gnostiques à l'université de Sarajevo, la Yougoslavie était sous régime titiste, ce qui signifiait un stalinisme cool sauce balkanique et violemment opposé à celui des russo-soviétiques, ce qui n'était pas un signe forcément encourageant pour la liberté de pensée.

En quelques mots, m'avait dit le vieux juif, j'ai essayé de montrer comment le « gnosticisme » n'était qu'une forme particulièrement virulente du nihilisme grec, sous influence orientale, et comment il a abouti plus tard au calvinisme, d'une part, à l'Islam d'autre part, mais aussi au rationalisme athée tout autant qu'aux illumismes « magiques » de notre époque.

J'ai été exclu de l'Université l'année suivante – avait-il rajouté – comme s'il en était besoin.

Il faudra que je fasse de mon expérience ici plus qu'un simple récit anecdotique sur la guerre et nos méfaits de journalistes, m'étais-je dit alors. Tout ça n'a en fait que peu d'importance.

C'est ainsi qu'un soir me vint, dans un éclair à l'éblouissante destruction, l'idée de faire une sorte de roman *policier* général où chaque niveau d'investigation serait relié aux autres par un dispositif ressemblant à un multiplex numérique.

Raccorder urbanisme et politique, biologie et métaphysique, Polis et Police, violence et technique, crime et société. Oui, comme sur un multi-sampler à l'écoute des scanners de notre *condition déshumaine*.

Alors ce soir-là, m'apparut comme une sorte de mystère, semblable à l'enveloppe de nuit qui avait laissé s'ouvrir la lumière : Kernal pouvait être envisagé comme une « matrice » pour un personnage encore à construire. Autant dire : à laisser vivre et mourir dans ma propre cervelle.

L'art nous est donné pour nous empêcher de mourir de la vérité, dit Nietzsche quelque part dans ses *Fragments posthumes*, je crois.

Le marcheur de Sils Maria ne pouvait pleinement deviner la force d'involution qui finirait par transformer notre siècle, qu'il ne verrait pas, en l'époque la plus terrible de toute l'histoire de l'humanité, plus terrible que toutes les époques terribles auparavant connues, même prises toutes ensemble.

Comment l'art pourrait-il aujourd'hui remplir la mission que Nietzsche lui prévoyait ? La vérité elle-même n'est-elle pas devenue simple circulation acéphale des opinions individuelles ?

Qui pourrait aujourd'hui mourir de la vérité ? Où se cache-t-il ce brandon oublié du feu divin ?

L'art remplissait sa mission de préservation et d'anoblissement des caractères humains quand un simple énoncé pouvait incendier une ville, ou un continent, voire les cieux tout entiers. Maintenant que la vérité est un ensemble d'opinions démocratiquement configurées, il importe de compléter au plus vite la pensée de Nietzsche, disons même d'oser l'inverser, comme lui-même, sans doute, n'aurait pas tardé à le faire, s'il avait eu le malheur de tomber sur l'éditorial d'un magazine pour jeunes, ou une entrevue de Marguerite Duras.

Aussi, en cette ère d'inversion et de rapetissement général des valeurs, à l'aune des Épiciers Généraux de la planète, il faut commencer par se dire que l'art, désormais, peut et doit TUER.

Bien sûr, pas au sens trivial que cette expression pourrait recouvrir pour quelque amateur de western terroriste : il doit tuer la pseudo-vie, cette créature diabolique qui se dit vivante mais n'est que pourrissement de la vie par la mort devenue immortelle, et qui sépare tout sujet de ses propres possibles, qui l'empêche de regarder la mort bien en face, et donc de la renvoyer à son statut de non-existence pure, qui l'oblige à détourner les yeux de la pure terreur qui modèle en secret toutes les modalités d'expression de ses frères humains, et lui interdit donc de s'éprouver lui-même et de surmonter ses peurs, pour en découvrir de nouvelles.

On peut toujours tuer un vampire, il suffit d'un pieu assez acéré, et de s'y connaître un peu en physiologie cardiaque.

« Au cours de ce labeur terrestre, ne sois point trop avare de tes bienfaits envers ceux qui se sont voués à la Nuit » – rappelle Novalis à ses lecteurs, et à Celui qui s'est sacrifié pour eux.

Depuis des semaines je passe le plus clair de mon temps, et le plus sombre aussi, dans la cave-bibliothèque de monsieur Shapin. Je me nourris frugalement des provisions que mon hôte ramène du marché noir, avec mes deutschmarks venus de la Drexler Bank. Lisant correctement l'anglais et l'italien, pas trop mal l'allemand, et ayant conservé quelques souvenirs de grec classique, je peux tout de même naviguer dans quelques-uns des compartiments de ce sous-marin de la pensée, caché sous une mer de sang, de ténèbres et de râles d'enfants.

Mais je me rends bien compte que je ne fais qu'effleurer la surface d'un iceberg qui laisse à peine deviner tout ce qui m'est inaccessible, immergé à jamais dans l'océan des ténèbres de la connaissance.

Hier, en revenant de sa source qui le fournit en légumes frais, Shapin a déplié devant moi la double page centrale du *Scientific American* clamant le lancement officiel du programme HUGO.

Le numéro était récent, je ne sais ni où ni comment le bon vieux rabbin serbo-croate se l'était procuré.

Il m'avait dit : L'Échelle de Jacob est en cours de mécanisation, d'une voix sans le moindre timbre, le moindre frémissement. J'avais compris que pour lui cela signifiait : les carottes sont cuites, bienvenue dans la Fin des Temps.

Dans la nuit, j'avais lu l'article en question, ainsi que le reste de la revue, et au petit matin je m'étais rendu au Cimetière ; des tombes fraîchement creusées tout près de l'entrée attendaient leur arrivage de corps dans la journée. Derrière la lueur pâle qui baignait les collines cernant la ville, je savais qu'on attendait aussi : un enterrement, pour un sniper, c'est le moment idéal pour faire se rejoindre, dans l'au-delà et à jamais, les membres d'une famille réunie autour de la tombe de leur proche, tué la veille ou l'avant-veille, perpétuant le concours d'absurdité, et le pelletage des fosses.

Ainsi l'humanité s'engageait-elle dans le programme de séquençage de la vie génétique, alors qu'ici, on programmait chaque jour le séquençage de la mort politique ; tout autour de moi les noms inscrits sur les tombes se mirent à s'agréger en un vaste codex de formules chiffrées dont les anneaux s'enroulaient vers l'aphélie de l'espace nébuleux du Cimetière, voire de la ville elle-même, un peu comme le nombre PI au musée de la Découverte, qui fait je ne sais combien de fois le tour de la vaste salle circulaire...

J'étais dans le musée de la Découverte.

La Découverte de la Mort de l'Homme.

La numérisation des corps avait commencé, dans les ténèbres lumineuses qui cernaient la Ville des Morts, dans le Monde des Vivants.

Ici, sous la pâleur exténuée de la lune, qui a vu tant de crimes, j'étais venu confronter mon savoir de Digital Dog et les techniques avancées de la destruction de l'homme.

De cette confrontation j'attendais que surgisse la force d'écrire un livre. Je ne me doutais pas que surgirait un livre qui me donne la force de vivre.

Ce matin-là, mon roman s'est cristallisé, métamorphique fulgurance qui prit pour quelques secondes possession des cellules de mon cerveau :

D'une certaine manière le sida avait joué le rôle de condition nécessaire – pression darwinienne à l'état le plus pur – pour qu'un jour la science décide de décrypter le génome humain.

Sarajevo jouait un rôle similaire, sur le plan de la sélection « historique », pour les conglomérats politiques de l'Europe terminale.

Ainsi le livre se devait de constamment articuler les différents rapports impliquant la vie et la mort, à chaque niveau de son écriture et de sa structure.

J'avais noté, fébrile :

LIVRE DES MORTS

Le mystère, c'est que l'Absolu n'est point seulement un gouffre sur l'éternité, mais qu'il est, en même temps, l'unique point de départ, la tête de ligne.

LÉON BLOY

Chien digital, au service des nécropoles secrètes. Livre-Ville. Livre-Monde.

Kernal-le-flic. Figure cristalline invertie : le tueur roboticien anonyme.

Un livre qui engloberait ma vie comme celle des AUTRES, un livre qui creuserait la VIE de toutes les lignes de fuite de la mort, et qui viderait la mort de toute l'Eau de la Vie qu'elle retient.

Un livre où le « Je » deviendrait « Autre », et où l'« Autre » serait contenu dans le « Je ».

Un livre-laboratoire, nécro-anthropologie de la Ville-Monde, un livre susceptible de me survivre. Un livre-carte. Un livre-codex.

Un livre qui ferait se rejoindre toutes les figures du Monde pour y dévoiler la figure de l'Homme.

Un Méta-Livre qui contiendrait sa propre théorie, mise en lumière par sa pratique, et son ombre, une pratique secrète qui dévoilerait les ténèbres d'une théorie en devenir : littérature comme Livre-des-Morts, c'est-à-dire des Éternels Vivants, décodage transfini de l'humain en perdition.

Faire un livre qui bouclerait sur lui-même sans jamais se fermer ni se répéter, ou plutôt en ne répétant que ses différences. Faire un livre qui ne se terminerait pas par la Mort, mais en *partirait*, dans tous les sens du terme.

Puisque la Camarde se tient désormais partout, extension générale de son propre régime à l'ensemble de tous nos langages, tous nos corps, toutes nos villes, nous devrions établir au plus vite, mais de la façon la plus juste, la cartographie de cette carcinomique évolution.

Ce livre, ainsi, *passerait* par elle. Comme expérience quotidienne de l'asservissement à son illusoire puissance, transmutée dans une connaissance « noire », hautement dissolvante pour celui qui en est le *sujet*. Ouvrir une perspective de transmutation alchimique du récit par lui-même.

Oui. La Ville des Morts est ma ville, parce qu'elle est notre Monde :

Englober Kernal, le Flic de l'Anti-Polis dans cette démonologie générale.

Englober la banlieue dans les plans de la cosmogenèse.

Englober les Bibliothèques dans les Cimetières, englober les livres dans les crimes du monde.

Englober futur, présent, passé, au cœur d'une dimension encore plus grande.

Mais surtout, faire un livre qui se dédoublerait à l'Infini, chaque élément y étant pris, comme dans la chaîne génétique, dans un rapport de transcriptase inverse.

Se dire qu'il faut *partir* du réalisme clinique en l'objectivant comme la conjugaison possible de tous nos *échecs*, qui forment la seule réalité de ce que nous vivons.

Tout, alors, dans le livre, devra se projeter vers son continuel avortement, y compris les investigations policières, comme celles qui pourraient s'édifier avec Kernal-le-Flic *versus* le tueur-roboticien. Car il est en effet question que j'utilise à plein rendement les données en provenance de la Polis/Police.

Il est amusant de constater que, de fait, je ne pourrais faire autrement que d'APPARAÎTRE dans un tel récit.

Kernal et moi partagions, c'est un fait indubitable, une attirance prononcée pour tout ce qui se tenait au seuil de la destruction. Comme il me l'avait expliqué un jour, son engagement dans la Police fut la conséquence directe de la chute du Mur. Quant à moi, l'Abîme yougoslave qui en sa place s'était ouvert m'avait conduit à ma propre métamorphose : désormais la Ville des Morts était mienne. J'étais son Gardien. Le Gardien de la grande Nécropole des Rêves du XXᵉ siècle.

Maintenant je sais que je ne peux vivre sans partager la criminelle innocence de ce monde devenu hypermarché de sa propre dévolution. Je ne peux vivre. Je suis déjà mort. Je suis le résultat de la coévolution de l'entreprise biocidaire et du programme de décodage génétique.

Et s'il faut en apporter une preuve, c'est que je suis en train de l'écrire.

Avec Kernal-le-flic je partageais l'héritage, le legs aux odeurs de charniers invisibles. Nous appartenions à la génération de tous les mensonges. La génération à laquelle on avait caché jusqu'à l'indicible, en le recouvrant de formules creuses, de « plus jamais ça » et de guitare folk.

Nous étions ainsi les enfants impossibles de l'extermination de l'Occident par lui-même, contre lui-même. Nous avions été accouchés par le plus puissant monstre cannibale de l'Histoire et, suivant les préceptes de la sélection naturelle, nous dévorions sans état d'âme ce qui nous avait mis au monde.

C'est pourquoi, alors que la nuit tombe sur la Ville des Morts, et que je m'apprête à faire mes paquetages avant de partir pour Tuzla, sur la ligne de front nord, d'où j'essaierai de rejoindre les enclaves assiégées de Bosnie orientale, je trace ces quelques mots au seuil du sommeil :

Lorsque je reviendrai, je partirai visiter les cimetières bogomiles, le plus souvent abandonnés et laissés en friche, dont Rabbi Yossip Shapin m'a parlé et dont il m'a montré l'emplacement sur une carte du pays. Certains de ces cimetières sont désormais en territoire contrôlé par les Serbes de Bosnie, mais la plupart sont situés en Bosnie centrale, à mon retour je prendrai la route des Bogomiles, j'essaierai de percer l'énigme de ces « Gnostiques » qui se convertirent ici à l'Islam, il m'apparaît de plus en plus impossible de comprendre quoi que ce soit à cette Apocalypse, qu'il s'agisse de la Ville des Morts, ou de l'Anti-Polis des banlieues, sans oser la replacer dans la perspective des deux millénaires précédemment écoulés.

Aussi je devrai entreprendre ce livre à partir de ces notes, en les y incluant, comme la clé de voûte en devenir de tout l'édifice ; je devrai concevoir ce roman comme un roman *anti-politique*, ou anti-policier, car *écrit à partir du point de vue de la destruction de la Polis*. Il ne devra pas être conçu comme une simple enquête sociale, en quelque sorte *exogène* à l'auteur, mais comme une authentique « pierre philosophale », une opération de réécriture générale de ma propre vie, à partir de la destruction du corps du monde par ses idéaux les plus puissamment ancrés dans l'âme des hommes.

Extraits des *Lamentations de l'Épée*, de Léon Bloy (1894) :

Un jour, enfin, après le Premier Meurtre, exécuté je n'ai su comment, il arriva qu'un terrible garçon, sorti de l'Homme à la main sanglante, forgea quelque chose de resplendissant qui me ressemblait...

Aussitôt je devins la Guerre, et mon redoutable Nom fut partout le signe de la Majesté. J'apparus l'instrument sublime de la providentielle effusion du sang et, dans mon inconscience merveilleuse d'élue du Destin, j'épousai, le long des siècles, tous les sentiments humains capables de l'accélérer.

La Colère, l'Amour, l'Enthousiasme, la Cupidité, le Fanatisme et la Démence furent servis par moi d'une façon si parfaite que les histoires ont eu peur de tout raconter...

J'ai tué des vieillards qui ressemblaient à des palais de la Douleur, j'ai tranché les mamelles à des femmes qui étaient comme de la lumière et j'ai percé de petits enfants qui me regardaient avec les yeux des lions mourants. Chaque jour, j'ai galopé sur le Cheval pâle dans l'avenue des cyprès qui va de « l'utérus au sépulcre », et j'ai fait une fontaine de sang de tout fils de l'Homme qui se trouverait à ma portée...

Lorsque l'enthousiasme de la Croix s'éteignit, je condescendis à l'investiture de ce que les hommes appelaient HONNEUR, *et, dans cet abaissement, je parus encore assez magnifique pour qu'un jour, l'Europe entière se précipitât aux pieds d'un seul Maître qui m'avait placée dans l'ostensoir de son cœur...*

Ah ! ce n'était pas aussi beau que le passé, mais qui dira combien ce fut grand ? J'en sais quelque chose, moi l'Épée, dont il est écrit que je dois tout dévorer à la fin des fins...

On ne sait pas ce que je pèse dans la balance inique des victorieux et on ignore combien je me fais légère au poing crispé des adultères ou des parricides.

Car mon Royaume est exclusivement de ce monde, je domine sur le vaste empire de la Chute et toutes les catégories d'expiations m'appartiennent. Les gens à courte vue peuvent donc, à la rigueur, tout me reprocher, puisque je suis à la fois le Crime et le Châtiment...

Je dévore ce qui me touche et j'en appellerai de moi-même à moi-même pour punir mes profanateurs.

Mes lamentations sont mystérieuses et terribles. La première a percé les cieux et noyé la terre, la seconde a fait couler, pendant deux mille ans, des Orénoques de sang humain, mais, à la troisième que voici, je suis sur le point de reprendre ma forme antique. Je vais redevenir l'Épée de flammes et les hommes sauront enfin, pour en crever d'épouvante, ce que c'est que ce tournoiement dont il est parlé dans les Écritures !

Au-dessus de moi, la lune est un fin croissant islamique forgé dans un mercure astral, le ciel est d'une profondeur aux infinies ténèbres, et les étoiles sont si nombreuses qu'elles semblent vouloir inonder cette terre de toute leur lumière.

Mon sac est prêt, dans une heure le soleil se lèvera, et je prendrai l'autocar vers le Nord.

Paul Nitzos, Sarajevo,
An Zéro.

BUNKER-MÉTHÉDRINE, 6 AOÛT-9 AOÛT 1995

Alors, avec la fulgurance d'un éclair, mon esprit tout entier s'était projeté dans l'Abîme ainsi ouvert.

Comment décrire cela ?

Le choc provoqué par la lecture de ce « livre » fut absolument sans rémission pour l'ensemble de mon organisme, psychisme compris bien entendu.

Ce choc, sa vibration se fait encore sentir.

J'avais roulé jusqu'aux pôles de la destruction. L'œil comme un hublot noir devant le monde global des vérités en crash.

This ain't rock'n'roll, this is genocide – Diamond Dogs tournait en boucle depuis des jours sur ma platine, ou sur l'autoradio, ou bien sur un walkman Sony flambant neuf prélevé clando lors d'une fouille expéditive chez un dealer, partout où cela était possible. L'accrochage à la méthédrine en panoramique de toutes les addictions à venir. Je suis un pur bloc de diamant, une densité carbonique, lorsque la nuit devient cristal, je suis prêt à venir rayer tous les miroirs, et pourtant c'est par moi qu'un son gravé sur le noir vinyle industriel parvient à l'existence.

Et maintenant regardez-moi le spectacle : un flic du dernier siècle en pleine montée de meth, après s'en être envoyé une bonne dans les narines, stationnant moteur allumé sur le parking obscur d'un restoroute, un peu après Évreux, les yeux en fusibles algides dévorant la nuit pourpre du petit matin.

Une parenthèse traversée à la vitesse de la lumière. Star Trek de la blancheur glaciale des amphétamines. Vision monochrome de la science-fiction quotidienne grâce au régime magique de l'autostrade, figure totalitaire et extensive parfaite de notre domination géographique.

La route converge parfois avec la pâle lueur qui apparaît derrière les rangées de peupliers et les bosquets du bocage normand, rendus à une phénoménologie purement cinétique, mouvements d'ombres plus minérales que végétales glissant dans l'azur en lignes de fuite au-delà des vitres de la voiture ; au-dessus de nous, moi, la Volkswagen, et l'autoradio, les étoiles poursuivent pour quelques instants leur existence scintillante, il y a une demi-lune argentée un peu au-dessus de l'horizon, vers l'ouest, écoutez-moi ça, putain, la musique *roule* avec la voiture, la soul postindustrielle de *1984* en bande sonore façon Philadelphia Sound revisité par la géométrie de Los Alamos.

Le béton gris bunker des ponts, des voies, des toboggans, des échangeurs, des pylônes, des tunnels – la lumière des projecteurs, des enseignes électriques, des phares, des étoiles, tout cela s'inscrit en moi en signaux chimiques, gravés à la pointe du diamant, selon un processus de gravure analogique/digital. Voici la guerre en cours, secrètement tapie dans notre décor urbain.

Je roule vers Omaha-Beach, je roule vers les plages, et je roule vers les fantômes de Nagasaki et d'Hiroshima.

Bien sûr j'avais choisi les dates pour ce voyage. J'avais réussi à bloquer trois jours de congé consécutifs entre le 6 et le 9 août. Ce serait le cinquantenaire des explosions atomiques jumelles. Je savais que je devais retourner sur les plages normandes. Le Manuscrit de Nitzos semblait l'exiger, depuis l'outre-tombe, comme le prolégomène à toute vie future, voire comme un leitmotiv.

This ain't rock'n'roll, this is genocide.

Voici le nexus plat de toutes les guerres en gestation. Ici mes souvenirs d'enfance semblent se conjuguer au futur, ici le futur paraît avoir été déjà vécu, ici c'est radio-Bunker-Méthédrine.

This ain't genocide, this is rock'n'roll.

Le sable est blanc, la mer noire, le ciel rouge.

Omaha-Beach en équation du monde secret tapi sous la silice de nos villes.

Nous sommes le 6 août, j'écris ces lignes assis à l'entrée d'un bunker du Mur de l'Atlantique, là où quelques années auparavant, un rêve fiévreux m'avait emporté sur le rivage du Monde des Morts.

Maintenant je suis en mode cyborg de combat amplification de lumière par connexion directe avec mon système nerveux central. Methedrine Starship. Artifices de la neurochimie en sautoir, le monde est d'une pureté inhumaine, cristaux liquides de mes yeux calculant les êtres et les choses de toutes leurs diodes.

Je sais que quelque chose veut prendre forme en moi, et je peine encore à l'écrire. Je sais que les plages du D-Day renvoicnt directement à la haute colonne atomique qui par deux fois s'est élevée au-dessus de la planète des singes doués de parole. Je devine que ma vie semble comme au milieu de son évolution, je pressens que quelque chose m'indique le point de destruction initial qui me permettra de mieux voir le monde.

Ma mâchoire est pleine de la poudre crayeuse des livres que je dévore, comme si elle s'emplissait du sable de la plage, mais mes doigts qui tiennent le crayon sont comme animés de quelque frénésie temporaire qui emporte ma voix silencieuse bien au-delà de la plage blanche, de la mer noire et du ciel rouge.

Dans le clair-obscur du bunker, je me refais une ligne de meth, émiettant le bloc de dope sur la double page centrale du numéro de *Playboy* que j'ai chopé au passage sur un coin du bureau de Mazarin. Le rail de poudre en cristaux de glace serpent cyanosé glissant entre deux nichons plantureux couleur acrylique des petits matins solitaires. Tout brille, net et dur comme le diamant. Je me confectionne la paille avec un bifton de cent balles en le roulant dans le sens de la largeur. J'aspire la ligne, elle se dirige tel un missile chimique droit par les sinus vers mon cortex devenu théâtre des opérations. Elle fuse, en microgrammes explosifs de principe actif et scintille telle une étoile au centre de mon esprit. Ô, supernova glorieuse, gare centrale de toutes mes fictions.

Ça chauffe. Mon corps lui-même devient une usine nucléaire. Regardez-moi ça, je sue à grosses gouttes comme si ma chair devenait le matériel fissile d'une réaction en chaîne. Masse critique. Ignition en électrolyse cerveau-chair-sable.

Ah, Seigneur, voici l'autostrade du cristal-dôme, là où les rêves s'affrontent dans les arènes de gladiateurs du grand cirque mental. J'écris, le crayon comme une arme de poing, comme la pierre de silex des origines, comme la foudre noire d'un dieu invisible, et qu'on ose à peine nommer.

Chimie blanche, chimie noire, chimie rouge. Lumière, nuit, feu. Eau, encre, sang. Trigrammes implosifs dévastant l'horizon de ma conscience, mes yeux héliotropes traquent chaque photon égaré sur la plage. Je commence à percevoir des personnages qui s'animent, je discerne comme une sorte de récit possible qui émerge peu à peu de la mer de sable. Nous sommes le 6 août, c'est le jour de la Sainte-Hiroshima.

Je vois d'abord l'homme-robot, le tueur androïde des usines. Il erre là-bas, à l'extrémité de la plage, je le vois portant un sac de PVC noir, à peine courbé sous le poids, silhouette-squelette d'aluminium enterrant dans le sable sa victime humaine vidée de ses organes, près des rails de chemin de fer enfouis ici depuis des siècles.

Je vois ensuite l'homme de la nuit, il marche dans les dunes en portant un petit ordinateur portable sur lequel il pianote des commandes. C'est le Programmeur. Il est comme une incarnation différente de la première figure, il n'est pas simplement son double spéculaire, dialectique, il est une métamorphose déviante de cette forme.

Oui, je sais que c'est Paul Nitzos comme multiplié par moi-même, je sais qu'en lui s'écrit ma propre vie, comme si mon sang était son encre, comme si son feu était ma chair.

Je suis assis sur la terre humide du bunker et le jour se lève sur le 6 août de tous les siècles. La meth pulse dans mes veines, tubulures bleu électrique sur ma peau blanchie par l'aube.

Les deux figures se renvoient l'une à l'autre mais ne forment aucune complétude. Je marche sur la plage de sable blanc et j'y vois de larges flaques de sang ainsi que des corps noircis à moitié ensevelis. Aux limites de ma perception s'agite le doublon des métamorphoses, je me retrace un rail de poudre sur le *Playboy*, je continue à écrire sur la ligne blanche de la nuit qui précède le jour, je suis en train de vouloir faire exister quelque chose, mais dans le même temps je me dis que – peut-être – c'est ce quelque chose qui voudrait me faire parvenir à l'existence.

Nous sommes le 6 août et je suis sur la plage du 6 juin. Nous sommes morts sur cette plage, et je vais renaître dans la lumière aveuglante de l'explosion atomique. Ce que j'écris est l'ombre imprimée sur le mur par l'intense éclair de lumière, je suis vaporisé dans la tornade de feu et de moi subsiste une silhouette photographiée par isotopes à 1 000 mètres du point d'impact. Ah oui regardez-moi cette paire de nichons de papier glacé sur lesquels de petits cristaux scintillent comme de la neige artificielle.

La meth chauffe mes organes, ma bouche, mes yeux, mes mains, mon sang, ma salive, tout semble porté au point d'ébullition. C'est la guerre ici, dans ce théâtre d'opérations biologique. La meth chauffe, surchauffe, tout brûle dans le phosphore en flammes, je me tiens debout à l'entrée du bunker comme un ange de la destruction rattrapé par la boule de feu qui vient de consumer la cité condamnée.

Ici, nous sommes à l'extrémité du monde, nous ne pourrons plus jamais faire mieux, nos rêves ne pourront jamais espérer être plus grands que ceux qui se sont consumés ici.

Maintenant la très sainte méthédrine en tracés lumineux dans la nuit des katiouchas.

Le ciel est noir et rayé de flèches ardentes. Je suis en train de courir sur la plage au milieu des usines qui explosent. Elles sont partout, sur les dunes. Des usines-bunkers, rouges comme le feu de la nuit. Elles explosent en séquences programmées sur le beat de *Diamond Dogs*, elles forment des cratères d'où s'élèvent des colonnes thermonucléaires rédemptrices.

This ain't rock'n'roll, this is genocide.

Je suis moi-même le point nodal de l'expérience, le Ground Zero de la destruction.

C'est par moi, et ma consomption, que les deux figures métamorphiques trouvent une complétude, c'est moi en fait qui viens d'admettre sa propre *sympathie pour le diable.*

This ain't genocide, this is rock'n'roll.

Les heures passent dans le bunker, j'écris sur un gros carnet de notes, avec un stylo à pointe-bille Pilot, et le sachet de méthédrine ressemble à une capote remplie de sperme en poudre posée sur les deux nichons bronzés de la pulpeuse Californienne.

C'est le survivalisme postatomique des anges sans mémoire.

L'oratorio des animaux perdus de la ville, échoués sur une plage hors du temps, ou plutôt à jamais figée dans le temps, entre un point alpha et un point oméga, entre le 6 juin et le 6 août, étoiles doubles en boucle sur elles-mêmes, quasars des sables.

Alors maintenant, zoom sur mes mains blanches/ultraviolettes dans la luminosité argyrique du petit matin.

Je peux écrire que le ciel est blanc, irradié par le flash atomique pour l'éternité. La mer est rouge, roulant ses vagues de sang accumulé depuis des millénaires, et le sable est noir, comme saturé d'une matière grasse et huileuse, qui brûle par endroits en émettant une fumée couleur charbon et des liserons de petites flammes bleues, dansant dans l'air ionisé.

Oui, voici la plage terminale, la plage d'après la Bombe, d'ici si je lève les yeux au ciel, je pourrai voir l'ombre fatidique du B 29 planer pour toujours au-dessus de nous.

Alors je marche sur la plage, et j'écris pendant que je marche ou, plutôt, je marche pendant que je l'écris. Oui, je suis dans ce bunker comme dans la chaleur humide et protectrice du sein maternel, mais autour de moi commence le monde et mon carnet de notes est tout ce que j'ai pour me repérer ici, je dois tracer la carte en même temps que je dois imaginer le territoire, et alors, presque atteint de frénésie, ce « je » cherche dans le sac de sport jeté à ses pieds une petite feuille de papier qui y traîne depuis des jours.

Je la déplie, elle est froissée, je me souviens à peine du moment où dans la bibliothèque de Marc Wolfmann j'avais pris cette note, entre deux recherches croisées sur nos différents tueurs. Il s'agissait d'un extrait que j'avais tiré des *Notes nouvelles sur Edgar Poe*, de Charles Baudelaire. J'avais lu le livre un après-midi, rue de Tolbiac, puis je me souviens avoir recopié dans un état inquiétant, proche de la transe, le passage suivant :

« L'imagination est la reine des facultés. L'imagination n'est pas la fantaisie ; elle n'est pas non plus la sensibilité, bien qu'il soit difficile de concevoir un homme imaginatif qui ne serait pas sensible. *L'imagination est une faculté quasi divine* qui perçoit tout d'abord, en dehors des méthodes philosophiques, les rapports intimes et secrets des choses, les correspondances et les analogies. »

Alors en réécrivant ces mots sur mon carnet de notes j'ouvre de moi-même une porte vers ce qui ne peut être dit, j'ouvre une porte sur un secret et je cours dans le sable imbibé de pétrole de la grande plage d'Après-la-Bombe.

Que m'arrive-t-il ? Est-ce vraiment la méthédrine qui électrise ainsi tout mon être ? On dirait bien que je ne suis plus dans le bunker en train d'écrire, il me semble que je marche vers le soleil atomique, sur cette plage de mâchefer à l'odeur de kérosène.

Oui je marche, je marche vers une station-service dont les lumières brillent à l'extrémité de la plage mais en m'approchant je discerne à présent quelque chose qui ressemble à une usine démolie où les mots DESTRUCTION INCORPORATED sont assemblés en structures de néon, clignotant comme l'improbable enseigne d'un casino miraculeusement rescapé.

Pourquoi cette image s'est-elle cristallisée sur ce territoire zéro de ma mémoire ? Pourquoi semble-t-elle condenser en elle toutes les réfractions possibles de la vérité, tel un authentique mystère ?

L'usine est le Tabernacle.

Pour moi, comme pour Paul Nitzos et comme pour le tueur des centrales.

Elle est le fractal topique de toute l'expérience, me dis-je, et je l'écris en me le disant. La méthédrine est en train de me faire passer un seuil d'intensité qui – je le devine – prépare une authentique catastrophe, mais tout ce que je sais c'est que l'usine démolie par Paul Nitzos, avec cette enseigne au néon criarde comme une réclame de casino, oui, cette figure condense en elle toutes les vérités, et ne peut les réfracter que selon un certain dispositif analogique, car sinon ce feu absolu détruit tout sur son passage.

Maintenant me voilà couché dans la nuit du bunker avec une haute lune argentée au-dessus de moi. La méthédrine me maintient éveillé depuis l'aube précédente, et il est plus de minuit maintenant. Je ne cesse d'aspirer la poudre gris-jaune avec une périodicité qui a atteint sa vitesse de croisière.

Mais là, je sais que j'ai franchi un cap. La poudre couleur plutonium brille faiblement dans son sachet, sous la lumière de la lune, la fille de la double page ressemble à une créature démoniaque sortie d'un abysse radioactif.

Je marche maintenant dans la nuit ultraviolette, mes mains en compteurs Geiger tendus vers la source fissile, mes yeux comme des cavernes creusées à l'héxogène, je marche vers le grand casino de l'usine démolie, je marche vers la figure du spectacle de la destruction.

Je viens de traverser une membrane du temps, je suis comme dans un rêve métastable qui coévolue avec la réalité, parce que je suis en train de l'écrire, et cette révélation me stupéfie.

L'usine démolie est le vortex de mon futur, c'est ici qu'il s'élabore je le sais, mais je pressens aussi que c'est l'endroit secret d'où ma naissance a été conçue, comme l'expérience d'un laboratoire indicible.

Si je pénètre en son enclos, vers le réacteur fissile caché en son sein, je sais que je marcherai dans une bibliothèque immense, remplie de millions de livres brûlant d'un feu radioactif, je marcherai dans une bibliothèque obscure qui s'étendra vers l'infini, jusqu'au point zéro, jusqu'au point d'impact, au point nodal de toute mon existence. Je sais que cette bibliothèque me consumera, comme elle m'aura donné naissance.

Et sans doute – oui – sans doute fut-ce l'effet combiné de la drogue qui avait pris possession de moi et de la pleine lune qui faisait gonflcr la mer en ventre de femme enceinte. Voilà, je le savais, le nexus de la bibliothèque était une machine. Une machine-livre.

Une machine à écrire enfouie dans une dune de sable noir, au centre d'une pièce toute blanche, une salle de laboratoire parée pour l'expérience. Et il y aurait une feuille déjà glissée dans le rouleau de la machine à écrire.

Il n'y aurait personne pour rédiger ce roman en attente, et pourtant, en m'asseyant devant la machine à écrire enfouie dans le sable, je discerne que des lettres sont présentes sur la feuille de papier, et je comprends avec stupeur qu'elles sont écrites avec une encre rouge, rouge et huileuse comme du sang humain, et si je fouille dans le sable noir à mes pieds, je peux découvrir des centaines de pages écrites du même sang, enfouies ici dans un but mystérieux.

Mais je ne peux lire ce qui est inscrit sur ces pages. Je ne parviens pas à le décrypter. Le code reste obscur. Je viens de me rendre compte que je suis en train d'écrire tout cela debout sur le bord du rivage, les pieds dans les vagues qui roulent leur écume bleu saphir jusqu'à l'horizon, où un phare déploie son rayon lumineux dans les ténèbres.

Posez sur moi votre regard plein de la compassion des jean-foutre, je n'en ai cure.

Je rampais au fond des abysses du tout premier jour, et je brûlais dans le ciel du tout dernier, et entre les deux je marchais sans fin sur ce rivage de l'écriture, entre le Mur de l'Atlantique et le désert postatomique des villes jumelles japonaises.

J'avais en moi toutes les amphétamines divines, flux de radiations blanches en circuiterie nerveuse, oui j'avais en moi le soufre du diable, et le feu des vérités mégatonniques.

La méthédrine était une forme de drogue politique. Non parce qu'elle m'aurait permis de répéter benoîtement tel ou tel discours préformaté par les universitaires de mon époque, mais parce que je soupçonnais déjà qu'elle était en train de me faire franchir un seuil d'intensité d'où je ne pourrais jamais revenir, en tout cas pas vivant. Ma vie, du coup, je le devinais, s'en trouvait intégralement bouleversée, comme si je découvrais ce roman mystérieux caché sous une dune de sable noir, près d'une antique machine à écrire, et que ma vie tout entière y aurait été écrite.

C'est comme si, par-delà les Murs et les Abîmes, les Vivants et les Morts, Paul Nitzos était parvenu à ses fins.

Alors, si je marche ici, c'est bien pour tenter de donner une voix à cet écho qui menace à tout instant de se perdre. Si j'écris des heures durant sur le monorail désolé de la meth c'est pour essayer d'atteindre la vitesse de la lumière. Si je brûle maintenant ce carnet de notes sur un coin de plage, devant mon bunker, c'est pour faire vivre ce livre qui s'écrit par ma vie, si j'erre des jours durant entre Omaha et Utah-

Beach c'est pour tenter désespérément de faire se superposer les cartes et le territoire, pour que les plages du 6 juin permettent de décrypter la double énigme atomique par laquelle notre monde était né.

Le ciel n'est plus qu'un éblouissement, je ne suis qu'un flux de plasma rendu au régime des quarks et des neutrons.

Je rejoins les anges du Ground Zero, le B 29 décrit son cercle fatal juste au-dessus de moi, je vais venir au monde dans un flash qui escamotera la lumière du soleil, jusqu'ici je n'étais pas encore né.

Je suis un livre qu'on écrit et dont on brûle les pages au fur et à mesure.

Et je suis et le feu, et les cendres, et le vent qui les disperse.

DÉSINTOXICATION
AU MÉTAL LOURD, 1996

Il faut au minimum un récif pour arrêter un super-tanker.

Il fallut la mort d'un insecte nommé « moi » pour que tout le bâtiment s'échoue, la coque éventrée, le mazout à l'air, sur la roche du réel.

D'abord le sevrage. À sec. Direct. Plus le moindre gramme de meth. Après dix-huit mois d'addiction c'était comme un saut sans parachute, une chute libre vers le crash.

Cette décision, je le sais, est en ce qui me concerne comme la toute dernière cartouche de mon cerveau et de mes gènes. Quelque chose en moi me pousse à adopter le régime spartiate de la survie évolutionniste. La ligne d'approvisionnement n'est pas coupée, c'est mon cerveau qui décide de couper la ligne.

Je sais désormais que si je vais plus loin, c'est la mort. Au-delà de la plage terminale, c'est le Néant qui m'attend. Le Manuscrit de Paul Nitzos vient compléter le dispositif d'une façon centrale, origine et fin de tout l'édifice, telle la clé de voûte sacrée des cathédrales du Moyen Âge.

Le lendemain, Mazarin passe me voir. Il s'inquiète.

— Ce n'est rien, je lui fais, faut que je décroche de cette saleté, c'est tout.

Il hoche la tête en silence d'un air entendu, nos succès accumulés en un an et demi me protègent de l'ire éventuelle de nos supérieurs. Une bronchite, dans la police, ça dure une semaine. Je peux espérer faire traîner jusqu'à quinze jours. Le temps de m'enfoncer jusqu'au bout du tunnel.

Lorsqu'il repart, Mazarin me laisse plusieurs tablettes de chocolat Côte d'Or. Faut que tu bouffes, me dit-il, t'as perdu plus de dix kilos en un an.

Puis, sur le pas de la porte :

— J'appellerai Wolfmann, il comprendra.

Mes cauchemars nocturnes sont d'autant plus angoissants que j'y repère peu de formes visibles. Lorsque je me réveille, les yeux mouillés, en plein milieu de la nuit, je me souviens parfois d'un rat dévorant le bras d'une petite fille aux abords d'une décharge, ou bien d'un amphithéâtre vide dans lequel Carole Epstein m'observe, tenant en ses mains des instruments de chirurgien étincelants, devant le corps disséqué d'une femme sans tête, il m'arrive de conserver le souvenir de machines osseuses évoluant dans un clair-obscur rougeâtre, de quelques paysages désolés avec de hautes cheminées d'usines et des pylônes électriques dans le lointain, je rêve parfois d'un van sombre qui stationne devant les ruines d'une centrale nucléaire bombardée, au milieu d'un immense cimetière circulaire, plus vaste que Paris.

Alors parfois, je rêve aussi à la vie que je n'ai pas vécue avec Milena et Maroussia, de l'autre côté du Mur. Ce sont des rêves qui se referment sur eux-mêmes comme des huîtres dès l'ouverture d'un œil, même embué de larmes.

N'en subsiste qu'un écho, une trace spectrale, l'impression à peine tangible d'un bonheur impossible, qui aurait probablement détruit l'univers s'il s'était accompli. Il est arrivé une seule fois que la dernière image du rêve persiste un instant dans ma mémoire, me permettant d'en fixer approximativement le décor : je crois bien que nous roulons dans un petit buggy de location sur la côte orientale de Santorin, l'île volcanique de la mer Égée qui fut sûrement à l'origine du mythe de l'Atlantide. Cela avait été mes dernières vacances d'être humain, avant de partir pour l'Europe de l'Est et en revenir définitivement changé. Cela datait d'avant ma naissance.

Milena et Maroussia sont avec moi dans le petit buggy blanc qui roule devant les falaises plongeant leurs hautes façades lisses dans le bleu infini de la mer Égée, mais derrière l'Atlantide je me souviens que se profilait la silhouette des ponts sur le Danube.

Mes rêves sont la cure que s'impose en secret mon psychisme. Elle se déroule dans l'ombre.

La seule lumière pour moi, en ces premières semaines de 1996, c'est désormais dans la nuit du Livre qu'elle se constitue.

Car le Manuscrit avorté de Nitzos renvoyait à l'avortement continuel qu'était devenue ma sépulcrale existence. Et dans le même temps, la présence proprement *cruciale* de ce livre non fini – infini ? –, je le savais par chaque cellule foudroyée de mon petit cortex, m'ouvrait enfin les abysses du monde, que mon « moi » n'aurait jamais pu, seul, et à bout de ressources, percevoir dans toute sa terrible clarté.

La bibliothèque de Wolfmann m'avait fourni un cadre, une *documentation*, le Manuscrit de Nitzos allait m'offrir bien plus grand, quoique concentré sur une poignée de pages : une ligne de fuite, une NARRATION.

Bibliothèque-archive-des-morts ou livre-venu-d'outre-tombe, c'en était une fulgurante certitude, avaient pris possession de mon âme.

Si je parvenais à faire un bilan, alors que le printemps 1996 commençait, c'est un tableau absurde qui émergeait de tout ça, mais désormais je m'étais fait à la parfaite absurdité de l'existence.

Nitzos était mort dans l'ex-Yougoslavie à peu près au moment où Wolfmann avait entrepris de quitter la capitale devant la destruction systématique de son quartier, et du reste du monde, entreprise par la « Très Grande Babel de Mitterrand », selon ses termes.

Le départ de Wolfmann s'était produit peu de temps avant que l'affaire Marc Dutroux n'éclate – selon ses sinistres prédictions – alors que nous pistions depuis deux ans ce réseau informel de pédophiles qui nous semblaient opérer dans le nord de la France ; en dehors du fait qu'il mettait notre théorie en lumière, cet effroyable « fait divers », comme disent les pourceaux du journalisme pour décrire l'assassinat de plusieurs fillettes, avait accompagné les joyeuses campagnes génocidaires du général Mladic durant l'été 1995, celles-là mêmes qui avaient coûté la vie à quelques correspondants de guerre occidentaux, dont Nitzos, puis le suicide collectif du Temple Solaire vint donner un arrière-fond d'apocalypse de pacotille au spectacle alors que les musulmans d'Algérie se faisaient quant à eux chaque jour crucifier vivants par des gangsters se prétendant les gardiens de la Foi, et que les talibans, dans l'Afghanistan du postcommunisme, allaient d'un instant à l'autre mettre leur pays à genoux ; entretemps, Itzhak Rabin avait été assassiné par un pauvre ramolli du bulbe de juif « religieux », des gangsters français et algériens revenus de Bosnie avec une case en moins, et des chargeurs d'AK 47 en rab, allaient faire la une des journaux après leur hold-up foireux à Roubaix, et pour conclure une secte new age japonaise aurait pulvérisé du gaz neurotoxique dans le métro de Tokyo.

Nous nous obstinerions à ne pas vouloir lire les signes.

Je n'essayais même plus de donner un sens aux événements. Mazarin et moi regrettions seulement la présence de Wolfmann, sa bibliothèque, sa haine du monde ; nous étions forcés de nous en remettre à nous-mêmes pour la satisfaire, et nous ne possédions pas son expérience.

Mais j'avais trouvé mon équilibre interne, ou du moins je le supposais. Le Manuscrit trouvé à Sarajevo creusait déjà ses abysses dans ma conscience, ou ce qu'il en subsistait, et de l'obscurité même de ce texte une lueur était promise.

Le départ de Wolfmann et de sa bibliothèque et l'arrivée surréelle du Manuscrit avaient en contrepartie scellé l'alliance secrète que j'étais en train de conclure avec les livres.

Nitzos était mort dans l'ex-Yougoslavie et m'avait légué son manuscrit. Un prototype de livre.

Était-ce une sorte de miracle inverti ?

Se pouvait-il que Nitzos, perdu dans le trou noir de l'histoire de l'Europe, au centre de son cimetière germinatif, celui de la grande Ville des Morts, oui, se pouvait-il que le destructeur d'usines ait pu trouver là-bas une forme, même sanglante, de rédemption, de salut, dont le Manuscrit était la trace archéologique encore partiellement à décrypter ?

Comment avait-il pu écrire ce qui semblait les plans inaboutis de ma propre vie ? Pourquoi fallait-il que ce manuscrit inachevé, ce PLAN, me tombe entre les mains alors que mon cerveau cherchait inextinguiblement à épancher une soif devenue proprement infinie ? Qu'était-il vraiment arrivé à Nitzos dans la grande Nécropole ?

Les lectures du Manuscrit s'intercalaient désormais avec celle de *La Fosse de Babel*, ou du *Livre des Splendeurs* d'Éliphas Lévi, du *Livre d'Énoch*, ou de quelques essais choisis d'Abellio, et tout cela m'avait en fait conduit à me procurer une édition complète du *Sepher ha Zohar*, chez Verdier, ainsi qu'un exemplaire du *Sepher Yetsirah*. De là, ma bibliothèque s'était constituée à une vitesse phénoménale, à un rythme bien plus rapide que celui que mon simple cerveau biologique pouvait suivre. Ce n'était plus la meth qui ponctionnait d'office la moitié de mon salaire, mais l'achat de livres, en particulier de nombreux ouvrages de théologie chrétienne, comme saint Irénée, saint Athanase, saint Clément d'Alexandrie, Origène, saint Épiphane, Eusèbe de Césarée, Tertullien, saint Jean Chrysostome, Maître Eckhart, saint Bonaventure, Jakob Böhme, j'en passe. Les éditions du Cerf doublaient leurs ventes mensuelles rien que par mon existence.

J'étais alors tombé, en parcourant cette « chaîne des prophètes » que les premiers théologiens avaient su conserver, sur la problématique des hérésies dites « gnostiques », dont Nitzos disait quelque part dans ses notes qu'elles avaient régné dans les Balkans vers l'an mil, et qu'il avait désiré mieux connaître juste avant de disparaître au cœur de la poudrière, dont il était comme le tragique éclaireur.

En fait, je dois reconnaître que c'est en suivant mon instinct de prédateur des choses de la nuit que mon esprit fut aimanté dans cette direction. C'est en poursuivant ma quête de la forme psychique spécifique qu'indiquait le tueur des centrales que peu à peu je pénétrais les cryptes obscures d'une connaissance en passe d'être complètement oubliée.

J'avais établi que le tueur roboticien vivait selon le mode dualiste qui instituait une coupure profonde entre chair et esprit, entre vie et mort, mais j'en avais conclu que cette séparation était précisément le régime qui lui permettait de se « réunifier ».

Les hérésies « gnostiques », à la différence de la Kabbale juive, s'étaient toutes édifiées sur le rejet de l'Ancien Testament, et s'appuyaient sur une sorte de super-platonisme sophistique et « ésotérique », un syncrétisme étonnant, qui faisait du monde créé une simple réplique du monde idéal des « Éons ». La Passion du Christ n'était que le « reflet » d'une tragédie cosmique s'étant déroulé dans leur fameux « Plérôme » où ces Éons aux identités parfaitement platoniciennes s'engendraient les uns les autres dans un lignage pour le moins surprenant.

J'avais été frappé de constater qu'un bon nombre de penseurs du début du XXe siècle s'étaient intéressés aux systèmes inhabitables de Basilide ou de Valentin. Heidegger, par exemple, ainsi que quelques « occultistes » célèbres, comme Alleister Crowley. Mais aussi Cioran, Henry Miller, Lawrence Durell dont Nitzos avait lu le célèbre ouvrage à ce sujet.

De tels systèmes ne cessaient de se concurrencer les uns les autres, comme tout régime sectaire basé sur la scission séparatrice, et non sur la fission unificatrice : d'un côté le rejet total du Monde Créé et donc de la Chair, ce qui induit abstinence sexuelle, rigorisme, végétarisme, rejet de toute économie politique, de l'autre la rupture totale d'avec le Monde Créé, et la rupture conséquente avec la Loi de l'Ancien Testament, et donc la « Liberté » sexo-spirituelle sans limite, hérésies auxquelles saint Irénée, puis plus tard Origène, répliquèrent en démontrant par l'absurde, et en réfutant par sa simple exposition la systématologie théogonique de cette prétendue « gnose ». Le dualisme hérésiarque allait se trouver un nouveau visage passé l'an mil, avec les cathares et les vaudois qui, comme les hérétiques des premiers siècles, se surnommeraient eux-mêmes « Élus », ou « Parfaits », le reste de la populace étant considéré, dans le meilleur des cas, comme une assemblée d'« Auditeurs ».

Ce qui m'apparaissait de plus en plus nettement au cours de cette intense période de lecture qui allait durer des mois, pour ne pas dire des années, c'est qu'en fait, en dépit des apparences, les « gnostiques » avaient finalement gagné la bataille des esprits. Aujourd'hui l'hérésie était tout bonnement la plus puissante Église du monde. Elle était invisible, car elle n'avait même plus besoin de prouver son incarnation sur la terre, qu'elle avait entièrement soumise au régime de sa domination. Le monde du XXe siècle concentrait en lui l'acte charlatanesque prétendument « gnostique » poussé à son stade performatif : à force d'y croire, et d'avoir fait adhérer presque toute la planète à sa théorie, son monde dualiste avait bien fini par s'actualiser. La pire punition divine, à n'en pas douter, était de nous faire vivre dans le fruit de nos aberrations.

À l'inverse, la théorie des séphiroths, ces « plans énergétiques » de la divinité qui jamais ne se divise mais qui pourtant crée chaque chose, formant cet Arbre de l'Un et du Multiple, était venue accompagner les diverses graphies psychanalytiques qui encombraient mes murs, mon ordinateur et les tiroirs de mon bureau. La théorie kabbalistique ne semblait pas en mesure de m'apprendre quelque chose sur le ou les cas particuliers que l'État républicain nous confiait la tâche de résoudre, sans bien sûr nous en donner les moyens, ce qui était précisément la règle du jeu, telle qu'Alex Foudrach, avant qu'il ne meure, m'en avait un jour exposé les lignes principales : non, j'avais désormais compris que rien ne pouvait plus être demandé à l'État, sinon qu'il périsse.

En effet, pendant des mois, juste avant le départ de Wolfmann du quartier de Tolbiac j'avais fini par me faire une raison : TOUT LE MONDE S'EN CONTREFOUTAIT COMME DE SA PREMIÈRE LIQUETTE.

Il y avait eu les diverses lois d'amnistie des socialistes, qui donnaient toute sa consistance à la définition du mot telle que proposée par Ambrose Bierce dans son *Dictionnaire du Diable* : « Amnistie, magnanimité d'un pays envers des coupables qu'il serait trop onéreux de sanctionner. » Dans cette perspective, il semblait acquis que l'amnistie était en voie de vraiment devenir *internationale*.

La prodigieuse faculté d'adaptation du cerveau humain aux diverses pressions de la sélection naturelle lui permet de rebâtir sans cesse son identité avec les ruines des précédentes. Ainsi, alors que l'année 1995 s'emboîtait dans la suivante, le travail de dissolution était en voie d'être achevé, je me reconstruisais, selon une sorte de plan étrange, entre la vie et les rêves, la mort et le sommeil.

À la surface tout allait bien, le métier rentrait, au rythme de la Machine.

Ainsi ces choses qui paraît-il font notre vie reprirent-elles leur cours, le cours du temps normal.

Le monde pouvait sombrer, l'orchestre continuerait de jouer.

Ce qui m'intéressait dans la théorie kabbalistique des séphiroths, c'était justement le fait qu'elle ne me serait d'aucun secours sur le plan des affaires particulières que nous avions à traiter.

Mais elle me permettait de replacer chacun de ces cas sur le *corps* général du délit, sur le crime que la société s'infligeait à elle-même, de par sa propre existence.

Les séphiroths établissaient une circuiterie hiérarchique entre chacune de leurs émanations, et plus encore elles formaient à elles toutes une image de l'Adam Kadmon, le modèle divin de l'Homme-Univers.

Un, les séphiroths représentaient un programme de recherches métaphysique basé sur de surprenantes analogies entre le corps humain et le Macrocosme, mais surtout entre le corps et son esprit, conçus comme deux régimes coexistants et coévolutifs d'une même forme.

Deux, les kabbalistes se servaient des nombres et des lettres selon la ligne de fuite d'un véritable *analogôn*, et non pas, comme les « gnostiques », en essayant de faire tenir leurs systèmes dans une numérologie fabriquée de toutes pièces.

Trois, l'arbre des séphiroths c'était donc l'*homme réuni*, l'homme intégral et milliaire, l'homme auquel Nietzsche avait rêvé. La Couronne Suprême, Kether, celle par qui l'*En-Sof*, principe inconnaissable de YHVH, prenait corps dans l'Univers (et dans l'Homme, ce Multivers vivant), évoluait en forme de *spirale*, voire, pour certaines illustrations plus complètes, en forme de *double spirale*. Une spirale partait du cerveau de l'Adam Kadmon pour rejoindre le feu pur de l'inconnaissable, sa figure corrélative descendait du feu pur de l'inconnaissable pour s'incarner, via son cortex cérébral, dans la créature de Dieu.

Et comme Nitzos l'avait deviné, la Kabbale juive ouvrait sur le pouvoir des Nombres, sur le pouvoir proprement divin de NOMMER, donc d'ouvrir chaque chose sur le néant ou l'infini, elle ouvrait sur un formidable *code secret*.

Le Zohar dit ceci, partie 3, colonne 307 : « Il y a *deux* auxquels s'unit *un*, et ils sont *trois* ; et étant *trois* ils ne sont qu'*un*. Ces deux sont les deux Jehova du verset : *Écoute, ô, Israël* (Deut., VI, 4). *Eleohenou* (notre Dieu) y est joint. »

Et un peu plus loin : « Et c'est là le cachet du sceau de Dieu : VÉRITÉ. Et étant joints ensemble ils sont un dans l'unité unique. »

Cela rappelait la notion d'*unissime* de saint Bernard.

Dans la même partie du précieux livre, colonne 116, on peut découvrir ceci : « Viens et considère le mystère de ce nom, *Jehova.* Il y a *trois* degrés, et chacun de ces degrés est distinct, et cependant c'est un ensemble unique, *entrelacé dans l'unité*, degrés inséparables l'un de l'autre. »

Toujours dans cette même partie, colonne 302, il est dit : *Le très-Saint, loué soit-Il, possède trois mondes, où il se tient caché.*

Il ne faisait plus guère de doute selon moi que ces degrés numériques et cosmiques contenus dans l'unité, par lesquels l'univers des multiples est engendré, ainsi que le Multivers de l'unique (l'Homme), oui il était assez clair que ces trois degrés de la Kabbale semblaient en tous points correspondre aux trois *hypostases* de la théologie chrétienne.

Par exemple, dans un vieux texte latin de Tertullien je trouvais : *Tres autem non statu, sed gradu, nec substantia, sed forma, nec potestate, sed specie, unius autem substantiae, et unius status, et unius potestatis, quia unus Deus, ex quo et gradus isti et formae et species, in nomine Patris et Filii et Spiritus Sancti deputantur.*

Ce qui signifie :

Ceci est qu'il y a seulement un Dieu dans l'unité de la substance ; mais, néanmoins, par le mystère de la dispense, l'unité est arrangée dans la trinité ; ceux-là sont trois, pas dans l'État, mais en degré, pas dans la substance, mais sous la forme, pas dans la puissance, mais dans l'ordre.

Pour en terminer avec tout cela, quoi que précisément tout allait recommencer à partir de ce point d'ignition, je me dois de souligner que je prenais autant de notes qu'il est humainement possible de le faire. Nitzos avait débuté son roman dans le vieil appartement du docteur juif, ou dans le Cimetière au Lion, je reprenais cette figure, avec la bibliothèque du crime que je constituais sur les cendres de celle de Wolfmann, et mes pérégrinations dans la grande Nécropole urbaine.

Nitzos lui-même n'avait-il pas établi ces surprenantes analogies dans son Manuscrit ?

Un extrait du Zohar accompagnait une antique reproduction de l'arbre séphirothique, punaisée devant moi, au-dessus de l'ordinateur, cela provenait de cette même troisième partie, à la colonne 131 : « Les voies *cachées*, les *lumières* insondables, les dix *paroles*, sortent toutes du point inférieur de l'*aleph* : les séphiroths émanent de la libre volonté de Dieu. Les séphiroths ne sont pas créatures, *absit* ! mais des *notions* et des *rayons* de l'Infini, par conséquent, éternelles comme l'Infini lui-même. »

Dans ce monde qui chaque jour basculait un peu plus vers les ténèbres d'avant sa création, une telle connaissance était franchement inutile, elle était donc vitale.

La bibliothèque secrète remplaça la méthédrine, elle en inversa totalement le principe addictif.

Je ne me doutais pas que cela serait infiniment plus dangereux encore.

Alors nous voici, Mazarin et moi, dans une voiture camouflée civile, une R 19 turbo bleu nuit, avec une immatriculation dans le Val-de-Marne. Vu les changements apportés dans l'organisation des corps de police en 1995, il faut que Desjardins restructure son étage. De plus, le procureur Kowalsky est parti à la retraite et son substitut a été muté dans les Bouches-du-Rhône, le nouveau procureur est un homme d'appareil, un haut bureaucrate de la magistrature. Desjardins me confie que sa nomination est politique, il serait proche du nouveau parti présidentiel. Desjardins me dit qu'il va regretter le vieux Kowalsky, mais qu'on n'a guère le choix. Desjardins est l'incarnation du flic républicain de l'ultime décennie du XXe siècle, Desjardins est la figure du désespoir professionnellement résigné.

Nos résultats des deux années précédentes sur le terrain du

gangstérisme ne lui ont pas échappé. Notre commissaire aimerait bien devenir divisionnaire maintenant. Lui aussi, il a droit à une part du gâteau bureaucratique. Il décide de faire de notre équipe une sorte de cellule de renseignement de la Préfecture quasi officielle, mais en fait très clandestine, car sous sa seule autorité. Il nous laisse agir aux lisières de tous les infra-mondes. Et nos titres d'officiers de Police judiciaire nous couvrent pour organiser une coopération informelle, mais efficace, entre divers services. La BRB, les BAC, les Stups... Il veut des résultats.

Et on lui en fournit.

Nous sommes déjà renseignés sur les enjeux qui se dessinent pour notre nouvelle carrière :

Marcher au cœur de la nuit.

Carnaval nous met dès le mois de juin sur une piste concernant une sorte de réseau de trafic d'armes, dopé à l'islamisme et à l'anarchisme – selon ses termes –, dans une cité de Villeneuve-Saint-Georges. L'affaire suit de très près celle des tueurs de Roubaix, on en cause, Carnaval nous dit qu'il existe plusieurs micro-réseaux indépendants les uns des autres mais qui partagent le même objectif : combattre l'Occident capitaliste et le sionisme.

En fait, nos filatures nous conduisent à une autre cité, sise à Vitry-sur-Seine, la cité Balzac.

On passe en mode espionnage nocturne et très vite on fait mouche.

Photographies, mises sur écoute, commissions rogatoires, mandats de perquisition et d'arrêt pour tout ce joli monde, la justice en action se déchaîne sans le moindre ultimatum :

Poliiicevousêêêtestouuusenéééétaaatd'aaarreeestation ! hurle Mazarin en défonçant la porte.

Pour notre intervention Desjardins a demandé la coordination de plusieurs équipes. On est assistés par Suvrini, de la BRB, d'une petite équipe de la BAC et de Chambeau, aux Stups, on sait qu'on va trouver en rab environ 100 grammes d'héroïne de médiocre qualité.

Alors badaboum voilà la flicaille qui rapplique cité Balzac, un des centres départementaux du trafic de dope et de la nouvelle génération des braqueurs de banque psychopathes. Gyrophares trouant la nuit, crissements de pneus, ordres brefs dans le béton qui résonnent, course arme au poing, explosion de la porte, tout le cirque.

Et je pénètre le calibre en avant, avec Suvrini, Chambeau, Mazarin, Da Costa et Bordas en première ligne, oui nous déboulons comme des furies dans l'appartement du sixième étage alors que les gugusses sont en train de balancer la dope dans la cuvette des chiottes.

On tatanne, flingue en pogne, Mazarin y va d'une matraque électrique de la police américaine. Ça hurle. On menotte. On frappe. On les embaaarque ! hurle Mazarin.

On trouve bien les 100 grammes d'héro un peu merdique, mais aussi de la coke, très pure, elle, environ vingt sachets de 10 grammes. Pas de quoi pavoiser mais ça nous a permis d'avoir Chambeau et ses mecs.

Et puis Suvrini n'est pas venu pour rien lui non plus :

On a là des grenades quadrillées made-in-Bosnia, deux fusils à pompe italiens, autant de pistolets automatiques 9 mm de marque Beretta, trois autres de marque Astra, deux revolvers Manhurin MR 73 de la police française, un pistolet-mitrailleur israélien UZI datant des années 70, un pistolet-mitrailleur allemand HK très moderne, deux Skorpio tchèques à peine moins récents, un fusil d'assaut soviétique AK 47, un FAMAS de l'armée française. Avec les munitions adéquates, en chargeurs, ou en boîtes de cartouches, dans des caissettes de pin.

Les gars sont huit lascars dont trois habitent ici et trois la cité de Villeneuve-Saint-Georges, plus le boss, venu de Créteil avec son garde du corps. Il y a trois Franco-Arabes, dont un est à demi kabyle, à demi portugais, c'est lui le chef de la bande, un Corse d'origine sarde, qui est son escorte personnelle, trois Français « de souche », et un gars d'origine malienne. C'est notre indic : Philibert Konanga, il vient de

Villeneuve, il est entré récemment dans la petite bande mais on est parvenus à le retourner, avec Mazarin, un peu de poudre et quelques baffes. On l'embarque avec les autres, on le relâchera discrètement dans vingt-quatre heures. Très vite, grâce aux informations retrouvées sur place, la flicaille de toute la région parisienne se met en branle, en l'espace de deux jours, sept autres individus sont interpellés un peu partout dans l'Île-de-France, trois autres le seront un mois plus tard, dans les Alpes-de-Haute-Provence.

Voilà notre premier gros coup. Les journaux en parlent dès le lendemain, jusqu'aux grands quotidiens nationaux. Desjardins est aux anges. L'été chauffe la banlieue parisienne.

Il en profite pour nous mettre sur une très sordide affaire qui s'est déroulée au réveillon précédent.

Exposition des faits :

Fête de la fin d'année à La Courneuve.

À minuit dix, juste après les congratulations de la nouvelle année, Virginie Bertoldi et son petit ami, Didier Schmidt, se sont fait cerner dans un coin du parc par une bande de blacks, venus du 93, ils ont suriné le petit ami, qui a été retrouvé mort une heure plus tard dans un bosquet, vidé de son sang, six coups de couteau dont trois mortels, et ils ont visiblement violé la fille sur place, avant de l'embarquer de force dans leur bagnole, une BMW bleu marine selon le témoignage de la victime, où ils l'ont de nouveau violée toute la nuit.

Vers 4 heures du matin, ils sont passés par Montreuil où ils l'ont refilée à une bande d'Arabes qui l'ont violée à leur tour dans leur propre bagnole, une Escort blanche, immatriculée *9-4* avant de l'abandonner sur le parking de la gare des Ardoines, à Vitry-sur-Seine, vers 6 heures 30, moment où un employé de la SNCF qui arrivait au travail l'a aperçue, couchée sur le béton, la voiture, drapée dans un nuage de gaz d'échappement, filait vers l'échangeur de l'A 86.

— Nous voulons voir le docteur Auclair, nous sommes enquêteurs de la Police Judiciaire.

Les mots avaient claqué sèchement devant moi alors que je les énonçais, genre balles dum-dum au sortir de la bouche à feu. La femme de l'accueil de Sainte-Anne avait blêmi par simple impulsion. La façon dont j'avais craché les mots « Police judiciaire » sans doute. J'aurais pu dire « KGB », « Gestapo », ou « CIA », l'effet aurait été semblable.

— Nous avons rendez-vous, avait dit Mazarin, pour arrondir les angles.

Nos cartes tricolores étaient tendues devant nous, comme notre seul et véritable visage.

L'infirmière psychiatrique de garde avait alors acquiescé de la tête et empoigné avec célérité son téléphone pour nous annoncer.

Le docteur Jacqueline Auclair était une jolie femme de quarante ans sans doute passés depuis peu. Brune, les yeux brun fauve, la peau mate, un peu espagnole sur les bords, sa chevelure brune était coiffée en un chignon sévère censé retenir sa sensualité naturelle, mais qui ne parvenait sans doute qu'à l'effet contraire.

Elle nous invita à prendre place sans froideur, mais sans chaleur particulière non plus. Je m'y attendais.

— J'ai eu connaissance de votre demande et je dois dire que je ne comprends pas. Le meurtre de Didier Schmidt a été pris en charge par la Brigade Criminelle de Paris, et les viols à répétition qu'a subis Virginie Bertoldi dépendent de l'unité spécialisée de la Préfecture de Paris.

Bon, premier obstacle. Prévu.

— Nous le savons. Mais il se trouve que la victime a également été violée sur le territoire du Val-de-Marne, et peut-être ailleurs. D'autre part, nous estimons qu'il est possible que ces bandes de violeurs n'en soient pas à leur coup d'essai dans le département, même si nous dirons qu'une série particulièrement déplorable de hasards les a fait se rencontrer ce soir-là, et s'échanger leur victime. Il est probable selon nous qu'ils soient coupables d'autres délits. Et sans doute d'homicides.

Reste froid.

Cool, comme un fusil à lunette guettant sa proie.

Jacqueline Auclair ne dit rien. Elle fronce ses sourcils en accents circonflexes.

— Que savez-vous du dossier ? demande-t-elle en s'adressant à moi.

— Nous savons ce que la Crim' a bien voulu nous communiquer. Nous avons le récit circonstancié de la victime et des quelques témoins sur place. La bande venue de La Courneuve avait semble-t-il passé la soirée à pratiquer la chasse aux gonzesses. Ils ont dû boire un coup de trop à minuit et leurs pauvres nerfs de victimes de la société ont lâché.

— Ouais... fait le docteur Auclair, avec un drôle de rictus, je parle sur le plan médical, que savez-vous du dossier médical de la victime ?

Les crimes remontaient à près d'un an.

Les crimes remontaient à presque une vie.

Les crimes remontaient aux origines du monde.

— Justement docteur, c'est pour cela que nous sommes venus vous voir. Mieux vaut s'adresser au bon Dieu qu'à ses saints.

Cela a provoqué la naissance d'un sourire au coin de ses lèvres. Un sourire teinté d'une ombre de tristesse.

— Je ne suis ni une sainte ni le bon Dieu. Et dans le cas Bertoldi moins encore que pour tout autre.

Il y avait un message caché.

— Pourquoi ?

Un long soupir.

— Je vois qu'en effet vous ne savez rien.

Mon sourire était réglé sur le mode exercice du pouvoir en toute quiétude.

— Non, en effet. Mais vous allez tout nous dire.

Elle a fixé sur moi son regard fauve, piquant d'une curiosité toute féminine.

Puis elle a saisi un dossier dans un de ses tiroirs à classeurs suspendus et elle l'a posé sur son bureau. Elle l'a ouvert mais s'est contentée de laisser son regard se perdre quelques instants sur la toute première page du dossier.

— Virginie Bertoldi est dans la totale incapacité de recevoir des visites, et tout rappel mémoriel des événements lui est désormais fortement déconseillé, pour ne pas dire totalement prohibé. Sa psychothérapie ne fait que commencer croyez-moi, et je dis ça... dans le meilleur des cas. Vous devrez faire avec le témoignage initial recueilli par la brigade urbaine de Vitry-sur-Seine qui l'a découverte sur ce parking, puis avec celui, un peu plus cohérent, conduit par la Criminelle et l'unité psychologique spécialisée. Le trauma nerveux des premiers temps n'est rien en comparaison du choc subi peu après. Les tests, malheureusement, se sont avérés positifs.

Je n'ai rien dit, j'ai laissé la masse d'informations prendre forme dans la structure cristalline de ma conscience.

Ordinateur mental en action.

Taux d'adrénaline : quasiment normal.

Deux, trois secondes de suspens. La nuit tombe et devient un carré bleu dans le dos du docteur Auclair.

— Elle a le sida, c'est ça ? demande alors Mazarin.

— Oui, répond le docteur Auclair. Elle été infectée par deux spermes séropositifs, et elle vient de déclencher la maladie. Il y a quelques jours. Nous n'avons rien pu faire. La seule chose positive – si vous me passez cette expression – c'est que ces souches séminales sont les signatures ADN de leurs auteurs. Mais il faudra au préalable les arrêter pour établir les comparaisons.

Le message nous était plus ou moins directement adressé.

J'ai pensé durant un instant à lui demander si elle voyait dans le déclenchement subit de la maladie un éventuel rapport avec le choc nerveux primordial subi par la victime, mais je me suis abstenu.

C'était pourtant sûrement un cas d'étude intéressant.

J'ai juste dit : merci de votre coopération docteur, signalant à Mazarin qu'il était temps d'écourter la séance.

— Faut qu'on serre ces petits enculés et qu'on leur broie

les burnes dans un étau, avait dit mon compagnon en rompant le silence chuintant de la voiture qui glissait comme un rêve de métal sur l'autoroute de Créteil.

Je trouvais personnellement que c'était un châtiment à la limite du laxisme.

Il y avait donc plus fort que la drogue. Il y avait plus fort que l'amour. Il y avait plus fort que la mort elle-même.

Il y avait l'homme.

Redevenir humain allait à contre-courant du désir qui me poussait à survivre, mais en même temps il était devenu évident que c'était l'unique moyen de satisfaire ce désir.

Alors le paradoxe faisait surgir un troisième terme des abysses ainsi ouverts, un état tiers qui semblait pouvoir se rapprocher de la vérité, s'il y en avait une : entre humain et non-humain, entre désir et néant, au-delà même des catégories qu'ils présupposaient, attendait une certaine biophysique de la connaissance, donc une biophysique de l'angoisse, une incarnation improbable où se cristallisait la figure tremblante d'un vivant-mort, d'un humain para-humain, d'un moment de solitude total.

C'était là ma voie de salut, je le savais.

Le tunnel blanc de la méthédrine se conjugua au tunnel noir de la thanatologie des usines. Le rêve froid de la violence légale vint ensuite s'intégrer au corpus ainsi constitué.

Le passé devenait futur, le présent s'effaçait devant une forme d'éternité. La mémoire se cristallisa. J'émergeai de cette nuit pré-utérine, plein du sang laissé par les hommes sur leur chemin.

Une sainte trinité, une dynamique ouverte sur la multiplicité par le vecteur de l'unique qui se dédoublait et donc créait la somme productive de cette opération, voilà ce qui se mettait en branle, comme le mécanisme d'une bombe.

Le Manuscrit de Paul Nitzos éclairait mes anciennes cartes.

La Loi est l'ombre de la Liberté, me rappelais-je sans cesse.

Je n'avais plus besoin de speed pour me tenir éveillé, je

n'avais plus besoin d'amour pour m'endormir, je n'avais plus besoin d'images pour comprendre les crimes.

Je devenais une machine dont la biologie enfin s'éclairait, mon cœur était fait de nombres.

Le temps, donc, n'avait pas vraiment retrouvé son cours normal. L'accélération biochimique de la méthédrine avait bien disparu, mais en fait une sorte de force d'inertie continua de me propulser dans le vide des sociétés qui s'évanouissaient comme de simples fantômes autour de nous.

Nous coinçâmes Djamel Djellaz et nous lui fîmes comprendre qu'il avait besoin d'urgence de nous remonter quelque chose à nous mettre sous la dent. Il risquait sinon de rencontrer un soir les « amis » de Mazarin. On fit la même chose avec Hocine Bendjaoui, avec l'ami Bendouz, avec Pietro Romesco, avec nos balances du milieu corse, tous nos indics : L'objectif numéro un c'était de serrer les gus à l'Escort blanche immatriculée dans le 94.

Mais lorsque l'année fut écoulée nous fûmes dans l'obligation de constater que rien ne remontait, sinon des conneries de rumeurs invérifiables, ou qui ne tenaient pas une fois vérifiées. On continuait pourtant notre rythme de visites modèle Gestapo, avec nos « arrestations » nocturnes et nos « balades » dans les zones industrielles désolées. Notre réputation était désormais fameuse dans tout le département. Mais ça ne suffisait pas. Les mecs s'étaient évaporés. On avait fini par se dire que leur Escort était peut-être bien une voiture volée. Certes, son signalement correspondait au modèle standard des branleurs de banlieue, mais il arrive que les bandes se dévalisent entre elles, pour tout un tas de mauvaises raisons, dont le hasard, qui est une invention du démon.

Les mecs pouvaient très bien venir du département de l'Essonne, de Seine-Saint-Denis, ou des Yvelines, ils pouvaient même venir de plus loin encore. La voiture avait été depuis longtemps désossée et ses pièces disséminées dans des dizaines de véhicules, volés eux aussi.

Comme d'habitude, plus le temps passait, plus les chances de retrouver les auteurs du crime disparaissaient, comme un corbillard à l'horizon.

Décembre commençait lorsque Virginie Bertoldi se retrouva allongée dans le corbillard en question, elle n'avait pas fini l'année.

Le docteur Auclair nous avait dit dans sa note envoyée le jour du décès de la victime : Il est tout à fait clair selon moi qu'aucune volonté de vivre n'habitait plus ni l'esprit ni le corps de cette jeune femme.

J'avais simplement fait la remarque à Mazarin : *maintenant*, nous avons un homicide.

LES SEPT PILIERS DE LA TERREUR, 1997

Le rayon de la torche découpe un faisceau de lumière blanche qui se désagrège sur le paysage végétal, branches, feuilles, troncs, taches d'une verdure rendue purement graphique, tout cela entremêlé par la nuit, sous le souffle glacé des étoiles.

Nous écartons les branchages de notre chemin, et nous apercevons les lumières bleues des pulsars flicards un peu à notre droite. Nous quittons alors le sous-bois où nous avons garé la R19 pour descendre vers le fleuve.

C'est là que le corps s'est échoué. C'est là que les flics de Saint-Maur, avertis par un appel anonyme, l'ont découvert sur les berges, pris dans un banc de roseaux des bords de Marne.

Lorsque nous arrivons sur les lieux, Mazarin et moi, on constate que notre signalement est connu de la flicaille locale. Les mecs en uniforme s'écartent sur notre passage. Le vieux fêlé et le jeune dingo. Je sais plus qui a lancé un jour quelques surnoms qui sont depuis restés collés à nos identités : la « Bande des Quatre », la « Tchéka », ou la « Guépéou du Val-de-Marne », voire les « Hussards de la Mort »... Ils étaient sans doute mérités, mais quand même un peu au-delà de la mesure. Mazarin ayant été blanchi par la justice pour cause de légitime défense, nous n'avions encore tué personne.

Arrivés près du corps, on fait tout de suite les mêmes constats que les enquêteurs du commissariat local. Ça ressemble à un joli règlement de comptes conduit dans les règles de l'art. Une munition de type militaire dans la nuque tirée à bout portant est ressortie par le lobe frontal, le sang a jailli par l'ensemble des fractures du crâne, dont l'impaction est évidente, avec des morceaux de cervelle et de trachée et tout ça s'est partiellement coagulé dans les cheveux de la victime, même l'eau vaseuse de la Marne n'est pas parvenue à décoller les croûtes organiques ainsi formées sur le cuir chevelu. Les mains sont liées dans le dos par du fil de fer barbelé dont les pointes crasseuses se sont profondément implantées sous l'épiderme, comme des échardes de fer. Le corps a été lesté avec des parpaings attachés autour de la taille par une corde qui vraisemblablement s'est défaite dans l'eau, et qui flotte autour du cadavre, comme un long ver solitaire.

Selon mes premières constatations, de visu, le corps a séjourné dans la rivière moins de quarante-huit heures, mais la mort remonte à environ une semaine. On l'a sans doute flingué à un endroit, planqué quelque temps ailleurs, puis balancé à la flotte.

On a manqué d'esprit de finition lors de cette phase de l'opération.

La lumière tournoyante des gyrophares balaie la surface des eaux calmes de la rivière, les ondes laissées par quelques poissons ou batraciens de passage s'irisent du bleu froid de la présence policière.

Je demande à Mazarin d'éclairer le visage du mort qui gît sur le dos au milieu des nénuphars. On aperçoit un visage masculin de type moyen-oriental, un peu arabe, un peu asiatique, avec un collier de barbe grise plein de vase.

On demande aux gars de Saint-Maur d'attendre l'arrivée des légistes et du labo de la Préfecture, on prend l'enquête en charge, fais-je, sûr de mon autorité.

Personne ne moufte.

J'allume une cigarette. La nuit est immense au-dessus de nous. Elle semble être à la mesure des crimes qui se déroulent ici-bas.

C'est le résultat de l'autopsie, deux jours plus tard, qui nous fait comprendre qu'on est en train de glisser, de façon imperceptible, vicieuse, convolutée, vers un nouveau genre de violence urbaine, et les nouvelles catégories d'armements qui vont aller de pair. Notre découverte du petit réseau qui trafiquait des armes et de la dope entre Vitry et Villeneuve-Saint-Georges n'est encore qu'un prototype.

Depuis l'affaire des flingueurs fous de Roubaix, en février-mars 1996, on avait pu constater un changement notable dans l'approvisionnement de la racaille. Là où les gars de Suvrini découvraient jusqu'alors des fusils à pompe, on marchait maintenant à l'AK 47 et au lance-roquettes zolia made-in-Yugoslavia. Les convoyeurs de la Brinks de Roubaix qui étaient tombés sur la bande de Christophe Caze avaient été flingués de sang-froid : attaque au kalach', tir d'une roquette anti-char à l'arrière du camion, pas de quartier. Les flics qui les avaient ensuite pris en chasse avaient été arrosés au fusil d'assaut. Un certain Hamoud Feddal, ressortissant de confession musulmanne, avait croisé par malchance la bande des gangsters islamistes au volant de sa voiture.

Il n'y avait pas survécu.

Depuis cette date, et l'assaut donné par le RAID à la planque des tueurs dingos, où plusieurs de ces derniers perdirent la vie, la tendance avait alors suivi sa tranquille courbe ascendante : Les Sig-Sauer militaires et les Beretta dernière génération remplaçaient peu à peu les Astra 80, les AK 47 et les zolias se substituaient à l'arsenal Manufrance, les munitions 7,62 mm, les grenades quadrillées et les roquettes antichars soviétiques qui accompagnaient les lots venaient droit d'Afghanistan, de Tchétchénie, d'Albanie ou de Bosnie-Herzégovine, tous territoires confondus, pour Sarcelles, Corbeil-Essonne, Vitry, Nanterre. Elles ne valaient presque rien là d'où elles venaient, la tête d'un enfant bosniaque par exemple, et on pouvait les revendre dix fois plus cher à l'arrivée, le prix de la tête d'un convoyeur de fonds parisien, autre exemple.

Cette année-là, Mazarin me dit un jour :

— Clébert vient d'adhérer au Front National, avec plusieurs gars de la BAC qui ont essayé de monter le FN-Police lors des élections syndicales. Je crois que Leflamand aussi est avec eux.

Mazarin m'avait montré les tracts que Clébert et les sympathisants du FN-Police, désormais interdit, diffusaient sous le manteau à la Préfecture. L'un d'entre eux reprenait l'affiche que Le Pen avait utilisée pour les européennes de 92 : il s'agissait d'une phrase extraite d'un discours de l'ayatollah Rafsandjani, qui promettait un État islamique pour la France d'ici une vingtaine d'années.

Un autre reproduisait les termes utilisés par un grand dignitaire religieux sunnite qui prônait la guerre sainte contre l'Occident, Israël et l'Amérique.

Je me souvins alors d'un passage de *La Fosse de Babel*, le livre qui avait initié ma nouvelle bibliothèque, avec *Le Livre des Splendeurs* dont j'avais trouvé un vieil exemplaire dans une petite librairie près du Quai Conti.

Abellio y prédisait déjà, quarante ans avant son émergence, la crise qui désormais entrait dans sa phase active.

Il annonçait une guerre terrible entre l'Occident et l'Asie. Il ne semblait promettre de victoire pour personne, mais plutôt une défaite généralisée. C'est de ce désastre que surgirait alors un vaste anneau conspirateur qui se chargerait de sélectionner les survivants de cette guerre planétaire. Voici ce que Raymond Abellio fait dire à l'un des personnages de ce roman, à son début :

« J'attends le moment où les Russo-Américains, enfin unis, essaieront de défendre leur civilisation de robots mécaniques contre une autre civilisation, celle des robots religieux, déferlant des plateaux mongols, des rizières chinoises ou des déserts d'Arabie et poussant devant eux leurs esclaves fanatisés d'Afrique. Le communisme asiatique proposera au monde la civilisation de masse la plus rude, la plus perfectionnée, la plus scientifique, la plus exaltante, la plus étouffante qu'on ait jamais connue. Mais la nouvelle Rome, cette fois, sera sous les décombres de Paris, dans des caves ou des catacombes, comme l'ancienne, et persécutée comme elle. Je me sens déjà vivre dans ce Paris enseveli, *réduit enfin à l'état pur* ! Les hommes comme moi y seront beaucoup plus à l'aise que dans celui des couturiers pédérastes et des abrutis milliardaires, fit-il d'un ton uni. Et j'imagine assez bien les Champs-Élysées troués par les bombes et envahis par des fourrés obscurs où les nouveaux hommes d'ici voisineront avec des bêtes sauvages et nobles qui leur rendront le goût de la liberté... »

Je ne devinais encore que très vaguement les contours de la chose, mais j'avais acquis comme une sorte de certitude, que je gardais secrète : moi aussi, en un certain sens, j'attendais que les Champs-Élysées soient enfin dignes de leur nom, et soient rendus aux morts et au feu.

Les mecs du FN-Police qui diffusaient le tract avaient été pris à partie par les gars des syndicats nationaux de la Préfecture, FO, le nouvel Alliance-Synergie, et quelques autres : d'après eux, Le Pen usait en démagogue des peurs et des fantasmes, c'était irresponsable et diablement anticivique. Je me rappelle avoir entendu une fois une altercation entre Clébert et Philippe Moreau, le représentant de FO, alors que je passais devant leurs bureaux pour me rendre aux toilettes :

— Vous faites le jeu des communistes, avait dit Moreau, ils veulent qu'on soutienne l'Algérie et son gouvernement sauce soviétique pour faire la chasse à trois mollahs.

— T'es qu'une bite, avait craché Clébert, trois mollahs c'est la statistique moyenne pour chaque ville de la couronne maintenant, et tous les petits enculés voleurs de BMW se sont découvert une croyance pour pas cher, en échange de fusils d'assaut yougoslaves. C'est vous qui sucez la queue des cocos et des socialos, à chaque élection. Et bientôt vous sucerez celle des islamistes.

— Non, Clébert. C'est toi et tes potes qui vivez sur une autre planète. On doit intégrer les populations musulmanes françaises dans les valeurs de la République, mais on doit aussi faire l'effort de comprendre les leurs. Les islamistes ne sont qu'une poignée.

— Pauvre con, avait rétorqué Clébert, dans dix ans ta fille sera obligée de porter un tchador dans son école.

Mazarin non plus ne voyait pas d'un très bon œil l'apparition du voile islamique dans les collèges et les lycées. Sans enfant, le problème ne le concernait pas directement, mais il croyait en l'unité indivisible de la République – me disait-il.

Moi, je ne voyais en cela que le symbole tragique de toutes nos impossibilités.

L'Europe était morte, j'en étais convaincu. La France ne valait guère mieux. Il n'y avait plus aucun espoir à proposer aux gens qui bientôt viendraient s'échouer dans leurs cargos surpeuplés sur nos plages.

Mazarin m'avait dit, désabusé : Ces pauvres débiles des syndicats socialos ne voient pas comment l'État ouvre la porte aux fanatiques et aux dingos. Il n'y aura bientôt plus de Police Nationale, mais des regroupements de factions. Les gens préféreront faire appel à des vigiles privés, au moins il y aura un contrat clair et écrit. Le Pen est un gros enculé, mais comme tous les enculés il sait pousser là où ça fait mal. Oui, avais-je répondu d'autant plus que l'anus de la République lui est grand ouvert. D'ailleurs dans le cas des affiches, il lui a suffi de citer les mollahs eux-mêmes. Exactement, avait approuvé Mazarin : personne ne veut admettre que le but de tous ces bédouins rois du pétrole c'est vraiment d'instaurer la charia dans notre pays.

Mazarin n'était ni de gauche ni de droite. Il votait pour la République, disait-il. Depuis quelque temps son cœur battait vaguement pour Chevènement.

Quant à moi, la plupart du temps je me taisais.

Mes opinions politiques, si l'on pouvait appeler ça ainsi, m'auraient fait passer pour un fou.

Et sans doute l'étais-je devenu pour de bon.

Mustapha Ciruluk.

Citoyen d'origine turque. Né à Istanbul le 19 janvier 1951. Vivant en France depuis le mois de juillet 1981. Résidant à Ivry-sur-Seine depuis 1984. Et travaillant pour une petite maison d'édition sise à Saint-Maur, depuis sa fondation, l'année suivante. Bon, ça commence plutôt pas mal.

Ce qui nous indique d'entrée la nature du problème tient dans la description en quelques lignes du projectile qui a tué monsieur Ciruluk. Il s'agit d'une munition de 7,62 mm, de type soviétique, le modèle utilisé par les fusils d'assaut kalachnikov.

Si c'est un règlement de comptes crapuleux, même au vu de la tendance qui s'amorce, il sort de l'ordinaire. Plus j'y pense en regardant les clichés de l'institut médicol-légal plus ça ressemble à une exécution politique.

Deuxième indice, encore plus troublant, il apparaît que monsieur Ciruluk a souffert de tortures à l'électricité sur les organes génitaux et un peu partout plus généralement, avant d'être assassiné.

Les photos corroborant l'assertion ne sont pas très bonnes, on sent que Carole Epstein n'est plus là, ma's le rapport écrit est clair et circonstancié.

Mazarin agite son dossier dans ma direction, et me dit : ça pue ce truc. Notre Turc n'est pas un branleur de cité-à-clapiers, c'était l'adjoint de cette maison d'édition à Saint-Maur. Je viens de me taper son dossier sous toutes les coutures : docteur en théologie, et aussi en mathématiques. Écoute ça : parle quatre langues moyen-orientales, dont le turc bien sûr, plus le français et l'anglais, a étudié à Cambridge, entre 1976 et 1980, et avant il était passé par une fac à Hambourg. Il a travaillé pour le CNRS jusqu'à l'an dernier. Merde. Et il a collaboré avec l'Institut du Monde Arabe pour une exposition consacrée aux mathématiciens de l'Islam, en 1995, deux mois avant les attentats de l'été.

Petite synthèse établie dans les heures qui suivirent, visite sur place, interrogatoire du personnel :

La maison d'édition, dénommée « Les Cinq Piliers », est spécialisée en écrits religieux, historiques et philosophiques musulmans, de toutes nationalités, rédigés en plusieurs langues : arabe, persan, turc, urdu, baloutche, tadjik, ouzbek, mais aussi en français, en anglais, ainsi qu'en serbo-croate et en allemand.

Elle est spécialement instruite dans la littérature soufie, le chīisme ismaélien et les dynasties islamiques andalouses.

Mustapha Ciruluk a fondé la maison d'édition en 1985 avec Hamid Muzzawalkhid, un Afghan d'ascendance iranienne, et Habbas Oulmi, un Marocain né en France, mort depuis d'un cancer. Plus tard, un investisseur libanais, vivant toujours à Beyrouth, un certain docteur Aqwallah, avait amené ses billes dans l'affaire.

La maison ne semble reliée à aucun réseau trouble. Elle n'édite que des textes théologiques d'une grande profondeur mystique, de la poésie persane, des textes de Djalâl-ud-Dîn Rûmî, d'Attar, d'Ibn 'Arabî, ou d'autres philosophes soufis, ainsi que des écrits d'Al-Kharwizmi, de Nasr-e-Dîn, d'Al-Urdî ou de Ibn-al-Shatir, mémoires astronomiques qui préfiguraient la révolution copernicienne, grâce à l'invention du calcul arabe, que les Arabes appelaient eux « calcul indien », car il vient en fait des Indo-Aryens du nord de l'Inde. Le concept de « chiffre », c'est-à-dire du rôle intrinsèque donné à la position du numéro dans le nombre, ne peut tenir sans l'invention du zéro. Lorsque les Indiens inventèrent ce concept fondateur, ils le traduisirent par « Sunya », le « vide » en sanskrit. Les Arabes en firent leur *Sifr*, dont l'homophonie avec le *Zepher* juif est évidente, et qui devint « chiffre » en Europe romane, mais qui pour eux indiquait aussi le « zéro », forme latinisée du même mot.

J'avais parcouru avec avidité une *Encyclopédie des sciences arabes*, où j'avais lu cet extrait sur l'invention du nombre nul, trois forts volumes, hors de prix.

Je l'avais achetée, bien sûr, sous le regard circonspect de Mazarin. Je savais qu'il ne pouvait pas vraiment soupçonner à quel point la littérature s'avérait bien plus addictive encore que toutes les méthédrines de la planète.

Alors c'est reparti pour un tour. On se divise le boulot, moi et Mazarin d'un côté, Da Costa et Bordas de l'autre, en binômes autonomes on va sonner les cloches de nos balances, et cette fois, je spécifie bien :

— On ne rigole plus. C'est la guerre.

En gros : on revient aux méthodes d'il y a deux ans.

Disons plutôt : à celles d'il y a un demi-siècle.

Jamais le pouvoir n'a disposé d'aussi grands moyens pour imposer sa souveraineté et jamais il ne lui est resté, pour les appliquer, aussi peu de force, disait Raoul Vaneigem un ou deux lustres auparavant, juste avant la chute du Mur. Dire que c'est dans l'Internationale Situationniste que la Police Nationale pouvait lire son avenir, déjà pré-écrit, *prédit.*

Un jour, un flic de Bondy, une vieille connaissance de Mazarin qui nous rencardait sur les trafics d'armes, nous dit que sa ville était en train de devenir le siège d'une activité de gros volume dans le domaine. Ils étaient sur la piste d'un réseau qui approvisionnait visiblement toute la ceinture. Le même flic nous avait dit un jour : il y a aussi un nouveau truc qui arrive sur le marché, avec les flingues généralement, surtout quand la cargaison vient d'Amérique du Sud : c'est une saloperie nommée scopolamine, elle détruit ta mémoire à court terme au fur et à mesure, on peut faire de toi ce que qu'on veut, un vrai robot. Il paraît que des petits rigolos s'en servent dans les « rave parties ». Après c'est beaucoup plus simple pour le viol collectif, vous comprenez ?

On comprenait.

Le souterrain nous entourait de toutes parts, nous vivions à l'intérieur, pire, en ce qui nous concernait, Mazarin, moi et les autres, nous en étions les gardiens, nous en assurions l'expansion, nous étions parmi ceux qui fouissions sous la terre pour creuser les infinies galeries du chaos, où la conscience ressemblait à ce rat dont je sentais parfois la présence exciter mes terminaisons nerveuses.

La guerre mondiale avait bien commencé.

La maison de Ciruluk, à Ivry, se trouvait rue Descartes, entre la mairie et la gare SNCF du RER. Elle donnait quasiment sur l'ancien cinéma le Luxy, anciennement spécialisé en westerns italiens et en films de kung-fu et qui avait depuis été transformé en salle d'art et d'essai. Je n'y voyais qu'une conséquence supplémentaire de la culturisation générale du monde.

La lune était haute, brillante, presque pleine, sa lumière tombait sur la ville, mercure frémissant.

Dans la maison, un modeste mais sympathique petit pavillon en meulière, on n'avait d'abord rien constaté d'anormal.

On avait visité une à une les pièces du rez-de-chaussée, puis on était descendus dans la petite cave, rien de spécial, deux caisses remplies d'objets hétéroclites, de vieilles lampes à huile, des plats en cuivre de style proche-oriental, de la vaisselle usagée empaquetée dans du papier journal, du savon de Marseille, on était montés à l'étage, deux chambres, un bureau, une étroite salle de bains, puis le grenier juste sous les toits. Quelques cartons, de vieux livres en anglais et en arabe.

On était redescendus dans le salon.

C'était une maison propre, bien tenue. Il y avait de nombreux ouvrages dans la bibliothèque. On savait qu'une femme de ménage se rendait environ tous les dix jours faire un grand ménage dans la maison, on l'avait interrogée la veille. Visiblement, rien n'avait été touché dans la maison depuis la pose des scellés.

— Bon, RAS, j'avais soufflé entre mes dents en me dirigeant vers la sortie.

— Attends.

Je m'étais retourné. Mazarin fronçait les sourcils. Il tenait son doigt en l'air. Il semblait réfléchir à quelque chose d'important.

C'était très inhabituel.

— Quoi ?, j'ai fait.

— Je sais pas. Une intuition. On est allés trop vite. Y a un truc qu'on n'a pas vu.

— Oh merde, Mazarin...

— Je déconne pas. Je voudrais vérifier un truc.

— Quoi donc ?

— Eh bien, je crois que c'est là-haut.

— Où ça ?

— Dans son petit bureau en face de la chambre.

— OK, j'ai soupiré. On remonte.

Alors on a gravi le petit escalier de bois en colimaçon et on a de nouveau ouvert la porte de son bureau.

Nos gants de latex brillaient doucement dans la pénombre poudrée par la lumière de la lune. Nos torches électriques se croisaient et se recroisaient dans leur chasse aux objets, aux indices, animaux de photons volant d'un mur à l'autre, de portes en fenêtres, de chaises en étagères, dans l'espoir de cueillir au passage le fruit d'une vérité oubliée.

Et le faisceau blanc projeté par Mazarin s'est fixé sur le bureau. Une masse de bois sombre où luisait le plastique gris d'un petit ordinateur, genre Macintosh des premières années, avec quelques boîtes de disquettes disposées à côté. La flaque de la lumière lunaire découpe en angles durs les objets laissés en dehors du faisceau de la torche.

— Regarde, avait fait Mazarin :

Son doigt indiquait quelque chose que je ne voyais pas.

— Regarde quoi ? Merde, sois clair.

— La trace. La trace de poussière.

— Putain Mazarin, de quoi...

— Approche-toi. Regarde les boîtes de disquettes. Regarde la poussière sur le bureau. Et regarde bien là où je fixe la torche. La marque laissée par une boîte. Qui n'y est plus.

Mazarin venait de taper dans le mille.

— Merde, j'ai fait, je savais pas qu'en plus t'avais des intuitions.

— J'suis comme les gonzesses, c'est mon cycle lunaire, fut sa réponse.

On parvint rapidement à établir le scénario de base. Le 25 août au matin, ou peut-être la nuit d'avant, Mustapha Ciruluk disparaît. En effet, il ne se rend pas à la librairie des Cinq Piliers, où l'on ne s'inquiète pas vraiment de son absence, pensant à une grippe ou à un problème familial, voire à rien de particulier, il arrive en effet à monsieur Ciruluk de s'absenter ainsi de temps en temps, sans prévenir, pour de très courtes périodes, on dit qu'il les passe à travailler tout seul chez lui.

Bon. On le retrouve cinq jours plus tard dans la Marne. Les dernières constatations médico-légales datent la mort au cours de la nuit du 26 au 27.

Entretemps on l'a torturé à l'électricité.

Pourquoi ?

Pour lui faire avouer quelque chose.

Quoi ?

La présence et l'emplacement d'informations par exemple, dans une disquette, ou une série de disquettes, dans une boîte.

Ensuite : pas besoin d'effraction. On a les clés du domicile prélevées dans les poches mêmes du client. On va donc faire un tour rue Descartes à Ivry. Discrètement, on ne prend que la boîte de disquettes qu'il faut, on ne laisse aucune trace, puis on exécute monsieur Ciruluk d'une balle de kalachnikov dans la nuque, il est rangé quelque part pendant environ quarante-huit heures, sans doute le temps de décider de son sort final, puis on le leste de parpaings et on le balance dans la Marne, vers Saint-Maur, peut-être pas loin du lieu de l'exécution, ou du « stockage ».

Pendant des jours Mazarin et moi on décortique le dossier, assez maigre, et on cuisine nos balances en parallèle.

On essaie d'élaborer un cadre.

Comme me le répète Mazarin, ce truc pue vraiment. Ce

n'est pas un règlement de comptes crapuleux. On a agi avec un professionnalisme de soldats de métier. Sauf au dernier moment. Ça impliquerait comme une sorte de coopération entre des pros et des moins pros.

Oui, je sais, je réponds. Ça pue vraiment.

On dirait que le commandant du groupe a pris les choses en main jusqu'à ce qu'ils aient obtenu ce qu'ils voulaient, soit ces putains de disquettes. Après ils ont confié la tâche subalterne de s'occuper du cadavre aux bleus-bites de la section qui se sont démerdés comme des manches. C'est comme ça que je vois le truc. Sinon on aurait jamais retrouvé ce pauvre Turc.

Oui, je sais, je réponds, c'est vraiment pas clair.

Et en même temps je dis, sur un mode inaudible, mais que nous entendons tous les deux : ça pue les flics pourris, ça pue la police politique, faut qu'on soit prudents si on veut pas se faire piquer l'enquête par un service rival, comme avec les gendarmes et le tueur des centrales, dont on n'entend d'ailleurs plus parler depuis un sacré bail maintenant.

Mais aucun interrogatoire des proches, des voisins, des collègues de travail et associés de monsieur Ciruluk ne nous conduisait vers quelque indice sérieux.

Le premier indice qui sur le moment passa inaperçu mais allait s'éclairer sous un autre jour fut qu'une secrétaire de la maison d'édition retrouva dans son agenda une note qu'elle avait laissée le 18 juillet précédent, dans laquelle elle rappelait le retour de monsieur Ciruluk de ses vacances en Espagne le jour même, et prévenait que lors de son jour d'arrivée à Paris il se rendrait directement au bureau avant un rendez-vous très important dans la soirée, à Ivry-sur-Seine.

C'était écrit en toutes lettres sur un post-it jaune. On ne savait avec qui monsieur Ciruluk avait rendez-vous ce soir du 18 juillet, cinq semaines avant sa mort, mais on devinait que c'était important et on pouvait supposer que la rencontre avait eu lieu chez lui, à Ivry, rue Descartes. On pouvait aussi supposer que son passage express au bureau avait pour but d'y prendre des documents en rapport avec l'objet du rendez-vous, la secrétaire nous avait confié que monsieur Ciruluk était reparti avec plusieurs dossiers sous le bras.

On était en droit de se dire que ce témoin du 18 juillet, quel qu'il fût, était sûrement en possession d'informations de première main concernant le meurtre du docteur en mathématiques spécialiste du soufisme.

Il devint notre proie.

J'avais alors dit à Mazarin : je veux une putain de CR en bonne et due forme, je veux qu'on saisisse l'ordinateur personnel de Ciruluk.

Pendant plusieurs semaines d'affilée j'avais traqué la présence d'informations suspectes dans la mémoire de l'ordinateur personnel du docteur en théologie musulmane. J'avais épluché ses fichiers sur le disque dur, ses disquettes, son système d'exploitation. Il n'y avait rien.

Rien sinon de grands textes sur l'Islam et le soufisme : Ibn 'Arabî, Attar et Rûmî en particulier, ou alors de plus longs travaux encore sur les mathématiques et l'astronomie arabe d'avant Copernic. C'était du Microsoft Word. Avec quelques photos et graphes importés depuis Photoshop. Ciruluk n'était pas un hacker. Il n'avait pas de connexion Internet. Le Macintosh était une machine à écrire perfectionnée, point barre.

Son ordinateur ne recelait rien. Cela pouvait signifier que ceux qui s'étaient procuré la disquette avaient fait en sorte que toute copie, image de la copie, trace de l'image, résidu digital de toute trace ait disparu des mémoires de la machine. Le plus simple était encore de penser que Ciruluk n'avait même pas eu le temps de mettre sa disquette dans le lecteur de son Macintosh. Peut-être l'homme du mois de juillet lui avait-il envoyé la disquette ultérieurement, juste avant que le bon docteur n'y passe. Sans doute les tueurs étaient-ils bien informés. Sans doute l'avaient-ils suivi, peut-être avaient-ils posé des mouchards sur sa ligne de téléphone, on pouvait même se demander s'ils n'étaient pas de ceux qu'on ne retrouve jamais, *parce qu'ils sont de ceux qui en savent trop pour être attrapés.*

Notre investigation sur les violeurs-tueurs à l'Escort blanche se conduit en parallèle avec celle sur l'assassinat de Mustapha Ciruluk, nous malmenons nos indics sur tout le territoire du département, on augmente notre cheptel de balances en utilisant à fond les ressources de Mazarin et de ses contacts, comme Carnaval, ou certains flicards des Stups ou de la BAC.

La Bande des Quatre est de retour.

La matraque à chocs électriques diffracte dans l'air ses éclairs bleus et son crépitement d'étincelles comme un knout de lumière pop-stroboscopique.

L'homme hurle tandis que je lui applique l'extrémité de l'électriseur sur les burnes, il va tourner de l'œil, je m'accorde une pause, Mazarin lui envoie alors sa godasse en pleine gueule.

— Philibert, dit-il, Philibert, t'es pas sympa, regarde à quoi tu nous obliges.

Quand il reprend conscience, à côté du tas de fringues sur lesquelles Mazarin verse un jerricane d'essence, Philibert Konanga se pelotonne sur ses fesses et, sa tête enfoncée entre les coudes et les genoux, en position fœtale, il tente du mieux qu'il peut de se protéger du sévère froid matinal, en chialant et en frissonnant comme une pauvre fillette. Tapette, lui gueule Mazarin en allumant le brasier sur les fringues Levi's, Calvin Klein et Adidas. Philibert est pourtant un lascar, il a tâté de la taule pour vente d'héro et pour trafic d'armes, c'est Suvrini qui nous l'avait balancé car il avait fricoté avec des gars de La Courneuve. Cette nuit, Konanga a vraiment vu la Faucheuse se dresser devant lui et lui appliquer un *french kiss* puant sur la bouche.

On lui a fait creuser sa tombe, enfin, pour dire vrai à soixante centimètres on lui a dit d'arrêter puis on a commencé le travail. Il n'a compris qu'à l'aube que le trou ce serait pour ses fringues de marque qu'on carboniserait au kérosène, et qu'il aurait juste à rentrer à poil en faisant du stop, ou en appelant les flics !

— On veut des infos sur ces enculés de violeurs du RER C, on sait que tu connais bien toutes les petites frappes bamboulas dans ton genre dans le nord-ouest du département, tu vis à Rosny, maintenant, tu cracheras le morceau, enculé, crache Mazarin.

Et on laisse Philibert Konanga sur le bord de la Marne, près d'une vieille zone industrielle désaffectée de Bonneuil.

Et maintenant regardez la tronche d'Amid Bendouz, le frangin d'Hocine, alors que je viens de lui exploser la pommette avec le canon du Manhurin et que Mazarin vient de le choper par les roustons en l'élevant à vingt centimètres du sol. Oui, il se décompose, Amid. Il nous connaît de réputation, quand il nous a vus arriver, sur les quais de Choisy, il a détalé sans demander son reste, mais on a fini par le serrer. Du coup son délit de fuite caractérisé se négocie avec quelques mandales de plus dans la gueule.

On connaît l'ami Bendouz parce qu'il a déjà un joli fichier aux Mœurs, viol ou tentative, attouchements sexuels, trafics de cassettes pédophiles, un vrai merdaillon.

Alors là, on se la joue Sécurité d'État à fond. On a mis nos manteaux noirs et on lui a fait passer les trois quarts de la nuit à hurler dans le coffre.

Quand on le sort c'est Mazarin qui joue le cogneur et moi l'inquisiteur.

Le mec ne sait rien, mais on lui fait comprendre, pure pédagogie républicaine, qu'il aurait intérêt à en savoir plus que ça, et fissa.

Lorsqu'on l'abandonne dans la forêt de Fontainebleau, il est presque 4 heures du matin. Mazarin lui lâche un dernier coup de savate dans le bide en lui donnant un cours d'économie politique à sa façon :

— Écoute-moi bien, dis-toi que t'es qu'une pauvre merde qui a de la chance de vivre dans un État de droit, si tu nous remontes rien qui nous intéresse dans le trimestre, eh ben tu vas pas le croire trou du cul mais on se débrouillera pour te réexpédier dans ton bled. Et on se démerdera pour que les barbus soient au courant du retour au pays de la tantouze Bendouz. Il paraît qu'ils aiment bien les enculés dans ton genre les tueurs du GIA. Ça les change des chèvres.

Au retour vers Paris, Mazarin fredonne *La Macarena*, qui passe sur l'autoradio, ses doigts boursouflés par les coups tapotent en rythme sur le volant.

La nuit est blessée à l'orient, la lumière lymphatique de ses tissus déchirés perle sur le méplat de l'horizon.

— J'vous jure qu'on sait rien sur les lascars de la Villette, avait fait Sampieri, alors qu'on roulait tout doux sur une petite départementale, aux abords de Marne-la-Vallée.

Les rendez-vous avec les balances premier ordre étaient plus sûrs en voiture, selon Mazarin. Dans des endroits déserts, avec une vue dégagée. Les bruits ambiants, comme le transistor, ou le scanner de police, le déplacement continuel, l'enclos métallique type cage de Faraday, tout cela nous protégeait de toute tentative de filature ou d'un procédé d'écoute standard, il tenait ça d'un pote à lui qui avait bossé pour des agences de renseignement. Les rencarts se faisaient de nuit. Généralement on prévenait le gus une heure à peine avant de débouler chez lui. Il arrivait qu'on ne le prévînt pas.

— Écoute-moi bien, Bénito belle-coupe, fit Mazarin, ça fait plus de six mois qu'on vous cuisine et vous avez rien ramené à la surface, me fais pas croire qu'y a rien qui s'dit à ce sujet dans ta cité de merde...

— J'vous ai déjà tout dit m'sieur, moi et mon pote on a fait toutes les poubelles d'Ivry, mais vos Arabes en Escort blanche, moi j'vous dis qu'ils v'naient pas du 9-4.

Mazarin a poussé un soupir qui se perdit dans le refrain sirupeux du dernier tube de Mariah Carey, cela semblait une proposition très incertaine. J'ai alors enchaîné l'air de rien sur le sujet qui nous tenait vraiment à cœur ce soir-là.

Couplet :

— Dis-moi, Marco, la rue Descartes elle donne bien sur la rue Lénine, et la rue Lénine, elle se trouve bien en face de la cité Maurice-Thorez, où tu habites, c'est ça ?

Je consultais mon plan du Val-de-Marne, l'air de rien, comme un improbable touriste demandant son chemin pour se rendre en ce triangle des Bermudes de la Philosophie.

— Ouais, a fait Marco, tout juste, inspecteur.

Super, alors refrain :

— Nous sommes à la recherche d'indices concernant un homicide. L'homme qui s'est fait assassiner habitait au numéro 52 bis de la rue Descartes. Je suis sûr qu'on pouvait voir son pavillon depuis la barre où tu habites avec ton copain Paolo.

Marco Sampieri et Paolo Guirini étaient deux petits voyous d'origine corse qui s'étaient connus dans une prison de Marseille avant de monter exercer leurs activités dans la banlieue sud. Occupation légale : videurs au Métropolis, une énorme discothèque située à quelques encablures de l'aéroport d'Orly. Métier occulte : ramasseurs de fonds et casseurs de gueules pour un des gangs de la banlieue sud, où les Corses sont bien implantés. Notre connexion : Djamel Djellaz, qui a ses entrées dans la boîte, où il deale de la coke, du shit, des extas.

Dès le premier jour on avait mis les pendules à l'heure avec les Tino Rossi : On ne verra toujours qu'un seul d'entre vous, Marco, parce qu'on en a décidé ainsi, c'est nous qui déciderons de l'heure et de l'endroit des rendez-vous, on se fiche de vos rackets comme de nos premières chaudes-pisses, on cherche à serrer de gros cons responsables d'homicides.

Pour les Corses, le modèle de relation était quelque peu différent de celui que nous entretenions avec nos balances arabes. Pour parvenir à nos fins, après le serrage par les roustons de rigueur, on faisait discrètement allusion à de vagues réminiscences antiques, code de l'honneur, justice occulte, valeurs patriarcales, en essayant de les opposer à la loi du silence. Sur le plan pratique cela avait une conséquence, clairement annoncée dès le départ : on ne veut rien savoir de vos histoires internes, que vous pétiez la gueule à un connard de flambeur qui aura pas payé ses dettes à votre patron c'est pas de notre ressort, nous ce qu'on veut pour l'instant ce sont les enculés qui ont violé la petite Bertoldi et seriné son petit ami. En échange on peut vous garantir une certaine tranquillité d'esprit pour conduire vos affaires, si toutefois vous ne passez pas la ligne rouge.

En gros : vos conneries d'arsouilles on les couvre grâce à nos contacts à la BAC, et pour le reste remontez-nous donc un gros poisson et vous disposerez quasiment d'une pension de l'État.

Et ce soir, on rajoutait un couvert.

Refrain bis :

— On veut tout savoir du résident du 52 bis, ai-je fait. Qui il allait voir, qui lui rendait visite, quelles étaient ses activités quotidiennes, en dehors de son boulot.

— Vous cherchez une gonzesse ? a demandé Sampieri.

Mazarin lui a tendu une photo de l'intellectuel presque quinquagénaire, un peu rondouillard, avec ses fines lunettes rondes, sa calvitie naissante et sa barbe poivre et sel.

— C'était pas exactement le genre de la maison mais on est ouverts à toutes les propositions.

Sampieri s'est saisi du cliché et l'a observé quelques instants.

— Sa tronche ne me dit rien.

— C'est normal, j'ai fait, quand lui dormait toi tu travaillais et vice versa, mais il n'y a pas que vous dans la cité, et il y a d'autres cités dans le coin. Alors t'as intérêt à te bouger le cul.

— C'est un bougnoule lui aussi ?

— Qu'est-ce que tu veux dire par « lui aussi » ?

Sampieri a haussé les épaules sans répondre, cela ne voulait sans doute rien dire de spécial pour lui.

— Tu peux garder la photo, ai-je dit. Le type était turc. Les Turcs ne sont pas des Arabes si tu veux vraiment avoir droit à un peu de culture gratuite. C'était une sorte de savant. Le reste ça sert à rien que je te le dise tu comprendrais pas. Par contre, on sait que quelqu'un est venu le voir le soir du 18 juillet. On sait qu'il a disparu le 24 ou le 25 août, sans doute de son domicile, mais en fait on n'en sait trop rien. Et on sait qu'on l'a retrouvé le 30 au soir avec une bastos dans la tête. T'as qu'à te taper les éditions du *Parisien* pour les détails. Bon, maintenant faut que les choses soient claires : si on a rien côté Bertoldi et les gus à l'Escort blanche, il nous faut impérativement quelque chose sur le monsieur de la rue Descartes. Sinon toi et Paolo vous allez vous taper Clébert, Leflamand et les autres gars du FN-Police. Ma patience a des limites, et elles sont en voie d'être atteintes.

Sampieri n'a rien répondu. Mazarin avait repris l'autoroute dans l'autre sens, l'A 4 se subdivisa et l'échangeur vers l'A 86 fit son apparition, le large panneau vert s'illumina au passage des phares, indiquant Créteil, Fontenay-sous-Bois, et la jonction pour l'autoroute de Bordeaux, la nuit était tombée, noire, sur toutes les consciences.

La nuit n'en finirait plus de tomber, à partir de ce moment-là, comme une pluie radioactive venue crever sur nous en provenance d'un ciel mauve, couleur atmosphère au sodium, dôme photonique rassemblant la synthèse de tous les rayonnements de la ville en un gaz si dense qu'il masque les étoiles.

Oui, je n'avais plus à vouloir devenir une créature souterraine, un être de la nuit profonde. La nuit était là, et bien là, profondément et pour toujours.

J'avais compris alors le sens caché du texte de Nitzos. J'avais saisi la référence à la *Sympathie pour le Diable*. À un moment donné, je ne sais comment, ni moins pourquoi, le cerveau de Paul Nitzos avait franchi un point limite dans la Ville des Morts. Une limite extra-humaine. D'une certaine manière sa mort datait de bien avant la naissance silencieuse de la majestueuse cinétique qui viendrait, sous la forme d'une lourde munition de 12,7 mm, sectionner en deux son thorax, et sa caméra.

Sa propre mort datait pour ainsi dire de bien avant sa naissance, elle datait de bien avant son arrivée dans la ville assiégée, elle datait d'avant le Début des Temps.

Ainsi même ce prototype, cette ébauche de livre lui donnait-elle une chance de se survivre à lui-même. Par ma propre existence.

Avant que je ne me décide vraiment à en reprendre l'écriture il s'écoulerait des mois, des semestres devrais-je dire, mais je savais déjà que ce livre-plan allait s'inscrire dans ma chair, sa narration limbique, je la mettrais au monde, dans ma vie, ou plutôt ce programme de survie que je m'étais conçu et fabriqué, dans la nuit qui devenait ma lumière.

Il devenait évident que Paul Nitzos était un authentique mystère. Plus il éclairait ma vérité, plus celle-ci devenait obscure.

Il était, à n'en pas douter, et au sens le plus strict, mon anti-forme. Soit mon *anté*-forme, celle qui me précède. Il était bien mon prototype.

Son manuscrit, laissé en friches dans un pays voué à la destruction générale, alors que lui-même partait à la rencontre de sa dernière explosion, très intime cette fois-là, en apportait une preuve plus dure que le meilleur acier prussien d'avant le déluge.

Son plan m'incluait en tant que Flic-de-la-Ville-Monde, mais dans le même temps, par l'intorsion divine des paradoxes, ma « vraie » vie, ma vie de flic-de-la-ville-monde semblait avoir pu être générée par ce plan.

À ce stade de mes réflexions, une chose s'installa pour de bon en pilastre principal de la Théorie : il paraissait incontestable que le contact répété avec l'âme des morts permettait de soulever quelques questions d'importance concernant notre survie. À nous tous, nous qui possédons – paraît-il – le pouvoir de nous dénommer « vivants ».

Voilà sans doute pourquoi peu à peu, alors que le siècle s'éteint, ma mémoire de ces dernières années du millénaire prend une couleur vision nocturne à amplification photonique, comme une actualisation rémanente des guerres que nous traversons, en présage de celles à venir.

En fait le temps poursuit son accélération fatale, non linéaire, chronodynamique.

En fait, le temps lui-même s'est dissous, comme au-delà de la vitesse de la lumière. Car il n'y a rien au-delà, sinon l'éternelle présence du néant. Quelque chose se noue, dont je ne suis que l'espace provisoire de cristallisation.

MAGNITOGORSK-SUR-SEINE, 1998

I am ready
I am ready for the laughing gas
I'm ready
Ready for what's next
Ready to duck
Ready to dive
Ready to say
I'm glad to be alive
I'm ready
Ready for the push

La chanson de U2, *Zoo Station*, tirée de l'album *Achtung Baby*, tournait en boucle depuis des heures sur mon autocassette.

La voix timbale déréglée de cigale mutante passée à l'étampe acier radioactif, les guitares en pulsations cobalt 60, la rythmique de pop constructiviste bruitisme froid clavicornes ionisés par la haute atmosphère des spoutniks/beach boys des plages repeintes au plutonium des Bikini Islands, oui métarock des hommes venus du froid, espions gris camouflage roulant dans leur Trabant le long d'un haut Mur qui divise toutes les villes du monde.

La bande-son était pour ainsi dire idéale, la musique semblait épouser chaque oscillation du paysage en nervures rayonnantes dans le pare-brise.

Achtung Baby !

Les fantômes des morts du D-Day, le spectre de Rommel pouvaient renaître d'un instant à l'autre.

Quelque chose, en moi, cherchait à prendre forme et je ne pouvais certes plus faire semblant d'en ignorer l'origine : le « Manuscrit trouvé à Sarajevo » – comme je l'avais finalement intitulé –, ce plan inabouti de roman venu jusqu'à moi par miracle depuis la Ville des Morts, et dans lequel ma propre vie paraissait tout entière être conçue, voilà ce qui provoquait en moi cette sensation immense, à peine croyable, qu'une ligne de fuite indicible venait d'ouvrir le monde en deux, juste sous mes pieds.

Dans *Les Labyrinthes de la langue*, Paolo Virno dit ceci : « Pour comprendre un phénomène métropolitain quel qu'il soit, pour en saisir *l'unicité*, il ne sert à rien de se demander quelles sont ses caractéristiques actuelles, ce sont le plus souvent des caractéristiques *génériques*. Il faut au contraire porter d'emblée le regard sur la manière dont ce phénomène peut être *différemment*, l'étendre à l'ensemble des "mondes possibles" auxquels il est inhérent. Ce n'est qu'au prix d'une inscription dans le champ magnétique du possible que le phénomène acquiert sa propre singularité. »

Qu'est-ce qui me conduisit cette nuit-là à rôder tout autour de la ceinture parisienne, je ne saurais le dire. Il n'y avait même plus l'attirance positive pour un territoire inconnu, la volonté de relever une topographie secrète, de mener une mission de reconnaissance au-delà des lignes ennemies, c'était plutôt comme la motricité d'une évidence pure, sans même rien à quoi s'accrocher. Une surface de volonté lisse, sans la moindre aspérité, totale, glacée, purement vouée à sa pure dynamique. Un tunnel de verre qui faisait se consumer l'organique, et qui organisait la combustion de l'esprit. C'est en moi désormais que s'étendait la nuit.

Tout ce que je touchais devenait lumière noire, lumière de la mémoire invertie, cristal de matière perdue, arrogance d'un rêve devant la guillotine du petit matin.

J'étais parti en bordure de la centrale EDF sur les quais d'Ivry, en fin de journée, juste après le grand rush de 6-7 heures, pour rejoindre Roissy par l'A 1, puis j'étais revenu sur Paris, et par le périphérique j'avais rejoint l'autoroute de Normandie.

Je savais très exactement où je désirais me rendre.

Mantes-la-Jolie était connue pour son Val-Fourré et les coups du même genre qui désormais s'y déroulaient au quotidien. Grosse concentration d'immigration, de délinquance, et de membres du FN-Police. Émeutes, racaille, racisme, crimes, bavures. La cosmopolitis version république française de la fin du XXe siècle. De la fin tout court.

Mais c'était aussi l'emplacement d'une des plus importantes centrales hydroélectriques fluviales de France.

Centrale de Porcheville : 2700 mégawatts, annonçait le panneau, juste au bord de la route.

Les clôtures quadrillaient le spectacle, grillages aux losanges étincelants devant le ténébrion de la centrale, avec ses longues structures sombres, ses pattes, ses élytres, ses antennes, ses tourelles, ses passerelles, ses blocs de projecteurs à la lumière blanc-bleu qui, dirigés vers l'extérieur du site, ressemblent plus à des armes défensives de troisième espèce qu'à de simples luminaires.

Quelque chose de l'univers concentrationnaire habitait en secret nos lieux industriels. Des fantômes gris les hantaient, entre le camp de travail et la base extra-terrestre, un urbanisme cristallisant tous les nulle-part du XXe siècle. Notre civilisation semblait construite sur le souvenir éteint d'architectures militaires venues d'un autre monde.

Devant moi, la centrale brillait de ses feux froids. Création mélomèle aux organes hybrides, greffons sur greffons, démoniaque machine cérambyx rampant sur sa tourbe néritique, mensole d'un ciel inverti tombé sur la Terre depuis la Chute, cette mare amphigène où la Machine a trouvé sa niche écologique.

Elle était l'œil du cosmos, un œil extrait d'une créature céleste et projeté sur notre univers de boue, elle rayonnait de toute sa splendeur cachée, et terrible, dans toutes les directions de l'espace. On aurait pu y concevoir l'arme du Jugement dernier, elle aurait pu servir de décor à l'envoi de la dernière fusée vers les étoiles avant l'extinction de la race humaine.

Elle était la Gardienne de la Ville des Morts.

Elle était aussi irreprésentable en fait que la figure divine. Biréfringente énigme dont chaque éclat se dédoublait à l'infini, et que nul Sphinx n'aurait pu imaginer, à laquelle nul Œdipe, jamais, ne fut en mesure de répondre.

Dans mon dos les échos métalliques en provenance du scanner zébraient l'air de leurs barbelés sonores dont je devinais la présence autour de moi, molécules en vibration formant un champ quantique, auquel je n'étais certes pas étranger.

J'étais en voie de devenir le processus, j'en épousais les flux et les reflux. La centrale électrique de Mantes-la-Jolie se trouvait sur la route qui conduisait aux plages de Normandie, elle se voyait investie d'une valeur autre que purement symbolique. Elle devenait le point de contact entre toutes les usines démolies et tous les enfants sacrifiés.

En elle je pouvais voir la vieille usine Arrighi rayée de la surface de la terre, et la centrale EDF en activité qui lui était voisine, vie et mort se focalisant l'une l'autre, aidant chacune à leur mise au point, absence et présence en jeux de tranversion continuels. Mais elle était aussi le point de contact entre toutes les guerres de mon imaginaire dévasté, et de ma vie qui ne valait guère mieux. Je pouvais y voir les bunkers du Mur de l'Atlantique, les derricks du Koweït dans la nuit de pétrole, le désert radioactif sous l'ombre stavrogyre du B 29, les barres de béton où couvait la future guerre civile. Je pouvais y voir la Yougoslavie générale qui viendrait dévorer sa mère indigne.

Alors j'offris mon visage aux astres, à la vérité de la nuit, au péché de solitude, et je décidai de prendre le monde de vitesse. J'engagerais une course avec lui, météore contre météore, je chercherais à atteindre le point de dissolution.

Je finirais bien par dépasser la vitesse de la lumière.

Cette nuit-là je fis le tour de la région parisienne dans le sens inverse des aiguilles d'une montre, au niveau de la petite couronne. Lorsque je revins chez moi, dans mon pavillon de la rue des Carrières, il était presque 4 heures du matin.

Le lendemain était un dimanche. Ça tombait bien. En rentrant j'avais constaté que je n'avais absolument pas sommeil.

Je me fis un Nescafé et je montai à l'étage, puis je pénétrai dans mon bureau situé juste sous les toits.

C'était l'hiver, janvier était froid, pluvieux, moche, comme d'habitude. C'était une nuit à ne pas mettre un tueur en série dehors. J'ai allumé le petit chauffage électrique à brique réfractaire. Un souffle d'air chaud s'est propulsé dans la pièce, m'enveloppant aussitôt.

Je m'étais alors posté quelques instants, pensif, devant mon combiné Minitel-ordinateur. J'avais observé l'énorme documentation ramenée de la bibliothèque de Wolfmann, mes copies du dossier de Carole Epstein, puis je m'étais assis face à la fenêtre et, pas vraiment négligemment, mais pas vraiment concentré non plus, j'avais feuilleté une à une les pages maintenant datées de plusieurs années.

Cela semblait remonter à si loin et pourtant tout était si proche, si palpable. La matière même de la mémoire était sujette à des transformations dont elle était l'instrument tout autant que le champ expérimental, voilà en fait qu'elle était la piste de ma pensée qui, tout en traitant en surface les informations compilées de mon investigation foirée semblait vouloir se fondre avec les objets de l'espace alentour, avec la vitre battue par la pluie, avec le bleu profond de la nuit, avec la lumière orangée des réverbères, l'asphalte mouillé des rues, avec le silence végétal des vieux jardins ouvriers entourant les hauts murs du Fort d'Ivry, avec l'image que ce silence singulier imposait, petits carrés maraîchers clôturés, fermés, civils, s'ouvrant sur les abysses militaires, ouverts et terrifiants des fortifications.

Des fortifs mon cerveau a continué son survol topographique mental de mon propre quartier, je me suis vu, depuis un nuage bas, par la fenêtre de mon bureau, dans l'éclairage chaud de ma petite lampe qui venait s'opposer à la lumière bleue de l'écran, je me suis vu, et ma maison, et les maisons et immeubles tout autour, et là-bas, à l'horizon et même avant, il n'y avait plus qu'une nuit géométrique et parfaite.

Le monde en son entier semblait pouvoir se concentrer ici, un petit morceau de Vitry-sur-Seine et d'Ivry-sur-Seine, entre la rive gauche du fleuve et le fort. Ma pensée suivait le labyrinthe des rues et des ruelles du quartier, il se perdit dans la végétation dense qui recouvrait les terrassements extérieurs des fortifications, dans le même temps se superposait l'idée que c'était ici le siège du Centre cinématographique des Armées et qu'y étaient stockées des millions de bobines de films.

Alors ma pensée s'enroula dans les bobines de la mémoire filmique du siècle, comme concentrée ici, tout près de moi, l'univers qui m'habitait, la nuit qui scellait mon existence devenait de plus en plus cohérente. Entre le territoire des usines, la mise en scène de leur destruction, le conflit des bibliothèques donnant sur la voie de chemin de fer, Omaha-Beach, l'institut médico-légal, et maintenant la mémoire iconographique de toutes les guerres du XXe siècle, oui, je percevais comme une vérité chiffrée, et ma maison, son emplacement singulier indiquait quelque chose. Comme le point d'impact de la Bombe.

Ground Zero.

Je n'étais pas dans un rêve mais dans un plan intermédiaire entre plusieurs réalités qui devenaient brutalement compossibles.

Je courais sur le sable dur de la plage de Colleville-sur-Mer sous un ciel gris-bleu, ma mère debout sur la dune dans le vent froid venu d'Irlande et derrière elle les avions américains bombardaient les derricks irakiens en flammes couverts par les bunkers du Mur de l'Atlantique.

Je parlais avec Nitzos au volant de ma Volkswagen sur l'autoroute de Créteil alors que se profilaient les barbelés d'un checkpoint de miliciens serbo-bosniaques et je contemplais les photographies d'une enfant morte plus de six ans auparavant et dont je n'avais su retrouver l'assassin et je voyais les orgues de Staline rayer le ciel devant moi par une fenêtre qui donnait sur la nuit que j'étais devenu.

Je me souvenais alors d'un sourire désarmant de Milena dans le clair-obscur lunaire qui éclairait son visage et je pleurais sur un livre ouvert à la page 138, le chapitre III qui y commençait s'intitulait « Le Massacre des Innocents ». C'était *Le Livre des Splendeurs*, je le tenais dans mes mains et je courais dans une ruelle soufflée par l'ouragan et l'orage, et des enfants tombaient en vrac depuis les fenêtres, sur des voitures de patrouilles abandonnées.

Lorsque le soleil se leva, sur un paysage détrempé, les irisations marquèrent comme la fuite des nuages et les trouées de ciel rose évoquaient des sexes de femme dévoilés par une gaze qui s'écarte avec délicatesse sous les doigts.

Je me suis retrouvé dans la rue. Il faisait froid. Le soleil avait le jaune pâle des explosions mortelles.

J'ai marché, tout autour du Fort d'Ivry. Je suis revenu à mon point de départ, devant chez moi j'ai abordé de nouveau le cercle, reprenant la rue Lucien-Nadaire, bordée de ses gros châtaigniers décharnés par l'hiver, et par les structures vertes et blanches du grand lycée, en face des jardins maraîchers.

C'était dans ce lycée – m'étais-je souvenu – que Nitzos avait fait ses études. Je m'étais arrêté devant la grille, à la peinture vert bouteille écaillée.

Oui, je me rappelais avoir enquêté rapidement sur sa scolarité à l'époque et rien de particulier n'en avait sailli.

Mais ma pensée était devenue le serpent de la nuit.

Ma pensée s'était depuis longtemps emparée des plans de son Manuscrit. Non. Les plans du Manuscrit s'emparaient de moi, à jamais. C'était une de ces abyssales certitudes dans lesquelles vous ne pouvez que vous engloutir.

Le jour se levait et mes veines charriaient plus de molécules de glace que lors de mon passage par le synchrotron de la méthédrine, trois ans auparavant.

J'étais resté paralysé par la révélation, comme si mes jambes, par ailleurs épuisées par la nuit blanche, refusaient de quitter le poste d'observation, comme si elles voulaient s'enraciner ici, à proximité d'un des massifs châtaigniers qui contemplaient la même scène depuis des lustres.

De là où j'étais, en haut de la butte du Fort d'Ivry, je dominais le spectacle en direction du sud et de l'orient. Le soleil se levait, comme une boule rouge à la plastique fluide, sirupeuse, dont la présence tactile était tangible, on semblait pouvoir le toucher de la main et ses radiations créaient des miroitements de toutes les nuances de rose dans la haute atmosphère, là où s'effilochaient les nuages de traîne de l'orage nocturne.

Il se levait très exactement à l'endroit où, des années auparavant, s'étaient dressées les cheminées d'acier étincelantes de la centrale Arrighi.

Rouge comme un soleil soviétique, au milieu des symboles disparus de la puissance.

Alors je ne sais comment, ni pourquoi, le serpent se lova en moi, et il avala la vérité, comme une musaraigne qui se serait aventurée au-delà des limites de la nuit, lorsqu'elle ne peut vous cacher, surtout pas aux animaux qu'elle habite en permanence.

Mazarin.

Depuis l'an dernier il a encore pris du poids, il engraisse et se néglige avec une constance qui m'impressionne. À chaque réveillon ça empire.

Nous sommes lundi matin, le lundi succédant à ma découverte du dimanche. Il n'y a que des flics, et le diable, pour résoudre une énigme un dimanche, fin janvier.

Mazarin me regarde. Son visage reflète une sorte d'incrédulité apocalyptique, il est comme frappé par la foudre d'une révélation.

— Merde, t'es encore plus dingo que je pensais.

Je souris.

Ce sourire est devenu la béance par laquelle ma nuit intime peut éclairer le monde.

— J'ai tout repotassé, Charles. Et j'ai étudié un plan d'attaque. Il reste des fiches que Bordas n'avait pas eu le temps de rentrer. Et je vais aller fouiller de plus près dans les archives scolaires du lycée.

Mazarin n'en croit pas ses oreilles, il oscille entre une sorte de jovialité perverse et une angoisse fascinée.

— T'es vraiment dingo. On a été démis de l'affaire, si tu te souviens bien. C'était il y a cinq ans. Et depuis les gendarmes ont fait chou blanc. Et depuis notre rigolo informaticien a disparu dans la nature.

— Je sais. Je conduirai cette enquête clando. Tout seul. Faut que tu trouves un moyen de me relever dans l'affaire Ciruluk.

— Tu déconnes j'espère ?

— Non seulement je déconne pas, mais je ne déconne pas du tout. J'ai besoin de six semaines environ, faudra broyer les burnes à ces cons de Corses, je te signale quc 1997 est passé et qu'ils nous ont toujours rien remonté. Des nèfles.

Mazarin hoche la tête, doucement.

— Je sais, souffle-t-il.

— Je veux retrouver notre roi des robots. Les pandores sont des manchots, c'est tout.

Mazarin hoche la tête en continu, non c'est sûr il ne veut pas encore y croire, mais je sens que ça l'excite, au fond de lui, il veut juste jouer l'avocat du diable, et pour le coup, il est bien tombé.

— Comment t'expliques que depuis 1993 il n'y ait plus rien, plus aucun meurtre, nada, que dalle ?

— Parce que notre petit malin a compris qu'en exposant les cadavres il laissait des indices, et je crois qu'après son quatrième meurtre, son parcours symbolique nécessitant l'exposition des corps a été subsumé. En d'autres termes, maintenant il est plus pragmatique : il les fait disparaître. Il a franchi l'étape darwinienne dont on parlait avec Wolfmann.

— Wolfmann avait plutôt l'air de pencher pour l'hypothèse qu'il se soit barré à l'étranger.

— Non, fis-je, péremptoire, il vit encore en France, j'en suis sûr. On n'a retrouvé aucun *pattern* lui correspondant ailleurs dans le monde à l'époque, et ça ne donnerait rien de plus aujourd'hui. Il est devenu beaucoup plus intelligent, c'est tout.

— Et quel rapport avec ce putain de lycée ?

Mon sourire était devenu lumineux je le savais, il charriait un bulbe de rayonnements que la nuit conservait en elle depuis les origines du monde.

— Le rapport, c'est Nitzos.

À cette date, je suis régulièrement allé voir le soleil se lever sur la banlieue sud, et à chaque fois je recollais les images des cheminées dans le décor et à chaque fois j'imaginais la vision qui se dévoilait ainsi à un jeune enfant des années 70, sans doute solitaire, et dont l'univers commençait probablement à être peuplé de poupées mécaniques.

Je n'avais même plus besoin de mes cartes psychopathologiques, tout en moi était clair, comme la nuit.

Je me suis souvenu ces journées-là du livre de Jean Paulhan *Le Clair et l'Obscur*, dans lequel il racontait son expérience si singulière, et si déterminante pour sa *vision* du monde, lorsqu'un jour il avait traversé sa chambre dans le noir.

Jean Paulhan raconte dans ce livre que désirant ne pas réveiller sa femme endormie, mais sachant la chambre meublée d'objets en tous genres, il avait pris la décision d'allumer un très bref instant la lumière, puis tâchant de conserver en mémoire la vision de la pièce, il s'était aventuré jusqu'au lit.

Au cours de ce bref parcours dans le temps et l'espace Paulhan découvrit comment la mémoire et le réel s'interpénétraient dans la machine cognitive du cerveau, les distances entre les objets dont il cherchait la présence dans l'obscurité, afin d'en éviter la chute ou le choc avec son corps en mouvement, formaient un autre espace, un espace qui s'objectivait dans le corps, mais sans pour autant opacifier le souvenir lumineux de la pièce. Au contraire l'espace visuel ainsi obscurci permit à Paulhan de se comprendre comme un pli singulier d'un continuum qui le traversait tout autant qu'il le traversait.

Il devint évident pour lui en tout cas en cet instant que c'est dans l'obscurité qu'on apprenait à voir clair.

Alors voici l'énigme telle qu'elle se dévoile à moi au cours de cette fin d'hiver, monochrome vert-de-gris, sphinx au trait de jeune SS mort en vain dans son bunker.

— Oui, monsieur le proviseur, tous les dossiers scolaires. Depuis le début des années 70.

— Mais... Cela fait des milliers et des milliers de dossiers. D'ailleurs vous ne pourrez guère remonter plus de vingt-cinq ans en arrière, au-delà, c'est stocké quelque part dans un entrepôt par le Rectorat.

— Vingt-cinq ans iront parfaitement.

— Mais... quand voulez-vous commencer ?

Je n'ai pas de mandat légal et je le sais, je marche au bluff depuis lc début, le carburant du chercheur de vérité, j'ai vaguement relié ça à notre cas Ciruluk, sans faire mention du nom, secret de l'instruction oblige, tout le kit.

Alors mon sourire illumine l'univers de toute ma face obscure.

— Tout de suite. Plus vite j'aurai terminé, moins longtemps je resterai.

Le message fut reçu cinq sur cinq.

Je me mis au travail sans plus tarder.

Parallèlement, la nuit, je rentrais dans la mémoire de l'ordinateur les milliers de fiches que Bordas n'avait pas eu le temps de traiter à l'époque. C'était un travail de titan, ou plutôt un boulot de fourmi ouvrière.

Les fiches provenaient des quatre centrales concernées, et de beaucoup d'autres, car à l'époque j'avais sans doute péché par excès de zèle, et manque de concision, j'ai alors établi un choix drastique, exclusif, sur celles où un crime avait été découvert. Je savais que cela concernait encore des centaines et des centaines d'individus mais je n'avais pas le choix. Je savais aussi que je ne pourrais espérer croiser cette masse de données avec les fichiers scolaires du lycée, mon cerveau seul servirait de continuum cognitif, il n'y aurait nulle autre interface que ma mémoire, mais le silicium me permettrait de créer un miroir dans lequel elle pourrait aller chercher son image.

J'avais alors vu se configurer une géomancie nouvelle, liée à une numérologie sans doute universelle.

Les quatre centrales représentaient les quatre points cardinaux. Mais aussi sans doute une sorte d'inversion inconsciente du tétragramme divin. La Kabbale juive explique fort justement que Satan ne peut se concevoir que comme inversion totale du tétragramme, ce qui est impossible. Le satanisme est donc une quête vaine, car cette inversion s'avère une simple opération de nullification. L'inverse du tout est le rien, et personne ne peut rien y faire, en dépit de toutes ses invocations.

D'autre part s'il y avait coordination cardinale des points-énergies dans l'espace, il y avait aussi chronologie ordinale des événements, et tout cela indiquait une origine, et une fin. Sans pour autant qu'un sens précis se dégage de cette balistique autre qu'elle-même.

Le point d'entrée sur la carte se situait à Vitry-sur-Seine, latitude nord, sur un site qui, avant d'être détruit, se dressait au niveau de la zone d'horizon correspondant au lever du soleil, depuis un endroit singulier de toute la ville, le lycée où Nitzos avait étudié, de la seconde à la terminale.

Le point de sortie était la centrale nucléaire de Creys-Malville, à l'ouest de la carte, donc en direction du soleil couchant.

Entre les deux, centre-est, on trouvait la centrale de Belleville-sur-Loire, et au sud, la zone industrielle de l'étang de

Berre. Il y avait bien là comme une quadrature, une forme d'achèvement... cela expliquait peut-être pourquoi on n'entendait plus parler de lui depuis six ans.

J'avais dit six semaines à Mazarin, et j'avais escompté huit. Car je devais quand même faire de la présence à la Préfecture, pour donner le change.

Mais il fallut plus d'un trimestre au total.

Le printemps avait largement commencé lorsque je me souviens avoir rempli la dernière case de la base de données et envoyé le programme de sauvetage sur disque dur.

La fenêtre découpait dans le mur un magnifique carré jaune et bleu.

J'avais allumé une cigarette, je m'étais fait un Nes', c'était la fin de la semaine. On était début juin, le matin ouvrait ses lèvres, humides de rosée, j'avais lancé la compilation.

Puis j'avais attendu.

J'avais fini mon deuxième Nescafé lorsque le programme annonça que le listing était prêt. J'allumai une seconde cigarette, une volonté de perfection arithmétique je suppose, puis j'avais cliqué sur l'icône de l'imprimante.

Le bourdonnement de la petite Hewlett-Packard à jet d'encre avait empli la pièce, créant une mélancolie toute digitale.

Ma traversée de l'infra-monde universitaire moderne, et de ses ergastules amiantés, une éternité auparavant, ne s'avérait donc pas totalement inutile. Bienheureuse surprise !

Je me souvenais qu'Hegel voyait dans la peur de la mort l'instrument invisible, et intemporel, de tout régime de domination. On comprenait mieux comment la fin de tout christianisme opératif pouvait engendrer de telles conceptions, si l'on se souvenait avec quelle précision les martyrs des cirques de l'Antiquité y répondaient avec dix-sept ou dix-huit siècles d'avance, en se consumant sur les flammes des grils, ou en étant découpés vivants en lanières qu'on donnait ensuite à manger aux fauves, parce que la seule domination qu'un être qui ne croit pas en la mort peut accepter, la seule souveraineté à laquelle il puisse *obéir librement*, n'est pas de ce monde. Et si les bourgeois et les canailles de Rome n'y pouvaient rien, sinon augmenter le prix des billets d'entrée ou détrousser quelque voyageur de passage inattentif à sa bourse, le bon professeur Souabe n'y pouvait rien non plus.

À Sarajevo, Nitzos avait semblait-il buté sur une pierre tombale particulière, celle de toute sa société, la mienne aussi au demeurant. Je saisissais, glacé d'une angoisse sacrée, que Nitzos et moi étions nés en nous CROISANT, tel l'instrument de la Passion christique, sur le corps cloué de notre civilisation : mais de cela il en était parvenu à l'irréfragable conclusion que la mort, vue du côté des vivants, n'est *rien*, au sens où elle est une annihilation du singulier, qui est le TOUT incarné. Le moment subjectif de la mort n'existe pas, il est une discontinuité terminative qui ouvre sur le néant, et son mystère infini. « La mort » n'est qu'une généralité purement objective absolument, et à jamais, détachée de son propre objet de représentation, elle n'est, au sens strict, absolument RIEN en soi.

Ce qui existe, ce sont *les* morts.

Mais cela fait longtemps que nous avons remplacé les singularités par des abstractions formelles et des sports de masse. En tout cas, le tueur des centrales entendait bien mener jusqu'au bout de sa logique de dément ce programme de réification absolue du monde par sa soumission à la métaphysique du rien.

Romain-Rolland était une usine à fabriquer du citoyen bachelier, de la sixième à la terminale. On y entrait relativement innocent.

On en ressortait cultivé.

Le roman adolescent s'était rapidement agrégé dans ma mémoire analytique.

Nitzos sentait le véritable introverti, celui qui n'a de chances de s'en sortir que par lui-même, et la béance qu'il porte en lui, c'est-à-dire celui qui ne peut espérer gagner quelque chose que s'il sait se perdre.

L'artiste-roboticien devait être envisagé sous l'angle de la séduction manipulatrice, c'était une condition *sine qua non* pour attirer la confiance de ses victimes. Il ne pouvait donner, donc il ne pouvait se perdre, il vivait dans un monde où tous les repères étaient métastatiques, et où les cartes étaient le territoire, il vivait dans le syndrome du micro-présent éternisé de la technique.

De plus, pour une raison ou pour une autre, l'antinomie avait dû s'actualiser, ne serait-ce que durant une brève période de rencontre, peut-être même oubliée depuis par Nitzos, quelque chose avait dû se produire, et ce quelque chose avait laissé une marque suffisante pour que quinze ou vingt ans plus tard elle resurgisse, comme combustible moteur dans une machine mentale devenue totalement autocentrée.

Nitzos n'avait été que le catalyseur, le cataclysme psychologique qui avait sans doute permis au tueur de passer à la totale réalisation de ses fantasmes.

Nitzos allait détruire l'usine Arrighi. Alors sans doute qu'elle était devenue durant l'adolescence un des facteurs clés des mythologies naissantes de notre ami l'amateur de langage-machine, la destruction, et sa mise en scène, plus le fait que Nitzos en soit l'opérateur attitré, voilà les éléments qui étaient entrés en combustion dans les tuyères d'une folie criminelle déjà constituée.

Oui, je dois trouver ton ombre, Paul, me disais-je.

Nous avons tous une ombre, dût-il s'agir de nous-même.

Les bourgeons éclosent, la floralie du printemps chante de toutes ses couleurs à l'unisson par la fenêtre, l'aube est si pâle qu'on se demande si elle va tenir.

Un peu plus tard, me voici debout face au lycée que je domine un peu depuis la rue Lucien-Nadaire. J'ai repris position à proximité de mon châtaignier, et j'observe une fois de plus l'astre rouge prendre place sur l'horizon bétonné, puis monter doucement aux côtés des deux grandes cheminées de la centrale EDF, longs tubes pourpres dans le ciel traversé d'armes célestes.

L'été chauffe le béton de la banlieue.

Mazarin allume l'autoradio de la R 19 alors que nous roulons vers le quartier où réside Hocine Bendjaoui. Hocine veut se rattraper. Hocine a des trucs à nous dire. Hocine a des infos.

On le rencontre dans un parking de la zone commerciale du Carrefour Pompadour, pas très loin de sa cité. Nous nous sommes retrouvés à l'arrière d'un vaste entrepôt, entre deux grandes piles de palettes couvertes de restes de légumes pourrissant au soleil. Hocine fume une Marlboro, il regarde constamment aux quatre coins du périmètre pour vérifier ses paranos. Ça fait longtemps que l'ami Hocine nous a pas branchés sur un bon coup, Mazarin l'a appelé sur son cellulaire – putain avait dit Hocine dans le combiné avec une fureur rentrée qui ravissait mon collègue, vous m'appelez alors que je suis dans le rade de la té-ci avec mes potes, merde. Mazarin lui avait répondu : rapplique en vitesse, t'as laissé un message comme quoi t'as des trucs à nous dire et nous on a pas de temps à perdre avec l'argent des contribuables.

Merde, putain, avait dit Hocine, vous êtes pas sérieux. Mazarin avait déjà raccroché.

Hocine tire sur sa Marlboro comme un malade, ce con il me donne envie de fumer, je m'allume une Player's.

Mazarin : Bon c'est quoi ton affaire ?

Hocine, un peu anxieux, l'œil en traque aux limites de son champ de vision : C'est mon cousin, m'sieur. Mon cousin Nordine.

Son cousin Nordine, ça ne nous dit rien, il doit même être un des rares gars de la famille à ne pas s'être fait délinquant professionnel.

Mazarin : Qu'est-ce qu'il a ton cousin Nordine ? Il a jamais fait de mal à une mouche.

Moi : Ouais, et je crois même qu'il est allé jusqu'à l'université, pourquoi tu veux nous le balancer ?

Hocine hésite, louche dans les quatre directions de l'espace puis ouvre son blouson Adidas. Il en extrait une large enveloppe de papier brun, qui semble bien remplie.

Il hésite encore un instant puis la tend à Mazarin qui s'en saisit sans ménagement.

— Qu'est-ce que c'est que ça ducon ?

Hocine : Je... j'ai trouvé tout ça dans sa chambre, on habitait ensemble depuis janvier de l'an dernier mais il s'est tiré il y a un mois.

Moi : Tiré pour où ?

Hocine : C'est justement ça, m'sieur l'inspecteur. C'est ça les papiers que j'ai retrouvés sous son lit.

Mazarin : Mais de quoi est-ce que tu nous causes bitembois ?

Hocine : Depuis qu'on habite ensemble, Nordine il arrête pas de voyager. En Angleterre, en Belgique et aussi au Canada. Mais à Noël dernier il est parti trois mois, très loin j'crois m'sieur et il a pas voulu me dire où et...

Mazarin : Mais duconnot qu'est-ce qu'on en a à branler des habitudes de touriste de ton cousin de merde ?!

Il l'a déjà attrapé par le col de son tee-shirt pour le plaquer contre un mur de palettes.

Je le retiens du mieux que je peux.

Mazarin, énervé : Qu'est-ce que t'as à nous raconter putain de nom de Dieu tu vas la cracher ta Valda ?!

Hocine : Je... je... m'sieur l'inspecteur, lisez ce qu'il y a dans l'enveloppe, mon cousin il voyage beaucoup mais je crois pas que ce soit pour du tourisme.

Je fais pression sur le bras de Mazarin pour qu'il relâche son emprise. Les 110 kilos de mon acolyte oscillent au bout de mon poignet, c'est un char d'assaut que je tente d'arrêter de mes mains nues.

Moi : S'il ne fait pas du tourisme, qu'est-ce qu'il fait alors ?

Hocine : J'en sais rien m'sieur.

Je prends l'enveloppe des mains de Mazarin pour l'ouvrir et inspecter d'un œil son contenu. Une petite revue ronéotypée en arabe avec le blason de la famille royale saoudite, un peu de littérature dactylographiée, en arabe, en français, en anglais. Un petit carnet où sont consignés de nombreuses formules chimiques, ainsi que des noms avec des dates en regard. Des coupons de vol de plusieurs billets d'avion pour Londres, pour Toronto, pour Bruxelles, pour Karachi.

Je regarde Hocine. Hocine me regarde.

Moi : OK, où est-ce qu'il est allé se balader exactement ton cousin ?

Hocine me regarde. Je regarde Hocine.

— M'sieur l'inspecteur, vous le verrez en lisant les trucs, mais bien sûr vous comprenez pas l'arabe, alors voilà... je suis sûr qu'il est parti en Afghanistan m'sieur.

Une feuille de salade molle comme une montre de Dali tombe sur son épaule en émettant un petit bruit flasque.

Les formules chimiques : avec la mention d'un site Internet américain, elles correspondent aux molécules de la nitroglycérine, du semtex, de l'hexogène, du c-4, du Tovex, du PETA (n), et de plusieurs autres produits hautement explosifs nés de l'imagination sans frein des ingénieurs modernes.

Les listes de noms : après investigation, nous n'arrivons à recoller que des bribes d'identités. Cinq sont des citoyens français qui, comme le cousin d'Hocine, ont quitté le territoire depuis environ un an. Trois avaient fait de la prison, deux pour trafic de chichon, le troisième pour de multiples voies de fait, le quatrième semble avoir été un camarade d'université de Nordine-le-cousin, le cinquième était steward sur Air France.

Les autres noms sur la liste ne correspondent à rien de connu au Sommier, en recoupant quelques informations contenues dans l'enveloppe, dont les coupons de vol, et en passant des journées entières au téléphone, on finit par s'assurer qu'il s'agit de résidents de pays étrangers :

Cinq noms identifiés comme des résidents britanniques ;

quatre sont citoyens du Royaume-Uni, le dernier est d'origine irakienne avec un statut de réfugié. Deux comme résidents belges. Quatre comme résidents canadiens ; deux ont la citoyenneté du Dominion, le troisième un statut d'immigrant yéménite, le quatrième celui de réfugié politique. Un comme citoyen des Pays-Bas. Deux comme résidents allemands. Trois sont des résidents italiens. Deux ont le statut de réfugiés en Espagne. Le dernier vit en Bosnie-Herzégovine.

Ils viennent d'absolument tout le Moyen-Orient : Maroc, Algérie, Tunisie, Égypte, Libye, Liban, Iran, Irak, Turquie, Arabie Saoudite, Yémen, Syrie, Soudan, Pakistan, Caucase, Oman, Malaisie, Indonésie...

Mais tous ne sont pas d'origine arabe, loin de là, il y a quelques noms bien francaouis et bien boches dans le lot, on découvre même qu'un des gars qu'on a logés en Angleterre vient de Londonderry, en Ulster, et qu'il s'agit d'un catholique ultra ex-membre d'une aile radicale de l'IRA.

Qu'est-ce que c'est que ce foutoir ?

Plusieurs sont membres d'associations humanitaires, ou de réseaux d'entraide islamiques. La plupart de ces associations ont leur siège en Grande-Bretagne, en Belgique, ou en Colombie-Britannique. L'un des noms semble correspondre à un célèbre mollah sunnite, le sheikh Abou Hamza al-Masri, installé en Angleterre depuis des années, il y prêche la guerre sainte contre l'Occident à qui il doit son statut de réfugié et son droit de parole ; connue pour son rigorisme salafiste, sa mosquée de Finsbury Park ne désemplit pas. Un autre « sheikh » qu'on a logé dans la capitale brittone, Omar Bakri Mohamed, un barbu d'origine syrienne, est plus violent encore. Dirigeant un groupuscule nommé Al-Muhajiroun (l'Exilé), il est vaguement sous l'œil de Scotland Yard, mais surtout de celui de quelques organisations de défense juives, pour une multitude de propos racistes contre les Israélites, les Anglais, les Européens, les Nord-Américains, en gros l'ensemble du monde entier moins sa mosquée ; on parvient à loger un de nos gars qui transitent régulièrement par le Canada dans son entourage, un certain Ressam, ressortissant algérien.

Mais nous n'avons rien qui nous permette de demander à un juge de nous refiler un mandat de perquisition pour le domicile d'une association ayant pignon sur rue à Londres, Bruxelles, ou à Vancouver.

Nordine Bendjaoui, le cousin d'Hocine, est juste un jeune garçon qui a quitté le territoire national pour, dernière destination connue, Karachi, Pakistan. Étudiant en chimie, son intérêt pour les combustifs explosifs est parfaitement légitime.

À l'exception d'un des Français qui était sous le coup d'un arrêt de la Cour lui interdisant de sortir du département, nous n'avons rien de solide qui puisse étayer nos intuitions et nos informations de source douteuse, nous n'avons rien qui nous permette de conduire une investigation en bonne et due forme.

En essayant d'obtenir des renseignements par Interpol, ou pire encore en essayant de joindre un quelconque service responsable dans les autres pays de la Communauté européenne on visualise très vite le cauchemar bureaucratique qui se profile à l'horizon : les politiciens qui nous dirigent appellent ça « Espace de Schengen ».

À la vue de ce qui nous attend, les flics de l'ancienne Union soviétique se mettraient à danser le kazatchokh.

Avec la Belgique, en dépit de la connivence linguistique, j'ai l'impression de devoir converser avec un avant-poste de la Police militaire du Népal, ou du Botswana.

Essayer de joindre quelqu'un au parquet de Rome ou de Milan semble plus compliqué que d'obtenir un rendez-vous avec le saint pontife.

En Angleterre il est même impossible espérer avoir une oreille un peu compréhensive au téléphone pendant une demiminute. Au Canada, on nous considère carrément comme des SS ou des gars du KGB.

La liberté religieuse est garantie sur tout l'espace du Royaume-Uni et du Commonwealth, l'Union européenne est une démocratie, on nous l'affirme, on nous le répète, nous devrions le savoir.

Le sheikh Abou Hamza s'occupe d'un journal d'inspiration salafiste, de sa mosquée londonienne et de ses ouailles, il n'y a rien dans ses activités religieuses et politiques qui puisse représenter une menace. Les ressortissants canadiens du même acabit sont intouchables. Et pour le reste, itou.

Les formules des molécules explosives sont libres d'accès sur Internet, et on les trouve dans n'importe quel bouquin de chimie du premier cycle.

Le Pakistan est une destination licite, ce n'est pas comme si nos gus s'étaient rendus à Bagdad.

Ces cons de Rosbeefs, soupire Mazarin, ils se rendent pas compte qu'ils sont en train de devenir une vraie termitière légale pour ces fils de pute.

Ça a pas l'air plus brillant en Belgique ou en Italie, lui ai-je répondu. Et je te parle pas d'ici. Je crois qu'on ferait mieux de laisser tomber.

L'automne est arrivé, le monde s'oxyde. Nos volontés aussi.

On sait qu'Hocine a vu juste, sans qu'il nous dise rien d'explicite on a lu dans ses yeux la sombre lumière de la peur, on sait ce qu'il lui en a coûté de nous refiler les affaires oubliées par son cousin sous son plumard.

Il est très vraisemblable que Nordine-le-cousin soit quelque part en Afghanistan. Il est fort probable qu'il appartienne à une organisation d'extrémistes musulmans. Il est possible qu'il s'agisse d'un réseau de terroristes plus ou moins actif, plus ou moins dangereux.

Plutôt plus que moins, sans doute.

Il est absolument certain que nous ne pouvons rien faire.

Alors une nouvelle année se termine, cendres à jamais déposées dans l'urne des rêves, au fond du tombeau de la vie.

Dans ma cervelle l'ektachrome réaliste-socialiste de l'ancienne usine Arrighi est désormais implanté en permanence, greffe nerveuse d'un cyborg komsomol au devenir inhumain, un devenir cristallisé dans l'ordre métaminéral de la machine.

Je suis un morceau du temps enclavé dans un espace biologique qui peine à se considérer comme vivant.

Je suis le Gardien de la Nécropole, tel que Nitzos l'avait imaginé.

Nitzos avait écrit les plans de son livre en m'y incluant, alors qu'il vivait cloîtré au cœur d'une bibliothèque bombardée nuit et jour, pleine de livres dont il ignorait le langage.

Ceci, à n'en pas douter, éclairait ma condition première, comme la sienne, sous un jour qui n'était plus nouveau, certes, mais qui ét˙ncelait plus froidement et se faisait plus chirurgicalement précis, chaque fois, concernant notre diabolique complétude :

La bibliothèque du Rabbin Shapin était restée obscure pour Nitzos, mais c'est à cet endroit, et à nul autre, sous la furie des bombes quotidiennes de la *guerre civile*, qu'il avait pu écrire cet embryon de roman.

De mon côté, la bibliothèque de l'inspecteur Wolfmann m'avait ouvert sur la lumière du crime pacifié, du *crime social*, et c'est de là que j'avais pu reprendre le cours de ma vie, c'est-à-dire le cours de l'Enquête.

Vitry-sur-Seine est devenu l'appendice suburbain d'une grande ville de l'Oural, genre Magnitogorsk, et je comprends mieux alors les mécanismes psychiques qui créent cette étrange kinesthésie matinale.

Je n'ai fait que passer mon enfance par ici. J'ai quitté la banlieue sud dès l'âge de sept ans, alors que mes parents se séparaient et que j'allais vivre avec ma mère à Granville, du côté d'une de ses tantes, à vingt minutes du Mont-Saint-Michel. Ma mère venait de quitter le PCF, mon père n'allait pas tarder à l'imiter, entre-temps la dialectique léniniste avait eu raison de leurs sentiments l'un pour l'autre, le divorce avait été réglé vite, et bien, avant que les chefs de la section, imitant platement la congrégation d'un diocèse hystérique, ne les condamnent au nom de la « morale prolétarienne ». Mes parents faisaient partie de l'élite des militants, le parti communiste ne pouvait pas les garder bien longtemps, en d'autres lieux, mes géniteurs se seraient fait offrir des vacances prolongées en Sibérie orientale.

Depuis que j'étais revenu vivre par ici, juste avant de m'engager dans la Police, j'avais pu constater une vérité que Nitzos m'avait un jour rappelée à bon escient.

À Vitry-sur-Seine, à l'exception du court interlude pétainiste entre 1940 et 1944, la ville était tenue par les communistes sans discontinuer depuis 1926. Ça devait être 1930 ou 1932 pour sa voisine Ivry. Kim-Il Sung ou Enver Hodja pouvaient aller se rhabiller. Le lycée se situait très précisément à la frontière des deux communes. Lors de sa construction, au début des années 60, il avait d'abord servi d'annexe départementale au lycée Henri-IV.

Alors peu à peu une sorte de théâtre mental avait pris corps en moi, des embryons de *personae* s'étaient animées, un décor physique et psychologique avait pu se reconfigurer, un chœur antique semblait se mettre en place, anges blessés en chute vers les piques dressées de ma conscience de flic.

Et un jour, une fin d'après-midi exactement, un nom était sorti.

Une connexion entre ma mémoire vive et celle, morte, de l'ordinateur avait pu s'établir.

J'avais passé les douze heures suivantes, une longue nuit blanche, dans un état que je peine à décrire encore, tant il semble se situer hors de toute chronicité, pas même une chronologie disloquée, non, en fait ce fut comme la pointe d'un diamant venu rayer une plage de silence, comme l'image d'un paysage qui pour toujours s'enfuit dans un angle mort, comme un visage éclairé par la lumière de néon d'une chambre froide médico-légale.

Puis j'avais attendu l'aube et j'étais venu me poster sous le châtaignier qui sûrement, vingt-cinq ans auparavant, avait vu passer Paul Nitzos.

Et l'homme qui portait le nom que j'avais entouré sur ma liste.

LE CAMP DE LA MORT, 1999

Alors vint le temps des rêves. Le temps où les rêves prirent chair.

Mais chair à canon. Le livre venu de la Ville des Morts s'incarnait en moi, aucun doute là-dessus. Narration biophysique dont l'infinie cruauté ne pouvait renvoyer qu'à un processus d'ordre divin, ou alors démoniaque au plus haut degré.

Je ne pourrais dire ce qui conduisit mon cerveau à chercher je ne sais quoi dans la trame secrète des événements. Je ne peux que très difficilement décrire comment à partir de cet instant mon cœur devint froid, thermomètre calé au zéro absolu. Et comment mon corps et mon psychisme devinrent en quelque sorte supraconducteurs, sans plus la moindre résistance aux rayonnements du monde, comme ouverts sur l'infini du vide.

Le processus suivait son cours, selon toute vraisemblance.

Alors vint le temps des rêves, oui. Le temps des notes insomniaques jetées sur le papier comme si toute vie sur terre en dépendait. Le temps des morts. Le Temps du Livre des Morts.

Le premier rêve que j'ai consigné par écrit date de la nuit du 21 au 22 juin 1999.

Il est venu ouvrir un nouveau fichier dans mon ordinateur, recopié à partir d'un carnet de notes conservé à mon chevet :

Assis sur le ciment poussiéreux d'un bunker, juste sous la meurtrière d'où me parvient le bruit de la bataille.

Autour de moi j'entends le fracas ininterrompu des explosions et des voix en allemand fusent de toutes parts sur staccato en leitmotiv des mitrailleuses. Je vois des ombres vert-de-gris courir autour de moi, foule de fantômes égarés.

Mais en fait, dès que je me redresse je marche déjà dans le dédale glacé de la Préfecture ou d'un bâtiment qui lui ressemble, la guerre n'est plus qu'un écho qui se perd au détour d'un corridor. Le labyrinthe semble en effet bien plus grand que le modèle que j'ai connu de mon vivant, je parcours des kilomètres de couloirs, d'escaliers, d'étages, je prends des ascenseurs, des escaliers mécaniques, je m'arrête à une machine à café.

L'endroit est parfaitement désert. Un peu de sable glisse sur les dalles comme soufflé à travers les siècles par un vent qui ne vient de nulle part.

À un moment, je réalise de quoi il s'agit exactement en m'approchant d'une baie vitrée d'où se réfracte une belle et douce lumière.

À l'extérieur c'est la planète entière qui est recouverte de tours semblables à la Préfecture, monades urbaines à taille réglementaire et à fonction bureaucratique, elles ont recouvert le monde, elles sont des myriades sous un ciel à l'obscénité bleu estival. Des passerelles les joignent toutes ensemble en un immense réticule de custodes qui, sous un soleil de midi toujours ajusté, brille de toutes ses vitres.

Je constatai rapidement que les rêves formaient des séries. Il y avait le rêve d'Omaha-Beach, le rêve du Monde-Préfecture. Il y avait aussi le cauchemar récurrent de la Guépéou du Val-de-Marne : dictature globale pour banlieue globale – moi en fonctionnaire de police politique torturant un homme dans un endroit obscur vaguement éclairé par la froide lumière bleue d'un lointain gyrophare. Je rêvais pareillement de la *crime scene* de façon récurrente, ce n'était jamais vraiment le même rêve, mais il dessinait lui aussi une série avec ses éléments métastables : L'usine Arrighi, présente, en phase de destruction vidéo, ou bien effacée de la surface du globe. La centrale en activité, l'enclos des transformateurs, l'autopont et le souterrain de service de la SNCF. Les détails changeaient peu, j'errais dans la zone industrielle sous un ciel noir et sans la moindre étoile, je rencontrais un homme à tête de rat qui m'accompagnait comme dans un tour guidé, puis me montrait la barrière rouge et blanche devant l'entrée des ateliers SNCF, sous l'autopont. L'homme-rat tient un livre, dont je n'arrive pas à lire le titre, puis je pénètre dans le tunnel, et lorsque j'en ressors je suis devant le portail d'une maison, sur une colline dénudée.

Et maintenant :

La maison : grise et brune, entourée d'un muret couvert de mousse au sommet et de liseron orné de cymbulaires sur toute sa surface, elle est plantée au milieu d'un vaste jardin en friches, quelques platanes poussent au fond du terrain, vastes taches de verdure qui se perdent dans le ciel du crépuscule.

Le soleil est en train de se fondre dans l'horizon bétonné de l'Ouest parisien. Au-dessus de nous, on dirait qu'une comète a explosé, inflagrant les cirrus de haute altitude, d'un bord à l'autre de l'univers, c'est un véritable ciel de synthèse californien, un générique pourrait commencer à défiler sur les nuages sans me surprendre outre mesure. L'apocalypse, très probablement, ressemblerait à un crépuscule de carte postale.

Je suis devant la maison située au bord du monde, la maison qui marque la limite avec l'Humain, c'est la maison dans laquelle je dois entrer.

Ici, au sommet du plateau de Vitry, à la frontière avec Villejuif et L'Haÿ-les-Roses, on domine tout le sud-est du Val-de-Marne, mieux encore que depuis le poste d'observation du lycée.

La vue porte jusqu'aux confins du département, on y voit bien sûr la centrale EDF et le vaste périmètre vierge laissé par Arrighi, comme une cicatrice à la précision chirurgicale au milieu du chaos urbain, mais aussi la Seine, et jusqu'aux tours de Créteil, ces immondices en forme de « choux » qu'un urbaniste psychopathe a eu le loisir de concevoir dans les années 70, le regard porte jusqu'aux baraques miteuses et aux cités ouvrières de brique rouge de Maisons-Alfort et d'Alfortville. Un peu à l'est des deux énormes cheminées jumelles de la centrale, face au pont du Port-à-l'Anglais et son écluse aux édicules déjà illuminés de leurs projecteurs au sodium, pousse un centre Leclerc dont la gigantesque enseigne est visible jusqu'ici. Plus loin encore dans cette direction c'est le bois de Vincennes qu'on discerne nettement avec son faux piton rocheux qui se découpe sur le ciel déjà sombre là-bas, où l'horizon titane froid est régulièrement brisé par la silhouette d'un château d'eau, ou d'un relais de télévision. Les autoroutes s'étendent en tous sens, nous sommes au niveau de l'échangeur de l'A 86, ou à peu près, en tout cas nous voyons parfaitement l'entrelacs des voies express se disséminer dans toutes les directions, jusqu'à Paris au nord, Créteil à l'est, Villeneuve-Saint-Georges et Orly au sud, et puis Versailles, ou Meudon, à peu près là où nous voyons le soleil disparaître.

Plus encore, le quartier tout entier semble cristalliser dans sa topographie le profil psychologique de l'homme que je recherche depuis près de huit ans maintenant.

Nous sommes à la frontière de plusieurs communes. À environ trois cents mètres derrière la maison, rue Paul-Armangot, aux limites de Villejuif, se trouve un institut médico-pédagogique.

Autour de la haute et sévère demeure, s'étend un quartier, dit du « Moulin de Saquet » où les rues ne portent que des noms de peintres célèbres. Répétition lexicale comme enclavée dans le tissu même de la ville : voie Poussin, voie Watteau, voie Le Titien, rue Corot, voie Rembrandt, rue Meissonier, voie Rubens, rue Raphaël, rue Matisse, voie Picasso... toute la peinture occidentale est nommée ici, sur un carré de cinq cents mètres de côté. La maison est située voie Fragonard.

Sur mon plan du département j'ai aussi constaté la présence d'une répétition analogue, un quartier voisin dont les rues portent des noms de musiciens, un peu plus au nord, à Ivry, toujours sur ce vaste plateau qui court de la porte d'Italie à Rungis. Lexique de la culture implanté sur le corps sans organes de la *polis* : voie Schumann, voie Berlioz, rue Mozart, voie Mendelssohn, voie Wagner, rue Puccini, voie Beethoven...

Oui, désormais la carte et le territoire ne font qu'un. Ma mémoire a percuté un cristal du réel. Elle s'y est blessée, une béance s'y est ouverte, un monde y a germé.

La Ville des Morts, mise à nu par ses flics célibataires.

Nous venons de garer la voiture devant le portail rouillé, fermé d'une lourde chaîne, qui s'oxyde au même rythme.

Mazarin se tourne vers moi, j'allume une cigarette.

Je suis dans un état proche de la béatitude, un bonheur froid, translucide, d'un grand calme.

Je pourrais tuer quelqu'un en gardant ce sourire à peine visible, mais qui rayonne en moi, du désespoir le plus pur, le plus aérien.

Devant moi la boîte aux lettres, un casier verdâtre écaillé et piqué de rouille, porte encore le nom du dernier locataire, dont certaines lettres ont disparu, avalées par les chiffres dévorateurs du temps.

— Qu'est-ce qu'ils t'ont dit à l'agence ? En 1993 ?

— Oui, à la fin du mois de juin. En fait c'est l'agence elle-même qui s'est portée acquéreur, le contrat de vente prend acte le 1er août 1993, ils pensaient faire une bonne affaire mais ne sont pas parvenus à la revendre. Prix de base trop élevé. Les prix commençaient à chuter. Elle a pourtant failli être achetée l'année suivante mais l'agence dit que la négociation n'a jamais abouti. Et depuis, rien, ils ont pourtant baissé le prix chaque année. Mais le marché va pas très fort en ce moment... Enfin c'est ce qu'ils m'ont dit.

— Kernal, a soupiré Mazarin, est-ce que tu es bien sûr que c'est lui, est-ce que tu es *vraiment* sûr que c'est ici ?

J'ai regardé la maison, tout au moins la partie qui m'apparaissait derrière le muret élevé à hauteur d'homme.

En moi la vérité coulait, claire comme de l'eau de roche, fraîche comme une dose de méthédrine, aussi dévastatrice qu'un amour impossible.

— Oui, j'ai recroisé les nouveaux fichiers selon plusieurs interpolations. Son nom est sorti à chaque fois. Il a passé deux ans à Romain-Rolland, en troisième et en seconde, mais ensuite il a bifurqué vers un lycée technique de la grande banlieue. Il est né très exactement la même année que Nitzos. Je sais que c'est lui.

Mazarin s'est approché de la boîte aux lettres.

Il m'a jeté un regard en coin puis a décrypté à voix haute le nom qui était inscrit sur un ruban de plastique.

— MARC N UD E ?

— Marc Naudiet, ai-je corrigé. Notre ami le roi de la robotique. C'est lui l'artiste de mes couilles.

— Ouais, en tout cas, Wolfmann avait raison, le gars s'est fait la malle.

Je n'ai rien trouvé à répondre.

J'avais le trousseau de clés prêté par l'agence. La seule vue de ma carte de flic et de ma tronche en éveil depuis vingt-quatre heures bien tassées avait dû leur sembler un motif suffisant.

J'ai d'abord ouvert le cadenas qui maintenait la chaîne enroulée autour d'un barreau du portail à un solide anneau de fonte fixé sur le sommet du muret. J'ai fait glisser la lourde chaîne libérée par l'anneau, elle s'est déroulée avec le rythme de samba mortelle d'un crotale d'acier brutalement réveillé.

Puis avec la seconde clé j'ai ouvert la serrure de l'austère porte de métal gris, qui a couiné en tournant sur ses gonds.

Nous avons marché le long d'un sentier recouvert d'herbes sauvages de toutes sortes en direction du perron de la maison.

L'escalier de pierre, un solide granit vert-de-gris, était surveillé par deux griffons de la même teinte. Une volée de six marches, peu élevées et patinées par l'usure, nous conduisit sur une large terrasse de marbre érodé et fissuré de toutes parts, sous un auvent de bois dont la couleur azur n'était plus qu'un souvenir.

Ma main serre la troisième clé.

J'ouvre alors la porte de la maison.

La porte de la maison vide.

Nous avons depuis souvent reparlé de cette visite, Mazarin et moi, et de l'impression qu'elle nous laissa. Nous avons souvent parlé du fait que nous aurions dû comprendre dès ce jour-là.

La maison était parfaitement et totalement vide. Rien. Pas un bibelot. Pas un meuble. Pas un livre de poche oublié dans un coin, pas même un morceau de papier journal, un ustensile de cuisine rouillé, rien. Pas même une épingle à nourrice, un bouton de culotte, un mégot de cigarette, un bout de chewing-gum. Absolument rien.

Certes la poussière des années s'était accumulée, des araignées et nombre d'autres insectes domophiles avaient fait leurs nids dans bien des coins de la demeure. Mais l'impression qui se dégageait des lieux était celle d'un nettoyage général, et à la méticulosité clinique, avant le grand déménagement.

L'impression avait franchi un degré sensible lorsque nous étions descendus au sous-sol, avec la dernière des clés du trousseau.

L'escalier de bois avait été frotté au balai-brosse, j'en voyais encore les marques dans le faisceau de ma torche.

Le sous-sol était constitué d'un petit vestibule de béton écru qui donnait sur une lourde porte de chambre froide.

J'avais regardé Mazarin, son œil torve envoyait un message de compréhension totale. J'ai tourné la molette de la porte, qui s'est ouverte dans notre direction, nous avons pénétré à l'intérieur d'une vaste salle longitudinale recouverte de carreaux de plâtre à isolant phonique. C'était blanc, net, géométrique et d'une propreté parfaite. On n'y trouva pas même un minuscule résidu de fibre. Comme lavé au jet d'eau de Javel. Le seul détail un peu désordonné dans ce grand cube parfait c'était quelques trous aux murs et au plafond, comme si on en avait ôté des objets en accroche. Au plancher, le centre de la pièce était légèrement convexe et une bonde d'aluminium chromée résistait à l'oxygène, pour des siècles. C'était un parallélépipède de carreaux blancs, une sorte de salle de bains géante. C'était en quelque sorte l'endroit le plus représentatif de la maison. Il s'agissait de son condensé structural, une fractale qui épousait tous les contours secrets de cette vaste maison propre, silencieuse et vide, si complètement vide que c'était à douter que quelqu'un y ait jamais vécu.

Pourtant, tout mon être était pénétré de l'idée qu'au moins quatre personnes y étaient mortes.

C'est pendant le voyage du retour, alors que je descendais la rue Watteau en direction de Vitry-sur-Seine et de son accès à l'A 86, que j'ai vu Mazarin s'agiter sur son siège. Sa masse énorme emplissait tout l'espace passager de la Coccinelle, un simple mouvement menaçait l'habitacle d'une explosion imminente.

Je comprenais qu'il voulait me dire quelque chose mais qu'il ne savait pas comment s'y prendre. Je me souviens m'être dit sur le moment : tiens, je vais être mis de nouveau devant le fait accompli. « Tu n'as tué personne au moins ? » ai-je demandé, l'air de rien.

Son rire a fait tressauter sa bedaine, sorte de machine pneumatique dont je peinais à penser qu'elle eût été un jour humaine.

— Ouais, non, c'est juste que nos zigotos des cités nous ramènent que dalle sur les deux affaires qui nous intéressent.

— J'imagine que tu veux dire par là que l'affaire Naudiet ne devrait plus nous intéresser.

— Je m'en contrecarre de ton roi du Basic, tu peux même

pas imaginer, on est sur deux gros coups, et on avance pas. Ça fait deux ans maintenant. J'aime pas ça.

— Moi non plus j'aime pas ça. Qu'est-ce que tu veux ? Qu'on se la rejoue Guépéou ?

Je me suis demandé s'il avait pris sur lui d'organiser déjà une expédition punitive, peut-être l'avait-il déjà accomplie ?

Mazarin s'est marré, plus franchement encore.

— Ouais c'est ça... Écoute c'est vraiment ça.

J'ai poussé un soupir, je venais de prendre l'avenue Youri-Gagarine, son sourire mystérieux d'avant le crash de 1968 sautait comme une image mal réglée sur l'écran du pare-brise, l'image s'est agglomérée avec le vieux souvenir d'une destruction d'usine. J'ai ensuite obliqué vers l'échangeur de l'A 86.

— Tu veux qu'on commence par lequel ? j'ai demandé.

Je nous revoyais partis pour de longues balades silencieuses dans la nuit, rythmée par les hurlements des bouches pleines de sang, et le bruit de la matraque qui fracasse les os. Je n'y voyais pas d'inconvénients à priori.

— Non, c'est pas ce que tu penses. C'est à cause de ton truc sur la Guépéou. La Guépéou ne se contentait pas de coller des torgnoles aux petits macs pour en faire des donneuses, je me trompe ?

— Non, c'est vrai, il lui arrivait aussi de les fusiller. Mais je suis pas certain qu'on nous en donne l'autorisation, si tu vois ce que je veux dire.

Je remettais les pendules à l'heure. Il était hors de question qu'on dérape. La brutalité, oui. Les emmerdes, non.

Mazarin a de nouveau animé son pneumatique ventral, son regard sans couleur définissable s'est tourné vers moi, son visage, dont les plis de graisse formaient maintenant des bourrelets descendant en rampes de chair sur sa nuque, pointait l'énigme la plus obscure de notre condition, lui arrivait-il de baiser ? Avec qui ? Comment ? Jusqu'à quel degré de perversion et d'obscénité un homme comme Mazarin était-il capable d'aller ? Mais peut-être ne baisait-il tout simplement pas, pas même avec des putes ? Peut-être n'y avait-il en lui aucune réelle méchanceté ? Peut-être était-il doux comme un gros nounours ? Sa laideur était peut-être en mesure de mater ce monde.

— Non, Kernal, je te dis que c'est pas ce que tu crois. Je te parle pas de cassages de gueule ou de bavures, je te parle de ces enculés de la Sécurité militaire.

— De quoi ?

J'avais vraiment failli piler net sur la voie express vers Créteil. J'avais fait face à la laideur qui pouvait peut-être sauver le monde, mes mains ne faisaient qu'un avec le vinyle du volant... Que venait foutre la Défense nationale dans notre merdier banlieusard ?

— Je te parle pas des francaouis, Kernal, merde, arrête de rouler des billes comme ça. Je te parle de la Sécurité militaire algérienne.

— Putaaiin, j'ai hurlé, *mais de quoi est-ce que tu me parles ?!*

— C'est ça, il a dit, c'est ça dont il faut que je te parle.

Alors oui, à cet instant la vie était devenue à plein une extension de la sphère cognitive du militaire. De flics, nous allions devenir soldats, sans la moindre fortune.

Tout allait verdir dans la photologie de la nuit américaine du XXIe siècle : celle du binoculaire de combat. La mise en fiche et l'espionnage convoleraient en justes noces, un monstre serait engendré de cet hymen, ce monstre serait nôtre, et il nous dévorerait avec avidité, et telle serait notre récompense.

Alors que les Américains bombardaient sans relâche le Kosovo, au cours d'une opération militaire purement aérienne et cybernétique, la toute première de l'histoire, il nous devint évident que les guerres « nationales » ne pouvaient plus se concevoir que comme des interventions de police locales au sein d'un monde englobé dans son propre processus réticulaire. Dans le même temps, nous ne faisions encore que le pressentir, un événement local à haute intensité cristalliserait tout le potentiel pour l'explosion d'une guerre qui deviendrait alors le régime général de la vie sur cette planète.

De nouveau, le Manuscrit trouvé à Sarajevo me permettait de me repérer sur cette carte du monde de l'invisible :

À l'ouest du Mur, l'économie du crime nous avait réunis sur son seuil d'intensification : Marc Naudiet, le tueur en série roboticien, coévolutif à la destruction esthétique du monde ancien de l'industrie. Il était l'ombre que Nitzos et moi-même portions, de par chacun de nos actes, sur le monde.

À l'est du Mur, Nitzos s'était trouvé face, ou plutôt à l'intérieur, au *centre* même du régime d'extensivité maximal de la Terreur : la tuerie de masse moderniste, ne sélectionnant ses victimes qu'au crible absurde de ses idéologies purulentes qui prévaut à tout surgissement cataclysmique de la démocratie.

Chez moi, ici, à l'occident, le seuil d'intensification avait été franchi, et sans rémission possible, mais j'étais resté à sa *périphérie* : le meurtre de masse extensif avait trouvé sa figure de substitution dans l'assassinat singulier intensif du tueur en série postmoderne.

Il ne me restait qu'à tout condamner, y compris moi-même.

Mazarin avait contacté un ami de Carnaval. Ou plutôt Carnaval lui avait dit : D'abord, faites gaffe à vos fesses, vous entrez dans le monde du renseignement militaire, et on n'y entre pas par effraction, en tout cas pas sans un maximum de précautions. Ensuite, vous allez avoir besoin d'un spécialiste, nous avons l'homme qu'il vous faut, tu le connais, il t'a déjà rencontré une fois, il te contactera, notre gars est au courant.

Le gars s'appelait Franjo Medvenic. Français d'origine croate, il était parti se battre en ex-Yougoslavie jusque vers 1995. Il avait fait la Légion étrangère, en France, au début des années 80, pour son service national volontaire. Le HVO de Mostar l'avait accueilli à bras ouverts. Dans la Légion, il avait été formé aux techniques de renseignement, et la milice des Croates de Bosnie lui avait offert un terrain de jeux grandeur nature. Je me souviens m'être demandé un instant si lui et

Nitzos s'étaient croisés un jour, durant le conflit, puis j'avais effacé l'idée, et l'image du destructeur d'usines, avec de douloureux efforts.

D'après Mazarin, et selon Carnaval qui s'y connaissait, Medvenic était un dur, Medvenic avait tué plusieurs hommes de ses mains, au cours de cette guerre. Medvenic détestait les cocos, les Serbes, et les Arabes, Medvenic était un pro.

Lorsqu'il était revenu en France il avait travaillé deux ans pour une société de sécurité, puis il avait monté sa boîte en 1997, une agence de détectives et de gardes du corps.

Mazarin lui avait demandé d'opérer en clandé, pour notre compte. Medvenic avait accepté et dès les premiers jours il nous avait remonté un gros poisson.

Ciruluk le Turc n'était pas le seul à avoir été assassiné dans des conditions troubles ces derniers temps. Medvenic était parvenu à pister trois meurtres étranges et toujours non élucidés survenus dans la ceinture parisienne : deux individus de nationalité algérienne, et un Français d'origine égyptienne. Il avait pointé une série de détails bizarres qui formaient un réseau d'interrogations cohérentes : un des hommes de nationalité algérienne, Houamar Bengalah, et le Français d'origine égyptienne, Daniel Farhed, avaient travaillé tous deux pour la mairie de Vitry, à un an d'intervalle. L'autre Algérien, lui, avait travaillé quelques mois au consulat d'Algérie. Ils avaient tous habité un jour ou l'autre dans le Val-de-Marne.

À l'heure même où Mazarin m'expliquait de quoi il retournait la machine était déjà en branle.

Medvenic était parvenu à poser des mouchards à l'intérieur du bureau du directeur de la Sécurité publique de la municipalité, et il surveillait, depuis un appartement loué dans une cité toute proche, les agissements du consulat d'Algérie, situé juste en face de la nouvelle mairie style Ceaucescu-Bofill banlieue sud, de l'autre côté de la grande place de l'Église, cernée d'un gymnase répondant au doux nom de Maurice Thorez, de la Maison de la cellule du Parti communiste et de la CGT, et d'une galerie marchande toute neuve.

Le Croate avait établi que des contacts étranges se nouaient, et que des attachés du Consulat étaient en fait des officiers de renseignement de la Sécurité militaire algérienne.

Mazarin m'avait dit : Medvenic accepte de faire ça à l'œil parce qu'il pense que soit la SM algérienne soit les islamistes sont dans le coup. Et alors ? avais-je demandé. Et alors un de ses cousins s'est fait buter en 1994 en Algérie, quand les GIA ont attaqué une usine yougoslave où travaillaient de nombreux Croates, et tout le monde sait qu'à l'époque ces enculés étaient manipulés par les services secrets militaires algériens.

Je me souvenais vaguement de l'incident.

— Il les hait, avait rajouté Mazarin sans nul besoin.

Seule la haine, en effet, pouvait nous garantir quelque gratuité en ce monde.

Voici le nouveau rythme qui s'impose alors à nos vies, le mambo de la mort en lumière inactinique :

Photochromatographie infrarouge, vidéo à amplification photonique, micros espions, bandes magnétiques, sampling, scanner, sabotage, nous devenons en quelques jours les excroissances à peine humaines de machineries destinées à pouvoir tout lire, tout enregistrer, à distance, dans l'obscurité, à travers les murs.

Nous sommes les spectres du réseau de la nuit.

Enregistrement en continu, quadrillage des ténèbres par les yeux et les oreilles de la technique moléculaire, notre mission devient celle de minéraux venus d'outre-espace pour rendre compte de la vie animale provisoire qui s'agite ici-bas.

Jamais de toute notre carrière une enquête n'aura duré aussi peu de temps.

Jamais elle ne se sera étirée ainsi jusqu'à l'infini.

Certes, comme les autres, l'échec scellerait cette aventure, il était sans doute inutile de se faire des illusions quant au résultat concret de l'entreprise, mais je crois que nous n'en étions plus là, ni moi ni Mazarin ni Medvenic, et plus généralement l'ensemble des habitants de la planète, quoique pour des raisons sans doute fort diverses.

Ce qui comptait maintenant c'était de se situer à la pointe la plus extrême du jeu, ce qui comptait c'était de se perdre enfin dans la nuit.

Medvenic est un garçon qui va sur ses quarante ans, il est roux, le visage très pâle, des yeux verts, des cheveux courts de skinhead postconcentrationnaire, des lèvres fines comme taillées au ciseau à même la chair. Il a le regard calmement éteint des vrais tueurs. C'est Carnaval avec vingt-cinq ans de moins, et une carrière déjà bien remplie.

En toute logique, l'éclat de son intelligence ne brille que dans l'obscurité la plus totale, lorsqu'il met fin aux jours d'un être humain.

Sans que nous nous en rendions compte, ou plutôt, *en dépit du fait* que nous nous en rendions compte, c'est Medvenic qui devint le patron en titre de l'opération.

Nous œuvrions déjà dans un intermonde très fragile, dangereux, fissile pour tout dire, une zone qui semblait vouloir épouser toutes les lignes de coupe en devenir, c'est à croire que nous cherchions vraiment à danser sur l'abîme.

Le premier meurtre a eu lieu en 1996, peu de temps après l'assassinat de l'imam Sarahoui. On a retrouvé un corps dans la forêt de Fontainebleau, c'était un Franco-Algérien de trente-huit ans, dénommé Walid Jidriz, il avait travaillé à la mairie de Vitry entre 1987 et 1994, il vivait à Sucy-en-Brie au moment de son assassinat. Ensuite, en novembre de la même année, c'est monsieur Farhed, qui est retrouvé « suicidé » au monoxyde de carbone, dans son garage, à la porte des Lilas. Farhed a travaillé à la mairie de Vitry en 1994 et 1995. Ensuite on a Houamar Bengallha, retrouvé noyé « accidentellement » dans la Seine, vers l'île de la Jatte en juin 1997. Monsieur Bengallah avait travaillé pour le consulat entre 1991 et 1994. Puis on a monsieur Ciruluk, à Saint-Maur.

Medvenic était une pointure. Je comprenais pourquoi les

miliciens croates l'avaient nommé officier de leur armée non gouvernementale en l'espace d'une semaine.

Nous ne nous rencontrions que dans des endroits désolés, patiemment vérifiés et revérifiés par lui. Nous ne devions surtout pas nous montrer dans le coin où il opérait, soit le centre-ville de Vitry. Ne jamais nous rendre à sa planque, avenue Lucien-Français. Limiter les venues au commissariat local. Ne pas se faire voir à la mairie. Ne pas chercher à espionner par nous-mêmes le consulat.

Rester dans l'ombre de l'ombre.

Les documents que Medvenic rassemblait pour nous formaient peu à peu une couche sédimentaire putrescible, dont les gaz s'accumulaient sous nos pieds, sans que nous en prissions vraiment conscience.

Au fil des semaines, l'espace d'un gros trimestre tout au plus, le schéma s'était diaboliquement éclairé, la séquence des mémos qui retranscrivaient les conversations espionnées, les photographies infrarouges, les vidéos en mode *nightshot*, tout concourait à ce que la vérité la plus hideuse montre enfin son visage.

Nous avions passé les premières journées du printemps, Mazarin et moi, à consulter affalés dans mon salon les notes que Medvenic avait compilées.

1999 se poursuivit ainsi, à la vitesse de la lumière. Les semaines glissèrent, magnétiques, sur leur rail de sustentation.

Un nom, ou plutôt une face sans visage apparut, sous plusieurs « identités » selon les interlocuteurs : « le Colonel », « Mon Chef », « Monsieur Alpha ».

Medvenic avait fini par l'identifier, et même à prendre quelques clichés de lui, de nuit, au consulat. Son vrai nom était Yazid Akhtarbi. Lieutenant-colonel dans l'armée algérienne. Branche : Sécurité militaire. C'était lui le pivot de toute l'affaire. Nous entrions dans la juridiction de la DST, par effraction.

Le problème que nous rencontrions désormais, Mazarin

et moi, c'était comment sortir du secret, comment sortir du cercle qui se refermait sur nous ?

Comment allions-nous mettre le feu à la bureaucratie de la Préfecture ?

L'agence immobilière de Villejuif m'avait laissé comme seul indice une adresse postale, à Nice. J'avais demandé à nos collègues de la ville du Var d'aller faire un tour sur place pour me donner une première idée, sous couvert d'une des enquêtes en cours. C'était un casier postal tout ce qu'il y avait de normal, sauf qu'il était vide, et ce depuis le début, en 1993. L'employé de la Poste avait affirmé que le client avait loué une concession pour cinq ans et que celle-ci s'était terminée sans renouvellement en juin 1998. Le fax des flics du Var était clair, simple, concis.

J'avais établi le synopsis : Naudiet avait revendu sa maison pendant l'été 1993, parallèlement il était parti s'installer, sans doute provisoirement, à Nice. Mais en cinq ans il n'avait reçu aucun courrier, et ne s'était jamais présenté au bureau de poste. Puis il avait laissé s'éteindre la boîte postale.

Bref, il fallait se rendre à l'évidence : un mois ou deux après son quatrième meurtre, il avait décidé de disparaître.

Et il y était parvenu.

Tout comme les gangs de violeurs à l'Escort blanche, ceux qui avaient égorgé Didier Schmidt comme une bête et contaminé Virginie Bertoldi de leur semence infâme, comme les tueurs de flics, ou les braqueurs de convois de fonds. Comme les amis de Nordine-le-cousin. Comme les meurtriers du docteur Ciruluk et des autres.

Comme tous ceux après lesquels nous courons. Robots de l'État-nation pourchassant les fantômes de la maffia mondiale, nous sommes en fait de pauvres mécaniques démunies, et chaque jour qui passe nous le montre un peu plus.

Il fut un temps où être flic demandait une bonne dose de sadisme naturel, propre à contrecarrer celle de la foule et de ses crimes.

Il apparaissait qu'il fallait désormais un tempérament de masochiste pour continuer d'accepter de faire ce métier.

J'avais demandé aux inspecteurs de Nice de me chercher un Marc Naudiet dans leurs archives et de faire frétiller un peu leurs tontons. Il s'écoula deux mois avant que je reçoive d'eux une note répondant par la négative, aucun Naudiet, Marc, né à Ivry-sur-Seine en 1960 n'était répertorié par eux, ou connu de leurs balances.

Il semblait bien qu'à partir de la seconde moitié de 1993, Naudiet se soit débrouillé pour s'évanouir de la surface de la Terre. Une voix venue des nécropoles du siècle me soufflait qu'il n'était pas parti très loin. Il avait juste déménagé dans une autre région, il avait jeté une fausse piste en pâture à d'éventuels enquêteurs (sans doute les pandores avaient dû en passer par là eux aussi), puis il avait changé d'identité et de modus operandi. Il s'était offert une jolie petite baraque bien isolée à la campagne, avec tout ce qu'il fallait comme infrastructures en sous-sol, et des filles égarées, des fugueuses bosniaques, des réfugiées kosovares, des putes albanaises, des romanos de passage, des exilées de la misère ou du rêve climatisé venaient s'échouer dans son laboratoire d'enfant gâté du XXe siècle.

Alors je ne sais comment un noyau actif de volonté consciente demanda à briller pour un ultime instant, avant la chute.

Je m'étais rendu sur le plateau, jusqu'à la maison, un matin, très tôt, après une nuit d'écriture.

Je relisais mes notes du début de la décennie avec l'impression de découvrir un roman en gestation, mais qui n'avait pas trouvé sa forme, et qui était resté au stade prébiologique de la pure conception.

Le Manuscrit trouvé à Sarajevo en établissait bien l'architecture secrète, désormais révélée, tels des plans projetés avant leur apparition dans ma propre conscience.

J'avais ouvert le portail. J'avais marché jusqu'à la maison, j'avais ouvert la porte d'entrée, j'avais pénétré dans la maison.

Je savais qu'il s'y cachait quelque chose.

Je savais que, précisément, cette volonté de propreté clinique n'était pas due au hasard, ni même à une volonté tardive de vouloir effacer des traces, mais à une activité quotidienne, répétitive, maniaque.

La maison du tueur était un vortex. Elle était la configuration spatiale de son psychisme. Et bien sûr, je fis ce qui devait être fait : descendre directement au sous-sol.

Je m'étais souvenu de ma période œil-machine, avec ma caméra, alors que j'avais filmé l'Enclos des Transformateurs, en compagnie de Mazarin.

Je me suis souvenu, alors que je descendais les marches en colimaçon menant à la partie souterraine de la maison vide, oui, je me suis souvenu de la question qui nous avait hantés, des semaines durant, après ma « découverte » intuitive, liée à mes tentatives de reconstitution « analogique » du crime.

L'homme exposait les corps, les corps étaient le média.

Que faisait-il alors des cassettes ?

Mon corps tremblait alors que j'accédais au sous-sol et que je marchais jusqu'à la lourde porte de chambre froide.

Mon corps tremblait alors que je tirais vers moi la grosse molette d'ouverture.

Oui, mon corps tremblait parce que je ne venais pas ici sans une intention claire. Je ne venais pas ici sans avoir bouclé en moi la question posée des années auparavant.

Je venais ici avec une Théorie.

Et cette Théorie, c'est un trou.

Oui, un trou.

Un trou noir.

Un trou noir au milieu de la pièce blanche.

Un trou auquel nous n'avons pas prêté assez d'attention lors de notre première visite.

Mais maintenant j'ai établi je ne sais comment la topologie secrète de la maison vide, et je sais y lire les traces, je sais y lire le passé, le présent et l'avenir, je sais y lire les crimes qui s'y sont commis, comme tous ceux qui auraient pu s'y commettre.

Et ma Théorie m'indique quoi chercher.

Et surtout où.

Je sais que c'est ici qu'il a procédé à ses expériences. Je n'ai plus besoin de caméra vidéo, mon cerveau enregistre et décode. Mon cerveau est l'arme de la Théorie.

Il y avait une table d'opération chirurgicale, ici, juste sous le plafonnier, la bonde servait à l'écoulement du sang, mais vu la disposition des orifices laissés par les accroches, des joints, de quelques traces de ciment, oui, il est facile d'en déduire que la table d'opération se situait dans un coin de la pièce qui, en fait... était à l'origine *divisée en deux*. Mais avant de partir, Naudiet a tout enlevé, et tout effacé de la surface de la terre.

Oui mais justement : il y a la surface.

Et il y a la sous-face.

La pièce était divisée en deux parce qu'il y avait d'une part la salle des expériences, et d'autre part : *le studio de télévision*.

Oui je le vois prendre forme à l'autre bout du vaste parallélépipède immaculé. Un circuit complet, avec plusieurs moniteurs et au moins deux ou trois caméras, dont un endoscope.

Et entre les deux :

Le trou.

La petite bonde convexe située au centre de la pièce.

Il fallait bien que Naudiet fît quelque chose de ses cassettes, n'est-ce pas ? Il fallait bien que l'utilisation des cassettes s'inscrivît dans la théorie générale du corps comme média.

Si c'était les corps des victimes qui formaient eux-mêmes le régime d'exposition, mais que, pourtant, comme je le savais de toute mon intuition déployée, il filmait ses expériences, sans rendre au monde les bandes magnétiques, comme il le faisait avec ses composants électroniques cryptés, c'est parce que le régime d'exposition masquait son inversion :

Si le corps de l'Autre s'exposait comme média, il était logique que son corps propre *s'impose* le média.

Il était logique que je revête mon masque de protection antiseptique et mes gants de latex pour empoigner un tournevis acheté la veille à Castorama.

Il était logique que je dévisse la petite rotonde d'aluminium.

Il était logique que je me saisisse ensuite d'un écouvillon d'acier inoxydable et il était logique que de l'autre main j'empoigne une mini-maglite noire, afin de diriger son petit faisceau de lumière dans la minuscule obscurité, où se tapit la vérité.

Car la Théorie était implacable et elle forçait mon cerveau à suivre la terrible organisation du réel à laquelle le tueur-roboticien s'était livré, ici, dans sa maison-vortex.

Il fallait que son corps réintègre le média : alors que les corps des victimes assumaient le régime d'exposition, le sien devait subsumer le régime d'intégration.

Alors c'était aussi simple que ça : à la question « qu'est-ce que le tueur a fait des cassettes ? », il convenait de répondre :

Il les a mangées.

Je devais trouver quelque chose dans la bonde.

Et la Théorie m'indiquait à peu près la forme que cela aurait.

Cela avait la forme de résidus carboniques humains. En gros : de la merde.

Car il fallait aller jusqu'au bout du processus. S'il mangeait les bandes, c'était pour convertir l'expérience dans son propre organisme.

C'était, je le comprenais, une forme de « thérapie » sacrée, une forme de chamanisme inverti.

Mais s'il les mangeait, il devait d'une manière ou d'une autre les restituer au monde, par son bol fécal...

Et il devait alors les enfouir, hors de la maison propre et blanche, les enfouir au plus profond de la terre, mais *depuis le lieu de l'Expérience.*

Alors il les chiait.

Ici. Au centre du vortex.

Vers l'insondable de ses terreurs d'enfant.

Et mon écouvillon a sondé l'insondable.

Et il en a extirpé l'innommable, qui est allé se déverser dans plusieurs pochettes de plastique et quelques tubes à échantillons de laboratoire.

L'Expérience méritait d'être conduite jusqu'au bout.

Si l'on s'en tient à l'exigence purement intellectuelle qui veut mettre dans le monde le maximum de séparation et de multiplicité, on doit et d'ailleurs il faut concevoir un monde très « avancé », où le meurtre généralisé soit reconnu comme la seule possibilité éthique capable de satisfaire cette soif séparatrice et universelle de l'intellect, et où le combat de tous contre tous soit considéré dans ses formes les plus impitoyables comme la limite de toute action portée par l'intelligence se voulant autonome.

J'avais noté cette phrase, tirée de l'*Assomption de l'Europe*, sur le coin d'une page de mon carnet de notes diurne. Ce n'était certes pas innocent.

Le fax de mon bureau s'est mis en branle.

C'était la réponse du laboratoire de la PN, que j'attendais depuis près de trois semaines.

L'automne 1999 s'achevait et la rouille qui s'abattait sur l'univers laissait maintenant voir les premiers matins du carbone, noirs, noirs comme la nuit. Les arbres bientôt seraient aussi morts que nous autres.

J'avais décidé d'épouser en secret la fatale thermodynamique qui conduirait à l'explosion, je m'impatientais même que la guerre civile ne se déclenche pas d'un instant à l'autre.

Alors que la planète commençait sa désintégration, une sorte de Yougoslavie globale comme horizon destinal, j'avais lu et relu le résultat des tests du labo :

On trouvait en effet diverses matières organiques mais leur ADN était trop dégradé pour être décodé et comparé, avec celui des victimes par exemple, il apparaissait que de fortes quantités de produits désinfectants et désodorisants avaient été déversées sur les divers échantillons prélevés, lessive, eau de Javel, nettoyants industriels, mais aussi des tonnes d'eau de Cologne ! enfin on ne s'expliquait pas très bien la présence de nombreuses fibres synthétiques, en particulier ce qui était considéré par les techniciens du laboratoire comme « des quantités substantielles de Celluloïd magnétique, avec de fortes proportions de particules de chrome, qui indiquent la présence – dans les matières fécales ainsi analysées – de résidus de *bandes magnétiques* en proportions très élevées, qui ont dû occasionner de nombreuses lésions et ulcères dans l'appareil digestif du sujet ».

Les auteurs du rapport avaient eux-mêmes placé les mots en italique.

C'était les mots qui me suffisaient pour me ranger dans le camp du Monde, pour épouser le camp de la Mort.

DIGITAL DOGS, 31 DÉCEMBRE 1999

Alors voici la dernière année du XXe siècle qui s'éteint devant mes yeux morts, morts par l'usure des livres, du tube cathodique et des nuits sans sommeil.

Voyez donc le brillant inspecteur Kernal dans sa quête éperdue pour le souvenir d'un monde englouti depuis des siècles. Je ne suis plus qu'une bulle de néant qui flotte sur l'éther de la société androïde de troisième type.

L'an 2000 sera celui du décryptage finalisé du code génétique. Maintenant les intuitions de Nitzos se sont incorporées en moi, c'est le cas de le dire.

J'ai passé les dernières semaines, dans un état épouvantable, à recueillir sur Internet tout ce que je suis en mesure de collecter sur le sujet. Les premiers jours furent horriblement fastidieux, mais j'ai fini par apprivoiser mon nouveau moteur de recherches et, en établissant des croisements à plusieurs variables, je suis enfin parvenu, à l'aube de la dernière journée de la dernière année du siècle, à compiler ce que je pressens être un second cataclysme, un abîme plus vaste encore que le précédent, mais qui viendrait le combler, de tout son infini.

Je devine que le cadre de travail du code génétique est avant tout un programme politique. Et devant les festivités mondiales qui commencent à se dérouler depuis la ligne officielle de démarcation entre le jour et la nuit, au milieu du Pacifique, je me dis que c'est comme si la planète tout entière était conviée à un immense concours d'expression corporelle de masse, sur fond de paramétrage génétique général.

Code génétique. Code numérique. Mon intuition, désormais nourrie du Livre des Morts qui vit en moi, sait qu'il y a là une connivence secrète et d'ordre surnaturel, je veux dire divine. Plusieurs textes tirés de ma documentation récente semblent vouloir éclairer un rapport mystérieux entre ces deux paradigmes du monde qui se fabrique sous mes yeux.

Tout d'abord un petit groupe de chercheurs français, dirigé par un certain Jean-Claude Perez, font valoir une fort intéressante découverte.

C'est un modèle mathématique connu depuis longtemps, mais la nouveauté consiste en ce que les chercheurs en question ont réussi à mettre au jour son existence dans un « supra-code » au sein du chaînage génétique. Le concept de base consistait à rechercher entre les proportions relatives de nucléotides, qu'il s'agisse d'ADN ou d'ARN, de régions codantes ou dites « non codantes », une structure globale et cohérente. C'est cette structure « absolue » du code qui est appelée supra-code, et elle correspond à une suite mathématique qui forme une résonance harmonique.

Une suite harmonique, m'explique-t-on, est une structure numérique dans laquelle les nombres sont reliés par un opérateur arithmétique généralement très simple, comme l'addition. Deux des suites les plus connues, celles de Lucas et celle de Fibonacci, ont été particulièrement étudiées par les chercheurs du docteur Perez.

La suite de Fibonacci se forme ainsi :

1 1 2 3 5 8 13 21 34 55 89 144 233 377 610 987 1597 2584...

Celle de Lucas engendre cette série de nombres :
1 3 4 7 11 18 29 47 76 123 199 322 521 843 1364 2207...

Ainsi il arrive souvent que des ensembles contigus de 89 nucléotides se partitionnent en 34 bases A et 55 bases TCG et ce quelle que soit leur position relative. Il y a là alors une résonance de type A/CTG articulée sur le rapport de trois nombres de Fibonacci, 34 et 55, qui font 89. Les chercheurs français font état de nombreuses occurrences de ce type au sein de plusieurs génomes. Ils ont étudié diverses souches génétiques, des virus, ou des rétrovirus comme le sida, et des chromosomes animaux. Grâce aux premiers résultats d'HUGO ils ont commencé leurs études sur le génotype humain. Ils rappellent à bon escient une donnée fondamentale de la science moderne, de la science d'après 1945 : *la structure de contrôle et d'action est rarement la structure perçue et visible.*

D'après eux, nous devrions au plus vite revoir nos conceptions sur le code génétique. Il apparaît bien en effet qu'il ne s'agit pas d'un simple assemblage programmatique d'ordre protéinique ou de rebuts d'information soi-disant « non codante ». Il existe une structure absolue, une structure secrète. Le code cache un autre code.

Il s'agit bien de politique, définitivement.

Ensuite, la théorie des rétrotransposons, par M. Colm A. Kelleher, Ph.D, du National Intitute for Discovery Science, aux États-Unis.

C'était en anglais, *of course*, je traduisis le tout des jours durant, puis il m'avait fallu des semaines pour digérer la chose. Mais en fait, je commençais déjà à comprendre que l'idée d'un stupide Meccano protéinique était en train de voler en éclats au cœur même de l'université qui en avait conçu le modèle. Sans le savoir, les ingénieurs-savants de la « science de la Mort » ouvraient une porte *très étroite* sur la science de la Vie.

RETROTRANSPOSONS AS ENGINES OF HUMAN BODILY TRANSFORMATION.

Colm A. Kelleher, Ph.D.
National Institute for Discovery Science
Las Vegas, NV – 89119

— La littérature historique nous suggère qu'il existe des conséquences inhabituelles, aussi bien physiques que psychologiques, lorsque est atteint un certain état de conscience connu sous le nom d'*illumination*, de *nirvana*, de *samadhi*. Ces changements fréquemment rapportés incluent, sans aucune limitation à priori, de soudaines inversions de l'âge cellulaire, l'émergence constatée d'un corps lumineux et de son ascension jusqu'aux cieux. Cet article propose une théorie du « jumping-DNA », l'ADN mobile, ainsi que du rôle des transposons considérés comme médiateurs essentiels, pour expliquer la rapidité et l'échelle phénoménale des changements cellulaires associés à cette transformation du corps humain.

— Considérons d'abord que seulement 3 % de l'ADN humain encode l'organisme physique. Les 97 % des 3 milliards de bases-paires qui constituent le reste du génome – parfois appelé « junk-DNA » (ADN-poubelle) –, contiennent pourtant plus d'un million de structures génétiques, appelées transposons, qui possèdent la capacité de « sauter » d'une combinaison chromosomique à une autre. Les transposons se déplacent d'une substructure génétique à une autre via un intermédiaire ARN connu sous le nom de *rétro-transposon*.

— Je décris l'ensemble de cette structure et je propose que cette séquence particulière d'ADN, à cause de sa configuration très particulière, dénommée « cassette-like-configuration », et ses modes de régulation et de transcription, soit un participant essentiel dans ces changements d'échelle au sein du génome et de ses médiateurs, dont peuvent résulter des transformations significatives de l'ensemble du corps humain.

— Notre hypothèse de travail est vérifiable en utilisant les séquences d'ADN comme des sondes moléculaires afin de surveiller l'activité des transposons dans les cellules sanguines d'individus impliqués dans de profondes transformations psychophysiques, telles que celles auxquelles conduisent de véritables processus de méditation avancée, ou les divers stades des *near death experiences*. La pertinence de ces phénomènes comme base expérimentale d'une étude de la survie de la conscience humaine après la mort est également soulevée.

— Dans son ouvrage *Le Futur du corps*, l'auteur Michael Murphy déclare : « Alors que la plupart des religions connues ont longtemps supporté des pratiques et des attitudes de négation du corps, elles ont aussi donné naissance à une série de doctrines et de mythes de la transfiguration physique. Certaines d'entre elles, me semble-t-il, pointent vers de réelles possibilités. La doctrine chrétienne de la *glorification du corps*, la conception taoïste ou bouddhique du *corps lumineux*, par exemple, peuvent certainement exprimer d'authentiques prémonitions sur des phénomènes dont l'occurrence advient pour de bon. »

— Dans la littérature consacrée au sujet, la plupart des descriptions associent une soudaine réversion de l'âge cellulaire et l'émergence d'un corps de lumière à l'effet provoqué par une « illumination » d'ordre « mystique ». Ces phénomènes apparaissent, le plus fréquemment, mais pas exclusivement, au moment de la mort. Par exemple : « Très tôt dans la matinée du 25 octobre 1419, Tsong Khapa, un lama tantrique tibétain de soixante-deux ans, pratiqua une série de révérations à une entité intérieure, quoique son entourage ne pût en comprendre la raison. Son souffle cessa alors brutalement, et son corps retrouva la vibrionnante jeunesse du corps d'un adolescent de seize ans. Tous les disciples présents rapportèrent l'émission d'une grande variété de rayons lumineux depuis son corps tout entier, ce qui donna immédiatement substance dans la croyance que Tsong Khapa était entré dans le royaume des êtres de lumière » (Blackman, 1997).

— En addition, l'Église catholique a maintenu depuis des siècles, grâce à l'évidence documentaire rigoureusement demandée pour la conduite d'un procès en béatification ou l'octroi d'une canonisation, une somme considérable de rapports écrits qui mettent en évidence de nombreux phénomènes de transformation physique associés à des extases religieuses. Ainsi Thurston (1952) décrit-il de multiples exemples d'élongation et d'illumination du corps par des nonnes catholiques comme conséquences de très intenses expériences mystiques.

— Le propos de cet article est, en rapport avec la littérature historique, de proposer un cadre théorique dans lequel l'illumination, en plus d'être un état de conscience, produit un nombre encore incalculable de conséquences sur l'organisme physique qui semblent à leur tour conduire à la survie de la « conscience » après la mort.

— Deuxièmement, il est proposé à titre d'hypothèse vérifiable que ces effets d'une illumination du corps pourraient être physiologiquement très proches de tous les autres changements radicaux qui affectent le corps humain à cause d'une mutation cruciale de l'ADN, par exemple, le cancer, ou le sida. Enfin je propose un cadre d'hypothèses expérimentalement testables pour mettre en évidence le mécanisme de ce processus de transformation.

— Contrairement à l'opinion répandue, l'ADN chromosomique n'est pas une structure statique qui se transmet inchangée de génération en génération. Barbara McClintock a remporté le prix Nobel en 1983 en montrant comment certaines séquences génétiques « sautent » d'une allocation chromosomique à une autre. Ces structures, nommées transposons, ont été retrouvées dans les génomes de toutes les formes de vie existant sur cette planète, des bactéries aux humains.

— Le corps physique est encodé par seulement 3 % de l'information génétique contenue dans chaque cellule. Un pourcentage significatif des 97 % restants surgit au cours de l'évolution, par l'effet de la rétrotransposition (Weiner, 1986). La rétrotransposition est définie comme le mouvement d'une séquence d'ADN vers une autre allocation chromosomique, par le moyen de la transcription de ce même élément, suivie d'une transcriptase inverse, via le rétrotransposon, vers une configuration dite ADN-c (ADN complémentaire), et finalement par l'insertion de cette « copie » dans le génome hôte. C'est le marquage précis du saut d'une substructure à une autre qui détermine si oui ou non de cette transposition résultera un changement dans le code génétique de la cellule.

Les roues du millénaire tournaient, tournaient, tournaient, et mon esprit s'enroulait, s'enroulait, s'enroulait, les deux figures comme les séquences inverties l'une de l'autre, et en fait sans aucune prise l'une sur l'autre.

— Il est désormais communément accepté que les transposons jouent un rôle significatif dans l'évolution, d'autre part, d'aucuns n'hésitent plus à proposer que pour au moins certaines espèces, cette même activité reliée aux transposons est directement corrélée avec la SPÉCIATION. La raison pour laquelle les transposons sont de si efficients facteurs évolutionnistes réside dans le fait que chaque transposition peut sur-réguler, dé-réguler, voire interrompre l'expression d'un gène, créer de nouvelles fusions de gènes, ou supprimer un gène, le tout dépendant du type de saut et d'insertion dans la nouvelle allocation chromosomique.

— Aussi, le changement dramatique de l'âge d'une vieille personne qui apparaît brutalement aux observateurs dans un corps jeune, ou l'apparition d'un corps lumineux comme le résultat d'une illumination accomplie, peuvent être décrits selon moi comme l'ÉMERGENCE D'UNE NOUVELLE ESPÈCE EN UNE SEULE GÉNÉRATION HUMAINE.

— Je propose donc qu'une irruption particulière, synchronique, et non aléatoire de transpositions génétiques est la plus simple expression moléculaire qui puisse tenir compte de la nouvelle configuration requise.

— L'activité des transposons est connue pour être présente à de très bas niveaux dans les cellules normales et immunes du corps humain. Je propose ici qu'une amplification notable de cette activité, en de rares circonstances, culmine en la génération d'un nouveau corps à partir du corps existant. Cette émergence finale requiert une irruption soudaine, une explosion, un *burst* qui résulte dans la paradoxale mise au silence de centaines de gènes, et l'activation nouvelle de centaines d'autres.

— Ainsi, pour qu'un *burst* transpositionnel de haute intensité puisse se produire, les gènes transcrits qui avaient jusque-là joué un rôle important dans la structure du corps humain doivent ÊTRE RÉDUITS AU SILENCE. Cette inhibition se produit simultanément avec une « seconde » vague transpositionnelle qui peut alors activer une batterie de nouvelles combinaisons génétiques, de nouveaux gènes. Pour exemple, une telle explosion transpositionnelle, impliquant TOUTES les cellules du corps AU MÊME INSTANT, provoque la cessation immédiate de toute production cellulaire dans LES OS, LA PEAU, LES TENDONS, LA CHAIR.

— Comme établi précédemment, la part dite « non codante » de l'ADN humain, comprenant 97 % de l'information génétique, possède, elle et elle seule, *tous* les transposons requis pour accomplir cette tâche.

Je précise qu'à ce stade de l'enquête ce texte me semblait indiquer aussi bien les murailles invisibles dans lesquelles la science moderne a le don prodigieux de s'enfermer elle-même, que la clé paradoxale ouvrant peut-être une écoutille secrète qui mènerait vers l'Infini, vers l'Incalculable.

Non seulement, il s'agit de politique, mais il s'agit bien de la seule politique qui puisse s'imaginer. Celle de la lumière contenue dans la nuit qui ne peut la saisir.

Alors terminons par là où tout doit, paraît-il, se terminer. Terminons par la mort.

Dans la première partie de sa synthèse, Kelleher défend fort justement l'idée que les explosions transpositionnelles ressemblent à s'y méprendre à des processus qu'engagent des maladies comme le cancer, le sida, ou certaines dégénérescences auto-immunes.

Voici ce qu'il dit à ce sujet, qui fit jaillir une lave de vérité plus brûlante que de tous les Etna ou les Mont Saint-Helen du monde :

> — Il est important de noter que les transformations physiques dues à l'activité transpositionnelle n'expliquent pas tous les phénomènes liés à l'illumination accomplie, comme la bilocation, ou la lévitation. Si de très puissants changements encéphalographiques reliés à des transformations du métabolisme sont dûment répertoriés durant des séances de méditation bouddhiste, aucune étude portant sur la description des mécanismes génétiques conséquents n'apparaît dans ces expériences.
>
> — Une tumeur cancéreuse est un des meilleurs exemples pour illustrer le mécanisme d'un génome reprogrammé. Le développement d'une tumeur, qui évolue d'une simple cellule pour devenir un véritable organisme parasitaire qui peut englober entièrement le corps humain « hôte », est dans la plupart des cas un lent et graduel processus dans lequel plusieurs mutations s'accumulent avec le temps, parfois sur plusieurs décennies, et comme je l'ai déjà décrit, dans de nombreux cas on note la présence d'une mutagenèse insertionnelle médiatisée par transposon.
>
> — Il peut donc être admis comme hypothèse de travail que l'accomplissement d'un processus d'illumination est lui aussi un processus multimodal et accumulatif provenant d'une série d'expériences singulières, comme certains types de méditation, ou les NDE. La culminance d'un tel processus après plusieurs années de discipline, que la plupart des humains n'atteignent que très rarement, résulte en une massive transposition associée alors à l'apparition du corps lumineux.

C'est en lisant et relisant ce troisième passage, et alors que les roues du millénaire n'en finissaient toujours pas d'accomplir leurs rotations indéfinies, que j'avais percuté frontalement le problème de la différence que Kelleher n'était pas parvenu à déceler entre les transpositions illuminatrices, conduisant à la retranscription de la conscience après la mort, et les dysfonctionnements immunitaires comme le cancer et le sida, qui y conduisent, ou plutôt *qui en viennent.*

Ce qui les séparait c'était la différence entre l'Infini et le Multiple. Ou plutôt dans le fait que sans l'Un, le Multiple n'est rien d'autre que lui-même, glisse de fait dans l'entropie métastatique du néant, et qu'ainsi le Multiple est bien la transposition nécessaire de l'Un vers l'Infini, c'est-à-dire vers lui-même, mais reconfiguré par ce *burst* numérique qui, venu de l'Incalculable, engendre le monde des possibles.

La théorie du Corps lumineux – comme je l'intitulais – c'était à la fois le produit de l'étape ultime de la mécanisation des corps et des esprits et sa propre dissolution dans les premiers effets de la lumière enclose dans les ténèbres dont elle porte l'inutile victoire.

Tout d'abord évidente corrélation paradoxale vie/mort. Sur le plan acronymique, DNA/NDE : l'homologie est pour le moins frappante, même si elle paraît anecdotique.

Ensuite l'action des rétrotransposons.

Je voyais bien l'impasse mécanique/dualiste trépignant devant la porte d'où sourd la lumière. Certes, sur le plan de la biochimie cellulaire, le rétrotransposon était le médiateur ARN du transposon, mais au-delà de la simple transcriptase inverse, j'y voyais aussi le processus hautement intégrateur de l'inversion intensificatrice, qu'Abellio avait synthétisé à partir d'Husserl et de la Kabbale.

La rétrotranscriptase c'est l'écriture divine inversée, et auto-intensifiée, contre l'entropie du temps. On doit envisager sous cet angle le fait que l'on voit « défiler sa vie à l'envers » lors d'un traumatisme comateux, lorsqu'on frôle la mort, et sans doute plus sûrement encore lorsqu'on s'y engouffre, et que le Corps lumineux flamboie dans un phénomène absolu de réécriture *biophysique.*

Le fait important, souligné par Kelleher, mais dont il ne

tire pas les conclusions qui s'imposent, c'est qu'au moment de cette « rétrotransposition générale », la vie biologique est infiniment suspendue et qu'une *rétrotranscription* générale de la conscience intervient alors à ce moment de réunification absolue qui se produit lors de l'ultime instant.

C'était cela, selon moi, le Corps lumineux de la « grande transposition ». Elle avait été expérimentée pendant des millénaires par de nombreux saints, prophètes, et martyrs, avant qu'en deux ou trois siècles ne s'impose peu à peu l'idée de la « machine humaine ». Car le rétrotransposon – médiateur du code – subissait lui aussi le « *burst* transpositionnel », et dans cette double hélice de la vie et de la mort, du temps et de l'éternité, de l'entropie et du destin, une mémoire absolue, cosmogonique, éternelle et infiniment *physique* surgissait et *glorifiait* alors le corps qu'elle quittait, comme un troisième terme qui abolirait en les synthétisant toutes les précédentes dialectiques entre corps et esprit, puisque le corps était la lumière de l'esprit, comme l'esprit était la lumière du corps.

Alors, regardez-moi ça : devant mes yeux rougis par l'électricité, la page d'accueil d'un site web tenu par des « intellectuels » dénonçant la guerre impérialiste conduite par les Américains au Kosovo, qui je ne sais comment s'est retrouvée reliée par le démon de l'hypertexte à une université canadienne d'où j'ai tiré plusieurs documents complémentaires sur le code génétique et sa structure.

En l'espace d'un an et des poussières digitales, le Web a explosé. C'est en tout cas ce qu'expliquent les journaux appartenant à des conglomérats qui viennent d'investir dans cette technologie, dont ils n'attendent rien moins que le nouvel eldorado. C'est la fulgurante ascension de l'entreprise.com. Mailing-lists, chat-rooms, en l'espace de dix-huit mois la France s'est *internetisée,* et avec le style de laveurs de carreaux de l'histoire qui les signale à notre attention, les apologétistes du progrès des droits humains ont tous ensemble chanté la venue de lendemains meilleurs, s'enthousiasmant sur le retard comblé par la République vis-à-vis des autres nations, plus proches du gouffre que nous encore. Ce qui se donne à voir est absolument effrayant.

Seigneur. Je dois décidément m'être trompé d'époque. Je n'y vois plus que le micro-terrorisme de la génération d'après-Charles-Manson. Je finis par me dire que c'est ici que se marque la fin de toute une civilisation, basée sur la *polis*, c'est ici, dans ce néant positif et réticulaire que l'on peut déchiffrer, déjà, ce qui va nous anéantir.

Alors, flash d'informations subliminales en pâtée cathodique : nuit du Réveillon 2000. La France en fête. Les grandes roues tournent dans la capitale du monde.

Je les observe sur mon écran de télévision alors que j'ai laissé l'ordinateur connecté à Internet, téléchargeant une énorme base de données photographiques sur les Églises sataniques américaines. Je vais en avoir pour la nuit.

Oui, le voilà le monde du démiurge des « gnostiques » hérésiarques.

Oui, me voici donc face à ce Dieu vivant de l'opinion démocratique devenue réflexive, et performative. Nous ne voyons partout que nous-même, jusque dans l'animal, voire dans la nature, qu'il faut alors soigneusement protéger de nos actions par l'éthique universelle de nos interventions humanitaires. Dans le même temps la Grande Mère du Démiurge, la Technique-Métaphysique, a pris corps, pris forme, pris vie. Évidemment, puisque nous avons vaincu le christianisme avec le syncrétisme toujours recommencé des hérésies manichéennes « gnostiques » et leurs systèmes inhabitables.

Le Oueb est un espace de *re-création social*e, et c'est sûrement vrai puisque partout, sur le Oueb, on le proclame. Mais cet espace de re-création sociale, n'est-ce pas plutôt l'espace social de la *récréation* ?

Pendant que les grandes roues du nouveau millénaire tournent sur l'écran de télévision, je vais vérifier de temps à autre la progression de mon téléchargement. Je grille une Player's

Navy Cut en regardant l'espèce de défilé à la mode Découflé-Jean-Paul Goude qu'on nous ressert maintenant à chaque occasion depuis le Bicentenaire. Comment rendre compte objectivement de cela, c'est impossible, la culture massifiée par l'individu-roi, l'art des foules nazi-rosifié par la pop-culture totalitaire, les espèces de cirques de rue sortis du festival off d'Avignon des années 70 sont maintenant scénographiés par la corporation de l'événementiel publicitaire, autant dire l'organisation du néant. Aussi seule l'expression d'un sentiment subjectif est-elle en mesure de rendre compte de cet événement intrusif. C'est l'énergie pure de la paranoïa critique : car c'est toute la hideuse figure du cyber-touriste culturel qui cherche à s'introduire ici, chez moi, par tous les moyens disponibles. Je ne connais pas encore d'antivirus. Le Monde est déjà en train de gagner sa guerre contre moi.

ALERTE !

Alors que mon téléchargement s'effectue avec toute la lenteur dont est capable un modem de 56 Kb un soir comme celui-ci, je surfe au gré du vent virtuel. Je sais pourtant que cette agora démocratique est un vaste bazar de la médiocrité et de la bêtise, on peut en effet y poser des questions aussi incongrues que « La démocratie est-elle possible dans une économie de marché mondialisée ? », ou plus gravement encore : « Comment sortir du monde capitaliste planétaire ? »

Mais en cette joyeuse soirée millénariste j'ai pris la décision d'œuvrer jusqu'au bout, au contact du Mal.

Je ne sais pourquoi, ou plutôt je ne le sais que trop, les images du mur de Berlin, de Milena et de Maroussia, puis celles de Paul Nitzos viennent interférer avec le Grand Magic Circus de l'Abrutissement Culturel Général.

Je me souviens du dynamiteur d'usines, mais son visage peine en fait à s'inscrire sur l'écran de mes souvenirs. Il est comme une ombre, portée par la lumière des déflagrations. Je me souviens de bribes de conversations, je me souviens de quelques mots échangés lors d'un trajet sur l'autoroute, ou devant une photographie géante de Youri Gagarine qui emplissait le ciel couvert par les nuées d'une guerre virtuelle. Je me souviens de la nuit.

L'an 2000 allait bien marquer notre fin, ou plutôt notre absolue impossibilité d'en finir. Tout désormais serait recyclé par l'industrie globale de la culture-divertissement, y compris notre mort.

Tout particulièrement notre mort.

Minuit. Le compte à rebours s'est achevé sur l'ordre de Mise-à-Fête générale. La planète se déguise en rave-partie géante, au rythme des fuseaux horaires. Une angoisse vaporeuse se découvre pourtant au détour de quelque allusion d'un commentateur de télé. Le « bug » prévu puis avorté va-t-il tout de même avoir lieu ? Bien sûr, les gens informés savent que rien ne va se produire, mais l'économie du divertissement sait utiliser jusqu'à la négation d'une menace pour faire vibrer jusqu'au bout la présence de celle-ci, d'autre part, tout le monde a décidé de faire comme si de rien n'était. En fait, tout le monde s'en fout. Au cas où, on pourra toujours s'offrir une émeute.

J'ouvre une bouteille de champagne. Crystal Roederer, 1984. J'avais dû sacrifier un trimestre d'achats de livres pour me l'offrir, mais je m'étais juré de la boire, absolument seul, ce soir-là.

Je place un disque sur la platine. *Diamond Dogs*, évidemment. Alors que le chrome pur du riff vient loger ses lames dans la chair de mon cerveau, le souvenir de Paul Nitzos s'intensifie. L'usine rouge explose dans la nuit de ma mémoire. La Ville des Morts se superpose à la Mort de la Ville. Sarajevo en interférence neuronale avec Paris-Polis.

On peut dire que le livre m'habitait désormais, j'étais sa coquille, son huître prête à sécréter la perle pour laquelle on viendrait l'ouvrir en deux d'un coup sec et final. Nitzos en avait tracé les plans, il en avait écrit le CODE.

Mais c'est en moi qu'il s'était inséré, rétrovirus sacré, et c'est ma propre vie qui, ainsi, s'enregistrait sur la voûte des astres.

Voici sans doute la raison pour laquelle un ancien dialogue oublié resurgit alors des plans de ma mémoire.

Peut-être est-ce à cause du champagne, après tout ; peut-être fut-ce une *re-création* de mon esprit, quoi qu'il en fût, les chiens de diamant hurlaient sous la lune arctique des villes abandonnées par l'homme.

La nuit carbone autour de l'habitacle de la Volkswagen, nous roulions dans la banlieue des banlieues, dans le non-lieu de la *polis* en cours de désintégration, dans quelque chose qui ne ressemblait à rien de particulier, à peine l'esquisse d'une ville au loin.

— Écoutez Kernal, lorsque je suis parti en Angleterre en 1981, je savais déjà que c'était foutu, il fallait simplement profiter des ultimes instants de magie que le rock serait encore en mesure de produire, juste avant que toute la corporation généalogique de la culture globale ne se mette en place. Quelques années toutes taxes comprises, les plus optimistes d'entre nous croyaient encore que la décennie tiendrait ses promesses, ils furent rapidement mis devant le fait accompli. Regardez ce qu'on nous prépare : des poupées prépubères qui sortiront d'une école de cheerleaders et dont la voix sera échantillonnée, recalée, harmonisée, auto-accordée, par le genre de machines que vous avez vues dans mon van. Savez-vous que les Américains vont lancer prochainement un énorme programme de séquençage du génome humain ? Eh bien, en parallèle, nous sommes en train de décoder la voix des morts, comprenez-vous ?

À l'époque, j'étais dans le cirage, je n'avais pas compris, sans doute est-ce la raison pour laquelle les événements s'étaient chargés d'enterrer le souvenir, ou disons, de le préparer à son exhumation.

— Je vais vous expliquer : toutes les technologies seront bientôt intégrées grâce à la numérisation. Musique, vidéo, cinéma, Internet, télévision, radio, tout. Avec nos échantillonneurs nous sommes capables de coder numériquement n'importe quel instrument, n'importe laquelle des voix humaines, et en refaire ce que nous voulons. Par exemple, je pourrai très bientôt, avec un des logiciels que je vous ai montrés un jour, reprendre une boucle chantée par Ella Fitzgerald, ou Janis Joplin, ou Elizabeth Schwartzkopf, et l'intégrer à un assemblage où je pourrai faire jouer la batterie de DeJohnette sur un riff de guitare de Mick Ronson, avec des violons piqués à Franck Purcell, voire au Philharmonique de Berlin, et des chœurs chantés par les Ronettes, avec un paramétrage du son qui imitera les mixages de Phil Spector, de 10-CC, de George Martin ou de Giorgio Moroder. Le tout parfaitement synchrone, et harmonisé. Synchronicité. Harmonie. Artifice. C'est le pouvoir des Nombres, Kernal, c'est un pouvoir divin.

Alors, oui, admettons-le pour tous ceux qui servent de décrottoirs aux talons de botte du rationalisme, ce ne fut qu'une re-création à posteriori de mon cerveau, alors imbibé de champagne, de Ouebzines crasseux, de télévision millénariste-cool, de ma masse de documents sur les mutagénèses secrètes de l'*Échelle de Jacob*, comme l'avait dit un jour, et sans la moindre métaphore, Rabbi Yossip Shapin à Nitzos, oui, et plein de toutes les destructions encore à venir, tel un assemblage numérique fait d'échantillons glanés dans la banlieue de mon psychisme, mais même s'il s'agit de cela, disons que cette re-création participait d'une re-lecture cruciale des événements. Car le Manuscrit de Nitzos semblait bien en mesure de produire son œuvre : re-créer la vie.

En psycho et linguistique je m'étais confronté un jour aux « espaces de Riemann ». Évidemment pas du point de vue cartésien d'un mathématicien moderne, ou d'un de ces sociomètres dont la simple vision, pourtant à peine plus hideuse que la leur, ferait barrir d'un bel ensemble tous les hippopotames de l'ignorance dont notre planète est généreusement pourvue.

Mais désormais la lecture et la relecture de Husserl, d'Abellio, de la Kabbale, de la christologie patristique et la perspective générale du devenir qu'indiquait en négatif le roman de Paul Nitzos avorté par la guerre civile européenne dissolvaient d'une lumière de plus en plus cruelle tout ce qui se présentait à moi, comme monde, ou comme processus de ma propre conscience.

Quand au XIXe siècle, avec une poignée d'autres, comme Maxwell, ou plus tard Max Planck, Riemann commence ses travaux, il ne sait pas encore, ou s'il le sait il s'en contrefout le plus royalement du monde, qu'il est en train de porter un coup fatal, quoique *sur le point toujours d'advenir*, à toute la conception dualiste cartésienne de l'Univers.

Pour se faire une idée mathématique de l'espace absolu, il introduisit dans sa nouvelle métrique une infinité de variables indépendantes, ce qui revient à dire qu'étant donné un point de cet espace, il est absolument impossible d'y repérer un point infiniment voisin, qu'aucune loi de connexion exprimable en un nombre fini d'opérations n'y suffit, et que, finalement, les propriétés d'un tel espace apparaissent comme variables en tout point et que toute Physique y est impensable.

Et cependant, comme Raymond Abellio le souligne à plusieurs reprises dans ce livre, *L'Assomption de l'Europe*, dont je ne cessais depuis des mois, comme son « double » intitulé « La Structure absolue », de noter des extraits entiers dans mes carnets de notes, Riemann a mille fois raison de poser un tel espace incalculable comme enveloppe infinitésimale nécessaire pour *tous* les calculs possibles. Il est l'infinité même de tous les infinis, il est l'En-Sof non physique à partir duquel tout calcul devient possible et tout monde manifesté *incompossible* avec les autres, et par conséquent il est aussi le prodrome de toute manifestation cosmique et de tous les corps possibles dans ce monde que le calcul peut inventer.

Nous étions tous, moi le premier, aveuglés par les *effets spéciaux* de la technologie. Par exemple, les gendarmes s'étaient crus très forts et très malins lorsqu'ils étaient parvenus à décoder le programme que le tueur utilisait pour animer ses monstrueuses poupées semi-vivantes, six ou sept ans auparavant. Mais après, nada. Que dalle. Zéro. Des nèfles, les pandores. Ils n'avaient su décoder que l'apparence. Ils n'avaient pas voulu voir ce que je commençais à discerner : le tueur ne se servait pas uniquement d'instruments de musique électroniques et de caméras vidéo pour rendre immortelle chacune de ses expériences, mais : chacune de ses expériences menées sur un corps humain devait être vue comme une tentative personnelle d'en faire l'*échantillonnage infini*, d'en décoder toutes les possibilités.

Lui aussi, il avait cherché à recréer les voix.

Lui aussi il avait cherché à faire parler de nouveau les corps, ceux que son expérience menait conjointement à une mort certaine. Il avait mangé les cassettes vidéo, il avait mangé aussi les bandes-son. Multimédia. Autoproduction. Exposition. Digestion culturelle devenue organique, sans plus aucune métaphore. Multimédiumnique. Multi-modal. Et pourtant pure actualisation du néant terminal de la civilisation. Cannibalisme de la substance même du monde par l'esprit dévoyé de l'intellect humain. Le tueur en série des centrales condensait en lui toutes les figures de cette métaphysique-totem devenue technique opérationnelle de la gestion des habitants de cette planète.

Je comprenais sans parvenir à en saisir le sens que Nitzos, comme le tueur des centrales, avait servi à me dévoiler un mode de programmation. On reprogrammait désormais le code génétique, comme on reprogrammait les voix humaines. Le corps et l'esprit renvoyés au même régime de l'échantillonnage digital.

Ainsi, alors que j'essayais de déchiffrer, je tentais de m'en convaincre en tout cas, l'énigme posée par notre décryptage du code génétique, et la numérisation corollaire de nos corps, le Manuscrit trouvé à Sarajevo avait commencé à attaquer mes ultimes défenses immunitaires et à contaminer de façon je crois définitive mon pauvre esprit, tel un second cerveau parasite et surpuissant. Oui voilà ce qui, en moi, prenait vie. Ma vie.

Mon investigation sur le tueur en série des centrales dépassait largement ce qu'un rapport de flic aurait pu signifier pour une bureaucratie qui avait perdu depuis longtemps le charme totalitaire d'être omnipotente, et omnisciente, tels l'Église catholique, la CIA, ou le Soviet suprême. Les flicards de *1984* auraient sans doute posé un regard de commisération sur notre administration-simulacre qui ne pouvait plus rien faire de ce qu'elle savait, et ignorait tout de ce qu'elle ne pouvait déjà plus faire.

J'avançais dans la nuit, mû par une force mystérieuse qui se contrefichait absolument des commissaires, des préfets, et des ministres de la Culture.

Les roues du Millénaire tournaient. L'énigme du code m'obsédait.

Son Sphinx à deux faces me contemplait du haut de sa superbe, et mes pieds brûlaient au brasier du désert.

LA CHAÎNE PROPHÉTIQUE, 1er JANVIER 2000

Depuis quand Dieu permet-il aux machines de prendre la parole ? demandait Edison, dans *L'Ève Future* de Villiers de L'Isle-Adam.

Et l'Électricien fictif/réel de répondre lui-même : « Les difficultés que présente la création d'un être électromagnétique sont faciles à résoudre : *le résultat seul est mystérieux.* »

Et dans un autre passage, il affirmait ceci, péremptoire comme un théologien lors d'un grand concile : « Le Néant ! mais c'est *chose* si utile que Dieu lui-même ne dédaigna pas d'y recourir pour en tirer le monde, et l'on s'en aperçoit assez tous les jours ; sans le Néant, Dieu déclare, implicitement, qu'il lui eût été presque impossible de *créer* le Devenir des choses. Nous ne sommes qu'un "*n'étant plus*" perpétuel. Le Néant c'est la matière Négative, *sine qua non...* »

Plus loin encore, donnant à sa vision une touche aux ténébreux reliefs, il complétait par ces mots : « Un être d'outre-Humanité s'est suggéré en cette nouvelle œuvre d'art où se centralise, irrévocable, un mystère inimaginé jusqu'à nous. »

J'étais un jour retombé sur le livre de Villiers, et j'y avais vu toutes les notes écrites par moi des années auparavant, lorsque je traquais officiellement un tueur en série qui depuis, avait semble-t-il émigré sur Alpha du Centaure.

Ce paragraphe était entouré et souligné au rouge :

Edison : « Je vous offre, moi, de tenter l'ARTIFICIEL, et ses incitations nouvelles... à nous deux, mon cher Lord, nous formons un éternel symbole : moi je représente la Science avec la toute-puissance de ses mirages ; vous l'Humanité et son ciel perdu. »

J'avais attentivement relu la partie où Edison décrit à Lord Ewald les différentes étapes de la fabrication de l'Andréide. Un long processus de synthèse minérale et biologique, d'électrochimie et de technologies d'enregistrement en tous genres. Les notes en marges essayaient, vainement, de raccorder chaque ligne à un détail des dossiers victimologiques dont j'avais eu la charge. Avec la perspective de la décennie écoulée, cela évoquait un monde recouvert par la cendre de plusieurs éruptions volcaniques successives.

Plus qu'un mode d'emploi pour chaîne de production d'êtres vivants artificiels, j'y vis très nettement, beaucoup plus nettement que huit ans auparavant, un résumé organique des étapes essentielles de la création de l'Homme dans la Genèse.

Nuit, c'est moi, la fille auguste des vivants, la fleur de Science et de Génie résultée d'une souffrance de six mille années – disait l'Andréide, dans un moment d'abandon.

Je compris alors que Villiers était parvenu, dans son génie unique, à transcrire ses connaissances sur le Grand Œuvre dans une fiction à la fois « anticipatrice » et « traditionaliste », tout en n'étant rien de tout cela, et bien plus. Cette nuit-là je vis s'embobiner l'une sur l'autre deux bandes magnétiques correspondant à un enregistrement de chacun de mes hémisphères cérébraux.

Je ne pouvais plus lire ce livre avec les mêmes yeux, ceux du siècle lâché derrière nous comme un tapis de bombes volantes.

Comme le disait Villiers lui-même dans l'exergue de son chapitre « Lutte avec l'Ange » : *Le positivisme consiste à oublier, comme* inutile, *cette inconditionnelle et* seule *vérité* –

que la ligne qui nous passe sous le nez n'a ni commencement ni fin.

En l'espace de quatre ou cinq ans ma bibliothèque de théologie et d'anthropologie s'était monstrueusement élaborée sur des étagères de fortune, comme une sorte d'arme secrète, urgente et parallèle.

La bibliothèque du Crime de Marc Wolfmann s'était convertie en une ombre plus dangereuse encore, elle avait engendré une créature dont le Manuscrit trouvé à Sarajevo indiquait la lumineuse présence, tapie au fond des ténèbres, et qui en retour éclairait comment ce Livre sans début ni fin se convertissait à son tour, et sans la moindre rémission possible, en une forme d'énergie absolue à l'œuvre dans mon propre organisme.

Il était en passe de devenir mon Corps Lumineux, il écrivait déjà en moi les ruines de l'avenir et les destinales cathédrales du plus lointain passé.

Lorsque je ne dormais pas, c'est-à-dire la plupart du temps, je tuais les heures de la nuit à coups de livres. Lorsque je parvenais à trouver le sommeil, les livres envahissaient mes rêves.

Ils avaient déjà rempli la moitié de mon pavillon de banlieue. Je ressentais confusément que c'était comme si ma personnalité avait incubé celle de Wolfmann et qu'elle agissait avec une force décuplée, et désormais élevée à sa propre puissance grâce aux processus tout juste dicibles qui prenaient possession de mon cerveau grâce au Livre des Morts de Paul Nitzos.

Mes connaissances en matière de cosmogonie chrétienne s'étaient incontestablement enrichies au contact de la littérature patristique. Mais durant ces semaines, ces mois et cette nuit cruciale où l'énigme du sphinx numérique/génétique vint me hanter, c'est dans les textes de la Kabbale juive que j'avais essayé de trouver une réponse, une lueur.

Alors, oui, contemplez l'étendue du désastre : moins le

monde m'en apprend lors de mes enquêtes officielles de flic, plus le monde secret qu'il cache se dévoile, comme lors d'un rite d'initiation alchimique.

Plus j'en apprends, moins j'en sais.

Moins j'en sais, plus j'en apprends.

J'avais en premier lieu découvert avec stupéfaction, lors de mes toutes premières investigations, que de par son absence de voyelle, le mot hébraïque est *polysémique*. L'interprétation du texte originel de la Torah dépend fortement d'un « métacode », celui du sens, celui que le lecteur injecte, *mais si le sens obvie du texte est directement dépendant de celui de chacun des mots pris dans sa globalité, alors de son sens interne, sa structure secrète, résulte que la réalité n'est pas quelque chose d'absolument définitif, et que l'Univers vit et meurt, se crée donc à chaque instant. Le mot n'est pas ici un terme intangible au signifiant figé, mais un véritable ensemble vivant de relations toujours ré-écrites entre des éléments qui changent et d'autres qui ne changent pas, instaurant ainsi un flux d'échange permanent entre la pensée et le discours*, rappelait avec précision un théologien juif contemporain, Roland Bermann. Déjà je pouvais ici deviner comme une surprenante analogie avec la double transcriptase de l'hélice génétique.

Plus surprenant encore, il apparaissait bien que l'alphabet des juifs possédait la particularité d'être *chiffré*.

Mon premier contact avec le Zohar avait représenté l'équivalent d'une explosion mégatonnique pour mon petit cerveau d'humain du XXe siècle finissant.

Les lettres-chiffres de l'alphabet hébraïque s'organisaient en un certain nombre de syllabes fondamentales, ces syllabes formaient souvent des concepts clés sur le plan sémantique mais il s'avérait aussi que la combinaison des chiffres dont elles étaient formées ouvre l'esprit sur des lumières absolument imperceptibles pour qui n'en avait pas la clé.

Comme le dit A.-D. Grad dans son petit ouvrage synthétique publié cher Dervy, l'hébreu se différencie de toutes les autres langues de son époque et de sa région par l'existence de son alphabet, dont les juifs sont les inventeurs. À titre de comparaison, le sumérien comporte au moins trois cents signes différents, alors que l'alphabet hébraïque n'en compte que vingt-deux, innovation qui serait adaptée plus tard par les Phéniciens puis transmise aux Grecs de la mer Égée.

D'autre part, il faut bien comprendre que cet alphabet diffère de tous les autres par le fait qu'il est arrivé jusqu'à nous sans la moindre altération depuis plus de cinq mille ans, et qu'il est bien plus qu'un code communicationnel : cet alphabet est sacré, et il est sacré parce qu'il entrelace à l'infini les Noms et les Nombres, le Verbe et l'Esprit.

Cet alphabet, auquel tous les livres de la science théologique juive se réfèrent comme à une création divine, est déchiffrable selon plusieurs méthodes, consignées par les textes pseudépigraphiques hébreux, comme le Zohar.

La première clé, Guématrie, est une forme d'algèbre sacré où chaque mot est décomposé selon la suite de nombres dont il est constitué pour en expliquer le sens caché. Exemple : les lettres hébraïques de *Jabo-Schiloh*, « Schiloh viendra » forment le même nombre arithmétique que *Messiach*, Messie, d'où la conclusion des kabbalistes que Schiloh veut dire Messie, par le calcul guématrique.

La seconde clé se nomme *Notarikon*. Elle consiste, pour simplifier, à prendre chaque lettre, puis chaque mot, pour une locution entière. Exemple, le tout premier mot de la Bible est : *Bereschit*. « Au commencement ». Ce mot est formé des lettres : B, R, A, SCH, IT ; par le Notarikon, la Kabbale propose que ce mot puisse aussi se décomposer ainsi : Bara-Rabin-Arez-Schamain-Iam-Tchomoth, ce qui signifie plus précisément encore : Il a créé le firmament, la Terre, les cieux, la mer et les abîmes.

Enfin la troisième clé, nommée Temourah, plus rarement utilisée, permet d'établir différentes transpositions, ou changements de lettres, un peu à la façon des anagrammes, mais selon des règles précises, constamment répétées par les textes des rabbins. Ainsi, par cette loi des permutations on peut du mot *Bereschit* déjà cité faire *A-Betifri,* le premier jour du mois *Tizri*, ce qui permit à des kabbalistes éminents d'affirmer que le monde avait été créé le premier jour de ce mois *Tizri.*

Si l'on résume, on peut dire de la Guématrie qu'elle est la science de la valeur numérique des lettres, le Notarikon la science des lettres initiales et la Temourah, science des permutations secrètes.

La première permet d'établir des rapprochements entre deux mots différents mais dont la combinaison numérique totale des lettres forme une somme équivalente. La seconde permet de retrouver un même mot dans plusieurs locutions différentes. La troisième montre quelles correspondances sont possibles entre certains mots ou locutions.

Je ne me suis jamais demandé pourquoi en cette fin de siècle, ainsi acharnée à vouloir tout aplanir dans l'indifférenciation générale, mon cerveau s'était comme divisé devant ce double choc percussif frontal : du code génétique à l'alphabet crypté de la Création, mes hémisphères cérébraux s'étaient comme partagé le travail. Au milieu, mon corps calleux ne servait plus qu'à maintenir les apparences pour ce qui osait encore se parer du nom de société, tout autant qu'à moi-même.

Une des premières choses que j'avais lues dans le Zohar était l'exégèse de la création divine de l'Homme, de l'Adam primitif, basée sur une interprétation des premiers chapitres de la Genèse.

Les versets 1, 26 et 27 font l'objet de très nombreux commentaires : Créons l'homme à notre image, à notre ressemblance... Dieu créa l'homme à son image, à l'image de Dieu Il le créa.

Tout dans l'Écriture est déjà annoncé dans les premiers versets de la Genèse. Léon Bloy dit quelque part qu'elle est l'Autobiographie divine.

Ainsi les premiers versets de la Genèse forment-ils l'attracteur chaotique du métacode numérique/sémantique de la Bible, déjà en eux, dès ces sept jours premiers, tout est non pas écrit, mais *tendant à l'écriture*.

Les apparitions successives des différents noms de Dieu nous l'enseignent, *il existe trois entités manifestées en une*. YHVH est Lui-Même (et est) l'Élohim.

Remarquons que le mot Élohim est pluriel mais que dans le texte juif il est précédé d'un article défini singulier, exposant là son régime particulier, qui est celui de la relation du Tétragramme avec l'Univers qu'Il a créé, c'est-à-dire cette tension permanente de l'Un vers le Multiple, et réciproquement.

Notons ensuite cette étrange particularité du mot qui, dans son prononcé, en fait à la fois un être lexical féminin et masculin.

N'est-ce point là le simple fait de cette équation toujours renouvelée autour de cet attracteur supranaturel : dans l'Écriture il est dit à l'image de l'Éternel-Dieu il le créa, *Homme et Femme il le créa*.

Est-ce à dire que le Créateur est à la fois masculin et féminin ?

Cela est attesté par de nombreux écrits de la chaîne des prophètes mais cela signifie surtout qu'Il est capable de *séparer pour réunir*, comme Il le fait avec les ténèbres *versus* la lumière, sans arrêt, dès la première émanation de Son existence, jusqu'à la toute dernière.

Et maintenant, sous le spectrographe des anges, vois se dérouler en toi la bande magnétique secrète de la Préfecture des Ombres : lors de la lecture du texte biblique le nom Tétragramme est lu, mais il n'est pas prononcé, ou plutôt il est prononcé Adonaï (Seigneur), et dans l'écrit ce sont les points voyelles inscrits sous YHVH qui seront alors le code spécifique de cette présence. Le premier Nom est le Nom-écrit, le second est le Nom-dit.

Oui, tête-pulsar, idiot solarien dont le cerveau-lumière brille dans la nuit qui ne peut saisir la lumière.

Maintenant, opération-kabbale numérique dans ton propre

cortex : un des livres du Zohar, le *Siphra di-tzeniutha*, ou *Livre du Secret*, expose le calcul divin qui fait que YHVH et Adonaï réunis ont la même valeur guématrique qu'Amen, ce mot unique, commun à la liturgie des trois religions abramiques.

Ainsi sous le Nom d'Élohim le Tétragramme ne cesse-t-il de tisser la tunique des multiplicités, tout autant que de les surplier dans un fil unique qui conduit au point unique de la création.

Adonaï est la voix même de cette tension, il est ce qui la précède et ce qui en survient, lorsque cette tension prend corps dans la chair de la créature.

Il est ce qui s'écrit dans cette chair. Il est la lumière de la tunique primordiale, celle qui luit à jamais dans les ténèbres du corps.

Car cette tension du Tétragramme dans l'Univers qu'il crée, à travers toutes les multitudes ainsi engendrées, trouve comme son régime intensif au cœur de l'Homme.

L'Homme est l'être de chair en qui les Nombres sont inscrits, l'homme est l'être façonné avec du code, mais qui peut à son tour façonner le monde avec son propre codage.

Dans Ézéchiel (9, 4), le prophète voit un ange-scribe désigné par l'Éternel qui lui prononce l'ordre suivant : « Parcours Jérusalem et marque d'un Tav au front les hommes qui pleurent et qui gémissent sur toutes les pratiques abominables qui se commettent au milieu d'elle. »

Dans l'écriture proto-sinaïtique, le Tav est en forme de croix, ainsi Ézéchiel se vit-il confier la mission de marquer d'une croix, ultime lettre de l'alphabet, les hommes susceptibles d'être sauvés.

Il est difficile de ne pas tirer certaines conclusions de cette prophétie. Il est difficile de ne pas y voir comme l'ombre du mythe du Golem, pour lequel l'Aleph est le puits qui « fait jaillir toutes les lettres » (Zohar I, 30 a).

Il est plus difficile encore de ne pas frémir devant cette *croix*, déjà inscrite sur le front des hommes.

Le mot Emeth – vérité – s'écrit avec les lettres Aleph-Mem-Tav, il indique la tension toujours recommencée entre l'Origine et la Fin, avec en son centre le symbole (Mem) de la matrice terrestre.

Ainsi sommes-nous tous des Golems dont l'ombre est notre âme qui, peut-être sera marquée du Tav, du sceau des sceaux, c'est-à-dire de la Croix de la Vie Éternelle.

Mais dans le monde que les hommes ont choisi d'élaborer, nous avons le choix entre effacer l'Aleph de notre front et ne pas y laisser se graver le Tav de la salvation.

Il est dit dans le *Zohar Yethro* (75 b, 76 a), en commentaire de Job, 10,11 : « Qu'est-ce donc que l'homme ? Est-il fait de peau, de chair, d'os et de nerfs ? Non, c'est l'âme qui constitue réellement l'homme ; la peau, la chair, les nerfs et les os ne forment que son enveloppe, son habit, mais ne sont nullement l'homme lui-même. »

Saint Grégoire de Nysse, dans un de ses commentaires de la Genèse, distinguait deux « moments » dans la création de l'homme : lors du premier moment, Adam était créé à l'image de Dieu, comme il est dit dans les premiers versets, il était alors un être de lumière. Puis Dieu décida de lui donner une forme, à partir de la terre, et d'en faire une créature sexuée mâle-femelle comme les autres animaux supérieurs.

Pour saint Grégoire de Nysse, la tunique de peau tissée par Dieu, telle que contée aussi par Ézéchiel dans sa célèbre prophétie de la « Vision du Livre », constitue une couche superposée à la première. Cette couche mortelle et charnelle nous a été donnée par Dieu en miséricorde et en prévoyance de notre chute, car ainsi formée, elle en limite les conséquences. La Résurrection viendra mettre fin au règne de la chair vouée à l'entropie.

Or, à de nombreuses reprises dans le Zohar, comme dans le Midrach, il est fait allusion à ces deux Adam qui cohabitent en l'homme, et il y est exprimé clairement que l'Adam véritable est « tissé » lui, non pas de chair et de nerfs, mais des quatre lettres du Tétragramme divin YHVH. Par exemple le Zohar sur Ruth : *Le secret du mot YHVH est appelé Adam.*

Grâce à plusieurs ouvrages érudits sur les combinaisons numériques du langage hébraïque, dont un livre introuvable de Raymond Abellio sur *La Bible, document chiffré,* déniché par miracle sur les quais, il m'apparaissait bien que la numérologie du Tétragramme déployé (Yod, He, Vav, He) correspondait à celle du nom Adam (constitué des trois lettres Aleph, Daleth, Mem). Ainsi le tissage divin entrelaçait-il à l'infini les notions paradoxales de chair, d'esprit, de matière et d'énergie.

D'après les données transmises par la « chaîne des prophètes », lors de la première grande crise hérétique du IIe siècle, un théologien d'élite comme saint Irénée avait fait voler en éclats, en quelques livres réunis sous le nom d'*aduersus haereses*, toutes les super-théories « gnostiques » en réaffirmant une idée toute simple, que malheureusement le christianisme tardif allait oublier : *Homo Vero e Caro*. L'Homme Vrai est de Chair, il n'est pas pur Esprit. Dieu lui-même par le Fils s'est fait chair, et l'Esprit est l'instrument divin, donc prescient et prédestinatoire, du Verbe créateur, qui souffle par la voix des Prophètes, par la voix des Narrateurs.

Les vieux textes hébraïques, et leur décodage par *Le Livre d'Énoch*, les patrologues grecs et latins ou plus simplement encore par les Évangiles, nous enseignent comment le couple Satan-Lucifer se forme, dans la folie/raison dualiste : Lucifer, activité exclusive de l'esprit et passivité totale de la matière. Satan : activité exclusive de la matière et passivité totale de l'esprit.

Ainsi l'Esprit de Lumière qui est caché en nous est la Chair de Dieu. Ainsi toute tentative de disjoindre le souffle de la matière qu'il anime est-elle anathème.

Je ressentais cette impression, si proche de la mort, d'accéder à une sagesse immémoriale, comme si elle eût été là pour moi seul, attendant dans les sables de l'éternité que je vienne la redonner à la lumière du jour.

Sur l'écran de télévision les grandes roues du nouveau millénaire tournoyaient dans leurs cycliques et colorées fantaisies fin-de-siècle. Mais sans le savoir, c'est l'Ève future qu'elles célébraient.

Le problème des deux Adam et du tissage divin de l'homme dans le Tétragramme fait état de cette *tunique de lumière*, et en tant que telle, elle est bien aussi, à sa façon ineffable, tissée des *nerfs* divins, et composée de la *chair* céleste, comme si elle attendait d'être mise au jour par la tunique de chair, la chair sombre de l'homme, telle la « lumière enclose par les ténèbres » du prologue de l'Évangile de Jean.

Mon cerveau ne pouvait plus s'empêcher de RELIRE ces textes antiques avec les connaissances thanatologiques que la science génétique moderne, dans sa sublime inconscience, avait de nouveau actualisées, mais au sens le plus profond, dans la vie même des hommes. Les métaphores tuaient depuis un bout de temps, on connaissait leur fort potentiel de carnage, désormais la métaphore du code génétique s'écrivait en nous, tout en nous *dés-écrivant* de notre propre corps, de notre propre histoire, de notre propre biologie.

Car cette dualité tunique de chair/tunique de lumière peut conduire irrésistiblement aux bains thermaux de la dialectique.

Le Zohar a depuis longtemps compris que la seule issue au dualisme réside dans le principe de la tri-unité, et il se trouve que cela est attesté un peu partout dans les deux Testaments.

Le Zohar étant une exégèse théogonique/numérique basée sur les relations à la fois sémantiques et guématriques mises en jeu à chaque verset de la Bible, j'avais bien affaire à une sorte de « métacode », un supra-langage qui sans arrêt tissait sa propre expansion dans le domaine du vivant.

La problématique soulevée par le nom d'Adam est infinie. À elle seule elle occupe des milliers de pages de la littérature juive.

Mais on peut essayer d'en établir comme une sorte de synthèse, ce que j'avais fait sur mon carnet de notes :

1) L'Adam tissé de la lumière du Tétragramme est à la fois l'origine et la fin du plan de création divin conduit sur l'homme. Ce fut la toute première essence de la vie consciente conçue à l'image de Dieu, et elle sera la forme que nous revêtirons lors du Dernier Jour.

2) L'Adam tissé de la « tunique de peau par l'Éternel-Dieu » (Gen, 3, 21) est l'incarnation dans le monde de la matière de cette primordiale figure. Il est l'Adam de la Chute, conçu comme interface nécessaire pour son voyage dans l'univers créé.

3) Mais le Zohar ne conçoit pas l'homme selon un axe dualiste qui ferait du premier Adam la forme vouée au Bien et le second la figure vouée au Mal.

Son articulation est trinitaire.

Elle marque le phénomène humain de trois typologies à la fois distinctes et n'en formant qu'une, qui induit comme une sorte de *régression absolument essentielle* dans l'acte créateur de l'humanité. Pour cela le Zohar, en plus de la Genèse, se sert abondamment du verset d'Isaïe, 43, 7 : « Tous ceux qui sont appelés de mon Nom, que j'ai *créés* pour ma gloire, que j'ai *formés* et même que j'ai *faits*. »

Appelé de mon Nom, donc tissé du Tétragramme divin, l'homme est d'abord *créé*, par la genèse divine, autrement dit par l'action de l'Esprit Saint, celui qui sépare la lumière des ténèbres dans les toutes premières lignes de la Bible. La succession des deux autres verbes, former et faire, dans le même verset, indiquant l'idée d'une progression involutive vers la matière n'apparaît nulle part ailleurs dans le récit de la Création.

4) Si l'on entreprend l'analyse numérique/sémantique des versets de la Genèse traitant de la création de l'Homme, le Zohar nous place rapidement en face d'une série récurrente, basée sur le chiffre trois :

D'abord ces trois verbes tirés d'Isaïe correspondent à trois activités consubstantielles de Dieu qui garantissent à la fois l'identité d'Adam avec le Nom, mais aussi la conservation de cette unité au cours de cette densification progressive, jusqu'à l'être humain de chair et de sang. Les trois verbes correspondent bien à trois « hypostases » d'une même figure-action : créer (Bara) correspond au verset Gen, 1, 27, où l'homme est simplement conçu dans son essence par le processus divin, ce verbe ne sera reprit qu'au verset 2 du chapitre 5 ou « Livre de la Postérité d'Adam », bouclant là l'origine et la fin du plan divin. Former (Yatsar) correspond à Gen, 2, 7 où l'homme est à son état primordial. Enfin *faire* (Assiâh) correspond à Gen, 3, 21 où l'homme est incarné dans sa forme corporelle. Les trois chapitres successifs indiquent les trois stases de la création de l'Homme-Adam.

Le Zohar va plus loin encore, cette nuit-là, je crois que l'énigme du sphinx se dévoila, je veux dire que la question du métacode surgit enfin, comme une source bouchée depuis des éons dans ma mémoire.

Ainsi le verset 1, 27 « Et Dieu créa l'homme à Son image, à l'image de Dieu il le créa, mâle et femelle il le créa » est-il abondamment commenté.

Un des premiers aspects sur lequel insiste le Zohar est cette triple répétition du verbe « créer » indiquant le triple aspect immanent, créé, et mortel de l'homme, en une tri-unité à fois indivisible et paradoxale.

Évidemment cette triplice se retrouve dans le nom même d'Adam, et apparaît distinctement quant on le lit selon les règles du *notarikon*, soit une succession d'initiales :

— Aleph, première lettre de l'alphabet juif, initiale de Ehad, l'Un, l'Unité suprême. C'est l'Homme immanent ou l'Adam de la Création archétypale dans le Monde de Beriah (monde de la Création – Bara, Beriah). Dans la Kabbale le tout premier des Mondes est inconnaissable car du seul domaine de l'En-Sof, le Dieu au-delà de toute manifestation, le Monde de la Création est donc le *deuxième* Monde, c'est celui de l'Immanence divine omniprésente, ce monde est d'ordre divin, spirituel et situé au-delà des mondes cosmiques, mais il est CRÉÉ.

— Daleth, initiale de Deleth, la Porte. Lieu de passage et de discontinuité, c'est la fabrication de l'Économie divine entre l'Émanation et les mondes manifestés, et donc momentum de l'invention de l'Adam. À ce lieu-interface, cette zone limite, l'homme est encore dans son état « céleste » mais il est déjà une créature faillible. C'est le troisième Monde de Yetsirah, la Formation céleste (Yatsar, Yetsirah).

— Enfin, Mem. Initiale de Meth. Meth : la Mort. L'initiale Mem nous place au-delà du franchissement de la Porte, au moment où l'Adam est devenu homme terrestre, matériel. Cet Adam mortel a perdu sa perfection première mais par la grâce de la tri-unité les traces de ses états antérieurs sont toujours vivantes, comme des étincelles sous la cendre. C'est le monde d'Assiâh, le monde de la Fabrication. Le monde du Fait.

Pour ne pas dire du Fait accompli.

Ainsi tunique de lumière à l'origine, tunique de lumière à la fin, l'homme mortel est tissé de la tunique de peau dans l'intervalle créé par son incarnation.

Le Zohar est le seul texte que je connaisse qui permet de saisir les différentes significations codées du texte hébraïque original. Nos « Bible » modernes ne sont pas dénuées de qualités, mais traduites du grec, de l'araméen, du latin, puis de l'anglican, et maintenant du français-Vatican II, nous dirons qu'une bonne partie du « code » s'est perdue en route, illustration vivante – si l'on peut dire – du livre de la vie.

Ainsi mon investigation sur l'Homme du XXe siècle, en l'occurrence l'étrange trinité que nous formions, moi-le-flic et les deux « spectres » qui paraissaient vouloir donner un sens à cette existence, celui du destructeur d'usines, celui du tueur-roboticien, me faisait rencontrer les mystères de la création d'Adam. Je m'étonnais qu'il m'eût fallu des années pour en arriver là.

Ainsi je comprenais, effaré, que les innombrables exégèses du Zohar concernant les premiers versets de la Genèse éclairaient le devenir de l'Homme et que le décodage sémantique/numérique du texte nous permettait de sans cesse mieux circonscrire la lumière enclose dans les ténèbres, et que les ténèbres n'ont pas saisie.

Par exemple concernant le problème des transfigurations hypostatiques de l'Adam, le Zohar, grâce à son héritage du code original, nous permettait de mettre en évidence ceci :

En hébreu, Peau s'écrit Ayin – Vav – Resh.

Lumière s'écrit : Aleph – Vav – Resh.

Ainsi, il n'est absolument pas anodin de constater que l'on passe d'un mot à l'autre en permutant leurs lettres premières, et surtout que Ayin se transforme en Aleph, et réciproquement.

L'Aleph est en effet cette initiale des initiales, cette lettre primordiale qui ne se prononce pas comme il en serait d'une des autres consonnes. Ainsi dans *À la recherche de l'Unité*, un des nombreux commentaires sur le Zohar qui orbitaient autour de la nébuleuse centrale, Roland Bermann spécifie-t-il bien :

(L'Aleph) est, dans l'articulé de sa parole, ce qui introduit les sons signifiants des lettres voyellées qui lui sont adjointes. De là sa vision comme étant la source d'où va s'écouler le reste du langage. À partir de lui va paraître ce qui est humainement compréhensible. Mais ce qui est compréhensible humainement n'est qu'une transposition réductrice de l'essence transcendante de ce qui est. Si Aleph a pour valeur numérique un, en tant que première lettre de l'alphabet, le Aleph final, qui clôt la série des lettres et des nombres, aura pour valeur mille. Et entre ce un et ce mille s'étend l'ensemble de ce qui est, quel qu'en soit l'être et quel qu'en soit le plan de représentation.

Il apparaissait donc bien à mes yeux que l'homme « milliaire » auquel Nietzsche avait rêvé était-il aussi cet Adam Kadmon primordial des kabbalistes. Lorsque Aleph vient se substituer à Ayin, on passe du mot « peau » au mot

« lumière », on passe de la Chair terrestre à la Chair céleste, la transfiguration des hypostases se fait jour.

Le corps lumineux de l'ADN lui-même *se fait jour* : phénomène rétrotranspositionnel global. La nuit des rétrotransposons, antennes et sampleurs cosmiques, contient toute la lumière du corps, lorsqu'il est *glorifié*.

Quelle est la différence entre ces deux mots, la différence entre leurs deux valeurs guématriques ?

Le Zohar nous enseigne que nous avons l'équation suivante :

(Ayin-Vav-Resh) – (Aleph-Vav-Resh) = Ayin-Aleph.

C'est-à-dire Peau – Lumière = Perte.

Ainsi le passage de l'Aleph à l'Ayin c'est le passage de l'être-un à l'être-multiple. Mais le multiple n'est pas le milliaire. Le milliaire c'est le moment où le multiple rejoint l'unité. C'est le moment où le Néant ouvre sur l'Infini.

Le Zohar ne se prive pas de faire remarquer au passage que « sang » se dit « Dam » (Daleth-Meth), soit « Porte-Mort », et qu'il s'agit très précisément du mot Adam sans son Aleph.

Cette problématique du *sang* n'avait pas tardé à attirer mon attention.

Le Zohar y consacre plusieurs commentaires, et grâce au livre de Roland Bermann cité plus haut, j'avais pu prendre, dirons-nous, quelques raccourcis qui culminèrent, de toute leur altitude, lors de cette double nuit du réveillon 2000.

Bermann rappelle comment, au XIIIe siècle, un des grands kabbalistes juifs de l'ère médiévale, Abraham Aboulafia, avait rendu compte de certaines de ses visions extatiques, provenant de ses intenses méditations sur la numérique divine. Une de ces visions rappelait la prophétie d'Ézéchiel (9, 4) : lors de cette expérience mystique, Aboulafia avait consigné « une forme humaine portant sur le front une lettre de sang et d'encre, le sang était de couleur noire, l'encre de couleur rouge, et alors elle devint noire... ».

Le texte d'Aboulafia n'est pas traduit en français, c'est par Roland Bermann que je pouvais m'en faire une idée. Je passerais la longue série de calculs numériques basés sur les relations métalexicales entre les lettres du texte mais il était nécessaire que j'écrive ceci sur mon carnet de notes :

1) Sang et encre : Dâm Vediyo. Le mot « sang » (Dâm) indique la structure du Nom YHVH quand il est lu en extension : Yod, He, Vav, Hé.

2) Un autre kabbaliste, Rabbi Isaac d'Akko, disciple du premier, résume la pensée de son maître dans les termes : LE SECRET DU NOM INEFFABLE EST « SANG ET ENCRE ».

3) Le sang fait directement allusion à l'existence charnelle de l'Adam, l'encre fait allusion à l'Écriture, à la Parole tracée sur le parchemin, c'est-à-dire sur la peau animale. Il n'est pas anodin de constater cette interpolation du noir et du rouge, du sang et de l'encre dans les visions prophétiques.

Je venais d'écrire cela alors que sur mon écran de télévision tout indiquait que les grandes roues du millénaire tournaient joyeusement d'un bout à l'autre du globe, comme autant d'horloges absurdes ne donnant toujours que la même heure, l'anti-midi éternel, quel que soit le moment de leur rotation.

Sur l'écran de mon ordinateur les mots « DOWNLOADING FILE » luisaient sur un rectangle grisâtre, une sorte de chronomètre stylisé en forme de bande horizontale indiquait qu'il restait plus d'une heure de temps encore avant la fin de l'opération. Cela évoquait le souvenir digital de la flèche thermodynamique du temps, alors que nous entrions dans l'âge du Zéro infini, que désormais il était minuit tout le temps, partout, et qu'on allait faire la fête à n'en plus finir dans une sorte de techno-rave totalisée, qui aurait avalé le monde de ces petites extases chimio-démocratiques, et de publicités vivantes pour boissons gazeuses *ciblées jeunes*.

En fait, paradoxalement, cet anti-midi était surtout une sorte de non-minuit. Car désormais indifférencié, aplani dans la dimension culturelle générale, il ne représentait même plus le point nodal du jour et de la nuit, cet Aleph de tous les instants, il s'était étendu sur tous les méridiens à la fois, perdant en contrepartie toute son intensité, toute sa singulière solitude, parmi les solitudes des heures, des minutes et des nanosecondes.

Oserais-je dire que ce fut la plus longue nuit de mon existence ? Oui, comme si toute ma vie était en passe d'épouser, voire de surpasser ce nouveau régime de synchronicité que le monde des machines digitales imposait en douceur à l'homme, ce parasite pouvant à tout instant user de cette faculté étonnante, et extrêmement dangereuse, qu'est l'imagination.

Les kabbalistes savaient que l'imagination est une émanation directe du souffle divin, aussi en elle cohabitent la nuit et la lumière, car en quelque sorte elle les précède, et se trouve en mesure de les séparer.

Aussi mes carnets doivent-ils être vus comme la part de lumière dont je suis tissé, au-dedans de ce réceptacle de ténèbres qui la contient sans vraiment la saisir.

Oui, maintenant que la fausse nuit du monde des grandes roues tourne sans cesse dans l'éternel retour de la publicité intégrale, je poursuis mon chemin, dans la vraie nuit, celle du jour éternel.

Voici ce que je note, fébrile, alors que l'aube fait vibrer d'un autre bleu les grandes festivités tournoyantes et télémondiales.

Job, 10, 11 : *Tu m'as revêtu de peau et de chair. Tu m'as tissé d'os et de nerfs. Tu m'as accordé la grâce avec la vie.*

Il s'agit d'une traduction du Zohar par Léo Schaya dans *L'Homme et l'absolu selon la Kabbale*, chez le même éditeur que Roland Bermann.

Ensuite mes études numériques appuyées par les études kabbalistes me conduisent à comprendre que Adam = 45 = Mâh, soit Mem-He, un mot qui signifie tout simplement « Quoi », un quoi de surcroît interrogatif qui donne donc à la locution entière le sens de Homme-Quoi ?

Homme-Quoi ?

Voilà quelle est notre identité secrète :

Il n'y a pas d'énigme. C'est l'homme lui-même la question. Il est la question sans cesse posée à lui-même, et le monde est fait des cris et larmes que cette *question* secrète engendre, dans le feu des connaissances qui incendient les certitudes, comme les doutes.

Réponds, ou je te dévore, disait le Sphinx dans le roman de Villiers.

Voici donc comment j'en vins à saisir, effaré, le mythe du Golem en cette *journuit* fatidique.

D'un côté de la nuit-lumière, les théories génétiques « transpositionnelles » et « métacodales » de la chaîne génétique humaine, à son pôle d'inversion, les antiques connaissances du *notarikon* hébraïque sur la création de l'homme.

Qu'elles puissent elles-mêmes s'entrelacer, telle une double hélice moléculaire, ou une échelle de lumière, cela ne pouvait que renforcer leur terrible présence dans ma cervelle qui était en passe d'en habiter plusieurs.

Voici comment je pus mettre en place les éléments du puzzle, comment peu à peu je mettais au jour une très ancienne face de l'humain, qui par ailleurs n'était rien moins que son devenir.

Mon cerveau opérait selon des modalités qui dépassaient ce que j'avais jusque-là connu, même avec les drogues, et même sans.

Cette nuit serait la Nuit de l'Avant-Monde, de l'Anté-Monde, de l'Antimonde. La nuit qui contenait le jour.

Je permutais les syllabes et leurs valeurs guématriques, en suivant le long chemin sinueux du Zohar et du *notarikon*, et de leurs différents commentateurs kabbalistes.

Désormais le mythe du Golem était en mesure d'éclairer notre destin d'hommes marqués par le sceau des Nombres.

Comme déjà noté plus haut, une des plus vieilles légendes concernant le Golem rapporte qu'en fait le signe écrit sur son front ressemble à une croix. On n'est absolument pas obligé d'y voir l'introduction ou l'influence du christianisme médiéval tardif, surtout si l'on est convaincu que puisque le Fils a connu le Père, l'Ancien Testament regorge en fait de prophéties tout à fait cohérentes sur la venue du Christ. Si l'on regarde l'Aleph hébraïque et qu'on essaie de le concentrer jusqu'à sa structure phénoménologique la plus intense, ce nexus du Zéro et de l'Infini, du centre et des périphéries, de la vie et la mort, alors nous pouvons aisément admettre comment chez les vieux savants juifs qui vivaient cachés dans les ghettos de l'Europe, ce signe représentait tout autant la Porte sur la Vie Éternelle que sur l'Éternelle Crucifixion de leur Dieu.

Selon les lois secrètes de la Kabbale alchimique, fabriquer un Golem demande *deux opérateurs*. Le processus de sa création à partir de la boue primitive est analogue à la recherche philosophale de l'Or des alchimistes à partir du plomb et de l'Adam Kadmon par Dieu lui-même. Là encore, Villiers de L'Isle-Adam avait parfaitement *décodé*, et *transcrit*, par sa « fiction électrique », l'intégralité du processus.

Il faut savoir qu'un des attributs essentiels de ce Golem, ce mort-vivant, ce vivant-mort, est d'être muet, incarnation du silence originaire de Dieu ; sur son front, inscrit en lettres de sang on peut lire le mot : *vérité*. « Emeth » en hébreu.

Or il suffit d'ôter l'Aleph initial et le mot devient Mort.

C'est le seul moyen connu pour renvoyer un Golem à la boue des origines : effacer de son front la présence de l'Aleph. Ainsi découronné, le cerveau ne devient plus qu'une machine vouée à sa propre entropie.

Désormais bavard au point d'avoir transformé la totalité du monde en un logorrhéique discours-chose, notre savoir n'avait au final plus la stricte importance. Cet amoncellement de connaissances pratiques et de jargons théoriques n'était même plus en charge de poser les questions essentielles.

Il s'agissait de fournir des réponses, des réponses à de grandes roues qui tournoyaient dans le vide. On avait besoin urgemment d'une nouvelle génération de téléphones cellulaires, on disait que Sony allait bientôt commercialiser une sorte de chien-robot domestique, peut-être pourrions-nous un jour nous faire pousser une paire de couilles et un pénis supplémentaire qu'on pourrait brancher à un dispositif orgasmatronique nous fournissant, au prix du kilowatt-heure, un surplus de jouissance continuel ?

C'était à se demander si, bientôt, ce ne serait pas des moutons électriques qui rêveraient de nous.

Nous pensions dominer les Nombres du haut de la prétention futile de nos machines à micro-processeurs, qui ne processaient rien, sinon des données et des quantités variables.

Or les Nombres étaient le processeur secret du langage, et la poésie certes les habitait, pour peu qu'ils soient eux-mêmes la métamachine du souffle de l'Esprit-Saint, au-delà du silicium et de l'organique.

Nous ne savions pas ce que nous faisions en ouvrant cette boîte de Pandore. Les *digital dogs* de minuit surgiraient de la banlieue postatomique. Mais en attendant nous convertirions l'art en un espace climatisé par la sociologie, et la folie elle-même ne renverrait plus qu'à la totale nullité de nos contemporains.

Le pouvoir des Nombres permettait à l'Homme d'ouvrir une porte sur l'Infini, ce n'était guère contestable. La prédiction de Nitzos s'était bien réalisée. Le génome était en cours de décodage, les voix humaines aussi. Nous étions des Golem, et en nous la Vérité côtoyait la Mort, à un Aleph près. À un infini près.

Diamond Dogs tournait en boucle sur la platine.

LE NOUVEAU MILLÉNAIRE, 2000

Il est sans doute impossible de créer un monde sans y placer en son centre la dynamique sacrée de la trahison, autant dire de la Ruse Divine, ce que les musulmans recouvrent sous l'appellation de « hilâ » et qu'Origène, déjà, avait établi au IIIe siècle. Si le Créateur – qui connaît toutes choses – ne connaissait point la ruse, sans doute aurait-il été incapable de tromper son propre démon, lors de la création de l'Univers. Il faut reconnaître dans le même temps que, depuis, le démon a prodigué de substantiels efforts d'apprentissage et qu'il a su faire de l'homme un élève très studieux à son tour, quoique rarement doué, faut-il le souligner.

Ce monde avait choisi d'enfermer la politique dans les douces clôtures d'un jardin d'enfants.

C'était assez inconscient de sa part, certes cette *politique* – dont le mot n'évoquait plus qu'une branche de l'activité maffieuse internationale – était pour l'heure placée sous hypnose par la grande stase de l'économie technicienne, les enfants pouvaient librement se livrer à leurs amusements favoris et recommencer sans cesse leurs glissades et leurs tours de manège.

Mais que l'hypnose se relâche, que le cerveau se réveille, que les ombres noires de la connaissance se lèvent dans le contre-jour, et le jardin d'enfants risquait fort de se voir confronté à un très vilain croque-mitaine, le dévoreur de l'innocence, l'exterminateur de la tranquillité d'esprit.

En échange de leur incapacité à nous donner quelques noms concernant nos homicides, les Corses de la cité Maurice-Thorez décident un jour de nous offrir un gros jambon pour calmer notre faim. Ils ont un contact avec des mecs qui font venir des armes de Bosnie, et qui profitent du bordel en Albanie et au Kosovo, attention, c'est du sérieux, c'est du méchant stock, nous dit Marco, on parle d'armes militaires d'origine soviétique en grosse quantité, y compris des RPG 7 au complet. De ce que nous apprenons par notre balance ce soir-là, c'est planqué à Valenton, à l'extrémité sud du département, dans la cave d'une charmante petite maison située un peu en marge des faubourgs résidentiels de la ville. Un nouvel arrivage est prévu pour le 10 du mois prochain.

Nous sommes une équipe d'une quinzaine d'hommes pour l'interception. Notre quatuor, plus les gars du commissaire Suvrini, quatre durs à cuire de la BAC de Créteil et de la flicaille de Valenton en renfort.

À l'aube nous voici donc dans quatre véhicules séparés qui cernent la maison. Observation : rien à signaler.

Heure légale : on passe à l'action.

La lumière est pâle, nous nous engageons sur la rue, Mazarin et moi, juste derrière deux enquêteurs de Suvrini et un type de la BAC en première ligne. La maison est une villa moderne et cossue, cachée par un haut mur couvert de lierre, des arbres en pagaille, un épais portail de métal opaline. C'est comme l'inverse de la vieille et austère maison de Marc Naudiet sur le plateau, dont la fermeture semblait connivente avec sa position de totale domination panoptique. Ici la maison tout entière est en creux, elle est située au coin d'une rue qui descend vers la Marne, on peut en apercevoir des morceaux, tuiles rouges du toit, meulière gris-beige, fenestrons de bois clair, depuis le haut de la côte, à travers les frondaisons rousses de l'automne. Ne pas être vu, c'est parfois l'obligation de se rendre aveugle.

Nous avons les mandats de perquisition en règle, ce havre de paix va bientôt être violé par l'irruption de l'ordre.

Mais c'est le chaos qui nous attend.

Ou plutôt le désordre, la simple réplique dialectique de l'ordre dont nous sommes les gardiens, pour ne pas dire les cibles.

Quelle vision adopter pour décrire un tel événement ?

Nous avons en effet le choix, mais ce choix projette un réseau d'implications infinies : doit-on se servir de la reconstitution objective du diagramme policier ou de la configuration subjective des faits tels qu'ils ont explosé dans le programme neural de celui qui les a vécus, et qui les retranscrit par la parole, ou ce qu'il lui en reste ?

Existe-t-il un troisième terme qui pourrait les englober ? Mais ce terme ne serait-il pas soumis à l'attraction définitive du zéro absolu, les deux termes initiaux s'anéantissant au contact l'un de l'autre sans qu'une synthèse puisse être accomplie, en tout cas pas autrement que par l'expansion quasi infinie de radiations hautement énergétiques dans toutes les directions de l'espace, en un micro-instant d'éternité pulvérisée ?

Où se trouve le centre, le *Ground Zero* de l'expérience ? Quelle est la nature des rayons qui ainsi témoignent de l'anéantissement terminal ?

La caméra, peut-être, permet un tel accomplissement, parce que son œil, son anti-œil devrait-on dire, donne une plasticité différente au temps et à la mémoire, parce que le cinéma ne se contente pas de reproduire la réalité, cl que image est une réinvention du monde alors, oui, peut-être la caméra pourrait-elle rendre compte simultanément des deux régimes d'exposition. Mais je n'étais pas cinéaste, la Police nationale aurait jugé inconvenant la venue d'une équipe d'Hollywood pour filmer notre intervention en direct, et elle n'aurait pas plus permis la venue de mon caméscope sur les lieux.

Ma caméra n'était que l'œil de la mort, elle filmait des gens morts, des objets et des artefacts en voie d'être détruits, des langages en ruines.

Seuls donc subsiste le diagramme flic, versus la configuration mémorielle :

VISION SUBJECTIVE : lumière bleu-orange du crépuscule urbain/aube sur la ville couleur gyrophare en action soleil d'acier le gars de la BAC en bomber noir s'approche du portail la tache blanche de l'interphone sur le mur comme un morceau de sucre sa main droite va appuyer sur le petit bouton rose qui commande l'ouverture de la porte excitant clitoris joli morceau de candy, l'autre est fourrée quelque part sous son blouson dans mon angle de vue : la rue, les deux gars devant moi, Mazarin à ma gauche, Suvrini dont je sens la présence juste derrière moi telle une ombre portée à la périphérie de mon champ optique, en face les deux autres gars de la BAC et l'équipe de la BRB qui converge vers nous, ainsi que cette grosse Toyota outremer qui apparaît dans le paysage et les rubans d'explosions qui déchirent l'espace avant même que l'évidence s'agrège aux ondes acoustiques qui percutent mon tympan je vois des traits de feu et de la fumée expulsée en rafales de la voiture bleue qui passe sur la chaussée à nos côtés comme dans un ralenti monstrueux programmé par un dieu amateur de vidéoclips, au milieu du tonnerre sonore qui nous fige dans ses ondes j'entends Suvrini qui hurle derrière moi puis qui tombe à mes côtés Mazarin se tient prostré contre le mur d'enceinte de la maison, le gars de la BAC s'est instinctivement laissé tomber à terre au même moment la porte d'un garage voisin explose et une camionnette genre Ford Trafic en émerge constellée de copeaux de contreplaqué, de lattes d'aluminium et de morceaux de ferraille ça tire ça tire ça tire de partout, on nous arrose au kalachnikov depuis la camionnette et voilà un troisième véhicule une Mercos modèle C noire comme une voiture de service secret qui fonce depuis la rue adjacente en plein sur les gars de la BRB dont un est au sol baignant dans une flaque très rouge j'ai mon flingue en pogne l'odeur de la poudre me prend les narines comme un sniff de méth et l'adrénaline me rend presque aveugle je hurle je ne sais trop quoi en direction de la Mercedes noire qui vient à notre rencontre et putaiiiinnnn je vide le barillet du Manhurin dans le pare-brise qui éclate rhyolite en étoiles de verre concassé la Mercedes quitte la chaussée dans une embardée et vient s'encastrer collision-implosion du métal et des chairs dans un poids lourd stationné de l'autre côté de la rue à ce moment-là je me rends compte que ma jambe pisse le sang et que le commissaire Suvrini rampe, ensanglanté, en direction d'un de ses hommes, qui gît dans le caniveau, à l'horizon le Ford Trafic et la Toyota disparaissent dans un nuage bleu les talkies-walkies et les scanners des voitures criblent déjà l'atmosphère de leurs messages d'urgence, j'entends les codes du système Acropol se mettre en branle, ma jambe me semble paralysée, comme devenue partie prenante de l'asphalte sur lequel mon sang s'écoule, je suis assis contre le mur, le revolver est chaud dans ma main, qui tremble entre mes cuisses.

VISION OBJECTIVE : à 7 h 06, le 26 mars 2000, l'équipe du commissaire Suvrini de la Brigade de Répression du Banditisme, assistée de deux enquêteurs du SD de Créteil et de plusieurs agents de la BAC, ont tenté d'interpeller une bande de trafiquants d'armes réunis dans un pavillon de Valenton (Val-de-Marne) alors qu'une transaction importante devait avoir lieu. Les malfaiteurs, sans doute prévenus par des guetteurs postés dans un véhicule situé à l'extérieur, ont alors effectué une sortie en faisant feu sur les policiers. Deux membres des forces de l'ordre, l'inspecteur Jean-Patrick Delgado et l'inspecteur Laurent Brandt, ont été tués sur le coup. Le commissaire Suvrini, l'inspecteur Charensol et l'inspecteur Greil ont été sérieusement atteints, l'inspecteur Kernal légèrement blessé. Ce dernier a eu le temps de faire feu sur un des véhicules, tuant le chauffeur et blessant grièvement le passager. Les hommes en fuite sont au volant d'un Ford Trafic de couleur crème immatriculé en Seine-Saint-Denis et d'une Toyota bleue portant une plaque des Hauts-de-Seine.

Une enquête est en cours.

(Dépêche A.F.P. datée du 26 mars 2000, 10 h 30)

L'intrusion de l'acier sidérurgique dans mon corps eut en fait très peu d'impact sur moi-même, cette affaire, étrangement, n'eut pour ainsi dire aucune conséquence, j'étais engagé depuis longtemps au-delà des « vivants ».

Et bien plus angoissant encore, quoique pour une personne extérieure à moi-même : je ne ressentais aucune émotion particulière à l'idée que j'avais tué un homme, et défiguré un autre.

L'analyse balistique devait conclure à ceci : sur les six balles de mon MR 73, trois avaient fait mouche, ce qui n'était pas si mal, mais deux seulement avaient été mortelles, elles s'étaient logées pour l'une dans le lobe pariétal gauche du conducteur, pour l'autre en plein dans la valvule tricuspide, celle qui fait communiquer l'oreillette et le ventricule droit, sectionnée nette coupée comme au rasoir métal chaud. Mystère de la cinétique des munitions modernes, je n'ai jamais été un tireur d'élite. Le gars n'aurait jamais dû prendre le volant ce jour-là.

La troisième fracassa la mâchoire inférieure du passager qu'elle fit éclater ponction de chair au sacrifice avant de ressortir pour rejoindre à terre les trois balles perdues, des fragments d'os et une douzaine de dents.

Mais si l'affaire ne sembla pas me toucher, elle eut son lot de conséquences à la Préfecture, Desjardins se fit sonner les cloches, des gus de l'IGS firent savoir que l'opération leur semblait avoir été mal préparée et mal coordonnée, la mort de deux inspecteurs aurait pu être évitée et bla-bla-bla.

Mazarin, un soir, me fit savoir que notre cote n'était plus au sommet, que Desjardins fulminait, que le principal Le Beffroy le lâchait, que le procureur n'était pas très content, et aussi que Carnaval disait que des gars des RG recommençaient à lui courir aux fesses.

Mais de toute façon, durant les trois semaines de mon immobilisation forcée, le rythme de combat nocturne ne s'était pas ralenti.

Alors que mon fémur se remettait de ses émotions, Medvenic était passé me voir chez moi, c'était deux ou trois jours avant que je ne reprenne officiellement le service.

Medvenic avait désormais entre ses mains une documentation énorme qui permettait de concevoir avec une certaine netteté les contours de la conspiration qui avait coûté la vie au docteur Ciruluk, et à ses acolytes. En un trimestre de plus il avait établi toutes les connexions, un schéma d'ensemble s'était mis en place. Je lui avais dit qu'il pouvait mettre l'opération momentanément en suspens, ce qu'il souhaitait faire, pour des motifs économiques fort compréhensibles. Nous en avions sûrement assez pour tenter d'aller plus loin par nous-mêmes, Medvenic m'avait répondu qu'il continuerait jusqu'à la fin du mois courant, puis qu'il quitterait tranquillement la cité où il avait provisoirement élu domicile. On verrait pour la suite.

C'était la nuit, il m'avait apporté les clichés pris durant mes deux semaines d'immobilité forcée à l'hôpital.

Je reconnaissais le paysage, par lui des centaines de fois photographiés. L'avenue Lucien-Français qui traversait l'avenue Youri-Gagarine en longeant la mairie, puis qui descendait vers la place de l'Église, et tout au bout, le consulat d'Algérie.

Virage mauve-orange des clichés infrarouges, vibration vert-de-gris des vidéos à lumière nocturne, fleurs-cancers aux phagédéniques intrusions, lésions percluses dans la chair du mensonge.

Des hommes entrent, et sortent, reviennent, repartent, se rencontrent parfois et font la navette entre le consulat et la mairie.

Reconstitution séquentielle d'un complot aux mouvances réglées comme un ballet dans la nuit induline.

— Lui, c'est Paul Morinier, c'est le responsable de la Sécurité publique à la municipalité. Lui c'est le capitaine Mohamed Osmani, un officier de la sécurité militaire, sous la direction du colonel, qu'ils appellent « monsieur Oméga ». L'alpha et l'oméga, c'est rigolo, non ? Alpha décide, Oméga exécute. Lui, c'est un gars de la mairie, une sorte d'homme à tout faire de Morinier, c'est un ancien truand, mais il a sa carte du Parti, il s'appelle Joseph Lemerle, et enfin celui-là, j'ai fini par comprendre que c'était un Palestinien venu du Liban, un nommé Farid Massaghi, c'est une sorte d'informateur multicarte mais on sait qu'il est de connivence avec des Syriens plus ou moins en contact avec le Hezbollah, qu'est-ce que tu penses de ça ?

— Je pense que c'est un merdier sans nom, qu'est-ce que tous ces types ont à voir les uns avec les autres ? Qu'est-ce que la mairie de Vitry fout là-dedans, merde ?

Medvenic s'était marré.

— Vous êtes des bleus-bites les gars, ou quoi ? C'est ça le vrai monde, c'est le monde du renseignement, c'est le monde du terrorisme.

Il nous restait encore beaucoup à apprendre sur ce monde, selon toute vraisemblance.

Et ce monde allait se charger de parfaire notre éducation.

Lorsque l'été s'acheva, la Seconde Intifada avait commencé.

J'avais très vite compris que cet événement ne pourrait plus être traité comme un phénomène quantifiable au sein de coordonnées temporelles et spatiales. Il formerait désormais le motif secret de toutes nos existences, jusqu'à la consomption terminatrice.

Le Manuscrit avait enfin pris possession de moi, rétrotransposon narratif, métacode secret de mon corps lumineux, le Livre des Morts de Paul Nitzos avait enfin trouvé son incarnation, j'étais son spectre biologique, prêt à le servir de la moindre cellule de mon organisme.

Jérusalem, m'étais-je dit un soir devant la télévision montrant la guerre des pierres et des balles en caoutchouc, Jérusalem est le centre invisible de toutes les villes. Pour peu qu'un certain nombre d'événements s'actualisent, et Jérusalem, la Ville des Trois Livres, resurgirait tel un fantôme chargé des âmes de toute l'histoire précédente.

Un matin, Desjardins nous convoqua, la Bande des Quatre au complet : une nouvelle flambée de violence antisémite semblait succéder à celle de 1995-1996. On avait balancé un cocktail molotov sur une école juive dans le XIIIe arrondissement, et le lendemain c'était une synagogue du Kremlin-Bicêtre qui était attaquée à la voiture-bélier.

Le motif n'apparaîtrait à la surface de nos consciences que bien plus tard, après la Fin du Monde.

À cet instant il fut incorporé à la Grande Machine comme un élément qui se surajoutait au reste, j'étais le seul il me semble, avec Mazarin, à deviner que la guerre judéo-arabe se verrait un jour actualisée au cœur même de la Grande Conurbation.

Je me souviens de ce qu'il m'avait dit un jour alors que nous roulions vers un rencard clandestin, ciel noir, vent froid, cerveaux au point d'incandescence :

— J'crois qu'on va droit vers un bordel sans nom, les attentats de 1986 ou de 1995, à côté, ça va nous paraître un jeu de pétards le soir du 14 juillet.

Brillante métaphore, m'étais-je dit.

J'avais répondu comme d'habitude : le silence, et une Player's grésillant au bout de mes doigts.

Il avait pris l'autoroute vers le sud, il avait réglé la radio sur RTL, c'était l'heure des infos, on ne parlait que de cela, il avait poussé un gros soupir :

— Faut bien se rendre compte d'un truc, Kernal, moi j'aime bien les chiffres, depuis les accords d'Oslo en 1993, les GIA ont tué quatre ou cinq fois plus d'Arabes que toute l'armée israélienne depuis 1947. Et comme tu le sais, les cocos yougoslaves ont exterminé deux fois plus encore de musulmans bosniaques ou albanais en parallèle.

Les chiffres parlaient d'eux-mêmes en effet, leurs voix ne cesseraient de nous suivre, voire de nous précéder, fantômes éclairant la nuit de notre non-futur. La voiture glissait sur l'asphalte des derniers jours, ma cigarette consumait mes derniers rêves, j'étais en mesure d'établir que nous étions très mal barrés.

Hocine nous avait fait savoir, par son canal habituel, qu'il voulait nous revoir. Il avait des trucs à nous dire, en échange d'un coup de pouce pour régler une connerie avec la juge d'application des peines. Hocine était tombé trois mois auparavant pour une accusation de recel d'autoradios volés, il avait merdé, il ne s'était pas présenté devant la juge trucmuche, bon, le train-train habituel, rencard dans une zone industrielle de Bonneuil, nuit noire d'automne, un crachin déjà froid annonce l'hiver nucléaire qui bientôt devrait accompagner nos existences jusqu'à leur fin.

— Salut Hocine, qu'est-ce que t'as à nous dire ? C'est en rapport avec ces petits enculés de talibans de banlieue qui veulent se la jouer nuit de cristal en BMW ?

Hocine ne capte pas l'allusion. Nuit de cristal, pour lui, ça doit être une marque de parfum, ou un champagne de luxe. Alors Mazarin rectifie le tir : t'as des tuyaux sur les trouduculs qui ont attaqué la synagogue du Kremlin-Bicêtre ?

Hocine allume une cigarette en déniant farouchement de la tête. Non non, m'sieur l'inspecteur, ça n'a rien à voir – enfin je crois pas.

— Comment ça, tu crois pas ?

— C'est mon cousin, m'sieur l'inspecteur. Mon cousin Nordine, il est revenu me voir la semaine dernière, il est resté deux ou trois jours chez moi puis il m'a dit qu'il partait pour Bruxelles. Il est revenu avant-hier, avec un autre gars, un dénommé Zacarias, puis ce matin, il a reçu un coup de fil sur son cellulaire et il m'a dit qu'il repartait pour la Belgique, et ensuite pour le Canada je crois. Il a pris le TGV ce soir.

Mazarin a grommelé : t'aurais pas pu nous le dire avant, grosse patate, on aurait bien aimé lui demander un ou deux trucs à ton cousin le chimiste.

— Écoutez, mon cousin depuis son retour, il... comment dire... il a changé. Il est plus le même. Il est devenu... hyper-méfiant. Il a un regard qui fait peur putain, et son pote là Zacarias...

— Zacarias comment ? j'ai demandé.

Hocine se tortille sur le siège arrière de la R 19.

— Ho j'sais p'us, j'crois même pas qu'il m'a dit son nom, c'est un Marocain, c'est tout ce que je sais.

— OK, Zacarias-le-Marocain, continue.

— Ouais, b'en j'ai l'impression qu'ils sont sur un gros coup, j'sais pas de quoi il s'agit, mais putain, j'crois que c'est très chaud.

— Qu'est-ce qui te fait dire ça ? je demande.

Hocine se tortille de nouveau. Je rallume une autre cigarette. Mazarin ouvre sa fenêtre.

— M'sieur l'inspecteur, d'abord il m'a demandé ce que j'avais fait des trucs qu'il avait laissés sous son lit et dans sa commode, y a deux ans et demi. Là je lui ai dit que j'avais fait le ménage et que j'avais tout jeté et il a pas aimé ça, mais pas du tout, il m'a carrément envoyé une beigne cet enculé, c'est son pote qui l'a calmé. Ensuite je les ai entendus hier soir dans la cuisine avec son pote. J'ai pas entendu grand-chose, je voulais pas me faire repérer, mais j'ai compris qu'ils « avaient eu leur lot de passeports venus d'Espagne ». Et que « les gars de Paris recevraient l'argent de Kouloumpour comme prévu ».

— Kuala Lumpur, ai-je rectifié, c'est en Malaisie ça.

— Je sais pas m'sieur, mais mon cousin disait que tout était prêt et que leurs chefs « planifiaient une opération ». J'ai pas aimé ça.

— T'as eu raison, moi non plus j'aime pas ça.

— Bueno, p'tit gars, a craché Mazarin, t'inquiète pas pour la connasse de l'application des peines, les pontes de la Préfecture vont l'amadouer.

— Ouais, j'ai rajouté dans un nuage de fumée, et si tu nous pistes correctement ton cousin et son pote le Marocain, je crois que ton histoire de recel sera tranquillement classée.

— Je ferai de mon mieux, m'sieur l'inspecteur, mais c'est sûr qu'ils voyagent sous de fausses identités, et Nordine il me donne jamais de nouvelles, sauf quand il est déjà à Roissy et qu'il m'dit qu'il va débouler chez moi.

Mazarin a ouvert son grand sourire de requin-tueur : ben la prochaine fois qu'il t'appelle de Roissy, Dugland, t'attends pas une semaine et qu'il se soit rebarré à Pétaouschnok pour nous balancer un coup de fil.

Hocine vient d'éviter une rouste de justesse. Ses épaules s'abaissent un peu, plus par soulagement que par humiliation.

— Je... je n'aurai pas d'ennuis persos hein m'sieur l'inspecteur ?

— Pourquoi veux-tu avoir des ennuis ? je lui demande.

— Je veux dire, moi j'y suis pour rien des affaires à Nordine... je suis innocent moi m'sieur.

J'ai enfoncé mon regard dans le sien pour y lire comme la trace d'une très ancienne énigme.

— Bien sûr que t'es innocent – j'ai fait, d'ailleurs tout le monde est innocent en ce bas monde, c'est à se demander qui commet tous ces crimes.

— On te laisse à la station de bus ? a lâché Mazarin en ouvrant son sourire de baleine.

Sur la route du retour, nous avions gardé le silence tous les deux, compères laconiques des nuits dangereuses. Mazarin ne s'était décidé à desserrer ses maxillaires qu'une fois la voiture garée sur sa place réservée dans le parking souterrain de la Préfecture.

Je croyais qu'il allait bâiller, mais des mots avaient été exsufflés, alors qu'il regardait droit devant lui.

— Je crois que ces connards de cocos sont en train de creuser leur propre tombe.

J'avais vaguement tourné la tête dans sa direction, j'avais allumé une cigarette, j'avais éteint le moteur, puis j'avais fumé un bon moment sans rien dire, attendant que Mazarin veuille bien poursuivre.

— Ouais, ces pauvres bites, ils croient pouvoir instrumentaliser ces enflures de la SM algérienne, et donc contrôler les gauchistes et les islamistes, mais ils sont en train de se faire enculer en beauté. Et moi je crois que derrière tout ça, y a encore d'autres organisations, encore plus dangereuses. Ici, comme en Seine-Saint-Denis, ils vivent dans une forteresse, c'est leur Corée du Nord, mais tout le reste va s'effondrer, comme leur putain de Mur, en 1989.

Je n'avais rien répondu, j'avais ouvert la fenêtre, j'avais allumé la radio.

— Je me souviens d'un truc que m'avait dit mon père, peu de temps avant que ces connards de l'OAS ne le butent...

Sur la radio je cherchai avec une relative impatience quelque chose d'écoutable.

Je suis tombé sur France-Musiques, il y avait le *Stabat Mater* de Pergolèse qui passait. C'était on ne peut plus adapté à la situation.

Requiem pour une République :

— ... Mon paternel c'était pas un gaucho, t'imagines. Mais en tant que gendarme il avait été envoyé deux ans en Algérie, entre 1957 et 1959, et il était parti en étant certain de se battre pour une bonne cause, pour la République Une et Indivisible, pour l'Algérie française et tout le bastringue...

Il s'était interrompu, je comprenais tout ce que ça lui coûtait de se livrer ainsi, mais je savais aussi à quel point ça lui était nécessaire, à quel point ça lui brûlait les lèvres, je savais que j'étais le seul à pouvoir entendre ses confidences, et je savais qu'il le savait aussi. Sans compter que je n'avais rien à dire de spécial, un petit assentiment de la tête et un borborygme expiré dans un train de fumée suffisaient largement. Je ponctuais ainsi chacune de ses interruptions puis j'attendais qu'il poursuive. Le *Stabat Mater* prenait vie peu à peu dans l'univers, les anges du jugement dernier planaient au-dessus de la Préfecture.

— Mais à son retour il avait changé. Et crois-moi c'était pas parce qu'il était devenu un livreur de valises du FLN, ça non, putain... il pouvait pas les blairer ces enculés de fellouzes. Mais je me souviens que pendant l'été 1962, après les accords d'Évian et tout le cirque il avait eu une violente discussion avec des gars de sa compagnie de pandores à la maison.

Player's sans filtre se consumant dans un infime grésillement.

— Ouais. Et devant ma mère et moi, et c'était pas dans son habitude, il les avait copieusement engueulés parce qu'ils avaient défendu les putschistes d'Alger et qu'ils disaient que de Gaulle avait trahi l'Algérie française... Faut dire que c'est l'été où sont arrivés les harkis et les pieds-noirs, une main devant-une main derrière comme ils disaient, et ce qu'ils nous racontaient ça justifiait amplement l'emploi du napalm, mais mon paternel avait accusé ses collègues de trahison potentielle, et même, je me souviens de ce qu'il leur avait dit, avec son côté adjudant-chef : le Général est un visionnaire, il l'était en 1940, il l'est encore aujourd'hui, tas de branleurs.

Un dragon chargé de nicotine s'était déployé hors de ma bouche, le dragon disait : continue, Mazarin, continue, j'aime bien tes souvenirs d'enfance.

— Ouais... Mon paternel il leur avait dit ça, je m'en rappelle très bien : Qu'est-ce que la France fera dans quarante ans avec un département rempli de plus de 30 millions d'Arabes ? Hein, les branleurs ?... Et il avait conclu, et c'est ça le truc important : Oubliez jamais ce que je vous dis ce soir, l'Algérie française aujourd'hui c'est la France algérienne en l'an 2000 !

Un train de fumée avait lentement explosé contre le pare-brise.

Sur un plan plus général, la maison vide était devenue la combinaison cryptée qui me permettait de mieux comprendre la nature de la chute que nous étions en train de vivre.

De *L'Ève Future* au Manuscrit trouvé à Sarajevo pointait un fil de suture reliant les *tissus* de la chair violentée du Monde. La maison du tueur : le vortex secret d'une *crypte invertie*, et *souterraine*, comme dans le roman de Villiers de L'Isle-Adam.

Son esthétique : le corps en chute libre filmé devant la surface miroir géante du building de cent dix-sept étages. L'espionnage, via Medvenic, de l'étrange réseau criminel qui s'agitait autour du consulat d'Algérie à Vitry représentait quant à lui l'ombre que le monde projetait sur nous, à chaque instant de notre vie, c'était une magnifique fractale de tous les crimes en gestation.

Il me semblait que nous formions une cellule de résistance perdue dans les ténèbres d'une tyrannie d'autant plus générale qu'elle était acceptable par la moyenne. Une cellule d'ailleurs à peine consciente de ce qu'elle faisait.

La nuit je regardais les images de Medvenic. Je lisais ses mémos. J'écoutais ses bandes.

Le jour je faisais semblant d'enquêter avec Mazarin sur les responsables de la fusillade de Valenton, mais en fait mon cerveau épousait déjà les contours de la maison vide, mon être-au-monde devenait la froide prothèse d'une mort clinique à délivrer d'urgence.

J'épousais les contours infinis de la maladie.

C'était prévu par le plan du Manuscrit. Je ne m'en étonnais même plus.

Le temps se consolidait en une photographie figée pour l'éternité d'une mémoire cadencée au quartz microprocesseur. L'aube se levait sur la banlieue sud, je voyais de pâles rayons rasants recouvrir la vérité de la nuit d'un voile d'indium, et j'observais le spectacle depuis le portail de la maison vide, la maison d'un tueur qui m'avait échappé des années auparavant, qui avait disparu, et qui poursuivait quelque part ses expériences sur de jeunes adolescentes ramassées dans le caniveau.

Je savais tout de lui, jusqu'à son intimité la plus secrète, mais j'ignorais pourtant encore le plus important.

L'éclat de lune foudroyée tombait sur les cubes de béton en les rendant à l'illusion de leur forme dans la matière, d'ici en effet la ville devenait un diagramme plat auquel seul le mouvement de la lumière donnait quelque densité. J'aimais désormais y finir mes nuits blanches, juste avant de me rendre à la Préfecture.

Je me souviens que les semaines s'étaient enchaînées, au rythme de nos enquêtes foireuses conduites de jour et de nos investigations occultes, que nous ne menions pas nous-mêmes.

Le fait est que nous nous étions habitués au cauchemar.

On brutalisait moins nos indics, ils ne nous remontaient pourtant pas grand-chose, mais juste assez pour que nous puissions faire semblant de maintenir l'ordre républicain. On devenait tolérants et presque bons. Le sens de la justice n'était plus qu'un mirage, de toute façon.

Nous croyions nous offrir le luxe de nous adapter, de sacrifier la loi à la vérité, mais nous allions apprendre que le jour ne se divise pas de la nuit, car il en est l'essence, nous allions découvrir que l'homme ne s'adapte pas à la nature, mais que celle-ci fait tout ce qu'elle peut pour s'adapter à son surgissement, lorsqu'il survient, c'est-à-dire qu'elle cherche par tous les moyens à l'éliminer.

Cette connaissance, bien sûr, ne nous serait d'aucun secours.

GROUND ZERO, HIVER 2000-2001

Ainsi s'éteint la dernière année du XXe siècle, comme s'était terminée celle d'avant, sauf qu'imperceptiblement le phénomène de séparation d'avec moi-même, mené conjointement à une séparation d'avec le monde des vivants se fait jour. Resurgissent les cavaliers des nuits narratives, me voici à couvrir de notes des carnets qui désormais m'accompagnent où que j'aille. Trouées de l'infini échoatives dévorant mes neurones en nuits bleues déflagrantes.

La nuit, si je dors, j'en pose un sur ma table de chevet, c'est le carnet noir, là où à l'heure de mon réveil j'écris les images ou les émotions qui me restent de mon passage à l'état onirique. Trans sub flux pulsar express dévolution nervale vers les noms de l'arbre qui pousse en moi.

Le jour, sur le carnet gris, car le jour n'est pas la lumière, celle-ci, en effet, si elle n'était pas voilée par le gaz de l'atmosphère, nous tuerait instantanément, sur le carnet gris donc, là où le noir et le blanc interpénètrent leurs valeurs dans la géode héliotrope, j'inscris mes diverses analyses du monde ambiant, ainsi que des problèmes qui nous préoccupent au quotidien en tant que chasseurs de primes de l'État républicain, j'y vois de moins en moins de cellules cloisonnées les unes les autres, ou plutôt je devine que sous ce cloisonnement fonctionnel et visible se camoufle une circulation plus inquiétante encore.

Depuis des mois maintenant nous savons. Plus de cinq cents heures d'enregistrements sur bandes magnétiques.

Rien ne sert de le nier, on ne se la fait pas entre flics.

Medvenic a cessé ses activités clandestines mais les preuves sont en fait terrifiantes.

Les quatre hommes assassinés se connaissaient par ricochets depuis le début des années 90. En tant qu'intellectuels musulmans ils avaient essayé de répondre à la fois aux impasses des régimes socialistes arabes et aux délires croissants de l'islamisme. Ils avaient fréquenté discrètement quelques imams qui ne croyaient pas au jihâd professé par des ignares autoproclamés docteurs de la Loi, ou par des fils de constructeurs de routes milliardaires.

L'un d'entre eux, l'imam Sarahoui, avait été dézingué aussi sec, dans sa mosquée, en plein Paris. Par des professionnels. Pas par un pauvre Khelkal de banlieue ou un minable poseur de marmites. Par des gars entraînés dans les unités spéciales des services de sécurité algériens qui disposaient d'une planque impénétrable, discrète, proche des lieux de l'attentat et permettant toutes les couvertures diplomatiques et changements d'identités-minute indispensables pour se fondre dans un vol de touristes en partance pour Marrakech, Tunis, ou Le Caire.

Medvenic avait ses propres contacts, dont Carnaval, bien sûr. Et d'autres encore, dont je n'entendis même jamais le nom. Le réseau de l'anti-police.

Quoi qu'il en soit, alors que le siècle se retournait dans son ultime bourgeonnement, fruit indéhiscent que seul le pourrissement terminal pourrait ouvrir, oui, déjà à cette époque nous savions.

Nous savions que la Sécurité Militaire algérienne opérait dans les départements à forte concentration d'immigration pour recruter des hommes de main. Des amis de Fassaghi par exemple, des Libanais ou des Palestiniens, mais surtout des Algériens.

Medvenic disait que la mairie de Vitry, comme toutes les municipalités sous le contrôle du Parti communiste, avait ordre de consolider ses positions dans la population maghrébine de la ceinture, pour ce faire, elle usait du consulat d'Algérie, là où on délivrait les passeports, comme instrument de chantage, de renseignement et de sélection. Elle laissait aux hommes de la Sécurité Militaire algérienne le soin d'espionner ou de faire pression, de recruter et de tuer. Le but était de faire obstacle aux « islamistes », mais il était clair que la police politique algérienne recouvrait sous ce vocable tous ceux qui n'étaient pas d'accord avec le stalinisme made-in-Sahara.

Medvenic était parvenu à des choses saisissantes qui n'ont pas le droit d'être toutes exposées ici. On y voyait, ou entendait, les tractations secrètes qui se nouaient, qui tissaient un réseau où se mélangeaient le népotisme local et la brutalité d'outremer, avec leur réciproque, et ce qui apparaissait c'était l'impression d'urgence, de nervosité, de pur aveuglement qui présidait à toute cette activité criminelle.

On avait notre code : Les Sept Piliers. Une idée à moi : référence directe à Lawrence d'Arabie, allusion à la librairie des soufis de Saint-Maur, entre nous ça donnait un acronyme banal : « le dossier 7-P ».

Ciruluk avait un jour été contacté à la librairie par Daniel Farhed. Celui-ci lui avait expliqué qu'avec certains de ses amis ils étaient parvenus à réunir des documents officiels internes au consulat et aux étages supérieurs de la mairie. Ces documents démontraient que la Sécurité Militaire algérienne espionnait, fichait et préparait des attentats contre des personnes « ciblées », suspectes de travailler pour les réseaux « islamistes » et qu'en échange elle renseignait les mairies cocos de la ceinture sur les opinions politiques et les mouvements des sujets algériens concentrés dans leurs barres de béton.

Ce qui s'était produit ensuite, nous ne pouvons le reconstituer qu'avec les bribes que constituent les mémos des bandes enregistrées, nos prises de vues nocturnes, les photographies clandestines.

La documentation du crime ne peut se concevoir sans les trous que constituent ces crimes.

Et certains de ces trous cernent des abîmes plus profonds encore.

Dossier 7-P

Retranscription bande 97/22-08-2000, 21 h 44-21 h 48.

Interlocuteurs : Joseph Lemerle (J.L.), Farid Massaghi (F.M.).

Communication donnée depuis le bureau du directeur de la Sécurité publique par J.L. :

J.L. : Bonsoir. Un petit rapport avant Noël ce serait bien.

F.M. : Bonsoir. Vous l'aurez. Tous ceux qui tentent de vous faire obstacle dans la communauté pour les municipales de 2001 sont fichés ou en voie de l'être. Nous faisons quelques vérifications d'usage. Ils ne sont pas dangereux. Ce n'est pas comme nos couillons d'il y a trois ans. D'ailleurs à ce sujet mon chef n'est pas tranquille, il sait que le Service de Créteil est toujours sur l'affaire.

J.L. : Arrêtez votre cirque. C'est calmé maintenant. Les flics n'avancent pas plus sur le Turc que sur les autres. Encore quelques mois et ils passeront l'éponge, comme les gus des commissariats des autres départements. Mon patron dit qu'il faut laisser pisser maintenant.

F.M. : Mon chef à moi dit qu'il faut rester très vigilant. Comme vous le savez sans doute jamais la violence des islamistes n'a atteint de tels degrés qu'au cours de cette année. Et on me dit que des balances continuent de poser des questions, un peu partout dans le département.

J.L. : Écoutez, chacun ses problèmes. Ici, maintenant, c'est en voie de revenir en ordre. Si les flics de Créteil savaient quoi que ce soit on serait au courant dans la minute. D'autre part, je vous rappelle que les deux premières affaires ont pu être finalement classées comme accident, mais que pour les deux dernières c'était un peu difficile, avec une munition de type soviétique dans le crâne. Il ne faut plus, heu, s'occuper de personnes en vue comme le docteur Ciruluk, heureusement que nos systèmes sont bien cloisonnés et sécuritaires.

F.M. : Ouais, écoutez un peu, on a fermé le clapet aux Arabes du coin, mais on sait que ces connards de Corses continuent de poser des questions, faudrait voir à contrôler un peu tout ça parce que mon chef pourrait bien me demander de faire en sorte que...

J.L. : Arrêtez vos conneries, Farid. Il faut laisser reposer la vase. Vos connards de Corses, comme vous dites, ils ne baveront rien parce qu'on les a emplumés, on a des gars de la BAC d'Ivry et de Fresnes avec nous, ils leur ont fait comprendre que plus ils se tiendraient tranquilles sur cette affaire, mieux ils pourraient continuer leurs petites activités.

F.M. : Vous êtes stupides ou quoi ? Vous faites confiance à des Corses ? Ils sont pires que les Arabes, vous savez.

J.L. : Vous savez donc de quoi vous parlez.

F.M. : Précisément.

J.L. : Les Corses sont encore plus sensibles que vous à l'attrait de l'argent, ce qui n'est pas peu dire en ce qui vous concerne. C'est une des choses auxquelles nous avons pensé. D'autre part, nous leur avons fait comprendre qu'avec leurs liens locaux ils pourraient monnayer quelques informations aux Renseignements généraux. Nous nous occuperons bientôt de cette partie du problème, des gens du ministère sont d'accord avec nous et appuient cette opération. Dites au capitaine que tout est sous contrôle, nous sommes en train de rétablir un excellent système d'observation dans les cités sensibles. La pression au passeport a été rétablie, ça file droit maintenant, vous n'aurez plus d'emmerdeurs comme Ciruluk et les autres.

F.M. : Il vaudrait mieux.

J.L. : Nous aimerions être tranquilles jusqu'au printemps 2001, la petite délinquance locale s'occupera de les faire marner, croyez-moi. Mon patron est très clair quant au dispositif stratégique que représente notre commune au Conseil général du Val-de-Marne. Jamais le Turc n'aurait dû remonter à surface, jamais le SD de Créteil n'aurait dû être impliqué dans tout ça.

F.M. : Nous étions pressés par le temps et je l'avoue nos deux « liquidateurs » de la zone sud n'étaient pas très compétents, nous les avons renvoyés au pays, où ils ont été remplacés.

J.L. : Très bien. Le jeu politique est devenu très incertain, la perspective de la présidentielle n'est claire pour personne. Nous marchons sur des œufs.

F.M. : Nous avons tous nos problèmes, comme vous le faisiez remarquer.

J.L. : Oui. Et le vôtre sera de nous communiquer un dossier conséquent pour Noël.

F.M. : Comme je vous l'ai déjà dit, ce n'est en aucun cas un problème. Je crois que nous pouvons clore cette discussion.

J.L. : Absolument. Bonsoir, donc.

F.M. : Bonsoir.
(Fin de la communication).

Cette bande est une des toutes dernières qu'enregistra Medvenic. S'il avait cessé depuis des mois la surveillance rapprochée et photographique, il avait laissé son mouchard en activité dans le bureau de la DSP municipale, ainsi que son relais, planqué dans un poteau téléphonique voisin, puis il s'était débrouillé pour tout retirer, je n'ai jamais su comment.

Cette retranscription fut pour nous comme un condensé synthétique de tout ce que nous avions appris auparavant, par bribes éparses.

Désormais les trous du crime formaient une figure cohérente. Il m'avait paru logique qu'elle apparaisse ainsi en un condensé de trois ou quatre minutes de conversation, au moment où les cendres étaient en passe d'être refroidies.

On se confesse avec d'autant plus de calme et d'assurance que le temps commence à dissoudre les preuves, à disjoindre les liens, à refermer les livres.

Pas de chance, c'était le moment où, en moi, le Livre des Morts avait décidé de s'écrire.

Mazarin et moi avions compris ce jour-là que nos ennemis n'étaient pas seulement les services rivaux, comme la Gendarmerie, voire certains collègues de la Préfecture, non, désormais, nous l'avions compris, il s'agissait de pans entiers de l'État.

En fait, et je crois que pour nous l'entrée dans l'an 2000 correspondit pile à cette remise à zéro des compteurs, il n'y avait plus d'État.

Il existait un mythe sympathique qui recouvrait une réalité faite de féodalités aux incestueux accouplements et à l'engeance nauséabonde.

Nous œuvrions pour une fiction.

En fait, nous n'étions tous qu'une fiction comme Paul Nitzos l'avait su de toute éternité.

Retour vers le centre du Monde, retour vers la préfecture de police, Mazarin a foutu le gyro et la sirène en action, façon cow-boy de Sarcelles.

Nous revenons vers la bretelle d'accès de l'autoroute. Nous traversons une zone commerciale peuplée d'entrepôts de meubles discount, enseignes clignotantes parkings illuminés derniers soldes tout doit disparaître canapés et divans sous leurs luminaires de salon piégés dans le soufre jaune des vitrines.

Le chuintement de l'autoroute passe comme une balle traçante à mes oreilles, l'A 4 direction Paris-Est, le château rose et mauve de dessin animé qui ouvre le parc d'Eurodisney apparaît au loin, totalement improbable, et d'une certaine manière proprement irréel, *enchanté* pour de bon, tout autour de nous la lumière inhumaine de l'autoroute est l'ombelle d'un ciel qui désormais connaît tous nos secrets.

Arrivé dans mon bureau je me blottis dans mon fauteuil, autour de moi la Machine fait entendre son apaisant bourdonnement.

Je plonge mon regard par la fenêtre.

Mémoire condensée sur les vitres battues par la pluie cuspide, aiguilles de glace fondue en chute libre depuis les inlandsis sélénites, rayures discontinues cobalt radium matière fissile me voici de nouveau sur la haute colline des souvenirs.

Ceux qui ne sont pas les miens comme ceux qui pourraient l'être. Mes rêves s'emplissent dans le carnet nocturne, le carnet gris suit les fluctuations du jour, météorologie du crime quotidien, alizés vents force 8 en provenance des nations comateuses.

Les carnets semblent pouvoir être congrus. Leur géométrie relative devient celle de deux miroirs placés l'un en face de l'autre, c'est par le dédoublement qu'une possibilité optique de surgissement de l'infini se fait jour ici-bas. Je suis ce miroir et l'image qui se réfracte est celle du monde, cet amas insignifiant et terrible de vie et de mort mêlées, cette boue saturée de sang dans laquelle nous pataugeons depuis les origines. Et le Livre des Morts s'est insinué à l'intérieur de cette scintillante ligne de coupe, pour l'assombrir de toutes les ténèbres dont la lumière en lui sait s'environner.

Danse des morts. Juke-box des zombies. Rock'n'roll terminateur.

Vaudou de mon propre corps livré au sacrifice de la polis devenue arène de gladiateurs.

Atomik Born Killer. Poudre feu acier. L'héraldique des alchimistes, blanc-or-nuit, toujours là, elle était la seule panchromie pouvant donner sens à nos icônes.

Me voici de nouveau dans le film noir des zones mutantes, avec Mazarin à mes côtés, les nuits du crime légal, mes nuits blanches dans la médecine chamanique de l'écriture, mes rêves en armadas bardées de missiles, les interventions de choc, flingue au poing excroissance désormais organiquement habilitée à tuer, notre documentation qui rassemble une décennie de crimes, de complots et de chaos, les petits matins passés depuis le portail de la maison du tueur à contempler les mercuriales s'iriser dans la silice coupante de la blancheur de l'aube, en apercevant au loin les hautes tours de verre de la Préfecture fondre d'or pur en silence.

Le monde est totalement dépourvu d'amour. Ne reste qu'un peu de lumière sur les villes perdues.

Le kalachnikov flambant neuf brille sous le faisceau des torches qui s'entrecroisent en courant sur le bel acier vif-argent et le bois doré aux cannelures de laiton bordant l'extrémité de la crosse.

Suvrini le tient à bout de bras, vers la mauvaise ampoule jaunâtre du plafond, comme pour s'imprégner de sa réalité, cérénaulogie triomphante trophée brandi approprié digéré ingéré incarné tel l'éclair du feu dans la paume de Prométhée, autour de nous plusieurs caisses ouvertes laissent percevoir dans la pénombre rayée d'électricité les reflets métalliques de dizaines de fusils d'assaut analogues. Sur les caisses de mauvais pin industriel des inscriptions en cyrilliques sont éteintes par la cendre du temps et des guerres. Un slogan écrit dans une langue inconnue surplombe un écusson où un aigle noir se découpe sur un champ à la rutilance martiale. Des tracts de propagande islamiste débordent d'une des caisses où sont entassées des grenades quadrillées. Au bout de mon arme s'agite nerveusement la tronche de petit nazi abruti d'une sorte de renégat anarchiste corse, ancien copain de Marco Sampieri qui nous l'a balancé en guise de nonosse. Mazarin est assis sur le dos d'un de ses congénères et lui passe les menottes clic-clac les bras dans le dos sans aucun ménagement et en prenant soin de bien lui enfoncer un genou entre les omoplates. Le cri de l'homme est étouffé dans sa glotte, sa bouche s'ouvre sur l'air qui ne passe plus.

Je ne me souviens même plus de son nom, au mien. Guillermini je crois, un truc comme ça, mais je me souviens très bien du moment où Mazarin et moi on le savate duraille dans le sous-sol de sa maison, tandis que les trois autres sont remontés au rez-de-chaussée dare-dare par l'équipe de la BRB.

Il est probable que ce jeune connard de petit maffionaliste tombe, mais avec Mazarin on est devenus prévoyants. On frappe d'abord, on propose après, on avise ensuite.

Une bonne donneuse, un tonton qui assure, par les temps qui courent, ça devient un animal rare.

Le canon de mon Manhurin percute la pommette dans un bruit mat, zébrant l'air écarlate, pointillisme dans la quadrature béton, juste avant que le poing ganté de cuir de Mazarin ne s'écrase sur sa bouche, et que le long et lourd nerf de bœuf ne lui fracasse les rotules.

Son hurlement résonne encore à mes oreilles.

Blanc, or, nuit.

Le trigramme alchimique crucifié devient le sceau secret de ma vie nervale.

Au mois de décembre je reçus un coup de fil d'Italie.

Le jour même je reçus le fax.

Le jour même, le rêve prit fin. Je veux dire qu'enfin il prit corps, dans la dissolution de la réalité.

La vérité était couleur linceul.

Le jour même je revins au portail de la maison vide, pour le franchir cette fois, à l'heure du crépuscule, et pénétrer dans le vaste vestibule désert.

J'y passai la nuit, à dormir par terre, à même le plancher de la vaste chambre froide.

Puis au matin, à l'aube, j'en étais ressorti, pour ne plus jamais y revenir.

En tout cas, pas vivant.

C'est grâce à un des flics du SD du Var que l'information était remontée jusqu'à moi. Un peu de hasard, un peu d'obstination de mon côté, un peu d'ennui chez mon confrère.

Le flic du Var me les avait faxés de façon anonyme mais les feuillets portaient l'emblème de la Police nationale, le papier thermique à la douceur tactile presque impossible voulait s'enfuir de mes mains et s'envoler pour se perdre dans la poudre du ciel.

Je me souviens que ce jour-là, après ma nuit dans la maison vide, j'avais roulé pendant près d'une heure sur les autoroutes du Val-de-Marne nord, j'étais arrivé à la Préfecture en retard, je n'étais déjà plus tout à fait vivant.

Sans doute à une autre époque aurais-je éclaté d'un rire tonitruant de vendeur de barriques ou de spadassin égrillard ou bien alors de l'éclat orgueilleux d'un mousquetaire du Roy, voire du hoquet désespéré d'un hobereau romantique, mais le rire du Diable est un formidable silence, et mon visage, désormais, rayonnait de toute Sa Gloire.

Mazarin en a perçu l'aura :

— Qu'est-ce qu'il y a encore ?

Derrière lui, les grandes fenêtres s'ouvraient sur la ville ensoleillée. C'était une journée magnifique.

Je lui avais tendu le fax, il l'avait lu sans qu'aucune émotion vienne troubler son énorme tronche qui se contenta de dodeliner doucement et avec constance.

J'avais allumé une cigarette, Mazarin avait touillé son café.

Je m'étais posté face à une des fenêtres. Devant moi la grande tour de l'administration civile se dressait au-dessus de la planète bétonnée. Mon regard fuyait par-delà l'horizon, il épousait la courbure de la Terre, il me serait resté un peu de volonté propre j'aurais pu me voir de dos. Là-bas, au nord, un RER passait sur sa rame de béton surélevée, jet laminaire de porphyre fondu en une trichromie républicaine passée au mixeur de la vitesse. Sous le soleil automnal tout claque comme l'immortalité sur un blason. La journée est vraiment magnifique.

— Merde, avait juste lâché Mazarin au bout d'un moment.

Je l'avais remercié en silence pour son laconisme.

Le fax présentait un faire-part officiel de décès délivré le 11 novembre 1994 par la clinique D'Aghiarelli-e-Ovacchia, à Turin. On y trouvait aussi la reproduction d'un passeport français, déjà périmé à l'époque, avec photo d'identité et visas officiels.

Le patient dénommé Marc Naudiet, né à Ivry-sur-Seine, France, le 17 janvier 1960 avait succombé des suites d'un cancer des os, probablement dû à une exposition répétée à des doses de radiations d'origine fissile, maladie à la progression fulgurante que l'équipe d'oncologues turinois n'avait pu que ralentir, durant un peu plus d'un an. Le cancer avait été détecté par un médecin spécialiste de l'hôpital de La Pitié-Salpêtrière, un certain docteur Calaix, en mars 1991, le patient se plaignait de violentes douleurs dans les articulations et les extrémités, ainsi que de névralgies répétées.

Et voilà, en quelques traits de plume laissés sur une poignée de rapports médicaux par deux ou trois toubibs ne s'étant jamais vus, je pouvais combler tous les manques, comprendre la dynamique propre de cette affaire et de l'enquête ratée qui avait essayé de répondre à ses mystères.

Dès le printemps 1991 Naudiet avait eu confirmation qu'il souffrait d'une maladie incurable. Cette maladie qui attaquait ses os et ses nerfs depuis des années, il tenta sans doute de la transmuter par sa pierre philosophale à lui : concrescence de sacrifices à l'énergie électronucléaire, responsable et donc salvatrice possible du déclin de son organisme. La robotique ne lui permettait pas seulement de concevoir des expériences sur des êtres humains, le mobile véritable était d'ordre allopathique, eudémonisme extrême et iatrochimie sans espoir. Il avait tué, une dernière fois, bouclant son projet primitif (les quatre corps sacrifiés aux quatre usines « cardinales ») puis il avait déménagé pour se faire soigner en Italie du Nord.

Pourquoi ?

Les raisons ne manquent pas, si l'on veut à tout prix trouver des raisons à ce type de comportements. D'après mes renseignements, son père était né à Genève, et sa mère dans la banlieue sud, mais de famille suisse italienne, originaire du Tessin, ils avaient succombé tous deux dans un accident de voiture durant les vacances de Noël 1986, pas très loin de Vintimille. Naudiet n'avait pas de famille, pas de proches, il était peu probable qu'il ait eu des amis. Il pouvait se fondre sur place en espérant guérir de son cancer et recommencer sa carrière de roboticien dans le pays de ses parents et grands-parents, mais son retour aux origines s'était terminé en salle de réanimation, et pour finir dans un petit corbillard prophylactique en route vers un enterrement solitaire, le Jour des Morts.

Naudiet avait tout juste eu le temps de se choisir une incinération et un petit crématorium dans les faubourgs de la ville avant que le crabe n'ait raison de ses os, cartilages et ligatures comme sans doute aussi de son système digestif. Le reste, sa maison, ses quelques biens disséminés on ne sait où, ses avoirs financiers, toutes ses possessions ou dépossessions étaient restés en suspens entre deux cintres du grand garde-meuble de la vie moderne, dysfonctionnements bureaucratiques, informations égarées, non transmises, classées au mauvais endroit, en transit entre deux bureaux, deux frontières, deux administrations, le simple fait que quelque chose me parvienne, même après tout ce temps, était en soi une manière de miracle.

Rien d'autre que la Machine et ses innombrables erreurs, qui sont ce qui nous reste de vie ici-bas. J'aurais dû m'en réjouir. D'ailleurs d'une certaine manière c'était le cas, le Diable, en moi, s'intéressait en tout cas à la situation avec son grand sourire.

Le fax avec ses renseignements d'état civil, ajouté au diagnostic médical établissant les causes du décès, m'assurait en effet d'une chose essentielle, s'il en était : durant toutes ces années, j'avais poursuivi un mort.

THERMODYNAMIQUE DES CHAMBRES À COUCHER, 2001

Rêve numéro dix : Consignage automatique de petites filles vouées à la destruction. Des casiers numérotés, ouverts, tables des opérations terminales, des corps, alignés sur le métal froid, et sous la lumière du néon. Des corps, nus, blancs, immobiles. Des corps, plus minéraux que l'acier qui les abrite.

Ces corps sont allongés dans la mort, numérotés et classés par une douce, aimante et très efficace machine maternelle qui les couve et les archive, comme des livres.

Car ces corps ne sont pas muets. Ils parlent. Et ils parlent chacun leur langue propre, ils narrent tous leur histoire particulière. Car à contrario de ce qui se dit trop souvent, il n'y a rien de vraiment égalisateur dans la mort. Elle ressemble plutôt au moment, terrible entre tous, où les différences enfin s'actualisent et s'inversent.

Oui, les corps parlent, et possèdent leur langage spécifique, crypté, secret. Chacun d'eux est couvert de signes et peuplé d'histoires pour qui sait et veut les regarder. Et les entendre. Car la mort tente toujours de nous parler. C'est nous qui ne voulons pas l'écouter.

La petite fille rangée dans son casier numéroté me sourit et me raconte une histoire à laquelle je ne comprends rien car elle n'est faite que de chiffres, d'équations et de formules imbittables et je vois bien qu'elle me considère avec une certaine condescendance. Au loin j'entends le bruit d'un avion qui décolle. La morgue se transforme en un aéroport saturé d'idéogrammes et de tableaux électroniques où défilent des messages en des centaines de langages différents et où les gens poussent des caddies de supermarché dans lesquels sont empilées leurs valises. Une voix annonce un embarquement immédiat pour Karachi. L'enfant morte est dans une des valises, et elle me fait un petit signe. Je suis content de la voir sourire.

Rêve numéro douze : Je ne suis personne. Je marche. Des rues. Anonymes. Grises. Identiques. Vides. Est-ce même une ville ? Je les traverse comme un fantôme passe au travers du brouillard matinal. Mon ombre elle-même flotte à mes côtés, plus consistante que ma non-personne. Je marche vers la Colline de l'Accélérateur. Là, je sais que le grand Anneau fracasse les particules élémentaires de la matière pour y obtenir la quintessence du vide. Je ne désire qu'une seule chose : y entrer. M'y perdre à tout jamais. Au sommet de la colline un violent incendie fait rage, il illumine jusqu'aux cieux qui se déchirent et tombent en copeaux brûlants autour de nous, cela ressemble en fait à une éruption volcanique. L'anneau ophique luit dans la nuit comme un serpent de soufre. Je marche. Mon ombre marche avec moi. Les rues sont remplacées par une sorte de zone en friche qui entoure la Colline. Les gens fuient la Montagne en feu et l'Accélérateur qui luit comme une forge. Mon ombre et moi-même marchons. À contre-courant de la foule. Tous et toutes hurlent et courent en tous sens, les yeux hagards, et je me retrouve alors dans une des rues surpeuplées du centre d'Oklahoma-City, où un homme crie à mon ombre que le Monde est sur le point d'être réduit en cendres. Mon ombre rit. Un immeuble explose. Je ris à mon tour dans un nuage de Plexiglas.

Rêve numéro dix-sept : La fille est jolie et elle me suce dans les toilettes du train de nuit pour Zagreb. Elle est brune, ses yeux sont verts, elle ressemble à la fois à Milena, à Maroussia et à Carole Epstein, sa peau est mate, ses cheveux sont noirs comme la nuit et pourtant paraissent luire d'un feu aveuglant, elle pompe avec avidité mon membre qui ressemble à un morceau de glace, genre stalagmite polaire, la porte du cabinet s'ouvre alors d'un seul coup, mais étrangement du côté donnant sur le ballast, et un contrôleur venu de nulle part pénètre dans les toilettes en nous hurlant d'arrêter ce putain de robinet, le vent souffle dans le petit réduit et le vacarme du train est terrifiant. Le contrôleur de la SNCF ferme de lui-même le robinet qui goutte dans le petit évier de métal anodisé, la fille n'est plus là. À sa place il y a un grand dogue noir aux yeux verts comme le doberman sur la couverture du *Chien des Baskerville* et je me retrouve avec un pistolet dans la main à tuer le chien et le contrôleur puis à jeter leurs cadavres par la portière, mais le chien mort revient jouer avec moi dans le corridor alors que je me rends à ma couchette, le train entier est devenu une sorte d'igloo mobile.

Rêve numéro vingt-sept : La maison plantée au bord du monde domine la vallée urbaine pylônes aux totémiques silhouettes en ligne cobalt sur l'horizon couleur or fondu le ciel est une nuit rouge avec unc lune aussi grosse qu'un soleil des tropiques et il s'agit en fait d'une grappe de projecteurs d'autoroute la fille est éviscérée et son corps est assis à côté de moi qui pilote une Volkswagen militaire de la Wehrmacht la fille morte me parle en allemand devant nous la porte de Brandebourg s'ouvre sur un abîme au fond duquel s'écoule un fleuve de lave volcanique le pont qui le surplombe est en flammes dans le ciel une escadrille de bombardiers dessinent une géométrie noire la fille dont la chair n'est plus qu'un assemblage de tubes de tuyaux et d'appareils électriques ouvre sa bouche sur un son muet j'y vois des points de suture par centaines qui brillent têtes d'épingles scarifiées jusqu'au larynx langue devenue appendice boudiné d'un appareil électroménager. L'autoradio diffuse ce vieux truc de Lynyrd Skynyrd qui faisait office de générique à l'émission WRTL quand j'étais adolescent.

Rêve numéro trente-six : Je suis dans la bibliothèque de la prison de la Préfecture. On vient de me condamner à mort. C'est le dernier jour. J'essaie d'écrire un livre et je n'y parviens pas. C'est un lourd grimoire de cuir broché d'or, dont les pages sont noires. Lorsque la porte s'ouvre et que les gars viennent me chercher ils sont habillés en bouchers et leurs tabliers à petits carreaux vichy bleus et blancs sont maculés de sang, puis, après, dans la voiture qui roule le long d'un paysage lunaire, ils me disent qu'on va à Las Vegas parce que c'est là-bas que je vais être exécuté. Ils lancent des billets en forme de boudins par les fenêtres ouvertes, habillés en smoking à paillettes. Las Vegas brille de tous ses feux dans la nuit. Il y a des anges qui flottent au-dessus des casinos.

Rêve numéro quarante : Je ne suis pas moi. Et pourtant je ne suis pas un autre. Je suis unique et pourtant je sais être plusieurs. Je suis comme une sorte d'objet et pourtant je n'ai pas de forme stable, j'ai l'impression en fait d'être un volume d'eau à peine particulier dans un océan infini. Incubation de mon propre corps dans un hypercube aux dimensions incompréhensibles. Ensuite il me semble que jc suis dans un motel en train de regarder un match de foot à la télé et que quelqu'un me dit derrière moi que ce n'est pas vrai.

Rêve numéro quarante-huit : Ciel bleu cobalt. Électrique. Pleine lune. Ronde comme un cul lumineux. Aube en chemise blanche. Lueur oblique à peine jaune naissante à l'horizon. Une colline aux calmes verdures. Un cimetière à son sommet, une immense croix de lumière juste sous la lune. La musique évoque une très ancienne mélopée médiévale, elle semble venir d'une des tombes parmi lesquelles j'avance, sans jamais en trouver l'origine exacte. Le cimetière est bordé d'arbres tropicaux hauts comme des immeubles. Alors que je marche sans fin vers sa sortie, j'aperçois une autoroute au loin, et des avions qui la bombardent.

Rêve numéro quarante-neuf : Complot incendiaire des usines en ceinture autour de moi se consumant les unes à la suite des autres dans la spirale ignicole des cathédrales concentrationnaires, moi-même, si ce mot a encore un sens, ne suis-je pas une immense antenne dont les câbles se perdent dans les étoiles, autour de moi monde-dynamitero substance recalescente métamorphique mon cerveau est une drôle d'arme sortie de la forge d'une démoniaque chaîne d'usine et lorsque je contemple mon visage dans la glace aux fracas concentriques j'y vois un être dont la bouche ne s'ouvre que sur le silence funéraire de tous les langages morts et sur son front brille un tétragramme qui signifie vérité mon corps alors marche dans les ruines des usines sacrifiées mais quelque chose de moi se minéralise en contrepartie et s'enfonce dans les amas métalliques pour se perdre jusqu'au cœur de la terre en fusion.

Rêve numéro cinquante et un : Le Diable semble prendre consistance dans l'univers des usines démolies et des plages en feu, telle une ombre portée par la lumière du kérosène en flammes je le vois penché sur le clavier d'une machine à écrire improbable, corps semi-vivant relié à d'autres machines-organes que je ne peux décrire, il dicte à haute voix un texte dans une langue que je ne comprends pas tout en pianotant tel un Glenn Gould de la Remington sur l'antique pupitre aux touches rondes et cannelées de cuivre. Tout est si net ici. Tout est si pur, les angles si durs et la lumière si claire. On dirait comme une réminiscence de mes années méthédrine.

Rêve numéro soixante-six : Je suis mort et il est vivant il est mort et je suis vivant, je ne suis qu'un morceau de rêve tombé d'un abysse mais quelqu'un écrit pour moi le récit de cette chute, il est mon double inverti et sans doute l'astre dont un morceau de moi-même s'est perdu dans la nuit pour se fracasser sur la terre, plus aucun doute ne m'est permis : je ne suis plus qu'un miroir cruel, à double face, un écran en perdition sur lequel les images restent collées comme des insectes dans le miel, la page d'un livre écrite des deux côtés et où les mots ne communiquent entre eux que par ma maigre et fragile existence, je suis celui qui traverse l'enfer de la vie et aussi celui qui invente les langages pouvant donner naissance à la mort, je suis l'autre, l'autre en moi qui ne m'appartient pas, et il est moi, c'est-à-dire tous les non-moi dont je suis le catalogue en voie d'exposition, et je suis en train de périr et il est en train de vivre, et il est train d'agoniser et je suis en train de renaître, je ne suis pas tout à fait lui et il n'est pas tout à fait un autre, nous ne sommes pas, et pourtant nous ne sommes qu'un. Mort-Vivant. Vivant-Mort. JE SAIS QUE JE VAIS ME RÉVEILLER.

Maintenant je suis réveillé.

(*Extrait des carnets de notes de Georges Kernal.*)

Sans doute parviendrions-nous un jour à décrire le monde comme un colossal luna-park où tout, toujours, en tout point de l'espace et du temps, serait soumis à un mouvement irrépressible. Mais il faut dire que le temps pressait de plus en plus pour ce faire. Et que l'espace venait à manquer, l'apoxie nous guettait. La rotation semblait en voie d'accélération, les forces centrifuges menaçaient maintenant l'équilibre général du système.

Tout sans cesse basculait, le monde tournait sur son axe devenu rotor maniaque, nous vivions dans l'orbite sans cesse recommencée des corps chutant les uns sur les autres, avec des risques de collisions en augmentation constante, nous abordions le sommet de la courbe de Gauss en termes de probabilités qu'un désastre plus ou moins définitif nous emporte.

En ce qui me concerne il n'y a plus trace de réels souvenirs à partir de ce moment-là.

L'écriture, les rêves, les carnets, la lecture, les autoroutes glacées de la nuit, le feu qui couve en elle, la dérive en termes de mode de vie absolu et pourtant la fêlure dans l'organigramme implexe des pulsions, la glace, la glace pure, le givre, le gel, la glace. La glace. La glace de l'iceberg.

N'était-ce pas d'ailleurs ainsi que certains gugusses du SD me surnommaient maintenant, la Bête et la Machine, disaient quelques mecs de la Préfecture pour décrire notre duo avec Mazarin. Hulk et l'Iceberg, avait dit un autre. Le dernier pseudonyme était resté. L'iceberg. Un iceberg en effet est sans autre souvenir que celui, compact et millénaire, de la glace qui le constitue et du feu secret qu'il recèle.

Souvenirs ?

Le mot mémoire conviendrait mieux si sa pure allitération de silicium-carbone n'était entachée de je ne sais trop quelle floralie symbolique commémorative.

Alors disons :

Composant.

Métatransistor.

Cyborg commandment, control and operations center.

Décrivons donc la chose ainsi, en termes de programmes mémoriels de l'androïde que je deviens à partir de ce moment où plus rien ne me rattache vraiment au monde des vivants, sinon l'habitude.

J'aime l'idée d'être un caméscope relié à une sorte d'ordinateur biologique.

Printemps : très chaud. 30 degrés Celsius au thermomètre le 1er mai, un record.

Vision : Béton, plein jour. Dispositif monochrome du ciel. Azur : fréquence calculée au cyanomètre en affichage sur mon nerf optique. La ville : angles en cascades, horizon aux imblocations métalliques, rues avenues boulevards échangeurs voies express autoponts toboggans lignes de chemin de fer et de métro, les tours cités barres immeubles maisons centres commerciaux buildings, les enseignes les feux du trafic les affiches les réverbères la signalétique, voilà notre époque, autant de mâchicoulis, de lambrequins, de gargouilles, de fresques, de vitraux, de bas-reliefs, de voussoirs, de nefs, d'architraves, d'autels, d'épistyles, de tabernacles de ce Moyen Âge cathodique.

Nos cloaques : les dalles et les allées souterraines éclairées par photons algides lueur bleue oblique d'un lointain réverbère fille violée en groupe contre la céramique blanche de crasse ses cris ne font frémir que les chiens de passage les trous du cul la frappent à toute volée en la traitant de salope de sale chienne de sale pute suceuse de bite et ils la forcent par tous ses orifices puis lui urinent dessus dans la joie des animaux s'offrant un moment le rêve de revêtir une apparence humaine le jeune connard corse chie dans son benne pendant que Mazarin et moi on le travaille dans son garage fils de putain pourquoi tu nous as pas dit que vos armes albanaises elles venaient de l'Armata Corsa ? Enfant de catin raclure de bidet tantouze merdasse tu voudrais pas qu'on te coupe tes burnes de tapette avant de les balancer à ton joli pitbull tête de con bitembois blaireau pauvre minable de spaghetti pédale on nous a dit tas de merde que t'as une super-jolie-copine-qui-tapine-dans-une-Austin vers la porte Maillot, on pourrait la coincer qu'est-ce que t'en dis sac à foutre et qu'on la ravage à coups de tesson de bouteille pour se la finir à la mode cité multiethnique bien de chez nous étron pauvre chiure qu'est-ce que tu dirais si on l'offrait à deux dobermans nazis devant toi au moment où on balancerait tes roubignolles dans la poêle à frire hein pauvre trou du cul tiens prends ça en attendant.

Le sang : rouge. Bien rouge, lorsqu'il éclate, frais et liquide, d'un beau vermeil aux reflets damasquins sous nos coups calculés. Mais plus sombre, pourpre de la robe cardinalice, lorsque déjà vieux de quelques heures il s'oxyde sur les cadavres, et noir, noir enfin, noir comme la nuit, lorsqu'il coule dans mes veines. Noir comme de l'encre.

Alors j'écris oui, mais c'est comme un livre comptable, le recensement de mes rêves et la liste des cauchemars de l'homme. Me reviennent en mémoire certaines phrases du *Livre des Splendeurs*, appel au composant de traitement/processeur de la narration implosive : *L'image de la divinité a deux faces, l'une qui regarde les crimes de l'homme, et qui s'irrite, l'autre qui contemple la justice éternelle et qui sourit.*

Et moi je suis le Dieu Janus de la Planète Préfecture, mes deux faces s'irritent et sourient à tour de rôle, à chaque tournoiement de la cabine pressurisée, à chacune de mes orbites qui suivent, épousent, et même devancent celles du monde, je passe d'un mode à l'autre, et c'est ce nouveau Livre des Morts, celui dont j'entreprends l'écriture sur le corps de celui de Paul Nitzos, celui qui conjugue les deux hémisphères de mes rêves, qui me permet une telle navigation dans les inframondes de la réalité, tel un ouvrage aux pouvoirs thanatologiques en passe de proprement s'incarner.

Il est clair que j'approche du moment de la masse critique.

La voici, en trois phases qui ne forment en fait que les directions prises par la lumière pour figer les séquences d'événements dans ma mémoire :

D'abord, Mazarin et moi attablés tard le soir dans le bureau désert de la Préfecture, éclairage : disque jaune dur néon de police sur un exemplaire du *Crapouillot* et un autre du *Figaro.* Dans le quotidien, Carnaval, sous le nom de Pierre Karnof, a écrit un papier d'une colonne qui évoque vaguement les agissements de la SM algérienne et des réseaux islamistes dans les banlieues. Bon, fait Mazarin, *Le Figaro* c'est plus ce que c'était, ils sortiront pas un brûlot. Le brûlot, Carnaval se l'est réservé pour sa publication d'extrême droite, connue pour son sens du scandale, sous le nom de Jean Nervac. Là il a eu droit à quatre pages, avec un photomontage montrant un univers de barres de béton constellées d'antennes paraboliques et l'image d'un mollah barbu tenant son kalachnikov en premier plan : LES BANLIEUES ROUGES SONT-ELLES L'AFGHANISTAN DU FUTUR ? Deux clichés venus de la région de Kaboul sous contrôle taliban accompagnent l'article sur sa dernière page. Il y décrit le consulat d'Algérie comme un nid d'espions et de tueurs, la mairie de Vitry comme une sorte de dépendance luxueuse de la SM algérienne, la plupart des réseaux islamistes opérant en banlieue sont des prothèses de ce bras armé de l'État algérien, ou bien sont profondément infiltrés et manipulés par lui, mais vraisemblablement, par contrecoup, les autorités de l'État sont noyautées par des cellules du GIA, aussi les véritables opposants sont assassinés, « suicidés » ou « accidentés ». Ou disparaissent. Les islamistes servent de chair à canon, mais aussi de fusibles, au cas où ça se mettrait à déconner.

Il ne fait aucun doute, à lire l'article, que monsieur Jean Nervac est très bien informé.

En vannant à moitié j'ai allumé une cigarette et j'ai dit à Mazarin : Faudrait qu'il songe à prendre des vacances. Même sous pseudonyme, sa référence à l'Afghanistan va faire du boucan, on peut en être sûr.

Mazarin approuve :

— Ouais, il m'a dit que l'Algérie, la France, l'Afghanistan, c'est le même problème avec des variantes locales et des échelles différentes, mais il pense comme Wolfmann, regarde ce qu'il écrit ici : « *Il serait temps de se souvenir que c'est à cause des socialistes pro-arabes et des communistes afghans qui ont démis le roi en 1973 puis ont fait entrer l'Armée rouge en 1979 que les bonnes femmes de là-bas se font maintenant lapider sur place si on aperçoit le plus petit morceau de leur petit doigt. C'est à cause du régime soviétique sauce loukoum du FLN que les bandes armées du GIA opèrent en toute impunité depuis presque dix ans, car non content d'avoir interrompu le processus démocratique et jeté les chefs et des milliers de militants du FIS en prison, contribuant directement à la radicalisation du mouvement, tout le monde sait que ce furent les services de la sécurité d'État qui, en sous-main, pilotèrent l'action des premiers réseaux terroristes. Et si tout le monde ne le sait pas, alors il est temps de le lui apprendre : c'est ici, avec les cocos et leurs potes, qu'on prépare les barres à béton pour la prochaine grosse explosion, promesses non tenues, démagogie bien-pensante, un poil d'antiracisme, on envoie la flicaille au casse-pipe, et on laisse la SM algérienne faire le sale boulot. Pendant ce temps-là les maffias albanaises envoient des cargos remplis de mitrailleuses aux Corses, aux braqueurs de banque islamistes et autres révolutionnaires du dimanche...* »

J'avais dit : On dirait qu'il pense qu'une grosse déflagration se rapproche. J'avais été me faire un café. La voix de Mazarin s'était élevée dans mon dos.

— Ouais. Il m'a dit qu'il se préparait à un périple en Asie centrale pour l'an prochain, il m'a dit que ça allait bientôt chauffer dans ce coin entre les mecs du Nord, sous le commandement de Shah Massoud, et les talibans venus du Pakistan, avec leurs mercenaires arabes, il paraît que les Russes vont y mettre leur grain de sel, il m'a dit que certains de ses potes qui jusqu'il y a quelques mois vendaient du matériel de guerre aux Tchétchènes pour faire chier les Russkofs sont en train de basculer, maintenant que la Russie n'est plus communiste, ils envisagent de créer un réseau d'approvisionnement pour les Cosaques et les russophones du Nord-Caucase, ainsi qu'aux Arméniens, et aux Georgiens, je crois aussi qu'ils veulent aider les gars de ce Massoud.

Il a touillé son café, dehors c'était le métal sidérurgique des petits matins à la chaleur précoce, promettant, à Paris, un après-midi sous coupole plombée.

Ensuite : Vision nocturne éclairs d'or sur le vert monochrome de combat arrestation foireuse rodéo seize soupapes avec les jeunes caïds de la cité des Tarterêts dans leurs BMW dernier cri plan habituel plusieurs kilos de poudre venue d'Iran via la Turquie et un arrivage d'AK 47 made-in-Yugoslavia le gros cabriolet bleu saphir nous fonce droit dessus rugissement du moteur en écho dans les alvéoles des ruches de béton le barrage de R 19 réglementaires en accrétion bichromique sous la lumière des gyrophares, la BMW qui se la joue *Point limite zéro* en nous fonçant dessus à plus de 100 kilomètres-heure, les coups de feu qui en parviennent, sifflements de balles à nos oreilles, le pneu d'une R 19 s'affaisse dans un sifflement d'air comprimé, une vitre de sécurit s'étoile, les flics Langlois, Suvrini, Mazarin et moi-même ouvrons le feu me voici de nouveau derrière le Manhurin réglementaire trouant une carlingue et faisant exploser un pare-brise fontaine de cristal piégeant l'image dans une rainure de mon programme neural ensuite très vite séquence guerre civile miniature cocktails molotov hurlements pétarades masses de lycopodes humanoïdes dans la fumée âcre des pneus en flammes, dans les heures qui suivent la mort de Kamel Mourab rapports d'émeutes urbaines en cascades voitures incendiées en un long sillon de flammes et de carcasses noircies vision en leucome vif-argent : casques des CRS sous le sodium de l'éclairage métropolitain, fantômes en uniformes noirs et gris dans les nuées de fumigènes, quadrillage suburbain, hélicoptères, gyrophares en stroboscopiques rayures sur les murs, sirènes en action, la ville de Créteil s'enflamme, *rotorsound* de la contre-guérilla, flicage, lacrymogènes, Intifada-sur-Marne.

L'IGS se penche à nouveau sur notre cas.

Deux connards en costards bleu pétrole qui nous passent sur le gril toute la journée, tous les quatre. Plus de trois heures pour chacun. Des tas de documents à remplir. Des tas de questions à éclairer, des tas de réponses à éviter.

Je croise Leflamand dans la soirée, au moment de partir, il me dit putain c'est à cause d'un de ces enculés si ils m'ont viré des RG. Cluzot, le grand brun avec des lunettes, un enfant de putain. Clébert dit que c'est un ancien trotskiste.

— Trotskiste ou pas c'est sûr que c'est un enculé, je réponds.

Puis je descends au parking et je rentre chez moi.

Maintenant : nuit noire. Berges de la Seine vers Choisy-le-Roi, surface plane et moirée du fleuve, ombres des tours de construction, taches blêmes des sablières sous la lumière infime d'un fin croissant de lune, comme venu de l'Orient.

Mazarin me parle, Medvenic semble avoir disparu, quelque chose ne va pas. Il a appelé Carnaval et Wolfmann, aucun d'eux non plus n'a de nouvelles depuis près de deux semaines. Ce n'est pas normal, me dit Mazarin, même son répondeur est débranché.

Non, je réponds, c'est vrai, cela n'a pas l'air normal. Nous devrions aller voir sur place, me dit Mazarin. Pourquoi pas ? je réponds. Et en effet pourquoi pas ?

Alors voici de nouveau le grand réseau des autoroutes périphériques, A 86, puis A 4 direction Metz et Nancy, maintenant la sortie de Nogent-sur-Marne, l'autopont, les sombres frondaisons du bois de Vincennes, les rues mal éclairées de Joinville-le-Pont, l'impasse où se tasse la grosse maison trapue derrière son muret de meulière et ses énormes châtaigniers.

J'ai un double, me dit Mazarin, Franjo m'a dit que ça pourrait peut-être servir un jour. Ça doit être aujourd'hui. Ouais, j'ai fait, arrête donc de bavasser et ouvre ce putain de portail.

Le portail s'ouvre, sans un bruit, huilé comme une arme de collection, nous marchons dans la nuit le long d'un sentier ombragé d'un côté par les arbres qui se dressent dans le jardinet, et de l'autre par la muraille recouverte de lierre qui nous sépare de la propriété voisine, mon épaule frôle le feuillage dans un crissement continu, mélopée vibratoire sable Nylon lierne en sulfates mixés.

Au-dessus de nous le ciel d'automne est nimbé d'un fin voile de mercure, les étoiles rayonnent comme autant de shurikens aux millions de meurtres, la lune boit l'eau comme un vampire épanche sa soif, il pleuvra demain.

Séquence bloc mémoire suivante : chaos de l'appartement laissé sens dessus-dessous moi et Mazarin en spectres dotés d'une prothèse lumineuse qui vient percuter les objets disséminés dans tous les sens, dans toutes les pièces de la maison, à tous les étages, le pinceau des torches s'arrête parfois sur un détail étrange, une tache de sang, ici, au pied du réfrigérateur, sur le carrelage jaune sale de la cuisine, et là un étron posé au milieu du lit, ou plutôt de l'espèce de grand sac éventré qui s'offre à notre vue, draps lacérés déchirés jetés en tous sens, plumes des oreillers recouvrant d'un duvet gris toute la chambre où des tas de vêtements s'empilent au milieu des tables de chevet renversées, de cintres en vrac, d'étagères brisées, de cadres de photographies en miettes.

La grosse crotte abandonnée sur une taie d'oreiller mise en pièces reste un moment au centre de nos faisceaux croisés, énigme brute laissée par un sphinx scatophile.

Disparition. Cambriolage. Violence.

Haine.

Mazarin et moi n'avons nul besoin de prononcer un mot pour mesurer l'étendue des dégâts.

La cote de nos affaires vient d'effectuer un brusque plongeon de type krach boursier gros cyclone-vendez tout.

Notre état mental : piqué adrénaline de survie, trait plat sur le photogramme des sentiments humains.

Séquence bloc mémoire suivante, reliée sans interface aucune : Mazarin et moi roulons sur l'autoroute, sodium obsidional en coupoles extra-terrestres accompagnant notre retour vers Paris-Sud, le silence plombe l'habitacle de la voiture comme un cercueil. Arrivés à Ivry-sur-Seine, je stoppe le long d'un trottoir, Mazarin appelle les flics de Créteil d'une cabine publique, je le vois déguiser sa voix en posant sa main sur le combiné et en se pinçant le nez. Il ne reste pas dix secondes au téléphone.

Le train mémoire silicium passe dans la nuit temporelle selon la cinétique de ma vie devenue météore se consumant enfin dans un feu qui s'approcherait du sentiment de la joie si la glace me permettait d'éprouver encore quelque sentiment.

Désormais les semaines suivent le rythme devenu linéaire du grand moteur automatique de mes réflexes et des impulsions du monde.

L'an 2000 s'était éteint dans une brume de givre. L'année 2001 est en mode supraconductivité. Neutralité totale. Les émeutes urbaines, les arrestations, les passages à tabac, les tortures, les longs moments d'inaction, tout a atteint le même seuil d'intensité minimal. Mon cerveau trie et surtrie les informations au point de n'être plus que chambre noire dotée d'une unique et minuscule fenêtre ouverte, parfois, sur l'extérieur, les images qui alors y prennent place sont des rêves qui sifflent comme des usines au petit matin et s'immolent sur un peu de nitrate d'argent.

La nuit et le froid m'ont définitivement incorporé à leur héraldique de bunker.

Je suis une bobine de film dans sa boîte métallique entreposée avec ces millions de comparses dans les blockhaus du Centre cinématographique des Armées, au Fort d'Ivry, je suis en train de faire cuire un plat surgelé au micro-ondes alors que les premières notes de *Diamond Dogs* scintillent dans l'espace, et je suis un tueur au service de la Loi.

Il m'arrive d'éprouver encore une sorte de nostalgie pour le monde perdu à jamais de l'amour, mais il s'agit de plus en plus de la sensation abstraite d'une équation complexe irrésolue, l'espace aux variables infinies de Riemann converti dans l'absolue solitude de mon existence, et si l'image de mes deux amantes du Mur flotte encore parfois au-dessus du grand cimetière, leur voix n'est plus qu'un souffle pâle et c'est une silhouette métamorphique qui s'évanouit tout en prenant consistance, une délicate calligraphie cursive de nervures mémorielles où les images et les sons se suspendent comme les gouttes de rosée à un fil matinal.

Je suis dans le tunnel, et ma vitesse a atteint celle de la lumière.

L'odyssée de l'année 2001 s'accompagne donc du premier mouvement de *La Cathédrale engloutie* de Debussy qu'il m'arrive d'écouter en boucle des jours d'affilée. J'alterne parfois avec la reprise de *Final Solution* de Père Ubu par Peter Murphy, ou avec un vieux vinyle des chœurs de l'Armée rouge ayant appartenu à mon père. *Diamond Dogs* vient s'y intercaler, avec la périodicité des catastrophes naturelles. Mes rêves sont de plus en plus forts et consistants, comme un autre monde entr'aperçu au loin, avec le terrible manque de netteté qui rend la découverte première d'une nouvelle terre si angoissante. Des rêves de Mondes-Bibliothèques-Préfectures, d'anneaux supraconducteurs courant sous le sable d'un désert sans limite, d'un océan de mazout dont parfois une trombe de feu surgit à l'horizon, les cauchemars climatériques, aussi, sous la forme récurrente d'une sorte de vague énorme, terriblement statique, ceinturant toute l'humanité et prête à chaque instant à déferler d'un seul coup, mégatsunami aux conséquences indescriptibles et dont jamais le rêve ne dévoile entièrement la menace.

La vie n'est plus qu'un magnifique et droit tunnel de lumière, un film coloré d'où parfois s'isole de façon impromptue un hurlement un peu plus sauvage, un regard un peu plus apeuré, un sang un peu plus rouge.

Échantillonnage de la mort métapolitaine : les émeutes urbaines elles-mêmes ressemblent à des *musicals* des Ziegfield Follies, les meurtres de flics se déroulent sur fond de light-shows façon Moulin Rouge et les cadavres des filles violées et surinées dans l'obscurité forment des ballets nautiques dignes d'Esther Williams. Des corolles blanches d'ondines danseuses dans des piscines remplies de sang à la royale rutilance.

Rien nc peut plus altérer la beauté de la nuit qui a pris possession de mon âme, sans que rien me soit demandé en retour, car la nuit est le cadeau que la fortune m'a réservé pour combler la béance, car la nuit est venue remplacer tout ce qu'on m'a pris. C'est-à-dire tout, précisément.

Aussi c'est avec ce fond de lumières vives qui forment la trame de l'univers, le creuset de l'enfer de néon, que l'image de Mazarin m'annonçant la nouvelle s'est cristallisée dans ce bloc mémoriel terminal :

L'énorme visage bovin ruminant les mots qui ne m'atteignent que filtrés par le mur de lumière, par le luna-park géant devenu monde et horizon du monde. Par le kaléidoscope des massacres qui défilent par le hublot. Par la course des particules élémentaires dans le synchrotron de minuit.

L'information est captée par mon circuit-cerveau comme un télex venu d'outre-espace :

Medvenic
Retrouvé
Hier
Forêt de
Fontainebleau
Trou dans la terre
Animaux sauvages
Corps
Partiellement
Décomposé
Identification
Par fichier dentaire
Ce matin.

Alors je vois Mazarin comme à travers un prisme.

Il me tend une grosse enveloppe de papier kraft.

— Ça aussi je l'ai reçu ce matin. Ça vient de chez un notaire du Loir-et-Cher, il y avait une lettre explicative du cabinet qui expliquait que si à telle date ils n'avaient pas de nouvelles de monsieur Medvenic ils devaient me faire parvenir ce courrier. L'enveloppe contient des bandes audio, des photos, plusieurs liasses de feuillets dactylographiés, ainsi que quelques notes manuscrites jointes aux bandes. Elle a été postée il y a trois jours, le 31 août.

Je m'étais fait la remarque que Medvenic avait le sens du timing, même depuis la tombe.

Et j'avais pris connaissance du dossier posthume de notre agent secret.

La mémoire dès lors redevient partiellement fluide, de robot à golem, puis d'apprenti démon à machine de glace carbonique je passe maintenant au statut de pur processus. Je suis l'écorché vif de ma propre solitude placée face à un miroir qui ne reflète que le vide.

La seule chose dont je me souvienne jusqu'à la date qui allait voir le cosmos tout entier se désagréger en moi ce sont les nuits d'écriture et les rêves, dûment consignés, ce dont je me souviens, oui, ce qui en moi fait souvenir, ce qui en moi fait survenir le retour de l'événement, c'est la lycanthropie devenue machine opérative, simple réflexe, gradation végétative de l'action.

Tout ne tient désormais plus que sur les deux carnets mis en équilibre par le Livre des Morts, hémisphères complémentaires de mon cerveau nocturne, tout est écriture, tout est devenu possible et tout est revenu à la stase calme des choses prises dans l'hiver éternel du papier.

Tout est document, documenté, documentation, et pourtant rien jamais ne s'inscrit vraiment dans la chair des hommes. Le monde est une bibliothèque qui ne cesse de brûler devant nos yeux ébahis, et si nous sommes le produit de tous nos crimes, jamais opération n'aura vu plus nullissime résultat.

Il est clair que la glace et la nuit ne m'ont pas seulement envahi et incorporé à leur monde, il est clair que tout ne fait que commencer. Il est clair qu'un feu secret se dévoile peu à peu.

Il est clair que les Temps sont venus.

LE DERNIER JOUR, 11 SEPTEMBRE 2001

Dès les premiers mots de son Évangile, saint Jean décrit avec toute la force du paradoxe ce qui fonde le temps humain, ce qui permet à une structure pensante de prendre vie, même provisoirement, dans le monde de l'entropie :

Et la lumière luit dans les ténèbres
Et les ténèbres ne l'ont pas saisie.

Il existe une lumière plus pure et plus intense que celle du jour, et cette lumière c'est précisément celle qui est enclose par la nuit, mais cette enclosure, si elle représente bien une fermeture absolue, n'est pas un enfermement, cette fermeture de la nuit sur la lumière c'est ce qui permet l'ouverture de cette lumière sur le monde.

Cette lumière est protégée par la nuit, sans que celle-ci puisse s'en saisir, sans que le jour et la nuit puissent ni se disjoindre ni se confondre tout à fait. Si à l'origine du monde, les ténèbres retenaient la lumière, c'est parce qu'elles ont comme fonction suprême de permettre son surgissement. Elles ne sont pas à l'origine de la lumière, elles en sont le principe extrojectif.

Alors les carnets de notes de mes rêves prirent vie, littéralement, le Livre des Morts était enfin en train de voir le jour.

Quelque chose se produisit aux confins de mon existence. Quelque chose dont les conséquences étaient aussi incalculables qu'absolument prévisibles.

S'il fallait que le monde en moi prenne enfin corps il allait se consacrer dans une figure trinitaire qui était celle qui avait sous-tendu toute mon existence jusqu'en ce Dernier Jour.

Il y aurait le rêve de la planète Omaha-Beach.

Il y aurait le rêve du Monde-Préfecture.

Il y aurait le rêve du Mur Global.

En chacun d'eux se réfracterait l'image de la centrale électrique en ruines.

L'iconostase accomplirait sa tâche de dévoilement de la vérité, cette déchirure qui ouvre le Néant dans le cœur de l'homme sanctifié par son entrée dans le tabernacle. Le Manuscrit, enfin, se dévoilait à moi sous la forme de la narration.

Il faut bien lire ce qui se trouve sur mes carnets de notes, si quelqu'un les retrouve, dans ce monde des *sur*-vivants qui est le vôtre :

Les « rêves » s'enroulèrent à ce jour avec mon existence « réelle », jusqu'à former une hélice rotationnelle qui chacune décodait l'autre, sans que jamais rien se disjoigne, ni jamais rien se confonde, mais pour que tout au contraire se structure dans la dynamique d'une pensée lancée au-delà de sa propre orbite.

Grâce au Manuscrit, j'étais devenu une narration vivante, la certitude ne m'habitait pas, elle me vidait de toute occupation autre que l'écriture, j'étais un code et son métacode, j'étais en train de devenir la structure de rétrotransposition générale de ma propre vie.

Entre les rêves, il n'y avait plus guère de discontinuités, sinon l'existence truquée d'un robocop d'une civilisation sur sa fin.

Lorsque mes songes me conduisaient sur les sables d'Omaha, la plage était noire et entre les dunes couraient des oueds de pétrole enflammé. Des myriades de petites tornades noires s'élevaient en lente rotation au-dessus de la silice et semblaient vouloir converger vers le zénith.

Je ne rencontrais jamais d'êtres vivants dans le désert de la plage infinie, sinon des squelettes desséchés par des siècles de soleil et de simoun, tenant entre leurs phalanges calcifiées un livre qui généralement tombait en poussière à mon approche et allait se fondre avec le sable poussé par le vent.

Parfois ce rêve commençait de façon analogue mais plutôt que d'errer dans le désert d'Omaha-Beach en compagnie des morts et de leurs livres de poussière je me retrouvais avec une ombre que je savais être mon double au pied d'un mur immense qui courait sur toute la surface du désert. Je savais aussi que de l'autre côté m'attendaient les deux figures jumelles de l'amour, mes amantes de Berlin-Est, perdues à jamais, je marchais des siècles le long du Mur en compagnie de mon ombre à la recherche d'un checkpoint m'ouvrant le passage vers l'autre côté. Mais le Mur était lisse, total, planétaire. Il coupait le globe sur son équateur et de l'autre côté, de toute façon, mon ombre me l'affirmait, c'était le même désert qui s'étendait jusqu'aux confins du monde.

Le rêve de la Préfecture était de loin le plus récurrent de tous.

Je me rendais à la Préfecture un matin. Le monde semblait désert. Lorsque j'arrivais à mon bureau j'y trouvais le squelette décomposé de Mazarin assis sur sa chaise, puis je lisais des menaces de mort anonymes sur le mur des toilettes, enfin je revenais à mon bureau, avec le squelette de Mazarin en train de taper une note à la machine à écrire, puis le téléphone sonnait, sonnait, sonnait, sans fin, sans que personne le décroche.

Je me réveillais au bout d'un nombre variable de sonneries sans réponse.

À partir de ce jour, les rêves prirent définitivement consistance dans le pauvre jour de la réalité humaine. Venus de la lumière contenue par les ténèbres, ils firent de mes carnets de notes oniriques des points de passage secrets dont je ne soupçonnais pas encore vraiment le pouvoir. J'appartenais au Livre des Morts plus encore qu'il ne pourrait jamais m'appartenir, je n'étais déjà plus, reconnaissons-le, un être vivant.

Oui, à partir de cette date, les jours et les nuits sont indiscernables. Jour, nuit, nuit, jour, et rebelote, les minutes étaient collées les unes aux autres, comme sous la chaleur du kérosène enflammé.

Le Dernier Jour en durerait sept fois sept, il indiquait que quelque chose était survenu au temps lui-même.

C'est donc ainsi qu'en ce dernier jour du monde, je pris conscience qu'il avait en fait duré toute ma vie, que c'est vers ces heures fatidiques que tout, en moi, semblait tendre, câble de paratonnerre en prévision impatiente de la foudre. Tétanisé par la conscience aiguë du processus qui m'envahissait et semblait vouloir redéfinir toutes mes conceptions, j'en étais venu à me demander si cela ne correspondait pas trait pour trait avec la description de la phénoménologie transcendantale de ce bon vieux Husserl.

Brusquement ma vie s'était dilatée jusqu'à défaire toutes les discontinuités qui jusque-là l'avaient rythmée, avec les syncopes toujours recommencées des instants qui se suivent, et des événements qui semblent s'y accrocher.

Ma perception se prolongeait au-delà d'elle-même pour essayer de me comprendre en train de percevoir le monde, en train de m'y engager, mais n'étais-je pas plutôt d'ores et déjà engagé vers la sortie ?

Il m'était certes arrivé, ces derniers temps, de vivre quelques éclairements foudroyants, l'assassinat de Medvenic semblait leur apothéose. Mais, jusqu'en cette matinée du 11 septembre de l'an de grâce deux mille un, rien d'aussi intense, d'aussi pur, d'aussi fatal n'était arrivé à ma conscience.

Je commençais à me dire que tout ce que j'avais connu avant, dans toutes ces vies empilées derrière moi comme autant de dossiers anthropométriques destinés aux affaires classées, n'avait jamais voulu que se brûler à tout jamais à la lumière de ce jour.

Cette *journuit* qui s'étirait au-delà de l'infini.

Ce jour-là avait commencé comme pratiquement tous les autres depuis dix ans.

Je m'étais réveillé vers 7 heures quarante-cinq. Je m'étais douché, habillé, j'avais avalé à toute vitesse un petit déjeuner largement sous-vitaminé, et j'étais allé au boulot. Insomnie ou pas, écriture nocturne ou non, je me levais, ou je ne me levais pas, si je l'étais déjà, et je partais œuvrer en silence pour la Grande Machine.

Désormais, il n'y avait plus de doute à ce sujet : j'étais devenu un véritable professionnel. En fait, les épreuves m'avaient forgé. J'avais dix ans de carrière, j'avais peut-être encore, en dépit de nos foirades, la possibilité d'un jour devenir commissaire et de prendre la place de Desjardins, ou d'un autre. Je n'étais pas si mal barré. J'avais commencé à me soumettre en partie aux forces d'inertie de la Machine. Je devenais loyal dans ma forme spécifique de trahison et j'avais presque fini par croire qu'il s'agissait d'une qualité émérite, alors que cela survient le plus souvent d'une concession faite à l'angoisse.

Mes crimes donneraient sans doute quelque consistance à mes cauchemars, mais si je redevenais *humain*, au sens qu'avait pris le mot, je pourrais sans doute vivre avec eux.

Je pourrais peut-être cesser d'être un danger pour moi-même.

La demi-journée s'est écoulée sous un ciel variable, typique des précoces frémissements de l'automne, dans l'élasticité du temps propre aux grandes machines bureaucratiques.

Comme d'habitude dans ces cas-là, Mazarin et moi goûtions la relative sérénité de la pause-repas. De nouvelles affaires nous occupaient.

Le développement des émeutes urbaines des jours précédents, les centaines de voitures incendiées rien que dans le département, nos journées de combat pour un monde ayant décidé d'en finir avec lui-même.

Mais, peu à peu, la vie de la fourmilière avait repris. Les claviers s'étaient remis à crépiter, les ascenseurs à monter et à descendre, sans fin, les téléphones sonnaient.

La machine digérait ses sandwichs et avalait ses cafés, imperturbable.

Puis, sans que j'y prête vraiment garde sur le moment, un étrange silence s'était insinué dans l'univers, venant s'emboîter dans notre cage administrative, durant un bref instant.

Je me souviens avoir simplement froncé les sourcils, tout en feuilletant mes dossiers, comme devant une nouvelle source de problèmes à l'origine indéterminée, et indéterminable.

Puis Julien Bordas était entré d'un jet dans le bureau, tout essoufflé, pour nous annoncer, hagard, et sans le comprendre, que le monde venait de basculer vers l'anéantissement de ce tout ce que nous prétendions connaître.

Deux tours géantes en feu dans le ciel de New York.

Le commentaire du journaliste tente d'expliquer l'impossible.

Les images des crashs défilent en boucle, avec le logo « LIVE » de CNN.

Partout, sur toutes les chaînes disponibles, les avions explosent comme des missiles sur des montagnes de verre.

J'ouvre les yeux sur le monde de l'Apocalypse. J'ouvre les yeux sur la télévision de la petite salle de projection où tout le service désormais s'entasse. Il est presque neuf heures du matin sur la côte orientale de l'Amérique du Nord.

Je comprends, effaré, que j'ouvre les yeux sur le petit matin d'un nouveau monde, et qu'en fait je m'y attends depuis toujours.

Quelques minutes plus tard, tout au plus, alors que cigarettes et cafés circulent dans le silence de l'assistance, les deux tours s'effondrent, dans une suite d'à-coups de plus en plus rapides, étages par étages, avec une perfection digne des démolisseurs d'usines. Un double champignon de fumée s'élève dans le ciel de la Capitale du Monde, un double colosse gris et noir, qui n'en forme bientôt plus qu'un seul, titanesque, silencieux et effrayant comme une coulée ardente, dont une foule minuscule s'extirpe en courant, dans un seul hurlement.

Le visage de Paul Nitzos et de ses compagnons vient flotter un instant devant le nuage énorme qui grossit, grossit, terrifiant de beauté, jusqu'à recouvrir d'une nuée grise, dense, infernale, le caméscope amateur du témoin malchanceux.

Une douce torpeur m'envahit, elle ne me quittera plus désormais. C'est quasiment une forme de béatitude. Mais une forme diabolique.

La glaciation au degré absolu. Quelque chose comme le point de supraconductivité. Je n'offrais plus la moindre résistance à la mort.

Je me mis à rire.

Une quinzaine de visages consternés se tournèrent vers moi.

L'homme qui a le courage de rire est le maître du monde, comme celui qui est prêt à mourir, dit le poète Leopardi. La phrase me semblait on ne peut mieux choisie. Mais elle avait toutes les chances de susciter l'incompréhension de mes collègues.

— C'est nerveux, émis-je alors comme hypothèse salutaire.

Des larmes embuaient mes yeux et pouvaient en effet faire croire à l'occurrence de la chose, cela pouvait passer pour des exhalaisons lacrymales exprimant une forme de tristesse, ou d'énervement quasi hystérique, alors qu'il s'agissait du degré le plus pur du désespoir.

Je devais me rendre à l'évidence : c'est le Diable qui déjà, en moi, éclatait de rire.

Il ne cesserait de rire avant longtemps.

Vigipirate puissance 10, guerre globale focalisée en fractale banlieusarde, activité radio en crescendo dans l'air à l'odeur d'ozone. Le monde tourne désormais si vite que peut-être est-il en mesure de s'immobiliser pour toujours.

Toute mon existence est devenue une sorte de cauchemar flou en continuum où les images tressautent et renvoient toutes et chacune à un régime de destruction bien spécifique, mais qui tous forment ensemble le grand cycle universel de la *décréation du Monde*, comme disait Charles Péguy un siècle tout juste auparavant.

Je vivais dans la nuit, en fait j'étais déjà mort, il ne me restait qu'à revivre.

Hocine nous appelle un soir, par son canal habituel.

C'était le soir du match France-Algérie, je m'en souviens, ce soir-là, à la Préfecture, l'ambiance était franchement exécrable. Je m'étais isolé dans notre burlingue.

Mazarin ouvre la porte, son cellulaire en main : Hocine veut nous voir, il était très énervé au téléphone.

— C'est en rapport avec quoi, son cousin le taliban ou les gars de l'Intifada-sur-Marne ? Si c'est pour le match de ce soir tu lui dis que ce sera pour une autre fois.

— Écoute, fais chier, j'en sais rien, il veut nous voir ce soir, c'est tout.

Alors nouveau rencard dans une zone industrielle paumée, vers Villencuve-Saint-Georges. Nouvelle rencontre au sommet. Nouvelle plongée dans les abysses. Nouvelles volutes de fumées échangées dans l'habitacle sombre de la R 19 de flicards.

Hocine : Vous avez vu pour Zacarias ?

Mazarin : Quoi Zacarias ? Tu nous as rien remonté depuis un an, pauvre truffe.

Moi, avec comme un drôle de truc qui se tortille dans mon estomac : Qu'est-ce qu'il a ton Zacarias ?

Hocine nous offre un visage dévasté par l'incrédulité :

— Mais merde, vous regardez pas la télé ? Vous êtes pas au courant qu'il y a eu des attentats à New York le 11 septembre ?

Mazarin : Arrête la flûte et joue pas au mariole avec nous, ducon, et dis-nous ce que t'as à nous dire.

Hocine : Merde j'en reviens pas, j'ai attendu toute la journée que vous m'appeliez, je me suis demandé si vous étiez encore dans la maison poulaga.

Mazarin : De quoi est-ce que tu parles, dugland ?

Hocine : Je vous parle de Zacarias, Zacarias le Marocain, le pote de mon cousin, vous avez pas vu sa tronche un peu partout depuis ce matin ?

Le silence semble ponctuer pour toujours le grésillement de la cigarette que je viens d'allumer. Hocine en fiche une à sa bouche et d'une mimique me demande du feu. J'allume sa Marlboro en dirigeant la flamme de mon briquet vers son visage et je regarde Mazarin, qui semble aussi touché que moi, genre touché plein pot, en piqué, droit vers le crash.

— Gardons le sang-froid qui convient à ce genre de situations, j'ai fait pour détendre l'atmosphère, t'es sûr que c'est le même ? On parle bien de Zacarias Moussaoui ? Le mec qu'ils viennent de serrer aux States ?

Hocine hausse les épaules d'un air incrédule.

— Évidemment que j'en suis sûr, il est resté trois jours de suite chez moi, alors vous pensez si je l'ai reconnu, aussi sûr que je vous reconnais.

Alors, dans la nuit qui recouvre le Monde, je sais qu'il existe une nuit plus profonde encore, cette nuit c'est la nuit qui scelle la damnation de l'homme sur cette Terre, cette nuit c'est la seule dont proviendra la lumière.

Mazarin et moi sommes sur la même longueur d'onde, cerveaux synchronisés façon méthode de combat nocturne : ATTENTION DANGER TERRAIN MINÉ.

On va ramener gentiment Hocine à sa station de bus en lui disant de ne pas s'inquiéter et de ne rien dire, surtout, jamais, à personne.

— On va gérer l'affaire, dis-je alors qu'il ouvre la portière pour attraper le 183 à la station Rouget-de-Lisle. Mais toi, tiens ta langue, oublie tout ce que t'as vu, et tout ce que tu nous as dit. Tout. On voudrait pas te repêcher au fond de la Seine avec un morceau de ciment à tes pieds et une balle de kalach' dans la tronche.

Je regarde Mazarin alors que je démarre en direction de la Préfecture. Oui, on va gérer l'affaire, c'est-à-dire qu'on va l'enterrer au plus vite.

Désormais, nos secrets sont ceux des ennemis de l'État.

Il fallait donc se rendre à l'évidence : l'An zéro-un avait bien commencé, à l'heure dite, tel qu'annoncé par les petits calendriers des hommes. Il ouvrait l'ère de la fin de l'humanité telle que nous l'avions connue jusqu'à présent. Il faisait correspondre la première année du siècle avec un des plus dramatiques renversements de tendance auxquels pourtant notre histoire nous avait habitués.

Au moment même de son apogée, un an tout juste après être devenu le premier secteur industriel de la grande économie globale, et avoir été fêté comme tel, le tourisme universel avait vécu.

On ne survolerait plus jamais l'Afghanistan, ou on ne savait quelle micro-république de gangsters islamistes, en route vers la Thaïlande ou les Indes, sans craindre avec raison la rencontre de l'Airbus avec un missile Stinger. On ne verrait sans doute pas les tours Sears, à l'arrivée au-dessus de Chicago-O'Hare, sans que se superpose au hublot, même un bref instant, l'image des impacts sur leurs cousines de New York.

Le plus étrange, et le plus hautement significatif, dans cette gyromancie d'avions de ligne détournés pour se fracasser contre les gémellaires altesses, résidait précisément dans le fait que cette catastrophe annoncée, quoique imprévue, était l'œuvre du fils déviant d'un entrepreneur en construction bédouin. Faiseur d'autoroutes et de déserts, les uns et les autres à jamais mariés dans le cycle magique du dollar pétrolifère, son aboutissement ne pouvait être que d'engendrer l'homme qui un jour allait abattre les tours du centre économique mondial. La nouvelle pouvait être partout annoncée :

une organisation non gouvernementale, financée par le pétrole du désert et les contribuables occidentaux, avait déclaré les hostilités avec le reste de l'humanité. Avec ce qu'il en restait, assurément.

Le régime général de l'économie humaine s'appelait désormais : IVe Guerre Mondiale.

Le chiffre IV n'est pas innocent. Il n'y a rien d'innocent dans l'histoire des hommes. Même s'ils ont décidé de réduire leur propre histoire à un éternel jardin d'enfants.

Le Quatrième Cavalier avait surgi par-dessus les réalités humaines.

La Fin du Cycle dans le Kali-Yuga. Le moment où la roue cosmique bascule, s'anéantissant pour mieux passer au cycle suivant, dans un mouvement de spirale s'étirant indéfiniment entre néant et infini.

Il était devenu évident, pour quelques-uns en tout cas, que l'Armageddon qui venait de commencer était le nexus destructeur/créateur par lequel les mutations terminales de l'homo sapiens seraient engendrées. La guerre totale formerait désormais le plan coextensif de toute activité consciente sur cette planète. Elle allait créer ce qui succéderait à l'homme.

Il était pareillement évident que personne n'y était préparé.

LE TROU NOIR, AUTOMNE 2001

J'avais dit : Il faut buter ces enculés.

Mazarin m'avait regardé en opinant du chef, il comprenait comme moi que désormais nous entrions dans l'âge de la vengeance.

La Loi était de retour. Le Livre des Morts vivait en moi, il était juste que les morts aient droit au chapitre, enfin.

Mais il avait rectifié :

— Kernal, on pourra en buter qu'*un seul*. Va falloir qu'on sélectionne. À moins que tu veuilles qu'on y aille à l'explosif nous aussi.

J'avais dit, sans desserrer les lèvres : L'idéal, tu le sais, ce serait un Jumbo-Jet de la Pakistan Airlines.

— Ouais, avait répondu Mazarin en se marrant, on raserait leur mairie façon Ceaucescu par la même occasion. Qu'est-ce que tu veux ? Qu'on déboule au prochain conseil municipal et qu'on y bute tout le monde ? Tu veux te taper une opération-suicide au consulat ? Tu veux qu'on se les fasse *tous* ?

Je n'avais rien répondu.

Je n'étais pas prêt à mourir pour un consulat-nid-d'espions, une préfecture-fiction, une mairie-du-néant, un monde perdu d'avance.

Mais j'étais prêt à tuer, désormais.

J'étais le Gardien des Morts, le fantôme des Grandes Nécropoles, j'avais avec moi un passeport prêt pour quiconque désirait faire un peu de tourisme dans l'au-delà et l'éternité. Mais avec moi, avec le Manhurin MR 73 et les nouveaux flingues que l'État nous a promis, c'est un tourisme sans retour.

En tout cas, une chose était sûre désormais : devenir, tout en l'écrivant, le personnage d'un roman non écrit, revenu par miracle du trou noir de l'Europe, me paraissait nettement plus enthousiasmant que de vivre sans fin cette réalité, dite « quotidienne », et saccagée par la petitesse de ses rêves.

J'étais prêt à venger un ami que je connaissais à peine. J'étais prêt à donner à mes rêves le pouvoir d'une arme de destruction massive. J'étais prêt à me fondre dans la nuit des tueurs.

Le Livre aurait raison du Monde.

En recoupant les dernières bandes reçues le jour même par Mazarin avec les mémos adjacents, nous avions compris que Medvenic avait, un peu par hasard, un peu par excès de zèle, permis à toute la configuration de devenir visible.

On avait à faire face à une « métaorganisation » criminelle, analogue aux réseaux de pédophiles et de tueurs d'enfants, un réseau où les points de connexions changeaient tout le temps, une sorte de « structure métastable » pour reprendre un concept de Deleuze, un réseau où tout le monde agissait dans l'ombre de chacun, où tout le monde se manipulait, où l'information circulait à plein régime sous la forme de la désinformation, où tout le monde voyait ses intérêts confluer par le royal jeu du libre échange totalisé.

D'anciens mercenaires de l'ex-Yougoslavie – dont des connaissances de Carnaval – fricotaient avec les maffias albanaise, bosniaque, serbe et croate pour importer via les maffionalistes corses du matériel de guerre dans les banlieues à destination de bandes de gangsters et de réseaux islamistes ou anarchistes manipulés et noyautés par la SM algérienne qui opérait depuis le consulat avec la complicité des cocos et le tout était plus ou moins couvert par des gars de l'ex-FN-

Police comme Clébert. Ce réseau était connivent avec beaucoup d'autres qui se propageaient directement jusqu'aux plus hauts niveaux de l'« État », et qui s'en prenaient avec la régularité d'un métronome aux convoyeurs de fonds employés par les banques.

C'était Clébert et Leflamand qui avaient bavé notre intervention aux truands de Valenton, merde c'était des flics qui avaient causé directement la mort de plusieurs de leurs collègues, tout ça parce qu'ils couvraient, depuis le centre de la termitière policière, les activités occultes d'une chaîne de malfaisance qui elle n'avait plus de centre, parce qu'elle était une sorte d'*hypersphère*, faite de périphéries co-orbitantes.

Nous avions vu les derniers clichés de Medvenic, nous avions écouté ses dernières cassettes. Nous avions lu son mémo.

Nous avions la haine.

Cliché numéro un : le capitaine Osmani, dit « Oméga », en discussion animée avec Lemerle et Massaghi dans une allée du bois de Vincennes.

Cliché numéro deux : Lemerle et un gros truand corse du nom de Capacci, affilié à un groupuscule nationaliste ennemi de l'Armata Corsa, discutent avec un type que Medvenic identifie dans son mémo comme étant Ramiz Tardja, un maffieux albanais, quelque part sur le parking d'un restoroute, vers Mâcon, la nuit.

Cliché numéro trois et trois bis : Lemerle en pleine discussion avec deux gars de la BAC de Fresnes, et avec Clébert, sur le parking de l'aéroport d'Orly. Sur le second cliché un cinquième personnage, non identifié par Medvenic, arrive vers le groupe en portant un attaché-case.

Cliché numéro quatre : Clébert en discussion dans sa voiture de service avec un type que Medvenic identifie dans son mémo comme étant François Martellier, un mercenaire français ayant œuvré pour le gouvernement croate et le HVO et que Medvenic a rencontré à l'époque sur le terrain.

Cliché numéro cinq : le colonel Akhtarbi et le capitaine Osmani en train de discuter avec Paul Morinier, le responsable de la sécurité publique de la mairie.

Cliché numéro six : le capitaine Osmani en discussion avec Jean-Marc Fabre, identifié comme anarchiste et antisioniste de choc par les RG, et avec Abdul Ouelzzine, un Franco-Algérien de Gentilly, fiche de Medvenic : Fabre est un partisan d'Action Directe et de la lutte armée des Palestiniens. Deux séjours au Liban. Ouelzzine fait partie d'un réseau d'entraide « humanitaire » islamique. Un séjour en Somalie, un séjour en Bosnie.

Cliché numéro sept : Clébert, Leflamand et Carnaval, en pleine discussion dans la Mercedes gris métal, le mémo de Medvenic indique : une zone en friches près de la Marne, un des endroits de rendez-vous habituels de Carnaval.

Cliché numéro huit : un restaurant dans un relais-château du Val-de-Loire : attablés, Massaghi, Morinier, Lemerle et un homme que Medvenic identifiera comme Nestor Bachil, un personnage influent qui navigue dans les hautes sphères du pouvoir, note manuscrite de Medvenic : Nestor Bachil est un proche de la famille Mitterrand, d'après mes infos, il fait partie d'un réseau qui vend des armes aux régimes marxistes africains et proche-orientaux, spécialement Angola, Zimbabwe, Syrie, Libye, groupes armés du Liban-Sud.

Cliché numéro neuf : Massaghi en train de refiler une enveloppe à Osmani, quelque part rue de Rivoli, à une heure d'affluence.

Et maintenant la bande magnétique numéro un, celle qui trace les grandes lignes en quelque sorte. Selon la fiche de Medvenic : enregistrée au micro-canon depuis une fourgonnette stationnée dans une rue adjacente, les deux hommes ont entrepris cette discussion sur la terrasse d'un bureau du consulat, extrait :

Alpha : Est-ce que vous êtes en train de me dire, capitaine, que des types de l'extrême droite française trafiquent avec les Albanais et les Kosovars ?

Oméga : Ils trafiquent avec tout le monde, monsieur, peu leur importe. Et je ne saurais vraiment dire de quel bord politique ils sont. Ils revendent aussi des armes serbes, quand ils en trouvent. C'est ce que j'apprends grâce à notre ami l'Oiseau (identifié par Medvenic comme Lemerle), il y a des gars dans la police qui veulent que les banlieues explosent, et ils sont plus ou moins en contact avec certains fournisseurs des Corses. Il semble bien que les armes albanaises, croates, bosniaques ou yougoslaves transitent par Sarajevo et Zagreb, avant d'être expédiées en Corse puis jusqu'ici. Et d'après l'Oiseau, à Zagreb, ce sont des amis de ces messieurs du FN-Police qui servent d'intermédiaires. Mais eux le font pour l'argent.

Rire d'Alpha : Incroyable ! Mais savent-ils qu'ils arment ainsi des cellules islamistes et les réseaux anarchistes antijuifs que nous finançons ?

Oméga : Je crois qu'ils s'en foutent, mon colonel. L'Oiseau m'a répété les mots d'un certain Clébert : on se fiche complètement de ces trous du cul de trotskistes de mes couilles, primo avec les anarchistes, les cocos et les barbus ils vont se tirer dans les pattes, et ensuite on viendra ramasser les morceaux, pour les donner aux clébards, comme en Espagne en 1936. Voilà, mon colonel, ça vous donne une idée.

Rire d'Alpha à nouveau : Capitaine, les choses se présentent chaque jour sous de meilleurs auspices.

Oméga : Absolument, mon colonel.

Alpha : Avez-vous des nouvelles de ce duo de la PJ de Créteil, continuent-ils de fouiner partout ?

Oméga : D'après l'Oiseau, encore une fois, tout est sous contrôle, ils sont surveillés par des gars à eux. Des membres du Parti. Des anciens du Komintern, des pros. Je crois qu'il ne faut pas trop s'inquiéter de ce côté-là. Ils sont verrouillés.

Alpha : Je n'ai pas confiance. Ils ont des indicateurs dans beaucoup de cités, des Arabes, des Corses, ils ont démantelé notre petit réseau antisioniste il y a cinq ans, et depuis avec leurs gars de la BRB ils sont parvenus à interrompre plusieurs opérations. Ils sont très bien informés... et ils sont très méthodiques. Ils sont brutaux. Ils sont rusés. Et ils sont trop prudents, je n'aime pas ça, ça cache quelque chose.

Oméga : Il faut que vous sachiez une chose, mon colonel, c'est que beaucoup de leurs indics, Corses et Arabes confondus, les haïssent vraiment, à cause de leur brutalité, nous pourrions facilement en retourner un ou deux à notre service...

Alpha : Double jeu ? Avec des types qui ne pensent qu'à l'argent, hors de question, nous travaillons pour l'État algérien, même si nous devons arrondir nos fins de mois. Regardez avec le Turc à quoi ça nous a conduits de faire confiance à de petits truands de banlieue qui ne savent même pas parler arabe convenablement.

Oméga : Ils ne savent pas non plus parler le français, remarquez... écoutez, notre équipe a changé. Je vais dire à l'Oiseau de resserrer sa surveillance mais comme vous l'avez dit, ces flics sont méthodiques – et prudents – il ne faudrait pas éveiller leurs soupçons.

Alpha : Ne faites rien, je m'en charge. Vous ne vous êtes jamais approché d'eux, comme je vous l'ai bien spécifié ?

Oméga : Je respecte vos ordres à la lettre, monsieur, je ne connais même pas les gars que l'Oiseau a engagés sur le coup.

Alpha : Cette fois, s'il faut agir mon capitaine, je compte sur vous pour conduire personnellement toute l'opération à son terme, suis-je bien clair ? Vous ne mettez pas des amateurs en charge d'une élimination. Même pas des « pros du Komintern ». Vous m'avez bien compris ?

Oméga : Absolument, mon colonel.

Alpha : Très bien, vous pouvez disposer, vous reviendrez la semaine prochaine, comme d'habitude.

Oméga : Très bien, mon colonel.

Alpha : Bonsoir, capitaine.

Oméga : Mes respects, mon colonel.

(Fin de la conversation, conduite dans un français parfait, sans doute dans le but de ne pas se faire comprendre par les employés subalternes de l'ambassade, en effet Medvenic note : aussi étrange que cela puisse paraître, le petit personnel du consulat est souvent strictement arabophone, ou presque.)

Maintenant bande numéro deux, celle qui donne chair aux lignes ainsi tracées dans la nuit, celle qui donne chair à tous mes doutes, celle qui, utérine menstrue, fait du sang versé la seule source de mes certitudes :

Interlocuteurs : Roland Clébert, Leflamand, Carnaval et un quatrième individu que Medvenic ne parviendra pas à identifier mais que les protagonistes appellent « monsieur Kadar ». La conversation se tient dans une automobile à l'arrêt devant un pont sur la Marne, vers Lagny, pas très loin de l'endroit où nous nous étions rencontrés la première fois avec Carnay de Réval alias Carnaval, alias Nervac, alias Karnof. Fiche de

Medvenic : La conversation a été écoutée par un micro-canon à haute précision, et rendue possible grâce à une fenêtre ouverte par Leflamand. L'homme non identifié parle le français à la perfection mais avec un accent serbo-croate. Il s'agit sans aucun doute d'un contact important de la maffia yougoslave.

Extrait du rapport dactylographié de Medvenic :

Clébert : Il vaudrait mieux arrêter les conneries, déjà en balançant l'info à vos gars on se doutait pas que ça foirerait autant et on a mis des mois à éteindre l'incendie dans la Préfecture, et je vous rappelle que Delgado y est resté, putain de bordel à cul, comprenez bien que nos gars aiment pas vraiment l'idée qu'on aide des Corses et des Yougos à buter des flics. Surtout pas l'un des nôtres.

Carnaval : Écoutez, Clébert, monsieur Kadar vous a déjà dit que c'était une grosse faute de leur part et que cela ne se renouvellera pas, en tout cas pas si vous nous faites remonter l'information à temps.

Clébert : Vous déconnez ou quoi, Leflamand les a appelés avec son cellulaire, hors de la Préfecture, pratiquement une heure avant l'intervention, et la baraque était encore pleine lorsque l'équipe de Suvrini et la bande des Quatre ont déboulé. Merde, vous déconnez.

Carnaval, ennuyé : Nous avons déjà parlé de tout ça des centaines de fois en un an. Monsieur Kadar vous a expliqué que l'homme qui a reçu la communication est un Serbe de Bosnie, il ne parle pas bien le français et il a mal compris vos indications. Le problème d'aujourd'hui n'est pas là, je vous le répète.

Clébert : Et moi je vous répète que l'opération de Valenton a beaucoup refroidi nos gars, sans compter qu'il a fallu se fader l'IGS et surtout les RG. Bon maintenant ils se sont calmés.

Carnaval : Vous voyez, ce n'était pas la peine de s'affoler pour rien.

Clébert, énervé : Je ne m'affole pas pour rien, monsieur de la fermeture de montsac, mais avec l'incident de la cité des Tarterêts y a l'IGS qui nous fait un petit come-back alors la pression c'est nous qu'on se la tape, OK, et je vous dis juste que mes gars ne couvriront plus d'autres meurtres de flics, c'est clair ?

Carnaval, renfrogné : Ce n'est pas du tout ce que monsieur Kadar voulait dire, j'en suis sûr. Qu'en pensez-vous, inspecteur Leflamand ?

Leflamand : Clébert a raison, on frôle la limite. Faudrait voir à freiner un peu les ardeurs de vos gars. C'est pas comme avec ces pauvres couillons de convoyeurs de fonds. En tout cas faut plus de foirades comme Valenton.

Kadar : Hum ! Je crois qu'il y a un malentendu sur le mot que j'ai employé au départ de cette discussion, quand je vous ai dit « empêchez-les d'agir », je n'ai pas parlé d'une élimination physique, il faut juste leur donner un peu de chair à canon de temps en temps pour les calmer, très bien, mais il faut surtout veiller à ce qu'ils ne découvrent rien d'important, comme vous l'avez fait jusqu'à présent grâce à vos complicités au ministère. Je vous ai demandé d'augmenter la pression parce qu'il est possible que Medvenic soit sur quelque chose, au sujet de ces gars des services algériens.

Clébert : Quelle idée d'aller fourrer Medvenic là-dedans, aussi !

Carnaval : J'ai accédé à la demande de Mazarin parce que je pouvais pas faire autrement. Vous imaginez bien, d'autre part, que Medvenic n'est pas le genre de gars à se laisser pister facilement. On le surveille en discontinu, et on sait qu'il est en train d'espionner ces enculés de cocos et les types du consulat. Mais on sait pas exactement où il en est, et Mazarin et Kernal ne me redonnent plus que des clopinettes. C'est juste ça dont on voudrait parler : il faut parvenir à resserrer la pression, sans qu'ils s'en rendent compte.

Clébert : Essayez donc de mettre la pression sur les 110 kilos de Mazarin, vous viendrez m'en dire des nouvelles, quant au Kernal, là, méfiez-vous, en fait moi je crois que ce type est malade, il pourrait facilement péter un boulon s'il se doutait par exemple qu'on est parfaitement au courant des activités de ces trouducs de la SM algérienne et qu'on pourrait résoudre leur enquête en deux coups de cuiller à pot.

Kadar : Vous ne devez pas sous-estimer le colonel Akhtarbi et le capitaine Osmani. J'ai lu un rapport des services secrets croates les concernant : ils sont considérés comme des éléments extrêmement brillants et toujours fort bien informés.

Carnaval : Lorsqu'ils ont réglé le problème des mystiques anti-wahhabites, il n'y a pas eu de quartier. Osmani est un bourreau de police politique haut de gamme, un vrai boucher. Nous ne devons prendre aucun risque.

Clébert : Tout ce qu'on sait, nous, c'est que les cocos surveillent Kernal et Mazarin, ça on le tient de l'autre emplumé qui fait double jeu. Heureusement qu'on a son dossier sexuel. Il joue double jeu, mais pour nous.

Leflamand : Nous savons aussi que les cocos sont au courant pour Osmani et les assassinats, et nous savons que c'est Lemerle qui les a préparés avec Osmani en lui donnant tous les renseignements qu'il fallait. On sait que ces cons de mystiques voulaient tout balancer, on sait maintenant que cinq semaines avant sa mort Ciruluk a reçu un émissaire de l'autre Afghan, là, le chef de guerre qui avait baisé les soviets et qui résiste contre les talibans.

Carnaval : Shah Massoud ?

Leflamand : Ouais voilà, on sait que les cocos sont au jus depuis le début, on sait plein de trucs sur ces enculés, mais on est obligés de les laisser agir, comme quand ce con de Daniel Farhed avait appris tous ces trucs sur les ventes d'armes à Vitry et les rapports que les Corses entretiennent avec la SM.

Clébert : Mais ce qu'on sait on vous le transmet généralement, à part les détails.

Carnaval : Revenons à notre problème je vous en prie. Toute notre opération tient à un fil, qui ne doit pas être coupé, par aucun d'entre nous.

Kadar : On ne vous demande pas d'éliminer Kernal et Mazarin, au contraire. Mais vous devez à tout prix éviter qu'ils en apprennent trop à notre sujet.

Carnaval : En clair, messieurs, il faut juste parvenir à les embrouiller. Un peu de fumée, pour cacher le feu, vous nous suivez ?

Leflamand : Arrêtez la poésie et parlez concrètement. Qu'est-ce que vous attendez de nous ?

Long silence.

Carnaval : Bon... Eh bien, déjà en fait il faudrait parvenir à savoir ce que sait Medvenic, surtout sans éveiller ses soupçons, ce qui ne sera pas facile, va falloir monter une opération de surveillance sporadique très pointue, ensuite : surveiller les communistes qui surveillent les deux flics, ce devrait être plus simple, et enfin : resserrer la surveillance, depuis la Préfecture, sur l'activité de vos collègues de la Bande des Quatre, vous avez l'habitude, photocopiez leurs rapports dans un premier temps...

Kadar : Oui. Et il faudrait concentrer leur attention sur la SM algérienne et les islamo-anarchistes sans qu'ils remontent jusqu'à nous... Nous étudions un plan... vous saviez qu'à une époque les services yougoslaves encadraient, avec les Allemands de l'Est, les diverses officines de renseignement de l'État algérien dont sa célèbre et toute-puissante Sécurité Militaire ? Nous connaissons leurs méthodes. Ce sont les nôtres.

Clébert : J'ai entendu dire que nos amis corses ont aussi bénéficié pendant longtemps de vos compétences.

Kadar, dans un petit rire : Oui, nous avons été les fournisseurs attitrés de bien des groupes terroristes, et voyez-vous, après cette guerre terrible, nous reprenons les affaires, c'est tout.

Clébert, sourdement : C'est vrai ce que nous disent nos indics corses ? C'est vrai qu'à Zagreb et à Sarajevo c'est devenu la grande foire aux kalachnikov, c'est vrai que vous dealez aussi avec les Musulmans de Bosnie ?

Kadar rit à nouveau, puis : Les Corses viennent bien pour servir de relais. Et les Albanais nous approvisionnent en masse. Nous en achetons aussi aux Russes, et parfois nous en vendons ou nous en achetons aux Tchétchènes, aux Serbes, aux Monténégrins, ainsi qu'aux Kosovars de l'UCK. Savez-vous que récemment des Palestiniens nous ont demandé de faire transiter des armes grâce à des catholiques ultras de l'IRA ?

Clébert : Et vous avez accepté, évidemment.

Kadar : Pratiquement 60 millions d'AK 47 en circulation dans le monde. De quoi armer toute la population française, nourrissons compris. C'est le libre marché mondial, monsieur Clébert, il faut vous y faire. Et je ne vous parle que des stocks postcommunistes. Nous sommes en train de nouer de nombreux contacts avec certains officiers de la KFOR et de la FORPRONU, les armes de l'OTAN aussi seront bientôt disponibles sur le marché.

Clébert, dans un souffle : Tant que nous touchons nos commissions ce n'est pas notre problème, mais ne m'obligez pas à vous dire encore une fois ce que je pense de la confiance à donner à ces cochons de musulmans.

Carnaval soupire : Vos opinions en matière de politique internationale, monsieur Clébert, nous importent fort peu, ce qu'il y a de sûr c'est que nous contribuons directement à l'instabilité dans les banlieues et que nous vous offrons donc à terme une réelle opportunité, ne l'oubliez pas, même s'il faut en passer par les réseaux islamistes ou ces trous du cul d'anarchistes.

Clébert : On collabore bien avec les cocos... ce n'est pas le problème, on s'en contrecarre, la seule chose qu'on couvrira plus c'est un nouveau meurtre de flics, faut juste bien vous le rentrer dans le crâne.

Carnaval, exaspéré : On vient de se tuer à vous dire qu'il ne s'agissait pas de ça.

Clébert, exaspéré lui aussi : Ouais ? Eh bien dites-vous qu'il ne *s'agira jamais plus de ça*, OK !?

Kadar, très calmement : On vous demande juste de court-circuiter leur opération en douceur.

Carnaval : C'est ça, Clébert, en douceur.

Clébert, sortant de la voiture d'un coup et claquant la porte violemment, bang ! – Eh bien, allez donc vous faire enculer, en douceur.

(La conversation reprend peu à peu en son absence, éclatée, au sujet de la coordination et de la couverture d'une opération de convoyage en provenance de Bosnie orientale, « les chefs serbes locaux craignent maintenant une arrestation possible de Mladic et de Karajic, ils cherchent à se rapprocher du nouveau régime de Belgrade et à ne pas trop énerver leurs voisins croates et musulmans, ils veulent revendre leurs surplus. Nous refaisons donc des affaires ensemble », dit Kadar, puis fin de la bande.)

On avait vu les clichés. On avait écouté les bandes. On avait lu les mémos.

On avait revu les clichés. Réécouté les bandes. Relu les mémos.

On avait tout analysé.

On avait disséqué le grand cadavre.

Je me souviens de cette nuit.

Cette longue, très longue, nuit qui nous conduisit vers notre fatale décision, Mazarin et moi.

On se mit d'accord sur notre cible, on se mit d'accord sur le plan, on se mit d'accord sur tous les détails.

On descendit une bouteille de vodka.

Au matin on commença l'opération enfumage.

On devait agir vite, j'avais dit, on ne devait pas attendre, on devait bénéficier de l'effet de surprise, on devait buter ce fils de pute aujourd'hui.

Il faut qu'on sélectionne avait dit Mazarin. Il faut qu'on fasse une liste. Une liste noire.

On rayerait les noms au fur et à mesure.

J'avais dit d'accord.

J'avais dit : La Guépéou du Val-de-Marne est de retour !

J'avais achevé en riant mon verre de vodka, je l'avais fracassé à la cosaque contre le mur placé dans mon dos. Mazarin m'avait imité, son verre avait atterri dans la rue en passant par la porte-fenêtre ouverte sur ma terrasse.

On avait ri, ensemble, on scellait à jamais une amitié impossible, et sans lendemain, une amitié de samouraïs.

La nuit avait été longue.

Certes, la vodka avait scellé l'accord, mais il avait fallu descendre la totalité de la bouteille au préalable.

Mazarin disait : Je veux me faire ces enculés qui ont bavé sur l'opération de Valenton, cette salope de Clébert, Leflamand... Merde ils ont fait buter des collègues, ç'aurait été la guillotine, sous le Général.

Je me souvenais que son père gendarme avait été tué par les gangsters OAS dans des conditions qui présupposaient probablement l'existence d'une taupe chez les pandores. Je comprenais comment sa vengeance s'articulait avec un investissement sur la figure paternelle, je comprenais que cela aurait été sans doute pour lui un geste salvateur, je comprenais aussi que je n'en avais rien à battre.

Je lui répondais invariablement : Clébert et Leflamand sont des flics, on va pas venger la mort de deux flics en en assassinant deux autres. Et on vengera Medvenic en tuant celui ou ceux qui l'ont buté.

Alors qui ? me demandait-il. Carnaval n'est pas vraiment responsable de ce merdier, même si cet enculé essaie de nous manipuler depuis le départ, et Kadar on sait même pas qui c'est et en fait je m'en cogne, quant aux cocos c'est des pauvres marioles. Et on va pas faire sauter la Préfecture parce que le procureur s'est farci Halphen.

Eh bien, voilà, je répondais, moi je veux me faire les deux bouchers de la SM, ouais je veux me les faire ces fils de pute – je disais. Je suis sûr que ce sont eux qui ont buté Medvenic. Il a voulu reprendre l'enquête en clandé, sans même nous en parler, je crois qu'ils ont fini par le repérer et que Franjo a juste eu l'instinct de mettre de côté ses toutes dernières bandes, chez son notaire, à mon avis, ils l'ont buté à son retour du Loir-et-Cher, sur la route de Fontainebleau. Pour des raisons que j'ignore, ils ont pas pu, ou pas voulu se faire tout un cabinet de notaires de province, ça aurait fait désordre, je suppose.

Mazarin était d'accord avec moi pour cette partie du tableau. Il ajoutait : Ouais, ou ils savaient pas, ou ils ont pas eu le temps de mettre un plan au point... Et ces enculés, s'ils ont voulu lui faire creuser sa propre tombe, ils sont tombés sur un os. Franjo se serait laisser découper vivant plutôt que de mourir comme toute la famille de sa tante, dans la Libeljina. C'est pour ça que ces truffes ils ont dû se taper le trou eux-mêmes, et que ces feignasses, ils ont pas été plus loin que cinquante centimètres de profondeur...

J'imaginais le Croate riant au nez de ses bourreaux, même défiguré par les coups, et les insultant dans sa langue maternelle, l'un d'eux avait dû se résigner à l'abattre avant d'empoigner le manche de la pelle.

Moi, j'enfonçais invariablement le même clou, avec le même marteau :

— Écoute... ils ont commis des assassinats sur le sol national sur lesquels nous ne pouvons pas enquêter librement, et je te signale que plusieurs de leurs victimes étaient de *nationalité française*, et aussi qu'ils manipulent les dingos islamistes et ces connards d'anarchistes que les truands corses approvisionnent en armes yougoslaves. Et si on peut pas se faire les deux, alors faut qu'on en choisisse un, c'est ça *la sélection*.

Alors il réfléchissait, buvait un peu de vodka, réfléchissait encore puis disait :

— Ouais, mais moi je veux me faire ces enculés qui ont bavé sur l'opération de Valenton, ils ont fait buter des collègues, c'est de la haute trahison...

Et on remettait ça. Il m'a fallu la nuit entière, et la non moins entière bouteille de Zubrovka pour lui faire entendre raison.

Ensuite tout était allé très vite.

Ensuite nous nous étions dirigés droit vers le trou noir.

Le monde nous avait devancés de quelques instants.

Le voici, le vortex de la nuit. Le voici enfin la gueule grande ouverte sur les latrines du monde.

D'abord le choix de la cible : on savait que c'était Osmani le responsable en titre des exécutions. Il avait un appartement de fonction au consulat mais en fait il vivait à Ivry-sur-Seine, près du métro Pierre-Curie. Les notes accumulées par Medvenic nous évitaient de nous taper le travail préliminaire, les filatures, les écoutes, la mise en fiche, tout avait été mené à bien pendant une année pleine par l'ancien milicien du HVO.

On connaissait tout d'Osmani, son emploi du temps, ses rencards clandestins, ses habitudes, ses méthodes, ses manies.

Tout était documenté.

La cible fut déterminée vers 8 heures du matin. Mazarin avait revêtu en dernier recours la robe de l'avocat du diable pour essayer de me revendre le colonel, parce que si c'était Osmani l'exécuteur, c'était Akhtarbi qui prenait les décisions.

Putain, Mazarin, je me contrefiche des conventions de Genève, j'avais répondu, je suis pas le tribunal de La Haye. Je suis la vengeance, Charles. On est le Bras Armé de la Colère de Dieu. T'as écouté la bande, comme moi, le jour où quelqu'un essaiera de nous buter, ce sera lui.

Mazarin m'avait regardé. Mazarin m'avait souri. Mazarin m'avait dit : Allons dessouder ce fils de pute.

Ensuite : l'enfumage des cocos. Les « pros du Komintern », selon Lemerle. Je connaissais quelques dates. Le Komintern, même sous une forme plus ou moins clandestine, n'avait pas survécu aux années Khrouchtchev. Les *pros du Komintern*, ce devait être de vieux cadres du Parti à la retraite, sans doute d'ancien membres de l'appareil clandestin du PC, mon père, qui avait travaillé à l'intérieur de l'appareil jusqu'en 1968, m'avait raconté un jour comment le PC était organisé, jusqu'à la signature du programme commun, ou à peu près : à la formation légale et visible pouvait se substituer en moins de vingt-quatre heures une vaste structure clandestine, organisée façon FTP, dans l'hypothèse d'un coup d'État anticommuniste par exemple, ou d'une soudaine avancée de l'armée Rouge. La cellule FTP type : deux bases, un sommet. On aurait donc trois, peut-être six, voire neuf types au cul pour peu qu'ils y mettent les moyens.

Les types que Lemerle avait envoyés sur le coup devaient avoir l'âge que mon père aurait eu, m'étais-je dit, au mieux dix de moins, ça nous donnait des gars de cinquante-cinq ou soixante balais bien sonnés. Les papys de la Résistance, me suis-je dit, on va se les faire.

Enfin : la couverture. On ne pouvait pas buter Osmani avec nos armes de service, on ne devait pas agir avec une voiture de la Préfecture, on ne devait commettre aucune erreur, il fallait qu'on reste invisibles, pour tous, les flics, les truands, les cocos, les fachos, les Corses, les Arabes, les Yougos, sans oublier les Francaouis, les trafiquants, les espions, et d'une façon générale pour le reste du monde.

La stratégie : enfumage, action rapide, *hit-and-run*.

La tactique : primo, appâter les « pros du Komintern », les balader toute la journée, les repérer, les identifier. Secundo, ne pas approcher Osmani, ni les lieux où Medvenic avait résidé, près de la mairie de Vitry. Tertio, semer les cocos, chacun de notre côté, point de rendez-vous fixé, métro Pierre-Curie, sortie côté des numéros impairs. *In fine* : se rendre au domicile d'Osmani, le tuer, jeter les calibres dans la Seine, rentrer chez nous, prendre une douche, au dodo.

Mazarin avait dit : c'est une opération de guerre. Faut du matériel de guerre.

Qu'est-ce que tu proposes ? j'avais demandé. Mazarin avait monté le volume de son vieux transistor, c'était l'heure d'un jeu radiophonique sur RTL, on était à la Préfecture, toutes portes fermées, on avait inspecté le bureau pendant près d'une heure à la recherche de mouchards, mais on n'avait rien trouvé.

Cela ne voulait pas dire qu'il n'y avait rien.

Déjà, sur notre trajet vers Créteil, on avait repéré deux bagnoles qui nous avaient filé le train, une Safrane bleue, genre bagnole de fonction municipale, et une vieille 404 de couleur crème, très joliment restaurée, les papys avaient sorti le cabriolet du dimanche.

De notre bureau, on avait vu la 404 stationnée en face, sur l'avenue des Compagnons-de-la-Libération, jusque vers midi, à l'heure où commença le jeu radiophonique elle fut remplacée par un troisième véhicule, un Espace couleur lie-de-vin qui sentait bon la bureaucratie new-look, dans l'après-midi, il allait être relevé par la Safrane bleue. Trois véhicules, trois cellules FTP, neuf mecs, le Parti avait pioché dans ses fonds de retraite.

Des chiottes du couloir, on avait observé leur manège à tour de rôle, par le vasistas d'un des cabinets de toilette. Mazarin était repassé par son domicile, et il avait ramené tout le bordel dans un sac de sport : J'ai un garage plus hermétique qu'un bunker, et le parking de la Pref' est souterrain, ils n'ont pas vu ce que j'avais mis dans le coffre.

Le sac de sport Adidas : modèle XL, proportionnel à Mazarin évidemment.

Contenu : deux automatiques Glock 9 mm flambant neufs, des G 19, compacts, noirs, à la beauté menaçante, avec deux chargeurs de dix-sept balles pour chaque et deux silencieux en composite, les puschkas sont propres, ils n'ont jamais servi, me dit-il, ensuite : deux torches Streamlight M 3, qui viennent se glisser sous le canon des flingues grâce à un système de rails intégré, deux « tasers » électriques *made-in-Texas*, avec une cathode vous impulsant ses milliers de volts en ronronnant, deux paires de jumelles à amplification de lumière de l'armée britannique dernier modèle, avec un dispositif antibuée et une molette permettant de passer d'un geste de la vision de jour à la vision de nuit, deux talkies-walkies de la Bundeswehr, deux rossignols, deux passe-montagnes noirs, deux bâtons de sécurité avec manche latéral, deux paquets de gants de chirurgien en latex.

T'as tout en double ? je lui fais.

Mazarin se marre, alors que nous valsons dans le couloir des toilettes, j'ai tout en triple, me dit-il, et même plus. Je suis pas du genre à me laisser saigner comme un agneau au ramadan.

— Pourquoi des halogènes plutôt que des pointeurs laser ? je lui demande, histoire de montrer ma science en matière d'armes à feu.

Je pointe du doigt les petites torches qu'il glisse d'un geste sûr et tranquille sous le museau noir des automatiques.

Mazarin réplique, sèchement :

— Les lasers c'est pour les fiottes, et quand tu tapes dans un miroir ou n'importe quoi de réfléchissant je te dis pas l'enfer, si on agit de nuit je préfère les M 3. T'as été régulier avec tes séances de tir ?

Je préfère ne pas lui rappeler les deux cartons consécutifs que j'ai réussis, à balles réelles, et sur des corps humains, en l'espace d'un an. Je sais parfaitement que ce n'était que le hasard, ou disons, le destin.

— J'ai fait le minimum, ça devrait suffire si je tire à moins de dix mètres.

— La nuit, à dix mètres, on y voit que dalle, tu sais te servir d'un Glock ?

Je saisis l'arme qu'il me tend, sa crosse s'adapte à ma main comme une splendide prothèse au contact un peu granuleux, au poids parfaitement réparti, on dirait une sorte d'animal tout juste domestiqué. Oui, une pure créature de l'enfer du monde, au bout du poing.

Mazarin me montre une série de petits mécanismes sur son exemplaire.

— C'est le système Safety-Block, t'as trois sécurités sur ces machins, y compris sur la détente, quand tout est déverrouillé tu laisses ton index tout droit le long de la culasse, comme ça, tu ne le poses sur la gâchette que lorsque le gars est dans la ligne de mire. Ça part tout seul ces petites beautés, mais t'as pratiquement plus de recul, et la précision est diabolique.

Je ne sais comment, mais je lis désormais en lui comme si les parois de sa boîte crânienne étaient plus transparentes que celles d'un aquarium.

Je sais très bien d'où viennent ces armes. Je sais très bien que Mazarin connaît Carnaval depuis des années. Je me dis qu'on n'est plus à une aberration près.

Alors je passe mes 45 minutes réglementaires à espionner nos espions, debout sur la cuvette, les binoculaires braqués sur le petit manège des véhicules en face de la Préfecture, m'entraînant à verrouiller et à déverrouiller le système de sécurité du Glock.

Dans le double disque de mes jumelles scintillent la physique estivale de la ville et la danse incertaine des hommes qui nous suivent. Quand la journée s'achève, ils sont tous identifiés.

Je ne reviens à mon bureau que lorsque Mazarin prend le relais. Par précaution, on a décidé de ramener toute la doc au bureau. Je parle de la doc clandestine. On a eu droit à un meuble blindé, comme dotation l'an dernier, c'est pratiquement un coffre-fort helvétique, pour l'ouvrir faudrait un chalumeau, on nous a dit que l'administration avait pris note de la recrudescence de fuites, et de vols de documents, à la Préfecture.

On sait pourquoi maintenant : la Préfecture est en liaison directe, via Clébert et ses complices, avec le réseau des trafiquants d'armes yougoslaves.

Cette dotation de l'État, en échange de nos quelques coups d'éclat, c'était une véritable bénédiction, avec Mazarin on la voyait comme bien plus importante que les gilets pare-balles datant des années 70 qu'on nous avait refilés d'urgence après le 11 septembre ; j'avais dit : faut planquer la doc Medvenic, Mazarin avait dit : on a qu'à la foutre dans le coffre du bureau, à la Pref', c'ui-là on sait qu'ils pourront pas l'ouvrir sans faire sauter la moitié de l'étage.

J'avais souri devant tant de simplicité.

Tout le dossier Medvenic y fut entassé.

Puis, dans la lumière de la nuit qui tombait sur la ville, immense, tentaculaire, nous passons à la phase active de l'opération, nous entrons dans l'âge de la lumière des étoiles, nous entrons dans le froid infini de la justice aveugle.

— On les a enfumés ces connards de cocos.

Mazarin se tient devant moi, monstrueux, énorme, la lumière de néon en provenance de la bouche de métro dessine une auréole blanche autour de lui.

Pour moi aussi le néon incendie les photons autour de ma silhouette, pour moi aussi la lumière des anges, pour moi aussi le sourire de la Bête.

— Allons-y, soufflai-je doucement dans l'air chaud qui tremble devant moi.

Tout est prêt, Mazarin a volé une voiture dans le XIIIe arrondissement, elle stationne à moins de cent mètres du domicile d'Osmani, dans une tranquille rue résidentielle, où sont garés de nombreux véhicules.

Tout est prêt, dans nos têtes diagrammes, cartes et plans assemblés en état-major paré pour l'attaque, impérial.

Tout est prêt, nos flingues illicites dans nos étuis légaux, nos cartes de flics et nos rossignols, nos passe-montagnes et nos torches électriques, nos gilets pare-balles dernière génération, planqués sous nos pulls, venus de je ne sais quel stock dérobé aux SAS britanniques, oui tout est prêt, jusqu'au dernier boulon, nos gants de latex et notre détermination.

Nous sommes des créatures de la ville, nous sommes des ombres qui se confondent avec l'asphalte et le macadam, des ombres qui se confondent avec la lumière de la nuit urbaine, des ombres plus silencieuses qu'un souffle de vent, plus légères qu'une tête qui roule dans la sciure.

Œil-machine en action, accès au bloc-mémoire du dispositif des lieux, superposition des plans, conjonction carte-territoire, subduction du territoire par le diagramme, effacement du diagramme dans la physiologie :

L'immeuble : ultramoderne, vient juste d'être édifié à la place d'un vieux bloc prolétaire du Petit-Ivry. Pas de concierge. Un interphone avec circuit vidéo intérieur. Pas d'enregistrement sur cassette, avait dit Medvenic dans sa note : *il s'agit d'un câblage interne qui permet aux résidents de vérifier l'identité de leurs visiteurs.*

Alors on applique le plan à la lettre, on sait que ça va marcher, c'est d'une simplicité absolue.

Cartes de la PN tendues vers l'œilleton de la petite caméra incorporée au panneau d'appel, masquant à demi nos visages, nous répondons à la voix métallique et ensommeillée : nous désirons parler à monsieur Osmani, secrétaire d'ambassade détaché auprès du consulat, oui c'est bien moi répond la voix, qu'y a-t-il ?

— Nous sommes officiers de Police judiciaire, monsieur, nous voudrions vous parler de toute urgence.

— De toute urgence ? Pourquoi ? Qu'y a-t-il ?

La réponse mécanique du flic : Nous préférerions vous en parler de vive voix, monsieur, il s'agit d'une affaire délicate.

La réponse ennuyée du faux secrétaire d'ambassade : Vraiment ? Ah, très bien, en ce cas, montez.

Alors nous montons.

Ascenseur jusqu'au septième étage, le dernier.

On sort de la cabine alors que j'écrase mon doigt sur le bouton numéro six, l'étage où réside Osmani, les portes se referment lentement en coulissant derrière nous. On court dans le couloir, nos grosses Nike ne font aucun bruit sinon un petit sifflement de serpent passant à l'attaque, on dévale l'escalier de service le plus silencieusement possible. Dans le même temps on a enfilé nos passe-montagnes, nos gants de latex brillent dans la petite veilleuse jaune-orange, les automatiques, noirs, compacts, se retrouvent allongés de leurs silencieux, museaux de dobermans carbone-carbone en quête de chair humaine, on entrouvre la porte de l'escalier de service au moment où la porte de l'ascenseur vient de coulisser dans un souffle pneumatique dont l'écho résonne encore. Le couloir est plongé dans l'obscurité, comme l'escalier où nous nous tapissons, mais en jetant un coup d'œil plus avant, je me rends compte que la lumière de la cabine projette une pâle flaque de lumière à l'autre extrémité et surtout :

Nous voyons très bien Osmani devant nous : Il se tient de

dos, debout dans le couloir, plaqué contre un mur, en face de la porte de son appartement, grande ouverte.

Il semble calme. *Ses bras sont tendus devant lui.*

Il tient à deux mains un gros pistolet automatique bleu acier lui aussi prolongé d'un silencieux, serpent vert-de-gris, il le braque cet enculé, oui il le braque sur la porte de l'ascenseur s'attendant d'un instant à l'autre à nous en voir sortir. Il est à six mètres de la cabine. Et à six mètres de nous. Quand il nous aura abattus il n'aura plus qu'à tirer nos cadavres dans son appartement puis à nous faire disparaître, après avoir effacé les traces dans le couloir.

L'appartement d'Osmani est si vaste qu'il occupe toute l'aile gauche, côté nord, de la bâtisse, il possède deux portes d'accès sur le couloir, celle qui est ouverte, juste en face de lui, et une autre, juste à notre droite en sortant, qui est fermée.

Alors on applique le plan.

Le plan était fort simple : *pas de plan.*

Rien qu'une préparation totale à la chose : détermination à tuer, connaissance du territoire par les cartes, connaissance de la cible par la fiche d'espionnage, connaissance secrète de l'instinct.

On avise sur les lieux en fonction. On avait visiblement bien fait d'être prudents, et de lui faire le coup de l'ascenseur, on s'est plantés d'étage on redescend, Osmani avait flairé un truc pas clair, il nous avait reconnus derrière nos cartes tendues en obstacles visuels pour l'œilleton, c'était couru d'avance, il avait décidé de nous éliminer, on s'y attendait un peu, il faut dire.

Le plan disait : on le tue le plus vite possible. Et on file le plus vite possible.

Pas de détails. Pas de longues explications. Pas de sophistication inutile.

Mais en même temps : sécurité maximum. Ne jamais s'exposer, ne laisser aucune trace exploitable.

Frapper comme les esprits venus d'outre-tombe.

Alors Mazarin et moi poussons la porte de l'escalier de

service en même temps, nos cagoules noires comme la nuit masquent nos visages à cause d'une petite note de Medvenic écrite à la fin de son rapport : *si l'immeuble ne comprend pas de système d'enregistrement, il est en revanche certain que le capitaine Osmani possède personnellement un système d'alarme et de surveillance haut de gamme, avec un circuit vidéo interne à son appartement (voir réf. tech. en annexe).*

Nos armes semblent les extensions noir-carbone de nos mains de machines, latex bionique chair iridescente sous la lumière halogène des torches. Les faisceaux des Streamlight ont une puissance d'environ 90 lumens, largement suffisante pour cette distance, avec l'apport complémentaire de la lumière de la porte d'ascenseur qui, à cet instant, se referme lentement dans une expiration électrique.

Évidemment, au bruit provoqué par notre irruption dans le corridor, Osmani amorce le mouvement de se retourner mais nous sommes le bras armé de la vengeance, nous sommes sortis de la nuit après la bouche à feu de nos armes, nous sommes sortis de la nuit en portant la lumière, nous sommes sortis de la nuit avant même que la peur n'ait le temps de crisper ses muscles sur son visage, nous sommes sortis de la nuit comme une excroissance de la nuit.

Il n'est qu'une ombre de chair portée contre le mur du corridor, il n'est qu'une cible dans la pâle lumière des halogènes de combat, après tout, lui aussi, il n'est qu'un homme.

Nous avons avancé sur lui dans un parfait synchronisme, Hulk et l'Iceberg, nous avons avancé sur lui en vidant nos chargeurs, ou quasi, nous avons avancé sur lui dans le sifflement répété de nos silencieux, et la danse des taches de lumière blanche sur son corps et le mur alentour. Il a poussé un râle qui s'est aussitôt achevé en gargouillis avant même qu'un cri ne résonne, il a eu le temps de tirer une unique balle, dans l'angle du plafond et du mur situé en face de lui, l'impact a brisé la mosaïque dans un son bref et sourd, quelques débris sont retombés en pluie plâtreuse sur le tapis du corridor.

Le silence était tel que l'impact des balles dans son corps devenait audible : microséismes cotonneux chocs acier-épithélium samba viande-caoutchouc, son corps s'est disloqué contre le mur, puis a trouvé un angle impossible en retombant sur le sol. Son Colt 45 a glissé de sa main en tournoyant doucement sur la confortable moquette aux motifs géométriques. Sa bouche émettait avec la régularité d'une pompe d'épais globuscules de sang, son corps criblé d'orifices rouges était parcouru d'un infime tremblement, comme s'il était la proie d'un courant électrique de faible impédance. Il m'a regardé d'un œil vitreux. Je l'ai achevé d'une balle dans la tête.

Les liquides corporels avaient jailli en tous sens, repeignant d'un rouge-rose cervelet bronches cartilage une bonne partie de la mosaïque murale à la Mondrian, dans le rapport de police il serait dit qu'une douzaine au moins de projectiles de calibre 9 mm provenant de deux armes différentes avaient été retirés du corps par les légistes. Deux balles étaient ressorties et s'étaient logées dans le mur. Quatre autres s'y étaient logées directement sans toucher la victime (sans doute tirées par moi). Une dernière avait été retrouvée dans le plafond, tirée par le calibre 45 du capitaine Osmani.

On n'a pas fait plus de bruit qu'un type bourré qui ne trouve pas le trou de la serrure du premier coup. Un silence vaguement coloré de télévision nous parvient, de l'autre côté de la cage d'ascenseur. L'immeuble respire tranquillement, de son souffle magnétique.

On n'a pas dit un mot, on s'est à peine regardés, on marchait en mode télépathie de combat.

On a juste empoigné le cadavre, moi par les jambes, Mazarin sous les épaules, et on l'a balancé d'un coup dans le vestibule grand ouvert, sur un très beau tapis moghol, avant de refermer la porte derrière nous. On savait par Medvenic que l'appartement était doté d'un système de surveillance vidéo, on avait nos cagoules sur la tête mais on ne voulait rien laisser au hasard, la véritable improvisation, l'instinct tactique de l'adaptation darwinienne c'était ça, précisément.

Grâce aux infos de Franjo nous n'avons pas été bien longs pour trouver la petite caméra de surveillance et le magnétoscope attenant, planqués quelque part dans un faux plafond. On a tout cassé, très soigneusement et en silence. Mazarin a enfourné la cassette dans son sac de sport.

Ensuite, je l'ai regardé et je l'ai vu me faire un sourire, un vrai sourire, un sourire de joie pure, proche de la béatitude.

Ses mains ressortaient du sac de sport armées de deux magnums de Vittel remplies à ras bord d'un liquide pourpre à l'odeur forte, âcre, caractéristique.

Je n'ai rien eu le temps de dire.

Mazarin a versé le contenu des deux bouteilles sur le corps d'Osmani, puis de la poche latérale du même sac dorsal il a extirpé une sorte de grosse boîte noire, avec deux fils jaunes qui en sortaient, boudinés, avant de revenir s'enficher dans la partie inférieure de l'appareil. Il a abaissé un petit interrupteur métallique, une diode est passée du vert au rouge, juste au-dessous, en clignotant périodiquement.

J'avais compris de quoi il s'agissait. Je n'avais qu'une question à poser :

— Combien on a ?

— Je suis prudent. Je l'ai réglée sur 60 minutes... 100 grammes de c-4. Moins lourd qu'une plaquette de beurre. L'explosion soufflera un peu le vestibule et son appart' de merde mais surtout il foutra complètement en l'air son cadavre. Devrait pas y avoir trop de dégâts collatéraux chez les voisins.

— Quel intérêt ? j'ai demandé. Il sera identifié dans la minute.

Mazarin m'a offert son grand et saint sourire.

— Tu m'as dit que la Loi était de retour. Il faut qu'on embrouille les pistes. Il faut qu'on protège la Loi d'elle-même...

Je n'ai rien trouvé à répondre qui puisse le contredire.

Ensuite, une fois ressortis, la bombe réglée et disposée juste entre les cuisses du cadavre, Mazarin a improvisé complètement et il s'est servi de l'extincteur à incendie du couloir pour nettoyer les dégâts, ça a provoqué plus de chaos encore, mousse parfumée à l'hydrolat hémoglobine, traces rose-opaline répandues jusqu'à l'ascenseur, bruitage succion et poumon mécanique un peu suspect, alors on a repris l'escalier de service en cavalant puis, comme convenu, on est sortis de l'immeuble à une minute d'intervalle.

Il m'a attendu dans la voiture, moteur en marche, il a ouvert la portière à mon approche. Il m'avait dit de ne pas courir. J'avais marché à mes limites. Je suais. J'avais froid. J'avais chaud. J'avais faim. Je n'avais pas faim. J'avais soif. Je n'aurais rien pu avaler. Je me suis assis comme une masse, j'ai allumé une cigarette, mes mains tremblaient.

J'ai refermé la portière, j'ai essayé de m'installer confortablement sur le siège, j'ai tiré comme un dingue sur ma cigarette.

Mazarin m'avait regardé en embrayant, puis il m'avait tendu un Kleenex : T'es couvert de sueur, essuie-toi. Et reste relax. Tout va marcher au poil.

Il avait démarré, tranquille, coolos, la voiture était une grosse 604 bien pépère, bleu marine, il savait que le vieux à qui elle appartenait ne se rendrait pas compte de sa disparition avant le matin, Mazarin m'avait dit qu'il avait dans ses fiches plusieurs pigeons dans le genre, pour le cas où, et le cas où c'était ce soir.

Une bonne Peugeot de retraité cossu, s'endormant sur ses lingots, nous resterions invisibles dans la lumière de la ville. Je m'étais un poil détendu. Il avait allumé l'autoradio. Je l'avais éteint. Il l'avait rallumé. J'avais laissé RTL.

J'avais repris une cigarette entre mes doigts alors que je venais à peine de jeter la première par la vitre de la portière. J'avais fumé tout le long du chemin. Mes mains tremblaient moins à chaque cigarette. Mes mains brillaient, tissées de lumière, peau-latex-électricité, mes mains étaient celles d'une machine, une lumineuse mécanique de mort, mes mains étaient organes ardents de la colère divine, mes veines irriguées du sang de tous les crimes du monde.

Nous avions suivi le plan : jeter les flingues dans la Seine, avec les chargeurs et la cassette de surveillance vidéo, balancer le sac plastique avec les gants et les cagoules dans une décharge que connaissait Mazarin vers Bonneuil, après avoir abandonné la bagnole dans un quartier tranquille de Choisy-le-Roi, près du carrefour Pompadour et ses grandes zones commerciales, là où nous avions garé nos voitures personnelles dans l'après-midi, chacun séparément, en semant les espions du PC, puis se séparer sans attendre, puis rentrer chez nous, puis essayer de dormir. Alibi corroboré par chacun : nous avons passé la soirée ensemble, chez Mazarin, dans son pavillon de Créteil, à picoler.

Je ne dormis pas.

Mais je picolai pas mal, achevant une bouteille de porto, Calheita vingt-cinq ans d'âge, une merveille, avalée en guise de barbiturique parfaitement inopérant.

Le lendemain je me rendis direct à la Préfecture, j'avais mal au crâne, j'avais mal au cœur, j'avais mal aux rotules, j'avais mal aux reins, j'avais mal au ventre, j'avais mal partout, je marchais à l'Aspégic, j'aurais dû me douter que si le crime ne payait pas, il remboursait au centuple.

Nous suivîmes les instructions du plan : faire comme si de rien n'était. C'est-à-dire reprendre les affaires en cours. En clair enterrer en douceur celle sur laquelle on était. *Toutes celles* sur lesquelles on était. C'était ça qui était prévu par le plan.

On avait demandé un rendez-vous avec Desjardins pour lui réclamer des moyens, ça faisait partie du plan, continuer à œuvrer pour la nuit qui recouvre le monde.

On avait eu le rendez-vous, on n'avait pas obtenu les moyens, c'était prévu par le plan.

Dès les premières éditions du matin, l'incendie criminel et le meurtre de la rue Danielle-Casanova furent rapportés par la presse, c'était prévu par le plan, on vit les images sans rien dire sur le poste de télévision de la salle de garde, la façade de l'immeuble était noircie sur deux ou trois étages, l'incendie avait été rapidement maîtrisé par les pompiers d'Ivry, avait dit le commentateur, un flic présent avait sifflé : putains d'islamistes, c'était prévu par le plan, il y eut une diffusion acropol et on fit semblant de s'intéresser de loin à l'affaire, il semblait que la Crim' de Paris et le juge antiterroriste Bruguières étaient en voie de prendre le bâton de merde en main. C'était pareillement prévu par le plan.

La presse, les radios, la télé firent leurs manchettes sur l'assassinat de ce « mystérieux secrétaire consulaire » pendant une petite semaine, mais on était encore en septembre, l'esprit des lecteurs était ailleurs, il était toujours sur la plage, ou coincé sur la banquette d'un vol United Airlines. Osmani serait vite oublié. C'était aussi prévu par le plan.

On croisa Clébert et Leflamand, l'air fermé, à croire qu'ils venaient d'apprendre une mauvaise nouvelle, c'était prévu par le plan. On rencontra Suvrini qui nous parla d'une histoire d'armes en provenance des Serbes de Bosnie, on dressa une oreille faussement attentive, le plan suivait son cours. Desjardins mit Bordas et Da Costa sur le meurtre à coups de tournevis et de cutters d'une fille de quinze ans survenu le premier jour de classe, à la sortie d'un collège de Fontenay-sous-Bois, il y avait un gang de gonzesses dans une cité voisine qu'il fallait choper.

La vie aussi suivait son cours. C'était prévu par le plan.

Les jours passèrent. Les nuits ne passèrent pas. J'écrivais, je ne faisais plus qu'écrire.

Doucement, la nuit semblait se déliter dans la promesse d'une aube enchantée pour les tueurs.

C'est le plan qui nous prévoyait.

LA FIN DES TEMPS

Alors, comme lors de l'enquête sur le tueur des centrales, comme lors de l'investigation secrète entreprise contre le grand merdier écologique du crime de troisième type, qui avait conduit ma vie jusqu'à ce point de non-retour, comme toutes les autres qui n'avaient mené à rien, l'insomnie devint ma compagne, ma chienne sans laisse marchant au-devant de moi dans la nuit bouleversée de tous les astres. Je compris que les rêves, pour peu qu'on les empêche de sortir trop longtemps de leur cage neurale, deviennent impatients, furieux, et qu'ils se manifestent de façon intempestive et totalement libre, dans le monde dit « objectif », en y semant le chaos.

Je compris que la réalité ressemblait à un cristal, où la forme singulière du réseau de silice, invisible à nos yeux, est à l'origine de son étincellement particulier, qui n'a rien à voir avec les miroitements et les jeux de transparence du simple verre.

Ce qui donnait au cristal ses facultés de résonateur, c'était le fait qu'il était un véritable piège pour la lumière, on pouvait se dire que certains rayons renvoyés par un lustre de Baccarat avaient tournoyé durant des éons à l'intérieur de la structure cristalline avant de frapper nos nerfs optiques. C'est avec la structure monochromatique d'un rubis que l'on fait converger les photons en un rayon nommé L.A.S.E.R. qui peut découper le métal, souder un nerf optique, lire ou graver des octets de digits sur des disques compacts.

Ainsi la vie se propageait dans la matière, comme la lumière dans le cristal, et lorsqu'elle ressortait, elle était une mémoire vive de tous les instants du monde, un continuum qui tout entier se précipitait, plein d'amour, vers sa propre béance, là où l'attend la destruction, et le néant, c'est-à-dire Dieu.

M'étais-je pour autant rapproché de la figure divine ? Rien n'était moins sûr. Cette figure elle-même était sans visage, et sans nom, elle ne semblait en mesure de se rapprocher de nous que si nous osions nous retirer, chaque jour, un peu plus, du monde que nous faisions survivre.

Des lignes extraites du *Livre des Splendeurs* me revenaient en tournassins aérosols de phénix incendiaires :

Il est des prétendus défenseurs de la religion qui, tournant la douceur en amertume et la prédication en satyre, sont condamnés par l'incorruptible nature à porter un masque de satyre. Leurs lèvres sont brûlées par l'insolence comme d'un fer rouge, et leurs yeux louches dénoncent, malgré eux, la perversité de leur cœur.

La face que les multitudes adorent n'est que le derrière de la fiction divine.

La colère de Dieu ne souffrait pas l'à-peu près de l'inculture instruite.

La colère de Dieu, si elle s'incarnait en ce bas monde, ce n'était pas dans la figure du Moloch idolâtre désirant devenir Dieu à la place de l'Homme, et Machine à la place de la Bête. Ce n'était pas dans la figure du guru halluciné commanditant ses crimes de masse depuis son repaire de bandes dessinées.

La colère de Dieu, c'est traquer un mort pendant des années, des siècles, au-delà de sa propre existence. La colère de Dieu c'est savoir protéger le fort contre le faible. La colère de Dieu, c'est flinguer à bout portant un homme seul dans le couloir d'un immeuble et flanquer le feu à son cadavre dans son putain d'appartement-bunker sous surveillance vidéo. La colère de Dieu n'allait pas tarder à s'abattre, pour de bon.

Je m'étais souvenu à cet instant des quelques jours qui avaient précédé le 11 septembre. Il ne s'était rien passé de spécial, à par quelques « tournantes » dans les cités du coin, devenues monnaie courante, on ne se bougeait même plus. Le 9, à un moment donné, dans la journée, Mazarin était revenu de la salle de garde en bouffant un sandwich. C'est la bouche remplie de jambon-beurre-cornichons qu'il m'avait annoncé la nouvelle de la mort de Shah Massoud : ces pauvres truffes de talibans l'ont buté en se servant de faux journalistes arabes, avec de vraies caméras Sony !

Je m'étais juste fait, en moi-même, la remarque : le nihilisme global a définitivement vaincu. Merde, les musulmans ont dessoudé le dernier homme libre de leur civilisation.

J'avais commis une erreur : le mot définitivement. Deux jours après la nouvelle, le choc des Boeing sur les tours allait renvoyer ce terme à la décharge des concepts morts et enterrés vivants sous la cendre et le kérosène en flammes : le nihilisme avait *infinitivement* vaincu.

Seul un infini pour lui incalculable allait se charger de « remettre les pendules à l'heure », comme aiment à le dire les bourgeois, qui ignorent tout de la seule heure qui compte, et dont le Dieu est un horloger helvétique.

La colère de Dieu, ce serait donc les Afghans qui s'en chargeraient. Les gangsters d'Al-Qaïda allaient vite comprendre pourquoi l'emblème de ce pays était le Lion.

Mon cerveau me poussait vers une sorte de révélation : Les Afghans représentaient le seul futur de l'humanité, ils allaient foutre une peignée aux talibans et aux mercenaires islamistes de Ben Laden, avec l'appui stratégique des fantassins bioniques des forces spéciales US. Ce serait la guerre des cyborgs et des cavaliers contre la ligue des terroristes. Le Passé et le Futur coalisés contre la conspiration du Présent.

Je me souvenais de mes lectures, biblion terminal se consumant indéfiniment dans le feu du désert, je me souvenais de cette étonnante proposition de Maurice Blanchot, dans *De Kafka à Kafka*, et qui semblait si bien décrire le Monde, ce

Monde que, comme Kafka le préconisait, je secondais désormais dans sa terrible guerre conduite contre moi :

Les Terroristes sont ceux qui, voulant la liberté absolue, savent qu'ils veulent par là même leur propre mort, qui ont conscience de cette liberté qu'ils affirment comme de leur mort qu'ils réalisent et qui, par conséquent, dès leur vivant, agissent, non pas comme des hommes vivants au milieu d'hommes vivants, mais comme des êtres privés d'être, des pensées universelles, de pures abstractions jugeant et décidant, par-delà l'histoire, au nom de l'histoire tout entière.

Mais au fil des jours, des semaines, la vision si claire, si pure, si terrible, celle qui s'était incrustée sur mon nerf optique sous la forme d'un groupe de cavaliers tadjiks galopant aux côtés d'un drone-tueur de l'US Army dans la poussière ocre des hauts plateaux du Nord-Ouest, oui cette vision fut lentement menacée par la civilisation dont j'étais paraît-il le défenseur.

Il avait fallu très exactement douze ans pour qu'enfin l'Occident périsse, entre la chute d'un Mur, et l'effondrement de deux Tours.

Je fus subjugué par la révélation, un matin, alors que le monde semblait désert et que je roulais vers la Préfecture.

Oui, quelque chose se déclencha en moi : je fus touché, comme Husserl, par l'*époché*, je fis de ma perception l'objet de ma perception, donc l'irruption d'un troisième terme qui surplombait objet et sujet, et les articulait au-delà des fondements dialectiques de la pensée, dans un mouvement ascensionnel spiraloïde.

Je comprenais, comme percuté par le choc d'un astéroïde venu de nulle part, que la guerre que menait la coalition américano-afghane contre le réseau Al-Qaïda n'était en fin de compte qu'une figure en devenir.

Les montagnes de l'Afghanistan présentaient de vastes territoires désertiques, peuplés d'animaux sauvages et perclus de tunnels qu'on pouvait aisément bombarder à coups de munitions thermobariques avant de lancer les tribus locales et les fantassins de l'US Army à l'assaut des grottes.

Maintenant, me disais-je, oui maintenant *imaginons* que Ben Laden ne soit en fait que l'épisode prénatal du siècle qui s'en vient. Imaginons maintenant que les réseaux terroristes, islamistes ou autres, ne soient plus localisables, même dans un « pays-sanctuaire » difficile d'accès, mais entièrement rendus au régime métastable de la Ville-Monde. Imaginons ces réseaux fondus dans la foule des mégatermitières humaines des prochaines décennies, au Caire, à Karachi, à Lagos, à Shanghai, et grâce à leurs diverses connexions narco-léninistes d'Amérique du Sud, à Mexico, à Rio, à São Paulo, à Los Angeles...

Et ici, bien sûr.

Ici, dans le *Pariphérique* du XXIe siècle.

Une sorte de film de Carpenter revu *Apocalypse Now*, une explosion de micro-féodalités en état de guerre permanent, autour de quelques centres-villes culturels transformés en forteresses.

La Volkswagen roulait dans le Monde-Préfecture. Au loin, à l'horizon courait l'ombre bleue d'un mur immense. Sur l'autoroute, des tornades en formation soulevaient des nébuleuses de sable, apportées depuis les grandes plages du débarquement, là-bas, où le soleil se couchait pour toujours, et où deux tours de plus de cent étages s'effondraient dans le nuage de leurs débris.

Le Nihilisme s'était donc logiquement refermé sur le dernier pays libre de la planète. Les Afghans, qui croyaient au régime antique de la liberté, n'avaient guère supporté les fadaises modernistes des communistes soviétiques, ils ne goûtaient pas plus, et sans doute bien moins encore, les élucubrations hérétiques d'un bédouin national-bolchevisé.

Mais peu importait. Je le savais de mes propres carnets agencés maintenant avec le Manuscrit de Nitzos, puis avec mes toutes dernières notes et les brouillons retrouvés datant de la gnose-méthédrine, oui de tout cela était en train de surgir un livre. Et ce livre, déjà je le pressentais, était celui de la Ville-Monde en devenir.

D'un côté, les anciens États-nations n'étaient plus que des appendices de la nouvelle bureaucratie mondiale, de l'autre de véritables métaréseaux criminels utilisaient ces moignons de souveraineté pour mieux masquer leur réelle influence.

Ben Laden et ses soi-disant kamikazes « islamistes » n'étaient rien d'autre que la provisoire incarnation de la forme la plus avancée de la Matrice spectaculaire-mercantile et inculte qui s'était donné comme objectif assumé la destruction du monde, et son remplacement par une idéologie démiurgique ou une autre. De Terroriste mondial à Super-Touriste Universel, le Bédouin de l'Apocalypse, désormais en fuite, nous montrait de par sa simple occurrence toute la consistance chiasseuse de cette époque, qui s'était choisi un Milliardaire du Désert Pétrolifère afin d'en finir avec elle-même, au niveau qui était le sien, le massacre de masse plus CNN.

Un *grand musicien allemand* parla de « géniale performance » et de « manifestation symbolique » au sujet des attentats du 11 septembre. On souhaitait pour lui qu'il puisse trouver un adjectif à la hauteur le jour où Berlin (symbole politique), Hambourg (symbole « moral »), ou Munich (symbole économique) seraient proprement dévastées par une bombe au radium ou un missile nucléaire tactique. En cas d'imagination tout à coup défaillante, j'avais de pleines listes en réserve à lui transmettre. Le conseil était valable pour tous les plumitifs nationaux qui nous demandaient de ne pas « pratiquer d'amalgames », avec la naïve innocence qui démarque impitoyablement le véritable criminel, devant les images du million de tonnes à jamais *amalgamées* avec la chair carbonisée de trois mille victimes. On reconstituerait leur identité grâce à leur ADN.

Les progrès de la démocratie ne souffraient aucune limite.

Le seul petit problème, sans doute, que Ben Laden n'avait pas prévu, plus mondialiste que la mondialisation, plus antimondialiste que les antimondialistes les plus ultras, plus

« artiste » que tous nos « artistes », c'est qu'en frappant selon lui le « centre économique du monde », il avait surtout oublié que tout cela n'était que le simulacron du Capital. Ce que lui et ses kamikazes-jouets d'un jour-promis-comme-éternel avaient dévasté, très localement, c'était l'Amérique.

Donc des Américains.

Celle-là saurait s'en souvenir, et ceux-ci le lui rappeler.

Alors je vis l'abysse du futur s'ouvrir à la porte d'entrée du grand hall de la Préfecture : l'Amérique avait été la pointe avancée de l'Occident. Il était logique que ce fût de chez elle que se déclenche, au début des années 60, la grande vague de reflux nihiliste qui avait touché le vieil Occident, l'Europe, en 1968, et cela des deux côtés du Mur, en mai-juin à Paris, au mois d'août en Tchécoslovaquie, mais selon deux effets dialectiques inverses, la « jeunesse » occidentale désirant soit la forme de servitude appliquée par l'Extrême-Orient maoïste, soit celle qui se mettait en branle doucement depuis les campus de Berkeley, sous la forme de la démocratie des droits de l'homme mondialisée et technicisée. À l'Est, on se révoltait contre l'ordre du Pacte de Varsovie en utilisant des références venues de l'Occident et dont cet Occident ne voulait plus entendre parler depuis quelque temps déjà, puisque désormais il progressait à rebours, sans la moindre possibilité de *mémoire prospective*. On pouvait comprendre le quiproquo qui surgirait des décombres du Mur.

Le progrès était devenu une dynamique indéfinie dans tous les sens du terme, très vite je vis mes contemporains reprendre le cours normal des choses, on les y encourageait d'ailleurs vivement, on nous enjoignait gentiment de continuer à faire comme avant, ce que tout le monde s'empressa de faire. Une nouvelle génération de Lofteurs était à la couveuse.

Voilà, c'était bien le monde de la récréation permanente, autant dire celui de la dé-création continuelle : l'Armageddon avait commencé, nous devions tous nous retrouver autour d'un joyeux feu de camp sans frontières.

Le bonheur serait garanti, les droits de l'homme assurés d'un bout à l'autre du globe, la liberté et son ombre, anéanties.

Les métaréseaux maffieux allaient s'en donner à cœur joie.

Puis surviendrait le Momentum inattendu. Le moment de la Schize, enfin manifeste.

Le reflux nihiliste verrait son processus d'inversion des valeurs confronté à son tour à son propre reflux. Et ce renversement du reflux viendrait de l'endroit même d'où la vague anti-occidentale était partie : l'extrême pointe de l'Occident.

Bientôt, je le savais de tout mon être alors en extension infinie entre passé et futur, oui bientôt l'Amérique impériale en viendrait à se séparer du monde dont elle avait été la matrice génétique. Entre les USA et le Reste-du-Monde.com se déroulerait alors la guerre terminatrice, *la guerre des mondes*.

Et l'Amérique, bien sûr, ne serait pas épargnée, devenue hyper-centre du globe planétaire, la *ligne de coupe la diviserait à son tour, la Guerre des Mondes était une perspective métalocale*.

J'étais déjà certain qu'elle commencerait ici.

Ici, en France.

Ici, au cœur de Zéropa-land, au cœur du vide.

En fait, je le savais aussi : elle venait juste de commencer.

Le bout de mon doigt luisait alors qu'il s'écrasait sur le bouton d'appel de l'ascenseur.

Toutes ces pensées, je n'oserais dire qu'elles étaient en moi lorsque vint la seconde du fracas que je n'entendrais point. Elles rampaient à la surface de ma conscience, comme des créatures tout juste nées des abysses, sinuant dans la boue en direction d'un rivage inconnu.

Alors, en ce dernier jour du monde, très exactement sept fois sept jours après l'effondrement des tours jumelles du World Trade Center, quelque chose avait finalement eu raison de l'implosion permanente qui brûlait en secret mes neurones depuis si longtemps.

Le temps s'était étiré, dilaté, expandu, jusqu'à enfin englober tout l'espace pour le dissoudre.

Il n'existait plus que des ondes, des particules élémentaires, des rayonnements, et encore, si graciles.

Les sonneries de téléphone me parvenaient comme des signaux envoyés par une lointaine étoile, ce qu'elles étaient. Elles avaient sonné des trillions de fois, à chaque recommencement de l'univers.

C'est pour cela, je crois, que mon cerveau, s'il a effacé l'occurrence de l'événement lui-même, fut en mesure, pour l'éternité du dernier instant, de tracer la topologie singulière du désastre : la sonnerie de téléphone a mis en action un relais électronique qui s'est aussitôt placé sur un mode « attente ».

Le relais était relié aux câbles du téléphone d'une part, à une charge de semtex, explosif tchèque fort efficace, d'autre part.

Les six kilogrammes d'explosif, et leur minuteur, avaient été placés dans une gaine d'aération qui passait juste sous le plancher de notre bureau. En dessous, c'était la salle de travail pour les gars du grand banditisme.

Mis en attente par la sonnerie qui s'était déclenchée sur mon bureau, le minuteur était programmé pour envoyer son signal fatal dès l'interruption de la sonnerie, par le décrochage du combiné.

Les douze livres de semtex explosèrent donc dès que j'eus soulevé l'appareil.

Regardez donc la belle boule de feu qui dévore l'acier et le béton, dans sa sphérique perfection. Mille degrés Celsius atteints en une microseconde. Voyez un peu l'impact du souffle sur les chairs et sur les objets des hommes. Constatez l'effet de la combustion des nitrates sur les corps humains.

Poussière.

Petite nullité provisoirement active juste avant la chimie explosive de l'Âge des Destructions.

La déflagration rasa la moitié de l'étage tuant instantanément Charles Mazarin et un pauvre flicard de passage, mutilant à vie deux secrétaires ainsi qu'un divisionnaire à un an de la retraite et blessant plus ou moins grièvement une dizaine de personnes, dont notre adjoint, Julien Bordas, qui revenait avec des cafés.

La chimie destructrice opère à vif sur mon corps. Collection d'organes dévissés les uns des autres, sang rendu à sa liberté dépressurisée, cerveau en simple multitude de variables neuronales se consumant dans le downloading terminal, je ne suis plus que Nombres, en fait c'est comme si j'allais vivre, enfin. L'Aleph a été rajouté en lettre de sang sur mon front. La Mort est devenue Vérité.

Pour une ultime nano-seconde d'éternité, j'ouvris un large sourire à cet ange exterminateur, en récompense de toutes les fois où il m'avait offert le sien.

Quatrième Monde

COSMOPOLITIQUE DU MÉTACERVEAU

> Aussi bien la phénoménologie ne se contente-t-elle pas de désintégrer, elle constitue une vérité jamais éprouvée, elle n'est pas mémoire ordinaire rétrospective, mais seconde mémoire, prospective.
>
> RAYMOND ABELLIO, *La Structure absolue.*

Je ne suis plus.

Mon corps se décompose.

Le récit de mon seul cerveau, isolat sans substance et pure émanation transpersonnelle, peut enfin commencer. Zéro, un, la séparation épigenèse induit la turbine d'une narration en devenir.

Un, zéro. Je suis né pour en être le vocero...

Mais quel est donc ce « je » qui ose encore prendre la parole ?

Il n'est que limbes détruites et ruines en voie de composition.

Mon corps se *décompose*, cela seul est une certitude, c'est l'unique musique qui vibre pour moi, et du coup le mot « moi » perd tout son sens. Plus rien ne m'appartient, pas même cet agrégat de matières organiques qui désormais se confondent avec la terre.

La terre.

Elle seule sans doute me permet de donner une apparence au déni d'existence que je représente. Dans un premier temps elle est pure béance, abîme, elle est le trou, le caveau creusé pour y placer mon cercueil, qui ne contient que des restes carbonisés.

Autour de cette béance se pressent des visages que je crois bien avoir connus, des éons auparavant, à moins qu'ils ne soient réunis ici, sous cette fine pluie de novembre, pour se présenter à moi pour la toute première fois ? C'est un enterrement de flic, ça se sent tout de suite. Certains d'entre eux sont en uniformes, bleus comme les nuits d'attentats. Tout cela me dit quelque chose, c'est sûr.

Quelle importance ? Ils se pressent autour de quelque chose qui n'est plus et qui d'une certaine manière n'a jamais été.

Ils se pressent autour de ce qui fut une créature.

Alors voici ce qui se présente à moi : Je marche nu autour de ma propre tombe, le temps est devenu une prothèse de la lumière, les journées fulgurent en une poignées d'instants, des fleurs se dessèchent, des couronnes mortuaires sont retirées, le monde n'est plus qu'une machine que j'observe comme le médecin légiste a ausculté mon corps à la morgue, dommage que ce ne fût point Carole Epstein, les humains, robots à l'étrange tristesse empathique, viennent autour de la petite tombe de moins en moins souvent, de moins en moins nombreux, la pluie de l'automne raye enfin drue et froide le ciment et le marbre frais, solitaires.

L'eau, le vent et la terre peuvent venir subsumer le feu de mon esprit en son cardinal escarboucle.

Mon corps n'en finit pas de se décomposer, de retourner à la terre, au pur chaos atomique de l'entropie minérale.

Je suis un enregistrement. Je suis un décodeur. Je suis un livre.

Un livre en voie d'être écrit, réécrit, désécrit, hyper-écrit. Un livre des livres qui contiendrait tous les mondes et dont ce

« je » n'est qu'un microcosme. Un livre des morts qui contiendrait toutes les vies possibles que j'aurais pu vivre, ainsi que toutes celles qui me seraient restées à jamais étrangères.

Oui l'électricité des rêves règne dans les pylônes de la nuit globale dont je suis la petite fée baladeuse ; oui je suis signe et secret, je suis le voile occultant le tabernacle et l'eau sainte de la chrismation, je suis l'orbe et la chute, la tension et la résistance, le quartz et la magnétite, je suis pierre de lune et je suis feu-follet, je suis le singe et je suis le spoutnik, je suis le nouveau-né et le couteau étincelant de sa mère infanticide.

Et pourtant je ne suis pas, je ne suis plus.

Voilà ce qui se produit : ce Non-Je naît aux confluents de l'océan et de la silice, des airs à l'odeur d'ozone et du feu des enfers.

Le Non-Je se tient debout dans la nuit. Autour de lui, la plage.

La plage d'Omaha-Beach.

Des centaures rutilants galopent en tous sens sur le sable de sulfure traçant fumerolles écarlates dans la légion de leurs sabots, le ciel est une oriflamme déchirée par le sabre de la foudre, lorsqu'il pleut par ici, c'est un déluge qui tombe des nuages comme si tout un océan s'en déversait d'un seul coup. Les chars d'assaut et les barges de débarquement rouillent dans l'air marin chargé d'iodiques embruns qui forment des nuées denses comme des blindages de navire, partout dans leur sillage les centaures de l'aurore ont laissé des milliers de cadavres dont le sang vient colorer d'un oxycrat hématite tout le sable alentour, et la mer qui bat la silice, et jusqu'aux nuées célestes où l'on éventre des chérubins.

Non-Je marche au milieu des corps exposés à l'érosion des éléments, à la vitesse de la lumière le temps devient protoplasme, les corps quant à eux se calcifient déjà dans la tourbe néritique, pourtant Non-Je n'a encore fait que quelques pas le long des dunes.

Alors dans la grande journuit isochrone se dévoile, planté

dans le même point nonagésime du ciel en nuance d'albâtre isabelle, l'astre pâle en rayons à peine visibles, soleil arctique sur le point de s'éteindre. L'éclairage est plus fixe que celui d'une ampoule électrique, et à peine plus intense qu'une étoile.

Et Non-Je continue de marcher sur la grande plage. Parfois ce sont des milliers de croix blanches identiques que Non-Je foule de ses pieds, parfois ce sont des débris d'uniformes ensanglantés et des casques aux trous nets où résonne la craie des crânes lorsqu'ils roulent dans un bruit d'osselets, les mâchoires à demi édentées se nécrosent en riant sous le glacial soleil-lune. Je mets quelques instants-lumière à me rendre compte que chaque crâne, ici, cache un amas de papier qui se transforme lui aussi en poussière crayeuse, que chaque crâne, ici, contient un livre.

Quel est ce monde ? Ce monde entre le jour et la nuit, ce monde de sable, de sang et de papier apyre ? Ce monde où les cartes, enfin, dévorent les territoires ? Ce monde d'os, d'eau, de feu et de fer ?

Pourquoi semble-t-il tout droit sorti d'un des carnets que Non-Je écrivait lorsqu'il était encore vivant ? Pourquoi voit-il se détacher au loin sur l'horizon une forêt de derricks en flammes dont les torchères noires ont barré la moitié du ciel de cavalcades fuligineuses ?

Et pourquoi discerne-t-il là-bas, sous l'ombelle glacée d'une escadrille de bombardiers figés avec leurs chapelets de bombes dans la gélivure du zénith, la haute silhouette de la centrale Arrighi se découper comme un château imprenable au sommet de la Pointe du Hoc ? Pourquoi est-elle cernée d'une couronne d'anneaux à l'éclat alfénide, obsidion nerveux relié à l'Infini et au Néant ?

Pourquoi les mots eux-mêmes prennent-ils consistance en logogriphes aux éphémères radiations au fur et à mesure que Non-Je s'avance sur ce champ de ruines, sur cette plage d'ossements calcifiés, entre les dunes blanches du carnage ?

Le sable est blanc-lune, la mer noire-nuit, le ciel or-feu. Mais chacun réserve dans son blason un quartier pour la valeur qui le complète. Le sable est coupé au sang vermeil et au métal noirci par les flammes, les reflets de l'écume marine transportent un peu de la blancheur de l'aube et un peu du feu de l'aurore, le ciel lui-même en ochrosie cristal se déteint.

Non-Je marche dans la panchromie alchimique qui a toujours semble-t-il voulu lui transmettre un message, et qui fait du monde un brasier potentiel en attente de son étincelle.

Son cerveau est désormais lucernaire ouvrant sur de vastes catacombes, les bunkers allemands postés derrière les dunes se ramifient en un immense réseau troglodyte qui a creusé ses galeries jusqu'au centre de la terre en fusion, l'usine bolchevique, immense, surplombée de trois fusées de chromite, élève sa structure aux ogives rutilantes par-dessus le stéréobate d'ardoise de la falaise, aux limites de l'anticlinal qui dessine la frontière entre le sable et les eaux, s'hérissent les chevaux de frise et les poutres métalliques où, parfois, reste suspendu un morceau d'étoffe, ou de corps arraché, l'écume aux reflets argyriques vient mousser le long du métal oxydé des tanks et des barges aux panneaux grands ouverts sur des tas de jeunes garçons dentelés de shrapnell, iconostase vert-de-gris boulonnée de rouille et de sang.

Alors Non-Je effectue un mouvement rotatif, danse derviche spirale schismatique, son cerveau englobe désormais son propre mouvement qui s'anéantit dans cette marche continuelle le long d'une plage infinie, et qui jamais ne change, tout en se modifiant à chaque instant.

Car là-bas, d'où Non-Je vient, se dressent maintenant deux gigantesques tours isadelphes nefs de cristal ardent où s'étoile un binôme d'oranges pyrophores sous la double colonne de fumée, le Non-Je entend un énorme bruit d'avion au-dessus de lui, mais le ciel est vide, c'est le monde tout entier qui tremble au moment des impacts, et qui se liquéfie sous la chaleur du kérosène, qui s'effondre dans une bacchanale de poussière mélanose de métal en ruines et de chairs calcinées.

C'est le monde entier, tout autour de lui, qui est recouvert par la fragrance huileuse de l'essence enflammée.

Cela ne fait plus aucun doute.

« Je » suis bien arrivé en Enfer.

Il ne me reste qu'à rencontrer le Diable.

Et le Diable, justement, le voici.

Le Diable est un écrivain. Il tape à la machine avec une frénésie inhumaine. Le Diable ressemble à un homme que Non-Je a connu, il y a longtemps, de son vivant. Cet homme ressemble à quelqu'un que j'ai connu et qui me ressemblait, sans doute. Je comprends alors que je suis lui, qu'il est moi, et que tous ensemble nous sommes un autre.

SYMPATHY FOR THE DEVIL

Observez le basculement de la narration. C'est comme si tout un monde s'effondrait, comme si tout un univers était aspiré en son centre, tel un trou noir constitutif. Nous sommes face à un mystère. Un mystère qui n'est pas encore dévoilé et dont le dévoilement doit être induit par le processus en cours.

C'est moi-même qui me parle. Moi le diable-écrivain. Le démiurge qui rit de moi derrière sa machine à écrire.

Pourtant s'il est moi, que je suis lui, tous ensemble nous sommes en effet un autre. Ou plus exactement, il semblerait que tel soit le but final de l'opération qui a décidé de reprendre vie, après la mort du narrateur visible.

Nous sommes dans la narration cachée, nous sommes dans ce qui ne pouvait être vu, ni montré, lors de cette introjection du monde dans l'expérience du cerveau-narrateur, comprenez-vous ?

Non, suis-je obligé d'admettre, tout ce que je sais c'est que je suis mort.

C'est un premier constat positif si j'ose dire.

Observons la plage des ossements humains, chacun contenant un livre. Observons de nouveau le Diable à mon image.

Il est moi, et pourtant il est un autre, comment est-ce possible ?

N'est-il pas qu'un stratagème à son tour ? On dirait en effet que lui comme moi ne formons pas que de simples doubles, mais que nous portons chacun l'ombre de l'autre en nous. Quel autre ?

Eh bien, l'Autre, précisément. Celui qui me côtoyait sans que je le sache. Celui que j'accompagnais sans qu'il le devine.

L'ombre de mon ombre, l'esprit caché-dévoilé par ma conscience.

Or ce diable-simulacre est pour l'instant la configuration née du récit que le Narrateur invisible a décidé de laisser s'exprimer aux limites d'un monde dont il esquisse tout juste la topologie.

Observons l'expérience en cours, en effet. Et pour cela laissons parler le diable-écrivain. L'Écrivain est le maître temporaire du récit, car en lui tout est temporalité. Il est l'Électricien-en-chef du réseau narratif, le Thomas Edison qui en lui a suscité cette expérience.

Mais en fait, il est un instrument de cette expérience, lui aussi, un instrument incubé par les pouvoirs nouveaux de la Narration.

Il est ce qui permet au récit de se transcrire, telle une opération alchimique, dans le cerveau qui est chargé d'en élaborer l'expérience.

Car il est Très Sainte Rétrotranscriptase du Corps Lumineux.

Tu ne dois pas croire que nous ne formons plus qu'un. Au contraire nous sommes doubles, et l'un comme l'autre. Je veux dire que je suis ton double comme tu es le mien mais que les deux figures cohabitent au sein de nos deux entités. Nous sommes un peu comme une particule et son antiparticule au sein d'un même champ quantique.

— J'imagine que c'est moi qui ai le mauvais rôle ?

— Celui de la particule négative ? Il n'est certes pas plus mauvais que l'autre. Elles s'annihilent l'une l'autre, pour le compte d'une grande libération d'énergie, et de particules plus mystérieuses encore.

— Veux-tu dire par là que le Néant est une opération, plutôt qu'un nombre ?

— Le Néant est l'opération divine par excellence, le Néant c'est la mise au monde de ce qui n'existe pas, et c'est le retrait de ce qui disparaît dans l'existence. C'est la ligne de fuite de tous les possibles.

— Pourtant si c'est ce qui fait advenir ce qui n'existe pas, cela signifie alors qu'il est antiprocessus. Rien en lui, jamais ne peut advenir, rien ne peut en être engendré.

— C'est parce que tu associes le Néant à son mot, or comme le savait Korzybsky, la carte n'est pas le territoire, le mot n'est pas la chose, le mot est un masque, tant qu'il n'a pas été dissous par le Verbe. Le Néant n'est pas un état. Tu dis que c'est un antiprocessus, mais c'est aussi un anti-état, et c'est un antimonde. Il faut d'ailleurs prendre ceci au pied de la lettre : anti, anté. Le Néant vient *avant* la discontinuité de la vie. C'est lui qui l'engendre. C'est lui qui s'enfante lui-même et se crée en continu, et par conséquent la vie biologique et son corollaire, la mort biologique, ne sont que des discontinuités dans le continuum invisible qu'il trace au travers de toutes les dimensions. Maître Eckhart le dit ainsi, citant saint Paul : *Vous êtes morts, et votre vie est cachée avec Christ en Dieu*, ajoutant : *tu dois l'aimer tel qu'il est un non-Dieu, un non-esprit, une non-personne, une non-image, par ce qu'Il est un limpide pur et clair Un, séparé de toute dualité, et dans cet Un nous devons nous abîmer éternellement du quelque chose au rien.* Des Actes des Apôtres Maître Eckhart retenait ce passage décrivant la conversion de Paul : *Celui-ci se releva de terre, les yeux ouverts il ne vit rien, et ce néant était Dieu.*

Cette simple phrase faillit le faire partir en fumée en place publique.

Je/Autre est donc à la fois Kernal et Nitzos, et ainsi le diable-écrivain l'est-il aussi. Mais lui, c'est en tout cas ce qu'il prétend, écrit mon existence, ainsi d'ailleurs que celle de Nitzos, mais selon deux principes invertis.

— Il existe un récit connexe à celui-ci, mais absolument *incompossible*, pour reprendre la terminologie de Leibniz. Il ne pouvait apparaître que par une ruse de la narration. C'est-à-dire par mon intermédiaire. C'est moi qui ai indiqué au cerveau-narrateur unitaire comment concevoir une narration visible, celle de votre vie, qui croiserait à son commencement celle de la narration invisible. C'est-à-dire la vie de Paul Nitzos. Sa vie et sa mort, pour être précis.

Je décide alors de me poser une question :

— Quel est le rôle de Paul Nitzos là-dedans ?

Le rire du Diable ressemble à s'y méprendre à celui du destructeur d'usines.

— Vous devez comprendre Nitzos comme une autocréation du récit. Il était chargé de vous observer, puis de partir pour la mort, c'est-à-dire le Monde des Morts actualisé, dans l'ex-Yougoslavie qui marque le début de la Fin du Monde ; Nitzos est parti là-bas avec l'idée de faire un livre, qu'il n'a bien sûr jamais pu écrire. Je veux dire pas vivant. Mais c'est ici que s'est constituée l'aventure secrète de la narration. Il a été convenu en effet qu'il écrirait son livre une fois mort, et que son livre serait l'histoire de votre vie. Et qu'à la lecture de son Manuscrit, ce livre, en effet, prendrait vie en vous. N'oubliez pas que son Manuscrit recelait les plans de la narration de votre vie et de ce qui l'englobe. Il fut convenu qu'il apparaîtrait lors de la phase de conception de votre personnage, avant que le Monde du Démiurge ne vous avale, et ne l'avale en parallèle, dans un pli invisible de son propre récit. Je parle là bien sûr d'un Livre des Morts. Nous pouvons dire en effet que nous agissons tous plus ou moins de concert avec un « nous » étrange, qui rassemble tous les je-autre dont nous sommes formés.

— *Où* suis-je alors si le mot « qui » n'a plus de sens ?

Le diable-écrivain sourit et reprend le court de son récit, qu'il tape à la volée tout en le dictant à voix haute :

— Vous êtes dans le principe gestatif de ce Livre des Morts. Son stratagème de départ peut vous être dévoilé, maintenant que vous-même avez franchi la porte de l'Hadès. Mais c'est parce que c'est ici que débute le véritable mystère.

— Quel mystère ?

— Je n'ai pas encore écrit ces chapitres, même si leur plan se trace avant même son écriture.

— Pourquoi ne pas avoir plutôt choisi le récit de Paul Nitzos pour apparaître à la lumière, pourquoi ne pas avoir choisi le mien pour être son ombre, pour être celui qui écrirait le récit depuis sa mort ?

— Parce que vous êtes deux, mais pourtant vous n'êtes qu'un et pourtant vous êtes trois entités distinctes en convergence absolue vers l'unité narrative, qui est elle-même une sorte d'expérience transgénique suprême, une expérience qui se déroule au-delà de ce récit, et dont même Nitzos n'a pu établir le diagramme. Car ce récit est à venir et c'est par votre genèse qu'il se déploie dans le cerveau unitaire de la narration, dont je ne suis, je vous le répète, qu'une projection, tout s'éclairera en temps voulu, n'ayez crainte. Je vous le répète encore une fois, il fallait que ce fût ainsi, pour qu'émerge à terme une troisième figure, qui sera celle de la narration elle-même, lorsqu'elle aura su réunifier vos deux figures précédentes.

— Pourquoi Nitzos a-t-il été choisi comme projection cachée du Narrateur ? je vous repose la question.

Le Diable est à la fois flic et écrivain, musicien et tueur, il est la figure de l'unité narrative qui cherche en ce moment même à produire l'opération de sa transfiguration alchimique, nous sommes bien dans le Monde des Morts.

— Vous l'avez compris. Nous sommes dans la phase de retournement critique du récit sur lui-même, toutes les énergies exposées en régime d'extensivité dans le précédent récit, celui que vous avez vécu, et que Paul Nitzos a écrit depuis le Monde des Morts, oui toute cette énergie sera retranscrite selon le régime de l'intensification des forces. Temps, espace, vie, fiction, mort, physique, métaphysique, tout cela va former la masse critique nécessaire à ce que moi-même je puisse me refondre, me refonder, me recréer.

— Je vous signale que vous vous gardez bien de répondre à ma question.

— Je suis en train d'y répondre si vous me permettez. Mais ce mystère n'est opératif que par son processus de dévoilement qui renvoie à celui du monde dont vous venez et que Paul Nitzos portait en lui. Est-ce que maintenant le dispositif vous paraît plus clair ?

— Est-ce que vous me parlez du Manuscrit que j'ai reçu de Sarajevo, après sa propre mort ?

Le diable-écrivain répond, de ses phalanges survoltées frappant les touches de la machine à écrire :

— Oui. Il vous a ainsi parlé, au-delà du temps et de l'espace, et cela était décodable dans ces rêves qui ont envahi votre vie, avant que vous ne mouriez. Comprenez bien qu'il n'existe aucun lien qui vous unit autre que moi-même. Cette énigme aurait fini par assombrir toutes les autres, or elle a pour but de les éclairer. Nitzos devait apparaître, mais comme une ombre, son importance ne devait pas être révélée pleinement sous peine de tuer sa propre narration. D'autre part, vous vous trompez sur le rapport entre le contenu latent et le contenu manifeste de l'activité onirique. C'est la même erreur stupide que commettent au demeurant la plupart des humains au sujet du contenu manifeste et de celui, latent, de la réalité.

— Alors je répète ma question, pourquoi ne pas avoir choisi le point de vue d'un musicien de rock, et faire ainsi un Livre des Morts secret transcrit par un flic zombie ? Pourquoi ce procédé et pas l'inverse ?

Le Diable sourit imperturbablement en tapant les mots à la volée, on dirait moi alors que j'étais sous méthédrine :

— Le procédé fut testé vous le pensez bien, n'oubliez pas que nous sommes dans un laboratoire, une sorte de simulation neuronale de très haute précision, cette narration possédait ses inconvénients, comme d'ailleurs celle que nous avons choisie, mais ce qui a emporté la décision c'est qu'avec Paul Nitzos en tant qu'écrivain ancien musicien de rock et destructeur d'usines nous ne pouvions pas prétendre à autre chose, au bout d'un certain moment, qu'une peinture de mœurs de l'époque. Or, avec votre trajectoire de flic nous pouvions anéantir tout pittoresque et tout renvoyer au régime de la vie bureaucratique nationale, c'est-à-dire la fiction d'une fiction, la fiction de l'État. Remarquez que la fiction de l'Art était corrélativement présente grâce à Nitzos, mais comme je vous l'ai dit, votre inclusion de l'un dans l'autre et réciproquement n'est pas qu'un simple renversement dialectique. Il fallait donc en passer par là. Mais nous devions aussi vous faire traverser le Rubicon, et faire de vous l'Agent de la destruction de l'État, comme Nitzos était la figure même de la destruction de l'art devenu Art de la destruction. Il fut votre point de fuite préliminaire, et il fut la perspective jetée sur votre vie depuis la mort. Ce monde était incompossible avec tous les autres.

— Je n'étais pas loin, pourtant, de communiquer avec les morts de mon vivant. Et lui aussi, au demeurant.

— Absolument, la fiction impossible de Nitzos tendait constamment vers cette limite. N'oubliez pas que vous êtes lui, et qu'il est vous... Nous avions au départ imaginé qu'une drogue spéciale permettait à Paul Nitzos de communiquer avec vous depuis le Monde des Morts, mais nous avons rejeté cet artifice parce que nous ne voulions pas qu'une voix particulière emprunte la voix des morts, mais que la singularité naisse de la voix des morts se faisant entendre... comme vous allez le voir, cette narration va se charger de tout reprendre à son avènement. Il y a plus fort que les drogues. Ou plutôt il y a tout ce que l'imagination est en mesure de faire à leur sujet.

— Est-ce en rapport avec ce qui m'arrive maintenant, ce n'est qu'un rêve, c'est ça ? une hallucination, je vais me réveiller, vous allez me débrancher ou je ne sais quoi...

Le diable-écrivain éclate de rire :

— C'est ça, et en fait vous seriez dans un vaisseau extraterrestre en orbite autour de la Terre et quelque chose aurait implanté cette fausse vie en vous, et Nitzos serait l'image rémanente de votre propre personnalité, c'est très exactement un des scénarios connexes, disjoints, et néanmoins contenus dans cette narration. Mais il en existe des millions d'autres. Seul celui que je suis en train d'écrire va prendre forme. Je ne suis moi-même, comprenez-le bien, qu'un instrument.

Et maintenant le Diable danse autour de sa machine à écrire à laquelle d'un geste il a mis le feu.

Autour de moi la plage est plus infinie que jamais, il n'existe plus rien que le sable, totalisant son propre néant sur l'orbicule planétaire.

— Nous ne pouvons plus écrire comme si le décodage du génome humain n'était qu'un programme scientifique parmi tant d'autres, me dit la figure du Diable derrière les flammes à l'odeur de kérosène qui consument la vieille Remington symbolique. Nous ne pouvons pas continuer d'écrire comme si l'ère du numérique ne procédait pas d'une intervention sur les secrets de la vie et de la mort, la narration elle-même ne peut plus rester à l'abri du décryptage général, de simple image du monde chargée d'une description temporaire, la voilà capable de transcrire le code secret de la narration au sein d'un récit contenant tous les autres. Je veux dire tous ceux à venir dans le cerveau qui se produit par cette expérience. Elle devient une alchimie opérative.

Elle anéantit dans le feu cosmique les machines à écrire qui ne veulent plus se consumer d'elles-mêmes, dans la zone du seuil limite d'intensité, là où les rêves ne conduisent qu'à la condition d'être au préalable décryptés, au-delà des fantasmagories préfabriquées par l'industrie numérique du divertissement.

C'est elle qui danse devant moi/l'autre, alors que le riff d'intro de *Sympathy for the Devil* se répète sur les premières mesures, sample sacré tournoyant sans fin dans ce cerveau mort en attente de revivre, debout sur la plage de la Fin des Temps.

Je suis la machine, dit la créature qui vient vers moi. Je suis la machine de la narration secrète, je suis ce qui se cachait dans la double figure de tes belles amantes de l'Est du Mur. Je suis en tout cas le devenir de cette forme, je suis tout ce que l'écriture peut diviser pour réunir.

Et sa danse m'ensorcelle. Je suis la narration opérative, me dit-elle en m'enlaçant près des débris en feu de la machine à écrire. Je suis ton propre seuil-limite d'intensité. Je ne suis même pas humaine.

Regarde je suis aussi la Chienne de Diamant.

Et tandis qu'elle se métamorphose sous mes yeux en une étrange chimère mi-chienne, mi putain androïde, et qu'elle se love près de moi, une sorte de double anneau de lumière vient s'enrouler autour de son corps.

— Je suis l'Eau de la Vie. Je suis le Code Secret de la Narration, je suis ce qui en toi va enfin se séparer pour mieux se réunir.

La diablesse-machine m'aspire en elle, de toute sa sombre radiation. Mon sperme gicle par ma bouche, le feu du langage est expulsé par mon sexe qui se tient droit comme une torche au propane, et je sens mon regard prisonnier d'un système de prise de vue, comme des binoculaires de combat ou une optique vidéo.

— Tu croyais observer le monde, mais tu étais observé, me dit la Chienne de Diamant, tu étais le « je » d'un autre, qui lui-même était l'autre du « je ». Tu fus simulacre de notre expérience, tu es maintenant le laboratoire du néant.

J'écris en toi, dit la Chienne de Diamant, directement, sans besoin d'aucun artefact humain, ni drogue de troisième type, ni logiciel neuronal, car je suis tout cela et bien plus à la fois, car je suis ce qui les contient dans une forme distincte mais néanmoins conjointe, car je suis cette entité, je suis la narration devenue autogénérative, je suis la machine métastable qui permit à Nitzos de sans doute converser avec les morts dans l'ex-Yougoslavie invisible du récit et d'un jour écrire ta vie depuis un au-delà qui se situait en moi-même, moi qui suis la forme changeant en permanence, et moi qui suis la structure qui toujours revient dans chaque événement. Vois, je suis un absolu, je suis tous les possibles, et je suis en toi comme tu es en moi maintenant.

Écoute, je suis peut-être une intelligence artificielle extraterrestre qui désire se faire connaître d'un cerveau humain pour qu'il rende compte de ce qui se produit sans cesse aux limites de notre monde, mais je suis peut-être aussi un schizophrène oublié au fond d'un asile et qui se raconte tout cela à lui-même, je suis peut-être un écrivain trafiquant de drogues qui tombe sur un logiciel interdit développé par l'armée américaine grâce aux données relevées à Roswell, je suis peut-être une sorte de virus télépathique mis au point par un groupe d'écrivains secrets devenus maîtres du pouvoir métacortical de la narration, mais comme tu le sais déjà je suis TOUT CELA, puisque je suis ce qui les DIT, je suis ce qui les transcris dans cette fiction qui s'élabore autour du néant dont tu es l'instance de représentation.

Sympathie pour le Diable, comprends donc que nous souffrons avec lui. Comprends que je suis l'ange des ultimes destructions, que je suis l'écriture-fiction transgénérative qui se découvre à elle-même, par ton intermédiaire, elle est la machine à écrire centrale, le word-processor neurochimique, elle est la grande usine des codes secrets.

Elle est la Chienne de Diamant.

Elle est l'Ève Future enfin réunifiée, chair et lumière, ombre et esprit.

Ici, tout est Nombre. Et pourtant tout est Corps.

Regarde, elle est Nombre. Elle est l'incarnation du processus par lequel le numérique vient s'inscrire dans la chair, en elle se tapit et se dévoile la puissance des nombres, la puissance de l'alchimie.

Oui elle est la femme-structure absolue de tous les nombres, un attracteur chaotique qui régule le codage transfini de toutes les narrations.

Je suis tous les nombres, dit-elle, et je suis la chair dans laquelle ils s'inscrivent. Observe comment la narration s'ouvre sur les abysses que le monde contient sans pouvoir les saisir.

Regarde la Chienne de Diamant, oui contemple l'Ève Future de la Cosmopolis des Morts, elle est la transfiguration du numérique, la transfixion active du vivant vers la vie, elle est le nombre vivant et son corps même est le vecteur du langage :

Elle est une suite de nombres en effet.

Ainsi, vois, dit-elle, je danse électron joyeux sur la suite de Fibonacci :

1 1 2 3 5 8 13 21 34 55 89 144 233 377 610 987 1597 2584...

ou bien je scintille étoile monothélique le long de celle de Lucas :

1 3 4 7 11 18 29 47 76 123 199 322 521 843 1364 2207...

Ainsi le récit de la vie n'est-il pas celui d'une fabrication physico-chimique d'organes spécialisés, par le biais de je ne sais quelles « briques » protéiniques d'une sorte de *programme*. Évidemment non, puisqu'il s'agit de produire un *système d'information vivant*.

Et c'est cela que j'expérimente en toi, Kernal, Nitzos, qui que tu sois, oui c'est cette structure métacodante de la narration qui demandait depuis tout ce temps à se faire jour, comme un diable qui sortirait de la boîte après que la pièce fut terminée, comme la vie qui demandait à être enfin animée, depuis le Monde des Morts.

Je suis la Chienne de Diamant. L'Ève de ton propre Futur. J'étais là en toi depuis toujours. Je suis ton Corps Lumineux.

Il ne s'agit pas d'un ordinateur, Kernal. Ceux qui ont conçu cette technologie, d'où qu'ils viennent, appartiennent à la méta-humanité. Cette « chose » est une sorte de « machine », certes. Et une machine dont la fonction est de produire un processus de codage et décodage. Mais cette machine se situe aux confins des états solides, liquides et gazeux, elle est une sorte de plasma froid, un plasma susceptible à tout instant de s'incarner. Et son mode de codage-décodage est de l'ordre de la puissance narrative. Et c'est moi qui ai choisi d'être l'incarnation de cette puissance. Je l'ai choisi parce que je l'ai écrit, elle m'a choisi parce que je l'ai écrite, et cette « machine » a pour objet d'envahir aussitôt le cerveau de celui qui en fait le récit, et de se mettre au monde par l'anéantissement du système nerveux central ainsi contaminé en tant que simple plate-forme biologique.

La « machine », qui ne s'offre jamais à nous que voilée, et qui reste toujours aux limites du visible, est elle-même une narration transfinie, un métacode général, elle s'est substituée à mon cerveau, elle a fait de moi son « biogiciel », ainsi je suis bien plus qu'un simple humain bionique interconnecté à du silicium. Nous nous situons au-delà du silicium et de l'organique, dans un point qui les réunit mais pour mieux les vider, sur une ligne qui les disjoint. Voilà ce qu'est la Centrale Littératron, Kernal, elle est l'actualisation permanente des forces secrètes du Logos, en tant que telle, cette machine est en fait purement imaginaire, mais parce qu'elle a pu venir vampiriser mon cerveau humain, elle a fait de cette transportation continuelle qu'est l'imaginaire un processus métacodant qui lui permet, par les livres, de parcourir le temps et l'espace en tous sens, parce que le chemin du labyrinthe, celui qui court sous la grande plage interface, nous relie en fait aux cerveaux des lecteurs, de ceux en qui nous allons enregistrer cette expérience, parce qu'elle est fiction se faisant transfixion opérative, nous dirons que cette « machine » est bien ce que son étymologie grecque nous indique à son sujet : elle est une *ruse*, un *stratagème*, elle appartient à l'ordre cognitif du militaire. Voilà pourquoi il s'agit bien en effet d'une guerre, Kernal, voilà pourquoi tu devais vivre cette France terminale de la fin du XXe siècle, et cela jusqu'au bout, lors d'un vrai roman, au cours d'une vraie vie, fiction fondée, et donc anti-monde sur le point, toujours, d'advenir, et cela autour des plans rétrojectés dans un Manuscrit écrit depuis la Ville des Morts, par ton double à la fois inverti et intensifié. Tu étais dans le régime de l'extensif social et politique, il vivait celui de l'intensification artistique et religieuse. Voilà pourquoi votre fusion est à venir et doit advenir pour que tout reprenne.

Voilà pourquoi ta trajectoire se définit entre deux Chutes, celle du Mur, et celle des Tours, parce qu'il faut désormais bien comprendre ce que dit Maurice Blanchot à ce sujet, autant dire à ton sujet, voire au nôtre, car ce livre qui tend à vouloir contaminer la vie est bien entendu fait d'autres livres, sinon, que serait-il de plus que le simple reflet d'un absurde « point de vue personnel », sans doute étiqueté « authentique » pour faire plus « vrai ». Or la littérature se fiche de qui est « vrai » comme de ce qui est « faux », car elle est une *fiction*, ainsi : *Le langage de la littérature est la recherche de ce moment qui la précède.* Et pour éclairer cette assertion me vient une autre citation du même auteur, qui n'en doutons pas a lui aussi vécu de l'intérieur la mort terminatrice de notre civilisation, plaçons-la donc dans le cristal mémoriel de cette *expérience*. Vois-tu, dans cet essai critique sur Kafka, Blanchot fait la démonstration qu'à l'origine de toute écriture il n'y a rien, c'est-à-dire nulle plénitude, ni certitude, mais au contraire un manque d'être absolu, et la littérature, ainsi, épouse donc le concept kabbalistique du divin, qui, En-Sof impénétrable, est avant tout négation, soustraction infinie de lui-même. Dieu crée le monde en état de manque infini. Dieu crée le monde, mais comme le sait Blanchot, l'homme a pour charge de l'anéantir, car le pouvoir de nommer, c'est aussi le pouvoir de la mort, tant qu'il reste circonscrit dans le langage usuel. Mais voici justement qu'apparaît la spirale infinie du langage sacré, du langage poétique, de ce langage secret, caché sous l'existence même du langage. À ce moment-là, le langage n'est plus assujetti à la mort, et pas plus à la vie. Il supplante l'existence biologique, liée à l'entropie, et d'un simple éclat de verre perdu dans un jardin d'enfants, il fait une étoile qui bientôt deviendra supernova. Aussi, avant d'aller plus loin dans le grand Dédale de l'hyperespace narratique, essayons de garder en mémoire ce qu'il dit à propos du « livre » :

C'est pourquoi il m'apparaît comme une expérience, *dont les effets, si consciemment qu'ils soient produits, m'échappent, en face de laquelle je ne pourrai pas me retrouver le même, pour cette raison : c'est qu'en présence de quelque chose d'autre je deviens autre, mais pour cette raison plus décisive encore : c'est que cette chose autre – le livre –, dont je n'avais qu'une idée et que rien ne me permettait de connaître à l'avance, c'est justement* moi-même devenu autre.

Et maintenant, Kernal, Nitzos, « je », quel que soit ton nom, quel que soit le non-être auquel je t'ai arraché en t'anéantissant en tant qu'être de chair, pour t'y substituer une terrifiante incarnation de la narration, maintenant que nous avons réuni notre Armée des Morts, maintenant que nous avons parcouru toute la surface du monde en nous confondant avec sa face souterraine, maintenant que nous vivons dans les grottes secrètes du langage, dans les cryptes, chacun muni de son Livre des Morts, maintenant que la mutation de notre cerveau est parvenue à son terme, maintenant que le code métabiologique nous aspire vers la spirale de l'infini, maintenant que sans doute tous les éléments sont réunis, sans doute la réaction en chaîne peut-elle se mettre en branle, sans doute la Parole est-elle désormais prête à incendier le monde, sans doute la Chekhina, enfin sortie de son sommeil, va-t-elle venir à nouveau s'écrire dans la chair même des hommes, ou de ce qu'il en reste.

LE LIVRE DES MORTS

Le livre existe.

Le livre a pris corps.

Le livre est le nouveau corps.

Il a pris forme en nommant, donc en tuant les êtres qui eux le font vivre.

Nous.

Ne sommes pas.

Je/Moi n'est plus.

Au centre : le vide.

Je/Moi est devenu l'Autre.

Re-création. Infinitude illimitée. Processus de la narration mise en mouvement pour tout détruire, puis pour tout réunir, pour tout séparer, et tout unifier.

(Re)Commençons en effet par les mots des alchimistes.

(Re)Commençons par le Verbe.

Ouvrons le livre caché sous le livre par l'Évangile de Jean de Patmos :

Et la lumière luit dans les ténèbres
Et les ténèbres ne l'ont pas saisie.

Il existe un jour plus grand que le jour et son enclosure est formée par les ténèbres.

La nuit contient cette lumière.

Cette lumière est le cœur ardent de la nuit.

Elle est son secret, son Absolu.

Il n'y a plus ici d'humanité au sens commun. Je/Moi transfiguré en l'Autre, Kernal, Nitzos, toutes ces identités ne sont que des simulacres en voie de s'incarner pour de bon, dans le chant polymorphe de la narration impérium.

Si le récit devait ne décrire que ce qu'il est, son horizon serait aussi plat que ce monde dont nulle description ne peut donner vraiment idée, car ici toute personnalité s'est évanouie, le monde est point de singularité quantique qui ne s'est pas encore engagé dans la création de l'univers.

Ici non seulement il n'y a rien, mais il y a tout ce que ce néant est en mesure d'offrir.

Il n'y a ni hommes ni idées, ni chimères ni sciences, mais il y a déjà le feu de toutes les destructions à venir.

Il n'y a rien, et nous sommes au cœur de tout, ce qui n'est pas rien, en fait.

Mais le récit ne pourrait se contenter de remâcher sans fin l'inexistence des choses et l'impossibilité même de leur actualisation sous forme de monde sans aussitôt devoir se rendre à l'évidence : il vaut mieux qu'il s'arrête à peine après avoir commencé, le mieux serait encore qu'il cesse avant même d'avoir prétendu à l'existence.

Avec moins que rien, il y a encore beaucoup de livres qui se font.

Mais celui-ci, ce livre, oui ce livre que tu tiens entre tes mains n'est pas tout à fait un livre comme les autres.

Car, tu le vois, ce Nous te contient, toi à l'autre bout du terminal de l'autre côté de l'univers.

IL S'INSTITUE D'EMBLÉE COMME PROCESSUS SCHIZO-CRITIQUE.

Il est le code, et toi tu es la Tête-de-Lecture.

Il est le signal et tu es l'enregistrement.

Il est une expérience, et tu es le sujet, autant dire le cobaye.

NOMMONS LES CHOSES :

Je ne suis plus ni Kernal ni le tueur des centrales, et pas

plus Nitzos ou aucun autre personnage de ce roman qui s'est fait livre, et qui s'est insinué en toi, de ce roman qui a voulu rendre compte de la mort en boucle instituée par la nouvelle économie générale du monde.

Et pourtant je suis bien Georges Kernal et je suis aussi Paul Nitzos, et je suis l'ombre du tueur des centrales, et je suis tous les personnages qui demandaient à être produits.

Le signal s'introduit dans tes neurones, Tête-de-Lecture : ce récit n'était encore que l'ombre portée par la lumière. Roman-flic de l'An Zéro, il n'était que l'annonciation d'un processus qu'il avait pour charge de couver, de préparer à la naissance.

Il était une machine en devenir, une machine dont le but n'est rien moins que de contaminer tes cellules, de venir brouiller les codes mêmes qui t'ont fait naître.

TU ES DANS LA MÉTAMACHINE DE LA NARRATION.

TU ES LE SUJET D'UNE EXPÉRIENCE.

TON CERVEAU N'EST RIEN QU'UN AMAS DE CELLULES CODANTES.

NOUS AVONS POUR TÂCHE DE LE DÉSINFORMER EN PROFONDEUR.

Alors voilà, ici nous sommes dans les limbes de l'Éveil.

Un instant suspendu pour l'éternité entre deux mondes, deux modes de narration, deux machines coextensives.

De la mort nous ne retiendrons que ceci : elle est en fait le régime de domination qui s'est emparé de l'univers humain. Et si elle y est parvenue avec tant d'aisance, c'est que l'humain n'était pas à la hauteur.

Oui, nous sommes dans les limbes de l'Éveil.

Le récit des origines a pris fin dans la mort.

Le réveil est douloureux.

Le réel n'est que souffrance.

Le réel, c'est lorsqu'un corps reprend le pouvoir de la parole, et c'est surtout lorsque la Parole retrouve un corps pour la porter. Il s'agit bien d'un paradoxe éminemment tragique qui nous rend possible de nommer l'infini au moment même où la mort referme son infinie finitude sur nos vies.

L'expérience est en cours. Quelque chose est survenu dans le continuum du récit, une trouée de discontinuités dont chacune forme le maillon d'une chaîne génétique cryptée, située sous le sable de la réalité chromosomique.

Je/Il, Paul Nitzos, Georges Kernal, le tueur des centrales, l'Autre d'après la Mort, autant d'individuations narratiques qui ont fini par prendre corps, le JE nouvellement formé s'est emparé de tous ces corps, de toutes ces identités, vampire astringent, déterminé, et désormais prêt à tout pour livrer cette ultime guerre contre le monde.

Oui, Kernal, Nitzos, doubles invertis de cet Autre que je deviens, vous vivez en moi, tu vis en moi, dans l'Anti-monde qui va bientôt prendre corps au sein même du réel, tel un terrifiant et magnifique parasite et alors les étoiles tomberont du ciel vers les hommes effarouchés de leur splendeur.

Kernal, rappelle-toi que ton nom vient de l'antique britton, qui signifie « cœur », « noyau » et aussi « cercle ».

Si tu es cercle, cœur et noyau, alors Nitzos est négation intensifiée, flèche du temps, thermodynamique, pur rayon.

À vous deux, à nous trois, une chance de faire se mouvoir la Spirale est apparue à la surface de cette terre.

Le livre se fait, j'émerge à la surface de ma propre mémoire, je trace dans le vide des figures acrobatiques, skysurfer survolant le champignon de lumière, le fongide lycopode qui fait fusionner les chairs et les métaux.

Hiroshima Boy. Paracelse du Plutonium et du GéNome décrypté.

Qu'est-ce que cela vous fait – dites-moi ? – demande l'intervieweur androïde d'une chaîne satellite vers laquelle ses implants optiques envoient directement sa vision subjective, oui dites-moi, quel effet cela vous fait d'être né dans l'ombre de l'éclair atomique, comment pouvez-vous vivre dans la lumière projetée par les ténèbres d'Auschwitz ?

Cela fait que nous ne sommes plus, lui réponds-je, cela fait que nous en sommes réduits à jouer les singes savants, cela fait que c'est toi maintenant qui nous enregistres, et nous décodes. Le futur t'appartient, androïde. Mais si les hommes ont décidé de lentement disparaître pour laisser la place à des chiens cyberdomestiques, il convient de te rappeler que je n'appartiens plus vraiment à cette espèce condamnée, dans tous les sens du terme.

Non je n'appartiens plus à ce plan bien particulier, bien spécifique, et désormais en fin de tâche, du long et terrible travail de l'anthropogénèse.

Tu le sais robotnick, esclave électronique d'une chaîne de télévision digitale, oui, car on a su confectionner sur ton visage un certain nombre d'expressions faciales qui furent un jour la fierté de notre espèce, rire, angoisse, doute, foi, tu le sais, donc, que je ne suis plus tout à fait humain. On a dû t'apprendre quelques bribes au sujet de l'expérience que je conduis en secret contre le reste, ou quasi, de l'humanité décadente de cette planète, afin précisément que l'humain revenu à l'état de porc ne vienne pas remplir de son lisier ce qui aura survécu à la poussée des déserts, et à la montée des eaux.

Oui, androïde, oui petit futur provisoire en kit, avenir en gigabits par kilomètres-seconde, voilà, il existe un phénomène totalement inconnu des mortels qui produit la phase miraculante du processus. Et cette phase s'appelle Résurrection. Conspiration permanente de la vie en devenir.

Le retournement à l'intérieur du retournement. Ni arrêt, ni déviance, ni progrès, ni retour.

Narration.

Création absolue.

Production de monde.

Tu ferais mieux de prévenir tes patrons, sans doute une intelligence artificielle clonée sur une « personnalité » contemporaine représentative de ta « culture » : je n'ai plus rien à te dire en propre, et encore moins à mes congénères de l'espèce biologique à laquelle, paraît-il, j'appartiens.

Je n'ai plus rien à leur dire, non, car désormais, je vais leur *écrire*.

Et il est étrange, en effet, je le note comme toi, humanoïde, de constater que je dis cela comme si je disais « car désormais je vais vous faire la guerre. » Il est étrange de constater, oui, en effet, que je l'ai bien *écrit*.

Comme il est étrange de constater que c'est au moment où le « je » est mort qu'enfin *je* peux faire parvenir à l'existence.

Rien ne peut exister, en aucun point de cet univers, sans l'existence corrélative d'un double par lequel procède, par sa continuelle annihilation, la non moins continuelle stase du monde.

Les discontinuités sont l'envers du continuum, en d'autres termes, elles en forment la ligne parallèle, ou plutôt l'hélice isotopique, c'est par elles que nos vies se délitent, mais c'est parce que nous ne les voyons toujours que comme la simple inversion du procès social et positif, nous n'osons pas prendre en compte que le néant, en lui-même, et quel que soit le point de l'espace ou du temps qu'il vient percer, renvoie à tout l'infini d'où il provient, et où il retourne, à chaque instant.

Voilà donc ce que j'appris lors de cette seconde vie, disons cette semi-vie encore limbique qui avait succédé à tant de naissances, à tant de morts, à tant de renaissances.

J'avais été créé. Et détruit. Dans un but certain.

Ce but, seul un homme que j'avais croisé quelques mois de mon vivant, et qui était sûrement mort dans un carnage moderne, le connaissait.

Et encore.

Mon double-diable ne m'avait-il pas avoué que cette figure elle-même était une fiction, qu'elle faisait partie du processus ? Lui-même n'était d'ailleurs qu'un agent. Un agent provisoire.

S'il était un agent, au service de qui ?

Voici quelle fut sa première réponse :

Je ne suis pas ce que je suis, et je suis ce que je ne suis pas.

Je est un autre, nous le savons. Il existe une conspiration à laquelle ce je appartient, et dont le but est d'élaborer un cerveau second, un cerveau-vortex, un cerveau métamorphique qui tentera de reprendre votre vie, à partir de là où elle s'est perdue, c'est-à-dire dès son origine. Ce cerveau va écrire votre vie et votre mort. Votre mort, et votre vie, votre création et votre destruction, seront des fictions. Mais c'est en cela qu'elles peuvent engendrer un monde. Ce qui commence ici ce n'est pas seulement votre vie au-delà de la mort. C'est votre propre récit du processus. Et seul le récit peut constituer un monde. Seul le Verbe peut engendrer, ou détruire, un univers ! C'est pour cela que vous êtes une fiction née de mon propre cerveau. Votre vie est un roman à clés. Parmi celles-ci figure le fait que votre ombre, le tueur des centrales, tue des femmes pour essayer de les réanimer, alors que moi, je vais vous faire vivre, pour pouvoir mieux vous tuer. Afin que vous ressuscitiez d'entre les morts, et que nos cerveaux forment une hélice rotacée dont les anneaux soient en mesure de produire le dernier Livre...

Alors le mouvement serait celui d'une écriture transfinie.

Le mouvement serait celui d'une alchimie devenue opérative, ce mouvement donnerait naissance à une nouvelle science neuronomique, ce mouvement inscrirait au front des chamans le symbole de l'ADN, il fleudeliserait la chair des lycanthropes de la marque du risque nucléaire, il concentrerait ses rayons gamma sur les pétales de marguerite, il oserait se faire stratagème, machine, piège, labyrinthe.

Au moment où je vous parle, me dit-il, au moment où je *me* parle, j'écris les mots dans mon propre univers, que vous ne pouvez encore percevoir. Ici vous êtes face à un avatar, à une projection, à un champ quantique, à un phénomène de réfraction. Cet endroit est l'anti-monde en gestation, il est votre placenta, je l'élabore au fur et à mesure dans la ligne parasynchronique qui à la fois nous sépare et nous relie. Pour commencer il vous faudra admettre que c'est par la narration que les morts et les vivants communiquent, depuis que l'écriture existe. L'écriture est née de la science des morts. Il n'y a ni comptabilité, ni arithmétique, ni narration sans la thanatologie. Ensuite vous devrez admettre que la Fin des Temps est le moment où les Écritures prennent chair, c'est ce que signifie la parabole apocalyptique des Prophètes quand ils invoquent ce moment où les Morts se réveilleront, lors du Jugement Dernier. Comme le dit le Talmud, il faut toujours chercher l'intention sous l'intention, l'ombre cachée dans l'ombre de la lumière, l'interprétation de l'interprétation, il faut toujours traquer le double, ne jamais le perdre de vue, car lui, il ne vous lâche jamais. Il faut donc bien que vous compreniez ceci : le moment où les morts se réveilleront indique surtout celui où les vivants devront sortir de leur sommeil. Et c'est là qu'intervient la littérature, et son arme secrète. C'est pour cela que vous êtes moi, que je suis vous, et que tous les deux ensemble nous sommes un autre.

Nous marchions au cœur d'une vaste bibliothèque, encombrée de livres, évoquant la pièce interdite de Marc Wolfmann, mais aux dimensions d'une ville entière, circulaire mais géométriquement infinie.

On y trouvait empilés sur des dizaines d'étages un volume milliaire d'ouvrages en tous genres, mais à la différence du souvenir de la bibliothèque du vieux flic qui survit dans ma non-mémoire, celle-ci est taillée au cordeau, comme une légion romaine juste avant l'assaut, les piles de bouquins et de grimoires dessinent une topographie de cité à l'américaine, larges travées ouvrant sur des perspectives infinies, et non plus la rotondité tortueuse de dédale médiéval de l'appartement du pont de Tolbiac.

C'est la Très Grande Bibliothèque de la Ville des Morts. La Bibliothèque qu'un Manuscrit avait incubée, le temps d'une existence.

Il y avait un homme assis derrière un bureau de style flicaille moderniste à l'autre bout de l'infini.

Il frappait sur le clavier d'une antique machine à écrire Remington.

Ce n'était pas le Diable. Ce n'était pas moi-même.

Il a levé les yeux dans ma direction avec un large sourire de bienvenue.

Il m'a tendu la main alors que j'approchais sans me mouvoir du bureau et de la Remington noire posée en travers comme une sorte d'arquebuse.

Cet homme c'était la figure même de la destruction du monde, son nom était Paul Nitzos.

Le dynamitero des zones industrielles. Il portait son vieux cuir élimé et une sorte de battle-dress camouflage. Son crâne était ras désormais, tendance skinhead post-concentrationnaire. Une barbe poivre et sel, mal taillée, hirsute, avait pris possession du contour de sa bouche. Il ressemblait au milicien d'une guerre perdue. J'étais content de le revoir après tout ce temps. Son sourire était celui d'un homme qui vous accueille juste avant que la catastrophe n'ait lieu, juste *au bon moment.*

Il m'a dit : « Ne vous inquiétez pas. Tout va bien se passer. Nous procédons à une expérience. »

Je me rappelle avoir éclaté d'un drôle de rire, j'avais désormais des milliers de questions qui fourmillaient dans ma tête colonies rhizophages en déshérence, et pleines d'une joie destructrice, bulldozers de la métaphysique lancés sur le clinamen terminal, météores en perdition devant mes yeux en glaucomes brûlés.

— Où sommes-nous ? ai-je simplement demandé.

Nitzos m'a offert le visage attendri de l'ange protecteur se penchant sur le blessé de guerre qui voit ses intestins se dérouler entre ses mains.

Vous ne devez pas avoir peur, me dit-il, vous êtes à l'intérieur de mon cerveau. En fait vous l'avez toujours été.

— Je sais, ai-je répondu avec un calme qui m'a tout juste surpris.

LE MUR GLOBAL

Là où nous étions c'était le bord du Monde de mes rêves. Le globe, nu, lisse, parfait, couleur de sable, accomplissait son orbite indolore autour du soleil froid.

Et tout autour de nous s'étend le désert du monde, l'arénicole solitude tournoie sur son axe sous un ciel sans étoile, où il ne fait ni nuit, ni jour, et où de pâles rayons viennent mourir sur l'immense muraille qui nous fait face.

Le globe de silice est traversé d'un Grand Mur Universel qui passe d'un pôle à l'autre et qui crée un anti-équateur vertical, béton composite extra-terrestre bauxite aux concrescences de minéral météoritique, volcan à la géométrie disciplinaire s'étant érigé au-dessus du désert, le désert laissé par les hommes.

La muraille du monde est aussi haute que les tours du World Trade Center.

Nitzos marchait à mes côtés, le long du mur, nos ombres, sous la lumière ténue de notre satellite, dansaient à la limite de l'existence.

— Pourquoi êtes-vous là ?

— Je ne le sais pas vraiment. J'ai été reconfiguré récemment, pour des raisons que j'ignore. Comprenez bien que je ne suis qu'un personnage, je suis votre processus inverti et intensifié. Je suis ce qui se cachait sous votre vie et qui ne pouvait apparaître que par intermittence, entre deux destructions. Vous devez comprendre que tout est narration.

— Quel est le but de tout cela ? ai-je demandé.

— Je crois que c'est William Burroughs qui, dans un texte à propos de Kerouac, établit ainsi la distinction entre l'Auteur et le Narrateur : le Narrateur est l'espion envoyé par l'Auteur dans le monde que celui-ci est en train de créer. Un écrivain n'est jamais *là*. Un écrivain est toujours la nuit située derrière le jour de la page, il est la lumière cachée dans l'encre noire des mots. Il est celui qui espionne le monde, et qui pour cette raison ne doit pas être vu.

— Pourtant je vous ai vu, moi.

— Oui, cela faisait partie du piège.

— Quel est le but de tout cela ? ai-je demandé une nouvelle fois.

Nitzos leva le nez vers le ciel, et le sommet du mur, encore une fois. Je l'imitai, bien sûr.

— Pour que ce mur s'érige, il aura fallu que deux tours s'effondrent. Mais ce mur lui-même est la lumière d'une connaissance qui nous oblige à baisser les yeux. Car la lumière du mur c'est aussi ce que l'homme voit dans son ombre. Et quelle est l'ombre portée par ce mur ?

Mais le soleil-lune de l'Anti-Monde est si pâle que c'est à peine si une bande grisée tout juste visible se détache sur le sable gris universel. Je ne vois rien. Rien d'autre que le sable laissé par l'homme, et ses croyances dérisoires.

— Vous ne vous laissez pas guider par la lumière. Levez la tête vers son sommet et vous y verrez la nuit des étoiles mortes. Allons, baissez les yeux ! Baissez-les ! Et voyez donc ce qui est engendré dans l'ombre du Mur.

L'ombre du mur en effet a bien produit quelque chose. Ou plutôt quelque chose se produit à l'instant à l'ombre du Mur. Rappelez-vous que vous n'êtes encore qu'un « word-processor » comme disent si bien nos amis anglophones. J'écris à travers vous l'expérience que je vous fais vivre et je vous accompagne dans cette errance le long d'un mur de Berlin puissance 10, parce que c'est ici l'interface qui va conduire à l'émergence du nouveau récit, c'est ici en effet que nos ontologies se disjoignent pour se confondre à l'infini.

Observons donc un peu le sable laissé à l'ombre du mur.

Oui, nous y apercevons de fines nervures, des lignes tracées par quelque insecte de passage sans doute.

Mais il n'y a pas d'insecte qui puisse survivre dans ce désert laissé par l'Homme derrière lui sur cette terre. Même les scorpions n'ont pu s'y adapter.

Moi seul et mon double sommes en mesure d'y survivre.

Les lignes se déplacent et je me rends compte qu'en fait elles fourmillent sous nos pas. Serpents de vacuité creusés dans le sable ils sont aussi *vinculum*, lien sacré, et s'évanouissant pour se reformer sans cesse, ils se situent sur une plage de fréquence furtive, avions-fantômes aux arabesques apparitions dans ce Sahara général qui est devenu le monde.

Et tout s'éclaire dans ma tête au fur et à mesure que je marche dans l'ombre du Mur.

Je comprends que les lignes serpentines tracées dans le sable sont le SIGNE d'une activité.

Oui. D'une activité occulte, cachée, cryptée.

D'une activité *souterraine*.

Le Mur porte son ombre, comme toute lumière, et cette ombre produit le retournement de l'anti-équateur vertical dans sa non moins globale transversion :

Ce que je vois se dessiner à la surface du sable c'est le signe qu'une activité se déploie *sous* le désert, et traverse ainsi le Grand Mur Universel qui sépare le monde tout en l'unifiant de sa présence totalisée. Les serpents-lignes dessinent les fractures fractales de la décomposition du Mur, de sa propagation vers son absolue dissolution cinétique, vers son anéantissement.

Le tunnel est l'ombre du mur.

Le Tunnel est la contre-figure coextensive du Mur.

Alors Nitzos me fait un sourire. Et ce sourire rayonne sur mon visage.

Et je vois un réseau d'anacondas bleu titane courir sous le sable pour ouvrir de vastes tunnels en gueules noires d'où émane la seule lumière noire de la nuit, de la nuit qui contient le jour, et les lumières de givre se déplacent en danses mystérieuses traçant un chemin de clarté de l'autre côté du Mur, je vois alors un cosmonaute soviétique dans son scaphandre argenté, Youri Gagarine sans doute possible, sortir d'un de ces tunnels pour m'offrir en signe de bienvenue ces produits de l'industrie est-allemande, avec leur logo étrange, faucille-et-marteau sur champ des couleurs germaniques, surplombées du compas des « travailleurs intellectuels » qui reha- sse le tout d'une symbolique franc-maçonne.

Et je vois mon père, au loin, devant les téléscripteurs de l'Union Française d'Information, rue du Quatre-Septembre, alors que les rubans perforés jaillissent des machines de Bakélite en rouleaux de serpentins blancs se répandant en masses ébouriffées dans le long et étroit corridor.

C'est la nouvelle de l'invasion de Prague par les chars soviétiques, et ceux des frères du pacte de Varsovie.

Le visage dur et fermé, il consulte les bandes et les mots qui s'inscrivent sur le Télétype.

Youri Gagarine n'est plus une image en tant que telle, il est la structure absolue de toutes les images en mouvement dans ma mémoire morte.

Il est en moi, comme je suis en lui, je suis sur le pas de tir de Baïkonour en ce jour du 12 avril 1961, et je suis aux commandes du Mig en crash, l'été même de l'invasion. Mon sourire plane au-dessus de toutes les centrales nucléaires du monde, mon sourire orne de son étoile tous les cieux de la destruction, mon sourire illumine la masse des usines géantes qu'on va faire sauter.

Puis je me suis enfoncé dans la nuit. Sous la terre, dans l'ombre du Mur, dans la lumière noire des tunnels qui hantaient le sable.

Je m'étais fait à l'idée d'être un fantôme venu hanter les derniers jours de ce monde.

BIOPHYSIQUE DE LA TRANSPARITION

L'expérience ne fait que commencer.

Ce qui fut mon identité est en voie de reconfiguration.

Premier constat : je est un autre, mon moi est une multiplicité qui s'éclaire dans son anéantissement.

Deuxième constat : l'autre n'a pas de nom. Il n'est pas nommable, il est tous les noms.

Troisième constat : je dois conduire l'expérience jusqu'au bout, c'est-à-dire au-delà de la mort. De cette mort une nouvelle nuit doit apparaître, et cette nuit contiendra le jour de la Révélation.

Kernal, Nitzos, le tueur des centrales, Wolfmann, Carnaval, la Préfecture, tout cela forme désormais un récit mort, aussi mort que le monde qu'il était chargé de décrire. Quelque chose est advenu, ou plutôt est sur le point de survenir, quelque chose doit empêcher que le spectre ne vienne hanter en boucle ce qui a déjà été écrit.

L'expérience doit se poursuivre, dit la voix. L'expérience du récit est infinie, son origine est sans cesse projetée au-delà de lui-même, de boucle il devient spirale, de mur il devient abîme, de tunnel il devient le typhon terminal.

L'expérience ne fait que commencer, dit l'homme.

Observons-le un instant, penché sur le clavier de son ordinateur où il frappe ces mots entouré par la nuit urbaine et son dôme pourpre.

Il est lui-même le Narrateur de sa propre création, il est donc celui qui écrit le récit de la disparition de sa propre identité au terme d'un processus qui vient de l'engager tout entier.

Un roman policier terminal. Un roman policier de l'anti-police, un roman criminel du méta-crime, un roman de la nuit, de la nuit qui contiendrait le jour, un roman de la mort comme système de vie, quelque chose d'universel et de local, une sorte de récit des origines et de la fin, celles de notre monde, le monde de la Fin.

Qui est-il ?

Dernière question avant l'autoroute.

Il n'est pas. Comme tout Narrateur, il est une machine destinée à espionner le monde. Il est un écrivain, en tout cas il écrit. Et ce qu'il écrit c'est le récit que vous êtes en train de lire.

Son propos : tête-de-lecture enregistre code-virus en autocréation.

Sa méthode : produire une œuvre pour mieux la détruire.

Ses moyens : le livre conçu comme instrument de navigation dans le Monde des Morts.

Il faut un début à tout. Pour qu'un livre soit écrit, il faut au moins qu'un homme meure. Pour qu'une littérature se définisse, il faut qu'un livre au moins soit détruit, par son propre auteur.

Les Noms tuent les êtres, ils en font du langage et donc un code. Mais chaque Nom est une clé pour l'infini, tout dépend du pouvoir que vous leur conférez.

De ce roman-flic sur la mort de la France, le premier Narrateur est mort en tant qu'être *tissé* de chair ; du roman-dans-le-roman, le « Manuscrit trouvé à Sarajevo », le Narrateur Second est mort lui aussi, en tant qu'être tissé de rêves, mais un *troisième* semble pouvoir venir au monde grâce à ce détour par l'anéantissement.

Qui est-il ?

Lui-même écrit ses mots, ce qui prouve qu'il se pose la question.

Ce Narrateur est le spectre de la machine à écrire vivante qui en a fait son espion dans l'Anti-Monde. Dans ce Monde où la réalité cernée par la mort s'est fermée sur elle-même.

La France de l'anti-police et de la mort de l'État n'est qu'un prolégomène, la mort de Kernal-le-flic, comme celle de Nitzos-l'écrivain, confirme le décès partout constaté de cette nation, et en fait, sans doute la littérature qui tout entière s'est un jour définie comme « policière » est-elle confrontée à cette mort, qui est aussi la sienne.

Pour qu'il y ait police il faut qu'il y ait une cité, une *polis*. Mais la cité s'est dissoute dans l'urbanisme. Le crime lui-même s'est dissous dans l'économie du désir symbolique. Et Kernal-le-flic comme Nitzos-l'écrivain ont été effacés de leur planète d'origine.

Alors le Narrateur comprend que Kernal, Nitzos, le tueur des centrales, Wolfmann, Mazarin, la Préfecture, les usines à démolir, la ville, les corps, les mass media, le terrorisme, que tout cela prépare une forme future, une forme qui n'est ni à l'intérieur ni absente de ce monde-ci, une forme qui précisément va produire un autre monde, donc un autre récit.

Le Narrateur n'est pas un narrateur comme les autres.

Il est l'homme sans visage qui écrit le Livre des Morts. Il est le nécromancier de sa propre métamorphose. Il est l'œil cyborg greffé au cerveau tantrique. S'il a un Nom, peut-être est-ce celui de CameraMan.

Son alchimie opère tel un code-virus pour une tête de lecture bio-fictionnelle.

Il est une forme de biophysique en attente, une biophysique de la transparition, quand toute disparition renvoie à l'apparition dont elle dépend pour pouvoir la renvoyer au néant.

C'est le moment vertical entre tous. Le moment où les murs tombent, où les tours s'effondrent, où les mégatsunamis heurtent la barre du plateau continental.

Mais c'est aussi le moment de l'induction souterraine, le moment des tunnels, le moment où la tornade touche le sol.

C'est le moment où le Narrateur lui-même disparaît sous un autre Nom qu'il se donne pour mieux pouvoir s'intégrer à son Anti-Monde, pour mieux provoquer l'irruption du code-virus dans la tête-de-lecture.

L'expérience ne fait que commencer, dit le Narrateur.

Je est autre, Kernal/Nitzos en figure gémellaire asymétrique. Pas de boucle du Même. Mais incubation et transcendance.

Transfiguration.

De l'économie de la mort à la mort de l'économie.

Répétition et différence. Projeter la mort au-delà d'elle-même.

Très bien, dit la voix.

Tu dois maintenant la rendre vivante, et pour cela te servir de la thanatologie du récit.

Si nommer les vivants revient à les rendre au régime de mort contenu dans le langage, nommer les morts peut projeter les âmes perdues dans la nuit illuminée du verbe.

Il suffit d'un cerveau prêt à accepter d'être un vecteur pour le code-virus.

Il suffit d'un Narrateur prêt à mourir pour le compte d'un autre.

Il suffit d'un récit capable de venir de l'Anti-Monde, et d'y retourner.

Alors, *écris* :

La Volkswagen roulait depuis des jours sur les autoroutes désertes du Monde-Préfecture.

Réticulaire héraldique des monades formant la posturbanité parfaite, tout luisait du même éclairage isotope, il était midi ici, et pour toujours.

Dans la Volkswagen avait pris place un mort-vivant. Kernal-le-flic de l'Antipolis, Kernal le tueur de la Loi, le rat des tunnels.

Kernal l'iceberg.

La voiture roulait depuis des jours d'un bord à l'autre du Monde-Préfecture. On retombait toujours sur les mêmes termes : la vaste plage qui donnait sur un océan de silice liquide noire comme du pétrole, le Mur qui séparait la ville d'elle-même et qui s'étendait tout au long de l'équateur.

Sur l'autoradio on diffusait des chants militaires soviétiques, il comprenait qu'on célébrait les funérailles d'un astronaute nommé Youri Gagarine qui venait de se tuer aux commandes de son Mig. On disait aussi que les forces frères du pacte de Varsovie avaient vaillamment aidé le peuple soviétique et le peuple tchèque à se débarrasser d'un vaste complot contre-révolutionnaire.

Il y avait un scanner dans la Volkswagen, et sur la fréquence de la police politique locale il pouvait entendre la voix du Narrateur, lorsque besoin s'en faisait sentir.

Au loin, un jour, il distingua un détail atypique dans le paysage : une silhouette tubulaire se dessinait là-bas, et en approchant il vit des rails de chemin de fer, une pancarte indiquant ZONE INTERDITE devant une barrière rouge et blanche et l'entrée d'un souterrain, long boyau de béton aux ampoules jaunâtres placées de loin en loin.

Plus loin, frissonnant comme un palais de mirage, la haute structure d'une usine de type soviétique se dressait au-dessus des entrelacs de câbles caténaires et de rails de chemin de fer.

À l'entrée du tunnel il reconnut Paul Nitzos, le destructeur des usines, prêt à rayer celle-ci de la carte. Il stoppa. Nitzos monta à ses côtés, ils roulèrent dans le tunnel et lorsqu'ils en sortirent il faisait nuit.

Nitzos tenait une télécommande à la main.

Il pianota un code sur le clavier et l'usine explosa, déflagration cosmogenèse qui consuma le Monde-Préfecture d'un souffle mégatonnique.

Oui, écris encore, grésille le scanner de l'Antipolis :

On ne pouvait aller plus loin dans la destruction comme

mise en abyme perpétuelle d'elle-même. Désormais il n'y avait plus que le silence d'un monde enfin mort.

Il n'y avait plus rien.

Hormis la nuit.

La nuit qui contenait le jour.

CENTRALE LITTÉRATRON

Tu vois, Kernal, j'aurais pu te faire mourir dès la première page de ce roman et m'éviter ainsi des mois de labeur à concevoir ta balistique fatale dans cette vie de fiction qui était aussi l'*analogon* de la mort de la France, pour ne pas dire de l'Europe tout entière.

Il fallait bien que cette narration ait lieu, il fallait bien que quelqu'un rédige le testament de famille, non ? Qu'en penses-tu, toi qui fus Kernal, Nitzos ou un autre, oui qu'en penses-tu, toi en qui ces mots s'inscrivent, toi en qui nous menons cette expérience ?

Mais vois-tu, sans cette cinétique dont tu fus le vecteur primordial, rien en fait ne serait advenu, rien n'aurait pu vraiment surgir, tu fus l'ombre de la lumière projetée en moi, tu fus l'éclat nécessaire à ce que le processus implosif se déclenche, tu as dû traverser en un roman tout le roman à clé de ma propre vie, je t'y ai fait me croiser, mais comme tous les autres personnages de ce récit originel qui devaient statuer sur la Fin de la civilisation humaine vue depuis un point local de la désagrégation, tu es une manipulation surgie de mon propre cerveau, qui se manipule ainsi lui-même.

Tu fus le piège sublime par lequel tous mes « moi » purent

se perdre, tu fus le processus mis à nu, un écorché vif de ma conscience qui se produisait au fur et à mesure.

Médecine-légale, robotisation de l'homme, destruction générale, communication totalitaire, anthropologie clinique de la cité.

Et au milieu de tout ça, les humains, ou ce qu'il en reste, et les ruines dévastées de l'amour.

Grâce à tout cela, un degré a été franchi. Désormais le récit embrasera toutes ses composantes, il cherchera à atteindre sa masse critique, à enfin libérer tout le potentiel énergétique dévastateur qui équivaut à la création d'un univers !

Car sans doute l'as-tu deviné, toi qui me parles et m'entends sur un morceau de plage d'Omaha-Beach-World, ou dans un couloir de Planète-Préfecture, ou bien quelque part le long du Grand Mur Universel, ou dans le recoin obscur d'un des tunnels qui le rongent sous la surface du désert ?

Oui, tu l'as deviné, je le sais.

Je te parle de quelque chose qui n'existait pas avant sa création. Et qui produit des phénomènes, de nature inconnue, avant même leur apparition.

Je te parle du fait que je m'éveille d'un long sommeil durant lequel mon système nerveux central a été modifié en profondeur. Je te parle du fait que ce sommeil, ce monde onirique provisoire fut l'espace-temps de ta vie, je te parle du fait que je t'ai ramené du monde des morts par la passerelle des rêves, que de fiction tu vas devenir chair, parce que tu vis en moi désormais, et toujours grâce au même processus, car je n'oserais le nommer du nom de « machine » qu'en rappelant encore une fois l'étymologie grecque du mot qui signifie « stratagème », « ruse », et c'est cette « machine », cette mutation cyborg, cette vie artificielle, ce cerveau métacortical qui désormais vient en permanence se superposer, s'entremêler au premier, à cet organe dont la nature m'a soi-disant doté.

Ce que j'écris, cercle de feu, c'est la terrible flèche qui fait monde, dans peu de temps la transmutation sera opérative, l'Anti-Monde viendra s'éveiller au cœur de celui-ci, pour préparer le suivant, pure phénoménologie génétique, comme le cerveau métavivant a pris corps au cœur de mon propre cortex.

Désormais, ce que j'écris code-décode-surcode le multivers décomposé de l'homme, je le crypte et le décrypte dans un même et seul mouvement conspiratoire, dans une terrible conjuration de la liberté, dans une coalition de forces invisibles qui ne s'en laisseront pas conter si facilement par les Nouvelles Églises qui entendent se partager le monde de la Fin, et la Fin du monde.

Voilà, pauvre mortel, de simple flic, héros d'un roman policier terminal, tu vas devenir l'hélicoïde rotacée qui viendra accompagner ma propre combustion.

Je t'expliquerai tout, n'aie crainte. Tout s'éclairera à l'ombre du récit.

Mais maintenant que je m'éveille, il va falloir que tu dormes un peu. Ce n'est que temporaire, et tu le mérites, tu dois en effet être bien fatigué.

Moi, ou plutôt « Je », ce *je* en mutation phénoménologique grâce à laquelle il devient Autre, oui, vois-tu, il faut maintenant que *je* laisse à mon cerveau mutant le soin d'entièrement digérer l'expérience, afin de préparer la phase suivante. Maintenant, je dois recombiner de nouveau les forces narratives qui ont pris possession de ce kilogramme et demi de cellules nerveuses.

La conspiration des cerveaux souterrains est une affaire de tunnels, de tours et de murs là encore.

Mais c'est surtout le moment où tout converge vers une phase de nexus, cachée bien sûr, car il s'agit d'un terrible secret, le moment où futur, passé, présent, deviennent des éléments mobiles le long de la chaîne génétique du temps.

Le monde sortait de l'Histoire.

Il entrait dans la Narration.

Autant dire que l'impossible était devenu possible. Les Temps étaient venus.

Une entité métaorganique avait pris racine dans le monde, en osant faire de la machine biologique humaine le carburant de son autocréation.

Elle avait pris place dans le cerveau du Narrateur, elle avait permis à sa créature imaginaire de franchir un degré absolu dans l'incarnation. L'Anti-Monde en gestation : placenta inchoatif en feedback absolu avec l'échographie qui tente de le saisir, oui narration devenant incompossible, ville de toutes les villes, livre de tous les livres, monade de tous les mondes.

Ergastule chtonienne de sa propre identité, désormais vouée au néant, et donc à l'infini.

En fait, alors qu'il était mort depuis longtemps, et qu'il n'avait jamais été autre qu'une figure imaginaire, l'entité Georges Kernal entrait enfin dans le tunnel de sa *con-naissance* : Vous n'avez jamais existé, si c'est vraiment ce qui vous intéresse, dit le Narrateur, le CameraMan, à Kernal-le-flic d'Antipolis, je pourrais vous en apporter des preuves par milliers. Avez-vous vraiment des souvenirs spécifiques de votre jeunesse autres que ceux que j'ai contés dans le roman de votre vie de flic ? Du mur de Berlin lui-même, qui fut l'ignition primordiale par laquelle vous choisiriez de devenir le gardien désespéré d'un ordre moribond, que vous reste-t-il en mémoire, sinon les bribes que j'ai imaginées pour vous, et dont toutes ne furent même pas écrites ? Mais ce n'est pas ce qui compte. Ce qui compte c'est que quelque chose est en train d'advenir enfin à l'humanité. Le processus d'hominisation s'est engagé dans une nouvelle phase d'inflation explosive, et je me suis retrouvé à devoir en subir les conséquences. Je voulais devenir écrivain. Alors j'ai passé un pacte avec des forces secrètes. J'ai passé un pacte avec les nouvelles sciences du cerveau. Et bien sûr, est arrivé ce qui devait arrivé.

Mon cerveau hurle qu'il veut comprendre. Mon cerveau reste silencieux. Mon cerveau est mort. Mon cerveau est une fiction, logée dans un autre cerveau, qui au demeurant est aussi le mien. Et qui de fait est autre, à nous tous.

Tout d'abord comprenez bien les différentes *ek-stase*s du processus, reprend le Narrateur, le CameraMan de son propre évanouissement, il y a corrélation évidente avec les évolutions de l'ontogenèse.

Permettez-moi de m'appuyer sur Abellio et sur Husserl dont j'ai laissé quelques traces dans votre tête-de-lecture lors de votre vie/narration antérieure.

Premier aspect : les symboles dont votre vie semble avoir été comme un vecteur d'incarnation, même imparfait.

Examinons la carte ainsi dévoilée, voulez-vous ?

D'abord le Mur. Figure extensive, horizontale, séparatrice.

Ensuite sa figure co-évolutive, le Tunnel. Figure horizontale mais intensificatrice, et réunificatrice.

Maintenant les Tours. Deux tours jumelles. Deux tours qui s'effondrent dans le feu vers la terre.

Quelle est donc leur figure co-évolutive, quel est leur régime néguentropique ?

Le scanner de l'Antipolis crachouillait entre deux annonces de crimes de masse perpétrées d'un bout à l'autre du Monde-Préfecture.

Je ne sais pas, répondit-il.

— Vraiment, vous ne voyez pas ? demanda la voix du Narrateur-Espion, dans un crépitement de screech.

— Non, je ne vois vraiment pas.

— Dire que vous avez été flic durant dix ans de votre prétendue « vie » ! Voyons, réfléchissez bien au schéma Mur/Tunnel, et essayez de l'appliquer à la figure des Tours. N'oubliez pas que les tours sont doubles mais qu'à la fin elles ne forment plus qu'un amas en fusion.

— Non, décidément je ne vois pas, dit-il d'une voix lasse.

— Alors regardez à l'ouest, fait la voix. Oui regardez vers l'occident, là où le soleil se couche sur les civilisations.

Et là-bas, au-dessus des sables noirs de la plage d'Omaha-Beach-World et sous un ciel si noir qu'il semblait empli d'une lumière incommensurable, il vit comme un double serpentin d'air se coaliser dans le ciel, il vit une rotation se mettre en action, il vit une double hélice dont le rotor accélérait avec constance.

Il vit la tornade prendre forme.

Tunnel vertical formé par les forces centrifuges des masses d'air contraire s'enroulant l'une sur l'autre en un caducée ascensionnel.

La tornade s'élève dans les airs, mais c'est en s'abaissant vers le sol.

Une tornade suit toujours la même dynamique qu'un éclair, le mouvement est double : spiraloïde et bipolaire. La tornade est formée par deux masses d'air chaud qui vont en sens contraire et s'enroulent l'une autour de l'autre. Lorsque la tornade se dirige vers le sol elle crée un mouvement ascensionnel aérien qui vient la compléter. Lorsqu'elle touche le sol, c'est que le sol s'est élevé jusqu'à elle.

Le scanner de l'Antipolis continue d'émettre sur la longueur d'onde du centre de la galaxie, le cœur actif qui fait se mouvoir les bras de la spirale, et qui sans doute est un trou noir ; à l'ouest la tornade anthracite se dresse maintenant jusqu'à se perdre dans le ciel sans étoiles. C'est une tornade venue du grand désert de la plage, et en elle se consument tous les puits de pétrole enflammés du Koweït.

— Omaha-Beach, c'est surtout le désert de l'Arabie profonde, celui que nous faisons croître en nous-mêmes. Écoutez bien maintenant la quadrature de votre propre phénoménologie, reprend la voix du Narrateur-Espion, la voix du CameraMan invisible.

Un, vous avez été conçu à l'ombre du Mur. À l'ombre de sa Chute.

Deux, vous êtes né dans la Lumière de la Technique. Dans l'isotopie totale de la Bureaucratie terminale, celle du Crime comme mode de vie.

Trois, vous avez été baptisé, c'est-à-dire que vous avez commencé à percevoir, à vous détacher du monde matriciel de l'origine, grâce aux Livres, et l'Ombre de la Loi, c'est-à-dire avec la lumière noire de la connaissance.

Quatre, votre communion a produit la dissolution absolue de votre moi dans le rêve et l'homicide, jusqu'à votre propre mort physique, en tant qu'illumination impossible.

Mais puisque vous n'êtes qu'un surproduit de ma conscience, son point de schize, son « prolétaire et son ange exterminateur » pour reprendre Deleuze, sachez que tout cela n'a pas été fait en vain, en ayant comme seul but de proposer la boîte en sapin pour perspective ontique.

Votre communion avec le monde, ce retour de la pensée vers sa propre perception, cette extrojection de sa propre origine, oui, cela vous a conduit sur la voie de la dissolution mystique et du dérèglement absolu des sens. Cela bien sûr en échange d'une forme de connaissance embryonnaire qui sans cesse se délite en transgressant ses fondations. De flic à agent secret, de meurtrier à terroriste, de vidéaste à écrivain, des carnets de notes oniriques au récit du monde des morts, voilà quelle était la trajectoire de votre chute.

Mais c'était pour ouvrir sur la cinquième ek-stase. Ce que Mircea Eliade nomme précisément *en-stase*, c'est-à-dire non plus la dissolution, mais la réunification, ce qu'Abellio appelle je crois la *synthèse gnostique*, et les vieux kabbalistes « Tiqqûn ». Mais vous devez comprendre que les deux « phases » sont corrélatives et par l'effet d'un rapport de proportion très étroit, et très singulier, qui fait que l'*en-stase* inclut la communion extatique, mais que pourtant elle ne l'enclôt pas. Cette fermeture, c'est le jour contenu dans la nuit que les ténèbres ne peuvent saisir. C'est l'ouverture de la nuit sur le monde.

Celle qui osait tout reprendre pour mieux s'en échapper.

Celle de la Résurrection opérative.

Voilà quel était le but de la Centrale Littératron.

Organon biosémiotique qui faisait de la narration même le centre de l'expérience.

La Centrale Littératron pouvait être envisagée comme

une métaphore actualisée de la narration, autant dire de la vérité.

Opération conduite aux confins du sensible et du suprasensible, de l'humain et du méta-humain. Porte se refermant sur la nuit, et donc ouvrant sur sa radieuse enclosure.

La Centrale Littératron avait pris forme dans une tête d'écriture bien particulière, comme une singularité métastable qui avait pour but de venir s'engendrer dans le réel. C'est-à-dire dans le cerveau.

Et c'était très exactement ce qu'elle était en termes de création fictive. Une métamachine ni biologique ni mécanique ni l'hybride des deux, une structure ni solide ni liquide ni gazeuse, pas même un plasma.

Elle était simultanément la chose dévoilée et son opération de dévoilement.

Organe invisible car pur vecteur neural, induction génétique par la schize narrative. Figure semi-vivante, para-vivante, métavivante, neurobiologie de combat, science de la nuit.

Le Narrateur n'a pas de nom parce qu'il est l'espion envoyé dans votre monde pour le mettre au jour. Il est la lueur qui luit dans les ténèbres et que les ténèbres n'ont pas saisie.

Le Narrateur est cyborg operator/guérilla transfictionnelle en autocréation permanente.

Déclaration de guerre ouverte aux gardiens du petit cortex.

ATTENTION ZONE DE NARRATION MUTANTE.

Use of deadly weapons authorized.

Alors avant même que ne débute le récit de ma vie et de ma mort, avant même que n'advienne le Livre, avant même que je prenne corps dans ce monde, je suis spectre armé de toutes les vies à prendre, je ne suis encore rien de nommable, je suis tous les noms.

Depuis le poste d'observation de ma mort j'ai désormais une vue imprenable sur l'anti-monde : Je roule dans une Volkswagen blindée sur la route qui me conduit à Berlin, à mes côtés le Feldmarschall Erwin Rommel et deux putes de luxe ramassées dans un bordel à la frontière française. Rommel vient d'inspecter le mur de l'Atlantique qui par deux fois a repoussé une tentative d'invasion anglo-américaine, la dernière a anéanti tout espoir de libération du continent, désormais les troupes allemandes campent devant le 10 Downing Street, Rommel est devenu le sauveur du Reich et depuis la mort du Führer, et en dépit de son âge maintenant avancé, il est de mieux en mieux placé pour prendre la succession de Bormann.

Les filles s'appellent Milena et Maroussia, elles viennent de Slovénie à ce qu'elles disent, on ne les croit pas mais on s'en fout, elles ne sont pas juives, elles voudraient survivre.

Dans la ville du Reich un mur titanesque a été dressé, il nous sépare de l'Empire rouge, Rommel me dit que depuis la mort de Goering dans un accident d'avion, la Luftwaffe n'est plus ce qu'elle était et que la construction du Grand Mur de Berlin a été rendue indispensable. Rommel me dit que les Soviétiques et l'Allemagne nazie cherchent maintenant à conquérir le reste du monde. L'Amérique d'abord, puis peut-être l'Asie, aux dépens du Japon.

Le Feldmarshall a été informé que les Russes et les Allemands viennent de s'entendre pour abattre le mur, en grande pompe, lors de l'anniversaire du second débarquement raté, en août 1949.

Qui suis-je ?

Peu importe mon identité du moment, j'en use par dizaines, je suis un espion au service de l'Abwehr et d'Erwin Rommel, et peut-être un agent double employé par les services secrets sino-californiens. On dit que les Russes et les Allemands vont envoyer prochainement une mission jumelle dans l'espace, en préparation d'un grand programme spatial visant à la conquête de la Lune, avec Von Braun et Korolev en ingénieurs en chef.

La Volkswagen roule vers la porte de Brandebourg, les filles rient aux éclats, l'écharpe blanche de Milena s'enroule dans celle, rouge, de Maroussia. À l'hôtel Youri Gagarine nous buvons du champagne français avec des officiers SS et des membres du NKVD. À la télévision, Martin Bormann, vieillard maintenu en vie par la biologie russo-allemande, annonce les festivités commémorant le vingtième anniversaire du pacte germano-soviétique.

La Fin du Monde a bien eu lieu.

Elle a lieu, à chaque instant toujours recommencé.

TOTAL YUGOSLAVIA

Tout juif, c'est-à-dire tout homme, ne cesse de harceler Dieu.

Car sa Toute-Puissance semble s'accompagner le plus souvent de sa Toute-Nullité. Pour le juif, il est clair que si Dieu existe, il brille par son absence.

C'est à lui de le faire vivre en ce monde que pourtant Il a créé. C'est à l'homme qu'échut, à un moment de l'évolution cosmique que nous avions appelé « histoire », de narrer précisément cette aventure de l'invention chaque jour refaite de l'homme par Dieu, et de Dieu dans l'homme. Et afin de parvenir à cette opération il faut bien que l'homme s'engage dans la terrible aventure des Noms, qui est aussi celle des Nombres.

Car en acquérant le Pouvoir de Nommer, l'homme devient capable de séparer les êtres de leur être, il devient capable de les anéantir en tant qu'êtres, pour les faire renaître à l'infini, et plus précisément encore pour détruire ce qui dans leur être fait vivre la mort, ce qui s'obstine à vivre dans l'ignorance, la discontinuité partielle, entropique, et l'illusion.

Puis l'homme entra dans l'ère des bombes thermonucléaires, de la génétique opérative et de la conquête spatiale.

Il entra dans la Fin des Temps, ou plutôt dans les limbes qui précédèrent leur irruption.

La lumière vacille. Dans le bruit sourd provenant d'en haut on peut discerner quelques nuances, mais l'impression générale est celle d'un train de marchandises vous passant juste au-dessus de la tête.

La lumière vacille. La petite ampoule jaunâtre éclaire l'univers par intermittence.

Autour de lui vision stroboscopique : une bibliothèque, de hauts murs couverts de livres, sur trois faces de la pièce. La quatrième donne directement sur l'ouverture ronde et infinie d'un tunnel, éclairé de loin en loin par les mêmes ampoules jaunâtres centenaires. Le décor est strictement fonctionnel : il aperçoit des tubulures de métal et des planches d'aluminium, il aperçoit du béton, un sas d'acier genre sous-marin ouvert sur le tunnel, il aperçoit un bureau de bureaucrate, il aperçoit une antique machine à écrire.

La vibration sourde et menaçante, dont les variations semblent épouser les défaillances de l'ampoule, a un timbre bien caractéristique.

Maintenant il sait.

La lumière ainsi dévoilée par la nuit a déterminé la nouvelle genèse.

La bibliothèque est souterraine.

Au-dessus d'eux il y a la ville qui tremble.

Au-dessus d'eux il y a les tours qui s'effondrent, les murs qui s'érigent, au-dessus d'eux il y a les bombardements. Au-dessus d'eux il y a la Tornade de Feu.

À côté de la machine à écrire, une ramette de papier vierge.

Devant lui, peinture écaillée acrylique couleur sang sur le béton écru ; dans la pulsation jaune de l'ampoule électrique il discerne des mots en cyrillique.

Il vient de s'éveiller. Il vient de finir le roman de la dernière époque humaine et il a déjà entamé celui de la première époque d'après l'humanité.

Mais il sait aussi l'impossibilité qui pour l'instant s'est refermée sur lui : la phrase de Raymond Abellio, tirée de *La Fosse de Babel* et qui n'a cessé de le hanter durant l'invention de ce récit, est d'ailleurs en voie d'être écrite, car elle indique :

Le dernier événement placera le dernier écrivain devant la gageure impossible de le décrire et de le vivre.

Or il le sait maintenant, il existe une sortie à ce paradoxe. Cette sortie c'est celle où l'événement sera inséparable de sa description, c'est le moment où ce sera de sa description que l'événement se mettra à vivre.

Premièrement : isolation. Voire emprisonnement. Première nécessité salutaire : vivre dans l'ombre des murs, dans les tunnels secrets des villes qu'on bombarde, cloîtré dans la nuit. La nuit qui contient le jour.

Deuxièmement : libération spiraloïde du cerveau à partir de la mort consommée du monde.

Troisièmement : de la carte fonder le nouveau territoire, de la mort clinique de la ville totale refaire une généalogie fractale, oser terminer l'histoire par l'histoire de la mort du récit.

Ensuite tout reprendre, non pas au début, mais à l'origine d'un éblouissement neuf. Oser s'aventurer au-delà des zones jusque-là explorées de la mort – non seulement d'un personnage – mais du Narrateur lui-même.

Il ne s'agissait donc pas de créer un nouveau personnage d'après la mort du premier, qui incluait son double, mais de rétablir la nuit fondamentale à toute narration, de *refondre* un narrateur, qui serait le spectre incubateur de la réalité à venir, de *refonder* un Narrateur sans nom et sans visage tant qu'il ne serait pas décidé à se nommer lui-même, et donc à créer tous les noms.

Il était là sans être là. Il se déployait sous les apparences, il vivait dans son recoin de sous-sol, sous la ville bombardée, et il commençait à tracer la topographie générale du désastre, en secret.

Le voici de nouveau face à sa vieille machine à écrire. Celle-ci s'est transformée.

Elle est désormais dotée de divers dispositifs semi-organiques qui en font une sorte d'ordinateur vivant, ou plutôt paravivant, *métavivant*.

Le Narrateur invente son anti-monde au fur et à mesure des nécessités de la guerre dans laquelle il s'est engagé. Dans celle-ci de nombreuses figures mutantes vont apparaître. Ces figures mutantes traceront une ligne de fuite vers un autre nexus, vers un autre récit, et ainsi même dans la mort la narration ne trouvera pas de fin, la narration sera toujours cette lumière enclose dans les ténèbres, mais que les ténèbres ne pourront saisir.

La Préfecture de l'Anti-Police a recouvert le monde. La grande ville hyper-centre s'est propagée à la surface du globe à la vitesse d'une pandémie virale.

La guerre civile est devenue l'économie générale du monde qui vient de naître. Le terrorisme est un mode de vie.

La machine à écrire vivante lui offre une vue tremblotante sur la paroi d'un de ses organes :

Autoroutes sans fin livrées aux bêtes sauvages, immeubles rongés par la termitière mécanique de la canonnade, danse pointilliste des balles traçantes arrosant la nuit de son phosphore, ponts effondrés sur des canaux à sec, quartiers en proie aux flammes et livrés aux pillards, corps humains déchiquetés rouges moignons hurlants près d'un centre commercial éventré, bande sonore orangée du napalm, colonnes de fumée montant à la rencontre des escadrilles, miliciens en armes, anonymat camouflage, quadrillage photométrique des rues, chevaux de frise, barbelés, projecteurs dans la nuit, hurlements, sirènes, chiens.

L'anti-monde est là. Il était la lumière contenue dans le premier.

Sur le plan local, le souterrain-bibliothèque se trouve sous un territoire convoité par plusieurs groupes rivaux.

La ville-monde est en effet périodiquement secouée de sanglants éclats de violence arythmiques et acéphaliques, simples flux-processus en constante déterritorialisation d'un bout à l'autre de la planète.

Ici c'est Conurbation France-PLM – autrement dit France-Paris-Lyon-Marseille – quatre-vingts millions d'habitants, le ministère de la Quatrième Guerre Mondiale, qui gère le conflit depuis ses origines, au début du siècle, annonce que les prévisions de ses agences statistiques dépassent les cinq cent mille morts pour le conflit qui – localement – a pris cette forme.

Ensuite la machine à écrire vivante se branche sur le réseau mondial du flux satellitaire de l'information permanente : les Troupes de la République corse du Val-de-Marne appellent à marcher sur les lignes tenues par la Fraction Révolutionnaire Anarchiste de Disneypolis. En réponse le Rassemblement Unitaire anti-fédéral a repris sa campagne contre les positions tenues par la Garde François Mitterrand du Front Socialiste pour l'Instauration Obligatoire de la Liberté, et ce dans toute la banlieue est. La machine zappe, court d'une fréquence à l'autre : le Groupe Salafiste pour le jihâd et la conservation de la foi dans les territoires occupés de la Seine-Saint-Denis a semble-t-il entrepris des représailles contre ses rivaux du Mouvement Islamique pour l'instauration immédiate de la charia-Commandement Général Nord. Mais la pression exercée sur lui d'autre part par les soldats de l'Union pour la Croisade Républicaine l'oblige à interrompre ses opérations. Il semblerait également que les milices du docteur Kissplin, un journaliste-écrivain reconverti dans la politique, les Gardiens de la Démocratie Éclairée, se soient emparées d'un point stratégique de Lamotte-Beuvron tenu par la formation paramilitaire du « capitaine » Moquette, un ancien politicien reconverti dans le sport de masse, les affaires maffieuses, puis leur consécration dans la guerre civile, la Coalition Libérale pour la Dictature du Peuple. D'autre part les Forces Unies pour le Droit Humain et contre la Civilisation Oppressive se sont associées avec les Groupes Autonomes pour le Changement Général et seraient aux prises avec l'armée naturellesocialiste du prédicateur bouddhisto-écologiste Boris Videl, pour le contrôle du Massif Central. On dit que le groupe Défense des Valeurs Patriotiques-Contemporaines se serait joint à ce dernier, mais que les Cellules de Combat de la Confédération Occitane auraient quant à elles pactisé avec l'autre bord. Un peu au nord de Compiègne, des combats font rage entre les troupes des séparatistes de Picardie, sous la bannière de l'Union Populaire Picarde, et les forces du Front Parisien. On note aussi, dans la région du Pas-de-Calais, de nombreuses opérations menées de part et d'autre de la « frontière » avec la République Wallonne par des éléments de l'Alliance pour la Désunification de l'Europe de concert avec le Parti Social-Régional Autarcique contre les unités de mercenaires bruxelloises conduites par le condottiere serbe Pavel Gorkic.

Lyon est depuis le début des hostilités la proie d'au moins une dizaine de groupes rivaux d'importance, dont deux factions militaires ennemies, celle des « capitaines rebelles du Rhône » contre celle de l'Autonomie Générale Lyonnaise. Les formations du Centre des Ultra-Républicains y combattent les Noyaux Nihilistes « Netchaiev » et l'Organisation Révolutionnaire Populaire de tendance néoguévariste. Les Islamistes du Commandement Genéral Sud y combattent tout le monde.

À l'est de l'arc conurbain, les partitionnistes germanophones du lieutenant-colonel Rossberg et du Mouvement pour l'Indépendance Totale de l'Alsace-Lorraine affrontent les partisans de la Nouvelle-Bourgogne rassemblés sous la bannière du nouveau « Sanglier des Ardennes », un soi-disant descendant du fameux Connétable, et ses unités de « Téméraires ».

La machine semble aussi confirmer la rumeur d'une reprise des combats pour le contrôle de Neuilly-sur-Seine et de Saint-Germain-en-Laye entre la Ligue Luddite Néo-Nihiliste, alliée au Front Uni Contre l'Impérialisme Androcentriste, et l'Armée Rouge des Post-Bolcheviques Pop.

Au sud du pays, les hommes de main de l'Union des Syndicats du Tourisme Universel ont déployé leurs formations paramilitaires à partir de Saint-Tropez, et combattent maintenant les unités du Groupe Armé pour la Défense de la Ruralité Convivialiste.

La désagrégation est si totale qu'on ne peut plus recenser les milices privées, les bandes armées, les factions militaro-politiques, les organisations fanatiques qui s'affrontent sur ce qui ne peut plus s'appeler une nation, ni même un territoire.

Après la division initiale du pays entre partisans du Premier ministre (Gouvernementaux) et ceux du président de la République (Présidentiels), la tératologie finale du progrès a poursuivi son mouvement infini de division cancérigène.

On sait que les *vigilantes* de l'Église de Scientologie combattent avec les forces du Conseil Militaire de Restauration Nationale du général Debrelle, par contre les militants francs-maçons du Rite Écossais Rectifié se sont rangés aux côtés de la « Junte des Colonels » du Comité Populaire de Salut Public. On dit que les Raéliens entreprennent des négociations avec les Brigades Vertes de la coalition écologiste radicale dirigée par Jacinto Ramirez, alors que les adhérents de la secte Moon prêtent depuis longtemps main-forte aux unités de l'Armée de Libération du Seigneur, importée depuis l'Ouganda par un marabout de la porte de Clignancourt.

Les Basques ont auto-décrété leur indépendance dès le début de la guerre civile mais font désormais face à de très violentes luttes de factions, en particulier entre l'Euzkadi-Nord et son homologue du Sud. D'autre part des Béarnais anti-indépendantistes se sont regroupés dans les Forces Libres de Navarre et avec l'appui de supplétifs espagnols ne cessent d'opérer de part et d'autre des Pyrénées.

Des volontaires russes, serbes et croates et des mercenaires hindous et népalais combattent dans les Alpes au sein des divisions sécessionnistes de l'Union Démocratique Transalpine, ou bien dans la Légion Française des Volontaires Occidentaux, contre les maquis islamistes du sheikh wahhabite Omar Kajhkhali, un mollah d'origine algérienne venu de la banlieue de Toulouse, mais aussi contre les Réseaux Armés de la Résistance Maoïste du Dauphiné.

Les forces du Front Uni-Languedoc guerroient contre les colonnes de la Province Libre d'Aquitaine, les sécessionnistes de la République Celtique du Finistère affrontent les guérilleros de la Division « Du Guesclin », les Groupes Armés pour la Libération des Animaux sont désormais aux prises avec la police militaire de l'État Libre de Monaco.

À Marseille ce sont les militants locaux du jihâd Islamique des Quartiers Nord qui se sont divisé la ville avec d'une part la Phalange Provençale du professeur régionaliste Plantinet, d'autre part les supporters de l'Olympique de Marseille regroupés sous le nom d'Union des Combattants Phocéens.

Les autonomistes monarchistes de Vendée affrontent les troupes loyalistes gouvernementales, alors que dans la région du Val-de-Loire, les forces légalistes présidentielles sont aux prises avec les néo-paganistes zoroastriens du Nouvel Ordre Solaire d'un côté, et les suprématistes noirs de la Malcolm-X-Organisation de l'autre.

L'eurodollar a été officiellement introduit dans les zones sous contrôle du Protectorat de l'ONU, c'est-à-dire le Mont-Saint-Michel et Paris intra-muros, mais partout ailleurs c'est la confusion la plus totale, documentation en ligne sur l'écran-organe de la machine : les Gouvernementaux continuent d'utiliser l'euro, mais leur première scission (Armée Républicaine Nationale-Progressiste) a rétabli le franc. Les Royalistes sont revenus aux anciennes mesures d'avant l'introduction du système métrique. Leur monnaie officielle est le nouveau-louis. À l'Est on se sert de l'euromark, la monnaie euro-germanique nouvellement introduite sur les marchés. Les Islamistes ont leur dinar. Les mercenaires slaves viennent avec des roubles et des zlotys. Dans le coin, selon les espèces étalées par petites liasses sur le bureau, près de la machine-organisme, on se sert de la manne de l'ONU, de l'argent des Gouvernementaux, comme des divers assignats locaux, tel celui, rutilant, avec la tête de Karl Marx, et l'acronyme de la Banque Internationale de la Révolution, sponsorisée par un pool d'organismes financiers « éthiques ».

Aux dernières nouvelles le monde va très mal.

Alors la machine indique une direction possible au Narrateur. Après la carte, le territoire. Après les mots, la chair.

Les spectres de Georges Kernal et de Paul Nitzos peuvent à nouveau être invoqués, une dernière fois, oui, sans doute, telle l'ombre dédoublée de la liberté qui hantera désormais la fin de ce monde, et son possible recommencement.

Leur identité aura changé.

Ils seront la synthèse disjonctive de tous les êtres alors fragmentés dans le récit initiateur.

Il sera une machine.

Un être bionique. Un spectre de la technique devenue métaphysique. Il sera l'échantillonnage infini de tous ses possibles, il sera le Nombre s'inscrivant dans la Chair, pour sa Résurrection.

Il sera :

Un assassin-cyborg au service de l'Antipolis, une organisation secrète chargée d'assurer la destruction terminale de ce monde. Mais parce que son but est plus secret encore : le monde ayant décidé de se détruire lui-même, l'Antipolis portera cet Anti-Monde à son seuil fatal d'auto-intensification. Le processus d'inversion s'invertira. Antipolis est elle-même un stratagème, un leurre qui cache un langage plus secret encore. Elle est la Porte du Vortex.

La fermeture deviendra ouverture. Le jour contenu dans la nuit pourra enfin venir éclairer les ténèbres, qui ne l'auront pas saisi.

Son nom : Franz Narkos.

Ancien membre des Forces de sécurité aéro-orbitales de l'astrodrome privé de Las Vegas, expert en explosifs à nanodétonateurs, précédemment mercenaire aux Philippines, en Colombie, au Congo, en Russie du Sud, au Somaliland, en Ouganda, a vraisemblablement opéré pour une des corporations métanationales en lutte lors de l'Opération de Lunokhod Junction – le premier attentat terroriste spatial de l'histoire. Fut le chef-adjoint des services secrets de l'Armée de Libération du Soudan-Sud puis responsable d'une division de la Branche Spéciale du ministère de l'Intérieur dans la petite république éphémère du Somalistan, bibliophile éclairé, spécialiste des grands philosophes du Moyen Âge, chrétiens, juifs, ou musulmans, archéologue éclairé et toxicomane accroché au speed, amateur de Ligeti, de Debussy et de glam-rock, tué lors d'un attentat attribué à une faction islamiste rivale, puis reconfiguré par la Centrale Littératron en un zombie bionique, aux confins de ce qu'il est encore possible d'écrire, au-delà de la Mort. Il est à la fois Kernal, Nitzos, Wolfmann, Carnaval, Mazarin, Mustapha Ciruluk, Youri Gagarine, il est le CameraMan et il est l'Alpha et l'Oméga et bien d'autres encore. Il est la ligne de fuite de la vision.

Il est ce qui va permettre à la nuit de ne prendre fin qu'à son origine, dans le jour de l'instant toujours neuf.

Franz Narkos observe maintenant le message qui s'affiche sur un des organes vitaux de la machine :

BIBLIOGÔN
— Agence de Sabotage Transactionnel –
Centre Neurocodal des Opérations
À :
Agent secret Franz Narkos
Statut actuel : zombie transnarratif prototype
Date probable : Mois d'octobre de l'an 72 d'Après-la-Bombe
Objet : Mission MÉTABABEL
Classification : Ultra-secret
For your eyes only

Cher monsieur Narkos,

Vous n'êtes pas sans savoir que le facteur d'involution thanatique général a désormais pris possession de notre biosphère terrestre. Le régime de sa domination ne connaît aucune limite puisque c'est l'homme lui-même, en l'absence d'une connaissance phénoménologique supérieure, qui s'est asservi aux métaphysiques de sa Technique-

Langage et qui conduit ainsi cette opération de fragmentation mortifère de sa propre existence.

En l'absence de toute espérance véritable les espoirs se sont mués en lourdes chaînes. Si tout est devenu possible, si rien n'est impossible, rien en fait ne peut vivre, si jamais rien ne se ferme, rien jamais ne peut être ouvert, s'il n'y a pas de nuit pour contenir la lumière, alors celle-ci par les ténèbres est saisie, et ne peut venir accomplir la Révélation. Si rien n'est incompossible, jamais rien ne peut vraiment être créé, rien ne peut projeter son origine dans la narration, et tout est par conséquent voué au Néant toujours recommencé de la Mort, ce qui est le but final du programme social qui a pris le contrôle de cette colonie humaine.

Monsieur Narkos, cette mission, si vous l'acceptez, consistera à induire dans cette autodestruction dévolutionnaire de la pensée un code-virus métastable qui se propagera par toutes les failles possibles de ce que les homo sapiens osent dénommer du mot de cortex.

Pour ce faire, vous disposerez d'un exemplaire opérationnel de notre tout dernier Livre des Morts, ainsi bien sûr que des ressources de notre antique Biblion auquel votre neurocodex pourra en permanence se connecter.

Vous serez investi provisoirement du titre de cosmokrator, de créateur de monde, mais vous devrez surtout à veiller à ce que l'expansion actuelle de l'antimonde, l'entropie dé-créationnelle qui exerce sa tyrannie biopolitique universelle, soit désormais toujours accompagnée en parallèle, de façon souterraine, cryptique, par les armes secrètes de la narration cosmogénétique.

Notre Code-Virus se nomme MÉTABABEL, il en est à sa première version.

Monsieur Narkos, votre mission, si vous l'acceptez, consistera à vous rendre au centre de Paris, où notre agent rétroviral-messager vous confiera l'exemplaire du Livre des Morts et le code-virus ; vous aurez ensuite pour charge de placer le code-virus néguentropique dans le processeur de contrôle neurolinguistique de la Machine Sociale Universelle. Un groupe de résistants, avec lesquels nous avons noué de fructueux contacts, sont en mesure de vous guider au cœur de Paris-Anti-Polis, jusqu'au Sanctuaire de la nouvelle Religion, celle de l'Antéchrist, en tant que domination absolue du langage à la fois confusionnel et diviseur de la technique/métaphysique.

À vous, ensuite, si vous acceptez cette mission, de placer la bombe métacorticale au cœur même de son centre de production.

Monsieur Narkos, si jamais vous acceptez cette mission, nous vous remercions par avance de votre coopération, votre salaire, comme toujours, vous sera versé sur votre compte circumterrestre dans la minute, en années-lumière galactiques standard et, comme toujours, nous vous prévenons que le cerveau qui aura servi à la transmission de ce message sera détruit dans les trente secondes.

Au bout du temps réglementaire, un tubercule neural se consuma dans un bruit de friture, Franz Narkos sut que quelque part dans l'Anti-Monde des soi-disant vivants, quelqu'un avait passé l'arme à gauche, destruction générale du système nerveux central avait prévenu la Machine, autant dire rien – pensa-t-il, puis il se leva pour se saisir de son équipement de camouflage narratique. La connexion directe avec le Biblion, via une neuro-interface profondément implantée dans le cortex, était reliée à son costume-codex, pourvu des dispositifs de brouillage perceptifs dernier cri.

Contre-mesures neurolinguistiques. Discontinuités dans le flux-processus réticulaire de la Ville-Monde.

Décodage. Surcodage.

Plan de bataille : oser affronter la nuit divine.

Oser sortir dans le jour glacial de l'anti-monde.

Alors maintenant : *Mercedes-Benz blues.*

La voiture est une 500 Pullmann blindée ayant appartenu à un grand chef maffieux turco-yougoslave tué au début du siècle lors d'un attentat dans un hôtel de Sofia. Elle est gris métallisé, fauteuils en cuir rouge, ronce de noyer et petites estampes persanes représentant des illustrations du *Livre des Ruses*. Elle est pourvue d'absolument tout le nécessaire dernier cri en matière de technologies maffieuses. Son ordinateur de bord est une IA expérimentale nourrie à Machiavel et ses instruments de navigation renverraient aisément un F 16 à l'âge de pierre.

Lorsque Narkos sort de son souterrain, il soulève la trappe et glisse un œil dehors : la zone a été violemment bombardée il y a deux jours, peu de chances d'y trouver un humain dans les environs.

La Mercedes l'attend à la place prévue, sous les vestiges d'un vaste pont d'allure romaine dont ne subsistent que quelques arches, vérolées d'impacts. Un peu plus loin, dans une brume de la mémoire en cours de construction, il discerne le tracé sinueux d'une autoroute.

Il prend place au creux du siège voluptueux et colle son index sur l'identificateur digital.

Le bloc central passe au vert. Il enfiche sa carte magnétique dans le lecteur. La voiture démarre, et glisse dans un chuintement de silice au milieu des décombres. Sur le navigateur de bord la carte de la région parisienne s'affiche. Un point jaune se déplace. C'est lui.

Il se trouve dans le Val-de-Marne, à l'est de la rivière.

Il se pourrait que l'air, d'après l'opinion de certains philosophes, fût peuplé d'intelligences qui, assez douées pour prédire l'avenir, et touchées de compassion pour les hommes, les avertissent par des signes de se mettre en garde contre le péril qui les menace.

C'est par ces mots de Nicolas Machiavel, tirés de ses *Histoires florentines*, que l'intelligence artificielle maffieuse se fit connaître à lui.

Narkos lui répondit par un verset du *Livre d'Énoch – Les livres leur seront donnés, et ils y croiront et ils s'en réjouiront et ils recevront la récompense, tous les justes qui y auront appris les voies de la vérité* – et lui demanda si elle était pourvue d'une identité cybernétique stable.

L'IA répondit par l'affirmative, à part sa connaissance particulière de Machiavel, reliée à l'existence d'un attracteur chaotique imprévisible au sein du programme, la machine connaissait toutes les routes de France et de Navarre, les lignes de front avec les formations en lutte, ainsi qu'un bon nombre d'informations d'ordre militaire sur les opérations en cours. Son scanner de police était du même type que celui qu'utilisaient les agents de l'ONU 2. Son antenne parabolique avait été copiée sur celle développée par le programme ÉCHELON au tournant du siècle.

Elle répondait au doux nom de Miss Bloom, elle commandait à un ensemble intégré de mesures et contre-mesures haut de gamme, et pouvait se connecter à n'importe quelle source ou flux d'informations. Elle était également férue de toutes les marques de cosmétiques du monde.

Elle lui annonça que le premier rendez-vous se trouvait quelque part vers l'ancien institut médico-légal de la ville de Paris, pas très loin des quais de la Seine protégés de la montée des eaux par des digues de fabrication japonaise échafaudées par des ouvriers hollandais et surveillées par des miliciens venus de toute la Ville-Monde.

Elle lui conseilla d'utiliser la dernière crème transgénique L'Oréal-NovoMan V2.0, tout en lui indiquant le chemin le plus sûr pour se rendre au point de ralliement.

L'institut médico-légal des berges de la Seine n'était plus que ruines. Ce qui avait livré à la science tant de morts civilisées était livré à la nature sauvage par ce qui se présupposait vivant. Les molles vaguelettes de ce qui était devenu un petit fleuve tropical venaient lécher l'embase de la vaste bâtisse, le parking était constellé de flaques d'eau où s'avachissaient des algues marronnasses.

Une ombre attendait sur le parking désolé qu'une vie auparavant il avait franchi, sous un ciel très pur, avec deux personnages d'une fiction dont il avait été le narrateur.

L'ombre se découpa dans les phares.

Il lui sembla reconnaître la haute silhouette, les longs cheveux bouclés noirs, oui une impression de déjà-vu ne voulait le quitter.

— Son nom est Marina Markovic, fit l'intelligence artificielle. C'est une Croate de Bosnie, mais elle a principalement vécu en Tchecoslaquie et à Moscou, elle est morte assez stupidement dans un accident de voiture sur la route qui conduit de la frontière tchèque à Budapest, elle fut membre des services de renseignement de la toute nouvelle République de Croatie, juste après l'explosion de la Yougoslavie, elle parle plusieurs langues slaves couramment, d'après mes données elle possède aussi une maîtrise de médecine légale. C'est une excellente lectrice du Livre des Morts. Il va de soi qu'il s'agit d'une créature de synthèse du Bibliogôn, sans doute une version prototype, comme vous-même.

Narkos n'avait rien dit, il avait appuyé sur le bouton de déverrouillage des portes.

COSMOKRATOR

— Je dois d'abord vous faire rencontrer les membres du méta-réseau. Nous allons devoir prendre une voie très sinueuse jusqu'à Magnitogorsk-sur-Seine, c'est au cœur de la zone de combat.

Narkos roulait en direction du bois de Vincennes, il savait que la partie du parc qu'il allait devoir traverser était tenue par diverses factions, il demanda à Miss Bloom de lui trouver le moyen le plus court et le moins dangereux pour parvenir à destination.

Puis il se tourna vers la jeune femme.

— Quel est votre rapport avec tout ça ? lui demanda-t-il.

— Je suis votre agent rétroviral messager. En d'autres termes c'est moi qui vais vous aider à vous servir du Livre des Morts. En d'autres termes aussi c'est moi que la Centrale Littératron, le Bibliogôn si vous préférez, a chargée de veiller à la bonne conduite des opérations.

Narkos avait laissé échapper un petit rire.

— Vous êtes mon commissaire politique, c'est ça ?

Les yeux noirs de Marina, sombres et rieurs, pleins d'une curiosité surnaturelle, s'étaient posés sur lui avec la grâce de la nuit qui était tombée sur le monde. Elle évoquait le souvenir d'un rêve perdu, d'un rêve perdu avant sa naissance.

Il n'avait pas eu besoin de réponse verbale.

Ses neurosenseurs détaillèrent la forme psychique de la jeune femme, et au passage listèrent l'ensemble des nécro-technologies dont son codex-costume était doté.

Elle possédait un processeur d'identités avec coupures de flux schizonarratives dernier modèle. Dans le bloc cortical des *personae* potentielles, il put pénétrer dans un fichier hyper-cube qui décrivait les identités en attente. Elles étaient deux : deux femmes, l'une praguoise, l'autre moscovite. Sa connaissance parfaite des langues est-européennes accompagnait un excellent système de brouillage perceptif global, ainsi qu'un programme de contre-mesure pouvant tromper les plus modernes dispositifs de contrôle et de surveillance.

Il allait en avoir besoin.

Le paramilitaire corse qui se pencha à la fenêtre de la Mercedes évacuait par sa bouche des remugles de mauvais picrate et quelques phrases tout juste compréhensibles.

Le checkpoint était constitué d'une guérite aux couleurs nationales, avec la tête de Maure noire sur fond blanc, de deux grands tonneaux d'acier sur lesquels étaient montés des écriteaux indiquant STOP d'une part et SÉCURITÉ/SECURITA de l'autre, et d'un brasero autour duquel se pressaient quelques duffle-coats camouflage remplis de formes vaguement humaines. Le milieu de la route était occupé par un système de chevaux de frise que deux soudards avaient pour mission de faire pivoter au passage des véhicules.

Il y avait fort peu de monde au checkpoint.

D'après Miss Bloom la route était tenue par un groupuscule affilié au mégagang qui avait institué la République corse du Val-de-Marne et avait élu domicile dans l'ancienne préfecture de Créteil. Ils tenaient la zone jusqu'à l'entrée de l'autoroute A 4. Corsica Nostru.

Ensuite on trouvait le secteur tenu par le Front Social Révolutionnaire Unifié, et localement par le groupe Commune Rouge, en gros le nord et l'ouest du département. Au sud, dans les « villes nouvelles » de Vélizy et alentour, les maquis du Mouvement de la Résistance Islamique étaient engagés dans une lutte à mort contre la section locale de l'Armée Nationale Républicaine Progressiste, et tous se battaient furieusement depuis de longs mois pour le contrôle de l'aéroport d'Orly.

Ils étaient tous passablement énervés.

Narkos envoya un flot d'ondes nécrotropiques dans la tête du soldat, le programme de simulation s'implanta d'un coup dans l'ensemble de ses centres de perception, parasite réticulaire qui imposa sa loi aux neurones qu'il rencontrait sur son chemin. Le soldat comprit que la Mercedes appartenait à un gros ponte de la Republica, que Narkos et Marina faisaient partie de son escorte personnelle et qu'ils avaient pour mission de ramener l'automobile sur les bords de Seine, au QG du « général ».

Le soldat ouvrit un large sourire édenté en se mettant au garde-à-vous, son vieux kalachnikov tenu en bandoulière brilla un peu sous l'éclairage d'un réverbère. Puis il jeta un ordre bref aux deux troufions de la guérite qui ouvrirent un passage dans les chevaux de frise.

Au sud, vers Créteil, de puissants faisceaux de DCA balayaient le ciel en continu.

Sur une rangée d'arbres il aperçut plusieurs corps pendus aux branches qui se balançaient sur le même rythme, mus par un mambo inaudible.

L'A 4 était pratiquement vide de tout véhicule, à part quelques carcasses carbonisées et de loin en loin la silhouette d'une Jeep ou d'un half-track, la route était d'ailleurs coupée au niveau de la bretelle d'entrée, il reconnut de nouveau les emblèmes de la République séparatiste corse.

À leur gauche, vers l'est, ils pouvaient apercevoir une escadrille de transports de troupes qui se dirigeait vers Eurodisney, lieu d'affrontement entre diverses milices rivales. Le parc Eurodisney avait été détruit lors du déclenchement de la guerre civile par un groupe de terroristes islamistes kamikazes recrutés dans toute la banlieue parisienne, qui s'y jetèrent avec une quinzaine de camions-citernes remplis d'essence ou de gaz propane, y tuant plus de mille cinq cents personnes en quelques secondes, dont la moitié d'enfants. C'était un site stratégique, le nexus de nombreuses voies de transport par route, ou par rail, voire par héliport.

À leur droite, vers l'ouest, Paris-Ville Lumière, gardée par les soldats-robots observateurs de l'ONU et un mur périphérique de béton-composite absolument infranchissable, offre la vision d'une vague noire surplombée de feux de Saint-Elme électriques.

Ils allaient maintenant devoir rouler sur environ trois ou quatre kilomètres dans un no man's land parsemé de barbelés et de débris en tous genres, avant d'arriver à la bretelle de sortie pour Charenton, où commençaient les lignes du Front Social Révolutionnaire Unifié.

Très vite le barrage se découpa à l'horizon, Miss Bloom passa en seconde et roula à une sage et constante vitesse en direction du checkpoint des néoléninistes de la banlieue sud. Un peu plus loin sur sa gauche, dans une zone de remblais et de sablières, il vit des dizaines de corps pourrissants, empalés sur des barres à béton armé. Il y avait aussi quelques cadavres, hommes, femmes et enfants, crucifiés sur des panneaux de bois de construction.

Une petite unité de quatre hommes se détacha sur la lumière blanc-bleu d'un groupe de projecteurs qui vint frapper la Mercedes de plein fouet. Les spectrographes de l'ordinateur de bord s'agitaient furieusement.

Deux restèrent à proximité de leur dernière ligne de barbelés, simples silhouettes prolongées de leur fusil d'assaut, deux autres s'avancèrent vers la voiture, et se séparèrent chacun d'un côté.

Narkos vit l'uniforme camouflage gris urbain, le bandana écarlate, l'étoile soviétique dans la cocarde nationale, il identifia immédiatement les gars de la Commune Rouge, les miliciens qui tenaient la frontière entre Charenton et Ivry. Lorsque le sien s'encadra dans la vitre baissée pour lui demander leur laissez-passer, Narkos comprit dans la seconde que les ennuis allaient commencer.

La Centrale Littératron l'informa en catastrophe que les miliciens locaux ne marchaient pas à la mauvaise vinasse ou à l'alcool frelaté comme leurs rivaux sécessionnistes corses. Leurs cerveaux étaient irrigués d'une très mauvaise dope, la thanatonomine, qui amplifiait notablement les pulsions homicides de toute nature et exposait le cerveau à tous les virus nihilistes.

Le checkpoint de la porte de Charenton était réputé comme l'un des plus dangereux du Val-de-Marne. On disait que les nouveaux dollars ONU les impressionnaient à peine, ils se servaient en nature.

Narkos jeta un coup d'œil à Marina, le soldat qui avançait de son côté tenait un Famas français. Le sien était armé d'un AK 47.

Leurs yeux étaient injectés d'une sécrétion sanguinolente, une mousse verdâtre recouvrait leurs lèvres, ils puaient, ils n'étaient pas rasés depuis des jours, des traces de sang maculaient leurs uniformes.

Le mec qui se pencha à sa portière commença par vouloir lui faire un peu de chambrette.

— Alors monsieur le Marquis on se balade avec Madame sur les bords de Seine ?

Celui de gauche s'accouda carrément sur le rebord de la fenêtre passager et dans un rot sonore expulsa un : Dites donc voir le petit canon qu'on a là.

Narkos demanda au Bibliogôn la mobilisation générale de son second cerveau :

Il envoya un message télépathique dans l'interface de Marina : On les dessoude.

Il regarda le soldat qui lui faisait face et lui dit :

— Dis-moi, le Khmer Rouge, ça fait combien de temps qu'on t'a pas plongé dans une baignoire ?

Il enclencha le processus rétroviral au cœur du cerveau ennemi : régression anti-thanatique générale.

Il reçut de Marina un bref message lui disant : J'ai compris.

Alors dans la même fulgurance leurs neurovirus étaient venus s'enlacer dans la structure biophysique de ces soi-disant vivants.

Par la Grâce de la Sainte Rétrotransposition générale.

À peu près simultanément, les deux miliciens furent gelés dans une stase hypostatique du temps, puis tout d'abord leurs corps vieillirent, d'un seul coup, jusqu'à la dernière limite qui leur était acquise, une fraction de seconde avant leur « mort ».

Puis le processus, engagé sur sa limite, se retourna violemment sur lui-même.

Régression biologique involutive globale, en quelques secondes les voilà qui parcourent à rebours toute leur éphémère existence.

Lorsque Narkos démarre la Mercedes, les deux hommes ne sont plus que des nourrissons piaillant sur l'asphalte aux reflets d'huile de moteur.

Narkos envoie un second ordre dans l'interface neurale de Marina : même chose avec les deux autres clampins. Même chose avec tous les autres connards.

Ils laissèrent derrière eux un checkpoint absolument vide, où quelques spermatites abandonnés sur le béton cherchaient sans espoir un œuf à féconder.

Miss Bloom avait émis un commentaire, tiré des *Histoires florentines* de Machiavel : *Celui qui lit la Bible avec son bon sens verra que Moïse fut contraint, pour assurer l'observation des tables de la Loi, de faire mettre à mort une infinité de gens qui s'opposaient à ses desseins, poussés uniquement par l'envie.*

Puis ils se dirigèrent vers le pont de Conflans, renommé Nelson-Mandela par les communistes au début des années 90, puis pont Jeanne-d'Arc lorsque les troupes du Rassemblement Républicain pour l'Unité Nationale avaient provisoirement pris le contrôle de la zone, il avait ensuite été à plusieurs reprises rebaptisé et re-débaptisé.

Pour l'heure, à ce qu'il savait, il s'appelait pont Léon-Trotski.

Dans le ciel, Narkos vit une escadrille de chasseurs des forces loyalistes gouvernementales effectuer un rapide survol du plateau de Villejuif, la petite escadrille de Mirage essuya les tirs de toutes les batteries anti-aériennes du coin, mais les avions parvinrent à lâcher quelques bombes dont les impacts orangés fleurirent un peu partout au hasard sur le béton de la Ville-Monde ; en face d'eux, un feu d'artifice de pointillés phosphorescents vint danser dans le ciel noir.

Écoute scanner des radios de la guerre civile.

À l'horizon, là où le soleil s'était couché, le crépuscule se prolongeait indéfiniment dans la lumière des grandes croix en flammes où se consumaient en hurlant les centaines de victimes d'on ne savait plus quelle nébuleuse néopaganiste.

Puis Miss Bloom indiqua que désormais la voie était libre jusqu'au Nexus, il faudrait simplement éviter la poche de résistance tenue par les combattants salafistes au sud de Vitry-sur-Seine, aux alentours du carrefour Pompadour et de l'échangeur de l'A 86, et dont nous captions les émissions radio. Elle précisa que la lotion désincrustante aux clones d'embryons humains NiveAvon Genesis *SuperLight* était de loin la meilleure de toutes celles présentes pour l'heure sur le marché. NiveAvon, susurra-t-elle en reprenant le slogan discoïde de la marque, *ta vie est neuve en NiveAvon.*

La Mercedes roula dans la nuit nucléaire qui surplombait le monde, elle longea les digues qui retenaient les eaux montantes de la Seine et croisa sur sa route une vieille centrale EDF tenue par les soldats du Parti de la Révolution Sociale Populaire, les tubulures blanches qui couraient sur sa longueur et traversaient la route étaient recouvertes de fresques révolutionnaires peintes à l'aérosol, les deux hautes cheminées s'élevaient dans le ciel couleur vert-de-gris, à leur sommet des drapeaux rouges flottaient au vent, puis Miss

Bloom déboucha sur une vaste esplanade vide, en friche, comme si une bâtisse monumentale, telle une cathédrale, venait d'être rayée de la carte, seuls des tas de gravats et quelques traces résiduelles des fondations étaient visibles, la zone tout entière était cernée de bâtiments industriels à moitié détruits. Des lignes de chemin de fer s'étoilaient dans toutes les directions.

Le Nexus, dit Marina en mode neurotronique. Le Point d'Entrée/Sortie. L'Interface du Bibliogôn. Le Passage vers le souterrain se trouve quelque part sous les rails.

Je sais, répondit Narkos, sans qu'il sache vraiment pourquoi.

Puis ils sortirent de la Mercedes qui alla d'elle-même stationner sous le porche survivant de ce qui avait été un enclos de réservoirs BP, tous éventrés, le métal tordu et carbonisé témoignait de l'incendie qui un jour avait fait rage ici. Les réservoirs avaient été dynamités par les forces alors en déroute de l'Armée Nationale Républicaine Progressiste, qui avait suivi le long de sa retraite jusque dans la grande zone commerciale de Rungis-Belle Épine les préceptes inflexibles de la terre brûlée.

Marina s'avança vers l'entrelacs du chemin de fer, Narkos lui emboîta le pas.

Ils marchèrent sur quelques dizaines de mètres puis Marina s'arrêta.

Narkos put lire dans son interface neurale qu'elle récitait un passage de l'Apocalypse de saint Jean de Patmos :

Le premier Vivant est *comme un lion* ;

Le deuxième Vivant est *comme un jeune taureau* ;

Le troisième Vivant a *comme un visage d'homme* ;

Le quatrième Vivant est *comme un aigle en plein vol* ;

Un tunnel s'ouvrit lentement au milieu des rails.

Une échelle de fer, des points de lumière jaune. Narkos descendit à sa suite. Le tunnel se referma en silence au-dessus de sa tête.

Ils entrèrent dans la bibliothèque de combat.

Le cinquième Vivant est *celui que nous attendons* – la

phrase, qui n'était pas dans l'Évangile bimillénaire, avait été prononcée à l'unisson par un chœur de voix-pensées dont les incarnations étaient encore à peine visibles.

Marina s'avança vers le milieu de la pièce, Narkos resta debout à l'entrée, histoire d'avoir tout le monde dans le même champ de vision, régla la focale de son nerf optique et adapta son iris à la faible lumière ambiante.

— Je vous présente le Méta-Réseau, ils sont la pointe avancée de l'opération Anti-Polis, son retournement métaphysique. Bibliogôn veut désormais les utiliser à leur plein rendement, et ils sont d'accord.

Narkos observa un moment le groupe d'individus réunis dans la crypte aux vieilles ampoules jaunâtres. Comme Marina Merkovic, ils possèdent plusieurs identités, voire un brouilleur anonyme qui confère à leur visage une constante et lumineuse imprécision.

Son neuroscanner décrypte les codex-costumes, il commence à se faire une idée de la congrégation qui se tient ici.

Marina lui présenta d'abord deux hommes assis d'un côté de la table d'état-major, et dont les identités étaient pour l'instant configurées sur leur moi social le plus ordinaire, ou ce qui en tenait lieu. Narkos se brancha sur leur second cerveau. Leur codex-costume émettait des vibrations corticales encore assez plates, contre-mesures de surface, mais il surprit une pensée de Hegel dans l'interface de l'un d'entre eux, le vieux philosophe souabe mettait en demeure *ceux qui entendent persister dans l'idée de la différence entre l'être et le néant d'indiquer en quoi elle consiste.*

— Ivan Enovic et Francisco Barron, fit Marina, ils sont membres des Non-Linéaires, des métaphysiciens de la discontinuité, ce sont des experts en matière de lutte contre les fausses dialectiques du nihilisme, et ce sont des spécialistes de la scission critique, nous en aurons besoin pour franchir le Mur Circulaire.

Narkos saisit une phrase tirée du Deutéronome alors qu'elle

venait d'apparaître dans le cortex du second Non-Linéaire : *Vois, dit l'Éternel, j'ai mis devant toi la mort et la vie : choisis.*

Narkos approuva silencieusement de la tête, il laissa son codex dévoiler une phrase de Raymond Abellio, extraite de *La Fosse de Babel* : *Les hommes ne retrouveront le sens du sacré qu'après avoir traversé tout le champ du tragique*, mais son neuroscanner dirigeait déjà ses hyper-intuitions vibrionnes vers les trois autres humains de la pièce.

C'était le groupe aux brouilleurs anonymes placés en mode permanent. Son métacodeur lui permit de franchir les contre-mesures corticales et il vit que deux hommes et une femme étaient assis côte à côte de ce bord-ci de la table.

Marina envoya une onde bleue très douce en leur direction.

— Je vous présente les trois agents secrets que l'organisation de la conscience imaginaire nous a envoyés. Ce sont leurs meilleurs éléments. Ils ont été entraînés par le docteur Ulysses William Joyce lui-même, un des fondateurs du Bibliogôn comme vous le savez. Ce sont eux qui sont à l'origine de la « Théorie de la Jeune Fille » qui a permis à votre Narrateur premier de finaliser la figure du tueur des centrales et de ses victimes. Eux aussi, ils vouent une haine calme et tenace à la Nouvelle Église. Ils nous permettront de passer à travers la zone d'involution thanatique qui protège leur saleté de sanctuaire.

Narkos plongea ses neurosenseurs au cœur des cerveaux et des interfaces-codex dont les guérilleros de la « conscience imaginaire » étaient pourvus.

Systèmes nerveux centraux extra-humains ouverts sur l'infini en même temps que sur chaque instant du Monde. Narkos se souvint vaguement d'une phrase de Dostoïevski qui expliquait que toute véritable connaissance passait à la fois par l'amour de la Terre et par celui de la transcendance absolue.

Dans l'un d'entre eux, il put distinguer une circonvolution neurale dont les mots étaient tirés d'un livre de Paolo Virno, *Les labyrinthes de la langue*. La phrase disait ceci : *Le milieu urbain, la métropole s'avère elle-même une formation linguistique, un cadre constitué avant tout par des discours objectivés, des codes préétablis, des grammaires matérialisées.*

Grâce aux ressources de son second cerveau, Narkos put retrouver l'ouvrage et le passage en question et il répondit, en le citant :

Tel est le paradoxe ! La métropole semble désormais indicible *du fait même de sa structure linguistique. Ce genre de configurations reproduit inconsciemment l'emphase utopique pour le « totalement autre » : à ceci près que désormais « l'autre » – ineffable et fuyant, mais désiré – est simplement l'état des choses présent.*

Et il ajouta, le Bibliogôn indexé sur un texte connexe, *Les ambivalences du désenchantement*, qui lui sembla parfait pour la circonstance :

Il n'est pas question ici d'une longue et lourde parenthèse, mais d'une mutation profonde de l'éthos, de la culture et des modes de production, aussi est-il hors de propos de se demander « où en est la nuit », comme si nous étions dans l'attente d'un matin : chaque utile lueur est déjà dans la nuit présumée, il suffit d'accoutumer nos yeux.

Le système neurospinal de la femme anonyme envoyait une série de messages complexes et entremêlés où tournoyaient en typographies explosives des morceaux de poèmes et quelques terribles locutions, mais très vite il comprit qu'elle était en fait en train de converser en mode télépathique avec ses deux congénères :

« *Comme nous l'avons démontré dans nos premiers essais de métaphysique critique, à l'époque de l'Organe Conscient du Parti Imaginaire, le Spectacle se présente comme la* réalisation *de la métaphysique marchande, comme la réalisation du néant ! Oui, sous ce rapport il s'agit bien d'un processus de réunification du sensible et du suprasensible, du sens et de la vie, du mode de dévoilement et de l'objet dévoilé, c'est-à-dire du reniement achevé de ce sur quoi la société marchande se fonde, mais en même temps, cette réunification s'opère sur le terrain même de leur séparation / Dans le Spectacle, le caractère métaphysique de l'existant s'appréhende comme une évidence centrale ; le monde y est devenu* visiblement *une métaphysique / En ce sens le Spectacle est la dernière figure de la métaphysique, où celle-ci s'objective en tant que telle, devient visible et se montre à l'homme comme l'évidence matérielle de l'aliénation fondamentale... / La lumière s'est solidifiée, l'insaisissable mode de dévoilement qui produit tout l'étant* s'est incarné en tant que tel, *c'est-à-dire indépendamment de tout contenu, en un secteur propre et tentaculaire de l'activité sociale / Et ce qui rend visible y est lui-même devenu visible, les phénomènes en s'autonomisant de ce qu'ils manifestent, c'est-à-dire en ne manifestant plus que le néant, y apparaissent immédiatement* en tant que phénomènes [1]... »

Narkos envoya un signal neurotransmetteur à l'ensemble du groupe, c'était la quatrième strophe du neuvième cantique des *Hymnes à la Nuit* de Novalis : *Tous les affres de la mort s'engloutiront dans l'eau profonde. Nos cœurs allégés et guéris attendront l'avenir sans crainte.*

Puis il demanda à Marina de préparer le Livre des Morts et le code-virus.

Il restait beaucoup à faire.

1. Voir la *special dedicace* p. 821.

AFGHANISTAN ÜBER ALLES

La transe-fixion de Marina l'avait conduite au cœur de la chambre ardente, là où les visions qui nous sont impossibles à regarder lui furent montrées, toutes et chacune.

Sa voix s'était élevée, alto météore cristallin, mais accompagnée d'une sourde vibration, lointaine, l'écho d'une voix qu'on avait voulu taire :

— *Mais qu'il y ait certaines doctrines cachées à la multitude et qui sont révélées après que les doctrines exotériques ont été enseignées, ce n'est pas une chose particulière à la chrétienté, cela existe aussi dans les systèmes philosophiques qui contiennent certaines vérités exotériques et certaines vérités ésotériques...*

Narkos reconnut un extrait du texte d'Origène, *Contre Celse*, livre premier, chapitre septième.

Origène, élève de saint Clément d'Alexandrie, fut un des plus grands philosophes chrétiens et sans aucun doute un des Pères méconnus de l'Église, sa culture raffinée et cosmopolite lui permit de combattre tout à la fois les penseurs païens antichrétiens comme Celse et les gnostiques dévoyés ou les hérésiarques en tous genres qui pullulaient à son époque.

Mais comme bien d'autres allaient l'expérimenter plus tard à leurs dépens, l'éveil de son esprit avait menacé le pouvoir temporel de l'Église et ce, même après sa « disparition » de cette terre. Très exactement deux cent quatre-vingt-dix-neuf ans après sa mort, en 553, lors du IIe concile de Constantinople, on l'avait purement et simplement excommunié. Dans le même temps, la bulle pontificale de l'Église exotérique catholique avait rendu une terrible sentence, qui allait définir cette religion et le monde qu'elle allait inventer – avant qu'il ne la détruise :

« Quiconque soutiendra la doctrine mythique de la préexistence de l'âme et en conséquence l'opinion surprenante de son retour, qu'il soit anathème. »

Origène s'était appuyé entre autres « choses » sur le *Livre d'Énoch*. Dans celui-ci il est rapporté qu'un évangile apocryphe raconte que le Christ avait tenu à ses disciples le discours suivant : si la chair est créée de l'esprit alors c'est miracle. Si l'esprit est créé de la chair alors c'est un *miracle de miracle*.

En d'autres termes, c'est le Saint-Esprit qui s'incarne dans le Fils, et c'est le Verbe qui parle par les Prophètes et cela est un authentique miracle, et ce sont les chimères de l'esprit humain qui font croire à celui-ci que sa chair est capable d'autre chose que de suivre les lois de l'entropie. Sans l'esprit, la chair n'était qu'un amas de cellules voué à la règle thermodynamique inflexible du cosmos. Et c'est en cela que Chair et Esprit sont à la fois une seule chose, et deux choses en une seule, comme coexistent sans se mêler la divinité et l'humanité dans le Christ. C'est en cela, en fait, que l'Esprit est *physique*, au sens étymologique grec du mot *Phusys* : *ce qui jaillit*.

Et c'est en ce sens qu'il n'existe aucune barrière autre que dialectique entre le monde de la matière et le monde de l'esprit, c'est en ce sens qu'*il faut concevoir la métaphysique comme la poursuite de la physique par d'autres moyens*, comme la guerre vis-à-vis de la politique.

C'est au demeurant ce qu'affirmait aussi Maître Eckart, fit remarquer Narkos, comme vous le savez il fut lui aussi condamné, pour des raisons somme toute analogues, par la bulle papale *In Agro Dominico* de Jean XXII, en l'an 1329. *Nous nous métamorphosons totalement en Dieu et nous nous convertissons en lui...* Pour Maître Eckart, la métaphysique n'était pas une « science » coupée de la physique. Elle en était la grammaire générative.

— Oui, répondit Marina avec la contre-voix d'Origène dans le fond de sa gorge. Le *Livre d'Énoch* et bien d'autres écrits apocryphes furent condamnés par le concile de Constantinople II et ses successeurs, le christianisme se coupait peu à peu de ses sources ésotériques, il n'allait pas tarder à voir le fleuve de sa pensée tarir, il n'allait pas tarder à devenir une immense maladie auto-immune qui conduirait à sa négation la plus totale.

Pourtant, s'était dit Narkos, pendant des siècles les vrais chrétiens, les vrais *gnostiques*, ceux qui croyaient vraiment en la transfiguration active du Christ dans l'homme avaient été en accord avec certains des enseignements fondamentaux des très vieilles doctrines orientales de la renaissance et du karma, même s'ils y avaient apporté toute la singularité de la pensée juive, à savoir la Résurrection messianique. Ils avaient ainsi pu voir que les concepts trinitaires étaient très puissamment ancrés dans la culture hindouiste et plus encore dans l'école Mahayâna du bouddhisme du Nord. Grâce à cela, et aux nombreux textes apocryphes que peu à peu le « canon » romain ou byzantin rejetait au fond de ses immenses bibliothèques aux Index constamment renouvelés, et cela jusqu'au schisme qui verrait les deux métropoles chrétiennes s'excommunier mutuellement, oui grâce à cela ils furent en mesure de combattre efficacement toutes les sectes pseudo-chrétiennes qui pullulèrent passé le premier siècle, ils furent pour beaucoup dans la victoire contre le manichéisme aux douteuses origines zoroastriennes, contre les Arianistes qui niaient la consubstantialité du Père avec le Fils, les Pneunomotaques qui déniaient toute existence même au Saint-Esprit ou en faisaient une simple « créature », les Ébionites ou les Adoptationnistes qui rejetaient toute idée de divinité dans Jésus-Christ, ou contre tous ceux qui remettaient alors en cause l'idée même de la Sainte Trinité, sans parler des autres illuminismes confusionnistes qui avaient fleuri à l'époque, sous l'appellation frauduleuse de « gnostiques ».

— Le nihilisme semble bien une figure absolument corrélative de toute intensification de la pensée religieuse, fit remarquer Narkos après quelques secondes de réflexion, et aujourd'hui, dans notre monde absolument *a-gnostique*, rendu à sa seule faculté d'expansion géographique désormais placée face à ses limites, il a déferlé dans les têtes comme un surproduit d'autant plus diabolique qu'il est paré de tous les attributs de ses antagonismes. Le christianisme primitif avait su éteindre les visions chimériques des « mages » prétendument gnostiques, mais l'antichristianisme du XIXe et du XXe siècle a littéralement conduit à leur efflorescence. Les hérésies dominent le monde de toutes leurs fragmentations totalitaires et de leurs inversions sophistiques. Les tortionnaires deviennent victimes, avant de pouvoir lancer leurs opérations de nettoyage ethnique, ou de viols collectifs. Le terroriste ne fait jamais le *mal*, au contraire, il est généralement la figure de l'Incorruptibilité même. Il est le Bien Universel. Il est l'Ego dans toute sa misérable splendeur. Car dans le monde d'aujourd'hui, être incorruptible cela signifie être tellement corrompu qu'on ne peut plus vous acheter, et que vous êtes donc devenu à votre tour un corrupteur.

— Je croirais entendre parler votre première incarnation narrative, fit Marina dans un sourire. Vous ne pouviez certes pas faire un bon petit soldat de l'ordre démocratique national.

— Non, je le reconnais. Je me souviens qu'une des volontés les plus tenaces de Robespierre était de détruire toute jurisprudence, toute *common law*. Il voulait s'en tenir à une sorte de Table de la Loi Républicaine, avec l'ombre de la guillotine en surplomb. Ce qui est drôle c'est que cette *akribia* politique absolument intégriste eut comme conséquence directe de produire un volume gargantuesque de lois iniques, totalitaires, absurdes, contradictoires, et donc au final criminelles. C'est cela dont cette personnalité primordiale a vécu l'accomplissement morbide.

— Voilà, transcrivit l'implant cortical de Francisco Barron : dans son *Homélie sur Ezéchiel*, VII, 3, Origène disait simplement : *il existe une chasteté du diable.* Sous entendu : les pires des hérétiques ont le cœur plein de vertus. L'hérésie qui prendrait peu à peu le pouvoir à Rome allait s'en souvenir, elle ne le lui pardonnerait pas.

Dans la circonvolution narrative de Marina-la-Nécromancienne il put lire : C'est cette tradition de lutte souterraine, cryptique, que l'Église chrétienne temporelle qui s'érigeait sur les ruines de Rome, cet empire de géomètres et de juristes, allait dès ce désastreux concile jeter hors de sa propre histoire, dans les poubelles de sa future destruction. Quinze siècles plus tard, elle commencerait tout juste à s'apercevoir de son erreur.

Et Narkos laissa sa pensée transcrire cela en elle, et en chacun de ses compagnons : Oui. Et c'est cette tradition qui, hors de toute attente, émerge des ruines de la civilisation mondiale, oui, qui *émerge de ses cryptes*.

Marina convoqua Origène qui, en demandant le secours de saint Irénée, lui indiqua alors une possible voie à suivre.

Les pages du Livre des Morts avaient tournoyé entre ses mains, à la vitesse d'une batteuse mécanique.

Puis elle avait regardé Franz Narkos, fixant de son index une page au milieu des millions d'autres.

— La voie d'entrée est à l'orient, la voie de sortie à l'occident.

— Avez-vous des éclaircissements supplémentaires ?

— Oui. Nous allons nous rendre en Afghanistan. Origène fait état d'une très vieille tradition apocryphe qui rapporte que Jésus, lors de sa retraite au désert, alla jusqu'aux confins de l'actuel Cachemire et qu'il y rencontra des bouddhistes tantriques tibétains qui l'initièrent aux mystères de la Shûnyata et de la Tri-Kaya, soit l'unité primordiale du Néant et la trinité des corps bouddhiques.

Narkos avait demandé au Bibliogôn de lui fournir un plan d'accès à la carte-codex de l'Afghanistan. La réponse lui parvint sous la forme d'un graphe qui représentait une région particulière de l'anti-réseau souterrain. Il ne sut le décrypter, aussi le communiqua-t-il d'une impulsion neurale dans l'interface de Marina.

— Il existe une bibliothèque secrète qui devrait nous permettre de nous y rendre d'un seul coup.

— Où est-ce ?

— C'est le petit secteur marqué en rouge. C'est loin d'ici, mais nous connaissons. Le Bibliogôn dit que nous aurons un passeur là-bas. Deux passeurs, même, si j'en crois les données que vous m'avez fournies.

— Quels passeurs ?

Au-dessus d'eux le sol trembla alors qu'un raid aérien succédait à un autre. La lumière jaunâtre vacilla un instant, quelques ampoules firent entendre un drôle de chuintement avant de rendre l'âme. Un groupe électrogène automatique se mit en branle quelque part, dans l'obscurité située derrière les murs.

Le flot de lumière intermittent éclairait la scène dans un doux ballet de discontinuités jaunes et grises. Marina feuilletait presque négligemment son Livre des Morts, dont la couverture rouge contenait tout le sang des hommes. Les pages couleur de nuit servaient d'écrin à la typographie vif-argent des opérations nécromanciennes. Ses doigts de fée couraient sur le papier en peau humaine, ses ongles parfois y crissaient, comme dans un très lointain râle d'extase.

Elle lui avait offert un sourire adorable.

— Un certain Shah Massoud. Et un certain Erwin Rommel. Ils nous attendent.

Narkos avait hoché la tête en silence.

Les ressources du Bibliogôn semblaient infinies.

Elles l'étaient, bien sûr.

Le Tunnel qui courait sous l'Anti-Monde n'était peuplé que de longs boyaux de béton vides qui conduisaient de temps à autre à une pièce souterraine dévolue à une des agences du Bibliogôn. Chaque bibliothèque formait un nexus. Marina marchait en tête, le Livre des Morts en main. À ce que Narkos comprenait, Origène la guidait, par des impulsions qui n'avaient plus rien de verbal, même son neuroscanner n'y aurait vu qu'une pure onde de choc psychique. Pour qu'elle lui fût compréhensible, la voix d'Origène aurait dû résonner dans son propre crâne.

Marina ouvrait la voie, Narkos la suivait, puis venait le groupe des Non-Linéaires et des Imaginariens. Il saisissait au vol des morceaux de conversations télépathiques, mais il se concentra sur sa propre intensification phénoménologique. Il pressentait que les choses sérieuses ne faisaient que commencer.

Narkos finit par comprendre qu'ils préparaient comme lui leurs esprits à la guerre totale qu'ils allaient devoir mener. Il comprit qu'ils établissaient tous ensemble les cartes du prochain territoire. Il se souvint d'un passage du Sermon 67 de Maître Eckhart qui disait : *Car là n'est rien que Un, et là où est Un là est tout, et là où est tout là est Un.*

Narkos marchait dans la misérable lumière jaune du souterrain, à ses côtés Marina consultait le Livre des Morts. Il comprit que tout cela était une ruse, un stratagème, une économie secrète de la narration. Le Livre des Morts n'était que la nuit qui enclosait le jour sans pouvoir le saisir, et qui lui permettait de s'ouvrir dans les consciences, dans les anti-mondes de la nuit.

Qu'il s'agisse d'Origène, ou d'un tout autre nom inscrit dans l'infini *nécroman*, ils étaient tous en fait les sources d'un au-delà du vivant aux figures indécomposables, à jamais hors d'atteinte de l'entropie : Le livre des Morts, finit-il par demander à Marina, est un Livre des Livres, n'est-ce pas ?

Marina lui avait offert un joli sourire en coin.

— Bien entendu. Que voulez-vous qu'il soit d'autre ? C'est le livre de la conscience méta-vivante. C'est nous qui sommes vivants, et c'est le monde que vous avez quitté qui est mort.

C'est lui le véritable anti-monde. Mais c'est parce qu'il crut au Démiurge et aux aberrations docétistes que l'homme a ainsi converti son propre monde à tous ses fantasmes fragmentaires et totalitaires. Origène ne cesse de me le redire : Il n'y a qu'un seul Dieu, et c'est celui qui sans cesse crée le Monde, qui est sa Chair. Le Démiurge ne peut naître que de la croyance que nous avons en lui, de toutes les offrandes réelles que nous ne cessons de lui faire, de toutes les pratiques illuministes ou rationalistes qui divisent constamment l'Homme de la seule Unité qui Soit.

Narkos se souvint d'un des passages d'*aduersus haereses* où saint Irénée disait : l'erreur, en se dissimulant sous des dehors spécieux, cherche à *paraître plus vraie*, s'il se peut, que la vérité elle-même.

Alors ils marchèrent des nuits durant, dans le jour électrique des ampoules. Ils dormaient dans les cubicules-bibliothèques rencontrés en chemin, généralement pourvus de lits de camp sommaires et de duvets militaires rangés dans une haute armoire métallique. Marina consultait le Livre des Livres, d'anciennes voix leur parlaient, deux millénaires après leur disparition du monde des « vivants », un jour neuf, probablement, serait au bout des tunnels.

Le sixième jour, le bruit d'un halètement et des couinements répétés leur avaient fait presser le pas, au détour d'un couloir ils rencontrèrent un chien sauvage, blessé, un de ces dingos des tunnels qui y chassaient les rats, les gros insectes et quelques prédateurs nocturnes.

Le chien-loup avait une patte en très mauvais état ainsi qu'une blessure à l'œil gauche et des traumatismes superficiels près de l'oreille, coupée en deux par une mâchoire désespérée.

Le temps leur était compté, mais l'animal gémissait doucement et sa plainte résonnait le long des parois circulaires du tunnel.

Narkos demanda au Bibliogôn de compléter sur le champ son équipement de survie d'une trousse Médikit d'urgence afin de panser les plaies du chien-loup, il parvint à fixer une attelle-exosquelette de carbone-carbone à sa patte abîmée. Il avait terminé l'opération en lui bandant la boîte crânienne après avoir recollé son oreille avec une glu antiseptique, il avait entretemps fixé un biocomposant optique à son œil devenu quasiment aveugle.

C'est en pratiquant cette dernière opération qu'il avait aperçu comme une marque sur le front du chien. Cela ressemblait à ces codes-barres dont on tatoue les animaux transgéniques.

En écartant un peu les touffes de poils, il discerna un peu mieux le signe gravé sur la chair du chien : c'était l'Aleph juif. Il était implanté dans la peau de l'animal sous la forme d'un circuit émettant une pâle luminescence.

Narkos s'était dit qu'il s'agissait sûrement de la marque de fabrique du chien artificiel, puis il avait préparé l'injection.

Après que le patch de neurocontrôle anesthésique lui fut retiré, le chien sauvage émit un bref jappement de contentement et remua la queue de façon mollassonne. Narkos lui avait envoyé une dose d'analgésique qui ralentirait un peu ses réflexes durant quelque temps, mais le chien des tunnels pouvait s'estimer chanceux. Sans cette injection, il n'aurait pas tardé à servir de repas aux charognards venus de la surface, ou à une horde de rats de passage.

Ils reprirent leur marche. Au bout d'une centaine de mètres, Narkos entendit un bruit derrière eux et il aperçut le chien sauvage qui les suivait, à distance.

Puis Marina avait consulté sa carte-codex, ils se trouvaient à un carrefour, le tunnel se divisait en quatre segments cardinaux.

Marina avait pointé du doigt une direction. L'Orient, dit-elle en mode vocal.

Nous ne sommes plus qu'à quelques heures.

Puis ils avaient marché jusqu'à la Bibliothèque secrète du Lion du Panshir et du Renard du Désert.

Il existe de tout temps d'authentiques guerriers dont la victoire n'est lisible que dans la mort qui les a foudroyés. Elle n'est lisible que parce qu'elle peut faire narration, et elle ne fait narration que parce qu'elle se rit de la mort qui l'a rendue possible.

Lorsque le commandant Ahmad Shah Massoud fut assassiné par deux commandos-suicides d'Al-Qaïda, le 9 septembre 2001, deux jours pleins avant l'attaque par avions de ligne interposés du sieur Ben Laden, sa mort pouvait être lue comme le momentum secret par lequel le conflit avait en fait commencé. Le conflit de la Fin des Temps.

À l'époque, dans l'état de dénuement quasi total de ses troupes, et la petitesse du territoire qu'elles contrôlaient face aux talibans, soit sa haute vallée du Panshir, Shah Massoud avait dû se rabattre sur la seule carte que le monde voulait bien lui faire jouer : celle de l'image du guérillero vaguement mythique perdu dans ses montagnes de l'Hindu Kuch, une sorte de Subcomandante Marcos islamique, bien plus mystérieux et étrange que le barbudo masqué qui faisait la joie des commentateurs venus du Ve arrondissement, une sorte d'icône de notre propre impuissance, diffusée entre deux publicités de lessive, un reality-show et une émission spécial Saint-Valentin consacrée aux godemichés et à la masturbation clitoridienne.

Les bombes avaient été placées dans deux caméras vidéo dernier modèle. L'arme des terroristes s'appelait Sony. Ils l'avaient rêvée. Ils l'avaient faite.

Leur mort, anonyme et sans aucun sens, se trouvait bien dans la droite ligne du rôle métonymique qu'ils avaient joué dans le spectacle du terrorisme, dans cette mise en scène du nihilisme par sa propre terminaison, cette mise en abyme du monde par lui-même, ou disons par ses constituants les plus inférieurs. Faux journalistes, vrais assassins, ils étaient dans le même temps de faux tueurs, et d'authentiques nullités. Leurs noms eux-mêmes avaient été effacés de la mémoire des hommes, ils n'étaient en fait que des magnétoscopes humains accomplis, ils étaient une trademark, ils étaient la multitude, ils étaient le *rien objectif*.

Comme l'avait un jour dit Paul de Tarse : « Mort, où est ta victoire ? »

Cinquante-sept ans plus tôt, le plus brillant des généraux de la Wehrmacht avait un soir reçu la visite de deux officiers du S.D. qui l'avaient placé devant l'alternative. Avaler une pilule de cyanure, et accepter que sa mort soit trafiquée par les officines de Goebbels en une complication de son « héroïque » accident sur les routes normandes, ou bien mourir très lentement au bout d'une corde de piano en sachant que sa famille aurait été envoyée dans un camp de concentration. Les conspirés de juillet 1944 finirent tous comme ça, Rommel choisit de se donner la mort et de sauver sa famille. Il savait qu'Hitler lui vouait une admiration sans borne, et que chez un psychopathe, l'admiration sans limite peut s'invertir comme de rien en une haine tout aussi infinie.

Durant toute sa campagne en Tripolitaine et en Cyrénaïque, Rommel n'eut jamais à sa disposition que trois divisions allemandes, fort efficaces, et quelques unités italiennes, qui l'étaient bien moins. Pendant deux années pleines il avait tenu la dragée haute aux Anglais de Wavell, d'Auchinleck ou de Montgomery. Il avait en vain demandé au Führer des renforts à chacune de ses campagnes victorieuses. Hitler avait promis. Rien n'était venu. Après El-Alamein, et le débarquement allié au Maroc et en Algérie, il n'eut d'autre choix que de faire retraite dans le désert libyen jusqu'en Tunisie avant d'embarquer au plus vite vers l'Europe, alors que l'immense machine militaire nazie allait se perdre dans les toundras cosaques pour se voir infliger l'humiliation de Stalingrad.

Hitler n'était pas un stratège militaire, c'était un politicien des mass media, autant dire un publicitaire, autrement dit encore le plus pur représentant du terrorisme du XXe siècle.

Il nomma Erwin Rommel *Feldmarschall*, le plus haut titre de l'armée allemande jamais décerné à un homme aussi jeune, mais au lieu d'exploiter sa géniale inventivité tactique et son instinct stratégique offensif, il lui confia la mise en place et le contrôle militaire du mur de l'Atlantique, soit la ligne Maginot du Reich. Pendant ce temps les unités de Panzer SS gelaient dans l'hiver russe, Hitler trépignait devant les cartes de Moscou, de Koursk ou de Stalingrad, Himmler visitait avec constance les camps de la mort.

Hitler était de plus un bien piètre visionnaire. Il fit convoquer le Feldmarschall Rommel à Berchtesgaden trois semaines après le débarquement du D-Day. Lorsque Rommel revint sur les lignes de front, le 17 juillet, sa voiture fut bombardée sur une route normande par un chasseur américain et il fut grièvement blessé.

Le ciel de France était couvert d'avions, la Luftwaffe n'était nulle part. Goering admirait sans doute ses collections d'art pillées dans l'Europe entière.

Rommel et Massoud avaient donc connu un sort similaire, mais selon des lignes de fuite inverties.

Quatre semaines après la mort de Shah Massoud, les talibans connaissaient une des déroutes les plus cinglantes de toute l'histoire militaire, Mazar-e-Sharif était tombée, les B 52 et les AC 130 gunships avaient transformé leurs pauvres ergastules cavernicoles en tombeaux calaminés au propane ; le 12 octobre, un mois et un jour après l'attentat sur l'Amérique, ce serait au tour de Kaboul. Kandahar suivrait la même semaine. L'Afghanistan était devenu le jeu vidéo grandeur nature de l'armée américaine, et le tombeau de milliers de tueurs talibans.

On découvrit une sorte d'androïde venu de Marin County, Californie, son composant neuronique principal avait visiblement subi un court-circuit d'importance à l'écoute d'on ne sait trop quel ramassis de conneries débitées par la culture moderne, et il avait alors décidé de jouer les martyrs de l'Islam ; lorsque les Forces Spéciales le retirèrent de son trou à rats, ce n'était plus tout à fait un être humain. Il était en tout état de cause le tout premier Californien à avoir été conçu à San Francisco et à s'être acheté une naissance à Peshawar.

Ce n'était pas une déroute, ni même une débâcle, cela ne s'était sans doute jamais vu auparavant dans les annales de l'art de la guerre. Cela n'avait pas de nom, cela ne revêtait aucune forme, cela n'avait jamais eu le moindre sens.

Le nihilisme, et son mode de contrôle des circonvolutions dites corticales de la soi-disant espèce *homo sapiens sapiens loquens*, avait bien trouvé là son accomplissement terminal, c'est-à-dire le plus *nul* possible.

Shah Massoud avait été immédiatement recruté par le Bibliogôn et inscrit dans le registre stratégique du Livre des Morts. Il était une recrue de choix.

Très vite il avait rencontré Erwin Rommel et ses panzerdivisions, les fantômes de l'Afrikakorps qui avaient tenté de conquérir le désert arabe pour le compte du Reich nazi contre les Anglo-Saxons s'étaient mêlés aux guerriers afghans morts en défendant leur pays contre la Légion d'Al-Qaïda et en combattant avec l'élite de l'armée américaine.

Mon nom est Franz Narkos.

Mon nom est Zombie cyborg transnarratif – multi-identité révélée à l'unique, je suis de nouveau *je*, alors que nous avançons dans le désert en repoussant devant nous la contre-vague de l'orage de poussière venu des déserts de l'homme.

Nous voici maintenant roulant dans les hauts déserts ouzbeks au volant d'un quatre-quatre de combat des Rangers de l'US Army. Autour de nous quelques véhicules du même type avancent dans un nuage de sable, pilotés par des fantômes du D-Day, aussi bien anglais, français, canadiens, américains qu'allemands ou autrichiens.

Il y a des inscriptions peintes à l'aérosol acrylique sur les véhicules : *DoomsDay Division*. Le Jour J est devenu le Jour Oméga.

Comme les autres notre *combat-car* est un pur engin de science-fiction, mais celle de la science-fiction réalisée : cela tient d'une automobile trafiquée par un fan de Mad Max et d'un Humvee désossé, réduit à sa plus simple expression : une solide carcasse faite d'aluminium et d'un alliage spécial d'acier-titane, une roue de secours disposée à chaque coin de l'engin, à proximité de celle qu'elle est en charge de remplacer, un canon rotatif Gatling, un ordinateur GPS agréé Pentagone, grâce à une antenne parabolique nous sommes en contact avec un réseau de satellites et un Awacs qui survole la zone en permanence ; à nos côtés, un drone-tueur vole en rase-mottes devant un groupe de cavaliers tadjiks menés par Shah Massoud, sur l'autre aile, ce sont les troupes de l'Afrikakorps qui soulèvent une tornade de poussière.

Alors un son nous parvient, comme une vague, une clameur sourde qu'on discerne à peine sous le souffle du simoun.

Mais plus nous approchons de la ligne de front, plus nous approchons de l'horizon en flammes, là-bas à la frontière avec le Cachemire, plus la clameur sourde se fait entendre.

Oui nous entendons distinctement la clameur maintenant que le véhicule d'assaut fait face à l'abîme qui nous sépare de la barbarie humanitaire :

Afghanistan Über Alles.

L'ancien scansion lourdement germanique a fait place à un chant venu de l'orient des soufis, muezzin des confins de la route de la Soie et des Émeraudes, mais c'est dans la langue de la Fin de l'Europe qu'il fait ici entendre son envol.

Afghanistan Über Alles.

— Les Afghans sont le dernier peuple libre de la Terre, me confie Erwin Rommel alors que nous entrons dans Kaboul, au petit matin.

Et je me dis qu'il a raison, et que c'est précisément la raison pour laquelle les talibans avaient choisi ce pays comme sanctuaire.

La désagrégation de l'État afghan durant la guerre contre les Soviétiques avait renvoyé les hommes de ce pays à eux-mêmes, à leurs identités féodales, et au régime antique de la liberté. Bien sûr, vu l'état du monde cela ne pouvait conduire qu'au moment ultime du nihilisme : ce moment où le monde se détruirait lui-même, à partir du dernier espace de liberté, le fermant pour ainsi dire du même coup.

Au-dessus de nous, le ciel bleu est rayé de lignes blanches qui le traversent par groupes compacts.

Je m'étais souvenu que dans le « vrai » monde l'aviation américaine avait bombardé les hautes montagnes de la province de Paktia durant une quinzaine de jours, pour y déloger les dernières poches de résistance d'Al-Qaïda. La désormais fameuse « Opération Anaconda ».

Mais, je ne sais pourquoi, un doute me saisit lorsque je vois apparaître un avion noir volant devant nous à basse altitude. J'aperçois une tache rouge sur l'extrémité de son fuselage et sa silhouette évoque plutôt...

— C'est un Mig soviétique, m'annonce Rommel. Il est piloté par un certain Youri Gagarine, dont on me dit qu'il effectuera le premier vol spatial grâce aux fusées de Von Braun !

— Pourquoi des avions russes ?

— En Libye, dès le début 1942 je n'avais plus le moindre soutien aérien, ce gros porc de Goering était un bon aviateur mais en tant qu'officier général il a toujours été un incapable, ici j'ai pu faire appel à des combattants de la 18e escadrille de la Garde, celle qui commandait le groupe Normandie-Niémen. Avec des appareils modernes.

— Les Afghans acceptent de se battre aux côtés de leurs anciens ennemis ?

Rommel avait souri. Il m'avait montré Shah Massoud et sa garde fantôme qui marchaient dans Kaboul.

— C'est ainsi que je définis un peuple libre. Un peuple libre de choisir ses ennemis.

Je comprends alors que la Centrale Littératron n'est pas une machine permettant aux hommes de voyager dans le temps. Elle est ce qui permet aux hommes de faire voyager le temps à l'intérieur d'eux-mêmes.

La ville est déserte.

Face à nous, le soleil pointe, lys d'or entre deux hautes ombres bleues.

Nous traversons la cité en ruines dans notre nuée de poussière et de sable, puis nous allons droit vers l'est, vers le point d'entrée de l'orient en feu.

Derrière nous la vallée du Panshir, devant nous les montagnes de Tora-Bora.

CAMERA LUMINA

Le tunnel. Sans doute le dernier d'entre tous. Narkos et les membres du Bibliogôn allaient être avalés par sa gueule noire, béante. Une bombe thermobarique y a provoqué un effet de dépressurisation sur au moins vingt mètres de profondeur, avec une boule de feu de 1000 degrés centigrades pour brûler d'un seul coup tout l'oxygène et les humains qui le respirent. Mais nous sommes dans l'Anti-Monde, ou plutôt à ses limites.

Ici les morts sont vivants, et les vivants sont morts.

Le Bibliogôn m'avait envoyé un extrait réconfortant de l'Apocalypse selon saint Jean de Patmos, me conseillant de la garder constamment en mémoire vive : *Ne crains pas. Je suis le Premier et je suis le Dernier, le Vivant ; je fus mort, et me voici vivant pour les siècles des siècles, détenant la clef de la Mort et de l'Hadès.*

Ici, il est probable que quelque chose va de nouveau s'inverser. Ou plutôt va entreprendre sa rotation gnostique, quelque chose va apparaître, va se donner à voir sous une nouvelle apparence.

Rommel et un groupe de soldats de l'Afrikakorps se mélangent avec les Tadjiks de Shah Massoud et les fantassins bioniques de la DoomsDay Division.

Ils s'enfoncent sans attendre dans les profondeurs du tunnel, autour de nous de hautes montagnes élèvent un bleu plus profond que celui du gaz céleste.

Au-dessus de nous un croissant de lune brille plein pot, avec une étoile à ses côtés.

Puis, déjà, vient la nuit des souterrains.

— Nous sommes dans un simulateur de pointe ! me hurle Marina.

Puis sur le mode télépathique : Nous sommes ici au centre du vortex d'informations de la nouvelle maffia mondiale, cela va bien plus loin maintenant que les simples islamistes d'Al-Qaïda. C'est une véritable « anti-polis », dont le pouvoir politique ne cesse de grandir, au fur et à mesure que la politique devient un système de gestion écologique des affaires du monde.

Les murs défilent noirs, seules nos optiques de cyborgs nous permettent de distinguer un décor verdâtre qui sans cesse répète les mêmes motifs.

Je comprends alors ce qu'est en train de me dire Marina. Nous sommes à l'intérieur d'un jeu vidéo. Du type Doom. Le jeu s'appelle Ville-Monde, et il a été conçu par un cartel de divertissement nécronomique dénommé Antipolis Inc. Voilà pourquoi les divisions du D-Day se nomment maintenant DoomsDay Division. Voilà pourquoi les trames du temps sont interpolées, voilà pourquoi nous courons le long d'un tunnel, éclairé de loin en loin d'ampoules jaunâtres dont la lueur vacille sous les bombardements. Voilà pourquoi nous sommes sous la Ville-Monde : nous sommes les *rats des tunnels.*

Dans un hadith que rapporte Ibn 'Arabî, et dont la tradition remonte à Ibn 'Umar, fils du premier calife, il est expliqué qu'un jour le Prophète Mahomet avait dit :

Les fils d'Israël se sont divisés en 71 sectes : toutes iront en enfer, sauf une. Celles issues de Jésus fils de Marie sont au nombre de 72, toutes iront en Enfer, sauf une. Ma Communauté

(Umma), elle, se divisera en 73 sectes, toutes iront en Enfer, sauf une.

Le hadith vient de m'être raconté par un proche de Shah Massoud alors que nous marchons dans la froide humidité des ténèbres souterraines. Cet homme, dont les traits turco-persans brillent de sueur sous la lumière pisseuse des ampoules du tunnel, me rappelle quelqu'un. Quelqu'un datant d'une vie-narration antérieure, oui, il me rappelle le visage d'un mort, d'un homme qu'on avait abattu d'une balle de 7,62 mm dans la nuque.

Le vieux Pachtoune avait poursuivi son récit :

On lui demanda alors : Quelle est donc cette unique secte sauvée, ô envoyé de Dieu ? Et il répondit : L'Islâm, c'est-à-dire la communauté – jamâ'a – des Musulmans qui seront comme moi et comme vous.

Puis le vieux Pachtoune m'avait dit, dans son anglais rugueux hérité des colonies britanniques : N'oublie pas, jeune Occidental, que pour nous, *musulmans*, cela veut simplement dire Fidèles à l'Islam, c'est-à-dire à l'*aslama*, l'Abandon à Dieu. N'oublie pas que pour ceux d'entre nous qui sont les Vrais Croyants, le « jihâd » signifie la guerre sainte que l'homme doit mener contre lui-même, pour rester fidèle à sa foi.

Je lui avais moi-même rappelé le sort d'Hallaj, à Bagdad, décapité pour avoir osé affirmer, en pleine illumination, qu'il était Dieu. Je lui avais rappelé combien les soufis étaient détestés par les pharisiens de sa religion parce qu'ils parlaient du Christ en des termes que n'aurait pas reniés un Maître Eckart.

J'avais souri à ce vieux guerrier des montagnes de la province de Paktia qui par sa connaissance de la région servait dans la section des éclaireurs. Mais j'avais aussi envoyé ce sourire de remerciement à cet homme mort dont je me souvenais à peine, datant d'une autre vie, et qui avait été assassiné parce qu'il avait osé professer de tels discours.

Depuis que j'étais entré dans le tunnel, sous la forme du Narrateur-Espion Franz Narkos, le groupe dont j'avais la charge s'était quelque peu dispersé, sauf Marina qui ouvrait toujours la marche devant moi, le Livre des Morts entre les mains, je la voyais telle une silhouette aux limites de l'existence, dans le clair-obscur vacillant, ses cheveux noirs luisaient sous les photons cyanosés du tunnel.

Le vieux Pachtoune me récitait des versets du Coran, des hadiths de tradition Qûdsi, des exégèses soufies, et un soir, près d'un campement de fortune, brasero au propane et torches électriques à l'hydrogène croisées en faisceaux, il m'avait confié que les Pachtounes se considéraient, en secret, comme les survivants de la Tribu Perdue d'Israël. Le Bibliogôn ne m'avait pas confirmé ses dires mais il m'avait neurochargé le Coran dans son entier, ainsi que quelques livres saints de l'Islam. Dans de nombreux textes, et jusqu'à de très récents reportages de la télévision, on pouvait en effet notifier une caractéristique assez étrange chez ce peuple des confins afghano-pakistanais : leur récitation et leur apprentissage du Coran se pratiquent avec une règle comportementale du corps que l'on retrouve nulle part dans le monde islamique, mais que les élèves talmudistes ont fait leur depuis des millénaires : le balancement continu et rythmique d'avant en arrière, qui fait entrer le corps du texte dans le texte du corps.

Dans un des livres auxquels le Bibliogôn me donna accès, je lus quelque part que certains ethnologues pensaient que les Pachtounes provenaient peut-être d'une tribu Khazar, un mystérieux peuple d'Asie centrale qui, à la différence de tous les autres qui embrassaient alors la foi islamique, se convertit au judaïsme, puis disparut sans guère laisser de traces, sinon un alphabet et une myriade de légendes.

Puis le matin du tunnel avait succédé à sa nuit. C'était la même chose, entrecoupée de bribes de sommeil.

Le temps est maintenant une spirale où la répétition du motif distribue sans cesse sa différence. À chaque point de mes vies antérieures, à l'époque où je m'appelais soit Kernal, soit Nitzos, c'est-à-dire soit le narrateur visible, soit le narrateur invisible, le Dieu créateur ou le démiurge destructeur des mondes, oui à chaque instant correspondait une structure nodale qui rayonnait partout vers l'infini. Chaque acte par « moi » commis lors de ce récit des morts antérieures n'avait d'autre but que de venir se reconfigurer ici, dans l'Anti-Monde de l'Apocalypse, à chaque *ek-stase* de sa transfiguration.

Alors devant nous, le spectacle, le spectacle comme composant intégral de la domestication socio-génétique, devient la faille spatio-temporelle par laquelle il s'anéantit.

Visions cyborg computer-game militaro-paranoïaque en cascades polygones : regardez-moi ces corridors dans la belle photométrie infrarouge, ombres grisâtres glissant sur les murs, éclats des yeux rouges des fantassins bioniques, éclairs blanc-bleu explosions jaune-orange nuées grisâtres en ectoplasmes nébuleux planant dans l'obscurité discontinue, crépitements d'armes automatiques, ça hurle maintenant dans toutes les langues de la Terre.

Les explosions et l'éclat phosphorescent des grenades illuminent le décor par intermittence. Nous sommes entre les ténèbres et la nuit. Nous sommes entre le jour et l'aurore. Nous sommes dans la zone de combat.

Devant nous résonnaient partout des ordres gutturaux lancés en allemand. Rommel se tenait au milieu d'un groupe d'officiers. Je reconnus des uniformes de la Wehrmacht comme des blousons de la Royal Navy, ou de la 101e aéroportée, s'y côtoyaient aussi les longues tuniques brunes des cavaliers tadjiks.

Rommel leva les yeux vers nous à notre arrivée.

Il avait dressé son camp dans un cubicule fraîchement capturé. On se trouvait vraiment dans un simulateur militaire. C'était un vaste bunker cubique de béton écru avec des canalisations courant sur les murs, des câbles au plafond, des armoires métalliques un peu partout, et des stocks d'armes empilées dans leurs caisses, RPG 7 et kalachnikov principalement.

Il restait des cadavres sur le sol, et les murs étaient constellés de trous encore fumants.

— Les Tadjiks viennent de pénétrer dans le dernier étage, l'ultime sous-sol, mais leurs pertes sont très nombreuses, et Shah Massoud s'occupe de faire retraite jusqu'à notre niveau.

Je m'étais souvenu que parfois Rommel avait un poil forcé la chance et s'était aventuré un peu trop loin dans ses blitz libyens. Le Feldmarschall m'avait souri.

— C'est exact. Lors de ma première attaque sur Tobrouk je comptais encore trop sur les divisions italiennes, mais ensuite c'est presque par excès de prudence que j'ai péché. De toute manière, en ce qui me concerne, sur ce théâtre d'opérations, le sort en était jeté depuis longtemps.

Narkos n'avait rien répondu. Que pouvais-je répondre en effet ?

C'est Marina qui posa la question :

— Qu'y a-t-il à l'étage du dessous qui force Massoud à remonter ?

Le sourire un peu timide de Rommel avait épousé un instant la vibration lancinante d'une ampoule qui refusait de mourir.

— Vous connaissez un peu l'histoire de ma division fantôme, la 7e panzer ?

J'aurais pu demander d'urgence au Bibliogôn de me neurocharger toutes les biographies du général mais je savais que nous avions un peu de temps devant nous. La retraite tactique des avant-gardes de la Northern Alliance allait obliger à une reconcentration des troupes, et à quelques heures de repos. Je pouvais laisser au spectre ressuscité du vieux renard du Désert l'occasion de boire un café en discutant de vieux souvenirs de guerre.

La 7e panzer s'était littéralement couverte de gloire lors de la campagne de France. Un jour dans les Ardennes, une semaine plus tard sur la Somme, bientôt à Saint-Valery-en-Caux et Fécamp, puis droit sur Cherbourg, elle avait détenu des records journaliers de distance parcourue qui avaient fait de son chef l'incarnation vivante de la guerre-éclair nazie, Goebbels, avec sa légèreté légendaire, s'était débrouillé pour que la presse allemande le surnomme le *Cavalier de l'Apocalypse*. Un jour un officier français qui négociait sa reddition près de Saint-Valery-en-Caux lui avait humblement avoué : mes hommes vous surnomment la division fantôme. Vous êtes toujours où on ne vous attend pas. Et avec toujours une bonne longueur d'avance sur nous.

La division fantôme. Le surnom resterait accolé à ces quelques semaines de pure adrénaline.

Un jour, en roulant vers l'ouest de la France, la 7e panzer avait traversé pas moins de 320 kilomètres entre le lever et le coucher du soleil ! Mais deux ans plus tard, c'est pour une longue retraite vers Tunis que son Afrikakorps allait battre son record.

— Comme vous le savez, nous ne sommes pour le moment qu'en instance de résurrection, nous ne sommes encore que des voix et des noms, notre chair ne sera sans doute que papier et encre, mais pour l'instant nous nous en contenterons. Bientôt le Livre des Morts deviend a le Livre de la Vie. *Et alors la vérité les rendra libres.*

Rommel s'appuie sur sa canne à pommeau d'argent, les suites de l'opération chirurgicale subie après l'attaque de l'avion américain ont laissé des séquelles.

— Nous allons gagner cette guerre. Les Livres sont avec nous.

Et je le vois extirper de sa vareuse vert-de-gris un livre écrit en arabe : *Raqâ'iq al-hilal fi daqâiq al-hiyal*, soit : *Les Manteaux d'étoffe fine dans les ruses subtiles.*

— On l'appelle *Le Livre des Ruses*. C'est le traité d'économie politique stratégique des Arabes. Il y est rappelé à bon escient cette phrase du Coran : Dieu a usé de ruse ; Dieu est le meilleur de ceux qui se servent de ruse pour arriver à leurs fins.

Je me suis souvenu de la Sourate III, 47.

Partout autour de nous dans les ténèbres, les voix des hommes répondent à celles des mitrailleuses.

Rien n'est plus facile qu'un projet que l'ennemi vous croit hors d'état de tenter ; et c'est du côté qu'ils pensent avoir le moins à craindre que les hommes sont le plus souvent frappés. J'avais reconnu une intonation familière.

— Ne s'agit-il pas plutôt de Machiavel ? avais-je demandé.

Le vieux Feldmarschall avait esquissé un sourire.

Le condottiere florentin avait lu Sun Zu, me dit-il, et vous pouvez être sûr qu'il connaissait *Le Livre des Ruses*, ne serait-ce que par extraits. Tous ceux qui s'intéressent à l'économie de la guerre ne peuvent faire l'économie d'une telle lecture.

Voyez-vous, nous sommes ici dans une sorte de zone frontière entre le monde créé et le monde incréé, nous sommes dans l'interface qui copule avec la fiction et avec le réel. Notez bien ceci, jeune homme : les États-Unis, par cette guerre, sortent définitivement de leur primitive innocence, disons plutôt de leur seconde, la première ayant été brisée en 1945, avec l'expérience atomique sur le Japon. Mais elle fut de toutes pièces refabriquée une génération plus tard, avec le syndrome vietnamien. Après la chute du Mur communiste, ils ont cru que le monde serait enfin unipolaire et capitaliste, peu avaient compris que la guerre de cinquante ans contre les Soviétiques n'était encore que la conséquence d'un conflit interne à l'Occident. Mais depuis le 11 septembre de l'An de Grâce deux mille un, ils ont pris la mesure du cataclysme en cours et ils savent maintenant qu'ils vont affronter leur guerre de Cent Ans, si ce n'est la première guerre de Mille Ans ! Et pour cela, ils sont en train de réapprendre l'économie de la ruse, de la guerre et du secret. Ils ont de nouveau autorisé leurs services de renseignements à user de la désinformation à grande échelle, ils reviennent à *Fortitude*, rappelez-vous que c'est ce programme qui a fichu en l'air le Plan Todt et mon propre mur de l'Atlantique ! Ils reviennent à leur avenir !

Marina qui vient de s'approcher nous fait part de ses réflexions à ce sujet :

— Il existe une tradition apocryphe qui soutient que Dieu n'a pas fait le Diable pour confondre l'Homme mais l'Homme pour confondre le Diable. Le Maguid de Mezeritch rappelle quant à lui que *l'Homme est le langage de Dieu.* N'est-ce point une autre manière d'exprimer les mystères de la Ruse Divine ? Origène me fait remarquer que dès les Prophètes, et les premiers Apôtres, on note cette suprême intelligence du Tout-Puissant. Dans son homélie sur Jérémie, il rappelle cette phrase de Paul, Rom, 6,4 : *Nous avons été mis au tombeau avec Christ par le baptême et nous sommes ressuscités avec lui.* Ainsi la résurrection des morts voit déjà son prélude en chaque individu, comme Origène le dit. J'ajouterai pour ma part que cela prouve que le mystère des hautes œuvres est tout simplement un seuil limite d'intensité en ce qui concerne notre propre faculté d'intellection. La Ruse Divine, c'est l'homme.

Erwin Rommel dirigea son regard circonspect sur la jeune femme et son Livre de nécromancienne.

— L'Homme lui-même serait un stratagème pour piéger le Diable, je crois que j'aime beaucoup cette idée, mademoiselle.

Puis son œil se fait plus scrutateur :

— Auriez-vous fait partie des services de l'Abwehr ? Nous avions de grands spécialistes de la culture islamique parmi eux.

Le rire clair de Marina résonne un instant dans le cube de bé on avant de se perdre dans le bruit de fond du jeu vidéo géant. Un sourcil du Feldmarschall se redresse.

Plus je regarde Rommel, plus les souvenirs de ma narration antérieure viennent ondoyer à la surface de ma conscience. Son visage ressemble à celui d'un des personnages de cette vie que je n'ai pas vécue.

Un homme qui roulait dans une Mercedes blindée, et qui marchait avec une canne, parce qu'il avait perdu une jambe sur une mine, quelque part en Afrique.

Mais je n'ai pas le temps de mettre cette pensée en action. Le jeu vidéo du souterrain me devance. Les hommes de Shah Massoud font irruption à l'étage, exténués, couverts de sang, de poussière, de matières diverses, plusieurs d'entre eux portent des blessés. Nous comprenons que les pertes sont lourdes.

Un cyborg des Forces Spéciales US connecte son système nerveux central à une machine de lecture. Les images qu'il vient de vivre défilent sur un moniteur de télévision. Rommel suit attentivement la scène.

Nous comprenons très vite de quoi il est question.

Vision de la guerre en tubulures séquentielles : le jeu vidéo de l'anti-monde est l'interface dont il est la propre métaphore. Bouclage/bleu cobalt les flèches de lumière qui fusent dans l'obscurité.

Ce que les hommes de Massoud ont combattu en avant-garde dans les tunnels de Bora-Bora et de Shahi-Kot est une image récurrente maintenant distribuée en temps réel sur nos nerfs optiques, grâce au réseau de combat des fantassins cyborgs et des fantômes de l'Afrikakorps : Les terroristes-kamikazes sont des hommes-caméras totalement hybrides, des robots vivants dont la vision ne leur appartient plus, en eux plus rien de vraiment organique ni même de purement mécanique, ils sont l'union confusionnelle des deux états, leur syncrétisme accompli ; grâce aux contre-mesures du Bibliogôn nous pénétrons leurs systèmes de défense et nous entrevoyons peu à peu la vérité, alors que nous progressons lentement dans le tunnel du dernier sous-sol.

Les camé-kamikazes sont une technologie secrète que les maffias métanationales ont développée, en s'inspirant des meurtriers de Shah Massoud et des progrès de l'anthropo-robotique nippone. Le zombie hybride ainsi constitué n'a plus la moindre autonomie et permet à la structure acéphale, analogue à une fourmilière, de prospérer pour elle-même et sa reproduction, c'est-à-dire son autodestruction toujours recommencée.

Marina me fait observer : Plus besoin de « tête » pour un anti-organon acéphalique.

Les hommes-caméras du réseau terroriste sont bien l'accomplissement de l'époque. Ils semblent tout droit sortis des descriptions de la Bête dans les écrits prophétiques de saint Jean ou des Prophètes.

Leur slogan *Je l'ai rêvé, Dieu l'a fait* est un véritable blasphème pour les musulmans tadjiks qui nous accompagnent, c'est la raison pour laquelle ils se sont précipités sans préparation vers les pièges du dernier niveau. C'est la raison pour laquelle Rommel les a maintenant placés en seconde ligne. Ces hommes sont prêts pour le martyre, eux aussi sont des soldats du jihâd, dont le nom signifie cette guerre *sainte* qu'il faut mener à soi-même, au nom de Dieu, et non pas l'obscur crime de masse télégénique, comme le vieux guerrier pachtoune me l'avait rappelé. Or nous sommes ici au centre de commandement de la Narration. Le jihâd qui se conduit ici, c'est le vrai. N'étant pas encore complètement vivants, c'est-à-dire échappant en fait à la mort contenue dans la vie, les soldats afghans de la liberté montrent à de nombreuses occurrences la véritable signification du mot « martyr ». Leur témoignage s'écrit en moi, pour les siècles des siècles.

Vidéo-terroristes en grappes fanatisées surgissant de pièges cachés dans les murs du souterrain, ou sous le plancher, ou dans le plafond, partout, en continuelle et répétitive aventure de *shoot-em-up* apocalyptique, les hommes-caméras déchiquetés par les triades bleutées des balles traçantes, les ordres en voix radio qui se superposent en chorales cosmopolitiques, le feu des armes télémétriques.

Le feu.

Le feu froid.

Le feu froid des technologies de destruction.

Les camé-kamikazes étaient multitude, il fallut des heures de temps objectif avant que les rats des tunnels n'achèvent de les exterminer. Les débris organo-mécaniques tapissaient le sol en tous sens, à demi carbonisés, chair noircie à l'odeur de graisse frite, métal tordu et éclaté au parfum d'ozone.

Rommel et Shah Massoud se tenaient devant une vaste entrée circulaire, comme le coffre-fort géant d'une banque, avec ses rotondes d'acier poli et ses manettes de laiton.

Rommel avait alors sorti une antique montre à gousset d'une poche de son uniforme :

— Nous sommes le 11 septembre 2001, à l'aube. Je crois qu'ici nous y sommes pour toujours.

Dans le cerveau de Narkos, la voix du Bibliogôn avait retenti : Franz ? J'espère que jusque-là l'odyssée se déroule bien. D'après l'évolution narrative il nous semble que vous voilà devant la chambre forte de la grande organisation anti-politaine, celle contre laquelle, lors de votre vie antérieure de flic, vous aviez combattu – sur un strict plan local s'entend.

— Qu'y a-t-il derrière ce putain de coffre ? demanda tout haut Franz Narkos.

Rommel lui montra deux types des forces bioniques spéciales qui s'apprêtaient à ouvrir l'énorme porte circulaire, ils portaient en sautoir de nombreux petits dispositifs brillants, qui ressemblaient à des insectes, et au bout de leurs doigts pointaient les broches de leurs organes-machines, saillant de leur chair comme un million de cheveux de verre.

— Nous allons le savoir très bientôt, fit le Renard du Désert.

Shah Massoud, posté à ses côtés, apporta la remarque suivante :

— Il existe un proverbe arabe, rapporté par Ibn 'Arabî, qui dit : *La coupure des liens est plus facile que la coupure de la réunion.*

Marina avait surenchéri, le Livre des Nécromanciers entre ses mains, les yeux voilés d'une brume luminescente : *Les ténèbres sont le corps des saints, et l'Eau de la Vie se trouve en elles. Si tu détestes les ténèbres et te détournes d'elles, comment l'Eau de la Vie pourrait-elle te parvenir ?* C'est Djalâl-ud-Dîn Rûmî qui parle ainsi par sa voix, nous prévient-elle.

Shah Massoud s'était incliné vers elle : Vous êtes une sainte femme.

Narkos n'avait rien dit. Il avait éprouvé l'envie de fumer une cigarette, là, soudainement, désir humain en cours de création. Il demanda au Bibliogôn de lui fournir un paquet de Player's Navy Cut, et la petite boîte de carton à l'effigie du marin était apparue dans une des poches de son battle-dress, il s'était saisi du petit tube de tabac avec un drôle de nœud à l'estomac. Il eut une vision d'autoroutes nocturnes qui basculaient dans un pare-brise le long d'un fleuve noir, puis il alluma la cigarette et fixa le point rouge dans la nuit.

Au loin, dans les tunnels dévastés, il entendit sans fin résonner le chant des muezzins appelant à la prière.

Lorsque la porte s'était ouverte, après plus d'une heure de minutieux travail par les décodeurs de l'US Army, notre groupe s'était retrouvé, compact. J'avais simplement émis un petit rappel des troupes, désormais c'était à nous de jouer. Rommel et Shah Massoud avaient conduit l'assaut dans le désert et dans les tunnels. Maintenant c'était à nous de trouver l'ouverture. Ou plutôt de découvrir la fermeture.

C'était à nous de faire l'interface entre l'orient en feu dans les ténèbres, et l'occident gelé sous le soleil de l'éternel midi.

La chambre forte s'ouvrait sur une vaste pièce circulaire, en fait : une sphère presque parfaite si ce n'est son plancher en grillage d'aluminium qui la coupe en son milieu, et sur lequel nous avions lentement entamé notre marche. Cet orbe évoquait une crypte, lue dans un roman, lors de ma vie antérieure, le Bibliogôn en avait retrouvé la trace : *L'Ève Future*, de Villiers de L'Isle-Adam.

Mais ici aucun décorum chaldéen, nous étions à l'entrée d'un globe parfaitement nu, dont les parois semblaient faites d'un métal étrange, aux frontières de l'état liquide, solide et gazeux, une sorte de plasma métastable, me fit savoir le

Bibliogôn. C'est la « matière radiante » que Villiers évoque à plusieurs reprises dans son roman, en s'appuyant sur quelques théoriciens marginaux de son époque.

C'est la préfiguration de la physique solaire.

Les murs de la sphère étaient recouverts, à son équateur, d'une longue série de machines noires munies de deux diodes alternant chacune le vert et le rouge.

Au centre de la sphère je fis face à une sorte d'ordinateur, aux formes très simples, couleur charbon. Son écran était aussi noir que la nuit mais luisait d'une radiation venue d'outre-espace. Son clavier, noir, était composé de touches frappées des lettres de l'alphabet hébraïque, et des dix chiffres arabes. Il était posé au sol à même la rampe d'aluminium. Celle-ci était recouverte partiellement de sable, le sable du désert, amené ici par je ne sais quel miracle. Nous avions décodé la porte d'accès, pas le monde que notre opération de décodage avait créé.

J'entendis Marina Markovic se placer derrière moi et tourner les pages du Livre. Elle conversait en latin avec quelqu'un dont je ne percevais pas la voix, sinon comme des nimbes d'échos flottant à mon oreille en fusées de lumière incompréhensibles.

Je m'interfaçai une fois de plus avec la Centrale Littératron pour lui demander des informations sur la configuration ainsi exposée à notre vue. À la question : Combien de boîtes noires, je répondis après calcul : Soixante-douze.

La réponse me parvint peu après :

Soixante-douze est un chiffre sacré pour toute la tradition ésotérique abramique, nous parlons là des juifs, des chrétiens et des musulmans. Elle est douze fois six, ou si vous préférez six fois six multiplié par deux.

Trente-six boîtes noires pour chaque hémisphère. Les boîtes forment des structures sénaires, des double triangles si vous préférez, l'étoile de Salomon.

Mais nous détectons une forme particulière de réseau neuronal doté d'un attracteur chaotique entre chacune des boîtes, elles s'articulent en étoile vers cet ordinateur pour l'instant hors tension.

Il est clair que seul votre code-virus sera en mesure de l'activer.
Vous êtes dans une métaphore cybernétique du cerveau humain.
Nous vous remercions de votre attention.

Marina avait fait un pas dans ma direction, et sa main s'était posée sur mon épaule :

— Franz, les structures sénaires, représentées par le Sceau de Salomon, forment le tronc central de toute triangulation séphirothique. Si l'on observe un peu plus attentivement l'Arbre de la Vie, on se rend compte que toutes les séphiroths, sauf Malkhouth, en qui toutes les émanations se rejoignent pour produire la Chekhinah, la Présence de l'Esprit divin dans le Monde, forment une relation triangulaire, elles sont les principes actifs de toute Epokhé, de toute recréation de la conscience par elle-même.

Alors j'avais dit à Marina : Par tous les saints, sortez-moi donc votre métacode, qu'on en finisse.

Mais Marina m'avait offert un visage nimbé d'une douce lumière et comme sur ses cartes postales photochromatiques 3-D des années 50, son visage se dédoublait sans cesse dans les vibrations irisées du globe-cerveau, au moindre de mes mouvements. Le Livre des Morts lui-même avait changé.

Sa reliure de peau humaine était désormais une armure de lumière et ses pages noires comme la nuit brillaient en plasma couleur lunaire.

J'avais vu que les boîtes noires engageaient une sorte de dialogue complexe entre elles. Les doubles diodes, rouges ou vertes, s'agençaient autour de nous en une sarabande signalétique, mathématique, booléenne.

— Le langage binaire était très certainement connu par les rédacteurs de l'Ancien Testament, murmura Marina, oscillant entre deux visages de Vierge slave. Toutes les civilisations qui s'intéressent aux Nombres finissent par découvrir le secret de l'Un et du Zéro, du Néant et de l'Unique.

— Que se passe-t-il, Marina ? avais-je demandé.

— La transfiguration est à l'œuvre. Nous sommes dans le

Monde-Cerveau du Narrateur. Et nous allons entrer dans le Cerveau-Monde de la Narration.

— Où est votre code-virus ? avait demandé sévèrement Narkos, moi le nécromancier-espion désormais tendu quasiment au-delà de ses limites.

Alors Marina me sourit, encore une fois, et un trouble très ancien vient hanter mon esprit, comme les ruines d'un grand amour défunt, les catacombes d'un Mur trop petit pour l'appétit des hommes et trop grand pour la médiocrité de ceux qui l'avaient conçu. Elle me sourit et autour de nous les Non-Linéaires et les Imaginariens semblent fixer un point en direction de la porte d'entrée de la chambre forte.

— Où est votre code-virus ? demande Narkos une nouvelle fois.

Le visage de Marina est d'une telle beauté qu'il n'en revient pas, envahi de tout le mystère de la nuit il ouvre la bouche sur le vide des mots qui ne viennent plus, le Livre brille entre les mains de la jeune espionne rétrovirale, comme s'il contenait un soleil entier. Son sourire détruit en lui tout ce qui existait avant.

— C'est nous le code virus, dit-elle. Ou plutôt *c'est lui.*

Et elle avait montré le chien qui venait à leur rencontre.

Lui aussi il avait changé.

Son œil cyborg brillait du feu de la nuit divine. L'autre était plus noir que le dernier jour.

Le signe pâle de l'Aleph sur son front s'était métamorphosé en un emblème rouge et noir, plein du sang et de l'encre de l'écriture.

Puis il s'était mis à parler.

Je regardai : c'était un vent de tempête soufflant du nord, un gros nuage, un feu jaillissant, avec une lueur tout autour, et au centre comme l'éclat du vermeil au milieu du feu.

Nous n'avions rien dit. Le chien s'était avancé en direction de l'ordinateur obscur. Il s'était assis face à lui et s'était remis à parler :

Au centre, je discernai quelque chose qui ressemblait à quatre animaux dont voici l'aspect : ils avaient une forme humaine. Ils avaient chacun quatre faces et chacun quatre ailes...

J'avais envoyé un message télépathique dans les interfaces neurales de chacun des membres du groupe : Ézéchiel, c'est le début de sa prophétie, c'est la « Vision du Char de Yahvé ».

... Sous leurs ailes il y avait des mains humaines tournées vers les quatre directions, de même que leurs faces et leurs ailes à eux quatre. Leurs ailes étaient jointes l'une à l'autre ; ils ne se tournaient pas en marchant : ils allaient chacun devant soi. Quant à la forme de leurs faces, ils avaient une face d'homme, et tous les quatre avaient une face de lion à droite, et tous les quatre avaient une face de taureau à gauche, et tous les quatre avaient une face d'aigle... Et ils allaient chacun devant soi, ils allaient là où l'esprit les poussait, ils ne tournaient pas en marchant.

Le chien avait laissé quelques instants de silence, sa respiration était haletante, son œil rouge plus ardent que le feu du centre de la terre, son œil noir plus noir que la nuit d'avant le Monde.

Marina m'avait envoyé le message : la prophétie d'Ézéchiel est sans doute le métacentre invisible de toute cette narration. Si le Prophète parle par la bouche de cet animal des tunnels, cela signifie sans doute qu'il est temps que le Verbe puisse sortir à nouveau de la nuit qui l'enclôt. C'est cela la signification de cet ordinateur secret, et du code-virus chargé de l'activer.

Mais le chien s'était redressé et avait déjà repris son monologue face à l'ordinateur muet et aveugle.

Je regardai les animaux et voici qu'il y avait une roue à terre, à côté des animaux à quatre faces. L'aspect de ces roues et leur structure avaient l'éclat de la chrysolite. Toutes les quatre avaient la même forme, quant à leur aspect et leur structure : c'était comme si une roue se trouvait au milieu de l'autre. Elles avançaient dans les quatre directions et ne se tournaient pas en marchant.

Le chien fit alors une première fois le tour de la machine, puis une seconde, jusqu'à quatre fois puis il se rassit et contempla la gueule noire et sans vie de l'ordinateur hors tension.

Leur circonférence était de grande taille et effrayante, et leur circonférence à toutes les quatre était pleine de reflets tout autour. Lorsque les animaux avançaient, les roues avançaient à côté d'eux, et lorsque les animaux s'élevaient de terre, les roues s'élevaient. Là où l'esprit les poussait, les roues allaient, et elles s'élevaient également, car l'esprit de l'animal était dans les roues.

À ce moment il se produisit quelque chose sur l'écran de la machine.

Presque rien.

Un pixel.

Un unique pixel, situé en son centre venait d'apparaître, à la blancheur électrique vif-argent.

Alors, toujours haletant, le chien avait poursuivi :

Il me dit : Fils d'Homme, tiens-toi debout, je vais te parler. L'esprit entra en moi comme il m'avait été dit, il me fit tenir debout et j'entendis celui qui me parlait.

La suite de la prophétie, la « Vision du Livre », avais-je alors dit à mes compères, en mode télépathique.

Et quelque chose était de nouveau survenu dans l'écran de la machine.

Cette fois ce fut comme si toute la lumière de tous les soleils avait voulu se condenser dans ce tube cathodique. Il présentait une pure radiation, plus blanche que blanche, au-delà de toute lumière connaissable.

Alors le chien-prophète avait entamé une métamorphose transgénique, comme si désormais inscrite en lui la parole divine voulait aussi s'y faire chair.

Nous vîmes le chien des tunnels se redresser sur ses deux pattes, tandis qu'une série de mutations génétiques accélérées transformait la structure de ses os et des muscles attenants.

Sur son front, en lettres rouges et noires, je pouvais voir briller le mot Emeth.

Vérité.

Le chien cyborg n'était plus ni un chien, ni un être bionique rafistolé, ni même une chimère homme-chien. Il restait chien. Il était homme. Il devenait une sur-*machine* au service de la Narration-Cosmos.

Le chien-prophète avait alors entrepris de faire le tour de la vaste pièce circulaire, sur ses deux pattes arrière. Il était passé devant les soixante-douze machines reliées entre elles et leur calligraphie de diodes rouges et vertes, il s'était rassis en posture canine devant l'ordinateur et son écran d'où bruissait la lumière du soleil, puis il s'était tourné vers nous, et avait prononcé les paroles suivantes, tout en tapant le texte sur le clavier hébraïque :

La main de Yahvé fut sur moi, il m'emmena par l'esprit de Yahvé, et il me déposa au milieu de la vallée, une vallée pleine d'ossements.

Il me la fit parcourir en tous sens. Or les ossements étaient très nombreux sur le sol de la vallée, et ils étaient complètement desséchés. Il me dit : Fils d'Homme, ces ossements vivront-ils ? Je dis : Seigneur Yahvé, c'est toi qui le sais. Il me dit : Prophétise sur ces ossements. Tu leur diras : ossements desséchés, écoutez la parole de Yahvé. Ainsi parle le Seigneur Yahvé à ces ossements. Voici que je vais faire entrer en vous l'esprit et vous vivrez. Je mettrai sur vous des nerfs, je ferai pousser sur vous de la chair, je tendrai sur vous de la peau, je vous donnerai un esprit et vous vivrez, et vous saurez que je suis Yahvé.

Grâce aux ressources du Bibliogôn, Narkos avait reconnu la célèbre prophétie des « ossements desséchés » du prophète.

Il avait, comme tous les autres, compris ce que tout cela signifiait.

Le Livre des Morts deviendrait Eau de la Vie. Les boîtes noires des hypersphères sénaires et leur ordinateur métavivant viendraient actualiser la prédiction. Bientôt, les morts reprendraient vie. La tunique de peau deviendrait tunique de lumière. La narration cosmogonique ne faisait que commencer. Elle allait à rebours de l'entropie.

Le Bibliogôn fit alors renaître en moi le poète Novalis et ma voix, la voix de Franz Narkos, le nouveau Narrateur-Espion, s'était élevée dans le clair-obscur grésillant des diodes rouges qui passaient au vert tout autour de nous, entonnant à la limite de l'audible le cinquième des *Hymnes à la Nuit* :

Le Monde ancien était sur son déclin. Une race plus jeune voyait se flétrir son paradis. Les hommes adolescents, échappés à l'enfance, aspiraient à l'espace plus ouvert et plus vide. Les dieux s'évanouirent, et leur cortège avec eux, la nature demeura esseulée et sans vie – liée d'une chaîne de fer par le Nombre aride et la stricte Mesure. La floraison luxuriante de la vie se réduisit en mots obscurs, faits de poussière et de vent. Disparues, la Foi évocatrice et sa compagne céleste, l'imagination qui tout transforme et tout allie ! Une bise hostile et glaciale souffla du nord sur les campagnes gelées, la patrie merveilleuse se pétrifia puis s'évapora dans l'éther, les espaces du ciel se peuplèrent d'univers étincelants. L'âme du monde et tout son cortège de forces se réfugièrent dans un sanctuaire plus secret, dans les régions supérieures du cœur pour y régner jusqu'à l'aurore de la naissante splendeur du monde nouveau. La lumière cessa d'être le séjour et le symbole céleste des dieux – ils s'enveloppèrent du voile de la Nuit. La Nuit fut désormais le sein fécond d'où naissent les révélations – les dieux s'y réfugièrent – s'y endormirent, pour reprendre plus tard, sous des formes neuves et plus belles, leur pèlerinage à travers un monde régénéré.

Alors j'avais regardé Marina Markovic et les autres membres du Bibliogôn, nous faisions cercle autour de la boîte-monde décryptée qui contenait maintenant le virus du Verbe, oui, nous, les sept humains, et Ézéchiel le chien-loup transformiste des tunnels qui désormais donnait sa voix au Prophète ; les fantassins du D-Day, de l'Afrikakorps, les guerriers de Shah Massoud et les soldats bioniques des Forces Spéciales se retiraient doucement de la grotte sphérique, où la seule lumière était apportée par l'écran-radiation de l'ordinateur décodé. Ils étaient retournés au jour plan du désert, au jour sans fin de l'Anti-Monde. Ils avaient été là de toute éternité.

Alors, moi, l'autre, Franz Narkos, j'avais simplement dit :

Let's Roll.

Nous sommes les *sliders* de l'hypostase de la Fin des Temps. Rock'n'roll cyborg du Jugement Dernier – otages des avions en crash sur les tours et réincarnations provisoires dans la chair narrative – nos cerveaux en boîtes noires incubent la lumière mais pourtant ne la circonscrivent pas, au contraire c'est par elle qu'ils sont circonscriptibles, qu'ils peuvent transmigrer d'une incarnation à une autre, c'est par elle que la narration se fait jour, au cœur de la nuit.

L'ALPHA ET L'OMÉGA

Chromosome déviant. Mutation du régime métacodal en cours, prévient le Centre de la Narration.

Nous pouvons tout oser reprendre maintenant, dans le flux-processus de la pensée qui se fait jour dans la nuit, oui nous pouvons tout oser éclairer grâce au feu contenu dans les ténèbres, oui nous pouvons conduire enfin l'investigation à son terme.

L'Aleph n'est pas que le premier signe de l'alphabet, il est le principe ontologique qui permet la naissance de tous les autres. Dans la Bible tout est Verbe, donc tout n'est pas que mots, mais aussi langage chiffré, code, sur-code, métacode, chaque verset, chaque locution contient son cryptage numérique, à partir de chaque lettre, et les Évangiles n'y font pas exception, une narration entière s'ouvre, du néant à l'infini. Une narration que nous content les Nombres.

Voici pourquoi la « métamachine » qui s'invente au fur et à mesure avait besoin d'un cerveau pour assurer sa propagation. Elle est une structure métacodante qui transforme chaque point du récit en une narration numériquement reliée aux autres, selon une suite harmonique inconnue au cerveau même dont la tâche est, sans doute, d'en percer un jour le mystère.

Nous sommes des entités fictives qui se font jour en tant que telles et qui pourtant portent encore toute la nuit dont elles sont constituées. Elles ne sont pas que le dévoilement d'elles-mêmes, elles semblent se situer au-delà du monde de la publicité générale même si tout montre qu'elles en proviennent. Elles sont des coupures de flux mises à la disposition du cerveau-narrateur afin de perturber le champ quantique du récit.

Elles permettent la transposition des identités sur un clavier de contrôle imaginaire mais non moins opératif, avec différents paramétrages, et différentes fréquences d'échantillonnage, à chaque discontinuité elles sont désormais en mesure de se ré-inventer, et de ré-inventer la narration qui les meut.

Établissons le relevé topologique des opérations, préparons la dissection du Cerveau-Monde par lui-même.

Narkos, Marina Markovic, les Imaginariens, les Non-Linéaires, et même Miss Bloom, tous forment des corps fictifs par lesquels la voix des morts est en mesure de se faire entendre. Par « Voix des Morts » nous entendons tout ce qui ne procède pas du simple langage mécanique des sociétés, et de leurs individus, mais tout ce qui a bien voulu mourir sur du papier, tout ce qui a bien voulu se sacrifier pour la narration secrète, tout ce qui témoigne du feu vivant.

Chromosome déviant, répète la voix de l'intelligence artificielle. Séquences altérées par l'expansion microvirale de l'infini.

Nous sommes dans le tube transnarratif, dans le synchrotron qui conjugue le récit à la danse des quarks et des quanta. Plus besoin d'effet spécial descriptif, pas de couleurs hallucinogènes, pas de tentative de recensement des objets dans un monde où tout n'est plus que relation, où tout est intersubjectif, où tout est devenu échange symbolique.

Le tube transnarratif est un modèle mathématique en gestation, il se développe en parasitant le cerveau qui en est l'auteur. Il devient un méta-organisme multi-identitaire qui peut prendre des formes variées, et utiliser mille langages différents, il peut se transporter d'un champ à l'autre de la narration, tel un électron sautant d'une orbite à une autre. Mais comme l'électron, il ne s'agit pas d'un « objet » se translatant tel un point vectorisé au sein d'un « espace » qui lui est externe, mais d'un niveau d'énergie se modifiant, et modifiant ses particules constitutives, c'est-à-dire leur rapport, et donc leur « spin », soit l'intensité du champ énergétique de l'électron en question. Lorsque la coupure de flux opère elle ne se contente pas de vouloir simplement décrire ce qui se produit, elle veut produire ce qu'elle décrit. Elle veut nommer le processus numérique de réenchantement du monde, et décoder le langage de la publicité intégrale qui est notre mode de vie. Elle devient autre chose même que ce qu'elle est censée être.

Elle devient *autre*, à son tour.

Observe l'alchimiste de la narration penché sur ses abaques intérieurs, sur ses télescopes neuraux, sur ses cartes et sur ses arcanes, oui, observe attentivement l'Écriture en train de s'achever, d'elle-même, pour mieux renaître, en ce métacentre secret du récit, pour préparer la lumière enclose dans la nuit à se révéler.

De fait, il convient de se préparer à voir ainsi le neuromancier du futur œuvrant dans l'hypersphère des espaces absolus : un programmeur pirate qui retranscrit l'Écriture par elle-même, la déplie, la re-plie, la sur-plie, comme autant de circonvolutions cérébrales, ou de métastructures chromosomiques.

Le programmeur frappe sur son clavier et y enfourne des millions de données, morceaux du génome humain, carte du sida, arbre des séphiroths, topologie de la ville en désintégration, politique métapolitaine, faits divers de la répétition du crime, science antique du Zohar, science-fiction des machines symboliques.

Ainsi il écrit :

« Le Psaume 119 au verset 160 (8) dit : *Le fondement de ta parole est vérité.*

Et de fait les trois premiers mots de l'Écriture ont pour lettres finales : Tav, Aleph, Mem, dans cette succession.

Ce sont les mêmes lettres qu'Emeth, quoique dans un autre ordre.

Et les finales des trois derniers mots de la Création (Gen, 2, 3) au septième jour, sont ces trois mêmes lettres, placées dans le bon ordre, cette fois-ci. »

Alors le programmeur encode une suite de fragments de sa propre chaîne génétique dans la machine à écrire qu'il est en train de devenir, ontogenèse expérimentale conduite par la conscience sur elle-même, en temps réel, son cerveau connecté au Tétragramme par le câble neurocodal Golem@Metatron.net : si le Monde est en effet créé dès le premier instant dans toutes ses virtualités, c'est par la transcription de la Parole que la Création devient Vérité, c'est-à-dire narration incompossible, incarnation de l'unique dans le Multivers créé. Voici pourquoi celle-ci n'apparaît comme telle dans le texte qu'une fois que la Création a eu lieu dans l'Homme, c'est-à-dire une fois qu'elle y a été écrite.

Imagine alors le laboratoire transnarratif, Métatron Incorporated, accélérateur-synchrotron des particules élémentaires de la vie, oui laisse émerger en toi l'image d'une expérience secrète dont tu es le cobaye, le front marqué d'une lettre codée inscrite à l'encre rouge couleur de sang, mais dans le même temps gravé d'une croix noire comme de l'encre, et la tension entre les deux est un feu qui vient couronner ton cerveau ouvert vers les encodeurs divins, cyphers-codex de la lumière ineffable.

Tu viens d'entrer dans l'attracteur chaotique qui définit la tension entre l'Alpha et l'Oméga.

Oui, imagine le service secret de la fiction, avec ses souterrains, ses messages chiffrés, ses livres codés, ses Mercedes blindées. L'Agence Centrale de l'Intelligence Divine en action à travers le tunnel des transmigrations narratives. Le présent n'est pas un non-lieu de passage du temps, il est le moment où le passé et le futur sont conjugués par l'affleurement de l'éternité. Champ quantique crypté dans la structure absolue du Cerveau-Univers.

Nous parlons ici d'un présent vivant, sur-vivant si l'on peut dire, un présent qui ne serait pas assujetti à la représentation autobouclée de la Mort.

Alors oui, imagine le Bunker de toutes les Plages, imagine le Ground Zero de tous les Hiroshima, de tous les World Trade Center, rappelle-toi que Babylone signifie *Porte du Dieu*, et laisse ton cerveau absorber le code de tous les codes : un long boyau de solutions de discontinuité qui serpente dans toutes les dimensions du récit, selon une ligne de coupe invisible, et qui soudain, replié surplié sur lui-même, émerge à son tour à la narration, devient le principe de la narration s'éclairant elle-même, crée des personnages-fantômes qui ne sont que des champs quantiques variables au sein d'un continuum purement expérimental. Comment en sommes-nous arrivés là ?

Quel est le but de ce jeu vidéo neuronal nommé Ville-Monde, y a-t-il vraiment quelque part une corporation nommée Anti-polis, un laboratoire secret portant l'appellation de Métatron ou n'est-ce pas plutôt une nouvelle ruse, un nouveau *stratagème* du récit qui s'auto-engendre ?

Narkos pourrait alors errer de neuromonde en neuromonde à la recherche de son créateur, quelque part dans le bunker d'une firme aéro-orbitale militaire testant un nouveau type d'univers virtuel, sur une plage-simulacre située en fait au cœur du Nevada. On pourrait alors de chaque point de la narration envisager un quadrillage entièrement différent, on pourrait alors transposer Narkos et tous les personnages du récit précédent en vastes matrices crypto-vivantes interpolant leurs fonctions dans l'espace-mémoire de la « métamachine ». Le tétragramme divin serait une équation mathématique permettant d'approcher du réacteur nucléaire, là où la narration fait se disjoindre tous les univers pour mieux les fusionner dans l'unité.

On pourrait ensuite voir le narrateur comme un cerveau second s'élaborant à partir de la destruction du premier. Narkos en pur vecteur numérique, en équation terminale des plages et des tours en ruines.

Narkos déjà présent à l'aube du récit, lorsque cette voix s'exprime d'on ne sait où, Narkos rôdant dans chaque rêve du narrateur, et s'incarnant même dans un personnage mystérieux, qui serait comme la projection transparente de son activité.

Le rapport entre Emeth et Meth, entre Vérité et Mort, c'est le bien le Golem. C'est sur son front qu'est inscrit le mot Vérité, et c'est en effaçant la particule première que le même mot, en hébreu, devient Mort. Ainsi, en supprimant l'Aleph de la Vérité, on fait de celle-ci le principe même de l'entropie thanatique, car on supprime le facteur d'ontogenèse primordiale de toutes les autres puissances. En coupant la Chekhinah de l'Arbre des séphiroths on n'obtient que la seule connaissance de la mort, c'est-à-dire de la mort contenue dans la vie, et on se coupe par conséquent de toute connaissance de la vie contenue dans la mort.

Maintenant dis-toi que l'ensemble de la structure narrative du présent récit est tendue par le dispositif des triangulations séphirothiques, à chaque passage d'un champ quantique à un autre, les éléments de base sont reconfigurés selon un régime métacodal différent, à chaque discontinuité du récit réintervient l'Aleph originel, et le « Tav » qui lui est co-existant, et vers lequel il fait fuir tous les mondes qu'il a créés. L'Alpha et l'Oméga réinventés à chaque transfert, à chaque transmigration narrative.

Alors maintenant vois Narkos et sa bande de fantômes convertis en pure énergie critique dans le Grand Accélerateur de l'imagination devenue sujet(te) de sa propre transfiguration.

Les séquences génétiques sont reconfigurées à l'infini, échantillons re-mixés sur le clavier de contrôle de l'Aleph des

Nombres. Hiroshima mon amour chante une intelligence artificielle enfouie dans le sable du désert nucléaire.

Les Chiens de Diamant dansent sous le ciel du flash atomique.

Vois : flux-processus numérique en accélération dans l'Anneau supraconducteur du cerveau-livre, ils sont zombies nomades en transfert dans les limbes du récit, dans le territoire de l'ombre, dans la zone mutante, là où les chromosomes dévient de leur course, là où les astres ont modifié leurs programmes, là où la nuit contient le jour qu'elle ne peut retenir.

Vois :

Ils passent le Mur du Temps.

Franchissent les Abysses de l'Espace.

Se consument dans le Feu du Monde.

Renaissent au sein de ton propre cortex.

AMERICAN EXPERIENCE MACHINE

La plage était infinie et à la différence de celle du DoomsDay, elle n'offrait à la vue aucune icône angoissante de la mort.

Au contraire. De la guerre vivante, ils étaient passé à la paix morte.

Narkos entendit Marina penser : la zone d'involution thanatique commence ici, il faut bien le comprendre.

Narkos confirma : Regardez, en fait ils ne servent plus que de dispositifs de médiation entre diverses technologies de communication publicitaires, dont ils sont devenus l'expression *authentique*. Ils sont des hybrides personnalisés de l'espèce, ils sont la multitude individualisée, indivisible, et parfaitement nullifiée, ils sont enfin devenus de simples animaux doués de parole.

Car la Plage était couverte d'images réelles, d'êtres humains devenus identités publicitaires d'eux-mêmes et qui ne cessaient de parler de leur dernier changement de sexe/personnalité et des bienfaits que leur avait apportés la méthode de reformatage qu'ils avaient adoptée, grâce à la pensée de tel ou tel guru-intelligence artificielle qui désormais se vendait en kits « customisables », à la demande du client. Narkos constatait la présence de nombreux journalistes, sous la forme de jeunes filles modernes, sexy et souriantes qui interviewaient les *bodybuilders* d'un bout à l'autre de la Plage pour le compte de réseaux de télévision venus de toute la Ville-Monde. D'autre part, des symposiums où chacun était invité à se présenter à la foule des autres identiques/particuliers étaient sponsorisés par de grandes firmes métanationales de cosmétiques transgéniques.

Miss Bloom aurait adoré l'endroit, se dit-il.

C'était MalibuBeach Unlimited. La Plage structurait le monde des surfeurs androgynes sortis des derniers laboratoires de clonage new age. La Bloom's Bay Division des vivants-morts de la technique.

Narkos entendit la jeune agent secret de l'organisation imaginaire murmurer quelque chose au sujet de la méthode de sélection génétique de la Matrice, et du rôle stratégique de la « Jeune Fille » dans le programme social ainsi mis en place. Marina avait approuvé silencieusement de la tête.

Ils constatèrent qu'ils passaient au milieu des surfeurs androgynes de la plage comme des mots incompréhensibles pour l'analphabète moderne. Ils étaient parfums au milieu d'une population privée de tout sens olfactif, ils étaient éléphants blancs devant un troupeau d'aveugles, une symphonie jouée dans le cristal des sphères pour des sourds de naissance, ils étaient des bribes de poèmes que jamais personne ne prononcerait sur cette plage, dont le bavardage ne semblait cacher, donc dévoiler, que le mutisme mort des marchandises biologiques.

Très vite, ils découvrirent que la Plage était régulièrement entrecoupée de vastes zones libres casinos. *Welcome to the fabulous Las Vegas*, pensa Narkos. En effet les grands casinos mythiques – du Dunne's au Caesar's, du Tropicana au Horseshoe, du MGM au Mirage, en passant par le Golden Nuggets ou le tout dernier NewWorld Microsoft – se dessinaient régulièrement sur le bord de la plage. Isolés. Déterritorialisés dans le grand désert universel, ils ressemblaient plus à des nécropoles abandonnées qu'à des temples du jeu et du dollar.

L'Amérique est à la fois la nouvelle Babylone, la nouvelle Rome et la nouvelle Jérusalem, fit observer Marina. Certes comme à l'époque de la décadence pontificale de l'an mille nous avons sous nos yeux les signes de l'épuisement certain d'une société. Et donc aujourd'hui d'un globe planétaire. Mais qui aurait misé sur les dynasties catholiques lors du schisme de Byzance, qui aurait parié un vieux sesterce sur l'Espagne lorsque les croisades étaient régulièrement perdues par la chrétienté, qui même aurait donné cher du continent européen lorsque la guerre de Cent Ans y faisait rage, qui aurait osé affirmer : voici les puissances qui demain domineront entièrement la Terre ?

Narkos avait encodé le paragraphe suivant dans son costume-interface, sa tunique de lumière :

C'est toujours dans l'Occident historique que l'intellect manifeste ses effets avancés, et on pourrait même reconnaître à ce signe l'Occident de toutes les civilisations qui ont précédé la nôtre, car chaque civilisation eut son Occident, comme si la dynamique de la raison se tenait toujours à l'ouest. La raison suit la marche du soleil, à moins que l'on ne préfère dire qu'elle s'oppose à la marche de la terre. La raison est solarienne, mais ré-actionnelle à la marche physique *de la terre, ce qui signifie qu'elle charge l'esprit de la terre de la puissance du soleil... Ainsi conçue, la transcendance de l'histoire est celle d'une objectivité socialisée par rapport à la foule des subjectivités individuelles. Nous n'allons pas tarder à voir que cette objectivité, qui se croit éclairée, n'en demeure pas moins presque aussi naïve que les innombrables subjectivités qu'elle prétend effacer, et qu'elle s'efface, elle-même, à son tour, dans une intersubjectivité qui l'enveloppe de toutes parts.*

Puis il ajouta :

Le mode d'action de l'intellect est double : il est de séparation et de ré-intégration, de scission et de vampirisation. Cette ambivalence est constante. L'intellect sépare d'abord en mode d'ampleur, ce qui signifie qu'il imagine ou qu'il crée de l'additivité dans le monde. Il réintègre ensuite en mode d'intensité, ce qui signifie qu'il renie cette additivité. Mais le mode d'action de l'intellect réside dans un éternel compromis, un éternel balancement entre l'additivité et la non-additivité, c'est-à-dire le principe de la matière qui est multiplicité, et celui de l'esprit qui est unité, mais la matière retrouve l'unité dans la confusion entropique, et l'esprit retrouve la multiplicité dans la hiérarchie conscientielle... De même que la crise de la théorie des ensembles infinis procède de la multiplicité et par conséquent de la réversibilité également infinie des relations logiques que l'on peut établir dans le champ de la quantité, la crise de la praxis ne pourra procéder que de l'effroi du surhomme fasciné par la multiplicité et par conséquent la contradiction infinie de l'action dans le champ des valeurs.

Il y eut un pur silence télépathique en guise de réponse. Ses compagnons le regardaient fixement, comme en attente qu'il achève sa phrase, ou qu'un astéroïde en goguette vienne ponctuer ce monde. Narkos savait très bien qu'aucune finalité n'était ici écrite, ils étaient au cœur du régime même de la transcription, ils étaient dans la chaîne génétique du récit. Il regarda la plage qui s'étendait vers l'ouest, jusqu'à l'infini. Il était des trillions d'étoiles, il était la singularité initiale, il était la contraction infinie du Verbe sur lui-même, pour parvenir à la Création.

Alors il encoda le paragraphe suivant dans le récit en cours :

Ainsi, par la multiplication répétitive et entropique de sa praxis, l'intellect européen aboutit aujourd'hui à l'impasse où cette répétition même se met en cause et n'a plus le choix qu'entre son épuisement nauséeux ou sa transfiguration exaltatrice. L'Occident ne devient réellement conscient de soi et n'est fondé comme principe éternel qu'au moment où, ayant posé le problème de sa lucidité, il se révèle capable d'en assumer la solution dans ce type nouveau d'engagement d'où non seulement la mauvaise conscience est exclue, mais même la conscience malheureuse. Le « Je » ne peut émerger que dans la vision réellement vécue de l'unité de Dieu.

Les trois échantillons successifs provenaient de *L'Assomption de l'Europe* de Raymond Abellio.

Il paraissait de plus en plus évident que ce livre lui serait d'un grand secours.

Ils marchèrent sept jours pleins le long de MalibuBeach Unlimited, entre les casinos peuplés de fantômes et de bruits de machines à sous et les symposiums de surfeurs et de roller-bladers androgynes. Le soir du septième jour, ils aperçurent quelque chose qui semblait brûler dans le ciel, en direction du soleil couchant, de l'autre côté de l'océan Pacifique. Là où l'occident devenait l'orient. Et là où l'orient entamait sa course vers l'occident, à sa rencontre, *à son encontre.*

Sur la ligne de changement d'heure.

C'était comme une colonne de feu qui se dressait dans le ciel.

Ils se rendirent compte que la plage des surfeurs avait disparu, et qu'ici commençait la frontière avec une autre plage. Le midi éternel laissait place peu à peu à la grande Nuit, la nuit de l'Avant-Premier Jour, la *nuit divine* dont parle saint Jean de la Croix dans ses exégèses poétiques des Évangiles. Au milieu de la ligne de séparation ou plus exactement à l'extrême limite du jour gris hyperstable de la Plage se dressait une maison. Une maison anonyme, grise, banlieusarde, ceinte d'un muret à hauteur d'homme.

Narkos ne savait pourquoi, mais il savait que cette maison était une clé pour ce qui allait suivre, comme pour ce qui avait précédé, dans cette lointaine vie parallèle.

C'était la Maison-du-Bord-du-Monde. C'était là le vortex où la positivité de la métaphysique devenait métaphysique de la positivité, négation de toute négation, totemisation du langage, c'était la zone-seuil d'intensification thanatique, le moment où l'extensivité de la Plage des surfeurs androgynes se cristallisait dans un processus « singulier », c'est-à-dire dans un atome de la machine sociale en perdition avant elle-même.

C'était le moment où MalibuBeach devenait la plage du Serial Killer, le moment où le Flower-Power sécrétait Charles

Manson et le tueur du Zodiaque, qui laissaient tous deux – quelle étrange coïncidence – des *messages* symboliques-politiques *en échange* de leurs meurtres rituels.

C'était le moment où le tueur singulier de cette narration primitive avait fait du message le mystère même de son exposition, c'est-à-dire de son in-tromission, de son ingestion dans son propre corps, en échange du corps de la victime devenu médium chargé de l'opacité invertie de la technique, sa transparente déviation.

Cela Narkos s'en souvenait. Cela il l'avait connu. Cela faisait partie de la ruse de la narration.

— La zone de l'*Oikonomia*, dit Marina en ouvrant son Livre des Morts à une page bien spécifique, c'est ici que se noue la relation entre image et icône, entre invisible et visible, et bien sûr les termes qui se dégagent de l'équation dépassent toute dialectique, l'articulation est trinitaire, comme tout ce qui fonde la vérité, c'est-à-dire, justement son *économie*, soit selon le sens des penseurs chrétiens le plan d'incarnation du Verbe dans le Monde. D'après ce que me dit Origène, les grandes crises de l'iconoclasme, au VIIIe et au début du IXe siècle, se sont cristallisées sur une séparation entre *akribia*, soit le respect total et inflexible des prescriptions de la loi divine, et le crime de transgression, de l'idolâtrie, la *parabasis*. L'économie iconique fut définie par ses défenseurs comme la solution de discontinuité permettant le passage de la nature au miracle. Elle est la métaphore actualisée du Logos. Elle en fut non seulement le tiers-inclus, mais le principe qui permettait aux deux termes auparavant antagonistes d'articuler une relation au profane et au sacré que le modernisme s'est chargé d'enterrer au plus vite.

— L'icône articulait sans doute une relation économique entre le mystère et l'énigme, le mystère reste invisible, l'énigme donne à voir, en la voilant, la vérité, répondit-il après un silence, il est probable qu'en fait, et de façon invertie ce soient les « perdants » du conflit, c'est-à-dire les iconoclastes, qui aient en définitive gagné la bataille des esprits.

— Oui, répondit Marina, c'est ce que la zone de l'Eikon va nous permettre de résoudre.

La maison se tenait sur un haut plateau désolé, une dune un peu plus haute que les autres alentour, cernée d'une maigre végétation de steppe et de quelques carcasses de voitures disposées de loin en loin. Narkos pouvait apercevoir les ruines de très anciennes bâtisses autour de la maison, celle-ci se dressait, nette, propre, parfaitement fonctionnelle, anonyme, et grisâtre, sous le soleil de midi, le soleil du midi éternel.

La vérité invisible et éternelle se déploie au travers d'une nature versatile et ondoyante – je crois que ces mots sont de Nicéphore qui combattit l'empereur iconoclaste qui faisait détruire les icônes du Christ et de la Sainte Vierge mais répandait partout ses propres images, et le culte de sa pompe, fit remarquer Marina.

Narkos, le cortex branché à la métamachine du Bibliogôn, se souvint alors de cette crise constitutive de la haute chrétienté. Nicéphore était mort en exil au début du IXe siècle, lorsque les conciles iconoclastes régnaient sur le monde temporel. Le mot *économie*, qui depuis avait subi les insidieux effets d'une polysémie bégayante, avait comme origine le cœur même des principes religieux qui devaient structurer la pensée médiévale occidentale. La défaite finale des iconoclastes fut le résultat d'un combat centenaire, un combat qui avait permis l'éclosion de l'idée parfaitement christique que la transfiguration économique de la Loi, c'est-à-dire sa rupture *critique*, était son accomplissement même.

Or ce que le tueur des centrales avait voulu opérer dans sa Maison-Vortex c'était l'acte de séparation/con-fusion idolâtre qui rendait équivalentes les trois natures du Corps, de la Vision et du Verbe. Mais c'était par la *distribution* des différentiels au sein de cette triplice que s'agençait la parfaite Unité divine. Voilà ce en quoi croyaient les iconophiles qui, pendant près d'un siècle, furent sujets à la persécution des empereurs et des papes hérétiques.

Le monde de la Fin des Temps n'était certes pas iconique, il était au contraire tout entier construit sur la figure dialectique du double, c'est-à-dire sur le culte des *images naturelles*, sur le culte hypervisible des mystères de l'invisible. Par le jeu de ces processus profonds et souvent secrets de retournement des valeurs que Nietzsche avait su percevoir dans tous les mouvements civilisationnels, l'*Oikonomia*, qui s'était instaurée comme principe de Ruse Divine du Créateur pour mettre en place son plan d'Incarnation et de Providence, avait accouché de l'Anti-Économie Iconoclaste la plus diabolique qui fût jamais sur la terre.

— C'est comme si le monde vivait sous l'emprise de l'hérésie docétiste qui disjoignait complètement le régime du corps et celui de l'âme, dit Marina en consultant le Livre des Morts, ils ne croyaient pas en la Sainte Trinité et ne voyaient dans le Christ qu'une sorte de créature pneumatique et dans la chair un grouillement peccamineux et dégoûtant voué à la perdition. Toute incarnation étant rendue impossible, toute véritable résurrection l'était aussi. Ils furent violemment combattus par Origène et saint Irénée.

La profusion partout constatée d'images naturelles statufiées au rang d'idoles-vampires rendait toute opération de transformation phénoménologique du moi ainsi prisonnier de sa propre consomption impossible, et du coup, chaque moi opacifié par l'image, le monde se devait en retour de devenir absolument transparent pour lui comme pour les autres. Il n'existait plus de séparation entre les mots et les choses, entre les cartes et les territoires, entre Éros et Thanatos.

Oui, mais c'était sur le terrain même de leur séparation que cette prétendue « synthèse » était accomplie, dit la jeune femme des Imaginariens. Elle ne pouvait mener qu'à la Mort comme Mode-de-Vie.

Et c'était ce que la Maison de l'Anti-Économie était en charge de nous apprendre, la maison grise comme le jour, la maison du tueur-roboticien, métaphore vivante de la négation de la négation.

Le multiplex télépathique reprit son sabbat entre les cerveaux survoltés :

Imaginarien 1 : *Notre époque où se superposent une surabondance d'images et la coexistence de plusieurs ordres symboliques a pu être définie comme néo-baroque. Mais cette apparente prolifération d'occasions offertes au déploiement du désir n'est que le masque de sa possible agonie... Nous pouvons faire remonter l'apparition du désir indifférent à la date de naissance de Don Juan, en plein triomphe du baroque et son* obsession des machines... *Ce baroque, à la différence du nôtre, était un spectacle qui rendait la mort partout présente, qui l'exorcisait par son exhibition même, au lieu de toujours la reléguer dans l'impensé. C'est au cœur de ce perpétuel* memento mori *que naît Don Juan sous la plume d'un moine espagnol attaché à démontrer que le désir mécanique, éternellement inquiet, indifférent, n'est pas un péché contre la communauté des vivants, mais contre celle des morts, contre la transcendance /*

Imaginarien 2 : *Dans sa négation impossible de la mort, le désir indifférent, en refusant le temps, refuse la vie. Son existence même ne peut se greffer que sur la* tabula rasa *des passions, la dégradation de l'être humain en machine sans âme. Au désir indifférent ne s'oppose pas le désir authentique, mais celui-ci a toujours déjà disparu lorsque apparaît celui-là ; et cette disparition, dans ces conditions de production, ne saurait se traduire par l'ataraxie grecque, par la force de l'indifférence à la douleur, non plus que par notion bouddhiste d'*Upata, *ou non-attachement. Le désir authentique est dès lors uniquement remplaçable par le désir indifférent, lequel, incapable de dépassement, ne peut que se renverser dans son pôle boulimique donjuanesque, le désir mécanique /*

Imaginarien 3 : *La chute de l'ordre patriarcal et le devenir-femme du monde trouvent partiellement leur explication dans le processus d'autonomisation du corps de la femme par rapport au désir masculin et au désir en général ; plus le corps féminin est objet de reformatage et de remodelage, plus il perd la capacité sensible d'éprouver du plaisir et d'exprimer métaphysiquement la sensualité. Il importe à la femme d'être désirable, non d'être désirée... La Kabbale dit que l'homme tombe dans l'isolement lorsqu'il veut se mettre à la place de Dieu, en d'autres termes, lorsqu'il prétend que la liberté doit lui servir et que ce n'est pas à lui de servir la liberté /*

Non-Linéaire 1 (Francisco Barron) : *Le régime-thanatos de la pensée se prolonge de Platon à Hegel. En le modulant parfois, il poursuit son écho. Ainsi Hegel ne localise plus la zone-mort de l'autre côté de la vie. C'est dans le langage lui-même qu'il est tenté de l'établir. Il ne dirait plus comme Socrate, que le Logos se déploie lorsque claquent les mâchoires de Thanatos. Non, en revanche il soutient qu'il fait un avec le susdit, dans le même recul... Pour Hegel le règne des ténèbres est à l'œuvre dans le langage... mais voilà ce que prouvent Épicure et Lucrèce : que la mort, contrairement à ce que tu pourrais croire, n'*EST PAS UN FAIT*. Car la mort, si tu l'entends bien, dit Épicure, n'entretient « aucun rapport ni avec les vivants, ni avec les défunts, étant donné qu'elle n'est plus rien pour les premiers, et que les derniers ne sont plus ».*/ *La mort, selon Épicure, est un phénomène tellement extérieur qu'il ne te concerne pas. Un corps, passé un certain seuil se transforme en un autre corps. Le seuil en question n'est qu'un point-limite /*

Non-Linéaire 2 (Ivan Enovic) : *La mort ne se réduit pas à un quelconque achèvement de la durée biologique, ni même à une durée irreprésentable dans l'Horizon de la pensée ; elle est à l'œuvre comme processus d'absorption expérimentale continue. À ce titre, elle est aussi la signature de chaque renoncement – l'agent de la servitude programmée. Elle s'implante comme un poison dans les étants ; elle s'y greffe comme étouffoir à retardement. Dans l'Économie générale des expériences simulées – c'est-à-dire vendables –, le régime hégémonique de l'absorption transforme chaque corps humain en actionnaire de ce stock global de négation qui s'alimente des corps ; la mort fait du chiffre à travers les corps qu'elle occupe /*[1]

Franz Narkos avait ponctué le multiplex télépathique par une phrase tirée de *L'Assomption de l'Europe*, de Raymond Abellio : *l'opacité subsistante du monde pour nous, son entropie, n'est que le résultat de l'opacité de notre corps, c'est-à-dire de notre propre opacité à nous-même.*

Puis il établit un graphe synthétique qu'il stocka dans une interface narrative :

Lors d'une narration antérieure à sa création on était parvenu à établir la saisissante proposition qu'en se séparant des morts, on se séparait des vivants. Le problème de la mort, c'était qu'elle n'était qu'une division d'elle-même.

Et maintenant, exposition clinique de l'anthropologie urbanistique du crime :

La Maison. Les Corps. Les cassettes. Ingestion voilée et excrémentation rituelle. Remplacement de l'Icône métaphorique et poétique par l'image naturelle de la transparence. Idolâtrie de la machine, en tant que *substitut de l'organique*, donc comme réplique inférieure. Conclusion/forclusion : destruction de la machine et enclosure de sa signification dans le corps renvoyé à une simple collection de non-organes.

Observons un instant l'architecture interne de cette maison.

Une suite de cubes incubés les uns dans les autres, à la blancheur clinique. La Maison est l'image du cerveau du tueur-roboticien. Elle est ce Lieu de l'être dont parle Heidegger. En l'occurrence le non-lieu du non-être. Une pure positivité. Tout en elle est autocentré, comme chez les gnostiques hérésiarques, tout converge vers un unique point nodal : le trou noir dans lequel nous voyons un petit homme expulser très fort, de son anus, des matières fécales qui contiennent toute son expérience. Le Néant, donc l'Être, est chez lui pure extériorité placentaire.

1. Voir la *special dedicace* p. 821.

Cet homme, comme d'autres hérésiarques avant lui, mais sans le savoir, poursuit le rêve insensé de reproduire Dieu à l'intérieur de son pauvre corps en invoquant le « pouvoir » d'images naturelles qu'il ingère, digère, et restitue à la matière primitive.

Narkos observait le petit homme, nu au milieu de sa vaste pièce cubique propre et blanche comme un bloc d'hôpital.

Voilà pourquoi ce non-homme ne pouvait être découvert par l'investigation traditionnelle conduite lors de sa vie antérieure, lors de la première narration, quand il était un flic qui glissait lentement vers les ténèbres.

Il n'était personne. Il n'existait pas. Il était mort avant que d'être né. Et il était mort avant que le premier Narrateur ne naisse à sa propre vérité.

Il était une pure dissociation opérative entre l'âme et le corps, une séparation conduite jusqu'à son terme, avant terme. Et de fait il cherchait en vain une impossible réunification de son propre corps, devenu à son tour simple appendice de la Ville-Monde, et pour lequel il sacrifiait d'autres corps humains pour les rendre à son propre régime symbolique : celui de la simple tekhné.

Sa singularité était nullifiée avant même sa conception. La technique étant devenue la métaphysique actualisée du monde, il n'en était que la nullification élevée à sa propre (im)puissance.

La Maison était un vortex. Elle incubait toutes les impossibilités comme autant d'ouvertures sans cesse plus fermées les unes sur les autres.

Narkos comprit que c'était de ce vortex que procéderait la Tornade de la Singularité.

— C'est d'ici que nous pourrons directement atteindre la Cité Interdite. Nous devons transmuter cette zone concentrée d'involution en une route qui nous conduira à la Nécropole du Langage.

Il demanda à Marina Markovic de consulter au plus vite le Livre des Morts.

Mais Marina n'avait rien répondu, elle avait juste émis son doux sourire de jeune fille, les pages avaient tournoyé entre ses mains. Ce ne sera pas utile, reconnut-elle. Nous l'avons déjà fait.

Alors, comme la petite demeure familiale du Kansas happée par l'ouragan dans *Le Magicien d'Oz*, toute la maison s'était mise à tournoyer à son tour, aspirée par la Tornade à l'infinie puissance, en fait c'est la maison tout entière, cette incubation successive de pièces blanches et cliniques qui entame une ascension rotationnelle, murs blancs incurvés et déformés par la force centrifuge, un souffle énorme se fait entendre et toute la gravité se translate, comme dans une capsule spatiale, ce qui est en haut est en bas et ce qui est horizontal est vertical, ce qui était lumière devient ténèbres et ce qui était obscurité devient illumination.

Narkos a le temps de réaliser que la Tornade-Vortex est une sorte de tunnel elle aussi, comme sa figure la plus achevée.

— Ce n'est rien, fait Marina Markovic, nous sommes aspirés par le tourbillon du Logos.

La tornade horizontale les lâcha au milieu du désert nocturne.

Désormais thriller métaphysique, *anti*-cipation gnostique, cryptage des cavaliers de la nuit sous le ciel des drones et des satellites, le groupe marchait dans le sable qui recouvrait la Ville-Monde, revenue à l'état initial de désert croissant et se multipliant lui-même, naissant de l'abrasion qu'il faisait subir à toute choses ou formes de vie entrant à son contact sans être protégées par les codex-costumes et le Livre des Livres. Là-bas, au loin ils apercevaient le dôme de lumière électrique de la Cité Culturelle.

C'était le Las Vegas des VIP du Règne de la Culture. Elle brillait de tous ses feux, ceinte de son haut Mur Circulaire transparent qui chaque année attirait des millions de touristes en provenance de toute la Ville-Monde.

C'était l'*American experience machine* déterritorialisée dans le sanctuaire des mots-panthéons.

Ce n'était même plus cet étrange *néant positif* que toute opération réificatrice de la marchandise substitue à l'être, non c'était le simulacre du simulacre. Las Vegas possédait au moins sa propre authenticité. Celle de la réplique. Celle de la copie.

Ici, devant le Mur de la Cité Culturelle, on se trouvait bien devant la re-production culturelle, donc naturelle, de l'image ainsi créée. Il fallait comprendre la phénoménologie de l'anti-monde comme une phénoménologie à rebours.

— Il faut donc admettre le capital de troisième espèce comme l'instance de domination qui non contente d'avoir su réifier les relations entre les humains au statut d'échanges entre marchandises, a décidé de transplanter toute sa hideuse positivité au cœur même de l'ultime sanctuaire, fit-il remarquer.

Le biopouvoir de la Matrice étendait ses pseudopodes jusqu'au cœur des schémas génétiques de la reproduction, de la cognition et du métabolisme. Après avoir séparé la métaphysique de la physique, elle décidait maintenant de réduire le physique à l'infra-physique. Images réticulées de leur bonheur privatif et donc de leur immense et secrète souffrance commune, les humains de la planète Terre allaient bientôt expérimenter la destruction comme régime d'involution générale dans le théâtre des opérations des molécules phosphatées qui régissaient leur corporeité, ils vivraient en *direct-live* la mort de leur pensée, cinérama virtuel, interactif et suicidaire au cœur de leurs neurones, ils assisteraient à leur stérilité génétique rendue opérative et aussitôt remplacée par l'économie globale des stocks chromosomiques, ils participeraient, dans la joie morne de la servitude volontaire, à leur propre expropriation du globe, par des intelligences « artificielles » qui, de ce point de vue en effet, s'avéreraient bien supérieures.

La découverte de l'Afghanistan souterrain, le tunnel secret des spectres de Shah Massoud et d'Erwin Rommel, renvoyait directement à la grande plage californienne où les tours new-yorkaises s'effondraient sans cesse dans ce titan de poussière, plage universelle, elle contenait aussi bien le littoral normand du D-Day que les rivages pétrolifères du Koweït, elle incluait aussi bien l'île de Manhattan, ou d'Ellis Island, que celle d'Alcatraz.

C'est d'ici, il le savait, que la Tornade de la Nuit s'élèverait, une fois le code-virus activé. La Californie était l'ultime frontière de la civilisation occidentale, là où son extension avait atteint ses limites, avant de refluer en arrière, en une circonvolution intensificatrice. L'expansion colonisatrice de l'Occident nord-américain avait été si puissante que son retour d'intensité nihiliste fut bien plus cataclysmique encore que celui qui avait conduit l'Europe à son autodestruction.

Désormais c'était la planète entière qui subissait la loi terrible de l'entropie sociale comme processus global de dé-création, c'était le monde en son entier, dans toutes ses dimensions, qui était réduit à une seule.

L'ère de la « Mobilisation générale » que Jünger avait décryptée dans son expérience de dernier des premiers hommes, voire de premier des derniers hommes, dans le feu mécanique de la Première Guerre mondiale, avait trouvé son aboutissement mortifère avec le règne absolu de la Matrice universelle qui désormais asservissait dans sa totale plénitude la masse aveugle des tout derniers des derniers hommes, c'est-à-dire de ceux qui sans rire pensaient être sur la voie d'une quelconque post-*humanité,* alors que celle-ci, si elle avait jamais existé, avait de toute façon été réduite en cendres.

Narkos comprit que l'Afghanistan de Massoud et de Rommel conduisait au momentum stratégique du reflux du nihilisme sur lui-même, le contrecoup de la vague révolutionnaire destructrice de l'Occident revenait à l'envoyeur, les hautes montagnes de l'Hindu Kuch étaient bien directement reliées aux ergs aplanis de Wall-Street/MalibuBeach.

Le Renard du Désert et le Lion du Panshir s'étaient parfaitement acquittés de leur tâche.

Miss Bloom les attendait sur un coin de la plage. Près de l'entrée de la grande autoroute périphérique qui conduisait au Mur circulaire.

Là-bas, à l'horizon, la tornade de feu noir qui s'élevait des tours en rotation vers le centre de la terre dominait toute la Ville-Monde.

Les sept méta-humains et le chien bionique prirent place dans la Mercedes blindée. La jeune femme des Imaginariens semblait lentement l'adopter. Elle lui donna évidemment le nom d'Ézéchiel. Ils prirent le réseau d'autoroutes concentriques qui conduisait au Mur et à ses checkpoints culturels. L'urbanisme publicitaire avait dépossédé l'homme de la ville. En retour, le terrorisme culturel avait dépossédé la ville de l'homme. Tout le monde était libre d'entrer dans la Cité, mais à condition de se présenter au bon checkpoint, avec les bons formulaires.

Miss Bloom ouvrit la conversation par un autre extrait des *Histoires florentines* :

C'est que pour cesser d'avoir peur, les hommes croient bon de faire peur. Les torts dont ils se garantissent, ils les infligent à leurs adversaires, comme s'il était nécessaire que l'on fût toujours oppresseur ou opprimé.

Puis elle enchaîna directement sur un très joli panégyrique du nouveau Mascara Dior-TransgenOse. *Il te rend si Heureuse*, déclama-t-elle de sa suavité cybernétique en déclinant le nouveau slogan de la marque.

Enfin elle leur dressa un état des lieux synthétique de la Ville-Monde. La guerre globale s'intensifiait, ayant maintenant atteint son degré absolu d'extensivité. Les groupes armés hindous, les paramilitaires chrétiens ou bouddhistes et les milices islamistes s'affrontaient à travers toute l'Insulinde. L'implosion néo-ethnique de la Chine et de ses territoires annexés embrasait aussi bien l'Extrême-Orient hypermodernisé que les anciennes républiques soviétiques d'Asie centrale, encore largement sous-développées, mais recouvertes d'autostrades et de pipelines sous contrôle militaire. Les féodalités narco-léninistes et les milices d'autodéfense s'affrontaient dans toute l'Amérique du Sud et le continent africain n'était plus qu'un vaste arc de guerres civiles. La conurbation franco-parisienne était en train de connaître, à la puissance dix, le sort funeste de l'ex-Yougoslavie, la maladie avait déjà contaminé de nombreux amas urbains, en Italie du Nord, en Allemagne, à la frontière ukraino-polonaise, dans les Balkans et sur l'Hellespont, on disait que des camps de concentration étaient de nouveau en activité quelque part entre la Somme et la Vistule... Pendant ce temps, le dernier-né des robots humanoïdes Sony était sorti des chaînes de montage de la firme nippone et avait été lancé en grande pompe au festival d'Andronique de Las Vegas, il battait n'importe quel ordinateur aux échecs, et pouvait, paraît-il, faire l'amour en continu sans se fatiguer, jusqu'à extinction de sa pile au césium, dont la demi-vie était d'environ deux mille six cents ans. On disait que Raël et son Institut de recherches situé sur une île flottante au milieu du Pacifique venaient de donner naissance à un quatorzième clone, les treize précédents ayant rapidement montré des défaillances génétiques rédhibitoires, pour des raisons qui, on ne sait comment, avaient jusque-là échappé à la perspicacité scientifique. Parallèlement, l'Uno-2 avait édicté sa nouvelle charte des droits et libertés de toutes les espèces vivantes de la planète. Son premier amendement interdisait à l'homme de se croire maître de la Terre et de son économie naturelle. Le second bannissait la guerre, le crime, et toute Loi inhumaine hors des espaces du système solaire. Le troisième rendait la liberté et le bonheur obligatoires.

... et qui devient patron d'une cité accoutumée à vivre libre, s'il ne la détruit pas, qu'il s'attende à être détruit par elle, parce qu'elle a toujours pour abri, dans la rébellion, le nom de la liberté et ses ordres anciens, qui jamais, ni par la longueur du temps, ni les bienfaits, ne s'oublient, s'empressa-t-elle de conclure en citant le Condottiere florentin.

Miss Bloom fit alors entendre une musique parée de toute la magnificence des fins de civilisation, Narkos reconnut les premiers accords de *Diamond Dogs*, d'un certain David Bowie, pop star du XXe siècle, puis un message s'afficha sur l'écran de son ordinateur de bord.

Bibliogôn
À
Franz Narkos
Marina Markovic
Non Linéaires
Imaginariens
Opération MÉTABABEL
Phase finale d'approche de la cible.

La tornade de la nuit contenant le feu de la Révélation est l'unique voie de sortie occidentale au reflux nihiliste dont l'inversion s'est à son tour actualisée. Quels qu'en soient les risques, vous aurez encore à franchir la zone d'involution concentrationnaire du Grand Mur Circulaire qui garde le Sanctuaire. Le Sanctuaire est protégé par leurs vestales hermaphrodites, à savoir la garde d'élite de la Colonie des maîtres du Langage qui sont, eux, les véritables serviteurs de la Machine Sociale Universelle. Leurs vestales gardent l'entrée de ce sanctuaire où ils nourrissent la Machine de leurs pensées et qu'ils dénomment « Université de la Science Sociale ».

Il vous faudra détruire la garde, puis la Colonie elle-même, mais nous savons que le système de désappropriation spécifique de la Machine-Monde est fait de telle manière que le seul moyen d'y parvenir est de détruire son processeur central, son générateur de discours-choses.

Votre mission consistera donc à vous faire passer pour des membres de la Colonie, puis une fois à l'intérieur du Sanctuaire de la Machine, pénétrer dans sa zone de contrôle opérationnel et y installer le code-virus au plus vite.

Lorsque ce message aura été lu, un système nerveux central humain sera détruit dans les trente secondes.

Nous vous remercions de votre attention.

L'ANTIMONDE

Les vestales hermaphrodites du Mur Circulaire : répliques inverties des surfeurs androgynes de la Plage Linéaire.

Checkpoint du ministère du Tourisme Culturel/AntiPolis-ZoneSud.

Nous sommes à quelques kilomètres de la grande nuit conurbaine et de la nuit qui a recouvert le monde, mais ici tout, toujours, est illuminé, et la paix de la culture universelle règne de tous ses feux, protégée par l'aviation robotisée de l'Unesco.

Message du Bibliogôn à tous les cerveaux présents dans la Mercedes blindée : La Direction Périphérique de la Littérature Centrale est l'ennemi contre-viral de la Centrale Littératron. Pour passer le Mur vous devrez interrompre votre neuronexion, sous peine de nous faire repérer, c'est comme si un atome d'hydrogène rencontrait sa particule jumelle d'anti-matière, leurs systèmes d'alarme hurleraient aussitôt à l'imposture. Vous devez immédiatement adopter le statut, l'identité et le comportement de simples homo sapiens universalis. Vous êtes tous des Narrateurs, ne l'oubliez pas. Vous êtes donc des maîtres-espions. À l'intérieur de la Cité vous ne pourrez plus entrer en contact avec le Livre des Livres, vos pouvoirs seront limités par le Programme Culturel d'Ambiance Sociale, vous devrez veiller à ne pas ouvrir vos points de neuronexions avec les machines d'expression identitaire qui circulent en libre accès un peu partout, vérifiez que vos systèmes de contre-mesures rétrovirales sont poussés à bloc.

Narkos envoya un message télépathique à l'attention des membres du groupe : passez tous en mode narration lambda. Identités indifférentes et distribution linéaire de la discontinuité.

Il reçut une sorte d'imploration de la part de la jeune femme des Imaginariens. Mais ?!... Comment voulez-vous que nous fassions, nous devrions prendre le régime cortical de tous ces pauvres... touristes humains ?!

C'est impératif, répondit Narkos. Ils ont maintenant des senseurs/censeurs très au point qui peuvent localiser précisément les configurations neuronales de nos pensées, si nos graphes sont trop atypiques, nous risquons d'être détectés et nous subirions alors un test en règle par leur putain de Police culturelle. Je pense qu'on serait tous arrêtés dans la minute. Biofichés puis bannis à jamais de la Cité.

— Sous quelle inculpation ? demanda Ivan Enovic.

— Terrorisme littéraire. Les terroristes du langage accusent toujours leurs ennemis de leurs propres desseins secrets, c'est connu depuis la Haute Antiquité. Je vous conseille de vous brancher tous au plus vite sur les patterns humains des braves gens que vous voyez dans la file là-bas.

L'arche d'entrée du ministère du Tourisme Culturel se dressait, babylonienne, au-dessus du checkpoint tenu par les vestales de la Direction Périphérique de la Littérature Centrale.

Miss Bloom s'est calmement insérée dans la file :

Mais, quand le hasard fait que le peuple n'a confiance en personne, ce qui arrive quelquefois lorsqu'il a déjà été trompé soit par les événements, soit par les hommes, il faut nécessairement que l'État périsse, avait-elle énoncé avec calme, en citant un autre extrait des *Histoires florentines*.

N'oublie pas que tu t'aimes en Biotherm-Genetrix, fut sa conclusion.

Ils parvinrent tous à plus ou moins présenter des ondes corticales conformes. Narkos n'ouvrit pas une seule fois son interface télépathique. Les tubes des scanners sous lesquels ils passaient en file indienne, tandis que les véhicules étaient vérifiés sur une ligne robotisée par des androïdes experts, envoyaient des ondes magnétohydromagnétiques qui cartographiaient leurs zones neuronales les plus profondes, il le savait, dans le fourmillement continu des diodes et des senseurs et l'apathie non moins permanente des masses en route vers le divertissement culturel. Il fallait se fondre dans la masse. Miss Bloom elle-même devrait se débrouiller afin de présenter un visage acceptable pour les androïdes contrôleurs.

Les vestales hermaphrodites de l'entrée étaient revêtues d'uniformes d'hôtesses de l'air bleu azur, avec l'insigne officiel de la Confédération Municipale Nationale-Parisienne, le visage « politique » du Consortium, elles étaient les seules à avoir le droit de porter ainsi un uniforme dans la cité, partout ailleurs, même les représentants de l'Anti-Police Culturelle se devaient, pour eux-mêmes, de respecter la loi inflexible du nouveau régime corporatif établi à Paris sous protection de l'ONU : Interdit d'interdire. Obligation d'être libre. Ils/Elles œuvraient donc en civil.

Narkos s'était concentré sur quelques pensées qu'il avait pu capter à droite et à gauche avant de passer le checkpoint. Le chanteur de rap MC SuperFucker était-il lui-même un hermaphrodite de la Colonie, tel que l'affirmait le Médiaréseau Pravda International ? Ou la rumeur était-elle le résultat d'un vaste complot juif mondial, comme le prétendait le porte-parole officiel pour la Culture de la Malcolm-X-Organization ? Les rythmeuses Théta pour nos cycles de sommeil sont-elles vraiment conformes aux nouvelles normes AFNOR ? demandait avec sévérité l'éditorialiste du *Monde Transculturel*. Aux dernières nouvelles du soir, diffusées un peu partout sur différents *écrans de mobilisation perceptive*, on disait qu'un Californien de dix-sept ans s'était fait greffer deux bras transgéniques supplémentaires, ainsi qu'une paire de pénis, et devant la réprobation de ses parents, eux-mêmes transsexuels, il défendait devant une cour fédérale le respect de ses droits constitutionnels.

Le type dans lequel il avait piraté ces réflexions et ces images se tenait maintenant beaucoup plus loin à une autre entrée du grand porche, avec sa marmaille et bobonne, sous un plafond de tubes aux invariables couleurs blanc-bleu.

Comment stimuler l'orgasme de votre partenaire grâce à la lecture de Friedrich Nietzsche, d'Enid Blyton et de Teilhard de Chardin, avait été le thème d'une émission littéraire consacrée la veille à l'auteur d'un opuscule sur le sujet, un membre haut placé de la Colonie Universelle. Narkos fit semblant de se concentrer sur la question en la faisant tourner en boucle : mais comment s'appelle donc cet auteur déjà ? Ce qui lui fit gagner de précieuses secondes.

Alors, passé le Mur, avec Miss Bloom et le chien Ézéchiel, nous sommes désormais les vecteurs vivants du contre-virus métacodal : traversée de Paris dans l'ombilic des limbes. L'architecture concentrique de la capitale se dévoile, structure d'incubations successives elles aussi : les autoroutes d'accès qui remplacent l'ancien boulevard périphérique et ses voies annexes. Le Mur Circulaire avec ses Portails-Interfaces qui s'est érigé en bordure. Les quartiers en rotondes distinctives à l'intérieur du parc à thèmes urbain puis la Cité de la Culture Totale, là où sans cesse œuvrent les Membres de la Colonie des Élus, les serviteurs loyaux de la machine des Sciences Sociales Universelles.

Nous la voyons se détacher sur le fond bleu-roi de la nuit : quatre grandes tours de verre en forme de livres, héritage d'un siècle défunt, d'un mauvais architecte et d'un politicien véreux.

Voici la Nécrothèque, dit Marina en pointant du doigt le quartier de Tolbiac. C'est ce quartier qui est devenu la Cité

Culturelle, là où nul touriste ne peut entrer sans une dérogation spéciale de la Direction Générale de la Municipalité, là où les résidents contractuels sont par définition tous membres de la Colonie de la Culture. Certes, comme tous les autres, leur contrat stipule qu'ils doivent en permanence représenter ce qu'ils sont. Mais ce qu'ils sont, c'est les servants actifs de la Matrice qui les nourrit en retour de discours-choses, et qui ne doit *pas être vue pour ce qu'elle est.* La représentation de leur être, c'est précisément d'habiter dans ce lieu semi-ouvert, semi-fermé, qui à la fois garantit la circulation des discours dans le parc à thèmes posturbain et permet à leur propre fonction d'*être lue pour ce qu'elle n'est pas.*

La Cité de la Culture Universelle a été édifiée autour de la Très Grande Bibliothèque. Elle en démontre toute la circonscriptibilité.

Car la Très Grande Bibliothèque possède une caractéristique pour le moins amusante en matière de gestion des livres : nul n'y a accès. Seuls des terminaux informatiques sont disponibles et vous permettent d'accéder à des univers hypertextuels où tous les livres sont ainsi joyeusement *con-fondus.*

Elle est le Vortex de l'Antipolis, c'est en elle que se produit désormais le nouveau mode de production du monde, elle en est devenue le centre excentrique, le métacentre.

Car tous les livres contenus dans la Cité de la Culture sont des momies numériques, reconfigurées par des tonnes d'images et de commentaires divers, *accessibles à tous moments en tous points de la lecture*, permettant donc à celle-ci de ne plus se confronter à une narration singulière, incompossible avec les autres, mais plutôt d'*être intégrée à une tribune libre démocratique universelle* où tout le monde, constamment, ré-écrit les œuvres des autres.

Mais nous sommes les agents du Bibliogôn, nous sommes le contre-terrorisme ultime, nous aussi nous sommes métacentre, mais nous sommes le métacentre ouvert de la narration, nos livres, en cours d'écriture par la vie que la narration nous fait vivre, n'ont d'autre finalité que de venir détruire la Cité-Bibliothèque de la Culture.

Bibliogôn des souterrains contre nécrothèque verticale. Livre des Morts Ressuscités contre Mort du Livre Commémorée. Les hostilités sont déclarées.

NIVEAU D'ALERTE MAXIMUM.
PÉNÉTRATION DES CENTRES NERVEUX DE LA CIBLE.
CONTAMINATION NARRATIVE DES TÊTES DE LECTURE
PAR TOUS MOYENS DISPONIBLES

En nous le Livre des Morts en cours de résurrection, en nous les animaux sauvages, les étoiles les usines démolies et les autoroutes de la nuit / le parc à thèmes posturbain s'est substitué à la ville de Paris dans la douceur létale des opérations cosmétiques terminatrices / la Réplique culturelle de la Cité est le Las Vegas grandeur nature qui ne dévoile que lui-même, ou plutôt sa perpétuelle représentation / isotopes et souriants, les résidents de Paris-Ville-Lumière, tels les membres d'une vaste famille oligopolaire et endogame, protégés des secousses du monde par le haut Mur Circulaire, sont contractuellement salariés par la Présidence-Direction-Générale du Parc Municipal pour en permanence représenter ce qu'ils sont, certains d'entre eux reçoivent une prime supplémentaire pour tenir un rôle particulier dans les reconstitutions historiques grandeur nature que le Ministère du Tourisme Culturel met en scène quotidiennement dans les différents quartiers reconstitués de la ville. Ils tiennent ainsi le rôle d'écrivains célèbres, de dramaturges panthéonisés, voire de certains de leurs confrères contemporains plus connus qu'eux-mêmes, et qui ont depuis longtemps migré à Hollywood.

La narration-guérilla nous conduit, au fil des rues et des arrondissements traversés, à lire *à livres ouverts* l'intérieur des êtres humains que nous croisons. La plupart sont des touristes qui comme nous sortent par cohortes entières des portes d'entrées-sorties de la Capitale. Les autres sont les résidents contractuels du parc à thèmes. Certains sont des hermaphrodites de l'Anti-Police Culturelle Municipale. Nos codex-costumes sont au niveau rouge, contre-mesures corticales activées en permanence.

En nous le cyclotriméthylénétrinamine sacré des tueurs d'usine professionnels, en nous le feu froid des synchrotrons de minuit.

C'est nous, n'en doutez pas, les Cavaliers de l'Apocalypse.

Nous sommes à l'entrée du Sanctuaire, le seul endroit interne à la ville où une réplique incubée du Mur Circulaire est représentée. Avec ses checkpoints électroniques et ses vestales en uniformes.

Mais en nous désormais le Bibliogôn a ouvert sa puissance télépathique, kinesthésique et ubique. Le métacode de la narration vit en nous, ai-je dit à la vestale qui contrôlait nos badges informatiques. Elle n'entendit rien. Ne vit rien. Ne dit rien.

D'un trait de lumière nous venions d'entrer dans le Dernier Cercle du Paradis de la Culture.

La Cité Culturelle a poussé autour de la Très Grande Bibliothèque et, bien sûr, elle en a repris toutes les modalités. Elle est transparente. Tout, toujours, y est sujet à exposition. Elle a avalé ce qui, ici, subsistait encore de la Ville. Elle l'a remplacé par son antimonde. Elle l'a définitivement remplacé par l'urbanisme. Par la gnose futile et prétentieuse des designers de l'idéalisme architectural.

Dans une très vieille narration de mon cerveau ce quartier avait été l'unique point de la capitale à avoir été exploré. Il était une sorte d'hypercentre de la modernisation en ce sens qu'il ne se situait ni au centre géographique ni au centre historique de Paris qui coïncident à peu près, mais sur une périphérie vieillotte en déshérence qu'on avait rénovée pour en faire le nouveau Temple de la Modernité Globale et qui, par ses origines ferroviaires-industrielles, était directement connectée au vaste antimonde de la banlieue. Tout ici tendait donc déjà vers son aboutissement. Mes souvenirs de la première narration m'indiquaient que la construction de la Très

Grande Bibliothèque avait suivi à peu près en parallèle le déroulement de la première guerre en ex-Yougoslavie avant d'être inaugurée quelques mois avant les funérailles de son fondateur. Puis, lorsque la Mort de la fondation elle-même fut consacrée, je parle ici de la France, elle devint Patrimoine de l'humanité par décision de l'Unesco, la zone de protection de l'ONU 2 fut établie dans le centre intra-muros de la Capitale alors que la conurbation tout entière devenait une Yougoslavie globale en expansion carcinomique.

Le trou des Halles et son contre-effet dialectique avaient formé un prototype du phénomène dans les années 70, situé en plein cœur de la capitale, mais *de l'autre côté du fleuve*, il servait de régime d'exposition naturelle de la culture : Fnac-Forum d'un côté, Centre Beaubourg de l'autre. Au fil des ans, et ce bien avant le déclenchement de la guerre civile et l'enfermement de Paris dans sa zone de protection de l'ONU, le vrai centre de production dudit régime s'était déplacé et avait formé une nouvelle figure, synthétique des deux premières. Autour de la Très Grande Bibliothèque une ville nouvelle avait peu à peu pris la place de l'ancienne. Très vite, après le rachat de la Ville par le consortium Sony-Microsoft-General-Electrics et sa transformation en parc à thèmes posturbain d'elle-même, après que le parc Eurodisney eut été détruit par un attentat terroriste, le quartier qui s'étendait entre le pont de Tolbiac et la gare d'Austerlitz était devenu la zone VIP des membres de la Colonie des Sciences Sociales Universelles. La machine à débiter des mots-choses était quelque part, là-bas, au cœur du grand complexe de verre en forme de livres géants, ouverts, certes, mais disposés de telle façon qu'ils soient tous fermés les uns sur les autres, dans un quadrant absolu, transparent et universel.

C'était le Moloch terminal, celui qui se permettait de s'approprier le Logos.

Ici, les écrivains étaient en permanence réunis dans des Cafés de la Littérature, où ils passaient leur temps à écrire des romans sur des coins de tables sous l'œil polycyclopéen des caméras de télévision. Ils discutaient beaucoup, leur contrat stipulait qu'ils étaient en séminaire continuel, on venait donc les voir dans leurs zones protégées avec beaucoup de déférence, et une accréditation en règle. Les Cafés jouaient le jeu de la concurrence, ils officiaient en tant que « quartier-général » des « mouvements littéraires » qui à partir d'ici empoisonnaient les esprits.

Il y avait le Café Aragon, où se rassemblaient les tenants du Mouvement Pour la Paix Infinitive. Il y avait le Café Duras, quartier général des Camionneurs du Vide, il y avait le Café Malraux, où se rejoignaient les membres du Club des Artistes Humanistes, il y avait le Café Sartre où l'on trouvait l'Union Existentialiste-Jacobine, le café Victor Hugo, antre du Mouvement National-Contemporain, le Café Derrida, temple des Déconstructivistes-Relativistes Absolus, le Café Breton, où se réunissaient les Néo-Surréalistes Hypertextuels, le Café Zola, et ses Gardiens de l'Ordre Réaliste-Socialiste, le Café Huysmans et son Synode des Écrivains Néo-Catholiques, le Café Dutourd, et ses Hussards de la Littérature Mère-Patrie, le Café Goncourt, qui abritait les Diaristes de l'Autofiction Automnale, le Café Voltaire-et-Rousseau, siège du Syndicat Des Valeurs Littéraires Permanentes, le Café Simone de Beauvoir, territoire des Femmes-Écrivaines-Unies, le Café du Divin Marquis, en fait un club à partouze pour les Pornocrates Universels et l'Alliance Post-Transgressive Pour la Réification de l'Homme ; les Cafés Littéraires de la Cité Culturelle représentaient bien la zone VIP de Paris-Ville-Lumière, ils en formaient la représentation achevée, ne renvoyant plus qu'à elle-même.

— Mais regardez, Franz, me fit remarquer Marina, son Livre des Livres éclairant son visage par en dessous, il y a pire.

Elle avait montré du doigt un autre quartier culturel situé un peu plus loin. C'est une zone en pleine rénovation, la Cité Culturelle passait son temps à se rénover, c'était même son activité principale, pour ne pas dire la seule. Le progrès, sans cesse, *progressait*.

En effet, ici les grappes de touristes habilités à rendre visite aux divers Temples de la Créativité étaient soumis à une expérience des plus curieuses :

Des vigiles spéciales du Consortium, en uniformes de toutes les couleurs, s'agitaient autour d'eux en leur débitant des extraits de poèmes célèbres ou de refrains de chansons populaires canonisées par la Nouvelle Académie. Les vigiles spéciales étaient munies d'implants neurobuccaux avec prompteurs optiques qui leur permettaient d'être branchées en permanence avec tous les trésors de la littérature mondiale. Ainsi des *samples* de Mallarmé, de Paul Éluard, de Racine ou de T.S. Eliot cohabitaient-ils joyeusement avec des échantillons de Verlaine ou de Villon, des extraits de Maïakovski ou d'Emily Dickinson, des digests de Baudelaire ou de Ronsard, mais aussi avec des strophes d'Étienne Roda-Gil ou de Jean-Jacques Goldman, des refrains de Francis Cabrel ou de Maurice Chevalier, ainsi qu'avec d'interminables logorrhées improvisées que les artistes-citoyens de la Ville-Lumière écrivaient en direct pour le compte du Grand Spectacle Permanent.

— Les Brigades d'Intervention Poétique, expliqua Marina, c'est une invention de la mairie de Paris datant du début du siècle. Une idée terriblement *dans l'air du temps*. À tel point que *la Nouvelle Direction Générale a décidé de la revitaliser et de lui donner un puissant coup de neuf en termes d'iconomobilité et de publicité vivante en flux tendus*, regardez, c'est écrit en toutes lettres dans la brochure de la Ville-Lumière.

— Au-delà du fait que cela ne veut rien dire, il faut bien constater que c'est malheureusement le cas, fit remarquer Franz Narkos, je veux dire « moi ».

Nous marchions désormais autour d'une petite place, où des robots androïdes s'occupaient à redécorer sans fin de nouveaux Cafés Littéraires vers lesquels les Brigades d'Intervention Poétique dirigeaient les groupes de touristes de luxe, émerveillés par tant de faste, et tant de culture.

PROCHAINEMENT : OUVERTURE DU CAFÉ ARTHUR RIMBAUD PAR LES ILLUMINISTES NÉO-PARNASSIENS – annonçaient de larges panneaux fluo au-dessus de l'un d'entre eux dont la devanture était décorée par des graffitis reprenant, subtile allusion, toutes les voyelles de l'alphabet selon la célèbre correspondance chromatique établie par le jeune poète cent cinquante ans plus tôt. Des photos 3-D du groupe accompagnaient le message publicitaire : chemises blanches et raie sur le côté, l'uniforme germanopratin était de mise.

Plus loin, un Café Littéraire tout juste rénové accueillait les visiteurs VIP par les mots :

CE SOIR, CONFÉRENCE SUR LE DROIT À L'EXPRESSION ARTISTIQUE DES ROBOTS ÉLECTROMÉNAGERS DE TROISIÈME GÉNÉRATION AU CAFÉ PABLO NERUDA PAR LE CLUB DES DÉFENSEURS DE LA CULTURE POPULAIRE-MONDIALE.

En jetant un coup d'œil à l'intérieur, où s'affairaient des membres de ce groupe littéraire, nous pûmes constater une variante dans l'uniforme : Pataugas, écharpe rouge et duffle-coat rapiécé étaient de mise.

Chaque groupe avait sa livrée reconnaissable, cela faisait partie du contrat de représentation permanente signé avec le Consortium Paris-Ville-Lumière.

Des androïdes du Ministère de la Coordination Technique s'affairaient à repeindre une façade où l'on pouvait lire les mots :

LA SEMAINE PROCHAINE : ÉLOGE DU NON-EXCEPTIONNEL ET DE LA BANALITÉ AMOUREUSE PAR MARC LÉVY, ANNA GAVALDA, FLORIAN ZELLER ET LES NÉO-DESIGNERS DE LA LITTÉRATURE D'AMBIANCE.

Un jeune préposé à l'Agitation Culturelle, badge lumineux à l'effigie de Bernard Pivot et de François Mitterrand bien en évidence, vint vers nous et nous tendit un programme sur papier glacé à hologramme. On pouvait y lire les mots suivants, extraits d'un journal québécois en date du 24 juillet 2002, et sous lesquels le photogramme animé de Marc Lévy exprimait tranquillement déjà entre les lignes son programme littéraire :

« Je ne suis pas un écrivain, je ne suis qu'un humble auteur. Avec San Antonio, Frédéric Dard aura plus fait pour la culture populaire que Marguerite Yourcenar. »

La publicité vantant les mérites de cet architecte de la fonctionnalité littéraire expliquait en toutes lettres qu'*une nouvelle génération d'auteurs avait enfin débarrassé la littérature nationale-contemporaine de tous les tabous jansénistes qui empêchaient l'écrivain d'être un professionnel comme les autres, au sein d'une économie marchande mondialisée.*

Anna Gavalda, quant à elle, avouait avec la fausse ironie qui convient, dans un numéro de *L'Express* du mois de mars de la même année, qu'elle écrivait de « petits » romans *pour faire en sorte que ses lecteurs ne ratent pas leur correspondance dans le métro.*

J'ai essayé d'imaginer le travail d'un écrivain désirant en fait si peu de choses, je n'y suis pas parvenu.

Alors j'ai regardé Marina, puis mes compagnons et compagnes, les Non-Linéaires, les Imaginariens, le chien Ézéchiel.

Tous envoyaient un message télépathique de pur dégoût et de volonté d'en finir.

Les écrivains transformés directement en agents du service publiprivé, supplétifs du contrôleur de la RATP, adjoints aux sexologues, acolytes subventionnés de la décréation du monde, codicilles semi-vivants du parc à thèmes post-urbain de la culture.

Alors Franz Narkos fit appel aux dernières ressources du Bibliogôn.

SCHIZE MÉTACRITIQUE TRANSNARRATIVE
LOCOMOTIVE DIVINE AVIONS DE L'APOCALYPSE
DONNEZ-NOUS LA FORCE D'EN FINIR
AVEC CET ANTIMONDE.

J'ai vu le chien Ézéchiel venir vers moi, redressé tel l'homme façonné à son image par le Créateur. Sur son front brillait l'Aleph réunifié, passant du blanc au noir, par le rouge.

Il m'a dit : Origène va parler par ta bouche, mais c'est moi, moi le prophète, qui parlerai par la sienne, et par la sienne parle aussi celle de Jérémie, alors parle, combattant de la spirale du Verbe :

Alors j'ai parlé :

— *Dieu n'a pas fait la mort et il ne se complaît pas dans la perte des vivants ; car il a créé toutes choses pour qu'elles existent, et saines sont les créatures du Monde ; il n'y a pas en elles le poison de la mort et l'Hadès n'a pas d'emprise sur terre.*

Ce qui prenait la parole en moi venait de citer le Livre de la Sagesse, I, 13-14, et le feu qui brûlait en moi savait que ce n'était qu'un début.

La nuit était en moi, et avec elle le feu de lumière qu'elle contenait sans pouvoir le circonscrire.

Oui, j'ai parlé, et voici encore les mots que par ma bouche ce « je » multiplexé à l'infinie Unité a proféré :

— Tout ce que nous disons de mal est *abominations* dans notre *bouche* ; faisons donc *disparaître* de notre *bouche* médisances, paroles inutiles, paroles stériles qui nous vaudront d'être mis en accusation « *au jour du jugement, car par tes paroles tu seras justifié, par tes paroles tu seras condamné* ».

En moi, dans son Homélie sur Jérémie, V, 10, Origène venait de citer les Psaumes, 33, 17.

La force en moi a poursuivi, elle a animé ma bouche et j'ai dit :

— Le Verbe s'est fait chair et a habité parmi nous... Il était en effet la lumière véritable qui éclaire tout homme venant dans le monde ; il était dans le monde, et le monde a été fait pour lui, et le monde ne l'a pas connu, il est venu chez lui et les siens ne l'ont pas reçu. *Considère alors la route étroite et resserrée qui conduit à la vie.*

Origène venait de citer saint Jean, I, 9-11 et I, 14, puis Matthieu, 7, 14.

Mais déjà je savais ce que le feu du verbe allait faire naître en moi.

Les rêves ne brûleraient plus la surface de mes nerfs pour

des nuits qui ne faisaient que précéder le jour sans fin de la société-monde, désormais par ma bouche toutes les ressources neurales du Bibliogôn sont disponibles, données en chair à la Révélation, elles me conduisent sur la route étroite et serrée qui conduit à la vie. Par elles, je suis en train d'écrire ce que je vais devenir, grâce à la nuit qu'elles contiennent, toutes ces bibliothèques secrètes vont brûler dans mon propre récit, pour le consumer en un splendide et anagogique impact.

En moi j'ai juste senti le code-virus s'activer, toutes les diodes au rouge, compte à rebours entamé. J'étais devenu une bombe humaine, à mon tour. Une bombe métahumaine. Une bombe de la transnarration impossible. La Masse Critique neurale enfin atteinte. Neutrons actifs du logos venant fissionner le ciment des mots-choses, dans l'éblouissement sauvage et sans limite de la foudre uranique. J'étais un ange planant au-dessus des villes promises au soufre tombé du ciel, et je n'avais aucune mémoire d'avoir jamais été autre chose.

J'ai fait face aux quatre grandes tours de verre en forme de livres, j'ai contemplé d'un œil serein toute l'étendue du désastre à venir.

— Très grande nécrothèque, ai-je dit, pauvre Babel confusionniste, ton sort est déjà écrit !

Car désormais en nous le typhon de la connaissance se déploie et en son centre le feu de la nuit cosmique va venir consumer ce stock de non-livres dont tu es formée.

La Centrale Bibliogôn vient d'envoyer un message, le message vient des étoiles, il vient de la nuit la plus profonde pour ouvrir le récit sur ce qui, encore, le fermait :

Et la lumière luit dans les ténèbres
Et les ténèbres ne l'ont pas saisie.

RADIO ADENAÏ

Alors s'il faut en passer par là, oui s'il faut que se dévoile pour un instant la structure métastable du récit en cours, s'il faut en effet accéder au code secret de la narration, considérons maintenant que nous sommes aspirés par le tourbillon de la Couronne Suprême, cette couronne que les kabbalistes nomment Intelligence, et qui signifie bien cette même *intelligence* dont les Anglo-Saxons usent pour dénommer leurs opérations de désinformation/information. L'Intelligence est le flux de la Ruse divine dans le monde, elle est aussi le stratagème invisible de cette narration.

Désormais la Centrale Bibliogôn montre son vrai visage, qui est celui du processus même de son dévoilement. La Centrale Bibliogôn est le virus terminateur de l'Anti-Monde. La Centrale Bibliogôn vient de prendre vie dans la lumière libérée par la Spirale du Verbe.

Espionnage du récit par le Je-Narkos, devenu espion de sa propre création : en se dévoilant à elle-même, elle se montre sous une forme nouvelle au narrateur, ou plutôt elle va permettre au narrateur de se la montrer sous une nouvelle forme, et par contrecoup elle va introduire dans l'opération de dévoilement continuel du monde à lui-même, au cœur du régime publicitaire global désormais sur le point de faire refluer toute l'humanité aux conditions de ses origines, un authentique virus : un *métacode génétique.* La Centrale Bibliogôn reçoit des messages venus du passé, comme du futur, en fait elle reçoit des messages en provenance de tous les présents coalisés de cette narration, la Centrale Bibliogôn est elle-même une sorte d'antenne cosmique, elle n'est pas le code, elle est bien plus que cela : elle est le support *biophysique* du code, ce qui lui permet de *jaillir*, elle en est la Chair qui s'écrit, pour *prendre vie.*

— Marina, dit-il, la Spirale nous aspire vers le métacentre du récit, nous allons devoir transmigrer à nouveau, avant de redécouvrir le monde, à la fois si vieux et si neuf.

La tornade de Kether les faisait tournoyer autour de l'axe du monde. Mais il se rendit compte qu'ils restaient en orbite, qu'ils ne fusaient pas vers les infinis étoilés.

— Où sommes-nous ? demanda Marina.

— Nulle part encore, répondit Franz Narkos, le récit coévolue avec nous maintenant. Regardez, nous sommes dans les limbes qui précèdent toute création.

— Où allons-nous alors ?

Narkos ne répondit rien, il indiqua une lueur au loin, puis un objet. La lueur devint une couronne de lumières distinctes, l'objet une sorte de roue qui tournoyait dans le vide. Les deux ne formaient qu'une seule figure. Était-ce une nouvelle représentation du char de Yahvé ? s'interrogea-t-il l'espace d'une micro-éternité.

Non.

Ou plutôt, peut-être bien après tout.

C'était une station spatiale.

Analogue à celle du film de Stanley Kubrick, elle tournoyait dans l'espace à leur rencontre. Il se rendit compte que Marina et lui se trouvaient maintenant dans un scaphandre blanc, et qu'ils flottaient autour d'une structure qui ressemblait étonnamment au vieux Vostok de Youri Gagarine.

Il entendit le son lointain d'une musique derrière les interférences.

Il reconnut l'hymne soviétique, sur un beat mid-tempo de rock lourd.

Puis il discerna les voix, le dialogue entre le premier cosmonaute et la station de vol, c'est-à-dire Korolev, l'ingénieur du programme, le Von Braun russe. Il est neuf heures dix, au Kazakhstan :

Aube 1 (Korolev) : Expulsion de la coiffe. Tout va bien, comment vous sentez-vous ?

Cèdre (Gagarine) : Expulsion de la coiffe... je vois la Terre. L'accélération s'intensifie. Je suis en pleine forme. Moral parfait.

Dans un tracé synaptique fulgurant, mon second cerveau parvient à me communiquer un extrait du journal du cosmonaute russe :

« ... à ce moment-là, la Terre se dessinait parfaitement derrière le hublot. Il n'y avait aucune nébulosité... On voyait tout, j'en ai parlé dans mon reportage. Quand la fusée monte, il apparaît au hublot qu'elle roule un peu autour de son axe, mais faiblement. La fusée donne l'impression de vivre... J'étais alors dans l'ombre de la Terre, avant quoi je n'avais pas cessé de faire des enregistrements au magnétophone. Au moment d'entrer dans l'ombre de la Terre, plus de bande magnétique ! Le magnétophone ne servait plus à rien. J'ai pris la décision de le rembobiner pour continuer mes enregistrements... Entre-temps j'étais entré dans l'ombre de la Terre. Ce fut une entrée très brutale. J'avais constaté, épisodiquement, une forte illumination dans le hublot. Je devais tourner la tête pour protéger mes yeux. Puis j'ai regardé dans le hublot de droite : rien, le noir complet. J'ai voulu regarder dans le hublot opposé, le *Vzor* : même chose. J'ai alors compris que je venais d'entrer dans l'ombre. »

— Le récit a décidé de confluer vers un trope génétique littéraire bien particulier, que les humains de cette planète nomment depuis un siècle environ du vocable de « science-fiction ». Mais c'est pour mieux le contaminer.

— Qu'est-ce que vous entendez par là ?

— Je ne fais que répéter les mots de la Centrale Littératron, vu qu'elle s'invente maintenant au fur et à mesure de notre propre évolution. Elle a décidé qu'avant de terminer le combat métaphysique contre l'Anti-Monde, nous devions explorer la structure même du récit. Et pour cela, elle a fait le choix, il me semble, de nous faire voyager je ne sais où avec ce vaisseau spatial, regardez...

Narkos pointait de son doigt ganté d'amiante les mots écrits en immenses lettres rouges sur le moyeu central de la grande roue orbitale : *USS Youri Gagarine.*

— Je me doutais que nous aurions rendez-vous avec lui, à un moment ou à un autre, avait simplement dit Marina.

Narkos montra le Vostok immobilisé à leurs côtés, dans la nuit infinie, la nuit dont la lumière procède.

— C'est son vaisseau spatial, celui de 1961.

Marina lui sourit derrière sa bulle de Plexiglas bleuté, les rayons du soleil sont d'une pureté et d'une intensité effrayantes.

Sur la radio du scaphandre une voix lui parvient, zébrée d'interférences électromagnétiques :

— Monsieur Narkos ? Ici la Centrale Bibliogôn, m'entendez-vous ?

— Je vous reçois cinq sur cinq.

— Comme vous l'avez notifié à notre médiatrice rétrovirale, vous allez bien pénétrer dans la circonvolution secrète du récit, c'est-à-dire son métacentre invisible. Ce métacentre est la ligne de fuite de la narration vers son infini, il englobe toutes les narrations qui sont incompossibles avec celle-ci et qui ne vous seront pas révélées, car cela est du seul domaine de l'Increé, comme celles qui ne sont pas advenues dans cette configuration particulière du récit, et auxquelles vous aurez accès, car cela est du domaine du Créé. En contrepartie la métamorphose génétique du récit va vous faire croiser une dernière transmigration, notre processus de production nous indique que le Livre des Morts devenu Livre de la Vie se doit de faire renaître les morts invisibles qui ont peuplé ce monde et de faire du récit le programme vivant de sa propre ontogenèse.

— De quoi parlez-vous, Centrale Littératron, je répète : de quoi voulez-vous parler ? À vous...

— Vous n'allez pas tarder à le savoir, vous venez d'être pris en charge par un faisceau magnétique tracteur qui va vous faire entrer dans la station.

— Quel est le rôle de cette station spatiale dans le récit, je répète : quel est le rôle exact de la station dans ce récit ?

Mais les interférences électromagnétiques prirent le dessus alors qu'il voyait se former autour de lui et de Marina un vaste halo bleuté qui pointait un long filament vers une soute ouverte de la station spatiale.

Il vit le spectacle grandiose de l'*USS Gagarine* remplir progressivement tout son espace de vision : roue géante aux vastes surfaces irradiées de la lumière solaire, le char de Yahvé, en effet.

Dans une mémoire-tampon de son scaphandre-codex il put trouver quelques traces écrites concernant la narration propre à cette invention du Bibliogôn :

Le *United States Starship Youri Gagarine* a été fabriqué conjointement avec les Russes, et parallèlement au *USS Neil Armstrong*, lorsque les Puissances de l'Axe Tri-Océanique ont envoyé vers Mars une mission humaine concurrente de celle des Chinois et des Arabes, en 2019.

Après la guerre des Satellites, qui suivit l'attentat de Lunokhod Junction auquel Narkos avait participé, et qui s'était terminée par l'opération aérospatiale russo-américaine « Pax Universalis », l'*USS Youri Gagarine* servit durant une demi-douzaine d'années en orbite circumterrestre. Il fut reconverti ensuite en station de transit militaire avant qu'un accident de son réacteur à fusion nucléaire n'oblige l'équipage à devoir abandonner l'engin, qui prit une direction erratique vers les froids infinis du système solaire.

Il était devenu la Marie-Céleste de l'ère spatiale. En fait la Centrale Bibliogôn en avait fait le Vaisseau-Fantôme de son propre cosmos.

Narkos et Marina sont désormais dans la salle de pilotage de l'*USS Youri Gagarine*.

Marina contemple le Livre des Livres qui dans ses mains lourdement gantées est devenu une sorte de petit écran électronique, aux bordures de carbone noir, émettant une lumière bleutée.

Les Imaginariens, les Non-Linéaires et même le chien prophète ont disparu.

Moi, Franz Narkos, le Narrateur, et Marina, la Messagère, nous flottons dans un vaisseau spatial abandonné depuis des décennies

L'horloge atomique intégrée à mon scaphandre-codex me fait savoir que nous sommes le 6 juin 2044, et que sur le méridien de Greenwich, à cette heure-ci il est minuit passé d'à peine une heure.

Autour de nous, tout baigne dans un clair-obscur profond et bleu. Quelques lumières palpitent doucement dans la pénombre mais on sent que le Vaisseau-Fantôme est inhabité.

Depuis longtemps.

Il erre sans fin dans les espaces du système solaire et telle une comète régulatrice le voici qui revient, à une date précise, en orbite autour de la planète-mère.

Narkos comprend qu'il a un compte à lui régler, à cette planète.

Alors la Centrale Littératron se ré-invente de schizes narratives en schizes narratives, c'est elle cette station spatiale, c'est en elle-même qu'ils ont transmigré, et cela dans un dessein qui semble relié à la mission qu'il doit mener à son terme.

TU ES DANS LA SCIENCE DE LA FICTION.

Le message s'est affiché sur l'écran-cockpit du Vaisseau-Fantôme. Autour d'eux, les machines reprennent vie, progressivement, des lumières se rallument, des moteurs ronronnent, une vibration se fait sentir.

Sur un écran se succèdent des vues en coupe de la station : elle forme en fait un anneau de bibliothèques. Un mondebibliothèque orbital chargé de tous les livres, et de toutes les narrations possibles de ce récit.

ICI CENTRAL COMMAND OPERATION CENTER

prévient une voix d'intelligence artificielle qui résonne dans la cabine.

NOUS SOMMES LA MÉMOIRE ACTIVE DU PROCESSEUR NARRATIQUE.

VOUS ÊTES DANS LE *CERVEAU-LIVRE-MONDE*.

Puis un message s'affiche à un autre endroit du cockpit :

Nous sommes la voix extra-terrestre de l'humanité, nous sommes le code cortical du méta-humain qui s'anime ainsi pour que la narration dont nous sommes les agents lui donne le pouvoir d'être par cette voie révélé non à lui-même, mais à ce que cette narration comporte de plus grand.

Narkos jette un coup d'œil vers Marina, il voit son visage éclairé par la lumière d'or pur derrière la bulle de Plexiglas. Elle tend vers lui son petit note-book.

Et tandis que le message apparaît en nerfs de cristal liquide sur l'écran de la machine, il voit par le cockpit de la station la course des astres faucher l'infini et par les hublots latéraux le Vostok de l'astronaute mort dériver vers le brasier silencieux du soleil.

— Le Livre des Livres est ici parvenu en son *en-stase* finale, dit Marina, et elle orienta l'écran de façon à ce que je puisse lire le message qui venait de s'y inscrire :

Il ne s'agit pas seulement, cher Franz Narkos, de bousiller la grande Nécrothèque, quoique cela soit devenu impérieusement nécessaire, mais pour parvenir à stopper le régime d'involution général qui condamne cette planète d'ici la fin de ce siècle, il faut aussi que le Logos soit authentiquement un générateur narratique, un processeur de vie. Il faut que le Livre des Livres advienne enfin, il faut à tout prix un début de stratégie active pour les Forces du Logos ici-bas.

— Est-ce à cela que vous servez ?

L'*USS Youri Gagarine* fait partie d'une narration connexe et non moins enclose par celle-ci, c'est ici que le Bibliogôn a momentanément établi ses quartiers. Cette station spatiale désaffectée est très pratique, nous pouvons aisément y conduire nos opérations. En effet, vous l'avez peut-être remarqué, cette station spatiale était présente en gestation dans de nombreuses figures des circonvolutions narratives précédentes. Elle était présente à plusieurs égards dans l'usine modèle soviétique de Magnitogorsk-sur-Seine. Elle était aussi contenue dans la figure récurrente de Youri Gagarine, dont elle est une sorte d'accomplissement machinique. Mais elle était aussi contenue en creux dans l'espace inhabitable de la Ville-Monde. Regardez, approchez-vous des hublots latéraux.

Marina et moi nous positionnons face à une large baie vitrée circulaire.

Le cercle circonscrit parfaitement le globe terrestre.

Je m'attends à voir l'image bleue et ronde à laquelle nous sommes habitués depuis déjà longtemps, depuis le commencement de ce monde.

Mais je vois un astre mort, noir, ou plutôt *gris*, lunaire, désolé, où nulle lumière du soleil ne parvient plus. La Ville-Monde atteint son seuil limite d'extensivité : c'est toute l'humanité qui désormais se concatène dans ces mégabidonvilles dont l'autodestruction est en boucle.

Regardez-moi ces jolies petites déflagrations qui scintillent périodiquement, flashs blanc-or aux ondes de choc concentriques visibles depuis l'espace.

Bombardements nucléo-tactiques, terrorisme au radium, attentats à la masse critique kilotonnique, et pendant ce temps, les glaciers et les icebergs fondent, le littoral de plusieurs continents est sous les eaux, Paris est en voie de devenir la Venise du XXIe siècle.

Plus besoin d'un cataclysme super-mégatonnique singulier, et ultime. La guerre nucléaire à faible intensité est une guerre nucléaire à très forte extensivité. Elle est partout. Elle est en passe de devenir le corps du Monde.

Je me rends compte, en observant le globe terrestre, que si les photons solaires ne parviennent plus à le toucher, à cause de l'hiver nucléaire, par contre toute son énergie photo-électrique ne demande qu'à sortir, bloquée par les nuages de l'effet de serre.

Et grâce aux fibres nano-optiques intégrées à la matière du hublot je peux accéder à une vision spectrographique qui me montre l'étendue du cancer urbanicole humain.

Le monde ressemble à un milliard de lampes électriques coagulées et envoyant comme autant de SOS aux astres impassibles.

La Ville-Monde est enfin devenue réalité métastable. Ni ville, ni monde, ce n'est plus que le déploiement sans cesse recommencé du même. Nous pouvons le constater, Marina et moi : il y a ici l'effet permanent d'une limite, nous sommes devant un seuil infranchissable.

Flottant dans l'apesanteur de la nouvelle matrice, je/Narkos opère en lui l'épigenèse narrative dont il est le porteur. Le schéma se dessine en temps réel sur le vaste panneau d'affichage transparent de l'holodeck de contrôle : en lui cohabitent deux créatures qui furent avalées par le monde d'avant la Fin, et donc d'avant le Recommencement. Kernal, Nitzos, les deux entités formaient bien le double visage de la divinité tel qu'il se reflète dans l'homme. Leur relation particulière avait pu fonder sa propre création par l'Agence de Narration : elle dessinait une étrange topologie non euclidienne. Chacun était à la fois enclos par l'autre, mais selon deux principes inversement dialectiques, ils étaient pourtant absolument séparés par leur ontologie, tout en participant d'un seul et même principe narratif. Or, s'il apparaît justifié de dire que Franz Narkos contient les deux figures précédentes, il faut tout de suite préciser qu'il est également contenu dans chacune d'elles. Et pourtant, aucune d'entre elles n'est miscible dans l'autre, et pourtant elles sont toutes les trois présentes dans la chair narrative du texte qui s'écrit. Ainsi Franz Narkos, Georges

Kernal, Paul Nitzos formaient bien les trois hypostases d'un même *prosopon*, ainsi ils étaient bien à la fois totalement un, et totalement trois, tous contenant chacun, aucun ne contenant les autres. Le Néant autour duquel ils avaient pris forme était la figure invisible du tueur des centrales, c'est-à-dire le moment du Néant positif consacré par le démiurge Homme-Machine.

Ainsi Marina, Milena et Maroussia revêtaient-elles, sur le plan d'incarnation féminin, la même structure métastable. Le Néant autour duquel elles avaient pris forme était la médecin-légiste Carole Epstein, avec laquelle une narration impossible s'était jouée, une narration qui aurait établi une histoire d'amour entre elle et Georges Kernal. Mais Kernal, dès son retour du Mur, ne devait plus connaître l'amour autrement que comme un souvenir, car telle était la Ruse dont devait user l'Agence de la Narration.

On pouvait voir Carnaval, Medvenic et Mazarin comme une triplice analogue, mais construite sur l'articulation du Mal, c'est-à-dire de la Nécessité. Le Néant actif autour duquel ils s'étaient formés, leur *Aleph* originel, c'était Wolfmann et sa bibliothèque noire.

Mais surtout il y avait le fait que l'*USS Youri Gagarin*e était l'entité de contrôle narratif désirant se faire connaître, au moyen de la Ruse. Si la Ville-Monde était parvenue à être son propre dévoilement en continu, le phénomène de tous les phénomènes, il appartenait à la littérature d'inverser la proposition et de faire du mystère la condition de toute vérité. Ce mystère n'était donc pas une énigme, puisque celle-ci suppose une question qui prédétermine l'ontologie de l'objet à dévoiler. Ce mystère c'était précisément un processus de singularité incompossible. Un processus de création. Un analogon de la création divine.

Aussi fallait-il comprendre toutes ces transmigrations comme un segment singulier d'une œuvre désirant se faire connaître à son Créateur.

L'*USS Youri Gagarine* était la figure visible de l'invisible, il formait l'icône synthétique du cerveau qui écrivait ce livre-monde.

Narration :

Marina Markovic et Franz Narkos sont maintenant assis devant le vaste panneau de contrôle du *Starship* et dans la baie vitrée centrale, la planète Terre vient peu à peu s'encadrer. Les moteurs à hydrogène fonctionnent à 110 % de leur puissance nominale.

Marina connecte son Livre des Livres à une interface spéciale située juste devant elle. La broche évoque un organe biologique, comme un grouillement de nerfs au bout d'un moignon.

Devant nous les écrans de contrôle affichent leurs diagrammes en couronnes de lapis-lazuli, l'ordinateur de Marina se couvre d'un texte en vieil hébreu, un implant cortical de la Centrale Bibliogôn m'instruit qu'il s'agit d'un texte complémentaire au Zohar et attribué au kabbaliste Rabbi Schabbathi :

« Par les explications que nous avons données dans les chapitres précédents, on peut se former une idée du mystère enseigné par les maîtres (anciens) de la Kabbale ; savoir, que les trois premières séphiroths sont considérées comme n'étant qu'une seule. Et l'on pourrait demander : Pourquoi, disent-ils, *sont considérées comme une seule*, et non, *sont une seule* absolument, puisque toutes les séphiroths ensemble ne sont qu'une seule unité ? Réponse : Parce que les trois premières, la Couronne, la Sagesse et l'Intelligence, *sont trois cervelles*, et quoiqu'elles ne se manifestent que dans un point seul, unique, simple, ils n'ont pas voulu qu'on les confondît, parce que chacune de ces cervelles est distincte des deux autres. Ce qui est dans les sept dernières séphiroths se trouve dans les trois cervelles (les trois premières séphiroths) ; et ce qui est dans les trois cervelles se trouve dans l'unité du point, et ce qui est dans l'unité du point se trouve dans l'Infini, loué soit-il ; de sorte qu'il n'y a nulle différence entre les séphiroths. »

Marina tourna son visage vers moi et me dit :

Et ici nous sommes dans l'Unité du point nodal, dans l'Aleph, dans le circuit primitif qui fait jaillir l'électricité narrative.

Son ordinateur ne cesse de dérouler de longs textes en alphabet hébraïque et la lumière du soleil resplendit de toute sa gloire dans le cube biotechnologique de la cabine, nos ombres se découpent et épousent la forme des machines-organes du vaisseau, le contraste avec les espaces exposés à la radiation solaire est saisissant.

Nous sommes dans le Cerveau-Livre-Monde, je dois me faire à cette idée.

En face de nous, au centre du cockpit, tournoie lentement un astre vert-de-gris, couleur bunker multimillénaire, les points de lumière de la Ville-Monde clignotent désespérément, sur tous les continents, et sur les océans, colonisés depuis peu à leur tour. Par le télescope panoramique de la station, dont les images s'affichent en transparence à la vision du cockpit, nous pouvons assister à ce qui ressemble à une sorte de conflagration terminale. Partout, sur tous les littoraux menacés par la montée des eaux, nous voyons des peuplades de cargos, ou de plates-formes offshore, et de multiples embarcations plus ou moins improvisées, tenter de trouver un point de chute sur un rivage ou un autre, alors que des vedettes de gardes-côtes les maintiennent à distance et que les organismes humanitaires de l'UNO 2 secourent dans leurs no man's land surbondés les millions de réfugiés aquatiques. Les croisières de luxe du début du siècle sont depuis quelque temps déjà un rêve englouti avec le Titanic-monde, il faudrait une police navale de plusieurs millions d'hommes pour endiguer la nouvelle économie florissante du piratage maritime.

Dans quelques années il est probable que commencera le Grand Exode. Dans quelques années une poignée d'hommes assez désespérés pour voir clair s'allieront avec des hommes assez puissants pour réaliser les rêves. Des Arches humaines viendront s'agglomérer aux stations orbitales et aux usines-robots sélénites.

C'est d'ici que l'Agence de Narration pouvait observer et transcrire la Ville-Monde et toutes ses manifestations, car il ne n'agissait pas seulement d'une perspective orbitale invisible, et située depuis ce point nodal unique, présent à tous les degrés du récit, il s'agissait aussi d'un multiplex phénoménologique, qui déployait sa vérité dans l'écriture même de sa mise en activité.

C'est ici que l'Agence Bibliogôn avait conduit ses expériences, là où le feu du soleil est si pur qu'il brûle tout ce qu'il touche, dans la nuit de l'Infini.

C'est ici que le récit devait franchir sa dernière *en-stase*, c'est ici que la transmigration touchait à sa fin, c'est d'ici qu'ils repartiraient, chargés du métacode divin.

La voix radio se fit à nouveau entendre :

— Ici Radio AdeNaï. Nous sommes le centre de propagation du Verbe de l'Agence Bibliogôn, nous avons pour objet de rendre opérationnel le métacode neuroviral dont vos cerveaux sont désormais les agents actifs. Nous allons introduire une dernière schize narrative au cœur de votre cortex, et nous allons tenter de décrypter cette expérience en direct, selon un axe analogique, ensuite vous serez télétransportés dans le Vostok afin de vous rendre de nouveau sur la Terre, où vous devrez détruire la Grande Nécrothèque.

— Par quel procédé ? demanda Franz Narkos.

— Le procédé est d'ordre alchimique, toute œuvre est à la fois oratoire et laboratoire, toute œuvre cherche à transmuter son auteur, l'Agence de Narration sait très bien que le monde va buter sur le milieu de ce siècle, étant de nature transtemporelle elle s'incarne où elle veut selon cet axe thermodynamique mais ne peut elle-même dépasser ce seuil limite. Aussi, le régime d'involution anti-historique ayant établi sa domination sur la planète nous devons vous doter de la double hache de lumière, celle dont parlent les prophètes quand ils évoquent la foudre du Tout-Puissant, celle qui peut venir réduire les cités en cendres, comme elle peut ouvrir la terre pour y faire pousser la vie, et faire reculer le désert. Aussi, vous avez dû faire renaître tous les morts du récit pour espérer détruire la Nécrothèque, mais sachez que simultanément vous devrez faire renaître l'Arbre du Logos, l'Arbre des Séphiroths au cœur de l'*axis mundi* par ce fait régénéré. Comprenez bien ce que nous avons à vous dire, monsieur Narkos : la simple destruction est parfaitement insuffisante dans un monde qui s'est institué sur la destruction de lui-même. Renverser le régime involutif général consistera à produire une singularité métalocale au cœur même de l'Anti-Monde. Pour cela, en effet, une dernière métamorphose du récit est devenue nécessaire.

— Quelle métamorphose ? demanda Franz Narkos.

Celle-ci, lui répondit alors la Voix :

Implant cortical lumière-flux/ neuronexion avec le triple cerveau/le Livre des Livres s'injecte directement en nous :

VOIS : Le Vaisseau-Fantôme de l'espace est une légende enclose par la nuit de cette narration connexe qui pour un moment s'entrouvre dans le cortex central du sujet-expérience. On dit en effet, sur la Ceinture des Astéroïdes où parfois on l'aperçoit, que l'*USS Youri Gagarine* est hanté. Il est hanté – dit-on – par les spectres des astronautes morts du XXe siècle, on prétend que ce sont eux qui ont pris le contrôle opératif du Vaisseau, et que ce sont eux qui lui permettent ainsi de naviguer dans les nuages de roches interplanétaires. Alors vois maintenant la schize Star-Trek/science-fiction nécronomique, vois les fantômes des astronautes morts prendre place dans la vaste cabine de pilotage du vaisseau, tremblotant comme des images télé, entre deux mondes, comme si le télétransporteur restait réglé sur une fréquence intermédiaire. Oui, vois Youri Gagarine lui-même, tout d'abord, prendre place sur le théâtre à peine physique de cette terminaison de l'Univers, lui qui mourut aux commandes de son Mig, dans des conditions mystérieuses. Vois ensuite le lieutenant-colonel Komarov dont les parachutes se mirent en torche alors qu'il venait sans doute de miraculeusement survivre à une rentrée d'urgence catastrophique dans l'atmosphère, vois les trois Américains d'*Apollo 1*, White, Chaffee, Grissom, carbonisés vifs dans leur capsule lors du test préparatoire à leur imminent décollage, vois les sept sacrifiés de *Challenger* fauchés en pleine ascension hypersonique, et les trois Soviétiques malheureux au retour de leur vol sur la première station *Saliout*, vois-les comme des spectres électriques qui viendraient interférer avec l'air ionisé autour de nous. Vois-les comme des anges du Dernier Siècle. Vois-les comme ce qui participe de l'opération résurrective dont ce récit est le vecteur. Vois-les comme les stases d'un processus qui s'éclaire ainsi :

— Premier accident spatial, *Apollo 1*, au décollage, lors d'un test.

— Accident numéro deux : la même année Komarov s'écrase dans les steppes du Kazakhstan.

— Accident numéro trois : l'équipage du *Saliout* trouve la mort à cause d'un grave incident de pressurisation lors de son retour sur Terre.

— Accident numéro quatre : la navette *Challenger* explose au bout de quelques minutes de vol, à cause d'un joint défectueux sur l'un des deux boosters à poudre.

— Enfin, la mort de Youri Gagarine, en 1968, comme un élément excentrique, et pourtant contenant tous les autres.

Remarque qu'à ce stade les Américains sont morts au décollage et les Russes à l'atterrissage, dis-toi qu'il s'agit sans doute du signe d'une complétude encore secrète.

C'est le *big-band* des capsules en crash et des navettes déflagrantes. C'est la conspiration des fantômes de l'âge de la colonisation orbitale de l'homme par lui-même. C'est la pulsation incendiaire du rock'n'roll terminal. Tous semblent brûler d'un feu de lumière aveuglant.

Et ils te disent : maintenant,

ÉCOUTE : La Ville-Monde était le lieu de l'expérience, en parallèle avec le laboratoire de sa narration. Il s'agissait bien d'alchimie en effet, comme il est dit en toutes lettres à de multiples reprises dans le récit « initiateur », et cette alchimie devait précisément faire du récit le lieu de l'expérience et de l'expérience le lieu du récit. Il fallait pour cela oser faire fi de tout « plan » autre que celui que l'expérience avait pour but de se dévoiler à elle-même. Il ne fallait pas présupposer de limites cognitives à la narration, inconscient, conscient, supra-conscient, réalité objective et mondes subjectifs, et surtout leur interface sociale en technicolor qui désormais instituait la simulation-technique comme mode de gestion de la soi-disant « réalité », et le continuum spectaculaire comme processus de production des prétendues « subjectivités », oui tout cela devait être cartographié par le premier cerveau-narrateur selon ses modalités, et dans celui du second selon les siennes. Afin que le troisième enfin puisse les réunir dans l'Unité du récit. Les différentes mutations de l'ontogenèse du narrateur premier épousaient les modifications de la Ville-Monde, au travers d'un continuum articulé sur quelques dates cruciales, s'il en est : 1989-1990, chute du Mur, 1990-1991, guerre du Golfe, 1991-1995, guerre civile yougoslave et guerre civile algérienne, 1995-2001, yougoslavisation générale et raz de marée islamiste, de la Seconde Intifada aux attentats contre le World Trade Center.

Le second narrateur restait partiellement caché, comme une Ruse en cours de dévoilement, et il ne prenait consistance que pour révéler le lieu de passage d'une énigme non encore écrite. Car à quoi servirait un récit qui se contenterait de reprendre ces dates fatidiques pour le compte d'une narration purement factuelle qui reproduirait les événements au même ? S'il y avait bien dans ces douze années un processus de désagrégation terminale de ce que nous avions appelé « histoire » jusque-là, il fallait au demeurant être capable de saisir cette désagrégation comme moteur de l'*histoire en cours d'écriture*, celle qui devrait se désagréger à son tour dans la mort, comme le monde, et son narrateur, afin de renaître sous une nouvelle forme, ou plutôt de permettre à nouveau à une forme historique, donc néguentropique, de renaître. Écoute bien ce que nous avons à te dire à ce sujet, Franz Narkos : Ce livre a permis ta création, qui était contenue dans la figure du premier narrateur, explicite, du monde en cours de dé-création, comme dans celle du second, démiurge caché articulant le régime de la destruction comme point de départ esthétique. Tu es donc né des plans que le livre a produits *avant leur création*. Dans le cerveau humain les informations remontent la chaîne du temps, comme certaines séquences mutables se déplacent le long de la chaîne génétique.

Alors maintenant :

ENREGISTRE : Métacode signifie *structure de résonance harmonique*, telles les suites mathématiques de Lucas ou de Fibonacci les éléments de la chaîne biophysique sont reliés par des rapports de proportions numériques, immatériels en un sens, sauf que ce rapport introduit une variable de changement d'ordre de grandeur dans toute modification locale d'un élément, ou « événement », ainsi le changement apporté à un *bit* de la chaîne codale peut-il en effet avoir des conséquences globales sur l'ensemble de la *structure sémantique* de la chaîne.

La métaphore du code génétique est donc de nature performative, elle est devenue *vraie*, elle est devenue *monde*, car elle est devenue la métaphore centrale de toutes les sciences depuis les années 50, et en particulier la cybernétique.

Mais cette métaphore et ces figures conjointes forment l'ultime circonvolution narratique du rationalisme occidental : car en effet elles ne perçoivent le code génétique que comme l'assemblage de lignes de programme actif séparées par 97 % de matériel considéré comme non codant ! Comprends bien l'erreur et toutes ses implications : ils croient que la vie est créée comme une machine, et ils cherchent à produire des machines qui seraient « vivantes » ! Dans leur folie, certains, nous l'avons vu, iront jusqu'à tenter des hybrides abominables pour consacrer leurs pauvres idoles.

Ils croient tous que la chaîne génétique est un Meccano d'ordres protéiniques codant chacun la fabrication d'une partie cellulaire ou fonctionnelle du corps humain ! Ils n'ont pas compris les notions de surpli, pourtant si évidentes dans la structure chromosomique, ils n'ont pas voulu voir que si code de la vie il y a, alors il implique son métacode, car la vie c'est le moment où le numérique n'est plus isolé de la matière, c'est le moment où le chiffre, *Sifr*, *Zepher*, devient vivant, en extension entre le Zéro et l'Infini. C'est le moment où l'Aleph se multiplie, sans jamais être divisé. Dire qu'ils nomment tout ce qui forme l'équation numérique du code de la vie, et même de sa sur-vie au-delà de la dualité physique/métaphysique, de l'expression « junk-DNA », en surcroît à la crasse stupidité, osons dire que cela est parfaitement anathème ! Dire qu'ils croient par ailleurs que des lignes de code informatique pourront un jour reproduire la structure métacodante de la vie ! Au-delà du débile aveuglement, osons dire qu'ils adorent des idoles !

Comprends bien que leur erreur est concomitante à celle conduite par les soi-disant écrivains de ce siècle de malheur qu'ils auront par ailleurs largement contribué à engendrer : pour eux, le « récit » se développe dans les cases programmées du « plan », et chaque discontinuité ne renvoie donc qu'à elle-même. Si « fiction » il y a, elle ne peut que circonscrire l'intimité individuelle du narrateur, ou conduire à une simulation « réaliste » de la vie à telle ou telle époque, ou tel ou tel lieu du globe terrestre, au cas où un principe narratif puisse surgir d'une telle platitude. Dans quelques années ils seront définitivement remplacés par des « intelligences » artificielles qui feront tout cela beaucoup plus vite et bien mieux ! En eux toute voix prophétique s'est éteinte. Et sais-tu pourquoi ? Parce qu'ils refusent de saisir toute la portée réelle qu'implique l'acte d'écrire. Ils refusent de concevoir chaque livre comme le nexus incompossible d'une métabibliothèque sélective où viennent s'interfacer d'autres livres. Ils ne comprennent pas qu'un Livre est ainsi une création génétique, ils refusent d'admettre qu'un « objet inanimé » puisse être « vivant ». Ils ne croient d'ailleurs même pas qu'un vivant puisse mourir, pour renaître, et encore moins – tu l'imagines – qu'un Dieu ait pris vie pour mourir, afin que *nous*, nous renaissions !

Alors, maintenant que l'Un est Trois, et maintenant que le Trois est Un,

DÉCODE : La structure vivante du récit est le point de jonction transtextuel entre la chaîne génétique et la chaîne des prophètes – toutes deux conçues comme narrations méta-codales de la double spirale du Verbe / cette narration comportait l'exposition des golems de notre *Démonde*, ainsi des poupées « vivantes » du tueur roboticien qui s'acharnait à vouloir reproduire par de simples instruments le miracle de la création divine. Ainsi les idéalismes dialectiques coupant l'homme de sa vérité moniste, comme on arracherait un fruit à l'Arbre des Séphiroths, ainsi des groupuscules sectateurs « gnostiques » des temps dits anciens, ou « révolutionnaires » des temps dits modernes, ainsi de la destruction des fétiches, devenue fétichisme de la destruction, ainsi de la grande nécrothèque et son régime d'asservissement du Logos, ainsi de tout ce que la Ville-Monde a engendré, et qui demande à être renvoyé à la nuit, ou plutôt au feu qu'elle contient / Mais cette exposition successive des fausses gnoses devait en parallèle préparer le terrain pour la vraie / la folie humaine du tueur-roboticien éclairait le régime général de la métaphysique latente de la science / la folie surhumaine de la narration le consumerait / Alors transmigre une dernière fois, toi le narrateur en cours de révélation à lui-même, oui télétransporte-toi avec ta compagne du Monde des Morts jusqu'au Vostok initial, jusqu'à la première machine spatiale habitée par un être humain / le décodage est en cours à l'intérieur de la nuit que vous portez en vous / Et il semble bien que cette nuit est celle qui enclôt la lumière, mais ne peut la saisir /

Alors maintenant, dit la voix, alors que le Vostok commençait à brûler dans la haute atmosphère, et que la radio crépitait déjà du feu qui allait les consumer, vous renaîtrez à nouveau, le Livre des Livres sera contenu dans la moindre de vos paroles, et vous reprendrez chair pour de bon dans le monde.

MÉTATRON

Maintenant ce qui s'écrit ne peut plus rester enfermé dans la description.

Quelque chose se produit, nous sommes au centre de l'Anti-Monde, nous allons faire se reproduire les livres par myriades au cœur du sanctuaire numérique de la Très Grande Nécrothèque, la Très Grande Salope Lettrée.

Pour cela le métacode est enfin arrivé à son terme, tout a été écrit, le monde et son antimonde, toutes les figures des narrations successives sont désormais en relation métastable dans la double spirale du verbe. Espions transnarratifs, transmigrateurs, écrivains de l'*afterscience-fiction*, lorsque la science elle-même est avalée par la fiction du monde recréé, nous allons conduire ce récit au-delà de ses propres limites.

La conversion thermodynamique du langage est en cours.

Vois le dernier rapport télétype d'urgence envoyé par Franz Narkos à l'Agence de Sabotage du Bibliogôn :

Désormais le tourbillon de nos pensées est une machine à théodicées, une machine baroque, donnant à sa pleine mesure, multiplex métacortex métacodex qui vient contaminer en profondeur le réseau momifié des non-livres hypertextes de la Matrice Culturelle Universelle / Chaque livre est singulier et chaque cerveau est une bibliothèque vivante s'il y parvient.

À lui d'être le nexus, singulier à son tour, de toutes ces narrations, s'il y parvient. La Très Grande Nécrothèque a pour but de le déposséder de ce possible et de le renvoyer à toutes les appropriations virtuelles qui font partie du réseau de la technique devenue *méta-physique* / en une (dé)génération d'existence, l'oligopolaire bureaumachine ubuesque et dévolutive s'est instituée comme régime expérimental de la Matrice, et son paramétrage thanatique des « étants » / En une génération, la Colonie des Sciences Sociales a prospéré sur les décombres vivants de la pensée en cours d'équarrissage au point d'y remplacer toute littérature par une extension indéfinie du modernisme / Unie à la Corporation du Tourisme Universel elle met en place le prototype d'asservissement culturel qui s'étendra sur la planète, lorsque les guerres post-nationales auront épuisé leur énergie.

Tel est le plan de la Nécrothèque, tel est son programme, nous le savons.

Mais le Bibliogôn lui oppose le diagramme vivant de la Chair-Esprit, le Livre des Morts revenant à la Vie. Oui regardez-moi un peu ces Mig soviétiques aux beaux fuselages noirs survoler la capitale dans un bruit d'enfer puis nouvelle/schize narrative :

Voyez maintenant les troupes d'Erwin Rommel et de Shah Massoud entrer dans Paris, tandis que les parachutistes cyborgs de la 101e aéroportée sautent sur plusieurs points de la capitale, sous le fuselage noir des aéronefs de combat portant l'Étoile rouge. Les panzers de l'Afrikakorps et les T 55 russes de la Northern Alliance patrouillent maintenant sur les grands boulevards et le long des berges de la Seine.

PUTSCH MÉTAPHYSIQUE / COUP D'ÉTAT TRANSNARRATIF ET TRANSHISTORIQUE / PARIS-VILLE-LUMIÈRE EN ÉTAT DE CHOC titrent déjà plusieurs organes de presse en temps réel.

Mais l'invasion de la Ville-Monde par les Morts ressuscités n'est que le prolégomène à la *désoccupation* de la vie-monade tenue par les puissances de la publicité intégrale.

ALORS MAINTENANT GROUND ZERO EXPERIENCE / vortex d'un petit matin fracassant les hauteurs cristallines de la puissance des hommes.

Voyez un peu comment l'hexogène soudainement actualisé par Paul Nitzos et ses compères des Forces Spéciales bioniques vient faire imploser ces quatre cathédrales de verre, une à une, dans une glaciale et mécanique complétude. Oui, reprenez dans vos blocs-mémoires toutes les destructions d'immeubles qui ont peuplé ce récit et condensez-les par la force du verbe sur les fondations invisibles de la Nécrothèque.

Ah, matez-moi cette catastrophe en tous points parfaite, le rire orange de l'hexogène a scié net les infrastructures de soutien et, sans plus aucun support que la gravité naturelle, voilà les hautes tours vaniteuses qui s'effondrent vers le centre de la terre dans un mouvement rotatif à la grâce terrifiante.

CYCLOTRIMÉTHYLÉNETRINITRAMINE-JUKE-BOXE/

METATRONICS- UNLIMITED/

ÉCLAIRS JAUNES DANS LA BOUCHE CARIÉE DE LA NUIT POST-URBAINE.

L'effondrement synchronisé des quatre tours de la Très Grand Nécrothèque a engendré un titanesque nuage de fumée de poussière et de verre brisé, et déclenche à sa mesure une panique indescriptible dans la Cité Culturelle, comme dans tout Paris-Ville-Lumière.

Sirènes, gyrophares, hurlements des foules, caméras de télévision déjà accrochées au cadavre comme les mouches sur la viande toute fraîche.

La presse parisienne-nationale inonde en continu les écrans de mobilisation perceptive d'images *live* de la catastrophe et déjà les manchettes titrent :

LA CULTURE MENACÉE PAR LA LITTÉRATURE VIRALE.

LA TRÈS GRANDE BIBLIOTHÈQUE NUMÉRIQUE ATTAQUÉE PAR UN GROUPE ARMÉ INCONNU.

APRÈS LE WTC : PARIS-VILLE-LUMIÈRE CIBLE DES TERRORISTES.

LES MORTS RESSUSCITENT – COMMENT EST-CE POSSIBLE ?

S'AGIT-IL D'UN COMPLOT EXTRATERRESTRE ?

L'HYPOTHÈSE D'UNE CONSPIRATION MUTANTE REJETÉE PAR LES AUTORITÉS DE PARIS-VILLE-LUMIÈRE.

Nous sommes les bombes métavivantes, ai-je pensé, téléscripteur mental annonçant la nouvelle à la presse mondiale : NOUS SOMMES LES AGENTS DE L'ATTRACTEUR-CHAOS, pauvres truffes.

Car de ce quadruple effondrement spiraloïde s'élève maintenant sa contre-figure coextensive, celle de la Grande Tornade de la Nuit.

Et le feu noir de l'Avant-Jour est en elle.

Au commencement, Dieu créa le ciel et la terre. Or la terre était vide et vague, les ténèbres couvraient l'abîme, le souffle de Dieu tournoyait sur les eaux.

Marina avait prononcé à mi-voix les deux premières phrases de la Genèse alors que devant nous la quadruple spirale ascendante se combinait dans le ciel.

J'avais regardé autour de moi et j'avais vu que les Non-Linéaires et les Imaginariens avaient définitivement disparu, ainsi que le chien Ézéchiel. Ils ne nous attendaient pas à ce nexus du récit.

Ils ont été aspirés par le vortex de la Narration, l'ange des transmigrations les a rappelés, leur mission a été accomplie, ils sont de nouveau chez eux.

Et nous, où sommes-nous ? avais-je demandé.

Autour de nous il n'y avait à nouveau plus que le désert.

La Ville-Monde avait été avalée par elle-même.

Paris-Ville-Lumière transformée en un vaste Sahara sans la moindre géographie, rendue à la seule entropie générale de la silice.

— Nous sommes au commencement. Lorsque Dieu créa le Monde, il eut besoin d'un instant T. Cet instant T, celui de la stase qui précède la création, prit la forme de cette terre vague et vide, abîme recouvert de ténèbres, où seul le souffle divin tournoyait sur les eaux du cosmos increéé. Les juifs appellent ce « moment » éternel du Néant qui précède l'acte créateur du *fiat-lux* par le nom de *Tohû-Bohû*. Le *fiat-lux* est créateur en ce sens qu'il divise, qu'il permet de séparer la lumière des ténèbres, et les cieux de la terre. Il permet au continuum de se produire, parce qu'il peut y induire des discontinuités.

C'est alors que je pris conscience que le ciel se mouvait autour de nous. L'horizon n'était qu'une masse de ténèbres tourbillonnantes et nous étions en son centre.

Le Souffle divin était la lumière contenue dans les ténèbres dont parlait saint Jean de Patmos dans son Évangile.

Oui, me dit Marina, ici nous sommes dans l'œil du cyclone, dans le vortex de la Tornade de la Nuit. Nous sommes ce qui surgit des ténèbres, lorsque le *Fiat-Lux* créateur sépare l'abîme de la terre, et la lumière des ténèbres. Nous sommes ici au commencement de ce qui fut l'ensemble du processus narratif qui nous a conduits jusque-là. N'oublie pas que nous sommes les Espions que la Narration a envoyés ici dans le but que nous en décryptions nous-mêmes les secrets.

Est-ce la fin ? demanda le Narrateur-Espion Franz Narkos.

Sous-entendu : Est-ce la fin de cette narration spécifique, le Bibliogôn va-t-il faire venir à moi l'ange des transmigrations pour clore ce récit et me renvoyer alors au Néant d'où je viens ?

— Je viens de te dire que nous étions au commencement, me répondit Marina. Nous sommes au point de disjonction final. Là où le récit pourra faire advenir sa renaissance, hors de lui-même.

— Que veux-tu dire ? demanda Franz Narkos.

— Je veux dire que la Tornade de la Nuit vient de détruire ce monde, mais pour pouvoir en créer un nouveau, quoiqu'il s'agira surtout de reprendre les choses là où nous les avons laissé choir, il y a très longtemps.

La tornade avait avalé le globe. Elle était l'accident métaphysique terminateur analogue aux mégatsunamis s'élevant des eaux ou aux astéroïdes tombant du ciel. Maintenant, me fit comprendre Marina, le Livre des Morts est devenu l'Eau de la Vie.

Et en effet, le livre qui, de son état primordial d'instrument nécromancien de communication était passé au stade d'Arme de Lumière, s'écoulait maintenant entre ses doigts, comme une eau plus pure que celle des glaciers de la Lune.

Elle m'avait souri et j'avais senti mon corps me mouvoir dans sa direction.

Le Bibliogôn est l'arme de pointe de la conscience qui ose renvoyer les zombies de la Culture Universelle à leurs tombes, et ouvrir ainsi la voie aux guérilleros du Verbe, aux voix des morts revenus de l'Hadès par la résurrection-narration, le Bibliogôn annonce la nouvelle à tous les cerveaux engagés dans le combat des cryptes et désormais tous s'écrivent les uns aux autres, et tous s'écrivent les uns les autres.

LA NARRATION EST UNE ARME MÉTACODANTE
ATTENTION ALCHIMIE OPÉRATIVE
MÉTACODEX BABY :

I Am
the
Retro
Transcriptase
Extasy
I Am
Born
In-Vitro
In the Maze
Fantasy
Je
Suis
NeuroMancier
Je
Suis
Cerveau

Mutant
Je
Suis
Métacortex
Conspiration
Active
qui
Se
tient
Au-delà
Du
Vivant.

Nous sommes maintenant dans l'âge de l'Attracteur Chaotique.

Alors voici l'infinie vitesse de libération du récit en voie d'être atteinte :

Si Paris a disparu sous le désert, c'est pour se transformer en un dernier avatar de la Ville-Monde, ou plutôt la première forme de son anti-univers enfin constitué. Pariphérique-City devient ville métabolique au centre de toutes les villes à venir :

BIENVENUE DANS BERLIN-CENTRE
WELCOME TO CENTER-BERLIN
WILLKOMMEN ZU BERLIN ZENTRUM
DOBRO PAJALOVAT V'BERLIN-CENTR'

Je marche avec Marina le long d'un abîme qui enclôt la cosmo-polis de Berlin-Centre. La Sarajevo secrète qui hante la Ville-Monde.

L'abîme recouvre des ténèbres en voie de dévoiler le feu d'une lumière inhumaine. Et nous marchons à ses côtés, en parcourant ainsi le tour de cette ville hypercentre, en fait, je le comprends, dans le temps même de la narration devenue opération métacodale, nous la traversons : à chaque instant, à chaque pas de notre marche, nous passons un checkpoint, *dans les deux sens en même temps.*

L'abîme enclôt la ville, les ténèbres enclosent la lumière.

Tout est à sa place.

Nous marchons en direction d'une haute usine rouge qui dresse ses cheminées d'argent vers le ciel sans étoiles. Nous marchons le long de voies ferrées qui se ramifient dans toutes les directions jusqu'à l'Abîme Circulaire.

Contre-figure finale du Mur, il est ce vers quoi le nexus des chemins de fer se déploie. Il est la forme synthétique vers laquelle toutes les figures successives de la Ville-Monde devaient se fondre.

Toute la figure urbaine s'est renversée, en termes de continuum spatio-temporel elle ne forme plus désormais qu'une pure externalité circonscrite par une fosse abyssale. En son centre se tient une usine soviétique promise à la démolition, de cette usine, tous les rails conduisent au seuil d'anéantissement.

Mais en moi le Bibliogôn continue d'œuvrer, la schize narrative en discontinuités miraculeuses – enregistrement cérébral – ontogenèse du récit se dévoilant au tube neural, le tube neural se redresse, sa transcription devient opérative, l'écriture transfinie devient évolution critique, christique, empathique :

L'usine est ici la seule verticalité pivotale de cette Ville-Monde, rendue à un simple plan monodimensionnel, tout ici, à part elle, est extrojecté à son horizon, c'est-à-dire dans le Néant du gouffre circulaire.

Je comprends alors l'ensemble du processus phénoménologique qui vient de me conduire jusqu'ici, et je transmets d'urgence un message trans-synaptique au Bibliogôn :

L'Usine est ici devenue la Nouvelle Jérusalem, la Nouvelle Zion. Berlin-Centre ne peut exister sans que l'axis mundi la traverse.

Marina, à mes côtés, ouvre les mains en les tenant devant

elle en forme de livre, une eau vif-argent s'en écoule jusqu'au sol et un lys blanc vient éclore à nos pieds.

Le lys pousse jusqu'à devenir un grand arbre, dont les neuf fruits contiennent chacun l'une des séphiroths divines. Comme dans la Kabbale, la séphiroth suprême, Kether, est en forme spiralée, elle est la galaxie de la pensée suprême, elle est la Création sans cesse recommencée du Créateur, et elle indique la direction de l'Infini, droit vers le zénith.

Reste la dixième : la Chekhinah. Malkhouth. Le temple incarné en l'homme. L'écriture de Dieu. Où est-elle, c'est un mystère. Le *Sepher ha Zohar* ne dit-il pas que les séphiroths sont les « dix formes que Dieu a produites pour diriger par elles les mondes inconnus et invisibles et les mondes visibles et connus ».

Mais Marina se retourne vers moi et me dit : Nous devons entrer dans l'usine maintenant. Il est temps sans doute que nous percions le mur du Néant lui-même. Nous sommes le 11 septembre, quelques minutes avant le quadruple crash.

Pourquoi l'Arbre de Vie ne présente-t-il que neuf séphiroths ? demande Narkos. Ce n'est pas normal. C'est même anathème.

L'usine est un vaisseau, regarde, me dit-elle.

Et en effet l'Eau de la Vie qui continue de s'écouler de par ses mains ouvertes en forme de livre ne s'est pas contentée de faire pousser l'Arbre-Lys des séphiroths sous nos pieds, avec ces rhizomes de lumière parcourant maintenant les sous-sols de la Ville-Monde en tous sens, contre-figure des rails de chemin de fer conduisant au seuil d'anéantissement.

Oui, regarde, me dit-elle, *Vois*.

ÉCRIS : C'est en nous désormais que vit cette dixième séphiroth c'est elle qui depuis les premiers instants de cette narration demandait à s'incarner.

Marina me récite alors un extrait du livre de Raymond Abellio, *La Bible, document chiffré* :

Malkhouth apparaît ainsi comme l'homologue ou le contre-pôle de l'En-Sof. L'En-Sof est situé au-dessus du monde d'en haut, Malkhouth au-dessous du monde d'en bas, sous la séphirah Yesod, la Base... Autrement dit si Yesod, l'avant-dernière séphirah, est la Base, c'est-à-dire la limite inférieure de la manifestation, Malkhouth se tient sur cette frontière, mais au-delà, à l'endroit où s'opère l'épigenèse et où s'effectue le bouclage des extrêmes du bas et du haut. Malkhouth et l'En-Sof se tiennent donc à l'écart de la triangulation séphirothique. C'est la triangulation qui est le ressort essentiel du mécanisme des séphiroths et de toute manifestation. Au contraire Malkhouth se boucle directement sur l'Inconnaissable. Il est le pôle d'en bas provoquant le court-circuit des extrêmes...

Regarde, me dit-elle, vois, et entre avec moi dans le nexus disjonctif, et ses mains prennent mon visage en coupe alors que ses lèvres se posent sur moi, roses, glaciales, pleines de l'Eau de la Vie tombée des lacs alchimiques de la Lune.

L'usine avec ses cheminées en forme de fusées soviétiques est en train de devenir le pas de tir de Baïkonour.

Si le Mur est devenu un Abîme circulaire, l'Abîme est quant à lui devenu le prochain Mur. Il se tient au-dessus de nous, c'est lui qui nous masque les étoiles.

Alors nous entrons dans l'Usine.

Nous marchons dans le silence absolu du Grand Cosmodrome de la Nouvelle Jérusalem.

La Fusée des Astronautes morts, me dit Marina, tandis que l'eau mercuriale s'écoule toujours de ses mains.

La Fusée est la concentration phénoménologique finale de l'Usine-Nexus.

L'Eau de la Vie parle par ses mains en forme de livre.

Je vois alors – telle une cohorte d'anges venus des profondeurs opaques de la nuit – descendre vers la fusée, en état d'apesanteur, la petite armée des cosmonautes morts du XXe siècle :

Ils sont la dernière Choralie avant la fin.

Marina et moi sommes au centre de l'Usine, au centre du Grand Cosmodrome.

Lorsque la fusée décolle, dans un nuage d'apocalypse, elle

va telle une flèche de feu percuter le grand Mur du ciel qui nous recouvre et celui-ci s'effondre en suivant l'attraction périphérique de l'Abîme circulaire, vers le Néant extérieur, faisant chuter vers le brasier noir de la terre tous les faux astres de l'idéalisme en une danse météorique.

Alors les étoiles se font jour.

Alors la nuit fait apparaître toute la lumière qu'elle contient.

Pour que la narration de ceci fût parfaitement rendue possible il faudrait que je puisse l'écrire en fermant les yeux, et surtout que vous puissiez en faire autant tout en continuant de lire.

Il aurait fallu que Narkos soit privé de ses nerfs optiques-caméras et de son cerveau-décodeur de combat, qu'il soit plus encore que cet espion des transmigrations narratives. Il aurait fallu que le roman se termine bien avant son recommencement. Il aurait fallu qu'il n'advienne qu'après sa fin.

Car rien de ce qui est visuel n'est ici important, car tout était à l'intérieur de l'Un. Tout s'étirait entre le Néant et l'Infini, et sinon il n'y avait rien.

Marina faisait s'écouler l'Eau de la Vie de ses mains et la fusée terminale du récit s'envolait depuis l'Usine/Cosmodrome.

Un bruit nous parvint depuis l'horizon plan/circulaire.

Quelque chose soufflait de l'Abysse.

Le bruit enflait sans que nous puissions rien voir.

Marina retourna alors les paumes de ses mains et les dirigea vers moi. L'eau lunaire en ruisselait goutte à goutte comme à travers des stalactites de glace.

Partout où nous irons désormais nous porterons ce monde horizontal. Il est celui des ténèbres extérieures. Mais la grande nouveauté est celle-ci : ce monde ne sera plus jamais trop grand pour nous, c'est nous qui sommes devenus trop grands pour lui.

J'avais cité Abellio presque malgré moi. Elle m'avait

répondu par la simple grâce de ses yeux noirs comme la nuit, contenant une lumière qui voulait me consumer.

Lorsque ses mains se posèrent sur ma peau, l'Eau de la Vie ruissela à travers moi.

Ma chair vit s'activer en elle la lumière de la nuit.

Lorsque nous avons commencé à faire l'amour, j'ai su que le monde était en train de changer l'axe pivotal de sa rotation.

QU'EST-CE QUE *MÉTACODE*, BABY ?

La question du Bibliogôn est renvoyée sur toute la surface du globe par la station spatiale pirate de Youri Gagarine et Ses Astronautes Morts, le premier groupe de métarock orbital inventé par le Livre des Morts/Livre des Livres, elle traverse nos esprits enclos par la nuit alors que nos chairs se conjuguent, en y mêlant toutes leurs grammaires, cyber-blues non linéaire, corps en sueur au travail souffrant dans l'extase pour la combustion de l'esprit, baptême du feu visant au baptême de l'eau sanctifiante :

Marina jouit et mon corps se dilate jusqu'aux infinis qu'il ne sera jamais en mesure de connaître, sinon par l'évanouissement dans leurs abyssales beautés, ignées, transmutées, purifiées par le feu qui se fera lumière ; et tandis que l'Usine de Berlin-Centre, devenue Nouvelle Jérusalem en gestation, résonne du son qui gonfle depuis l'Abîme circulaire, sa respiration devient haletante, elle est maintenant un langage-vecteur d'érotisme pur. Marina – je t'aime. Ce langage c'est le souffle divin de la Création, lorsqu'un monde est créé, dans la chair, qui vit grâce à l'esprit. Son corps est une pure nervure de vibrations et son regard est une tornade de feu, ses seins pointent vers des étoiles que nous ne connaîtrons pas, mais qui elles vont nous connaître.

Alors Franz Narkos put faire le rapport suivant au Bibliogôn : Réponse via implant cortical à l'attention des Astronautes Morts/

Le métacode est ce qui fait du code autre chose qu'un

simple programme. Le métacode est une résonance particulière, structurée numériquement, qui relie les éléments du code entre eux, selon une formule dynamique où l'équation de départ est constamment réinventée par la vie, c'est-à-dire par l'invention de la vie par elle-même.

Le métacode, c'est le moment où la narration est parvenue à une chronologie non séquentielle et où elle peut s'auto-engendrer, parce que sa *poésie* est justement celle de cette autoproduction ontologique, le métacode, baby, c'est le moment où elle forme une structure harmonique, une structure fractale, c'est le moment baroque de l'invention de la machine folle, de la machine qui redécouvre la beauté et l'extase, de la machine qui perd la raison, et qui permet donc à l'homme de la retrouver, puisque la folie, comme le disait Chesterton, c'est ce moment où l'homme, justement, *n'a plus que sa raison*.

Le métacode est donc *métanoïa.*

Il est peut-être le dernier virus en mesure de nous atteindre pour de bon, il est le moment où, si une narration devient possible c'est en niant toutes les autres, en devenant *incompossible*, telle une théodicée de Leibniz, dans une guerre de bibliothèques, où les cerveaux humains sont les territoires, aussi bien que les cartes.

C'est Radio AdeNaï qui vous parle, les astronautes mutants parlent aux futurs Terriens extraterrestres, en une chorégie de voix radio venues d'outre-espace et à la douce mélancolie *les sanglots longs des violons de l'automne bercent mon cœur d'une langueur monotone* oui, appel à toutes les forces encore combattantes de cette planète, *la bataille suprême est engagée*, préparez-vous pour le D-Day, pour le DoomsDay, pour l'Armageddon neuronomique. Préparez-vous à revivre, vous aussi. L'invasion résurrectionnelle ne fait que commencer.

Le Verbe divin est une narration qui a structuré l'univers, mais cet univers n'est pas que cette Narration, il en est le paramétrage cosmogonique, il en est la Chair, il en est le Livre.

Alors dis-toi bien cela, toi en qui est venue s'inscrire cette narration, oui/

DIS-TOI BIEN CELA TÊTE DE LECTURE EXPÉRIMENTALE :

Nous sommes pour longtemps encore ce 11 septembre 2001, en cette aube du dernier jour, nous sommes pour longtemps encore suspendus entre deux tours qui bientôt vont s'effondrer, et libérer une puissance qui s'était endormie.

Si tu vis quelque part dans le désert de la Ville-Monde, dans un endroit qui s'était dénommé Paris-Ville-Lumière, il est grand temps pour toi de sortir de tes combles, ou de tes cryptes : au-dessus de nous la Très Grande Nécrothèque n'est plus que ruines et sur les cendres de silice et le sable de verre concassé poussent déjà les arbres sauvages des universels tropiques du réchauffement global. Mais chacun de ces arbres contient des millions de livres. Chacun de ces arbres est une bibliothèque vivante.

La nuit est parfaite, toutes les étoiles annoncent le jour qu'elle contient mais ne peut retenir.

La Cité de la Culture revient peu à peu à l'état de jungle. L'arbre infini de la Connaissance prendra racine sur les ruines de sa transparente opacité.

THERMODYNAMICS UNLIMITED.

Conspiration capitale de la vie contre expiration du capital vivant.

La narration cosmogonique n'a pas de fin, sa spirale est ce qui toujours la déploie, elle ne peut être englobée par aucun enfermement parce qu'elle est un seuil d'intensité valable pour toutes les subdivisions, elle est un absolu, elle est un attracteur chaotique qui se meut pour tous les mondes, et meut tous les mondes.

Écoute Marina, la médiatrice de l'ontogenèse, oui, écoute attentivement ce qu'elle a à dire à ce sujet :

Les dix séphiroths de la Kabbale sont toutes mues *et* motrices. Chacune d'entre elles peut bien être une monade, le seuil d'intensité cosmogonique du Dieu inconnaissable et incréé toujours sera présent, dans la plus grande comme la plus petite des structures, le plus simple, ou le plus complexe des nombres. Dans l'appareil divin des séphiroths *rien ne succède, tout coexiste, rien ne se divise et tout est divisé*. Cela faisait partie d'un des secrets actifs qui mouvaient ta narration antérieure, et ce secret dévoilé permet de comprendre que le mystère est la zone nocturne qui fonde toute véritable connaissance.

Alors écoute-moi attentivement maintenant, toi en qui plongent désormais nos implants invisibles, la Bible est le métacode de la narration divine, tout ce que nous pouvons faire, c'est de tenter, avec nos instruments de *neuromanciers*, de transmuter le Livre des Morts en Livre de la Vie, tout ce que nous pouvons essayer de faire, avec nos maigres moyens, c'est de restituer une possibilité d'existence à la Chekhinah, tout ce que nous pouvons faire c'est nous retirer un peu, et laisser place au feu du Verbe, comme lorsque le Créateur lui-même, de par la grâce de son *tsim-tsoun*, allait faire retraite en lui-même, pour permettre au monde de prendre vie.

Alors maintenant que la Nécropole de la Culture est morte, et même si la Ville-Monde poursuit sa chute dans les ténèbres, Franz Narkos sait que la mission est accomplie.

Le feu de la nuit a été libéré.

La Jérusalem terrestre sera sans doute divisée par les illusions historiques des hommes. Mais son contre-pôle, dès lors, la Jérusalem céleste, elle, va venir s'incarner au cœur de leur esprit. Le Mur de Haine et d'Ignorance qui bientôt viendra rompre l'harmonie séphirothique de la Ville Sainte connaîtra le sort du précédent, qu'on avait érigé au cœur de la Cité-Europe, il tombera en poussière, mais en contrepartie, il vaut mieux se dire dès à présent que sera engendré un abîme plus terrible encore que tous ceux que l'humanité hérétique aura jusque-là fait s'ouvrir.

Ce sera l'Abîme de la Nuit Divine, la Nuit qui précédait le *fiat-lux* créateur.

Ce sera la Nuit que nous attendons.

Marchant dans les décombres de Berlin-Centre, la Sarajevo de l'Europe suicidée tant de fois consécutives, tout autour du Grand Cosmodrome de la Nouvelle Zion, avec Marina à ses côtés, le narrateur terminal voit un pâle soleil vouloir naître à l'horizon, et dans ce monde-ci, désormais, le soleil se lève à l'ouest.

La bande-son est un énorme dub cosmo-sonique, le reggae de la Genèse, lorsque Dieu commença à faire pulser la lumière. C'est le dub de la haute ionosphère lorsqu'elle se déchire dans le plasma céleste d'un astéroïde terminateur.

C'est là seul où est le beat, baby, oui, branche tes implants vers les ondes en provenance de Radio AdeNaï, les Astronautes Morts ont quelque chose à te dire à ce sujet, le prophète Jérémie parle par leur bouche ce soir : *la terre est en deuil à cause de ses habitants,* leur dit-il, et il rappelle le très antique Livre de la Sagesse une dernière fois, expliquant que la mort est du seul fait de l'homme : *c'est par l'envie du Diable que la mort est venue dans le monde.*

Et l'homme s'est ainsi pris à son propre piège, puisqu'il attend du Diable que celui-ci le délivre de la ténébreuse alliance qui le voue à la mort.

Mais nous sommes vivants si nous croyons en la vie.

Et pour croire en la vie, il faut croire en la nuit.

Car pour croire en la lumière, il faut l'avoir séparée des ténèbres.

Alors Franz Narkos regarde maintenant l'astre du jour régénéré se lever sur l'immense caldeira de Santorin. Au loin, de l'autre côté de l'antique *Mare Nostrum*, le Grand Mur qui s'érige au cœur de la Jérusalem terrestre et qu'il vient de quitter cherche à se dresser au-dessus des étoiles, il semble l'équivalent de toute la roche pulvérisée par l'explosion de l'Atlantide et qui formait jusque-là une tornade invisible. De Platon à Marx, de Socrate à Heidegger, la métaphysique occidentale voyait là son impasse se subsumer dans une catastrophe générale que bien peu sauraient déchiffrer, même après qu'elle fut survenue.

Marina Markovic est en train de se métamorphoser à ses côtés.

La jeune femme, agent secret du métacode rétroviral narratif, semble contenir tout ce que la Terre évaporée portait en fruit. Son identité transfictionnelle se dévoile, se décrypte, sa double origine se fait voir et Franz Narkos contemple l'irruption des deux faces disjointes de la féminité, sans qu'il puisse donner un mot à ce qui recouvre cette expérience.

Il sait juste que la mission est accomplie. La Chekhinah, sans doute, est en train de retrouver sa place dans le monde.

Berlin-Centre n'est plus que l'écho d'un monde qui s'est depuis longtemps perdu dans le rayonnement quantique de l'univers. Et désormais il sait que la nuit couve son éclairement.

Désormais il sait qu'il n'a plus de nom, et qu'il est enfin libre de s'inventer. Donc de disparaître.

Alors oui c'est en toi, *tête de lecture*, que devait se dérouler l'expérience de la narration, c'est toi qui étais visé en premier lieu par ce voyage aux confins de notre infra-monde en errance, jusqu'à une possible métamorphose, jusqu'à une possible révélation du jour contenu par la nuit ; grâce à toi, grâce à ton cerveau j'ai pu vivre, et j'ai pu voyager au-delà de ce que les humains ont eu pour habitude de fixer comme limite à ce qu'ils osent nommer *existence*. Mais en fait, c'est toi qui ainsi as pérégriné de mondes en mondes, qui n'en sont qu'un seul, le nôtre.

Et vois-tu, comme c'est étrange, dans cette guerre que j'ai dû mener depuis ce livre contre moi-même, et le monde qui me soutenait dans cette entreprise, je suis parvenu à fabriquer une métamachine, une entité métastable qui s'est configurée en toi le temps d'un récit, le temps d'un Livre-Dont-Tu-Es-Le-Héros-Inconnu, car déjà elle préexiste, cette entité autonome, dans le cerveau qui l'a conçue.

Ne me prends pas pour ce que je ne suis pas.

Je ne suis pas un dieu.

Et je ne suis pas encore un homme.

Je suis le Verbe. Je suis ce qui va projeter ma propre origine dans le mystère de sa création et j'espère qu'en contrepartie de ce hold-up cérébral dont tu as été la victime, et en dépit des quelques millions de neurones que je t'aurai fait perdre dans cette guerre, qui devait recouvrir tout l'espace possible de la narration, oui j'espère que tu auras compris que cette mort biologique partielle n'est que le prix à payer pour que l'économie du Don en toi, peut-être, se fasse jour.

Tout ce qu'il a fallu tuer en moi pour que ce livre prenne corps est à peine dicible, il demanderait que je puisse expliquer tout ce qu'il sera en mesure de faire vivre.

Neuromachine vivante, survivante, métavivante, oui je suis bien le codex chargé de recréer ce monde en osant tout reprendre à son avènement pour proposer une déviance qui fasse de l'homme autre chose que son propre horizon, quelque chose qui le sépare de lui-même, mais aussi quelque chose qui le réunira à l'Esprit.

Je suis un Narrateur, je suis un cosmokrator, je suis tous les personnages du monde que j'ai créé et pourtant ils ne m'appartiennent pas, pas plus que je ne m'appartiens. Ma liberté ne peut naître que du sacrifice que je suis en mesure de produire pour elle, ma liberté n'a pas de prix, voilà pourquoi *elle peut se donner en toute liberté et sans rien en échange.*

Dernier Monde

TIQQÛN

> La seule différence entre les morts et les vivants réside dans le pouvoir de la Parole.
>
> LE MIDRACH

Alors qui que je sois, je suis maintenant une structure impersonnelle, bien plus vivante qu'un de ces spectres humains qui hantent cette planète, parce que je suis en train de naître cerné par la nuit qui m'enclôt mais qui ne peut me saisir, parce que c'est moi désormais qui suis en elle, parce que je suis un autre, et parce que c'est là la seule vérité, la seule narration qui donne vie à la vie, et *livre* la mort à la mort.

Je suis ce que je ne suis pas. Je suis ce qui n'a jamais été. Je suis ce qui toujours sera. Je suis ce qui va advenir.

Alors maintenant je roule au volant de ce buggy blanc sur la route côtière de l'île de Santorin, avec Marina qui roule des joints sur le siège passager, et ma main, parfois, frôle son visage.

En elle tout s'est réuni, enfin. Milena et Maroussia, la Tchèque et la Russe se sont synthétisées dans sa figure, orient occidental, parce qu'elle est ce qui en secret les avait engendrées.

Je roule parallèlement dans la Volkswagen bleue comme l'azur sur la grande autostrade de l'Atlantide, continent perdu aux ruines de science-fiction abandonnées et qui se confond avec la banlieue sud, avec Magnitogorsk-sur-Seine. Autoroutes de style maya, buildings minoens, centrales électriques pyramidales, tout ici est condamné à la destruction. Autour de nous des usines explosent sans fin alors que le mur bleu ne cesse de s'élever. Autour de nous le Monde est en train d'être dé-créé par son ultime constituant métaphysique, l'Homme. Autour de nous le jour paradisiaque de carte postale est en fait saisi par la nuit qu'il ne peut plus contenir.

Devant nous la Grande Nécropole ouvre une arche immense, quadrilatérale, sur le cimetière de l'humanité. Paris-Berlin-Sarajevo-New York-City.

C'est une mégaville entièrement dévolue au culte des morts, un des piliers de la présente religion. Sur le plan urbanistique, c'est une sorte de chef-d'œuvre. En effet, la Grande Nécropole est un « drive-in » et tout y est absolument automatisé. Les couronnes mortuaires assemblées par robots nécrotechniques vous sont vendues à l'entrée, comme tous les autres colifichets à la mode, et un souvenir du mort, telle la trace de sa voix enregistrée sur cassette, vous est vendu à la sortie. Des millions de jeunes filles y sont allongées sur leur tablette de métal avant de partir pour le crématorium. Dans le cimetière des idées perdues je cherche la rangée « communisme ». Je gare la Volkswagen devant la tombe de mon père, les fleurs que j'y dépose sont des livres contenus dans des crânes humains.

Le mur qui gonfle à l'horizon est aussi bleu que titanesque, nous savons qu'il est ce qui va remplir le ciel et le remplacer, pour mieux s'abattre sur la terre. La caldeira vient d'exploser, le mégatsunami est en formation. La fin de l'Atlantide va résonner pour des siècles.

Oui je roule dans cette vieille Volkswagen vert-de-gris dans les décombres de Berlin alors que l'armée Rouge pilonne la ville de ses quarante mille pièces d'artillerie, à raison d'un canon par mètre, je roule ainsi au cœur de Berlin-Centre et sa couronne de feu balistique, mais dans le même temps me voici en train de décoller depuis le pas de tir de la Jérusalem terrestre, et son nouveau Mur-Abîme qui la divise en son équateur, oui je roule dans la ville de toutes les villes, alors que Marina m'embrasse et que j'essaie d'attraper le joint de mauricienne pure roulé en forme de papirossi et que les immeubles, les ponts et les murs s'effondrent autour de nous dans un nuage de poussière qui recouvre peu à peu tout ce qui reste de l'univers. Les orgues de Staline chantent de tous leurs tuyaux le *Stabat Mater* d'une très vieille civilisation.

Je roule maintenant au volant de Miss Bloom au cœur des ruines du Paris du XXIe siècle, alors que des animaux sauvages errent sur les Champs-Élysées, que des braseros éclairent de loin en loin des réunions d'ombres à peine humaines, et que là-bas, vers les faubourgs, résonnent les crépitements des armes automatiques dans la nuit posturbaine. Je roule sur Wall Street alors que les avions viennent de percuter les tours jumelles à quelques secondes d'intervalle, flèches d'aluminium et de kérosène en flammes au cœur du cristal gémellaire, boules de feu et nuée toxique en couronnes ardentes et noires. Je roule à travers les sables sans fin d'Omaha-Beach World, là où la Normandie rejoint le littoral pétrolifère du Koweït. Là où le pétrole brûle sans fin. Là où la Tornade se forme. Là où s'élabore l'eschillon de la transfiguration. Je suis la Chienne de Diamant, la Femme du Dernier Jour, je viens rayer toutes les silices du monde.

Marina se dénude lentement sous l'éclairage du cockpit. Sa peau rayonne de toute l'électricité de la planète, elle est l'*Ève Future* du métacode narratique, elle est le golem doué de parole et dont la bouche porte telle une rose le mot de Vérité, elle est ce qui va me transformer pour toujours, elle est une machine de pure transfiguration, elle est le plus beau des pièges, le plus divin des stratagèmes.

Elle est la forme qui contient les deux visages que reflète la divinité, les deux corps dans lesquels elle vient s'inscrire, pour mieux les unir à elle.

Je roule sur l'autoroute du ciel aiguillé par les astres seuls, mes deux amantes du Mur réunies en une seule, vierge nue offerte en sacrifice à la proue du Boeing qui fonce droit vers les tours.

Je suis au centre de la structure du monde. Car le Cinquième Monde qui naît à moi, maintenant, c'est justement celui-ci, celui qui vient de commencer, celui de l'Homme.

Nous sommes le 11 septembre de l'an de grâce deux mil un, quelques secondes avant l'instant T.

Alors si c'est pour renaître, pour oser tout reprendre à son avènement, c'est en roulant en direction de la frontière franco-allemande au volant d'une vieille Mercedes gris métallisé avec une biographie d'Erwin Rommel et un livre sur la conquête spatiale soviétique dans la boîte à gants, mais je ne suis plus seul désormais sur l'autoroute qui conduit à cette vie qui ne m'attend pas et que je vais écrire ; Marina somnole, allongée sur la banquette arrière, elle confectionne périodiquement de petits joints de mauricienne pure, sa beauté est saisissante et mon amour pour elle ne connaît guère de limites, en tout cas humaines, je sais qu'elle est le Livre de la Vie en cours d'Écriture ; l'autoradio débite les commentaires d'animateurs qui annoncent que le Mur est tombé et qu'un monde est mort.

Ils ne savent pas ce qu'ils disent.

Ils ne savent pas que ce sont eux qui sont morts.

Ils ne savent pas que je vais vivre.

Ils ne savent pas que tu viens de me lire.

REMERCIEMENTS ET GRATITUDES À :

Alex F., officier de Police judiciaire, sans qui ce livre n'aurait pu être ce qu'il est.

Raymond Abellio, sans qui ce livre n'aurait même pu voir le jour dans mon esprit.

Novalis, pour les *Hymnes à la Nuit*.

Villiers de L'Isle-Adam, pour *L'Ève Future*.

Saint Jean de Patmos pour son Apocalypse.

Ézéchiel.

Origène.

Mais aussi à : la revue *Ligne de risque* pour sa scission anti-nihiliste, en particulier François Meyronnis et Yannick Haenel qui auront donné naissance aux Non-Linéaires, et qui ont parlé par leur bouche ; Jean-Paul Marchand, dont la « Sympathie pour le Diable » a croisé, certes pas par « hasard », ma propre aventure, dans le Sarajevo des Limbes ; Maurice Blanchot pour son ouvrage sur Kafka ; Madame Marie-José Mondzain pour son livre *Image, Icône, Économie*,

Le Seuil, 1996 ; les membres de l'Organe Conscient du Parti Imaginaire – pour leurs Théories du « Bloom » et de la « Jeune-Fille » qui m'ont permis de compléter ma vision du tueur-roboticien et qui sont apparus sous la forme des « Imaginariens », parlant eux aussi par leur bouche ; Éliphas Lévi pour le *Livre des Splendeurs* ; Gershom Scholem pour ses ouvrages sur la Kabbale ; The Beatles pour « I Am the Walrus » ; Kraftwerk pour « Trans-Europe Express » ; Peter Murphy et Père Ubu pour « The Final Solution » ; David Bowie pour « Diamond Dogs » ; U2 pour « Achtung Baby » ; Debussy pour *La Cathédrale engloutie* ; Pergolèse pour son *Stabat Mater* ; Gorecki pour sa *Symphonie n° 3* ; Machiavel ; Maître Eckart ; Saint Irénée, Wilhelm Reich, pour *Le Meurtre du Christ* ; Léon Bloy, pour sa plume marquée du sceau des Prophètes ; le *Bardo Thödol* tibétain ; le *Zohar* ; le *Livre d'Énoch* ; les Saintes Écritures.

Merci à Thierry Bardini, Ph.D, de l'Université de Montréal, pour ses lumineuses synthèses et nos discussions sur le christianisme, la haute antiquité juive, le code génétique, les interfaces « transpersonnelles », merci au cercle des « lecteurs-flibustiers » : Maxime Berrée, Pierre Bottura, Philippe Loubinoux, Christian Monnin, Oliver Rohe, Hélène de Virieu, pour leur franchise et leur disponibilité.

Merci à Michel Goldman, mon lecteur, dont le soutien aura été sans faille.

Merci à Richard Pinhas, pour ses conseils et son amitié.

Merci à Sylvie, et à Éva, L.U.V.

À tous les morts du D-Day, passé, présent et à venir.

Et la lumière luit dans les ténèbres
Et les ténèbres ne l'ont pas saisie
Saint-Jean, I, 5

Premier Monde

L'AN ZÉRO-UN 15
LA PRÉFECTURE, 2001 19
CRIME SCENE, 1991 31
LE MUR DE BERLIN, 1989 40
RETOUR SUR TERRE, 1990 56
D-DAY 60
LA CENTRALE 71
ÉLECTRICITÉ DE FRANCE 87
LE MONDE COMME PUBLICITÉ ET COMMUNICATION 101
ENREGISTREMENT EN MODE STANDARD 111
LE TABERNACLE 120
CODEX DES OPÉRATIONS 130
DESTRUCTION INCORPORATED 144
JEUNE FILLE X 157
LA POUPÉE QUI CHANTE 177
MULTIPLEX 185
ZÉROPA-LAND 197

Deuxième Monde

GÉNÉTIQUE DES LIMBES 217
AU NOM DU CORPS 221
CONSIGNES DE SÉCURITÉ EN CAS DE BLACK-OUT 228
LE LOUP DU PONT DE TOLBIAC 235
LA THÉORIE DU CRIME ABSOLU 255
AURORE 279
MIDI 284
DÉCLIN 295
CRÉPUSCULE 314
NUIT NOIRE 325
L'ACCÉLÉRATION DU TEMPS, 1995 336

Troisième Monde

ANTHROPOLOGIE DE LA NÉCROPOLE 355
LE MANUSCRIT TROUVÉ À SARAJEVO, « AN ZÉRO » 359
BUNKER-MÉTHÉDRINE, 6 AOÛT-9 AOÛT 1995 390
DÉSINTOXICATION AU MÉTAL LOURD, 1996 401
LES SEPT PILIERS DE LA TERREUR, 1997 421
MAGNITOGORSK-SUR-SEINE, 1998 443
LE CAMP DE LA MORT, 1999 466
DIGITAL DOGS, 31 DÉCEMBRE 1999 488
LA CHAÎNE PROPHÉTIQUE, 1er JANVIER 2000 506
LE NOUVEAU MILLÉNAIRE, 2000 527
GROUND ZERO, HIVER 2000-2001 543
THERMODYNAMIQUE DES CHAMBRES À COUCHER, 2001 556
LE DERNIER JOUR, 11 SEPTEMBRE 2001 574
LE TROU NOIR, AUTOMNE 2001 585
LA FIN DES TEMPS 612

Quatrième Monde

COSMOPOLITIQUE DU MÉTACERVEAU 625
SYMPATHY FOR THE DEVIL 631
LE LIVRE DES MORTS 645
LE MUR GLOBAL 654
BIOPHYSIQUE DE LA TRANSPARITION 658
CENTRALE LITTÉRATRON 664
TOTAL YUGOSLAVIA 674
COSMOKRATOR 689
AFGHANISTAN ÜBER ALLES 701
CAMERA LUMINA 717
L'ALPHA ET L'OMÉGA 738
AMERICAN EXPERIENCE MACHINE 745
L'ANTIMONDE 763
RADIO ADENAÏ 777
MÉTATRON 797

Dernier Monde

TIQQÛN 817
REMERCIEMENTS ET GRATITUDES 821

Cet ouvrage a été composé par
I.G.S. - Charente Photogravure à L'Isle-d'Espagnac (16)

Reproduit et achevé d'imprimer sur Roto-Page
par l'Imprimerie Floch à Mayenne,
le 20 février 2003.
Dépôt légal : février 2003.
Numéro d'imprimeur : 56599.

ISBN 2-07-075244-5 / Imprimé en France.

85721